北京高校高精尖学科"文化遗产与文化传播"建设项目资助

―――民间文化新探书系―――

北京师范大学非物质文化遗产研究与发展中心◎主编

谚语的民俗学研究
沃尔夫冈·米德文集

[美]沃尔夫冈·米德◎著
张举文◎编译

中国社会科学出版社

图书在版编目（CIP）数据

谚语的民俗学研究：沃尔夫冈·米德文集／（美）沃尔夫冈·米德（Wolfgang Mieder）著；张举文编译．—北京：中国社会科学出版社，2022.7

（民间文化新探书系）

ISBN 978 - 7 - 5227 - 0649 - 8

Ⅰ.①谚⋯ Ⅱ.①沃⋯②张⋯ Ⅲ.①谚语—民俗学—文学研究—文集 Ⅳ.①I057 - 53

中国版本图书馆 CIP 数据核字（2022）第 147266 号

出 版 人	赵剑英
责任编辑	张　林
特约编辑	肖春华
责任校对	闫　萃
责任印制	戴　宽

出　版	中国社会科学出版社
社　址	北京鼓楼西大街甲 158 号
邮　编	100720
网　址	http://www.csspw.cn
发 行 部	010 - 84083685
门 市 部	010 - 84029450
经　销	新华书店及其他书店

印　刷	北京明恒达印务有限公司
装　订	廊坊市广阳区广增装订厂
版　次	2022 年 7 月第 1 版
印　次	2022 年 7 月第 1 次印刷

开　本	710×1000　1/16
印　张	29.75
字　数	475 千字
定　价	158.00 元

凡购买中国社会科学出版社图书，如有质量问题请与本社营销中心联系调换
电话：010 - 84083683
版权所有　侵权必究

沃尔夫冈·米德（Wolfgang Mieder）

"民间文化新探书系"
编委会

主　编：杨利慧

副主编：万建中　康　丽

编　委：（以姓氏拼音为序）

　　　　安德明　巴莫曲布嫫　　[日] 岛村恭则

　　　　[美] 杜博思（Thomas David DuBois）

　　　　高丙中　彭　牧　色　音　萧　放

　　　　[美] 张举文　张明远　　[韩] 郑然鹤

总　　序

　　民间文化，又被称为"民俗""民俗文化""民间传统"，其中绝大部分在今天也被称作"非物质文化遗产"，是人民大众所创造、传承并享用的文化，是人类文化整体的基础和重要组成部分，适应人们现实生活的需求而形成，并随着这些需求的变化而不断变化，是富有强大生机和特殊艺术魅力的民众生活艺术。可以说，在人类创造的所有文化中，没有比民间文化更贴近民众的日常生活和心灵世界的了。

　　20多年前，为推动民间文化研究，钟敬文先生曾带领北京师范大学中国民间文化研究所的同人，主编过一套"中国民间文化探索丛书"。这套丛书主要由研究所的成员撰写，并由北京师范大学出版社出版，1999—2000年的两年间共出版了包括钟敬文《中国民间文学讲演集》、许钰《口承故事论》在内的7部专著。[①] 2002年钟先生去世后，该丛书继续有所扩展，迄今列入其中出版的还有陈岗龙的《蟒古思故事论》（2003年）和万建中的《民间文学的文本观照与理论视野》（2019年）。尽管每部著作所探讨的问题各不相同，所采用的方法也有所差异，但总体而言，该丛书反映了20世纪中后期以来中国民俗学界热切关心的理论问题以及较普遍采用的方法，特别是对"文本"和"历史"的关注和反思构成了丛书的核心，后来加入的两部著作则体现出语境、主体以及动态过程等

[①] 这7部书分别是出版于1999年的钟敬文著《中国民间文学讲演集》，许钰著《口承故事论》，杨利慧著《女娲溯源：女娲信仰起源地的再推测》，赵世瑜著《眼光向下的革命：中国现代民俗学思想史论（1918-1937）》，董晓萍、[美]欧达伟（R. David Arkush）著《乡村戏曲表演与中国现代民众》，以及2000年出版的萧放著《〈荆楚岁时记〉研究：兼论传统中国民众生活中的时间观念》，另外，1999年商务印书馆出版的[德]艾伯华著、王燕生和周祖生翻译的《中国民间故事类型》一书也系该丛书之一种。

新视角的影响。可以说，该丛书呈现了两个世纪之交的中国民俗学的前沿研究状貌，在民间文学和民俗学领域产生了重要影响。

2019年5月，北京师范大学文学院牵头承担了建设北京高校高精尖学科"文化遗产与文化传播"的任务。该项目的宗旨是依托北师大深厚的人文学科底蕴，统合校内外相关研究和教学力量，建设一个以中国优秀传统文化为基础、以非物质文化遗产（以下一般简称为"非遗"）和区域文化为主体、以文旅融合和文化传播为特色的优势学科和新兴前沿交叉学科。同年12月，作为该项目的重要成果，北师大非物质文化遗产研究与发展中心成立，在继承和发挥北师大以往的民俗学学科优势的基础上，为强化非遗研究、人才培养和产教融合，搭建了一个新的国际化的交流合作平台。在高精尖学科建设经费的支持下，北师大非遗中心和文学院民间文学研究所主编并出版了"非物质文化遗产学术精粹"丛书，首次较为全面地梳理、总结并展示了中国学界自21世纪以来在非遗理论与保护实践、口头传统、表演艺术、有关自然界和宇宙的知识和实践、传统手工艺以及社会仪式和节庆等方面的主要研究成就。此次推出的"民间文化新探书系"，是该高精尖学科建设的又一项重要成果。所以叫做"民间文化新探书系"，一方面是要借此向以钟老为首的北师大以及民俗学界的前辈们致敬，另一方面，也想以此展现国际国内民俗学界的一些新面貌。

简要地说，本书系有着如下的目标和特点：

第一，聚焦21世纪以来民间文学、民俗学以及相关学科领域取得的新成果。20世纪后半叶以来，随着社会的迅猛发展和巨大变化，新的民俗现象不断涌现，对民间文学和民俗学学科提出了诸多挑战，许多敏锐的民俗学同人对此不断予以积极回应，特别是新世纪以来，有关当代大众流行文化、文化商品化、遗产旅游、互联网、数字技术以及新兴自媒体等对民俗的交互影响的探讨日益增多。另外，21世纪初，联合国教科文组织为应对全球化、现代化和工业化对传统文化的冲击，以及世界各国对其多元文化遗产作为历史丰富性与人类文明多样性的见证而日益高涨的保护需求，制订颁布了《保护非物质文化遗产公约》（2003年），使非遗在世界范围内引起广泛关注。中国政府也迅速出台了一系列相应的法规政策，强调非遗保护对于传承和创新中国优秀传统文化、增强民族文化自信、促进文旅融合与国际交流等所具有的重大意义。与保护实践的快速发展相呼应，对非遗的研究和调查也成为民俗学等相关领域的热点话题。本书系将着力反映学界围绕这些新现象而展开探究的成果，以彰显民俗学与时俱进的研究取向，和民俗学者紧跟时代的脚步、关心并探察民众当下需求的"热心"和"热眼"，更充分突显民俗学作为"现在学"而非"过去学"的学科特点。

第二，展现经典民俗研究的新视角。民间文化大多有着较长时段的生命史，在人们的生活中世代相传，因此，不断以新视角探讨传统民俗和民间文学的特点和流变规律，既是民俗学界长期以来探索的重要内容，也是本书系所强调的一个重点。

第三，注重扎实的本土田野研究与开阔的国际视野。本书系的作者不局限于北师大，而是扩展至国内外民俗学及相关领域的学者。在研究方法和理论取向上，本书系既强调立足中国本土的问题意识和扎实、深入的田野研究，也注重开阔的国际学术视野和与国际前沿接轨的探索成果，以增进民俗学对当代社会以及人文社会科学的贡献，深化国内与国际民俗学界的学术交流。

第四，呈现更加丰富多样的研究内容和形式。与"中国民间文化探索丛书"有所不同，纳入本书系的著作不只限于研究专著，还包括田野研究报告、国外理论译介以及相关重要人物和历史事件的口述史等。由于本高精尖学科建设的特点和需求，有关非物质文化遗产、民间文学以及北京非遗的田野调查和研究成果，尤其受到重视。

希望本书系能进一步展现民间文化的当代魅力和活泼生机，推动民俗学朝向当下的转向，从而为丰富和活跃当前国际国内的民俗学研究、促进学科发展，发挥积极的作用。

杨利慧

2022年7月16日于北京师范大学

目 录

写给中文读者的话 …………………………… 沃尔夫冈·米德（1）
以谚语研究分享生活的智慧与快乐 ………………… 张举文（1）

第一编　建设谚语学

谚语的起源 ……………………………………… 张举文译（3）
谚语学基础知识库与文化普及 ………………… 张举文译（18）
作为文化单元或民俗事象的谚语 ……………… 张举文译（35）
未来学的谚语志与谚语学研究：为搜集与研究现代
　　谚语的呼吁 ………………………………… 李丽丹译（51）
先锋谚语学家阿兰·邓迪斯：谚语的验证在于试用 ……… 邓熠译（70）
苹果落不到离树远的地方：基于书籍、档案和数据库
　　对谚语从历史与语境视角的研究 ………… 张举文译（94）

第二编　谚语与认同

唯一的好印第安人就是死了的印第安人：一个刻板印象的
　　谚语化及其历史与意义 …………………… 罗安平译（109）
"无票，无洗"：歧视性谚语隐含的微妙之意 ………… 张举文译（136）
（不要）把婴儿跟洗澡水一起倒掉：一则德国谚语兼谚语
　　表达的美国化过程 ………………………… 丁晓辉译（152）

第三编　谚语与政治生活

谚语在社会政治话语中的人文价值 …………………… 康泽楠译（173）
这是考验女性灵魂的时代：为女权斗争的谚语修辞 …… 李富运译（199）
生命权、自由权与追求幸福的权利：马丁·路德·金利用
　　谚语为争取平等而进行的斗争 …………………… 贾琛译（224）
想要别人怎样对待你，你就怎样对待别人：弗雷德里克·
　　道格拉斯以谚语争取民权的斗争 ………………… 邵凤丽译（248）
别在溪流中间换马：对林肯新创谚语的跨文化和历史
　　研究 ………………………………………………… 武千千译（264）
总统不是打苍蝇的：美国总统就职演说中的
　　谚语修辞 …………………………………………… 李冰杰译（285）
同舟共济：丘吉尔与罗斯福通信中的谚语运用 ………… 侯姝慧译（310）

第四编　谚语与日常生活

好围墙筑成好邻居：一则含义模糊的谚语的历史与
　　意义 ………………………………………………… 张举文译（335）
邻家的草地总是更绿：一则表达不满足的美国谚语 …… 王继超译（348）
每日一苹果，医生远离我：英语医药谚语的传统性与
　　现代性 ……………………………………………… 方云译（374）
不亲吻诸多青蛙，难遇白马王子：从童话故事母题到
　　现代谚语 …………………………………………… 刘梦悦译（398）
各有所好：美国谚语作为一种国际性、国家和全球性的
　　现象 ………………………………………………… 岩温宰香译（421）

附录　沃尔夫冈·米德谚语研究主要著作 ……………………（439）
后　记 ………………………………………………………………（449）

Table of Contents

Words to Chinese Readers .... Wolfgang Mieder (1)
Sharing the Wisdom and Joy of Life through Proverb
    Studies .... Juwen Zhang (1)

Part One   Building Paremiology

Origin of Proverbs .... Trans. by Juwen Zhang (3)
Paremiological Minimum and Cultural
    Literacy .... Trans. by Juwen Zhang (18)
Proverbs as Cultural Units or Items of
    Folklore .... Trans. by Juwen Zhang (35)
Futuristic Paremiography and Paremiology: A Plea for the
    Collection and Study of Modern Proverbs .... Trans. by Lidan Li (51)
Alan Dundes as Pioneering Paremiologist:
    The Proof of the Proverb Is in the Probing .... Trans. by Yi Deng (70)
"The Apple Doesn't Fall Far from the Tree": A Historical
    and Contextual Proverb Study Based on Books, Archives,
    and Databases .... Trans. by Juwen Zhang (94)

Part Two   Proverb and Identity

"The Only Good Indian is a Dead Indian": History and
    Meaning of a Proverbial Stereotype .... Trans. by Anping Luo (109)

"No Tickee, No Washee": Subtleties of a Proverbial
  Slur ·· Trans. by Juwen Zhang (136)
"(Don't) Throw the Baby Out with the Bath Water":
  The Americanization of a German Proverb and Proverbial
  Expression ·· Trans. by Xiaohui Ding (152)

Part Three Proverb and Political Life

The Humanistic Value of Proverbs in Sociopolitical
  Discourse ··· Trans. by Zenan Kang (173)
"These Are the Times that Try Women's Souls":
  The Proverbial Rhetoric for Women's Rights by Elizabeth
  Cady Stanton and Susan B. Anthony ············ Trans. by Fuyun Li (199)
"Life, Liberty, and the Pursuit of Happiness":
  Martin Luther King's Proverbial Struggle for
  Equality ·· Trans. by Chen Jia (224)
"Do Unto Others as You Would Have Them Do Unto You":
  Frederick Douglass' Proverbial Struggle for
  Civil Rights ······································ Trans. by Lifeng Shao (248)
"It's Not a President's Business to Catch Flies":
  Proverbial Rhetoric in Inaugural Addresses of
  American Presidents ···························· Trans. by Bingjie Li (264)
"Don't Swap Horses in the Middle of the Stream":
  An Intercultural and Historical Study of Abraham
  Lincoln's Apocryphal Proverb ················· Trans. by Qianqian Wu (285)
"We Are All in the Same Boat Now": Proverbial
  Discourse in the Churchill-Roosevelt
  Correspondence ································· Trans. by Shuhui Hou (310)

Part Four Proverb and Everyday Life

"Good Fences Make Good Neighbours": History and
  Significance of an Ambiguous Proverbs ······ Trans. by Juwen Zhang (335)
"The Grass is Always Greener on the Other Side
  of the Fence": An American Proverb of
  Discontent ·· Trans. by Jichao Wang (348)
"An Apple a Day Keeps the Doctor Away":
  Traditional and Modern Aspects of English
  Medical Proverbs ································· Trans. by Yun Fang (374)
"You Have to Kiss a Lot of Frogs (Toads) Before
  You Meet Your Handsome Prince": From FairyTale
  Motif to Modern Proverb ······················ Trans. by Mengyue Liu (398)
"Different Strokes for Different Folks": American
  Proverbs as an International, National, and
  Global Phenomenon ······················ Trans. by Wenzaixiang Yan (421)

Appendix: Major Publications by Wolfgang Mieder ······················ (439)
Postscript ·· (449)

写给中文读者的话

沃尔夫冈·米德

梦想总是美好的,但当梦想竟成为现实时,那就是奇迹了。当我的21篇文章由我的朋友张举文和其他一些学者翻译成这部文集时,对我来说简直就是奇迹!我很荣幸能在美国民俗学会年会和美国西部民俗学会年会上认识其中的几位译者。现在,中美民俗学者之间已经建立起密切的合作纽带,包括频繁的互访。也许我会在这部文集出版后有机会访问中国,那当然将是又一次的圆梦!50年来,我一直作为对谚语学和谚语志有独特兴趣的德语和民俗学教授任教于美国佛蒙特大学,如今我75岁。我收集了世界各地出版的10多种语言的近9000册有关谚语的书籍,不久前全部捐献给我校的图书馆。校方在校园最漂亮的图书馆大楼里设立了"沃尔夫冈·米德国际谚语图书室",以便世界各地的学生和学者查阅这些书籍。事实上,这里已经来过许多国家的学生和学者,包括来自中国的学者。①

我深感荣幸的是我的两本小书许多年前曾经被译为中文,② 另外还有两篇文章在中国翻译发表。③ 我本人也为三部有关中国谚语的著作写过书

---

① 其中之一是中国广西的学者周艳鲜,她的《英汉译注壮族谚语2000句》(*Two Thousand Zhuang Proverbs from China with Annotations and Chinese and English Translation*,New York:Peter Lang,2016)发表在我所编辑的《国际民俗学》丛书中。

② 参见[美]米德(Mieder, W.)选编《世界爱情谚语精选—英汉对照》,胡信年编译,新疆人民出版社1991年版;[美]沃尔夫冈·米德(Wolfgang Mieder)编著:《圣经谚语》,胡信年译注,新疆青少年出版社1995年版。

③ 参见陈平《谚语的定义及其基本特征》,《韩山师范学院学报》1997年第1期;胡信年、陈平编译《谚语特征之概述》,《西域文化》1992年第72期。

评，都发表在国际谚语学研究学刊《谣谚》（Proverbium）上。① 我的国际谚语图书室收藏了大量有关中国谚语的研究著作以及研究书目，② 每年有更新的书目发表于《谣谚》。对我来说，当我的这21篇文章被编译成中文出版时，这是多么有意义的事。张举文是美国研究中国民俗的领头学者，为打开中美民俗学者交流的大门做了很多工作。现在他将谚语研究推广到这个交流平台上，我感到荣幸之至。我们都相信，最好的民俗研究应该是从比较的、跨学科的和国际性的视角出发的。

我出生在德国，先后在德国和美国学习了好几种欧洲语言，这让我有机会更好地为国际谚语学者服务，并主编《谣谚：国际谚语研究年鉴》。该刊物曾发表了好几篇有关中国谚语的文章。③ 我希望有新的中国学者和学生为《谣谚》投稿。尽管我们不能以中文发表全文，但可以处理包括汉字的谚语翻译等问题。

显然，我和张举文都希望这部译文集能够鼓励中国的人类学者、文化与文学学者、民俗学者、历史学者、语言学者以及其他有关人士针对无数的中国谚语在多功能性、多情景性以及多语义性等方面发表更多的研究成果。从中我们可以更多地了解中国谚语在书面与口头交流中的重

---

① 3部著作分别是：《中文谚语入门词典》（John S. Rohsenow, ABC Dictionary of Chinese Proverbs (Honolulu, 2002), Proverbium, 19 (2002), pp. 451 - 455）；《有关躯体词语的中德比较研究》[Kaifu Zhu, "Lexikographische Untersuchung somatischer Phraseologismen im Deutschen und Chinesischen" (Frankfurt, 1998), in Proverbium, 18 (2001), pp. 473 - 476]；《中德谚语对照：以动物为例对语言、功能和文化历史方面的对比研究》（Hsiu-chuan Chang, "Chinesische unddeutsche sprichwörtliche Redensarten". Eine kontrastive Betrachtung unter sprachlichen, funktionellen und kulturhistorischen Aspekten am Beispiel von Tierbildern (Hamburg, 2003), Proverbium, 24 (2007), pp. 419 - 424]。

② 参见笔者编辑的《国际谚语学与词语学书目》（International Bibliography of Paremiology and Phraseology, Berlin: Walter de Gruyter, 2009），以及《国际谚语志书目》（International Bibliography of Paremiography. Burlington, Vermont: The University of Vermont, 2011）。

③ 如［美］艾伯华（Wolfram Eberhard）的《中国小说中的谚语选》[Proverbs in Selected Chinese Novels, Proverbium, 2 (1985), pp. 21 - 57]；还有《德语和汉语中去躯体词语》[Jianhua Weng, "Körperteilbezeichnungen in deutschen und chinesischen Phraseologismen", Proverbium, 9 (1992), pp. 249 - 266]；《中文谚语和词语中的"面子"观念》[Hairong Yan, The Concept of "Face" in Chinese Proverbs and Phrases, Proverbium, 12 (1995), pp. 357 - 373]，以及《汉语谚语的权力问题》（Nancy Park, Power in Imperial Chinese Proverbs, Proverbium, 15 [1998], pp. 243 - 263）。

要性，并看到新一代年轻人是如何创造现代谚语的。与此同时，搜集那些（故意改变谚语以便表达新意义，并常有幽默或讽刺性的）所谓的"戏用谚语"（anti-proverb）无疑会提供有益的研究信息。

我们将这些文章分为4个部分。

第一部分是有关谚语学的理论问题，涉及谚语的起源、传播和意义。希望有益于中国谚语在这些方面的研究，如果能建立中文谚语的基础知识库，或者找出最常用的300句谚语，将是很有意义的工作。这种基础知识库在许多欧洲语言中已经有了，当然还有许多要做的工作。这部分有两篇文章是关于谚语的文化学和民俗学研究，以及未来学对谚语学与谚语志的研究。对当今中国的不同语言和方言谚语的搜集是急需的，因为谚语的搜集不能只限于古代文本。通过对当今谚语在口头交流中的功能的研究，我们能够看出谚语在日常生活、政治话语、文学作品以及大众媒体中所扮演的重要角色。这部分也包括了1篇纪念美国民俗学家阿兰·邓迪斯（Alan Dundes，1934—2005）的文章，希望大家能从中对其研究理论与方法有更多的了解。[①] 关于《苹果不会落到离树远的地方》一文，侧重的是研究方法问题，展示了如何对该谚语进行从德国到美国传播历程的追溯。

第二部分的文章探讨在美国社会背景下的认同问题，特别是族群认同问题。有两篇文章分别涉及对美洲印第安人的歧视性谚语，以及对美国华人恶意的刻板印象的谚语。这两个例子说明谚语不是没有害处的，甚至它们可能极其有害，极其令人痛苦。遗憾的是，这类谚语依然存在，因此需要学者严肃对待。另一篇是关于德国谚语"别把婴儿和洗澡水一起倒掉"是如何成为美国谚语的，讨论的是跨语言借用以及德裔美国人的认同问题。当然，如果对当代借用到中文的英文谚语做些研究，可以看出它们在大众媒体、流行文化上的应用情况。

第三部分的文章主要关注谚语在社会政治生活中的应用及其人文价值，侧重的是美国历史上的几位重要政治人物如何利用谚语表达自己的

[①] 有关邓迪斯与我的30年的通信记录，参见 *Best of All Possible Friends: Three Decades of Correspondence between the Folklorists Aland Dundes and Wolfgang Mieder.* Burlington, Vermont: The University of Vermont, 2006。

观点,达到宣传的目的,包括为女权和黑人争取平等权利的斗争。这些文章强调对谚语历史文献的研究,如档案、信件、报刊、演讲等。以类似的方法研究谚语在社会政治生活中的应用是非常有意义的工作。这样的研究方法在英文或其他欧洲语言中较容易彼此受益,但对于中文谚语的研究,我们知道得较少。随着中国在当今世界上越来越重要,学中文的人在不断增加,想要了解中国文化和历史的人也日益增多。如果我现在是个年轻学生,我肯定会学习中文并到中国生活一年。

第四部分涉及一些广为人知的美国谚语,每篇文章都对一条谚语进行起源、历史、传播、用途、功能和意义等方面的追溯。例如,"好围墙筑成好邻居"这条谚语无疑在现代生活中有着新的意义;另外一篇是有关医学方面的谚语,"每日一苹果,医生远离我"。中文谚语中有许多表现民间智慧的医学谚语。而"见什么人行什么事"则代表了新时代新谚语的产生与传播。总之,这部分文章除了侧重谚语的起源、传播以及在现代生活中的意义问题外,还讨论了谚语的模糊性问题。

希望写在这里的话能够向中文读者表达我的心情。50多年来,我把对世界谚语的研究作为我的极大乐趣和荣幸。如果说我从中学到了什么,那就是:作为对人类智慧的概括,谚语以其自身的问题和挑战继续在我们的现代生活中发挥作用;谚语可以构筑桥梁,加强世界上不同文化的人们之间有意义的交流;谚语是民俗和语言的"丰碑",指引着人们在彼此尊重和信任的基础上维系人类秩序;谚语也表明了有着不同文化、语言、宗教的人们事实上并没有他们所声称的那么不同。基于真情和爱,我们因为更多的共同的人性而联系在一起。真心期望这部文集能够向中文读者表明谚语可以成为世界和平的一部分。

尽管已步入古稀之年,但我仍盼望有机会对遥远的中国进行一次美好的谚语之旅。在此,我要再次表达对我的朋友张举文和其他译者的感激之情。他们将我的文章以中文呈现给广大读者,这的确是我的美梦成真啊!

以谚语研究分享生活的智慧与快乐

张举文

  翻译介绍一位学者及其学术成果，通常至少有两个原因：一个是译介者敬慕被译介者，另一个是被译介的著作有价值。而译介沃尔夫冈·米德（Wolfgang Mieder）及其著作便是这两个原因最佳组合的例证。可以说，在当今国际谚语学研究领域，沃尔夫冈·米德的观点和著述几乎是每个出版物无法不引用的。遗憾的是，在国内谚语研究方面，特别是民间文学和民俗学对谚语的研究中，米德的学术成果还没有受到应有的重视。其实，米德对中国的谚语研究有着长期的关注，鼓励和帮助过多位学者以英文发表相关的文章。[①]

  我1996年进入宾夕法尼亚大学民俗学博士项目后不久，便因一位学长朋友的博士论文是谚语研究而听说过米德教授。因为当时那位同学的题目不是本系或本校教授的专长，他要找外校的指导教授，而我当时也处于类似境况，要找一位外校教授来准备我的有关华裔丧葬的论文。记得1998年第一次参加美国民俗学会大会时，只因对"谚语"的习惯性关注而去听了米德教授的报告。结果，他绘声绘色、逻辑清晰、内容透彻、短小精悍的报告一下吸引了我。此后的20多年里，几乎每次年会都以听到和看到他的演讲而有"不虚此行"的感觉。他的那种独特的写作和讲演风格也同样吸引了无数国际学者和学生。

  特别是近些年，我因为较多地参与美国西部民俗学会活动，与米德

[①] 如一篇有关"面子"的谚语的文章发表在米德主编的《谣谚》上（Yan, Hairong. 1995. *The Concept of "Face" in Chinese Proverbs and Phrases. Proverbium*, 12：357 – 373）；一部有关壮族谚语的著作发表在他主编的民俗丛书中（Zhou, Yanxian. *Two Thousand Zhuang Proverbs from China with Annotations and Chinese and English Translation.* New York：Peter Lang, 2016）。

教授有了更多的见面机会，包括一起吃饭、喝茶和聊天，以及发邮件，由此而成为忘年交。值得提到的是，虽然米德教授住在美国的大东北，但每年4月都会来美国西部参加西部民俗学会的年会。这本身已经是美国民俗学界很少见的事了。正是在与他的密切交往中，我不仅从他的著作中学到了学术上的东西，更重要的是从他的为人上感受到少见的德行。我对米德教授的敬仰是因为他和蔼、谦虚并诚实的人品，孜孜不倦的敬业精神，渊博的学科知识，宽广的国际视野，对谚语学和民俗学发展的奉献，对教育和美好行为的无私捐助。

此外，我希望通过系统译介米德教授的成果，帮助推动国内的谚语研究。如果简单查阅一下图书信息不难发现，无论是语言学、文学、心理学，还是民俗学，对谚语研究的成果都少得可怜，而且多数是以古代文献文本为主的，主要侧重谚语集的汇编或谚语词典的编辑，① 缺少揭示历史社会与语言的承启关系的背景信息。尽管一直有学者在关注谚语研究，② 但还谈不上构建系统的谚语学理论与方法框架，尤其是没能将新谚语的创作作为研究对象。在民俗学界，对谚语的研究凤毛麟角，甚至比不上外语教学界等其他学科的研究。③ 但愿正在进行的《中国民间文学大

---

① 参见国家级的多省卷本的《中国谚语集成》（1984—2009）；郑宏峰、姜瑞良主编：《中华谚语》，线装书局2008年版；杨艳、邱胜、陈彬主编：《中华谚语大词典》，中国大百科全书出版社（知识出版社）2007年版；商务印书馆辞书研究中心编：《新华谚语词典》，商务印书馆2005年版；耿文辉编著：《中华谚语大辞典》，辽宁人民出版社1991年版；等等。

② 参见郭绍虞《谚语的研究》，商务印书馆1925年版；薛诚之《谚语研究》，硕士学位论文，燕京大学，1936年；朱介凡编著《中华谚语志》（11册），台北：台湾商务印书馆1989年版；朱介凡《中国谚语论》，台北：新兴书局1964年版；朱介凡《谚语的源流、功能》，台北：东方文化供应社1970年版；谢贵安《中国谣谚文化：谣谚与古代社会》，华中理工大学出版社1994年版；过伟《民间谚语学家朱介凡与〈中华谚语志〉》，《广西师院学报》1997年第3期；温端政编《汉语谚语小词典》，商务印书馆1989年版；周艳鲜《从农业谚语看壮泰民族的传统农耕文化》，《广西民族研究》2016年第6期。

③ 参见宁凤娟《汉语谚语研究综述》，《安徽文学》（下半月）2011年第7期；陈成《谚语研究综述》，《现代语文》（语文研究版）2013年第10期；黄育红《汉语谚语中的性别歧视及社会文化阐释》，《湖南社会科学》2015年第2期；郝明惠《汉语女性谚语研究综述》，《考试周刊》2015年第75期；任渝婉《谚语与法律：少数民族民间法文化的功能启示》，《贵州民族研究》2015年第10期；黄招扬《谚语：传统文化传承的民间载体》，《怀化学院学报》2017年第8期；罗芳春《具身哲学视角下维吾尔隐喻性谚喻义动态构建机制》，《西北民族大学学报》（哲学社会科学版）2018年第1期；岳永逸《谚语研究的形态学与生态学——兼评薛诚之〈谚语研究〉》，《民族文学研究》2019年第2期。

系》（2017—2025）编撰项目中的《谚语卷》能将谚语的搜集与研究工作推到一个新的高度，能够成为推动谚语学的新契机和新平台。相比之下，两百年前就有一批外国人关注到中国的谚语并出版了一些谚语集和研究著作。① 而关于米德的著作，虽然20世纪90年代就有过中文翻译和介绍，如《世界爱情谚语精选：英汉对照》和《〈圣经〉谚语》，但都是作为学英语的辅助读物，少有学术介绍且很不完整（见上面"写给中文读者的话"中的注释）。

中华文化中的谚语之丰富是世界上少有的，如此生机勃勃、每人每日离不开的谚语知识库，无论是汉语的还是其他少数民族的，都没有得到应有的学术重视。在挖掘和传承中华文化传统中，谚语的搜集、整理与研究是必须抓紧赶上的。当下"非遗"保护运动中，谚语得到一定的重视，例如，2011年"沪谚"被列入第三批国家级非物质文化遗产名录，2014年"陕北民谚"被列入第四批国家级非物质文化遗产名录。但时至今日，中国的谚语研究或谚语学建设也许才刚刚起步。

对民俗学来说，谚语是一个重要的民俗类型。现在，不仅要关注口头和文本传承，还要研究谚语的多种功能与意义以及应用，尤其是要研究新谚语的产生与当下社会的变化。比如，当下的"顺口溜"、"段子"或"城市民谣"和"反用谚语"等民俗类型与谚语的语言学和心理学的关系，以及与其他民俗类型和民间叙事的关系等，都是构建中国谚语学必要的基础问题，需要民俗学者以交叉学科的视角，或与其他学科学者的共同合作来推进。我在米德教授的鼓励和支持下，从四个研究领域选择了他的一些代表作并汇编成此书，希望通过系统地译介米德的理论文章，为中国民间文学和民俗学学者及学生提供一些代表国际谚语学研究的路径与范例。在此，仅就他的学术经历与贡献作个简介。

米德的学术经历

沃尔夫冈·米德现为美国佛蒙特大学（University of Vermont）的德语

---

① John Francis Davis. 1822. *Chinese Proverbs*; William Scarborough. 1875. *A Collection of Chinese Proverbs*; Arthur Smith. 1914. *Proverbs and Common Sayings from the Chinese*; Clifford Plopper. 1924. *Chinese Religion Seen through the Proverbs*; Henry Hart. 1937. *Seven Hundred Chinese Proverbs*.

教授、美国民俗学会资深会员。他是国际谚语学研究的著名学者和专家。他所编辑的年鉴刊物《谣谚》(*Proverbium*)是世界上最重要的谚语学刊物,发表了大量论文和参考书目,是谚语研究的重要阵地之一。

米德1944年2月出生于正经历战争磨难的德国,其童年和少年时代是在战后的德国度过的。他回忆,当时没有经历战争的青少年和经历过战争的成年人都对未来充满了迷惘和困惑,在这种环境中,他萌发了走出德国、寻求未来的想法。于是,他在16岁那年,独自去了美国,而且一去就是40年。但是,他时刻没有忘记自己的祖国。他在大学学的是德国文学,从此再没有离开过对德国语言文学的关注。我曾多次目睹他在宣读论文时,每当提到第二次世界大战时的经历都会情不自禁失声落泪。

米德1966年在美国奥利佛学院(Olivet College)获得学士学位,1967年在密歇根州立大学获得硕士学位,1970年在密歇根州立大学获得博士学位。从1971年起米德在佛蒙特大学任教至今,其间于1975年获得终身教授职位,1978年获得正教授职位,并于1977—2008年担任系主任。除了担任学校服务性工作外,米德开设了多门本科生、硕士生和博士生的课程。米德至今仍担任世界多家学术刊物或出版社的编辑或编委,并在美国和德国5家出版社主编谚语研究丛书。他获得过诸多校内外荣誉称号和奖励,以及研究项目基金。如2012年获得美国民俗学会"终身学术成就奖",2013年获得"佛蒙特大学著名德语和民俗学教授"称号。米德还得到国际上的广泛赞誉,2014年和2015年分别被希腊雅典大学和罗马尼亚布加勒斯特大学授予荣誉博士学位。2019年年底,他受邀在葡萄牙举办的国际谚语学会(International Society of Paremiology)上作主旨报告。

米德的学识与品德受到他的同事和学生的广泛赞誉。2004年,米德的同事和学生出版了3部献给他60岁生日的纪念文集。[①] 2009年,1部

[①] Sobieski, Janet (ed.). *A Friend in Need is a Friend Indeed: A Festschrift for Professor Wolfgang Mieder on the Occasion of His Sixtieth Birthday, February 17, 2004*. Burlington, Vermont, The University of Vermont, 2004; Földes, Csaba (ed.). "Res Humanae Proverbiorum et Sententiarum: Ad Honorem Wolfgangi Mieder". Tübingen: Gunter Narr, 2004; Lau, Kimberly J., Peter Tokofsky, Stephen D. Winick (eds.). *What Goes Around Comes Around: The Circulation of Proverbs in Contemporary Life. Essays in Honor of Wolfgang Mieder*. Logan, Utah: Utah State University Press, 2004.

纪念文集献给他的65岁生日。① 2015年，他在70岁生日时又收到作为生日礼物的1部纪念文集。② 2019年，米德又得到1部纪念文集作为献给他75岁生日的礼物。③ 这些礼物体现了国际上诸多学者对米德的尊敬与感激，这应该被视为学术界对一位学者的崇高敬意。但是，这一切对于米德来说都是过去的事。他今天仍在一如既往地上好每一堂课，帮助每一位向他请教的年轻人，以精彩的文章参加每一次会议，精力充沛地在学术田野里继续耕耘，分享着他的新收获。

米德的学术贡献

如上所述，米德所获得的来自世界各地学者的敬意印证了他对学界做出的卓越贡献。民俗学家阿兰·邓迪斯（Alan Dundes）曾这样评价米德教授："他是《谣谚》的判官，是无出其右的谚语学家。"④ 概括来说，米德的学术贡献突出表现在以下几个方面。

1. 主编年鉴刊物《谣谚》（*Proverbium*），汇编多部谚语学研究文献目录。

《谣谚》是目前世界上历史最长的谚语研究刊物，也是重要的学科阵地，发表来自世界各地学者的最新成果。米德从1984年担任《谣谚》主编至2021年卸任，共编辑了38辑，使这些年鉴记录成为学科的重要文献宝库。2009年出版了《国际谚语学和词语学研究文献目录》。米德借助《谣谚》增刊，每年汇编出世界最新谚语研究成果，以注释书目的方式提供给学界。

---

① McKenna, Kevin J. (ed.). *The Proverbial "Pied Piper"*. A Festschrift Volume of Essyas in Honor of Wolfgang Mieder on the Occasion of His Sixty-Fifth Birthday. New York: Peter Lang, 2009.

② Grandl, Christian, and Kevin J. McKenna, In cooperation with Elisabeth Piirainen and Andreas Nolte (eds.). Bis dat, qui cito dat: Gegengabe in Paremiology, Folklore, Language, and Literature. Honroing Wolfgang Mieder on His Seventieth Birthday. Frankfurt am Main: Peter Lang, 2015.

③ Nolte, Andreas, Dennis Mahoney. 2019. Living by the Golden Rule: Mentor-Scholar-World Citizen: A Festschrift for Wolfgang Mieder's 75th Birthday. Bern: Peter Lang.

④ Dundes, Alan. 2007. *As the Crow Flies: A Straightforward Study of Lineal Worldview in American Folk Speech*; Kimberly J. Lau, Peter Tokofsky, Stephen D. Winick, eds. *What Goes Around Comes Around: The Circulation of Proverbs in Contemporary Life*. pp. 171–187. Utah State University Press.

2. 用德语和英语发表大量学术研究成果。1970—2020年，米德发表过专著、合著和主编著作近240部，学术论文530多篇（参见附录）。

3. 创造了"戏用谚语"（anti-proverb）的概念，此概念成为谚语研究的术语。米德注意到，许多"谚语"有"反用谚语"（counter-proverb），即表达相反意义的谚语。不仅如此，许多谚语被通过有意识地改变个别词语而改变原有谚语的意思，成为"戏用谚语"，如英文中"无人是完美的"或"人无完人"（Nobody is perfect）被戏用成"无尸体是完美的"（No body is perfect），因为nobody是"无人"的意思，而"no body"则是"无尸体"的意思。再如中文谚语"吃不了兜着走"（警告甚至威胁人做事要考虑后果，否则将面临麻烦），其戏用谚语或是词语不变，或是变成"吃不了打包走"（指在饭店吃饭将剩下的带走而不浪费）；"今朝有事今朝做"变成戏用谚语"今朝有酒今朝醉"；等等。

4. 推动谚语的国际性研究，发展谚语学。除了与许多国家的学者合作发表文章和著作并以多种语言发表成果外，米德也在世界各地进行学术交流。如他在世界各地作过近400场学术演讲。尤其重要的是，他通过对一条条谚语的研究，展示出一套谚语研究的方法，超越了过去的文本中心论，强调历史、文化等大社会背景和意义。本书体现出他的方法论和关注点，值得深究。

5. 为民俗学科人才队伍建设呕心沥血。米德发表书评127篇、序言13篇，体现出他对同行和年轻学者的支持。他与世界上诸多学者和学生保持书信联系，解答问题，交流心得，通过会议等形式以身作则鼓励年轻学生从事民俗学研究。因此，他获得多部专门献给他的纪念文集也就不足为奇了。

6. 为国际文化交流和教育事业无私奉献。米德始终保持学者的谦虚，从不追逐名利。他与妻子过着勤俭的生活，除了捐助许多教学和研究项目外，还将积蓄捐献出来，在佛蒙特大学设立了专门鼓励小学科发展的教授职位（The Wolfgang and Barbara Mieder Green and Gold Professorship）。此外，他还将自己收藏的近10000册关于世界各地的谚语研究的书籍全部捐献给他所在的大学图书馆，让更多的学生和学者从中受益。

可以说，米德是美国谚语学研究继阿彻尔·泰勒（Archer Taylor）和阿兰·邓迪斯之后，目前贡献最多和最大的学者。在他诸多的著述中

（详见附录），尤其要提到的是《戏用谚语》（"Antisprichwörter"/Anti-Proverbs，1982）、《谚语不过时：现代的大众智慧》（Proverbs Are Never Out of Season：Popular Wisdom in the Modern Age，1983）、《有话直说：从古典词语到种族蔑视语的个案研究》（Call a Spade a Spade：From Classical Phrase to Racial Slur，2002）、《谚语手册》（Proverbs：A Handbook，2004）、《谚语胜于雄辩》（Proverbs Speak Louder Than Words，2008）、《关注民众的谚语：在文化、文学和政治中的谚语智慧》（Behold the Proverbs of a People：Proverbial Wisdom in Culture，Literature，and Politics，2014），以及与他人合编的《众人智慧：谚语研究文集》（The Wisdom of Many：Essays on the Proverb，1981，1994）和《智慧新动作：现代戏用谚语》（Twisted Wisdom：Modern Anti-Proverbs，1999）。这些重要著述勾勒出米德的学术思想体系，为谚语研究指出了新的方向，也树立了方法论的榜样。

本书的翻译

也许是因为认识了米德教授，我多年来一直有写篇有关谚语的文章的冲动，但始终没有行动。几年前，我萌生了系统翻译介绍一些民俗学家及其著作的念头，于是就自然将米德教授列入了这个名单〔其中有《民俗学概念与方法：丹·本-阿默思文集》，中国社会科学出版社2018年版；介绍杰克·齐普斯（Jack Zipes）童话研究的三部文集，待出版〕。

当我向米德教授表达我要译介他的著作时，得到了他的热情支持以及谦逊的感激。他自选了一批文章供我进一步筛选。我根据国内外谚语研究和民俗研究的情况，决定了目前的篇章结构，目的是系统地介绍一位学者半个世纪所积累的学术精华。文集中的文章可以作为各自独立的论文去研读，也可以作为整体理论框架的一部分来思考。米德的研究代表了国际上谚语研究的发展阶段、兴趣范围和最新成果。诚然，如果没有一支来自民俗学内部的充满活力的翻译队伍，本书是无法问世的。我有幸结识了一批年轻的学者和学生，深深感到他们是民俗学界既能写又能译的新一代学者。当然也希望不断有新的力量加入进来。

由于本书的各位译者的经验与背景不同，加之国内缺少谚语术语的规范翻译，本书最突出的挑战就是术语的翻译问题。此外，对谚语本身的翻译也是一个新的挑战，有些直译，有些意译，还有些以中文已有的谚语来译。考虑到篇幅和体例等问题，多篇译文对原文有所压缩，对注释和参考文献有所删减，坚守的原则是不影响表达原作者的思想，并方便中文读者的理解。翻译本书的过程不仅是学术研讨问题，也可以被视为中文吸收外来谚语、创作新谚语的过程。如果说美味佳肴靠的是调料及其秘方，那么优美而具魅力的言辞就离不开谚语。愿中文谚语的传承、创造和研究与时俱进，并为当今全球化时代锦上添花！愿谚语研究爱好者都能在谚语研究中分享生活的智慧和快乐！

第一编

建设谚语学

谚语的起源

【编译者按】 本文（Origin of Proverbs）为《谚语学导论》（*Introduction to Paremiology*）中的第二章。该书由 Hrisztalina Hrisztova-Gotthardt 和 Melita Aleksa Varga 主编，2014 年出版（Warsaw/Berlin：De Gruyter Open Ltd.）。文章对欧美谚语研究史做了多角度的分析，特别是通过对历史起源到当代新谚语的创作的剖析，强调了谚语的个人创作特性与集体运用之间的关系，阐释了有关谚语研究的反用谚语、戏用谚语、伪谚语、假谚语等概念。同时，文章也梳理了谚语学研究中的不同理论观点和方法，有助于其他学科对谚语学的了解。

引 言

1931 年，20 世纪最受尊敬的国际谚语学家阿彻尔·泰勒（Archer Taylor）在其具有划时代意义的《谚语》一书的开头写道："谚语的起源问题几乎还没有被研究。"同年，巴莱特·怀廷（Bartlett J. Whiting）出版了他的重要著作《谚语的起源》，指出谚语的起源等多方面问题需要更多的学术研究。两位谚语学家为这个研究领域提供了许多积极的信息，他们认为谚语不是由民众集体创作的，而是由个人创作的。在某时、某地，某人将所体验到的各种观察、行为或经历概括为一句精练的话，然后被他人引用，可能做些稍许的措辞改变，并出现多个异文，最终形成一个标准的定式。

早在 1823 年，英国政治家约翰·罗素（John Russell）就作过最好的表述。他将谚语定义为"一个人的精明,所有人的智慧",这句话本身也成了谚语式表达,"一人的精明,多人的智慧"①。换句话说,每条谚语都是始于一个人,其敏锐的洞察力得到众人的接受,并被各行各业的人传播,从而成为一种谚语式的智慧。当然,多数的谚语创造者已经不再为人所知了。从文化、民族志、民俗学、历史、语言学、文学等角度研究谚语起源、传播、功能和意义的无数努力,都几乎无法准确找出第一次说出某个谚语的个人。有一个例外的情况,即通过对古代谚语"大鱼吃小鱼"的综合研究,这条谚语被追溯到公元前8世纪希腊作家赫西俄德(Hesiod)的警世长诗《工作与时日》。此后,以翻译或异文方式流传,并形成在多数欧洲(以及之外)语言中相同的表达法。②但是,在希腊语中第一个引用这句普通的表述自然现象的话的人并没有确认这句话的创始者,很可能这条谚语已经在口头交流中早就被使用了,因此无法知道是谁第一次说出这句精练的有智慧的话。可是,对有些谚语来说,我们还是可以准确地知道是谁在什么时候说的,如莎士比亚的"智慧的灵魂是简练"(1601);亚历山大·蒲伯的"希望在人的胸中是永恒的"(1733)——现在通常以更简练的"希望是永恒的"来使用;罗斯福的"说话温柔,手拿大棒"(1990);西格尔的"爱情就是永远不用说抱歉"(1970)。有些谚语清楚地始于文学名著作家的话语,如西塞罗、乔叟、莎士比亚、塞万提斯、席勒、爱默生、布莱希特,等等。很显然,他们的话语成为文学语录,被不断重复,最后流行为谚语,而那些原创的作者则被逐渐忘却。

这一现象在今天仍在继续。诸如丘吉尔、肯尼迪、戈尔巴乔夫、勃兰特(德国前总理)、马丁·路德·金等人都说出或写出过精练的句子,最后成为谚语或谚语式表达。有时,谚语在被引用时也会提到原作者③,

---

① Archer Taylor, *Selected Writings on Proverbs*. Helsinki: Suomalainen Tiedeakatemia, 1975, p. 68.

② Wolfgang Mieder, "'Big fish eat little fish': History and Interpretation of a Proverb about Human Nature". In W. Mieder, *Tradition and Innovation in Folk Literature*, Hanover, New Hampshire: University Press of New England, 1987, pp. 178–228.

③ Archer Taylor, *The Proverb*, Cambridge, Massachusetts: Harvard University Press, 1931, pp. 34–43.

但是，在作为谚语流传时，不论是口头还是书面，它们都被视为匿名的民间智慧。今天，借助大众媒体的力量，这类话语可能在很短的时间里就成为谚语了。

有必要指出，有些谚语被附加上名人的名字是为了增加其权威性，而在那些名人的著作中是找不到这些文本的。"不爱酒、女人和歌的人一辈子都是傻子"（最早的引用是1775年），德国人马丁·路德被认为是创造这句谚语的人。这条谚语在1857年后才在美国英语中流行起来，并始终附加着路德的名字。至于在美国，需要指出，那些被视为本杰明·富兰克林在著名的散文集《致富之路》（1758）中所说的，如"手套里的猫抓不住老鼠""没有痛苦就没有收获""收债人比欠债人的记忆力好"等，其实都不是他创作的。但是，为了强调他的清教伦理责任，他的确发明了这些谚语："到坟墓可以睡个够"（1741）、"时间就是金钱"（1748）、"搬家三次犹如失火一次"（1758）。

一　谚语的创造

过去对谚语的研究一直沿袭着浪漫的思想，即谚语源于民众的智慧。其"出生"被蒙上了神秘的、模糊的面纱，或曰其"父母"被笼罩在神秘中。事实上，谚语被"随意地想象为一种智慧的神秘积累；经过时光而被凝聚起来，没有准确的个人的努力，甚至没有人的作用力"[①]。由此可见，口头社会中谚语的起源是个难以确认的问题，而在有文字的传统中，谚语可能也是匿名的，直到有了第一次的文字记载。人类学家雷蒙德·弗斯在触及那些从新西兰的毛利人中搜集来的口头谚语时，所得出的关于口头社会的谚语起源问题的结论与有关文字社会的是同样的。

似乎很清楚，一定是某时、某人对某事用词语表达了其共同体的共同感觉，并得到群体的其他成员的接受，然后传播，最后成为习惯的表达模式……在原始群体中，通常有三种创作谚语的进程：

---

① Raymond Firth, "Proverbs in Native Life, with Special Reference to Those of the Maori", *Folklore* (London) 38 (1927), pp. 134 – 153; pp. 245 – 270, p. 262.

1. 某个人对特定环境的具体归纳表述；

2. 被大多数人接受，并适用于较广泛的情景，似乎有个别词语的调整，以便适合表达特定的思想和情绪；

3. 可能在无意的过程中对词语或意义做些修改，目的是保持与公众的情绪相符。①

美国著名的研究中世纪文学的学者巴莱特·怀廷在其《谚语的起源》（1931）中赞同弗斯的看法，认为谚语的创作与接受过程在无文字和有文字的社会几乎是一样的。

> 我们无法理解一个普通词是由一群人同时创作的，同理，也无法理解一群人，无论是出于什么冲动和环境，能一起创作一条谚语。因此，总体来说，我们不得不承认每条谚语都是某个人的创作，同时，我们还必须自问这里所说的"某个人"到底是指什么样的人。如果我们要想假设谚语是有意识地文学创作，我们就得先假设这条谚语是某个作者以自己的名字单独发表的作品，或是发表在一个谚语集中，或是融合在某篇更长的文学作品中，再不就是某个人想办法把自己的名字与某条谚语连在一起。②

几乎在怀廷完成上面那篇文章的同时，他的朋友阿彻尔·泰勒也在其珍贵的经典著作《谚语》（1931）中的《谚语的起源》一章里得出了同样的结论。

> 试图区分对待"文学"（发明）的和"大众流行"（口头）的谚语，这是不妥当的。同样的问题也存在于所有的谚语中，其局限在于某种情况下历史考证研究极大程度上受到有限的现存文献资料的

---

① Raymond Firth, "Proverbs in Native Life, with Special Reference to Those of the Maori", *Folklore* (London) 38 (1927), pp. 262–263.

② Bartlett Whiting, "The Origin of the Proverb". *Harvard Studies and Notes in Philology and Literature*, 13 (1931), pp. 49–50.

限制。一般情况下，我们可以把"文学"谚语沿着文学传统追溯到很古老的过去，如对中世纪至今的历史通过古典文献和《圣经》来考证，但就那些"大众流行"的谚语来说，则没有这样的好运。显然，试图以"文学"与"大众流行"来作区分是没有意义的，这完全是在碰运气（是否能找到有关某个谚语起源的文字记录）。①

站在这些现代谚语学大师的肩上，也许我们可以作如下表述，同时还要意识到，"我们只能将已知的和共用的交际方式视为谚语，这意味着我们（在大多数情况下）不得不忽视该谚语的起源"②，而且，一条类似谚语的陈述需要经过"谚语化过程"③才能成为真正的谚语。

> 谚语，如同谜语、笑话或童话一样，都不是天上掉下来的，也不是某个民众群体的神秘灵魂的产物，而总是某个人有意或无意地创作出来的。如果一种表述包含某种真理或智慧，并展示出某种谚语标志（如对仗、押韵、字头韵、省略、暗喻等），就可能变得"时尚"，用于家庭的小范围，之后是整个村落、一个城市、一个地区、一个国家、一个大陆，最后到全世界。谚语在全球流行不是空幻梦想，因为有些古代谚语已经在世界各地流传着。今天，借助大众媒介不可思议的力量，一个新形成的类型谚语的表述的确可能相当快地通过广播、电视和印刷媒介在全球得到流行。如同多数口头民俗行为一样，一个原创的表述可能在传播中发生变化，甚至变成匿名的，成为在用词、结构、风格和寓意上都易记的谚语④。

此外，还要考虑到原创表述在发展成标准谚语形式的过程中的异文

---

① Archer Taylor, *The Proverb*, Cambridge, Massachusetts: Harvard University Press, 1931, pp. 4–5.

② R. Ayap, "On the Genesis and the Destiny of Proverbs", In H. Knoblauch & H. Kotthoff, Eds., *Verbal Art Across Cultures: The Aesthetics and Proto-aesthetics of Communication*, Tubingen: Gunter Narr, 2001, p. 239.

③ C. Schapira, C. (2000). "Proverbe, Proverbialisation et Deproverbialisation", In J. C. Anscombre, Ed., *La Parole Proverbiale*, Paris: Larousse, 2000, pp. 85–86.

④ W. Mieder, *Proverbs: A Handbook*. Westport, Connecticut: Greenwood Press, 2004.

问题,以及该谚语本身可能被以各种形式运用,如引喻、部分轶事、问句、戏用谚语等。要注意"某一条谚语是一个抽象体,是可用于多种变化的基础形式",这是个有理论用途的问题①。换言之,上述讨论的结论是,"所有谚语的文本都是可以独立存在的,可以脱离其起源的境况,并可以被继续附加意义"②。的确,新的谚语不断被创造出来,并被加入谚语知识库,但还不能忘记,传统的谚语也可能不再适合现代世界的行为模式,而不再被使用,如反女性的谚语"女人的舌头像羊尾巴"或"女人是不结实的容器"。因此,20世纪70年代初期的妇女解放运动导致创作出这样的新谚语也就不足为奇了,如"没有男人的女人像没有自行车的鱼",及其异文"女人需要男人就像鱼需要自行车"等。其实,后一句的创作者并不是美国女权主义者格洛里亚·斯坦恩(Gloria Steinem),而是澳大利亚教育工作者杜恩(Irina Dunn)③。谚语仍在继续被创作出来,显然在现代社会是有前途的(Combet 1996),正如沃尔夫冈·米德的《谚语是不过时的:现代的大众智慧》(1993)所说。在讨论现代谚语创作的特殊性之前,有必要回顾一下属于欧洲基本谚语知识库的谚语创作经历的四个主要阶段④。虽然这里以欧洲国家、文化和语言为例,不等于说在非洲、亚洲、中东等地没有类似的发展。

二 欧洲谚语的四个主要共同源头

尽管多数谚语的原创者可能永远无法确认了,但其起源的时代还是可以大致论证的,而且详细的历时性和比较研究可以较准确地追溯到一个谚语的源头。一条谚语所表达的"现实"无疑提供了最接近的起源

---

① Charles Doyle, "Observations on the Diachronic Study of Proverbs", *Proverbium*, 18 (2001), p. 73.

② S. Olinick, "On Proverbs. Creativity, Communication, and Community", *Contemporary Psychoanalysis*, 23 (1987), p. 464.

③ C. Doyle, Mieder, W. & Shapiro, F. R. eds, *The Dictionary of Modern Proverbs*, New Haven: Connecticut, Yale University Press, 2012, pp. 279 – 280.

④ Wolfgang Mieder, "*The History and Future of Common Proverbs in Europe*", In I. Nagy & K. Verebelyi, eds., *Folklore in 2000*, Budapest: Universitas Scientarium de Rolando Eotvos Nominata, 2000, pp. 303 – 307.

年代。① 所以，丹麦谚语学家本特·埃尔斯特（Bendt Alster）以惊人的抽丝剥茧式的方式对古苏美尔楔形文字谚语进行解码，阐明在古代文学和古代文献中对应这些古代智慧的表达法，从而证明欧洲共享的谚语始于公元前2500年之前的口头交流。②

这些楔形文字也包括较古老的寓言和民间叙事的残余部分，而这些后来被压缩成谚语。但这些工作还是没能揭示第一次把这些文本缩减成谚语的个人是谁，或那准确的时间。有些很有暗喻性的谚语可以追溯到伊索的动物寓言，以及童话和民间故事。事实上，有些这样的古代和中世纪末期的叙事已经被忘记了，而只是以谚语或谚语式表达依然存在着，如"酸葡萄""马槽中的狗"（不拉屎还占茅坑），以及"别杀下金蛋的鹅""哭声大眼泪少""太阳会把它照亮"（做坏事总会被抓到）等。

首先，在许多欧洲语言中有同样词汇的谚语至少可以追溯到希腊和罗马源头，而且其实际源头会在被记录之前更早的时代。英国学者怀特·马维（Dwight E. Marvin）在其重要的比较研究成果《古老的谚语》（1922）中包括了有关50条"国际性"欧洲谚语的研究短文，并开宗明义地指出："将谚语被记录时间假设为其源头是错误的。许多我们所熟悉的，就目前所知，最早是来自罗马人，但是，拉丁文是无数希腊文词组的媒介，早于罗马文，而那些罗马文可能只是无名的哲学家的话语的一部分，是残余的历史记录，也许是对古典预言的呼应，或是已遗忘的神话和寓言中被接受的部分。"③

然而，还要指出，在距此70年之前，特兰奇在他早期的谚语学概论《论谚语问题》（1853）中就表述道："各国之间还在继续互相借用谚语。"④ 更有意义的是，德国谚语学家弗雷德里克·塞勒（Friedrich Seiler）将这种借用称为"借用谚语"，并以其四卷本《德国封建时代谚语》的汇编和分析（1921—1924）向学术界表明，流行于德语中的许多谚语是借用或借译自古典时代、《圣经》文献和中古拉丁文中的谚

---

① Alan Dundes, "Paremiological Pet Peeves". In I. Nagy & K. Verebelyi (Eds.), *Folklore in 2000*, Budapest, Universitas Scientarium de Rolando Eotvos Nominata, 2000.

② B. Alster, *Wisdom of Ancient Sumer*, Bethesda, Maryland: CDL Press, 2005.

③ D. E. Marvin, *The Antiquity of Proverbs*, New York: G. P. Putnam's Sons, 1922, p. 3.

④ R. C. Trench, *On the Lessons in Proverbs*, New York: Redfield, 1853.

语。他的著作对阿彻尔·泰勒几年后在美国出版的深受欢迎的《谚语》有很大影响。

  随着德国与周边国家交往的增多，来自法语、意大利语、丹麦语、瑞典语、捷克语、波兰语等的谚语也被借用到德语中。这种借用是欧洲的普遍现象，并在两部具有划时代意义的著作中有所比较和记录：斯特劳斯（Emanuel Strauss）的三卷本《欧洲谚语词典》（1994）和帕克佐拉（Gyula Paczolay）的《55种欧洲语言中的谚语与阿拉伯文、波斯文、梵文、中文和日文对照》①。还有不能忘记的鹿特丹的伊拉斯谟（Erasmus of Rotterdam）所扮演的重要角色，他的著作中包含了数千条来自希腊文和罗马文的引文。16世纪的人文主义者大量使用了他的汇编，其中的谚语被用于教育目的，并出现在文学作品及非正统的翻译文集中。事实上，帕克佐拉认为这部著作是古典谚语传播的"次要源头"（secondary origins）②。这种借用如此普及，以至于许多表面上很肯定的俄语、西班牙语或匈牙利语源头的谚语，在经过仔细考证后，都被证明是借译其他语言。特兰奇在150年前就对此现象有过精彩的描述。例如，较新的《美国谚语词典》包括很多源于北美的谚语，也有许多是源自英国的，以及在几个世纪里借译自其他语言的。③

  此外，还有一个重要问题，这些借译谚语都被认为是单一起源的。事实上，一条谚语的多起源问题是存在的。邓迪斯曾指出："即使只是从字面引用，也要区分其实际的差异，即所用谚语的异文和版本问题。仅从结构比较上看，即使假设它们之间有历史渊源的联系，也有可能这些异文的各个版本其实是独立产生的，也就是说它们是有多源头的。"④

  单一起源与多起源的问题在格林兄弟那里就有过讨论，但至今仍是

---

  ① G. Paczolay, *European Proverbs in 55 Languages with Equivalents in Arabic, Persian, Sanskrit, Chinese and Japanese*, Veszprem: Veszpreni Nyomda, 1997.

  ② G. Paczolay, "European Proverbs", In W. Eismann, ed., *EUROPHRAS 95. Eurapiiische Phraseologie im Vergleich: Gemeinsames Erbe und kulturel/e Vie/falt*, Bochum: Norbert Brockmeyer, 1998, p. 606.

  ③ Mieder, W., Kingsbury, S. A. & Harder, K. B., eds., *A Dictionary of American proverbs*, New York: Oxford University Press, 1992.

  ④ Alan Dundes, "Paremiological Pet Peeves". In I. Nagy & K. Verebelyi (Eds.), *Folklore in 2000*, Budapest, Universitas Scientarium de Rolando Eotvos Nominata, 2000, p. 298.

困扰学者的问题。尽管多起源很难被论证，但也有成功的事例，例如，通过艰苦的多重语境辨析，中世纪晚期的法国谚语"让乔治去做"（1498）指的是法国政治家当时的情况，而美国谚语"让乔治做"（1902或更早）指的是美国非裔的火车搬运工，两者没有渊源关系。

也许还可以用"次要起源"来说明借译情况。尽管谚语学研究还没有使用这个概念，但这个概述适于解释这一现象。例如，德语的"苹果不会落在离树远的地方"，有记载始于1554年，其英语翻译出现在1824年至1836年的美国先验主义哲学家爱默生的著作中，并被由此称为"美国的"谚语。

欧洲谚语的第二个共同源头是《圣经》及其他宗教文本，它们是记载了古典智慧的文献。《圣经》是被翻译最多的文献之一，其影响波及多个国家和语言，其中许多谚语比《圣经》更古老。这些谚语已经彻底融入欧洲多种语言，以至于当地人在使用时已经想不到它们是来自古老的《圣经》文献所记载的古代智慧。例如，这些在欧洲借译的谚语"种什么收获什么""为别人挖陷阱的人会自己掉进去""看见别人眼中有刺，看不见自己眼中有梁木""不劳者不食""己所不欲勿施于人""以眼还眼以牙还牙""种瓜得瓜种豆得豆""人活着不只靠面包"，等等。当然，翻译的问题无疑也影响到谚语的传播。

第三个源头是中世纪拉丁文中丰富的谚语宝库。九卷本的巨著《源自拉丁文的谚语：拉丁文谚语和中世纪的句子》，以及十三卷本的《中世纪的谚语宝库：罗马日耳曼文中的谚语和词汇》都收录有数千条谚语，展示了当时谚语的丰富。这些谚语并不都同样流行于欧洲，有些也确实发展成国际性的了。例如，"今天的事不要等到明天做""趁热打铁""闪光的不都是金子"等。"条条大路通罗马"是出自中世纪的拉丁文，也许人们会感到惊讶，但的确如此，因为"罗马"在此不是帝国之城，而是教会之城。换言之，对教徒和神职人员来说，所有的事都联系到罗马的教皇权威之地。

还需要指出，从中世纪到现代，有数千当地创作的谚语后来进入国家或地区性的谚语知识库。这些谚语的创作者已无人知晓，但它们具有谚语的各种标志（如暗喻、结构、韵律、对仗等），并被不断重复，也具有了谚语的特质。当然，每条谚语还需要仔细研究以便弄清它们的起源、传播、意义，以及持续使用的情况。

第四个源头是当今在欧洲共同流行的谚语。曾几何时，拉丁文是欧洲的通用语言，而现在，英语（尤其是美国英语）取而代之，并在世界通用。英国和美国谚语一直被借译着，这个趋势在第二次世界大战之后尤其突出。美国承担了主要的政治、经济、文化角色，与欧洲一起在世界上发挥重要影响。美国的生活方式及其世界观强调实用主义、商业、消费主义、流动性以及大众文化（如音乐、电影、电视等大众媒体），并通过英语这个交流工具渗透到世界各地。一些英语词汇早已被以直接或借译方式吸收到许多语言之中，例如，富兰克林的"时间就是金钱"已进入无数语言。以德语为例，这些谚语都有德语的借译："河中不换马""跳探戈舞要两个人""别把鸡蛋都放在一个篮子里""每日一苹果，医生远离我""一图胜千言""邻家的草地总是更绿""狗是人类最好的朋友""没消息是好消息""好栅栏筑起好邻居"。

三 一些现代谚语的起源

就大众媒介而言，流行歌曲的歌词、电影中的对白、书名、广告词、汽车保险杠标贴、文化衫词语、新闻标题等可以迅速成为谚语。在某种情况下，如果去查证，原创者和第一时间都可以确定。但通常这些个人都不在公众视野中，大家也不在乎是谁创作的。无疑，当代人们喜欢创作出可以被称为"伪谚语"（fake-proverb）的类似谚语的句子。随着时间的推移，它们有可能成为真正的谚语。① 例如，广告语"把在拉斯维加斯发生的事留在拉斯维加斯"（2002）成为吸引游客的谚语，"用花说话"（1917）则出自美国花卉协会，"人生像一盒巧克力"（1994）来自电影《阿甘正传》。

现代谚语被个人有意识地创作出来，符合当今紧张社会生活艰难中的所谓"实验法则"。有些人的名字被记住了，有些则没人注意。但在口头和书面交际中，的确有许多名字被接受了，并与一些谚语连在一起。

---

① Wolfgang Mieder, "*Think outside the box*": Origin, Nature, and Meaning of Modern Anglo-American Proverbs", *Proverbium*, 29 (2012), pp. 137–196.

有特别意义的是,"如果什么事可能出错,就一定出错"(If anything can go wrong, it will)及其多个异文都成为流行的谚语。这个说法最早出现在马斯克林(Nevil Maskelyne)的《魔术艺术》(1908)一文中。此后,直到1951年,这个说法成了印刷出来的"墨菲法则"(Murphy's Law)。依据《现代谚语词典》(2012),墨菲的名字之所以与这条谚语连在一起是因为,"在流行的传说中,墨菲法则起源于1949年加州的爱德华空军基地,由一个项目经理发明。这个经理叫乔治·尼克斯。他听到爱德华·墨菲关于一个失败的实验的抱怨后,便说了这句话。但是,这个说法是1955年后才有记录的"①。所以,没人知道真正发明这句话的人到底是谁,可是爱德华·墨菲的名字却与这个法则连到了一起。

还有一种谚语的创作是有意识地依照所谓的"反用谚语"(或反谚语,counter-proverbs,指将现有的正面意义改变成反面意义,反之亦然)或"戏用谚语"(anti-proverbs,有意识地改变用词和意义)。不论结果如何,新的谚语的确由此依照传统谚语特征被创作出来。例如,反谚语的例子有,古老的"奉承让人止步"被改成"奉承让你任意驰骋"(1926),"越大不见得越好"(1928)被改变成"越大越好""大小很重要"(1964),被反用成"大小不重要"。同理,戏用谚语虽然不是新现象,但在20世纪初以后变得普遍。例如,"人无完人"(无人是完美的)(1958)被戏用为"无尸体是完美的","漂亮只有皮肤厚"被戏用为"漂亮只在表面"(1963),"经验是最好的老师"变成"权力是最好的老师"(1966)。

有些戏用谚语只有一天的寿命,而有些因为其表达的智慧而被接受为新谚语。这种用法在大众媒介日益重要的今天显得尤其突出和有影响力。这也提出一个问题,谚语是否可以被有意识地创作出来?怀廷在其《谚语的起源》一书中明确回答说不能(Whiting 1931:20),他根据警句和箴言所论证出的结论可能是正确的。但是,当代的小说家和语义学家托尔金(J. R. R. Tolkien)无疑在其《霍比特人》(1937)和《指环王》(1956—1957)中"发明"了谚语,例如,《霍比特人》中的"每个虫子

---

① C. Doyle, Mieder, W. & Shapiro, F. R. eds, *The Dictionary of Modern Proverbs*, New Haven: Connecticut, Yale University Press, 2012, pp. 101-102.

都有弱点"和"别嘲笑活着的龙"。很可能,怀廷有关谚语发明的看法是错误的。谚语在不断被创作,无论是以何种形式。

四 谚语起源的新理论

倘若听到斯蒂夫·温尼克（Stephen Winick）、理查德·弘耐克（Richard Honeck）和杰弗瑞·维尔奇（Jeffrey Welge）对谚语的有意识创作和发明的观点,令人尊敬的怀廷可能会相当惊讶。温尼克在其有开拓性的《在界定谚语类型中的互文性与改造问题》（2003）一文中提出:"如果有合适的条件,以谚语的模式（结构）所创作的新条目的确会被（作为新谚语）广泛引用。"[1] 例如,"不同的伤口要用不同的药膏"是个较古老的谚语,其谚语结构是"不同的X要用不同的Y",由此出现了非裔美国人的"不同的人要用不同的抚摸"（各有所好）。他进一步指出,流行度和传统性不应该再被考虑为"谚语性"的因素。换言之,一句发明出来的话,如果有一些标志（如字头韵、句尾韵、对仗）,就可以是一条谚语。这样的"话语在一被说出来就具有某种谚语意义,也就已经是谚语了"[2]。对于温尼克来说,一句话的谚语性就存在于其文本本身,而这文本就是一条谚语,无须传播、流行、传统性等文化或民俗学特征,也无须将权威性作为其谚语性的核心部分。所以那些"有时"出现在谚语中的特征,如语音的、语法的、语义的、诗性的、对某个古人的归属性等特征,都是互文参考的技巧方法,吸引我们去想到此前的谚语所表达的话语。因此,从广义来说,所有这些谚语的"偶然"特质都汇聚成恒定的特质:通过融入互文参考而获得修辞力。这条路径让我们看到谚语传统内部充满动力的创造生机。

当然,这种类似谚语或假谚语（pseudo-proverb）的话语可能被某个

---

[1] Stephen Winick, "Intertextuality and Innovation in a Definition of the Proverb Genre", In W. Mieder, ed., *Cognition, Comprehension, and Communication: A Decade of North American Proverb Studies* (1990–2000), Baltmannsweiler: Schneider Verlag Hohengehren, 2003, p. 572.

[2] Stephen Winick, "Intertextuality and Innovation in a Definition of the Proverb Genre", In W. Mieder, ed., *Cognition, Comprehension, and Communication: A Decade of North American Proverb Studies* (1990–2000), Baltmannsweiler: Schneider Verlag Hohengehren, 2003, p. 573.

听者或读者理解为真实的谚语，甚或如温尼克所说，"这完全是个阐释的问题。如果那句话被阐释为谚语，那它就是谚语，至少在那特定的情景下"①。他将这种可能性视为谚语创作的新的动力性路径，并总结道，他的这种"互文性模式可以让新的话语因与之前的类型说法有呼应而被接受为谚语，而不是去排斥性地说它们'还不够成为谚语'"②。单纯从语言学或互文性角度来说，这些看法是有意义的。然而，即使某人创作了这种类似谚语的句子，并声称其为谚语，如温尼克建议的，也还需要有受众接受来验证这种个人创作是否值得被认为如此。比如，按照温尼克的思路，可以把"证明布丁的好坏在于吃"这个谚语做些改变，创造出"谚语的好坏在于重复"这个谚语。这种利用互文性的创作本身没有什么问题。但是，要将这句话称为常规意义的谚语，当然还需要更多的语境参考。同理，就谚语性而言，"越多越快乐"有什么不当之处吗？

理查德·弘耐克和他的合作者杰弗瑞·维尔奇同样发表了他们富有新意的文章《实验室中谚语智慧的创作》（1997）。他们与温尼克一样质疑泰勒、怀廷等许多谚语学家关于谚语创作的文化与民俗观。他们从认知角度来界定自己的路径，提出"谚语最好被视为抽象理论的心理内容，而不是作为熟悉的、包含文化信息的形式"③。从某种程度上来说，尽管这个观点是独立发展出来的，但它多少与温尼克的语言学立场相似，因为他们认为："根据认知观点，谚语可以是熟悉的，也可以是不熟悉的、个人的或集体的、有社会语境或没有社会语境的、为了社会目的或不为了社会目的，可以与其他谚语程式一致，也可以不一致。认知观点的核心是看这个陈述是否像谚语那样发挥一定功能，或是否有可能发挥功能。这样看来，谚语的基本功能是心理学的，或者说，它们对事件作出分类，

---

① Stephen Winick, "*Intertextuality and Innovation in a Definition of the Proverb Genre*", In W. Mieder, ed., *Cognition, Comprehension, and Communication: A Decade of North American Proverb Studies* (1990–2000), Baltmannsweiler: Schneider Verlag Hohengehren, 2003, p. 588.

② Stephen Winick, "*Intertextuality and Innovation in a Definition of the Proverb Genre*", In W. Mieder, ed., *Cognition, Comprehension, and Communication: A Decade of North American Proverb Studies* (1990–2000), Baltmannsweiler: Schneider Verlag Hohengehren, 2003, p. 592.

③ R. P. Honeck, & Welge, J. "*Creation of Proverbial Wisdom in the Laboratory*", *Journal of Psycholinguistic Research*, 26 (1997), pp. 605–629.

并激发思想和行为。"① 但是，他们认为有必要进一步补充说明，谚语是明显有警世的实用功能的，"直言之，我们并不质疑强调谚语的传统性的文化与民俗学观点，可是我们认为，这个观点忽视了对谚语最初创作的认知心理进程的重视"②。的确，谚语学家大多没能恰当回答心理学的问题，即为什么人们创作了这么多谚语，而——举例来说——美洲印第安人则几乎没有创作出谚语。对此，他们的一个重要论点是：

> 如果谚语的认知论被接受了，那么在实验室中创作谚语性就成为可能。因为这个观点不暗示文化观点的复杂性，不考虑传统性、社会使用等谚语功能的必要因素。所必要的是，一句话有助于达到谚语所能达到的基本分类和激发思想的功能。的确，可以假设，也许个人层面的谚语要比文化层面的谚语更多，而如果文化定义被接受，前者的所有方面就都被排除在考虑范围之外了。然后，如果认知观点之前景被接受，所有那些在谚语创作初期存在的问题也就都成为一系列可操控的实验参数。③。

他们进而使用了"个人谚语""准谚语""婴儿谚语""未成熟谚语""待用谚语"等概念来表述谚语创作初期的情况。谚语学者都曾经考虑过那些方面的问题，并认为谚语创作问题还必须考虑创作者之外的问题。当然，没有哪个谚语志学者能将所有的所谓"个人谚语"都收录起来，而那些个人谚语也许更应该被称为名言或警句，以区别于大众所接受的对谚语的理解。④

---

① R. P. Honeck, & Welge, J. "Creation of Proverbial Wisdom in the Laboratory", *Journal of Psycho-linguistic Research*, 26 (1997), p. 208.

② R. P. Honeck, & Welge, J. "Creation of Proverbial Wisdom in the Laboratory", *Journal of Psycho-linguistic Research*, 26 (1997), p. 208.

③ R. P. Honeck, & Welge, J. "Creation of Proverbial Wisdom in the Laboratory", *Journal of Psycho-linguistic Research*, 26 (1997), pp. 208 - 209.

④ Wolfgang Mieder, *Proverbs Are Never Out of Season. Popular Wisdom in the Modern Age*, New York: Oxford University Press, 1993, pp. 18 - 40.

结　论

　　谚语是由个人创作的。每个人都可以创作一句包含普遍真理，并且听起来像谚语的话，也可以包含所有谚语所具有的风格和语言学特征，还显得充满智慧。但是，这样的创作还有一个基本的问题，这个问题也存在于现有的每条谚语中，无论其文本如何接近我们所理解的谚语，还需要一些基本因素才能成为真正的谚语，即一条谚语需要在民众中有一定的流行度。换言之，这条谚语必须在大众的口头和书面交流中得到接受，还必须有一定的频率和传播范围。

　　回顾几个世纪以来的谚语创作可以看出，通常是要几年、几十年，甚至是几个世纪的时间才能让一条谚语被接受并获得一定的流行度和传统性。今天，在计算机和互联网的时代，一个人可能即兴创作一句类似谚语的话并在几秒钟就传播到全国甚至全世界。的确，现代谚语可以这样快速传播很远。但是，当然还要看这句话是否能在一段时间内继续流传。多长时间呢？这是个很难回答的问题。毕竟，谚语都是有产生、流行和消失的过程的。1天、1周、1个月或1年当然都是太短了，那么10年呢？无论如何，从《现代谚语词典》（2012）所收录的谚语来看，有些现代谚语已经存在几十年了，并被证明一直具有生命力。

　　可以肯定的是，谚语创作的时代还没有结束。人们总会感到有必要把自己的观察和经验提炼成易记和可重复的概括，而那些引起普遍兴趣并且构成规范的，或许也带着运气的成分，将会被他人接受。"谚语不过时"这条谚语始终是正确的，而研究现代谚语的起源就如同重构一条古代谚语的可能起源一样令人着迷。那么，就某条谚语的起源问题，为什么还有很多需要研究的呢？答案很简单：只要一提到某条谚语的起源问题，就会构成一个多层面的复杂学术课题，并通常产生出一系列冗长的专著，包括大量的有关语言学、民俗学、文学、文化和历史的参考文献。在此，用"什么事都不会像看起来那样简单"（1905）来形容现代谚语无疑很恰当，但这并不能阻止谚语学家去寻找能揭示谚语创作和传播过程的答案。

谚语学基础知识库与文化普及

【编译者按】 本文（Paremiological Minimum and Cultural Literacy）是作者为《民俗的创造性与传统》（Creativity and Tradition in Folklore）一书所撰写的其中一章。该书由西蒙·布朗纳（Simon J. Bronner）主编，1992 年由犹他州立大学出版社出版。文中论述的"基础知识库"是了解一个文化传统的重要途径，也是谚语研究的一个必要前提。当然，在不同历史阶段和跨文化语境下，这样的知识库也可能有碍于对新谚语的吸收和强化特定群体对某些谚语的拥有感。文中所展示的不仅是一种理论观点，也是谚语研究的方法之一。

在认识到基本言语事象（如名称）的语言学本质，研究不同社区中的名称或名字的心理学和文化用途之后，比尔·尼古拉森（Bill Nicolaisen）注意到，"一般来说，对起名或命名过程的研究很多，以至于很容易忘记在诸多的事例中，我们需要的不是去命名，而是去理解名字"（Nicolaisen 1980：41）。为此，他创立了一个概念"专有名词总汇"（onomasticon），指的是习惯上接受的名称词汇总集，以便"妥当地认知、思考和交谈"。尽管每个人都有独特的名称词汇总集，但这些词受到"一个社区的名称使用者和命名者的影响，这些人形成了在文化和社会意义上有分层的专有名词的方言区"（Nicolaisen 1980：42）。

尼古拉森所注意到的问题是一个研究领域的一部分，是理解传统知识与社会的对应关系范畴的问题（Nicolaisen 1976）。这个问题可以进一步引申到谚语的研究中，特别是因为谚语在传统上是表达一个社会的常规智慧的。近来对谚语与谣谚的理论研究主要是关注语言学上的问题，以比较为主来看谚语的特定结构和符号学层面的问题。苏联语言学家和民俗学家普列米亚科夫（Grigorii L'vovich Permiakov，1919—1983）1970年出版了经典著作《从谚语到童话》，1979年被译为英文。

该书对国际谚语学的影响极大。此外，芬兰马蒂·库斯（Matti Kuusi）的《构建国际谚语类型体系》（1972）一书，阿兰·邓迪斯（Alan Dundes）的《论谚语的结构》（1975）一文，以及雪莱·阿若拉（Shirley L. Arora）的《对谚语性的认识》（1984）等，都为现代谚语学奠定了坚实的基础。在诸多专著及论文集中，有3部著作尤其需要特别提及，即佐尔坦·坎亚（Zoltan Kanya）的《谚语：一种简单形式的分析》（1981）、皮特·格里兹贝克（Peter Grzybek）与沃尔夫冈·伊斯曼（Wolfgang Eismann）合编的《谚语的符号学研究》（1984），以及尼尔·诺里克（Neal R. Norrick）的《谚语如何表达：对英语谚语的符号学研究》（1985）。

尽管这些著作代表了有关谚语的定义、语言、结构和意义研究方面的极大进步，但是，它们都没能考虑两个超出语言学文本层面的极其重要的问题：第一个涉及传统性的历时性问题，即凡是符合成为谚语的文本都必须已经有（或曾经有）一定的流行度；与此相关的第二个问题是共时性问题，即特定时期某个文本的出现频率或大众熟悉程度。目前数十个谚语的定义都没有提到这两个问题，但从言语民俗角度来考虑，任何一个谚语都必须"证明"它的特定的传统性和使用频率。

就那些从前辈传下来的谚语而言，其真实的谚语性（proverbiality）问题可能已经为历史上的谚语词典所证实，包括针对某些有文字记录的谚语的诸多参考条目和异文。世界各地的谚语志工作者已经搜集出版了大量的历时性文集，其代表性著作是巴莱特·怀廷（Bartlett Whiting 1968；1977；1989）汇编的英国和美国谚语词典。

借助现代计算机，这种从历史角度汇编的谚语集还会继续在各国以各种语言出版。这类谚语志著作通常没有回答一些至关重要的问题，如这些谚语目前的使用情况如何？那些从上一辈传下来的文本今天还在继续用吗？哪些算是地道的当代新谚语？目前人们对这些谚语的熟悉程度如何？

这些并非新问题，但是它们需要以现代数据统计研究的新手段去进行更科学的研究。美国社会学家威廉·阿尔毕格（William Albig）是最早使用人口学方法研究谚语的学者之一。他的结论是：随着社会的快速变化，谚语在复杂的社会几乎没有什么用途。但这个结论被更新的研究证明是错误的。尽管如此，他毕竟将20世纪30年代最流行的13条谚语列举了出来，其依据是对68所大学学生的调查，方式是让学生在30分钟内列出他们能想到的所有谚语。一共搜集了1443条谚语，每个学生平均写出21.1条。其中，不同的是442条，提到最多的是"一针及时，可省九针"，68个学生中有47人提到。下面的表格显示较常用的13条谚语的频率（Albig 1931：532）。

表1　　　　　　　　20世纪30年代较流行的谚语

提及次数	谚语	谚语
47	A stitch in time saves nine	一针及时，可省九针
40	A rolling stone gathers no moss	滚石不生苔
39	A bird in the hand is worth two in the bush	手中一只鸟，胜过林中两只鸟
37	Early to bed and early to rise, makes a man healthy, wealthy and wise	早睡早起，健康、富有还明智
30	Never put off till tomorrow what you can do today	决不把今天的事留给明天
27	Haste makes waste	匆忙常常造成浪费
26	An apple a day keeps the doctor away	每日一苹果，医生远离我
23	All that glitters is not gold	闪光的不都是金子
23	Do unto others as you would have them do unto you	己所不欲勿施于人
21	Laugh and the world laughs with you	你笑，就有人同笑
21	Birds of a feather flock together	同色羽毛的鸟一起飞
20	There's no fool like an old fool	比傻子还傻
20	Make hay while the sun shines	晒草要趁阳光好

8年后，另外一名美国社会学家里德·贝恩（Read Bain）针对上次调查数量两倍的学生所做的调查得到了几乎同样的结果。他让133名大学一年级学生写出自己所知道的谚语。共有3654条，每人平均写出27.5条。遗憾的是贝恩没有列出所搜集到的那些谚语，可以想象其结果与阿

尔毕格的相似。20世纪30年代学生平均只能写出21.2—27.5条谚语，他们的样本数是比较少的。

现在我们知道，脱离语境就很难引用谚语。从文化普及和民俗的角度看，这个数字低得惊人。

可惜，这类研究没有继续下去。大约30年后，苏联民俗学家和谚语学家伊思多尔·列文（Isidor Levin）提出谚语学家该去进行详细的人口学研究，特别是对特定群体的人们如何用谚语来表达其民族特色或世界观。他提到德国人口研究所1968年所进行的一次普查，该普查包括24条德语谚语，让受访者确认是否完全同意所给出的意思。表示同意最多的谚语是"闪光的不都是金子"，有69%；同意"说话是银，沉默是金"的，有61%；同意"好事多磨"的，只有36%（Levin 1968：291）。对此，列文的结论是要更多地进行人口学研究，调查特定谚语的流行度和接受度，之后才能阐释其中所包含的共同态度。一年后，列文在国际刊物《谣谚》上发表了该论文的后半部分。

《谣谚》发表过瑞典民俗学家卡尔·缇尔哈根一篇短小而重要的文章，主要讨论20世纪30年代某个瑞典村落里的谚语使用情况。通过与当地人的交流，他得出结论：一个较不错的年长的当地人能掌握1000条谚语或各种谣谚表达。在辅助列出的不同类型的词组频率统计表中，缇尔哈根举出他的受访人所掌握的谚语情况：有的人掌握21条，有的人却掌握575条（Tillhagen 1970：539）。但必须指出，这些文本的搜集是脱离使用语境的，尽管这个乡村的退休群体无疑比美国大学生"知道"更多的谚语（平均每人134条）。这些文章可能影响到普列米亚科夫，因为他也是《谣谚》的读者和投稿人。他在莫斯科借助学生的帮助进行了一次重要的谚语学实验。他们向300位莫斯科人展示了一长串谚语、谣谚或其他类型的成语表达法。受访者被要求划出他们所知道的部分，结果是所有的受访者对1000条文本都熟悉。普列米亚科夫认为这些是当地俄罗斯人最基本的固定短语知识总汇，并在他的专著中把这1000条文本视为"谚语学最基础的知识库（或内容）"（Permiakov 1971）。此后，他用英文在《谣谚》上发表了一篇简单的短文综述（Permiakov 1973），这篇文章直到11年后才被翻译成俄语（Permiakov 1984）。此外，他还在《谣谚》上发表了75条较常用的俄语谚语的比较研究（Permiakov 1975）。库斯则添加了对应的英语、法语、芬兰语谚语，说明其中许多有共同的欧洲通用度（Kuusi 1975）。普列米亚科夫完整的有关谚语学基础内容的文章是 1982 年以俄语发表的，其英文译文《论俄语谚语学的基础内容问题》后来发表于《谣谚》（Permiakov 1989；1984：265 - 268；1988：145 - 149）。由于他 1973 年简短的英文笔记——呼吁建立俄语和其他语言的谚语学基础知识库，没有受到学界的重视，在此希望他在《谣谚》发表的论文能鼓励学者去建立各国和各种语言的谚语学基础知识库。

普列米亚科夫建立俄语谚语学基础知识库的目的完全是学术性的，他有着明确的实用观点且在上述文章中讨论过。一方面，他感兴趣的是语汇学问题，如何将最常用的短语收入外语词典；另一方面，他坚信的是谚语学基础知识库是外语教学的重要结果。他在晚年时完成了一本短小的书稿，将这两个方面融入他对 300 条常用的俄语谚语和谣谚的分析之中。《德国人用的常见俄语谚语和习语 300 句》一书在他去世后出版（Permiakov 1985a），该书前言精彩深刻，文中的文化注释和异文也独具一格。为了德国学习俄语的学生，此书的德文版也在同年出版了（Permiakov 1985b）。一年后又出版了保加利亚语版（Permiakov 1986）。普列米亚科夫的愿望是将这本书翻译成尽可能多的外语，以便帮助那些国家的人们学习俄语，了解俄语谚语的基础内容，并能用这些外语习语表达自己。

鉴于目前说英语的美国人对俄语又有了新的兴趣，这本书的英文版显然有急需出版的必要。正如普列米亚科夫所说，凡是希望对所学外语国家的文化有了解的人，不可能不先了解其谚语学基础知识库。

普列米亚科夫的两位朋友继续着他的愿望，坚持以人口学的研究方法来研究谚语的基础知识库问题。库斯在一篇短小而精彩的有关普列米亚科夫的文章中强调指出，他是为了建立俄语的谚语学基础知识库而进行系统频率分析的第一位学者（Kuusi 1981）。德国语言学家和谚语学家格里兹贝克曾发表过一篇关于普列米亚科夫成就的长文，其双语题目是《如何用谚语做事情：论谚语学基础知识库问题》（Grzybek 1984：351 - 358）。另外还有 3 篇德语文章（Daniels 1985；Schellbach-Kopra 1987；Ruef 1989）也论述了谚语学或词组学最基础内容对外语学习和词典的重要性。

还有一些学者独立运用统计分析方法研究各自社会的谚语的频率和

流行度问题。例如，美国心理学家斯坦利·马尔佐夫（Stanley S. Marzolf）给159位大学生每人一个列有55条"常用说法"（谚语）的单子，让他们说出自己熟悉的谚语。被认为最熟悉的谚语是"如果第一次不成功，再试，三试"（有87.4%）；其次是"有志者事竟成"（有73.0%）和"事实胜于雄辩"（有69.2%）。可惜的是马尔佐夫没有给出整个谚语的单子。"在55条谚语中，只有16条有超过50%的人熟悉，6人熟悉不足10%，其中'行动犹豫，忏悔随便'（6.3%），'一个坏苹果搞烂一大筐'（5.0%）则很不为人所知"（Marzolf 1974：202）。这些足以让人看到美国学生对谚语的熟悉度之低。

另外一个实验是用40条谚语对278名非裔美国学生进行心理学熟悉度测试。下表是非裔美国学生最熟悉和最不熟悉的5条谚语（Penn, Jacob, Brown 1988：852）。

表2　　　　　　　　　　非裔美国学生的谚语熟悉度

5个最熟悉的谚语	熟悉人比例（%）
有志者事竟成 Where there's a will, there's a way	90
不以貌取人 Don't judge a book by its cover	89
来得快，去得快 quickly come, quickly go	89
猫不在老鼠出来玩 When the cat's away, the mice will play	86
善始善终 All's well that ends well	86
5个最不熟悉的谚语	熟悉人比例（%）
一燕不成夏 One swallow doesn't make a summer	12
有金榔头不愁破铁门 A golden hammer breaks an iron door	14
常用的钥匙不生锈 The used key is always bright	15
热碳燃烧，冷碳弄脏东西 The hot coal burns, the cold one blackens	17
把事做得好是把事做最好的敌人 The good is the enemy of the best	18

还有一个实验是在50名学生中测试对203条习语（谚语）的熟悉度。学生被要求对这些谚语打分，从1到7，1是"从来没听过"，7是最熟悉，"听过或读过很多次"。结果，没有一条谚语是所有学生都熟悉的。"一燕不成夏"的熟悉度最低。表3中列出的是最熟悉和最不熟悉的15

条谚语以及得分情况（Higbee and Millard 1983：216 - 219）。此表表明，一些古老的谣谚，如"一燕不成夏""晒草要趁阳光好"等，在今天的大学生中有着很低的熟悉度。尽管可以理解那些"文雅"的谚语，如"要警惕送礼的敌人"或"智慧的灵魂是简练"会随着整体文化水准的降低而不再为人们所熟悉，但是"简单"的谚语如"希望是永恒的"或"为人漂亮才是漂亮"被弃之一边的确令人感叹。这些小规模的心理学测试清楚地表明了，一些曾经普遍为人所知的谚语正在失去流行度和使用率。这一现象本身并不新鲜，谚语总是有生有灭，只有部分会延续下去，我们似乎生活在连谚语最基本的知识库都在缩小的时代。

表3　　　　　　　　　　美国学生的谚语熟悉度

比较熟悉的	中间值
熟能生巧 Practice makes perfect	6.92
晚做也比不做好 Better late than never	6.90
如果第一次不成功，再试，三试 If at first you don't succeed, try, try, again	6.88
有其父必有其子 Like father, like son	6.84
物归原主（地）A place for everything and everything in its place	6.76
两错不能成一个对 Two wrongs do not make a right	6.76
两人成伴，三人成伙 Two's company, three's a crowd	6.72
有志者事竟成 Where there's a will, there's a way	6.72
善始善终 All's well that ends well	6.70
蛋没孵出来别先数小鸡 Don't count your chickens before they're hatched	6.70
说着容易做着难 Easier said than done	6.70
以身作则 Practice what you preach	6.70
每日一苹果，医生远离我 An apple a day keeps the doctor away	6.68
不能以貌取人 You can't tell a book by its cover	6.68
省一分就是挣一分 A penny saved is a penny earned	6.64
最不熟悉的	中间值
一燕不成夏 One swallow does not make a summer	1.22
隔墙有耳 Little pitchers have big ears	1.32
比做总统更好的是做正确的事 It's better to be right than president	1.44

续表

最不熟悉的	中间值
好了伤疤忘了疼 Vows made in storms are forgotten in calms	1.50
好人难避恶风 It's an ill wind that blows nobody good	1.54
杯和盖再严也有缝 There's many a slip, 'twixt the cup and the lip	1.68
落水的人连稻草都抓 A drowning man will clutch at a straw	1.74
警惕送礼的敌人 Beware of Greeks bearing gifts	1.78
忙中出错 Make haste slowly	1.78
智慧的灵魂是简练 Brevity is the soul of wit	1.82
老鼠也弃沉船 Rats desert a sinking ship	1.90
花了钱才能点歌 He who pays the piper can call the tune	1.94
希望是永恒的 Hope springs eternal	2.00
为人漂亮才是漂亮 Handsome is as handsome does	2.04
晒草要趁阳光好 Make hay while the sun shines	2.06

也许这种研究没有人们想象得那样多。新谚语取代过时或滥用的谚语的情况如何？做实验的心理学家是否列出20世纪新谚语的调查范围，如"不同方法对待不同人"（或"不同的人要用不同的抚摸"；各有所好），"跳探戈舞要两个人""一图胜千言""进的是垃圾，出去的也是垃圾"？当然没有。他们只从标准的谚语文集中选取了样本，其中许多条流行问题今天看来都值得质疑。其中有一个对德国年轻学生的调查，可以发现他们对现代口号、涂鸦以及某些戏用谚语有着惊人的高熟悉度。一些英语中的口号"去恋爱，不去战场！"在德国青年中达到85%的熟悉度，表明这种亚文化有其自己的固定词组知识库（Zinnecker 1981）。

由于上述有关熟悉度的测试是心理学家在有限的大学生群体中采样进行的，因此，有关美国人口中不同教育程度和年龄群体对谚语熟悉度的实际情况是无法推断的。如果把那些标准的谚语用于对美国社会各个群体进行熟悉度测试，结果一定会更高。德国一个民意调查机构做过一次熟悉度研究，制作了一系列表格来展示结果。这个研究的样本是203名男性和201名女性，他们来自不同行业、年龄和职业（Hattemer and Scheuch 1983）。该问卷共有27个问题，包括"哪个谚语你最常用？"、"你用谚语的频率如何？"、"哪种人最常用谚语？"、"你会专门在什么时候用谚语?"、"谚语能帮助应对特定的困境吗?"、"谚语包含很多实用智慧吗?"、"你觉得男人还是女人用谚语多?"、"你是怎么知道你所会用的谚语的?"以及"常用谚语的人的教育水平如何?"(Mieder 1985; 1989c: 189-194)。

普列米亚科大的开拓性谚语调查没有包括这些问题,而德国的这个研究包括了珍贵的数据,展示了现代技术社会本地人对谚语的态度和熟悉度以及使用情况。其中,对本文讨论的问题尤其有意义的是第一个问题"你最常用的谚语是什么?",在404份问卷中,有363份回答了这个问题。答案包括167个不同的谚语,其中114条文本都只提到1次,而53条文本有249人提到,重复率从2次到26次。重复最多也暗示最流行的德国谚语是"晨时口含金"(英语的"早起的鸟有虫吃"),有26人将其列为最常用谚语;其次是《圣经》中的谚语"为别人挖陷阱的人自己会掉下去",有21人使用;最后是"时间是金钱",有16人使用。这3条最常用的谚语属于德国谚语学基础知识库(Hattemar and Scheuch 1983)。

现在需要做的是建立一支由民俗学、语言学、社会学、心理学、人类学、谚语学和人口学学者组成的联合队伍,制定更完善的问卷,对数以千计的德国公民进行调查。这种联合研究的结果将让我们更准确地了解当今谚语是如何被使用的。那些谚语属于德国的谚语学基础知识库,一旦建立起这样的知识库,可以通过比较研究发现哪些是最流行的国际谚语(Kuusi 1985: 22-28)。这样的工作可以使我们构建起一个国际谚语学基础知识库,从而了解全世界的谚语智慧。

在实现这个学术梦想前还必须做许多工作。我们正处于建立谚语学基础知识库的初级阶段,就美国的英语谚语使用情况而言,必须进行跨文化的人口研究,而上述的几项心理学研究只代表一个端倪,并且他们的目的并不是建立谚语学基础知识库。那么,今天美国英语的谚语学基础知识库的状况如何呢? 自从赫斯(E. D. Hirsch)出版了他的畅销书《文化普及:每个美国人须知》(1987)后,教育工作者、知识分子以及公民都在谈论一种类似的受中等教育所必要的基础文化知识库。诸多谚语被列入该书,被视为美国文化普及的一个重要部分。

同时,该书作者与另外两位学者合作出版了《文化普及词典:每个美国人须知》（1988）。前两章关于《圣经》和"神话与民俗"之后，便是第三章《谚语》，包括了 265 条。这一章是赫斯所写，但他并不很清楚谚语与谣谚（谚语式表达法）之间的差异。因此，他将"别把婴儿和洗澡水一起倒掉"列入"谚语"，而将"把婴儿和洗澡水一起倒掉"列入《习语》一章。每个谚语学者都会反对赫斯把"及时行乐""是的，弗吉尼亚，圣诞老人是真的"等列入《谚语》一章。当然，还有一个问题，该词典以每条谚语的第一个字来排序，不如以该条的主题词排序更有用。更重要的是，赫斯没有说明他是如何选出这 265 条谚语的，他只是在前言中说道："所列条目是为了确认我们文化中的某些内容为人所知的程度。所以，在选择条目时是从大量的国家级期刊中选取的。我们认为，如果一份重要的日报报道某事、某人，或不明确说出该词的定义，就可以假设该刊物的多数读者知道该事项指的是什么意思。如果这是对的，那么，该事、该人或事物也许就是我们共同知识的一部分，因此也是我们文化普及的一部分。"（p. ix）也许谚语属于他所说的"事物"，但我怀疑赫斯的文本是否真的都是取材于报纸杂志。此外，他的表述没有提到任何一个所选条目使用频率的问题。总之，赫斯很可能是在浏览了一本或多本标准英语谚语词典后，列出了一个更长的单子，然后与朋友和同事交流后决定了目前的单子。赫斯知道并不存在美国英语谚语的基础知识库，因此他也没有什么选择，只好编出他的"不科学"的清单。

也许我的批评有些尖刻，但请允许我说，当赫斯选取他的谚语清单时，我也同时面临同样的问题。我当时受德国菲利普—莱克蓝出版公司之邀编纂一部《英语谚语》（1988），并被允许选择 1200 条篇幅内容，附有英语和德语对照词汇和页下注释。当时，为了选取这 1200 条谚语，我没有别的路径，只能浏览各种美国英语谚语词典，再以我作为谚语学者的知识储备，做出主观的判断（频率、传统性、熟悉度等）。难道除此之外还有别的办法？我当时的任务没有赫斯的艰巨，因为得以将美国英语谚语的最基础内容都包括在内了，而赫斯则需要精选出更短的清单。我只是伸出谚语学者的脖子，画出可能"流行"的谚语，有些心怀不安，因为我并不是依据任何人口研究的结果。

暂且将学术诚实问题讨论至此。倘若我今天需要将 1200 条的清单压缩到普列米亚科夫的 300 条或赫斯的 265 条，倘若我需要限定在 20 世纪美国英语中已被证明的流行谚语里选择,我可以依据巴莱特·怀廷的最新巨著《现代谚语与谣谚》(1989)。该书共包含 5567 个主条目,主要基于 20 世纪出版的 6000 部著作和无数的报纸杂志中所用的谚语和谣谚。尤其重要的是,这些出版物涵盖严肃的文学作品、侦探小说以及休闲读物,真正代表了 20 世纪美国英语书面交流的各个阶层。在每个条目下,又按年代顺序列出诸多异文。有些流行的谚语条目长如一篇小专著。这些条目无疑代表了高频率使用的谚语,也暗示了美国英语的谚语学基础知识库。下面表 4 列出了频率最高的 13 条谚语,前面是以字母开头的代码。赫斯和我都错过了谚语"犯罪不值得"(Crime does not pay)。我没注意到谚语"让过去的过去"(Let bygones be bygones)。赫斯没包含谚语"慈善始于家"(Charity begins at home)、"外表是骗人的"(Appearances are deceitful)、"赌场失意,情场得意"(Unlucky at cards, lucky in love)、"弄脏自己巢穴的鸟"(The bird that fouls its own nest),以及"小孩可以在场,不可以插嘴"(Children should be seen and not heard)。可惜,怀廷也没能避开这个错误,而且他竟然没注意到"一图胜千言"。该谚语始于 1921 年(Mieder 1989:6),赫斯和我都曾收录过。还有 1950 年前后在美国南方出现的"各有所好",尽管是现代的,但极其流行,该如何对待?怀廷和赫斯都没收录这条。我在收集 1200 条谚语时,正好刚完成了另外一本有关谚语的书《美国谚语:文本与语境的研究》(1989a:317—332),因而幸运地没错过这条。

  简单地对赫斯、怀廷和米德进行比较,无论是研究文化普及的大问题,还是谚语学基础知识库的小问题,我们都必须基于科学的人口研究。特别是针对美式英语,利用广泛的问卷调查建立本地人的谚语学基础知识库至关重要。这样的研究不仅有益于美国和国际谚语志与谚语学学者,也有助于将最常用的谚语包括在外语词典和教材中。这样,新的移民和外国游客就可以更有效地与使用美式英语的本地人交流。谚语仍在继续发挥着言语交流的工具作用,受过教育的人,无论是外国人还是本地人,必须有其自己的可以随时使用的谚语学基础知识库,以便加入有意义的口头和书面交流。

表 4　　使用英语的美国人所用的高频谚语

怀廷的编码	谚语文本	引用数
C257	云后有阳光（苦尽甜来） Every *Cloud* has a silver lining	28
B229	手中一鸟胜过林中两鸟 A *Bird* in the hand is worth two in the bush	26
B291	血浓于水 *Blood* is thicker than water	24
B236	早起的鸟有虫吃 The early *Bird* catches the worm	23
C164	善有善报恶有恶报 *Chickens* come home to roost	22
B136	脚上的泡是自己走的 One had made his *Bed* and must lie on it	21
Cu	熊掌和鱼不能兼得 One cannot have his *Cake* and eat it	21
C141	慈善始于家 *Charity* begins at home	21
C318	橱子多了做不出好汤（人多误事） Too many *Cooks* spoil the broth	21
C236	人净精神爽 *Cleanliness* is next to godliness	20
A99	外表是骗人的 *Appearances* are deceitful	19
B235	同色羽毛的鸟一起飞 *Birds* of a feather flock together	19
C42	赌场失意，情场得意 Unlucky at *Cards*, lucky in love	19
B432	新扫把打扫得干净 New *Brooms* sweep clean	18

续表

怀廷的编码	谚语文本	引用数
C302	来得容易去得快 Easy *Come*, easy go	18
C404	犯罪不值得 *Crime* does not pay	17
B135	早睡早起，健康、富有还明智 Early to *Bed* and early to rise, makes a man healthy, wealthy and wise	16
C115	猫不在老鼠出来玩 When the *Cat's* away, the mice will play	16
B234	自作自受 It is an ill *Bird* that fouls its own nest	15
B488	先谈正事，后消遣 *Business* before pleasure	15
C180	小孩可以在场，不可以插嘴（隔墙有耳） *Children* should be seen and not heard	15
C275	做好自己擅长的事 Let the *Cobbler* stick to his last	15
C318	忏悔有益于灵魂 *Confession* is good for the soul	15
C360	真爱都磨难 The *Course* of true love never did run smoothly	15
C449	好奇的猫先死 *Curiosity* killed the cat	15
C82	猫有九命 A *Cat* has nine lives	14
A12	久别情更深 *Absence* makes the heart grow fonder	13
Ano	一个坏苹果搞烂一大筐 One rotten *Apple* can spoil the whole barrel	13

续表

怀廷的编码	谚语文本	引用数
B162	要饭别嫌饭馊 *Beggars* cannot be choosers	13
B206	个头越大，摔得越狠 The *Bigger* they are, the harder they fall	13
B525	让过去的过去 Let *Bygones* be bygones	13
C175	儿童是成人之父 The *Child* is father to the man	13
C218	情随境迁 *Circumstances* alter cases	13

引用文献

Albig, William. *Proverbs and Social Control. Sociology and Social Research*, 15: 527 – 535, 1931.

Arora, Shirley L. The Perception of Proverbiality. *Proverbium*, 1: 1 – 38, 1984.

Bain, Read. Verbal Stereotypes and Social Control. *Sociology and Social Research*, 23: 431 – 446, 1939.

Bushui, A. M. "Paremiologicheskii minimum po nemetskomu iazyku dlia srednei shkoly". In Kh. M. Ikramova, ed., *Problemy metodiki prepodavanii a razlichnykh distsiplin v shkole i vuze*. Samarkand: Samarkandskii gosudarstvennyi universitet, pp. 4 – 28, 1979.

Daniels, Karlheinz. "Idiomatische Kompetenz" in der Zielsprache Deutsch. *Voraussetzungen, Moglichkeiten, Folgerungen*. Wirkendes Wort, 35: 145 – 157, 1985.

Dundes, Alan. On the Structure of the Proverb. *Proverbium*, 25: 961 – 973, 1975.

Grzybek, Peter, Eismann, Wolfgang. eds. *Semiotische Studien zum Sprichwort. Simple Forms Reconsidered*. Tiibingen: Gunter Narr. 1984.

Hattemer, K. Scheuch, E. K. Sprichworter. *Einstellung und Verwendung*. Diisseldorf: Intermarket. Gesellschaft for internationale Markt-und Meinungsfor-schung. 1983.

Higbee, Kenneth L. Millard, Richard. Visual Imagery and Familiarity Ratings for 203 Sayings. *American Journal of Psychology*, 96: 211 – 222, 1983.

Hirsch, E. D. *Cultural Literacy. What Every American Needs to Know*. With an Appendix, *What Literate Americans Know*, by E. D. Hirsch, Joseph Kett, and James Trefil. Boston: Houghton Miffiin Company. 1987.

Hirsch, E. D. Kett, Joseph, Trefil, James. *The Dictionary of Cultural Literacy: What Every American Needs to Know*. Boston: Houghton Miffiin Company, 1988.

Kanya, Zoltan. *Sprichworter-Analyse einer Einfachen Form. Ein Beitrag zur generativen Poetik*. The Hague: Mouton, 1981.

Kuusi, Matti. *Towards an International Type-System of Proverbs*. Helsinki: Suomalainen Tiedeakatemia. Reprinted in *Proverbium*, 19: 699 – 736, 1972.

—. "Nachtrag (to Permiakov: 75 naibolee…)". *Proverbium*, 25: 975 – 978, 1975.

—. Zur Frequenzanalyse. *Proverbium Paratun*, 2: 119 – 120, 1981.

—. *Proverbia septentrionalia. 900 Balta-Finnie Proverb Types with Russian, Baltic, German and Scandinavian Parallels*. Helsinki: Suomalainen Tiedeakatemia, 1985.

Levin, Isidor. "Oberlegungen zur demoskopischen Paromiologie". *Proverbium*, 11: 289 – 93; 13: 361 – 366, 1968 – 1969.

Marzolf, Stanley S. Common Sayings and 16PF (Personality Factor) Traits. *Journal of Clinical Psychology*, 30: 202 – 204, 1974.

Mieder, Wolfgang. The Use of Proverbs in Psychological Testing. *Journal of the Folklore Institute*, 15: 45 – 55, 1978.

—. *International Proverb Scholarship: An Annotated Bibliography*. New York: Garland Publishing, 1982.

—. *Deutsche Sprichworter in Literatur, Politik, Presse und Werbung*. Hamburg: Helmut Buske, 1983.

—. International Proverb Scholarship: An Updated Bibliography. *Proverbium: Yearbook of International Proverb Scholarship*, 1984.

—. *English Proverbs*. Stuttgart: Philipp Reclam, 1988.

—. *American Proverbs: A Study of Texts and Contexts*. Bern: Peter Lang, 1989a.

—. Ein Bild sagt mehr als tausend Worte: Ursprung und Oberlieferung eines amerikanischen Lehnsprichworts. *Proverbium*, 6: 25 – 37, 1989b.

—. Moderne Sprichworterforschung zwischen Miindlichkeit und Schriftlichkeit. In Lutz Rohrich and Erika Lindig, eds., *Volksdichtung zwischen Miindlichkeit und Schriftlichkeit*. Tibingen: Gunter Narr, pp. 187 – 208, 1989c.

Nicolaisen, W. F. H. Folk and Habitat. *Studia Fennica*, 20: 324 – 330, 1976.

—. Onomastic Dialects. *American Speech*, 55: 36 – 45, 1980.

Norrick, Neal R. *How Proverbs Mean: Semantic Studies in English Proverbs*, Amsterdam: Mouton, 1985.

Penn, Nolan E., Jacob, Teresa C., Brown, Malrie. Familiarity with Proverbs and Performance of a Black Population on Gorham's Proverbs Test. *Perceptual and Motor Skills*, 66: 847 – 854, 1988.

Permiakov, G. L'vovich. *Ot pogovorki do skazki (Zametki po obshchei teorii klishe)*. Moskva: Nauka, 1970. English translation by Y. N. Filippov, *From Proverb to Folk-Tale: Notes on the General Theory of Cliché*, Moscow: Nauka, 1979.

—. *Paremiologicheskii eksperiment. Materialy dlia paremiologicheskogo minimuma*, Moskva: Nauka, 1971.

—. On the Paremiological Level and Paremiological Minimum of Language. *Proverbium*, 22: 862 – 863, 1973.

—. Naibolee Upotrebitel'nykh Russkikh Sravitel'nykh Oborotov. *Proverbium*, 25: 974 – 975, 1975.

—. Kvoprosu o russkom paremiologicheskom minimume, In E. M. Vereshchagina, ed. *Slovari i lingvostranovedenie*, Moskva: Russkiiiazyk, pp. 131 – 137, 1982. English translation by Kevin McKenna, On the Question of a Russian Paremiological Minimum, *Proverbium*, 6: 91 – 102, 1989.

—. *Paremiologicheskie issledovaniia. Sbornik statei*, Moskva: Nauka, 1984.

—. 300 obshcheupotrebitel'nykh russkikh poslovits i pogovorok (dlia govoriashchikh na nemetskom iazyke), Moskva: Nauka, 1985a.

—. 300 allgemeingebrauchliche russische Sprichworter und sprichwortliche Redensarten. *Ein illustriertes Nachschlagewerk für Deutschsprechende*, Leipzig: VEB Verlag Enzyklopadie, 1985b.

—. *Osnovy strukturnoi paremiologii*. Moskva: Nauka, 1988.

—. *On the Question of a Russian Paremiological Minimum*. Kevin J. McKenna, trans. *Proverbium*, 6: 91 – 102, 1989.

Ruef, Hans. Zusatzsprichworter und das Problem des Paromischen Minimums. In Gertrud Greciano, ed. *Europhras 88*, 1989.

Schellbach-Kopra, Ingrid. Paromisches Minimum und Phraseodidaktik im finnischdeutschen Bereich. In Jarmo Korhonen, ed., *Beitrage zur allgemeinen und germanistischen Phraseologieforschung*. Oulu: Oulun Yliopisto, pp. 245 – 255, 1987.

Tillhagen, CarlHerman. Die Sprichworterfrequenz in einigen nordschwedischen Dorfern.

Proverbium, 15: 538 – 540, 1970.

Whiting, Bartlett J. *Proverbs, Sentences, and Proverbial Phrases from English Writings Mainly Before 1500.* Cambridge: Harvard University Press, 1968.

—. *Early American Proverbs and Proverbial Phrases.* Cambridge: Harvard University Press, 1977.

—. *Modern Proverbs and Proverbial Sayings.* Cambridge: Harvard University Press, 1989.

Zinnecker, Jiirgen. Wandspriiche. In Arthur Fischer, ed. , *Jugend'Sr. Lebensent-wiirfe, Alltagskulturen, Zukunftsbilder.* Hamburg: Jugendwerk der Deutschen Shell, Vol. I, pp. 430 – 476, 1981.

作为文化单元或民俗事象的谚语

【编译者按】 本文（*Proverbs as Cultural Units or Items of Folklore*）是2007年出版的《词组学：当代国际研究手册》（*Phraseology: An International Handbook of Contemporary Research*. eds. by Harald Burger, Dmitrij Dobrovol'skij, Peter Kuhn, Neal R. Norrick. Berlin; NY: Walter De Gruyter. pp. 393–414）中的一章。作者言简意赅地阐述了谚语本身的特点、研究方法以及与其他学科的关系，提出了谚语研究面临的问题，展示了谚语学概貌。

一 引言

在各种口头民俗类型（genre），如童话、传说、笑话、谜语中，谚语最精练，但不一定是最简单的类型。研究谚语的大量学术出版物证明运用谚语是人类交际中不可缺少的基本方式。谚语满足了人类的需求，将生活经验和观察凝缩成智慧的结晶，还对个人经历和社会事件作出评论。在任何可想象的场景都有相应的谚语，其矛盾性与人类生活本身一样复杂。例如，"久别情更深"和"眼不见，心不烦"，以及"三思而后行""机不可失"等大量类似的谚语，足以证明谚语并不体现逻辑的哲学体系。但在特定的场合使用恰当的谚语时，可体现出有效和策略性的程式化交际。与某些人的看法不同，谚语在当代并不失其有用性。无论是口头还是笔头，谚语都有助于人们使用那些可谓是预定好的语言单元。尽管其使用的频率因人群和场合而不同，谚语无疑是各种交际方式中有意义的修辞手法。的确，谚语无处不在，吸引着不同学科的学者去研究其模糊性。将一个谚语做有趣的改动，如"哪双鞋合适，就穿哪双"变为"哪条谚语合适，就用哪条"，便说明了这一切。

二　定义与意义

自亚里士多德开始的多个世纪以来，从哲学到当代的语汇学，许多学者为了给谚语下定义伤透了脑筋。美国谚语学家巴莱特·怀廷（Bartlett Jere Whiting，1904—1995）梳理了许多定义，最后归纳出冗长的定义。

> 谚语是一种表达方式，其形式与词语都被证明是源于民众的。谚语所表达的都是具有明显的真理性，即显而易见的道理，并使用家常话语，常常很亲近，有着头韵或尾韵，通常很简短，但不一定总是如此。通常是事实，但也不一定必须是。有的谚语具有字面和比喻两种意义，但不都完美准确，且通常侧重一种。谚语必须受人敬畏，必须有古老的迹象，但因为这种迹象可以被智者伪造，就需要在不同场合验证。这一点不适于研究古代文学，因为我们所掌握的古代文学很不完整。[①]

这无疑是有用的概括，但不是精练的陈述，与之相对应的是阿彻尔·泰勒（Archer Taylor，1890—1973）在此一年前经典著作《谚语》中的表述。

> 谚语的定义实在难下。倘若我们幸运地能将各种核心要素都归结到一个定义中，我们也就不该有验金石了。谚语是一种只可意会的感觉，我们可以知道此句是谚语性表达，而彼句则不是。因此，没有什么定义可以让我们肯定地辨别一句话是否具有谚语性。不讲某种语言的人绝不会识别出该语言中的谚语，同理，伊丽莎白时代

---

① Whiting, B. J. (1932): The nature of the proverb. In *Harvard Studies and Notes in Philology and Literature*, 14: 273–307. p.302.

和古英语时代中真正的谚语也同样难被我们发现。能够识别出当今民间所说的谚语便是我们可满足的了,至少这样一个定义可能难以引起争议。①

1985年,我对泰勒的假设,即人们普遍能知道什么是谚语,做了一次验证。我在55位佛蒙特州的居民中做了调查,问他们如何界定谚语。毕竟,民众是常用谚语的人,因此可以设定他们知道哪些是谚语。经过一番调查,归纳如下。

谚语是一句简短的,以隐喻、固定和易记的形式表达的句子,普遍为民众所知,世代相传,包含了智慧、真理、伦理和传统观。②

这样的定义包含了上述两位学者的思想。当然,更简短的定义是"谚语是一句表达智慧的简短句子"。当然,也有这样的说法,"谚语是经验的孩子""谚语是街头的智慧""谚语是真话"③。

但是,谚语学者始终对各种定义不满意,并在不断地再定义。我曾做过多次努力去定义谚语,受到我的导师加拉赫(S. A. Gallacher)的影响,其中一个定义如下。

谚语是对明显的流传在民众中的真理的简短和传统的表述。进而言之,谚语是简短的句子,普遍为民众所知,包含了智慧、真理、伦理和传统观,并世代相传。④

谚语学者所要深究的是所谓的"不言而喻"的谚语性。显然,即使是最复杂的定义也无法用来鉴别所有的谚语。其中的一个关键点是传统

---

① Taylor, A. (193100): *The Proverb*, Cambridge, p. 3.
② Mieder, W. (1985): *Popular Views of the Proverb. Proverbium*, 2: 109 – 143. p. 119.
③ Hasan-Rokem, G. (1990): The Aesthetics of the Proverb: Dialogue of discourses from Genesis to Glasnost. *Proverbium*, 7: 105 – 116.
④ Gallacher, S. A. (1959): Frauenlob's bits of wisdom: Fruits of his environment. In *Middle Ages*, *Reformation*, *Volkskunde. Festschrift for John G. Kunstmann.* Chapel Hill, 45 – 58.

性这个概念所包含的历史性与当下的流行性。换言之,有些句子听起来像谚语,如"哪里有钱,哪里就有犯罪",但这不是谚语。这个句式根据"哪里有 X,哪里就有 Y"。这样的话需要用在不同场合,经历时间的考验。目前,它只是"像谚语"罢了。谚语的定义通常都包含"传统的"概念,但去证明一个句子的传统性则是另一回事,这也让对一个新句子的判断相当困难。例如,当代美国的文本"经历过,做过""照相机不撒谎""没胆量就没荣耀""没有免费的午餐",这些都在不同场合使用过,也有变体和口头性,体现出民俗的必要因素。

总之,谚语的定义取决于特定的语境。每条谚语的意义必须依据其独特的语境来分析,如其社会的、文学的、修辞的、新闻的语境。

三 起源与进化

如同谜语、笑话或童话,谚语不是从天而降的,也不是民众神奇灵魂的产物。相反,谚语总是由某个人有意或无意地先表述出来,正如约翰·罗素(John Russell)勋爵 1850 年前后写下的著名的一句话定义所揭示的那样:"一句谚语展示的是一个人的精明,众人的智慧。"如果一句话包含着真理或智慧的因素,如果这句话展示了谣谚的一种或多种标志符号(如押头韵、尾韵、排比、省略等),那它就会"火"起来,先被家人或周围小圈子的人使用,然后在村子、城市、地区、国家甚至整个世界使用。谚语的全球性使用并不是不现实的梦想,因为不少古代的谚语现在仍然在世界各地传用。

今天,借助大众媒体的神奇力量,一句新形成的类似谚语的表达法可能被视为一句老谚语,较快地通过广播、电视或报纸得到传播。跟其他口头谚语民俗一样,原创的表达法可能会被使用者加以调整,由此成为无作者的谚语,但其用词、结构、风格和隐喻则更易于记忆。这一点在文学史上有清晰的印证,即直到一个说法成为主导的标准用法后,该谚语才稳定下来。如下 3 条谚语便是例证:1584 年出现的"事前要做聪明人"(It is good to be wise before the mischief),1666 年发展出的"事后人人是诸葛"(After the business is over, everyone is wise),1900 年形成的

"事后易当聪明人"（It is easy to be wise after the event），至今仍是标准用法。①

在一种语言中，常常很难追溯一条谚语的起源与历史。但相关研究越来越多，开始较深入地涉及中世纪或古代的文献研究。任何一个双语人或译者都会注意到谚语的存在有两种形式：一种是许多谚语表达同一个意思，但有不同的结果、词语和隐喻，因此在不同语言中有各自不同的起源。不仅如此，地方性强的谚语特别难翻译，词典也没有，因为词典常常只收录标准的用法。另一种是，许多谚语在不同的（欧洲）语言中都完全一样，几乎没有翻译上的问题。换言之，在整个欧洲，存在以借译而传播的谚语。正是因为这种历史和现实，伊曼纽尔·施特劳斯1994年出版了三卷本的《欧洲谚语词典》②，帕克佐拉1997年出版了《55中语言中的欧洲谚语》③。

欧洲谚语的传播可以归纳为四个起源（类似的过程也可以在亚洲、非洲等不同语言和文化群中进行追溯）。第一个起源是古希腊和罗马的古典时代，其谚语智慧波及整个拉丁语系地区。对亚里士多德所用谚语和许多其他希腊谚语的研究表明，它们曾出现在柏拉图等人的作品中。荷马、西塞罗等人的作品都在拉丁和罗马作家的作品中有互相借译现象。更重要的是，诸多普通拉丁文文本被译成后来兴起的许多欧洲语言。鹿特丹的伊拉斯谟（Erasmus of Rotterdam）在中世纪欧洲传播的多种版本的谚语箴言中扮演了重要角色。类似的有德国的马丁·路德。他不仅是翻译古典文献的大师，也对德国德语谚语的传播有极大的推动作用。拉丁文谚语当时被作为学校的翻译练习，由此这些古典智慧也通过书面和口头形式传播到欧洲各地。后来借助英语，这些谚语又传到澳大利亚、加拿大、美国和将以英语作为第二语言的地区。其中有些已经成为全球性的了。

第二个源头是《圣经》中的谚语。作为有最多不同译本的文献，《圣

---

① Wilson, F. P. (1970): *The Oxford Dictionary of English Proverbs*. Oxford. p. 898.
② Strauss, E. (1994): *Dictionary of European Proverbs*. 3 vols. London.
③ Paczolay, G. (1997): *European Proverbs in 55 Languages with Equivalents in Arabic, Persian, Sanskrit, Chinese and Japanese*. Veszprem.

经》的译者将相同的文本译成各种语言，流传甚广。在欧洲语言中，有几十条谚语有着相同的用词，尽管使用者可能不知道它们都源于同一处。例如"种什么，收获什么"有52种欧洲语言的文本，类似的有"为别人挖陷阱的人会自己掉进去""不劳者不食""以眼还眼以牙还牙""太阳底下没有新鲜事"等。当然，许多《圣经》谚语的欧洲语言翻译并不都是完全一样的，而要看译者的语言能力。以马丁·路德为例，他的好几个德语表达法在口头流行，但在原文中并不是谚语。

第三个源头是中世纪拉丁文。拉丁文作为欧洲的通用语，在延续古典时代用法的同时也发展出新的谚语。好几部近代的欧洲谚语词典都收录有数千条源自中世纪的谚语，其中许多至今仍在流行，包括一些最流行的谚语，如"乌鸦不啄乌鸦眼"（有48条欧洲例证），"趁热打铁"（48条例证），"新扫帚扫得干净"（47条例证），"闪光的不都是金子"（47条例证），"猫不在，老鼠出来玩"（46条例证），"没有不带刺的玫瑰"（39条例证），"夜里的猫都是灰色"（38条例证），"看人不能看衣服"（37条例证）。另外，"条条大路通罗马"几乎是每个欧洲语言都有的谚语。当然，也有将"罗马"换成别的城市的例子。在爱沙尼亚谚语中，其中的城市是彼得堡。芬兰的是其过去的首都图尔库。俄语中提到的是莫斯科。其中一条土耳其谚语提到的是麦加。也许哪一天在美国会出现"条条大路通华盛顿"。其实已经有了，只是没有收录到词典里。

第四个谚语源头是从美国返回到欧洲的谚语。自20世纪中期开始，有些这样的谚语通过大众媒体已经在欧洲传播，现在还有一些新的也被翻译出来并传播着。如美国谚语"一图胜千言""跳探戈舞要两个人""进的是垃圾，出去的也是垃圾"（电脑用户语）。一句有特别意义的"欧洲化"谚语表达，是1953年通用电气公司总裁在一次参议院听证会上使用的"对通用好的，就是对美国好的"。1971年，一位著名的德国政客在呼吁欧洲团结时宣称，"对欧洲好的，就是对美国好的。假期式的欧洲结束了，现在欧洲是我们正常的工作日了"。可见，美国英语不仅传播到欧洲，也同样流行到世界各地，并借助流行文化和大众媒体传播了谚语，成为适于21世纪的点滴智慧。

四 经验主义与谚语学基础知识库

正如格里兹贝克和克拉斯塔（Grzybek and Chlosta 1993）曾指出的，谚语研究需要利用问卷和数据统计分析等方法建立谚语条目，反映现实中人们所知道并继续使用的谚语状况。① 这种方法论有助于构建当代新谚语的谚语性（proverbiality）。因此，有必要扩展研究范围，从高技术社会到传统的乡村社会。这样的经验性工作必然会帮助建立许多语言和文化的"谚语学基础知识库"（paremiological minima）。1970 年年初，著名谚语学家普列米亚科夫（G. Permiakov）曾提出这样的建议。② 他 1970 年在莫斯科进行过谚语学实验，由此整理出一个有着 1494 条谚语和词语的词目，建立了表明一个城市居民所习用的谚语知识库。其中，268 条是正统的谚语，其余是谚语性表达、寓言、轶事、谜语、口号、气象语、迷信、誓言等。他的词目表明，许多较长的民间故事叙事也很流行。所有的文本都在俄国人的基本文化常识范畴之内。不论是作为母语，还是作为外语，这些都是用俄语进行有效交流所必备的。由此，普列米亚科夫构建了以 300 条文本为内容的"谚语学基础知识库"并随后出版。德国和保加利亚等国的译者也进行过类似的效仿。目前一些国家的谚语学者也在建这样的谚语学基础知识库，如克罗地亚、捷克、德国、匈牙利等。

总之，一个包括常用的 300 条谚语的知识库对研究口头和书面交流以及外语教学都非常有意义。不去记录当代使用的谚语文本，谚语学就不能称其为一门科学。当代谚语学者能够也应该搜集 20 世纪和 21 世纪所出现和使用的谚语。《美国谚语词典》（1992）便是一个范例。③

---

① Grzybek, P. and Chlosta C. (1993): "Grundlagen der empirischen Sprichwortforschung". *Proverbium*, 10: 89 – 128.
② Permiakov, G. L. (1970): *Ot pogovorki do skazki: Zametki po obshchei teorii klishe*. Moskva.
③ Mieder, Wolfgang, Stewart A. Kingsbury, and Kelsie B. Harder. (eds) 1992. *A Dictionary of American Proverbs*. New York: Oxford University Press.

五　符号学与表演

谚语学理论研究极大程度上受到了普列米亚科夫（1970）、格里兹贝克和伊斯曼（Grzybek and Eismann）、坎亚（Z. Kanya）等人的符号学研究影响。[①] 格里兹贝克和伊斯曼在其经典的《符号学谚语研究的基础》一文中归纳了语言学对谚语的研究方法。[②] 谚语学者在研究谚语的"简单形式"（如异境性、多功能性、多语义性等）的同时，还要重视排比、句法、逻辑、结构、实用、语义等方面的问题。如果将实际应用谚语的言语行为加在文本结构分析之上，这无疑对将谚语作为语言学文化标识的符号学研究有着新的重要价值。语言学家和民俗学家不断试图解释谚语模糊语义问题，发表了大量的从语境到功能的研究成果。但是，谚语也是一种类比，这使得对特定言语行为的研究更加复杂了。

事实上，语言学家诺里克（N. Norrick）曾就此问题专门写过《谚语如何表达：英语谚语的语义研究》一书，主要针对谚语的字面意义和比喻意义，强调隐喻的模糊性。[③] 其模糊性有两面性，取决于比喻的意义。其相互矛盾性需要针对运用该谚语的社会文化背景去分析口头与书面交流的意义。谚语学家需要寻找方法理解运用谚语这一表面简单其实背后复杂的言语行为。

显然，谚语的意义可以通过揭示策略性运用该谚语的社会背景来达到最佳理解。毕竟，谚语不是普遍真理，而是有限的民间智慧，只在特定场合才有效。谚语的矛盾性之所以存在是因为人们忽视了其社会背景。在特定场合，谚语作为社交策略发挥有效作用，并在正常的交流中没有矛盾性，表达的是对说者和听者都非常正确的意思。

强调使用场景似乎是多余的，但对一些以文本为核心的研究，如部

[①] Kanya, Z. (1981): *Sprichworter-Analyse einer Einfachen Form: Ein Beitrag zur generativen Poetik*. The Hague.

[②] Grzybek, P. and Eismann (eds.) (1984): "Semiotische Studien zum Sprichwort. Simple forms reconsidered", I. Tubingen.

[③] Norrick, N. R. (1985): *How Proverbs Mean: Semantic Studies in English Proverbs*. Amsterdam.

分人类学家，还是有必要的。当然，人类学研究中也很有益。例如，1985年人类学家（后来也是著名的民俗学家）查尔斯·布里格斯（Charles Briggs）以实用方法论对谚语应用做了示范意义的研究。[①] 他在美国新墨西哥州北部的一个只有700人的山地社区做调查。在记录文本中，他将谚语分为八大特征：固定套语（如介绍人时）、主人身份、使用引用语时的动词、谚语文本、特别联系、普遍意义或假设场景、环境是否妥当及表演的有效性。多数人在使用谚语时不会想到这些方面，但将谚语作为常识和被接受的民众智慧符号来使用时，这些语言学意义上的策略无疑是存在的。

六　文化·民俗·历史

民俗学、文化史和语文学家长期以来将注意力集中在追溯某条谚语及其异文的起源、历史、传播及其意义上，以至于认为每条谚语后面都有"故事"，并将此视为重大的研究项目，进行历时性的和语义学的研究。有些谚语成为整本书或是若干长篇论文的研究核心。德国民俗学和谚语学家卢茨·罗瑞奇编纂了三卷本的《谚语词语全集》，探讨了数百条德文谚语的历史。[②] 其实，对这些谚语的地区性和全球性传播问题也值得研究。

民俗学家和文化史学家也同样关注谚语是如何在不同历史阶段被使用的。至少在某种程度上，谚语反映出特定历史阶段的不同社会阶层的世界观和心态。非洲（如尼日利亚）的谚语学家通过分析特定谚语的起源和意义表明它们对理解特定文化历史有着关键性作用。尽管谚语可能不是准确的历史记录，但它们包含民众对殖民主义、战争和其他事件的阐释。事实是，各种社会事件都会留下记忆，并主要传承于口头文化。对不同历史阶段使用者的社会地位研究也是一个重要课题。此外，对谚

---

① Briggs, C. L. (1985): The Pragmatics of Proverb Performances in New Mexican Spanish. *American Anthropologist*, 87: 793–810.

② Rohrich, L. (1991–1992): "Das groBe Lexikon der sprichwortlichen Redensarten". 3 vols. Freiburg.

语如何归属于某些特定群体，如何以某一主题划分，表明了历史上对性别问题和歧视女性等问题的传统认知状况。

　　研究这些问题，可以首先将谚语从文化和语言上做出群体类别划分。这样的群体可以只是一个家庭。民俗学家渴望理解谚语是如何在这种小的社会单元中发挥作用的。这种群体也可能是一个国家，由此可以看出谚语如何在解决社会冲突中发挥作用。最后，可能要追问一个人所掌握的谚语有多少，或者说他的谚语知识库是怎样的。可以将一个人掌握的谚语与其所在村落或地区的其他人的谚语知识库做比较，看该人所用的谚语如何反映其特有的经历，如何具有一致性或矛盾性，从而决定该个体使用谚语的用途和目的。当然，这中间有个选择过程的问题，记住或忘记所听过的谚语，这取决于该个体当时的身心状态、地位或生活方式。这些都表明，使用谚语不是一个简单现象。熟悉一些谚语是一种情况，知道什么时候用和怎么用则是很不同的另一种情况，任何说外语的人都深知使用谚语交际的难度。

　　有别于其他学者的是，民俗学家和文化史学家也对谚语的内容感兴趣。许多谚语所指代的包括老式的度量衡制度，过时的职业，过时的武器，以及叫不出名的工具、植物、动物等各种传统事物。其中有些字词的意思已经不清楚了，但整个谚语的意思还被大家理解。因为，人们常常问一条谚语的意思到底是什么、出自哪里等问题，对此，民俗学家和文化史学家，以及有历史意识的语言学家，才是能够回答这些颇有意思的问题的人。

七　刻板印象与世界观

　　当将谚语视为某个民族的某种世界观或心态的表达，并将此表达归结为有着刻板印象的所谓"民族性格"时，我们还需要谨慎。许多来自欧洲古典时代、《圣经》和中世纪的谚语在很多文化中仍然流行，因此认为它们反映某种想象的民族性格，如对中国人或芬兰人，是不明智的。无疑，某些谚语在一些文化中常用，这可以与其他社会文化现象一起用来构建出有效的概括。因此，如果德国人常用"晨时有黄金"（或早起的鸟有虫吃）和"有序是生活的一半"，那么至少可以反映德国人对早起和有条不紊的态度。试图从谚语中寻找民族性格需要特别小心，许多谚语常常表达负面的意义、侮辱性或刻板的印象，这种负面的谚语文本自古就有，并仍在使用，尽管大家都尽可能地对种族、宗教、性别、民族和地域差异保持开放态度。例如，对美洲土著人、美国华裔、美国非裔等具有刻板印象的谚语已经对美国社会带来很大的伤害，它们不应该再被使用了。

民俗学家、历史学家、政治学家都关注过谚语作为有效的修辞手段所产生的政治作用。政客们自古以来就利用谚语达到一定目的。例如希特勒就利用谚语煽动纳粹主义。丘吉尔在演说和信件中运用谚语向英国和全世界证明必须要不惜代价战胜纳粹德国。但是，谚语在政治上的运用也不是没有问题的，它们可以用来团结一个群体，也可能被错误的领导人用来控制民众。纳粹德国利用谚语反对犹太人就是明显的例子，人们可能会盲目信从，而忘记了谚语不是绝对真理，这方面的研究已经证明谚语在政治上的两重性。

八 谚语与社会科学

社会科学家对谚语的特点、用途、功能和意义进行过大量的研究。有些研究领域是关于其抽象性、态度、行为、认知、交流、社区、民族性、经历、性别、记忆、心理健康、精神分裂、社会化、传承等问题。例如，人类学家露丝·费尼根1970年曾对非洲诸多社会中的谚语概念做过普查，表明谚语存在于社会生活的各个方面。[1] 其他研究也表明谚语如何被策略地运用于各种场合。社会人类学家从19世纪以来一直关注谚语的使用。但是，在他们研究社会组织和人们的行为时，如果能将谚语如何参与社会结构和生活作为关注的一个方面则更有益。当然，已经有了鼓舞人心的研究，例如，从跨学科视角看谚语如何作为社会制裁的手段，不同年龄群体对谚语的理解，使用谚语争取美国非裔自由权的斗争等。在社会心理学方面，谚语也用于对各种行为问题的研究，包括酗酒、吸

---

[1] Finnegan, R. (1970): *Proverbs*. In: Finnegan, R. (ed.): *Oral Literature in Africa*. Oxford, 389–425.

毒。如"没有痛苦，就没有收获"（No pain, no gain），可用于康复中心作为宣传海报。心理学家和精神分析学家始终对谚语有兴趣，如将其用于智力测试、能力和心理健康评估等。还有专门的"谚语测试"，这些测试将谚语的隐喻性作为参照研究，比较儿童与成人、母语人与外语人、脑力劳动者与体力劳动者等不同群体的情况。但是重要的是，这些研究常常排除了谚语的语境问题，尽管民俗学家和谚语学家早已提出谚语必须置于其社会语境才能理解的观点。

目前心理语言学家关注的是理论谚语学研究的前沿问题。他们将谚语用于对儿童心理发展以及对隐喻的认知和理解研究。例如，具有划时代意义的《谚语的神经学》一文研究了一个复杂的心理过程问题，即对抽象（如隐喻）的谚语的理解在健康人的大脑中的功能，也有的基于谚语有关隐喻理解的理论问题。理查德·弘耐克（R. Honeck）在《心中的谚语：对谚语智慧的认知科学》一书中，不但梳理了有关问题的历史研究，而且讨论了认知、理解、交流、记忆、隐喻等问题。[1] 由此表明，谚语可能表现的是简单的真理，但需要复杂的大脑活动才能正确理解和使用一条谚语。

九　民间叙事与民间文学的运用

长期以来，关于谚语与其他口头言语民俗类型的关系问题一直是民俗学家普遍的兴趣点，尤其是谚语学家的关注点。古典时代的希腊和拉丁文作家就评论过寓言与谚语的关系问题，并试图理论化这些概念，由此出现了"类型"概念。换言之，一则寓言结尾处的归纳是增添了伦理道德智慧，还是寓言本身只是该谚语的解释性评述？

类似的有对德国童话中的谚语功能的研究，以及格林兄弟如何改变所收集的故事的风格来适于儿童的研究。但是，谚语与谜语、谚语与笑话、戏用谚语（antiproverb）与吹牛故事之间的关系研究较少，有关谚语的发生与发源问题有待于深入研究。

---

[1] Honeck, R. P. (1997): *A Proverb in Mind: The Cognitive Science of Proverbial Wit and Wisdom.* Mahwah.

关于谚语在文学中的用途与功能的研究较多。早期的研究主要是注释文学作品中的谚语，而现代的研究则侧重于谚语表达法在诗歌、戏剧、散文等作品中的识别与阐释。这方面的研究书目较多，涉及许多语言和文化，如非洲的和亚洲的。有的是关注著名作家的，有的是关于少数民族文学的，或是特定历史阶段的文学作品，这些研究不但有助于谚语诗性的研究，也有助于了解什么谚语在什么时代被频繁使用。

理想地，每项谚语文学研究都应该包括一份完整的相关谚语表达材料索引，也就是通过标准谚语词典的方式注明其谚语性，这样的注释无疑有着重大意义。但是，这只是一个硬币的一面，即谚语学方面。此外，还应该有对其语境化的应用功能的详细阐释。文学批评家、民俗学家和谚语学家需要知道在文学作品中，何时、何因、如何、对谁使用谚语，由此需要考虑每个例子在什么语境下传达其整篇作品的信息。当然，还需要关注谚语是否是在程式化的语境中使用，其程式标准结构是否发生风格上的变化，一条谚语是否只为了表达一个讽刺效果，是否有意使用其矛盾性等问题。一项理想的谚语研究应该包括一个谚语索引和一篇阐释性文章。

十　宗教文学与智慧文学

许多出自世界不同宗教经书的谚语都得到广泛传播，成为跨国家的人类智慧表达。大量的国际学术研究聚焦于这些文献所表达的智慧，成为不同语言与文化的传统组成部分。但是，现在还需要大量的比较研究，指出不同宗教中的谚语智慧之异同之处。另外，因为传教士的作用，《圣经》中的谚语对非洲和亚洲的影响达到什么程度目前还不是很清楚。人类口头言语智慧的证据可以从各个层面的宗教文献和日常交流中找到。来自神学、哲学、医学、心理学和语言学等学科的学者都在继续探索这种智慧的源泉（古代智慧文献、文化传统、伦理价值）、智慧科学（认知、理解、心理语言学）和智慧习得（教学法、记忆法、交流）等。

此外，谚语有着漫长的宣讲传统。各种宗教中的传教人常常利用民间谚语传讲教义、教导人生。从中世纪的马丁·路德到现代美国的马丁·路德·金，他们都曾利用谚语宣讲宗教和社会思想。

十一 教学法与语言教学

多个世纪以来，谚语一直被用于伦理教化和社交技能。事实上，谚语中有特别用途的分类涉及心智、智慧、经历、习得、权威和教学等。无疑，谚语包括大量的教育智慧，也是教育工具，并继续在现代社会发挥教学法的作用。因此，谚语也应该被用于教育，传承人类有关人性与世界的智慧和知识。

谚语不但被用于母语的习得教育，也被用于外语教学课堂中。外语教材常常包括一些谚语。其实，外语教学大纲可以恰当地涉及目标语的谚语基础知识库，通过这些谚语可以有效地了解新语言中的文化价值和表达法。

对小学四年级的学生来说，这是个最好的时段，他们可以恰当地掌握生活中谚语所表达的一些价值观，学会谚语并应用于有意义的语境中，依照所掌握的智慧去行动。这些在9—10岁的孩子中已经得以证明，即他们可以应对抽象和隐喻性的谚语，并视其为道德行为的准则。

十二 大众媒体与大众文化

尽管谚语学家通常是向后看，研究谚语应用的历史，但他们也不应忽视谚语在当代的传统性应用与更新。随着流行文化、大众媒体和文化知识的普及，他们也要看20世纪和21世纪沿用下来的和创新的谚语。我曾对德语和英语中的这些情况做过研究，出版过若干本书。这些研究表明，民众不一定把谚语视为不可侵犯的神圣之物，对传统谚语的模仿或改变是很普遍的现象，这些现象有时是幽默可笑的，有时以口号或涂鸦的形式反映出对社会政治问题的严肃讽刺。利用T恤衫、口号、广告、电视、电影、音乐等新媒介使用戏用谚语是很普遍的，尽管形式上是现代的新现象。一些从传统谚语发展成戏用谚语的例子如下。

久别情更深→久别生多情
一日一苹果，医生远离我→一日一个安全套，医生远离我

厨子多了煮坏汤→立法人多了难改革

经验是最好的老师→便利是最好的老师

无人是完美的→无尸体是完美的

  谚语一直是广告常用的策略之一，目的是借助传统和《圣经》等使得广告具有一致权威性和神圣性。这种传统用法还在继续，同时也出现了新的利用现代谚语口号的不同策略。传统谚语由此被换词而具有双关性，并以吸引人的图片和不很准确的信息试图说服受众做出购买该产品的决定。在大众媒体和政治新闻等方面也同样有这些现象。记者早就知道用谚语做标题并没有什么用途，尽管也会用简短的谚语做标题，然后用副标题来说明内容。但似乎更有效的是改变传统谚语，也就是戏用谚语，由此常常可以达到吸引人的目的。这一切都使得戏用谚语变的流行，也因此需要民俗学家去研究。

  谚语在电影和音乐中的应用目前还没有得到应用的重视，尽管也有了一些相关的研究，如对基于《小红帽》改编的电影《与狼为伴》的研究。另外，对电影《阿甘正传》中的谚语运用也有过很好的研究。在音乐方面，对吉尔伯特和苏利文（Gilbert and Sullivan）的流行音乐和美国乡村音乐中的谚语运用也有过一些研究。此外，对鲍勃·迪伦（Bob Dylan）的许多歌曲中的谚语应用也有一些研究（Folson）。①

  以上的学术回顾侧重的是英语出版物。其中所表明的谚语的模糊性使得谚语学者和其他学科的学者有能力去对各地的各种各样的谚语进行研究。现代谚语学毫无疑问是没有止境的，并面临着许多新的挑战。可以肯定的是，谚语以其历代验证过的智慧在帮助现代社会的人们去应对复杂的日常生活。传统谚语及其价值体系提供了一个基本框架，但如果现代世界观发现这些不适合了，就会迅速做出改变和调整，发展出具有启示意义的戏用谚语。当然，新时代有新谚语，如"各有所好"（Different strokes for different folks）反映的是新世界观。谚语不一定总是有教育和指导意义的，可以是具有讽刺和幽默性的。各种文化中的成千上万条

---

① Folsom, S. (1993): Proverbs in Recent American Country Music: Form and Function in the Hits of 1986 – 1987, *Proverbium*, 10: 65 – 88.

谚语不代表一种普遍的有效性，但无疑是具有特定实用性的宝藏。回顾过去，谚语学家的确积累了一座巨大的谚语学研究宝库，后人可以继续添砖加瓦。现代理论上和经验上的谚语研究无疑会帮助我们获得对人类行为和交流的新洞见。通过在国际层面的比较研究，谚语学家也许可以在常识和经验智慧之上为这个强调人性和已被启蒙的世界作出一点贡献。

未来学的谚语志与谚语学研究：
为搜集与研究现代谚语的呼吁

【编译者按】 本文（Futuristic Paremiography and Paremiology: A Plea for the Collection and Study of Modern Proverbs）发表于芬兰的《民俗学者网络》（FF Network）2014年第44期，第13—24页。作者不但强调了当代谚语的重要性，并为了解和研究当代谚语的特色提供了方法样板，有助于谚语学者开阔视野，把握如何发现、记录和研究新谚语。

引 言

随着民俗学各个分支学科在理论与实用方法上都取得了令人印象深刻的进步，回顾早期大师们的声音总会有所裨益：他们曾完美地设计，未来研究应该且将要进行的，是充满希望地研究包括古老传统的遗留物与新近创造出来的口头与物质的民俗。在谚语方面，阿彻尔·泰勒（Archer Taylor 1899—1973）和马蒂·库西（Mattie Kuusi 1914—1918）这两位朋友创立了《谚语》杂志（1965—1975；1987），杂志的创立有助于将谚语搜集和谚语研究作为严肃的民俗学研究的一部分合法化，并成为这一领域的国际巨头。他们清楚地意识到一般的民俗学与谚语学研究都必须克服其主流的"向后看"倾向。毕竟，即便是发表在权威《民俗学者通讯》上的珍贵专著，也主要是回顾过去，却忽略了童话、传说、谚语和其他类型的民间文化在当下是如何继续创造出新内容的。在库西开创性的《芬兰谚语在流行中的变化》（1953年发表，40年后被幸运地译为英文）一文中，他将20条"过去流行的谚语"和20条"现在流行的谚语"进行比较，演示了芬兰谚语的两个系统在风格、结构、语法、长度、隐喻、内容及世界观上如何不同。他在那时就已经非常清楚，新的谚语必须是谚语历时性与共时性分析的一部分。对这一观点泰勒明确地表示同意，正如他在文章《谚语研究》（1939）中所强调的那样：

> 除了手写的和印刷的集子，还存在大量日常使用但并未见诸书本的谚语……这一部分材料的搜集将惠及我们的时代和我们的后辈。如果能够尽人力之所能，则这样的搜集就会具有特别重要的意义：它们展示的不仅仅是过去的谚语至今仍在使用的各种异文，还有正在形成和使用中的新谚语，展现我们时代的谚语一个完整的横截面。当然，也有一些声音宣告当代谚语逐渐消亡，且不再产生任何新的谚语。1931年，已经有社会学家威廉·阿勒比格得出了荒唐的结论"很显然，谚语已经从我们一般的交际文化中消失了"（Albig 1931：532）。

露丝·阿雅贝也在她更晚近一些的研究《论谚语的起源和命运》（2001）中得出同样有问题的结论："谚语是交际的化石——由于我们社会的伦理交流形式变化所致——甚至是濒临灭绝的文类。"（Ayap 2001：252）事实上，我将不会忘记，大约在20年前，当我读到斯图加特（S. Stewart）的《不良类型注释》（1991）进行的以下评论时是多么的难以置信：

> 以其口头形式而言，作为一种超越性的、经过时间证明的话语形式，无论是从积极的还是消极的方面来看，谚语已经"筋疲力竭"了。就传统而言，一个新的谚语就如最初的《伊索寓言》或者私下流行的潮流一般难以被接受。然而，谚语的书面传统采取了两种路径中的一种——或者是以前就知名的谚语结成的新的集子，或者是从不能幸存下来而被应用到具体语境中的新造谚语（Stewart 1991：17-18）。

流行杂志和大众报刊关于谚语的文章为这种毫无根据的说法火上浇油，认为现代社会中谚语是过时的伪文物，注定会消亡，未来也一定不会有新的谚语被创造出来（Mieder and Sobieski 2006）。正如大量现代谚语所显示的那样，没有什么比这种说法更荒谬了，也就是说，以不能在早于1900年以前的文字记录资料中发现的谚语作为新谚语的起点是一个任意选择的日期。尽管如此，学者显然已经接纳了这一错误的观点。认为在"全部"现代社会中新谚语都没有出现，实际上是对于当代的新谚语知之甚少。

为了不被误解，在转向新谚语的搜集与研究之前，需要先警告一句。在20世纪和最近的10多年时间里，世界各地的谚语搜集者与研究者已经出版了很有价值的谚语集，提供了重要的学位论文、专著和文章，他们从多个层面研究谚语。如《谚语国际参考书目》（Mieder 2011）、两卷本的《谚语学与语法国际参考书目》（米德 2009a），以及谚语搜集与研究年鉴《格言：国际谚语学派年鉴》（1984），有成千上万的文字出版物支撑着这一毋庸置疑的事实。许多谚语集还在继续出版，但是大多数出版的集子并没有包括真正的当代谚语。即使是巴莱特·怀廷以《当代谚语与格言》（1989）为名的大型集子也并没有真正地包括新的谚语，而只包括了在当代（主要是20世纪）文本中发现的传统谚语。而关于谚语在当代社会的运用、功能与意义这样一些重要的研究，还有待纳入新谚语集中。

这绝不是说这些学者和其他的学者没有深入考察谚语的当代生存状况，只是他们的研究更专注于传统谚语，包括被称为"戏用谚语"的形式的异文、变体和拙劣的模仿，的确，其中有一些本身就是新谚语（Litovkina and Mieder 2006）。以下讨论将主要针对长久以来为民俗学家、文化历史学家、语言学家、谚语学家和其他学者所忽视的真正的当代社会的新谚语来进行。

现代谚语的识别

可以想见，最主要的问题是很难找到或者发现新的谚语。在日常谈话、公开的修辞性演讲或者从文学作品到报刊再到漫画的各类出版媒介中听到或找到传统的谚语要容易得多。对各位谚语搜集者而言，当前最首要的任务是，要有意识并仔细地"捕捉"迄今为止未被记录的谚语。要想如此，就必须广泛撒网，除了开始检索所有的谚语志，还包括引用了谚语的集子和特定文化和语言中单语或双语的字典，以检索其中是否可能包含20世纪初期甚至之前的未被记录的谚语。当查尔斯·道尔（Charles Doyle）、佛瑞德·夏普尔（Fred Shapir）和我开始《现代谚语词典》（2012）的编纂工作时，可以确定它将是第一部专注于新谚语的谚语志。我们选择以1900年为分界点。这可能不仅是美国，在其他地方也是第一部高质量的现代谚语志（Mieder 2009b）。其他谚语搜集者可能也同意以这一时间为分界点。因此，接下来的现代谚语志也采用了相同的时间分界点。我们确实在一些谚语集中找到了符合条件的谚语，尤其是尼格尔·里斯（Nigel Rees）的《世纪格言：20世纪有价值的格言背后的故事》（1984），佛瑞德·夏普尔的《耶鲁引言手册》（2006），詹妮弗·斯皮克（Jennifer Speake）的《牛津谚语词典》（2008），泰特曼（Gregory Titelman）的《兰登书屋美国流行谚语与格言词典》（2000）和我的《美国谚语词典》（Mieder 1992）。选择20世纪的集子只是一个"简单"的开始，因为问题很快就出现了：在未必知道这些谚语的情况下，我们该如何找到新的谚语？你又是如何找到那些此前未界定的谚语的？幸运的是，在过去的几十年时间里，我们已经完全独立地开始收集那些潜在的谚语，即频繁用于口头和书写，既有诗意和谚语结构特征，又具有洞察力和智慧的表达法。事实上，查尔斯·道尔发表了开创性的文章来对此进行论述，其文章有个极其合适的标题：《论新谚语与谚语词典的保守性》（1996），这篇文章成为我们此后工作的基础，它假设大多数谚语学者在他们的私人搜集档案中至少有一些新的谚语。

要建立一个可行的现代谚语数据库，接下来要做的更加困难，要付出相当多的时间与努力。真实的田野研究被证明是无价的，在研究中发现越多的信息，研究的结果就越好。各种职业的人们、不同的社会经济背景、不同的年龄群体等都会帮助我们发现谚语，而这并未超出一般民众的"民俗群体"的范围。著名的民俗学家阿兰·邓迪斯曾经给我一份关于谚语"听到蹄声，要先想到是马而不是斑马"的起源、历史和意义的文章手稿（Dundes, Streiff and Dundes 1999），已发表在《格言》上，这是一个极好的例子。他和他的女儿劳伦·邓迪斯（Lauren Dundes）及女婿迈克尔·斯特雷夫（Michael Streiff）合作完成这篇文章，斯特雷夫恰好是一名医生，是他告诉了岳父这则医学谚语。在医学院的学生和医生中，这则谚语人尽皆知，传达的是他们在得出一个病人可能患有严重的疾病并需要进行大量检查之前，应该先看一看是不是患有像感冒这样的一般疾病。我和邓迪斯以前都没有听过这则谚语，但它确实在医学界非常流行！另一个关于我的侄子汤姆·史金纳的故事也是如此。史金纳是科罗拉多大学热情的滑雪运动好手，当他被问到参加体育运动的年轻朋友是否使用谚语时，他提供了一则谚语"要么大干一场，要么回家"（Go big or go home），意指滑雪运动员要勇敢地从山顶冲刺冒险，没有这种刺激，还不如不要滑雪！我的学生一直在给我们提供许多不为我们所知的文本，并在毕业后依然坚持如此。

但是，无论是口头传播还是文字出版，新谚语的可能性来源是无限的（Mieder 1989b）。许多新的谚语始于流行歌曲或者电影，如"跳探戈舞要两个人"（一个巴掌拍不响）（1952）来自美国电影《梦幻之地》（1989）中的一首歌曲《你造好了，就有人来了》。其他的谚语中，有些来自政治家的演讲，通过电视和其他大众媒体在民众中生根，如肯尼迪的名言："不要问你的国家为你做了什么，而要问问你为国家做了什么"（国家兴亡，匹夫有责）（1961），是在他的美国总统就职演讲中提出的。文学作品依旧是谚语的来源，如来自威廉·莎士比亚、弗雷德里克·席勒（Friedrich Schiller）等人的作品中的谚语。谚语"爱就是永远不必说抱歉"来自埃里克·西格尔（Erich Segal）的小说《爱情故事》（1970），是一个当代的例子。来自名著和名作家的此类谚语可能对某些人来说是"文学性的语录"，但它们已经超越时间而成为无名的谚语。无论如何，谚语是无处不在的。把人类的共同经验和观察以极简的语言归纳起来，这似乎是人类本性的一部分，而现代人延续这一传统也就不足为奇了。要记住，"谚语是对显而易见的真理简明扼要的表述，这种真理是现在、过去或将来在大众中流行的"（Mieder 2004b：4）。换句话说，在任何一个时代，都存在使用中的谚语，都存在因陈旧或不合时宜被时代淘汰的谚语，也必然会随着时代的发展而产生新的谚语。

正如许多年前马蒂·库西在其至今仍旧非常重要的著作《谚语学的思考》(1957：52)中对谚语的定义一样，我们希望更多地关注现代的"纪念碑"，因此更多地使用现代电子数据库十分重要。毕竟，谚语学者将一个特定的语句定义为谚语，就能很好地确认它在事实上是否已经得到广泛的认可。要做到这一点，有时靠分发电子问卷以及使用电脑检索尤其有用，仅仅是简单的谷歌搜索就能在瞬间确定一则明显的现代谚语是否已经超越了"一日奇迹"。谷歌找到 3000 条还是 100 万条参考文献确实是有区别的。更复杂的搜索能够帮助确立异文——现代谚语常常存在很多异文——能够确定标准形式，同时谚语在新谚语志中的登记记录也非常重要。但是所有这些只能在一则新的谚语已经被认定的情况下才能完成。我们应首先告诉计算机去找什么，否则它们是什么也发现不了的！因此，依然需要通过建立在大量倾听和阅读基础上的谚语直觉找到新谚语，并进行搜集和研究。这一工作并不简单，但非常必要且回报丰厚，它反过来能够给予我们力量去研究人类交流进程中的新智慧。

现代谚语志

现代谚语的采录和搜集在谚语志中没有取得多大进展，并不是由于这类文本意识缺乏。确实有一些研究已经关注了个别新谚语的现代起源、传播与意义，如爱丽丝·麦肯齐的《不同民众，不同风格：美国最典型的后现代谚语》（Mckenzie 1996；Mieder 1989a：317－332），查尔斯·道尔的《难于发现好男人：谚语》（2007）以及我的《邻居院子里的草总比自己院子里的草绿：关于不满的美国谚语》（1993b）。这样详细研究的重要性体现在我们共同认为"用进废退"（use it or lose it）这个谚语是现代的产物。由于查尔斯·道尔对这篇文章特别感兴趣，便进行了一次特别调查，发现它远早于 20 世纪初；参见他在《谣谚》上发表的文章《用进废退：谚语、谚语的代词及其前身》（2009）。他的发现意味着必须消除我们已经展开的原稿《现代谚语辞典》（2012）中的这条谚语。显然，不可能对每一则可能进入《现代谚语辞典》的谚语候选词都进行这样详细的研究，但像这样的个案表明，谚语搜集工作是如何的复杂而严肃。已经进行大量谚语个案研究的阿彻尔·泰勒，在对现代谚语"顾客总有理"（1958）的简短注释上却有了例外，他研究了大量可追溯至古代的传统谚语，虽然如此仍呼吁对现代谚语的搜集工作。在一篇带有疑问性质的文章《谚语搜集如何能够尽可能全面？》（1969）中，他进行了如下表述（这一表述至今仍然有效）："搜集谚语的典型缺陷是这一事实：他们随意抄袭前辈，并引用那些并不能被可靠地断定当谚语志出版时还依然在使用的谚语。"（Taylor 1969：369）自从最早的记录以来，这一缺陷已经损害了谚语志。为了证明他的观点，即谚语搜集者忽略了对迄今未记录的新谚语的搜集，他从乔恩·韦恩当时的小说《竞争者》（1958）中引用了大量的例子。需要指出的是，他的文本很少是谚语表述，而另外的所指，即新的善意的谚语并不易被发现和鉴别出来。但是即便泰勒在"猎获"或新谚语的发现中没有起到至关重要的作用，他依然是鲜明地意识到这一工作必须展开的人。对另一位谚语研究巨匠卢茨·罗瑞奇（Lutz Röhrich 1922—2006）而言，这也是实际情况，他曾在 1977 年宣称："否认当下（现代）创造新谚语的能力是错误的"（Röhrich，Mieder 1977：117）。但正如俄国的格里戈瑞基·柏米亚科夫（G. Permyakov 1919—1983）和希腊的德米特里·劳卡托斯（Demetrios Loukatos 1908—2003）及其他已经提到的一些同样伟大的谚语搜集者，罗瑞奇也没能进行当代谚语志中深思熟虑的研究或搜集。站在这些巨人的肩膀上，我的调查随笔《展望谚语集录》（1990b）有了以下结束语。

> 谚语学不可能一直是一门主要向后看、只研究过去文本的科学。现代语言学家可以也应该搜集包含20世纪新文本的谚语。尽管在过去的十几年中，谚语学取得了巨大的进步，但仍有许多明显的挑战有待于面向民族和/或国际的谚语学家来解决（Mieder 1990b：142）。

其中一个明显的挑战是：采取一切现存的非洲谚语集去创建一个数据库，这将能够给我们一个关于非洲谚语的想法：从数百个部落语言而来的非洲谚语已经达到一定的数量，可以允许我们谈谈来自那片大陆的谚语。

我们收集了一些关于欧洲谚语和亚洲谚语的资料，当然，爱沙尼亚谚语和立陶宛谚语出现的时间更晚一些，不仅为研究民族谚语提供了丰富的资料，而且为在欧洲范围内对一些谚语进行比较分析提供了丰富的资料。来自立陶宛的卡济斯·格里加斯（Kazys Grigas 1924—2002）描述了"现代谚语志和谚语学的一些问题"（2000），朱莉娅·穆诺兹（J. Sevilla-Munoz）研究了"21世纪谚语学的挑战"（2009），但当他们谈到这些现代成就时，却对需要被齐心协力纳入其中的现代谚语无话可说。因此，公平地说，很长一段时间以来，人们确实不愿意从事有挑战性的工作，即收集有注释的现代谚语。在新谚语研究工作更加务实的问题方面，查尔斯·道尔、弗雷德·夏皮罗和我或许能满怀谦卑地观察并合作，在《现代谚语词典》中建立了第一个现代英美谚语数据库（Doyle 2012），或许可以为其他谚语搜集者提供一个模板。我提到了识别新谚语的困难，重要的是，要记住，一旦这种谚语以口头或书面的形式被发现，确定其起源时间的艰巨任务就开始了。对某些文本来说，不可能有精确的定位，但还是要做出努力，以确定正在审议的谚语是否可能比被认为是现代谚语分界线的1900年这一日期更早。现存的对个别谚语的收集和研究有助于完成这一任务。很明显，大多数新谚语需要进行细致的分析。谷歌、谷歌电子书、历史报纸数据库、LEXIS/NEXIS学术及其他一些电子数据库都可以发挥作用，帮助找到尽可能早的引文。新一代谚语学者在使用数据库进行研究方面做了开创性的工作，但主要并不是为了发现、登记和分析现代谚语。当然，寻找"第一个"引用记录更重要（需要注意的是，随着越来越多的数据库可以使用，较早一些时候被引用的记录更有可能被发现），互联网有助于在谚语的调查中找到更多相关语境的引用。正如我几年前所指出的，这是一项极其重要而又极其耗时的任务。

  就像所有的民俗文类一样，只有文本，没有谚语，在流通与传统中，通常会变异，这样被发明的拟谚语声明成为真正的谚语。这一恼人的问题正是谚语搜集者在整理现代谚语时所要面对的。在许多情况下，要决定文本实际上多少程度上被普遍使用，而不仅仅是昙花一现，是非常困难的（Mieder 2009 b：257）。

"You and your 'Go with the flora.'"

  在鉴别一个文本为可以考虑待定的新谚语后，需要做的就是尽可能找到它最早的参考文献和语境中的引用，以及精确的书目信息。异文也应包括在内，还应该提供合适的、简洁的解释性评论。数据库将有助于确定谚语的流行程度和频率，从而成为文本实际普遍性的指标。在某些情况下，一个特定的谚语确实已经记录在新近的谚语志中，交叉引用的信息应及时添加进去。从以下3个例子可以看出，在篇幅允许的情况下，现代谚语的学术性收藏应该尽可能多地保留谚语的历史文献。因此，应该跟随罗伯特·登特、阿彻尔·泰勒、莫里斯·帕尔默·蒂利、巴莱特·怀廷和威尔逊的脚步，他们以堪称典范的方式对古老的盎格鲁—美洲谚语进行了研究。

如果生活给了你柠檬，就做柠檬水。

1910年，威廉·豪皮特（William G. Haupt）在《商学院艺术征召》（芝加哥：致作者）写道："不要悲观，要乐观。如果有人'递给你一个柠檬'，拿上它回家来做一杯柠檬水。"1911年，"健康提示"（《伊利诺斯州医学杂志》，19：675）："如果有人递给你一个柠檬，把它拿回家做成柠檬汁。它既有益健康，又令人愉快。"（这里的谚语似乎被仅照着字面理解和误用了！）1917年，《水管工、煤气和蒸汽装配工》杂志1月21日第4期："如果生活给你一个柠檬，调整你的玫瑰色玻璃瓶开始卖粉红的柠檬水吧。"1919年，霍默·兰德尔《法国战壕里的士兵》（克利夫兰：辛迪加世界）："当有人递给你一个柠檬时——""我用它来做柠檬水"，比利回答，大家都笑了。这句谚语的意象早在1908年4月25日的《真正的乐观主义者》中就已经有所预示：乐观主义者就是能将别人给他的柠檬变成柠檬汁的人（Doyle 2012：140）。

巾帼不让须眉。

1942年5月25日《芝加哥每日论坛》："现在女人能征召入伍，我们可以修改一下老俗语，'巾帼不让须眉'。"阿尔道斯·赫胥黎在《模仿与实质》中使用了"巾帼不让须眉"。该剧的编剧是艾伯丁·克雷布斯。1974年，校际活动特别委员会、蒙大拿高中协会和蒙大拿校际活动特别委员会进行的中期研究（海伦娜：蒙大拿立法委员会）引用纽约州教育专员埃瓦尔德·尼奎斯特（1973年7月3日）的一篇演讲的题目《公平的体育运动，或者，巾帼不让须眉》（Litovkina and Mieder 2006：72）。这条谚语起源于一句戏用谚语，其基础是"小错大错都是错"（Doyle et al.

2012：175）。

放眼全球，立足本土（放眼全球，本土行动）。

1942年，W. H. 卡梅隆在《安全教育》中发表"个人挑战"：我们对更美好世界的愿景仅限于我们对更美好社区的愿景（据说这句话是埃德加·戴尔1942年2月在俄亥俄州立大学教育研究局的《时事通讯》中引用的）。1947年3月27日，Vidette-Messenger引用简·桑德的一封信："……这位可敬的伟大女性的目标和口号以及'印第安纳东方之星勋章'的总章是'世界友谊'和'放眼全球，立足本地'。"字典中有一些条目比这3个条目长得多，还有一些条目比这3个条目短得多。我们一直希望并期待至少每10年增加1份参考书目，但耶鲁大学出版社不希望《现代谚语词典》的篇幅超过300页。很遗憾，我们已经为书中记载的1400条谚语收集了大量的材料。如果有人把《现代谚语词典》做成电子书籍，这自然是很有可能的，这是下一代的谚语学家要完成的事情。当下，对学者、学生和广大读者的持有、阅读和欣赏来说，印刷本仍有其价值。

谚语学对现代谚语的研究

已经有人指出，谚语搜集者基本上没能进入现代性，这可以从查尔斯·多伊尔对《谚语搜集和谚语词典汇编：关于其中哪些内容存在和哪些内容不存在（有关于当前的"性别化"谚语的注释）的一些历史观察》（2007b）的调查中能很好地看出来。不幸的是，当看到谚语学家在现代谚语方面的成果时，这幅图景同样令人失望。正如我在自己的调查《现代谚语学的回顾与展望》（2000）中所展示的，他们实际上发表了关于传统谚语在现代社会中生存的极好的学术论文。

现代谚语学是一个绝对开放的现象，面临着许多新的挑战。毫无疑问，谚语，这些古老的经世代考验的智慧的瑰宝，帮助我们在日常生活和交流中应付现代人类复杂的状况。传统谚语及其价值体系给我们提供了一些基本的结构，如果其世界观不符合特定的情况，就会迅速转变为具有启示意义和解放意义的反谚语。当然，我们这个时代有一些新的谚语，比如"不同的人有不同的想法"，它们表达了一种解放的世界观。谚语并不一定非得是说教式和指令性的；它们也可以充满讽刺、反讽和幽默。因此，构成所有文化谚语智慧宝库的数以千计的谚语表现的不是一种普遍的但一定是实用而有效的财富。回顾过去，谚语学家已经积累了一套真正令人印象深刻的谚语研究体系，可以在此基础上建立未来的谚语学。现代理论和经验的谚语学无疑会对人类的行为和交流产生新的见解，通过在国际范围内比较这些研究结果，谚语学家们可能会基于经验智慧对人道和开明的世界秩序有所贡献（Mieder 2000：30-31）。

关于新谚语的实际创造，让我特别关注理查德·弘耐克（Richard Honeck）和杰弗里·韦尔杰（Jeffrey Welge）关于"实验室中谚语智慧的创造"（1997）和史蒂芬·温尼克（Stephen Winick）关于"谚语类型定义中的互文性和创新"（2003）的发人深省的文章。作者强调，事实上，任何被创造出来的类似谚语的语句都已经是谚语了，尤其是如果它包含了很多通常是谚语文本的诗歌和结构标记的话，那都通常是谚语文本的一部分。就个人而言，我仍然觉得每句谚语都是这样开始的，每一项"发明"都必须随着时间的推移证明自己值得被某些民间团体，成一个家庭、一个俱乐部、一种职业等，甚至整个国家乃至更广泛的地方作为一种智慧来接受。换句话说，这些"被发明的谚语"必须通过一个谚语化的过程（Schapira 2000）来获得流传性或传播性，不可否认在现代技术时代，这一过程能够以惊人的速度发生。尤其要重视青年文化和大众传媒中的谚语，它们是创造和传播新谚语的沃土。然而，尽管如此，这些理论派的谚语学家为谚语的创造过程增加了宝贵的见解。

许多其他的研究都着眼于谚语，例如现代文学、广告、大众传媒、涂鸦、电影、音乐、政治。特别是它们作为修改后的反谚语出现后，尤其是当它们可以成为新的谚语时（Litovkina and Lindahl 2007；Mieder 2004a；Valdeva 2007），已经理所当然地成为一种时尚。《现代谚语词典》记载了大量起源于戏用谚语的现代谚语，如"离别使人心旷神怡"源于"别久情更深"，"谁喝，谁输"源于"谁打盹谁输"，"迟来总比怀孕强"

The New Yorker (August 23, 1993), p.60

"Garbage in, garbage out!"

源于"迟到总比不到好"。一些新的谚语也不过是所谓的戏用谚语，它们把积极的谚语变成消极的谚语，反之亦然。如："拍马屁让你心想事成"是对"拍马屁对你毫无用处"的戏用；"生活不是一碗樱桃"是对"生活就是一碗樱桃"的戏用谚语；"尺寸至关重要"来自"尺寸不是问题"。这 6 对共 12 句现代谚语在今天的英美口头和书面交际中都很流行，它们属于新出版的谚语词典。

  我们不应该在这里回顾关于谚语在现代所扮演的多重角色的谚语研究。它们表明，谚语仍然是鲜活的、有用的，尽管有一些渐趋消亡，新的谚语会随着时代进入我们的生活并发生改变。这意味着需要调整所谓的谚语最小值。当我们看到这些不同语言中最常见的谚语列表时，很明显，它们几乎从不包含新的谚语。这可能导致统计数字歪曲。我的美国学生告诉我，他们不知道经典谚语"新官上任三把火"（新扫帚扫得干净）和"补鞋匠只消管鞋楦"，虽然他们都知道像"没有勇气就没有荣耀"和"你杀不死狗屎"这样的谚语，这些谚语可能并非属于更年长者的部分文化素养，也不会出现在调查不同年龄和社会背景的人对谚语的熟悉程度的问卷调查中。由于许多英美谚语以英语或翻译的形式在国际上传播，以难以置信的速度在新的文化中广为流传和为人熟知（Mieder 2005；2010：285-340），实证的谚语学必须更加注重现代谚语（Grzybek 1995；Haas 2008；Lau 1996；Mieder 1992）。毫无疑问，由希腊和罗马古代文本、《圣经》和中世纪拉丁语组成的国际欧洲谚语库，现在很大程度上得到了英美谚语的补充。因此，像"一图胜千言"（Meider 1990a）这样的现代英文谚语，很快就在欧洲和其他地方得到了改编。

最后，问题来了，是什么特点或构成使现代谚语有别于传统谚语？基于我们的《现代谚语词典》，我在2012年的长篇分析《跳出框框思考：现代英美谚语的起源、性质和意义》中试图解决这个问题。显然，不能在此重复很多发现的细节，但至少可以提供以下粗略的观察。

1. 现代谚语确实存在变体：

这世上总有一个地方现在是（一直是，一定是）五点钟。（意即下班了，可以开心了）

没有问题，只有机遇（挑战）。

2. 大多数现代谚语有直接的指示意义：

一根蜡烛点燃另一根蜡烛不会失去任何东西。

潮涨船升高。

3. 普遍的消极模式：

你无法收拾鸡蛋。

未被推，先别跌倒。

不要把你可以卖的东西给别人。

4. 普遍的结构模式：

只要你能想到，你就能做到。

好死的英雄不如赖活的兵。

当你祈祷时，移动你的脚。

与其重复，不如欺骗。

没有受害者就没有犯罪。

世上没有恶狗，只有坏主人。

甲之砒霜，乙之蜜糖。（自己眼中宝，他人眼中渣）

5. 二字箴言：

有性。(有销量)

速度。(绝杀)

6. 许多四字箴言：

在那，做过。

顺其自然。

7. 不太常见的长谚语：

当你被鳄鱼咬得屁滚尿流的时候，你很难记得你是为了排干沼泽里的水。

你可以带一个男孩（男人、女孩等）走出农村，但你很难将乡村从他（她）心里带走。

8. 被所谓的定律创造出来的谚语：

会出错的总会出错。(墨菲定律)

你有多少时间完成工作，工作就会自动变成需要那么多时间。(帕金森定律)

9. 归因于个人的谚语：

老年不适合娘娘腔。(贝蒂·戴维斯)

飞舞如蝴蝶，蜇人如蜜蜂。(穆罕默德·阿里)

10. 有首创人的谚语：

无处还乡。(托马斯·沃尔夫)

说话温和，手持巨棒。(西奥多·罗斯福)

11. 源于广告标语的谚语：

拉斯维加斯发生的一切都留在拉斯维加斯。(旅游广告)

位居第二，更加努力。(租车广告)

12. 源于歌曲的谚语：

什么行业也比不过娱乐业。(欧文·柏林)

你所需要的只是爱。(披头士乐队)

13. 源于电影的谚语：

亲近你的朋友，更要亲近你的敌人。(《教父》)

生活就像一盒巧克力。(《阿甘正传》)

14. 动物谚语很流行：

你得亲很多只青蛙才能找到王子。

猪涂了口红也还是猪。

15. 关于身体的谚语非常普遍：

不是闭上眼就是在睡觉的。

洁身自爱。

16. 源自商业的谚语：

说到做到。

问价的都是买不起的。

17. 源于体育的谚语：

只有进球才能得分。

三振出局。（棒球）

18. 少数谚语源于科技：

一旦学会骑车，就永远不会忘记骑车。

没人会给租来的车清洗。

19. 频繁出现的关键词：

年龄不是问题。

美貌买不来幸福。

上帝能够在无路处开拓出路来。

被利用的朋友不可能再交心。

失去方知珍贵。

生命是一段旅行，不在乎终点。

要爱，不要战争。

运气靠不住。

萝卜青菜，各有所好。

快乐的时光总是短暂。

只有玩了才有可能赢。

女人的位置就是她想去的任何地方。

20. 污秽的谚语：

坏事总会发生。

烂泥扶不上墙。

21. 性谚语：

无安全（套），无爱情。

每个人都对性撒谎。

也可以说，在《现代谚语词典》的 1422 条谚语中，676 条（占 47.5%）有明确比喻性，其占比只较有 746 条（52.5%）的文字陈述性谚语少一点儿。无论如何，这些现代谚语都充分证明了谚语创作的时代在当下并未结束。人们继续依靠传统的和新的谚语来表达他们的态度、信仰、道德和价值观，以智慧的格言或用一个现代的术语阐发他们的世界观（Hakamies 2002）。这些现代谚语的多功能性、多义性和多情境性，值得世界各地的谚语搜集者和谚语学家关注，他们需要跳出思维定式的框架，来研究本国语言中谚语的现代性。

引用文献

Albig, William 1931. *Proverbs and social control. Sociology and Social Research* 15, pp. 527–535.

Ayap, Ruth 2001. *On the Genesis and the Destiny of Proverbs in Verbal Art across Cultures.* In *The Aesthetics and Proto-Aesthetics of Communication*, ed. Hubert Knoblauch and Helga Kotthoff (Tubingen, Gunter Narr), pp. 237–254.

Chlosta, Christoph, and Peter Grzybek 1995. Empirical and Folkloristic Paremiology: Two to Quarrel or to Tango? *Proverbium* 12, pp. 67–85.

Doyle, Charles Clay, Wolfgang Mieder, and Fred R. Shapiro (eds). 2012. *The Dictionary of Modern Proverbs* (New Haven, Yale University Press).

Dundes, Lauren, Michael Streiff, and Alan Dundes. 1999. When You Hear Hoofbeats, Think Horses, not Zebras: a Folk Medical Diagnostic Proverb, *Proverbium* 16: 95–103.

Grigas, Kazys. 2000. Einige Probleme der modernen Paromio-graphie und Paromiologie, *Acta Ethnographica Hungarica*, 45: 365–369.

Haas, Heather H. 2008. Proverb familiarity in the United States: cross-regional comparisons of the paremiological minimum, *Journal of American Folklore*, 121: 319–347.

Hakamies, Pekka. 2002. Proverbs and Mentality. In *Myth and Mentality: Studies in Folklore and Popular Thought*, ed. Anna-Leena Siikala (Helsinki, SKS), pp. 222–230.

Honeck, Richard P., and Jeffrey Welge, 1997. *Creation of Proverbial Wisdom in the Laboratory*, Journal of Psycholin-guistic Research, 26: 605–629.

Kuusi, Matti. 1953. Sananparsien suosionmuutoksista. *Virit-täjä*, 57: 337–345;

Lau, Kimberly J. 1996. It's About Time: the Ten Proverbs Most Frequently Used in Newspapers and Their Relation to American Values, *Proverbium* 13: 135 – 159.

Litovkina, Anna T., and Wolfgang Mieder. 2006. *Old Proverbs Never Die, They Just Diversify: A Collection of Anti-Proverbs*. Burlington, The University of Vermont.

Litovkina, Anna T., and Carl Lindahl. (eds) 2007. Anti-Proverbs in Contemporary Societies, *Acta Ethnographica Hungarica*, 52 (Budapest, Akadémiai Kiadó).

McKenzie, Alyce M. 1996. Different Strokes for Different Folks: America's Quintessential Postmodern Proverb, *Theology Today*, 53: 201 – 212.

Mieder, Wolfgang 1989. *American Proverbs: A Study of Texts and Contexts*. Bern, Peter Lang.

——. 1990a. A Picture is Worth a Thousand Words: From Advertising Slogan to American Proverb, *Southern Folklore* 47: 207 – 225.

——. 1990b. Prolegomena to Prospective Paremi-ography, *Proverbium* 7: 133 – 144.

——. 1992. Paremiological Minimum and Cultural Literacy, Creativity and Tradition. In *Folklore*, ed. Simon J. Bronner (Logan, Utah State University Press, 1994), pp. 185 – 203.

——. 1993a. *Proverbs are Never Out of Season: Popular Wisdom in the Modern Age*. New York, Oxford University Press.

——. 1993b. The Grass is Always Greener on the Other Side of the Fence: An American Proverb of Discontent, *Proverbium*, 10: 151 – 184.

——. 2000. Modern Paremiology in Retrospect and Prospect, in *Strategies of Wisdom: AngloAmerican and German Proverb Studies*, by W. Mieder. Baltmannsweiler, Schneider Verlag Hohengehren. pp. 7 – 36.

——. 2004b. *Proverbs: A Handbook* (Westport, Greenwood Press).

——. 2005. American Proverbs as an International, National, and Global Phenomenon, "Tautosakos Darbai" /*Folklore Studies* 30: 57 – 72.

——. 2009a. *International Bibliography of Paremiology and Phraseology*, 2 vols. (Berlin, Walter de Gruyter).

——. 2009b. New Proverbs Run Deep: Prolegomena to a Dictionary of Modern AngloAmerican Proverbs, *Proverbium*, 26: 237 – 274.

——. 2011. *International Bibliography of Paremiography*. Burlington: The University of Vermont.

——. 2012. Think Outside the Box: Origin, Nature, and Meaning of Modern Anglo-American Proverbs, *Proverbium*, 29: 137 – 196.

Mieder, Wolfgang, Stewart A. Kingsbury, and Kelsie B. Harder. (eds) 1992. *A Dictionary of American Proverbs*, New York: Oxford University Press.

Mieder, Wolfgang, and Janet Sobieski. (eds) 2006. *"Gold Nuggets or Fool's Gold?" Magazine and Newspaper Articles on the (Ir) relevance of Proverbs and Proverbial Phrases* Burlington: The University of Vermont.

Rees, Nigel. 1984. *Sayings of the Century: The Stories behind the Twentieth Century's Quotable Sayings*. London, Allen & Unwin.

Röhrich, Lutz, and Wolfgang Mieder. 1977. *Sprichwort*. Stuttgart: Metzler.

Schapira, Charlotte. 2000. Proverbe, Proverbialisation et Deproverbialisation. In *La Parole Proverbiale*, ed. Jean-Claude Anscombre. Paris: Larousse, pp. 81–97.

Sevilla-Muñoz, Julia. 2009. *The Challenges of Paremiology in the XXI. Century in Proceedings of the Second Interdisciplinary Colloquium on Proverbs*, 9th to 16th November 2008, ed. Rui J. B. Soares and Outi Lauhakangas. Tavira, Tipografia Tavirense, pp. 438–448.

Speake, Jennifer. 2008. *The Oxford Dictionary of Proverbs*, 5th ed. Oxford: Oxford University Press.

Stewart, Susan. 1991. Notes on Distressed Genres, *Journal of American Folklore*, 104: 5–31.

Taylor, Archer. 1939. The Study of Proverbs, *Modern Language Forum* 24: 57–83.

—. 1958. The Customer is Always Right, *Western Folklore*, 17: 54–55.

—. 1969. How Nearly Complete Are the Collections of Proverbs? *Proverbium*, 14: 369–371.

Titelman, Gregory. 2000. *Random House Dictionary of America's Popular Proverbs and Sayings*, 2nd ed. New York: Random House.

Whiting, Bartlett Jere. 1989. *Modern Proverbs and Proverbial Sayings*. Cambridge: Harvard University Press.

Winick, Stephen D. 2003. Intertextuality and Innovation in a Definition of the Proverb Genre. In *Cognition, Comprehension, and Communication: A Decade of North American Proverb Studies (1990–2000)*, ed. Wolfgang Mieder. Balt-mannsweiler: Schneider Verlag Hohengehren, pp. 571–601.

先锋谚语学家阿兰·邓迪斯：
谚语的验证在于试用

【编译者按】 本文（*The Proof of the Proverb Is in the Probing: Alan Dundes as Pioneering Paremiologist*）是作者在2005年发表于《西部民俗》学刊［*Western Folklore*, 65（3）：217-262］缅怀民俗学家阿兰·邓迪斯的文章。作者不仅全面概述了邓迪斯的谚语研究思想和贡献，而且将对新谚语的研究视为谚语学的一个重要课题，值得借鉴。同时，文章也展示了谚语学近代的发展历程。有关邓迪斯的其他方面的学术贡献，另见户晓辉编译的《民俗解析》（广西师范大学出版社，2005）。

阿兰·邓迪斯（Alan Dundes 1934—2005）是一位伟大的世界级的民俗学家，影响了世界各地的民俗学学者及学生。"邓迪斯的学生们"在美国以及世界其他地方的大学或公共部门实践着民俗学研究的艺术。在他的领导下，伯克利的民俗学项目作为致力于严肃的民俗学研究的理想平台而在全世界闻名。与此同时，伯克利民俗档案馆因收集了现代各种各样的口头与书面的民俗材料而成为典范。很多民俗学者曾专程到伯克利造访这位德高望重的教师、学者，邓迪斯也总会慷慨地献出自己的时间和学识为他们提供帮助。他始终践行着自己的信念，即民俗学是有助于理解人类状况的关键，其实践者应该以比较的方法和国际化的视野为基础来开展工作。

三部献给邓迪斯的纪念文集

1994年9月8日，邓迪斯在60岁生日时收到了3部纪念文集。用数字"3"来纪念他非常合适，因为邓迪斯早年正是在发表了《美国文化中的数字"3"》（1986）这篇引人入胜的论文后开始了学术生涯。《被解读的民俗学：纪念邓迪斯的论文集》（1995）① 的编者是雷吉娜·本迪克斯和罗丝玛丽·朱姆沃尔特，书中收录的文章都由他早期的学生撰写，现在他们已然成为世界各地民俗研究领域的骨干。朱姆沃尔特作为代表这样描述邓迪斯的研究路径："邓迪斯的路径无疑是探索，他的工作总是建立于对意义的追寻之上""对邓迪斯而言，民俗研究的比较方法至关重要""邓迪斯认为，精神分析理论对解析民俗是必要的"。这本书以本迪克斯的《邓迪斯热》作结，这篇杂录包含温暖人心的校园轶事以及学生对他的回忆。他们亲切地称他为"大D""阿兰叔叔"，甚至是"邓迪斯老爸"。②

布赖斯·波伊尔、露丝·波伊尔与斯蒂芬·索南伯格编辑的《关于社会的精神分析研究：纪念邓迪斯》③ 旨在发扬邓迪斯弗洛伊德式的阐释民俗的方法。正如迈克·卡罗尔（Michael P. Carroll）在引言中谈到的那样，"邓迪斯传递给民俗学者的核心信息很简单：民俗往往是弗洛伊德讨论的种种心理过程的结果"④，同时邓迪斯还强调民俗因不断改变和调整适应而具有的多样性特征。邓迪斯在《镜子中的血腥玛丽：精神分析民俗学论文集》（2002）后记中提到了他的个人信条："作为精神分析民俗学者，我的职业目标是从无意义中发现意义，从非理性中寻找理性，并使潜意识的成为可被察觉的。"⑤

笔者作为《谣谚：国际谚语研究年鉴》的编辑，负责的第十一卷是《献给邓迪斯六十岁（1994）生日的纪念文集》，并一直坚信，"如果民

---

① Bendix, Regina and Rosemary L. Zumwalt. Eds. *Folklore Interpreted*: *Eassays in Honor of Alan Dundes*. New York: Garland Publishing, 1995.

② Bendix, Regina and Rosemary L. Zumwalt. Eds. *Folklore Interpreted*: *Eassays in Honor of Alan Dundes*. New York: Garland Publishing, 1995, p.6, 13, 18, 51.

③ L. Bryce Boyer, Ruth M. Boyer, and Stephen M. Sollllenberg, eds., *The Psychoanalytic Study of Society. Essays in Honor of Alan Dundes*, Hillsdale: The Analytic Press, 1993, p.4.

④ L. Bryce Boyer, Ruth M. Boyer, and Stephen M. Sollllenberg, eds., *The Psychoanalytic Study of Society. Essays in Honor of Alan Dundes*, Hillsdale: The Analytic Press, 1993, p.4.

⑤ Dundes, Alan. *Bloody Mary in the Mirror*: *Essays in Psychoanalytic Folkloristics*, Jackson: University Press of Mississippi, 2002, p.137.

俗学有诺贝尔奖,那么邓迪斯教授就是最佳人选"。①

在邓迪斯的支持与鼓励下,我迈入谚语研究,出版了三卷本的《国际谚语研究:文献总汇注释》(1982年、1990年、1993年、2001年出版了第四卷),并逐渐走向国际研究。我们合编《关于"多"的智慧:谚语论文集》(1981),邓迪斯的精神与学识已经超出这些书卷,甚至影响了我的整个谚语研究。②

在邓迪斯的民俗研究和精神分析研究中,谚语学至关重要,对他来说,谚语表达了人们的世界观。邓迪斯的著作涉及民俗的方方面面,如果要将其归纳为一个主题,一句戏用谚语颇为恰当——"谚语的证明在于试用",这促成了邓迪斯许多富有趣味及启发性的研究。

二 作为民俗学理论典型例证的谚语

《关于知识的新作:儿童百科全书》收录了邓迪斯的一篇短文《谚语》(1966)。邓迪斯希望通过这些文字向小读者介绍谚语的奇妙世界,并提供了一个了解"美国民俗"的窗口。后来出版的《论谚语的结构》(1975)的脉络已在这篇文章中初步显现,它可以被视为邓迪斯谚语研究的先导。

> 谚语是一类传统的俗语,诸如对某个情境的归纳,对过去的一件事的评价,或是对未来采取行动的建议。一些谚语是对事实的陈述,如"诚信是金"(Honesty is the best policy),但更多的是隐喻。谚语至少包含主题成分和评论成分,它至少由两个词组成,如"金钱万能"(Money talks)或"光阴似箭"(Time flies)。很多谚语有不同的表达形式,它也是民俗的最古老的形式。人们认为谚语是"众人的智慧与个别人的才华"③。

---

① Wolfgang Mieder (ed.), *Festsc/Jiift for Alan Dundes on the Occassion of His Sixtieth Birthday on September 8*, 1994. Burlington: The University of Vermont, 1994, p. l.

② Wolfgang Mieder (ed.), *Festsc/Jiift for Alan Dundes on the Occassion of His Sixtieth Birthday on September 8*, 1994. Burlington: The University of Vermont, 1994, p. 5.

③ Alan Dundes, "Proverbs", *The New Book of Knowledge: The Childrens Encyclopedia*, New York: Grolier, 1966, p. 487.

邓迪斯认为谚语的基本形式由主题和评论两部分构成，他在最早的理论文章《内容解析的趋势》（1962）一文中表达了这一观点。这些理论思考显示出邓迪斯对于通过结构、文本及承启关系的解析思考类型定义的一贯兴趣。从《亚文本、文本及其承启关系》（1964）这篇具有开创意义的论文可以看出这一点，他一次次以谚语来解释严肃民俗学研究应当关注的这种三层分析法。

> 在大多数民俗类型（它们具有口语特征）中，亚文本是指使用的语言、特定的音素及词素。因此在口头形式的民俗中，亚文本的特征就是语言特征。例如，谚语的亚文本特征包括韵律和头韵，其他常见的亚文本特征有强调、音高、语气助词、音调、象声词。当某一类民俗的亚文本特征越重要，将其译为其他语言就越困难……一项民俗的文本最开始是故事的一个版本或一次简单讲述，或是一句谚语的引用，一支民歌的演唱……出于解析的目的，可以认为文本独立于亚文本而存在，尽管总体而言亚文本无法翻译，但文本可以被翻译。例如，理论上谚语"咖啡煮开即煮坏"的文本可以翻译成任何语言，但其押韵的亚文本特征几乎消失了……我们需要对承启关系和功能进行区分。一项民俗的承启关系是使用时的特定社会情境，而功能本质上是基于许多承启关系抽象而成的，通常是分析者对某种民俗类型的（他认为的）用途或目的的表述。因此，神话的功能之一是为当前行动提供神圣的先例；谚语的功能之一是为当前行动提供世俗的先例。[1]

正如邓迪斯指出的，"亚文本、文本和承启关系都应该被记录"，但事实上"大多数谚语集仅仅提供文本"[2]。令人遗憾的是，这篇文章问世已过去40年，但仍没有多大改观，承启关系在民俗集中依然缺失。

---

[1] Alan Dundes, "Texture, Text, and Context", *Southern Folklore Quarterly*, 28 (1964), pp. 254-256.

[2] Alan Dundes, "Texture, Text, and Context", *Southern Folklore Quarterly*, 28 (1964), pp. 262, 264.

邓迪斯的《关于文学与文化中的民俗研究：辨别与阐释》（1965）发表在一流刊物《美国民俗学刊》上，他将亚文本、文本和承启关系的标准应用于文学的民俗研究。

> 研究文学及文化中的民俗有两个基本步骤，辨别和阐释……然而民俗学者可能被批评只做了第一步。许多研究只从文学作品中提取母题或谚语，而不讨论民俗元素如何作为整体在特定的文学作品中发挥作用……对于许多民俗学者来说，辨别本身即是目的，而不是进行下一步阐释的手段。事实上，辨别只是第一步，民俗学者不应局限于此。①

一年之后，邓迪斯在《亚民俗与口头文学批评》（1966）一文中又强调了阐释的重要性。他以谚语为例，假如民俗学者收录了谚语"一条谚语就像一匹马：当真相丢失的时候，我们用一条谚语找到它"及其特定的承启关系，即用来引入另一条解决问题的谚语。但收集者不一定能根据文本及承启关系知道这条谚语的确切含义，也不一定知晓将谚语比喻成马匹的准确意义。因此，民俗学者要主动从民众中探求民俗的意义。

邓迪斯在其引用率最高的文章《谁是民？》（1977）中的观点很重要。

> 当今时代创造了自己的民俗，尤其创造了新的谚语。"电话、广播、电视、复印机等技术加快了民俗的传播速度……不仅如此，技术本身也成为了民俗的主体。实验科学家（还有工程师们）构成了具有独特民俗的'民'的群体。'墨菲定律'就是民俗例证之一，流传最广泛的一条是'事情总会朝着坏的方向发展'。"②

此后，邓迪斯陆续出版了这类现代民俗集，它们来自大众传媒、工

---

① Alan Dundes, "The Study of Folklore in Literature and Culture: Identification and Interpretation", *Journal of American Folklore*, 78 (1965), pp. 136–137.
② Dundes, Alan. "Who Are the Folk", In William Bascom (ed.), *Frontiers of Folklore*, Boulder: Westview Press, 1977, p. 16.

作场所（办公室民俗）以及全球互联网，等等。对于这位孜孜不倦的学者来说，民俗是稳步发展和逐渐变化的现象，接下来将有另一部分对此进行介绍。

三　对谚语学的主要贡献

在邓迪斯关于人类学、文化、民俗、语言、文学、心理学、宗教等不计其数的研究中，有 14 项以谚语为主要研究对象。因此他被认为是跨学科研究与比较谚语学的主要推动者。其中的第一篇文章《谚语和讲述民俗的民族志》（1964）由邓迪斯与奥乔·阿伦瓦（E. Ojo Arewa）共同撰写。这篇文章以约鲁巴谚语表明，一般的民俗研究和特定的谚语研究都需要经由承启关系中的文本来实现意义的理解，因此民俗应该被作为沟通过程进行研究。

邓迪斯的《约鲁巴人的一些韦勒比较语、对话谚语和绕口令》（1964）也使用了约鲁巴语料并于同年出版。它指出非洲的约鲁巴语中亦有欧洲的"韦勒比较语"（wellerism，即一种"戏用谚语"）和对话谚语。另外，邓迪斯还写过《小母鸡潘妮（Henny-Penny）现象：美国人言语中的民间音韵美学研究》（1974），文中探究了俗谚的重复性特征，包括由两个含义相近或相对的词组成的成对词，如"朋友与亲戚"（kith and kin），"击打或躲避"（hit or miss），以及词素或词语重复而形成的反复，如"嗵嗵"（tom tom）和"叮咚"（ding-dong）。

人们对押韵的偏好经久不衰。邓迪斯对谚语的研究在《论谚语的结构》一文中达到极致。基于此前的研究，邓迪斯在文中给出了具有包容性的谚语定义。

> 谚语是由至少一个描述性元素组成的传统的命题陈述，描述性元素由主题成分和评论成分构成，即谚语至少包含两个词。只有一个描述性元素的谚语是非对立的；具有两个及以上描述性元素的谚语可能对立，也可能非对立。例如："有其父，必有其子"（Like father, like son）包含多个描述元素，且非对立；"男人工作在昼间，女人工作无止歇"含有多个描述元素，且对立（男人/女人，有限的

工作/无限或无休止的工作)。包含非对立的多个描述元素的谚语强调辨别性,通常有并列的词语或短语;而对立性的谚语则强调对比特征,通常有对立或互补关系的词语或短语。一些谚语既有辨别性,也包含对比特征。在谚语中产生对立的方式与谜语的极为相似,谜语的对立可以通过答案来解决,但对立性质的谚语是对其使用情境的回应,它只展现对立,而无须解决。从这个意义上说,谚语呈现问题,谜语却可以解决问题。[1]

邓迪斯关于谚语的结构性定义,虽然对于谚语类型的定义很有用,但并没有提供判断何为俗谚的可靠方法。"传统性"需要通过大量的参考文献来佐证,然后才能判断是不是谚语。正如邓迪斯指出的,所有民俗都有关于"传统性"的疑虑。到目前为止,这一定义尚未被超越。

大约10年后,邓迪斯在《论天气谚语是不是谚语》(1984)中指出,所谓的天气谚语是以押韵的固定短语形式表达的便于记忆的迷信,比如"晚霞红漫天,水手笑开颜"(Red sky at night, sailor's delight),"四月雨来,五月花开"(April showers bring May flowers)。许多"气象谚语"实际上是迷信或征兆,民俗学者需要区分清楚。

1981年我在伯克利授课期间,与邓迪斯合编了《众学者的智慧:谚语研究文集》(1981,1994重印)。它收录了阿彻尔·泰勒(Archer Taylor)、露丝·费尼根(Ruth Finnegan)、巴巴拉·克申布莱特-吉姆布雷特(Barbara KirshenblattGimblett)、彼得·赛陶(Peter Seitel)、威尔逊(F. P. Wilson)、斯图尔特·加拉赫(Stuart A. Gallacher)、马蒂·库斯(Matti Kuusi)等著名学者的作品。这20篇文章探讨了谚语的概述和定义,在社会承启关系中的作用及意义,《圣经》、莎士比亚作品等文学承启关系中的谚语个例及详细讨论,还有谚语在心理测试中的运用,谚语与判别民族特性的联系,谚语在深受大众传媒影响的现代世界中的作用,等等。

邓迪斯编辑的文集中收录了很多有关谚语的文章。如《民俗学研究》(1965)收录了约翰·梅辛杰(John Messenger)的《谚语在尼日利亚司

---

[1] Dundes, Alan. "On the Structure of the Proverb", *Proverbium*, 5 (1975). pp. 970 – 971.

法系统中的作用》（1959），《母亲的智慧来自笑料桶：美国黑人民俗阐释文集》（1973，1990重印）收录了梅森·布鲁尔（J. M. Brewer）的《古老的黑人谚语》（1933），邓迪斯最近编辑的文集第三卷《民俗的类型》收录了我的《谚语使它重见光明：现代谚语学的回顾与展望》（1997）。

邓迪斯的研究特色鲜明，因为他常常采用精神分析方法——寻找隐喻背后的深层含义。邓迪斯的《"跳扫帚"：论非裔美国人婚礼习俗的起源和意义》（1996）介绍了非裔美国人基于欧洲的迷信和俗谚的婚礼习俗，"如果女孩跨过了把手，她将未婚先孕"等谚语表明，"仪式的象征意义是'跨越'隐喻着性交行为，扫帚或把手被赋予生殖器的特征"。

邓迪斯、他的女儿劳伦·邓迪斯（Lauren Dundes）以及女婿迈克尔·斯特雷夫（Michael B. Streiff）博士共同发表了《耳畔马蹄响，多是马来少斑马：一条民间医疗诊治谚语》（1999）。标题是一条来自医疗工作者的新谚语，"其表面意义是提醒学生不要过于关注疑难杂症，而忽视了根据病人症状得出常见的诊断结果"。

尽管邓迪斯基本确定这条医学谚语起源于1960年前后，但众所周知，追溯谚语的起源非常困难，邓迪斯的《不要在夜晚来临前赞美白昼：关于起源时间及地点的猜测》（2000）可以作为佐证。长期以来，人们认为谚语"不要在夜晚来临前赞美白昼"起源于中世纪的欧洲，其最早的文本见于《埃达》（*Edda*，一本冰岛诗集）。但邓迪斯指出，根据新发现，"我的孩子，不要在夜晚来临前咒骂白昼"出现于公元前六七世纪的阿拉姆语手稿中。"比较民俗学的研究必须依据新证据而不断更新，这比猜测更可靠"，邓迪斯的这一结论受到了广泛的认同。

邓迪斯在《谚语研究的常见问题》（2000）一文中提出了三个问题。第一个问题是，谚语无法以逐字对应的线性方式进行翻译，但如果不这样，那些不懂谚语原本语言的人们就不能理解其内在的逻辑和微妙之处。第二个问题是，一些所谓的权威出版物没有分清谚语和非谚语（例如民间的明喻、俗谚表达、迷信、气象符号等）。最后一个是，民俗学家区分不了同源的谚语和仅仅是结构或含义相似的谚语。

邓迪斯的《无事生"非"：揭开英国民间俗语中的一条谜语》（2002）是基于民俗学、语言学和精神分析原则的谚语研究的典例。此外，邓迪斯还痴迷于表现民俗绘画作品。他与来自荷兰的本科生克劳迪雅·斯蒂布（Claudia A. Stibbe）合著的《混合隐喻的艺术：老彼得·勃鲁盖尔〈荷兰谚语〉的民俗阐释》（1981）对彼得·勃鲁盖尔（Pieter Bruegel 1520—1569）的著名油画《荷兰谚语》（1559）进行了民俗分析和精神分析阐释，是谚语学和民俗研究的里程碑。

> 勃鲁盖尔的杰作不仅是对北布拉班特省1559年时一些民间传说的忠实记录，还是对隐喻的融合，向人们揭示了智与愚。从无意义中发现意义是一门艺术，勃鲁盖尔则是精通这门艺术的大师。通过渲染隐喻与民间隐喻，从字面上进行巧妙结合，勃鲁盖尔为人们看似非理性的行为构建了理性的基础。毫无疑问，将语言的缺陷译为直观的寓言，勃鲁盖尔的艺术天分令人景仰。[1]

"从无意义中发现意义"是邓迪斯的信条。正如勃鲁盖尔一样，他擅长为人类的难题找出合理的答案。我邀请邓迪斯参加关于勃鲁盖尔父子及画作《荷兰谚语》的国际研讨会，邓迪斯的主旨演讲《"苹果会落到离苹果树多远的地方？"——小彼得·勃鲁盖尔的〈荷兰谚语〉》获得了观众雷鸣般的掌声。邓迪斯始终在这一信条下从事着有益的学术尝试。

四 谚语作为世界观的表达

邓迪斯视民俗为世界观的表达，并经常使用谚语来帮助论证。在《美国文化中的数字3》（1968）中，他收集了大量文本来说明数字3在美国世界观中的主导地位。

> 民间语言为美国文化中的三分式结构提供了民俗证据，如"我来、我见、我征服"或"自由、平等、博爱"。美国的政治风格是生命、自由和追求幸福；政府是民有、民治、民享……另一方面，非

---

[1] Alan Dundes and Claudia A. Stibbe, *The Art of Mixing Metaphors: A Folkloristic Interpretation of the "Netherlandish Proverbs" by Pieter Bruegel the Elder*. Helsinki: Suomalainen Tiedeakatemia, 1981, p. 69.

政治性的民间表达也是三分式结构,如求、借、窃(意为不择手段地获得);血、汗、泪(意为付出了艰辛的努力),肥胖、愚笨、快乐(指人头脑简单、不觉世间艰难的生活状态)……①

邓迪斯在另一篇论文《往前想:美国人世界观之未来定向的民俗学反映》中探讨了借助民俗进行一般世界观分析的理论意义。邓迪斯认为,民俗可以反映某种文化中特有的世界观元素,如"只问结果,不问手段""一针及时省九针""既往不咎""有志者事竟成"等,可以证明美国人倾向于展望未来而不是怀念过去。《眼见为实》(1972)用"眼见为实"和"我亲眼看见"等短语强调了美国文化中偏重视觉的经验主义。随后,邓迪斯发表的《作为世界观单位的民间观念》(1972)实际上定义了民俗与世界观的关系。

> 所谓"民间观念",我指的是一群人对于人的本质、世界以及人世生活的传统观念。民间观念并不是民俗的一类,但它经由包括谚语在内的各种民俗类型表达出来。②

邓迪斯认为谚语对于理解民间观念特别有用。例如谚语"努力总有回报"和"有志者事竟成"都鼓励进步,而且在美国的民间故事里这样的观点也很常见。邓迪斯认为民俗学者可以为理解特定的基本民间观念提供帮助。邓迪斯的《像乌鸦飞行一样笔直:美国民间语言中直线型世界观的简单研究》也讨论了民间观念的问题,它基于《作为世界观单位的民间观念》进行了更深入的探讨,并列举了"两点之间直线最短""循规蹈矩""越界""直言不讳"等例子。

> 我认为美国人都以直线型方式进行思考,这可能解释了美国人

---

① Dundes, Alan. "The Number Three in American Culture", In Alan Dundes, ed., *Every Man His Way: Readings in Cultural Anthropology*, Englewood Cliffs: PrenticeHall, 1968, p. 407.
② 指人头脑简单、不觉世间艰难的生活状态。Dundes, Alan. "Folk Ideas as Units of Worldview", In Americo Paredes and Richard Bauman, eds., *Toward New Perspectives in Folklore*. Austin: University of Texas Press, 1972, p. 95.

为何抵触转世的概念。转世意味着人的存在或灵魂在死后是可以循环的,人可以重生然后开始新的生活。相反,在美国人的世界观中,由生到死的过程是不可逆转的路径,他们更倾向于现实生活线性发展的观念……民俗包含着本土的认知,因此我们通过解析民俗或许能有所发现。①

生命有开端和终结,有循序渐进的发展,也有突然的改变。我们是两只"怪鸟",在短暂生命即将径直走向终点并永远结束之前,只能"像乌鸦飞行"一样继续学术研究与教学工作。在30多年的工作中,我们如同平行的铁轨一样并肩前行。

五 谚语的阴暗面:种族污蔑和民族性格

邓迪斯也是一位心理学家,他清楚由民俗表达的民间观念或世界观的消极面可以通过种族污蔑表现出来。邓迪斯早期的《关于种族诋毁的研究:美国的犹太人和波勒克人》(1971)解释了对偏见进行研究的必要性。

许多国别研究和刻板印象研究很少使用民俗材料……他们没有意识到,对于具有民族性格、刻板印象和偏见的学生们来说,民俗是非常重要而尚未开发的信息来源。若干世纪以来,民间一直在进行民族性研究(民间民族性研究)。②

这篇文章重点探讨的笑话只是种族污蔑的表达方式之一,《经由民俗界定身份》(1983)也只涉及了关于种族、少数民族或民族刻板印象的俗

---

① Dundes, Alan. "As the Crow Flies": A Straightforward Study of Lineal Worldview in American Folk Speech. In Kimberly J. Lau, Peter Tokofsky, and Stephen D. Winick, eds., *"What Goes Around Comes Around": The Circulation of Proverbs in Contemporary Life*. Logan: Utah State University Press, 2004, pp. 184–185.

② Alan Dundes, "A Study of Ethnic Slurs: The Jew and the Polack in the United States", *Journal of American Folklore*, 84 (1971). pp. 186–187.

谚研究。《欺外：民族性和国民性的民间比较》（1975）则集中关注俗谚性的污蔑表达，包括词语、短语、谚语、谜语及笑话，涉及了刻板印象、民族性格、民族中心主义和偏见等主题。邓迪斯认为刻板印象也许有助于人们的思考，但也有一定危险性，因此民俗学者应当对其进行研究和分析，以"建立一个更加广阔美好的世界"！邓迪斯认识到国别的民俗学研究引发的弊病，如纳粹德国时期，因此他非常注重学术伦理与道德。

《生活像鸡舍里的梯子：以民俗描绘德国人的民族性格》（1984）以德国民俗揭示了德国人的世界观和民族性格。基于大量的德国谚语、俗谚表达、涂鸦、童谣、歌曲、谜语、信件和文学资料，邓迪斯描绘了一幅关于德国民族性格的图像。正如俗谚标题"生活像鸡舍里的梯子——（短却满是屎）"所暗示的（关于这句谚语的讨论见第9—11页），邓迪斯论证了关注粪便学合乎德国人的性格。他的弗洛伊德式的阐释，一方面是对排泄物的关注，另一方面则是对清洁的关注，并据此来解释德国的反犹太主义。它代表了一种跨学科的民族性格研究方法，展示了如何以民俗学、人类学、文学、心理学、历史学和社会学来阐明民族性格。邓迪斯这样总结：

> 我们必须分析民族性格，以便更好地了解自己和他人的国家与民族认同……这有利于世界和平与人道主义精神。民俗以直接的、未经审查的方式展现了关于一个民族的基本事实，这些事实的讲述来自人民并且为了人民。德国人对秩序的热爱可能源于对排泄物的热爱，这并不是我宣称的，而是民俗告诉我们的。深受其民俗影响的德国人说，生活像鸡舍里的梯子。[1]

邓迪斯的研究受到了猛烈抨击，但也获得了包括德国学者在内的积极评价。1980年秋季，在宾夕法尼亚州匹兹堡举行的美国民俗学会年会上，他就此作了一场令人不安但十分必要的演讲。我对他的这项研究始终提供了支持与鼓励，并且要求上高级德国民俗学课程的学生阅读这本

---

[1] Dundes, Alan. *Life is Like a Chicken Coop Ladder: A Portrait of German Culture through Folklore.* New York: Columbia University Press, 1984, pp. 152–153.

重要著作，因为它有助于人们了解德国的反犹太主义及其对于走向大屠杀之路的影响。

六　谚语作为补充的民俗资料

邓迪斯的研究受益于丰富多样的民间语言。他早期的《堪萨斯大学俚语：新的一代》（1963）多次引用谚语及俗谚表达，如学习功课（to hit the books）、完蛋（to go down the tube）、受责备（to be called on the carpet）等。不久后，邓迪斯又出版了《美洲印第安学生的俚语》（1963）一书。不仅如此，邓迪斯的《我坐在这里：美国厕所涂鸦研究》（1966）一书对20世纪60年代中期的美国涂鸦进行了收集研究，他的创新性和原创性受到赞许。邓迪斯开始这项研究是因为社会科学研究者很少关注厕所涂鸦。但一些早已在美国广泛流传，如"不拉屎别占坑""不管怎么抖，最后两滴都会沾到裤子上"，等等。邓迪斯的理论观点是"创作厕所涂鸦的心理动机与婴孩玩排泄物以及艺术性地涂画是相关联的"[1]。邓迪斯运用弗洛伊德学说进行了合理的阐释。

另一篇《打鸣的母鸡与复活节兔子：美国民俗中的大男子主义》（1976）则研究了美国传统文化中的男性偏见，以及大男子主义的民间表达，其中最有力的例子是"吹口哨的女佣，打鸣的母鸡，都不会有好结局"。邓迪斯认为这是对女性模仿男性举止的暗喻。"从大男子主义的角度来看，这种背离了消极、温顺的性别刻板印象的行为是一种威胁。一些迷信的人甚至认为如果不杀掉打鸣的母鸡，就会有家人丧命。言外之意是，举止像男人的女性应该被消灭。"[2] 希望这仅仅是心理的投射。

邓迪斯对俗谚兴味浓厚，因此常以整句或部分谚语作为标题，如《每个人有自己的方式：文化人类学读本》（1968），《头或尾：夸富宴的精神分析学研究》（1979），关于换灯泡笑话的《人多好办事或拧灯泡时

---

[1] Dundes, Alan. "Here I Sit: A Study of American Latrinalia", *The Kroeber Anthropological Society Papers*, 4（1966）, p. 104.

[2] Dundes, Alan. "Here I Sit: A Study of American Latrinalia", *The Kroeber Anthropological Society Papers*, 4（1966）, p. 132.

被抓到》(1981)，有关艾滋病的严肃文章《艺术永恒，生命有限：关于艾滋病的笑话》(1989)，以及将短语"表面装疯卖傻，实则计谋在心"颠倒之后的《看似理性，实则混乱——谜语中的投射性倒置》(1996)……我与邓迪斯都认为，作者需要在标题上多花心思，毕竟题目应该起到吸引读者的作用。

邓迪斯正是这样践行的。例如具有奠基意义的《吊带即阳具：对作为禽戏的斗鸡的跨文化精神分析学思考》(1993年)讨论了斗鸡的性暗示，其中包括对性与赌博的有趣的谚语阐释，"威廉·斯特克（Wilhelm Stekel）认为性是赌博的重要因素，他用与英国谚语'赌场得意，情场失意'（Lucky at cards, Lucky in love）同源的德国谚语来论证。这句谚语暗示好运（等于性能量）是有限的，如果在赌博中用掉了，那么在恋爱中的运气就会不足……本质是赌博刺激以及其中的象征物是性关系的替代品"。这些富有创造性的阐释帮助解释了斗鸡的无意识的同性恋倾向。

邓迪斯的《犹太人为什么"肮脏"？反犹太民间故事的精神分析研究》(1997)借鉴了弗洛伊德关于肛门恋的讨论。他引用谚语来展现反犹主义的污蔑如何将犹太人妖魔化和非人化，并希望这些研究有助于减少歧视。

邓迪斯与亚历山德罗·法拉西（Alessandro Falassi）合著了《广场上的大地：关于锡耶纳赛马节的阐释》(1975)，其中有一整节是关于意大利锡耶纳一年一度赛马节的民间隐喻："赛马节对锡耶纳人日常生活有很大影响，证明之一是从它衍生出的大量习语，如'撞上绳子'本意是赛马想抢先出发却差点受伤，可以形容碰运气受挫的人；'有一匹好马'意为很有可能成功，而'有一匹劣马'则表示可能失败；以俗谚的形式表达赛马节对人们的重要性就是'赛马节一年到头都在进行着'。"[①]

邓迪斯精通意大利语、法语、德语和拉丁语等，并且经常引用、翻译外文资料。他相信并且践行着每个优秀的民俗学者要采用比较的方法工作，应掌握一种甚至多种外语。

---

① Dundes, Alan and Alessandro Falassi, *La Terra in Plazza: An Interpretation of the Palio of Siena*. Berkeley: University of California Press, 1975, pp. 156 – 161.

七 部分基于俗谚的主要专著

邓迪斯在最后几年出版的四部民俗专著提供了许多具有隐喻义的俗谚文本，值得人文研究者认真阅读。第一部专著是《乌鸦和麻雀的两个故事：论种姓制度和贱民制度的弗洛伊德派民俗学论文》（1997）。邓迪斯基于粪便学和肛门理论，对印度的种姓制度提出了一套新的解释，并多次引用谚语来阐明论点。

> 乌鸦和麻雀的故事中隐含的思想是不变的。乌鸦就是乌鸦，正如贱民就是贱民一样。因此在印度的承启关系中，乌鸦清除"肮脏"的努力被当作笑话。例如坦米尔语谚语"即使乌鸦在恒河中沐浴，它也不会变成天鹅"……乌鸦想通过洗澡变干净，但其本质（就像贱民一样）无法通过洗澡得到改变。[①]

> 乌鸦和麻雀的故事都有一个细节——最后乌鸦的燃烧。印地语谚语有"如果你吞下火焰，你就会拉出火花"。火，或者燃烧被视为去除污染的净化力量。被逐出种姓的人如果通过了"用加热的金子灼伤舌头，以滚烫的烙铁打下印记"等考验，就可以被重新接纳。[②]

邓迪斯在《智慧的神圣书写：作为民俗的〈圣经〉》（1999）中收集了《圣经》重要章节的不同版本，他喜欢引用《旧约》和《新约》中谚语的异文来证明《圣经》的民俗性质。

> 不熟悉民俗的人可能误以为祝福、谚语等固定短语没有异文，但事实并非如此。《马太福音》第七章第12条："凭着它们的果

---

① Dundes, Alan. *Two Tales of Crow and Sparrow: A Freudian Folkloristic Essay on Caste and Untouchability*. Lanham: Rowman and Littlefield, 1997, p. 49.

② Dundes, Alan. *Two Tales of Crow and Sparrow: A Freudian Folkloristic Essay on Caste and Untouchability*. Lanham: Rowman and Littlefield, 1997, pp. 53–54.

子，就可以认出它们来。荆棘上岂能摘葡萄呢？蒺藜里岂能摘无花果呢？"《路加福音》中也有"凡树木看果子就可以认出它来。人不是从荆棘上摘无花果，也不是从蒺藜里摘葡萄"。《马太福音》说从荆棘中采葡萄，《路加福音》说从荆棘里摘无花果；《马太福音》说从蒺藜里摘无花果，《路加福音》说从蒺藜中摘葡萄。①

邓迪斯又出版了《安息日电梯和其他安息日托词：一篇回避了习俗及犹太特色的非正统文章》（2002）。当强调"安息日对于犹太人而言不止是众多习俗之一，事实上更是犹太宗教的核心"时，他引用了谚语"正如以色列保留了安息日，安息日也保护着以色列"及其异文来证明这一点。②

犹太人最突出的饮食禁忌是禁止食用猪肉，这一禁忌可能来源于信仰者因"吃猪肉……和老鼠"（《以赛亚书》第66章第17条）而受到严惩。如果猪吃粪便，那么吃猪肉意味着吃猪肉的人吃了粪便。食用粪便被认为是卑劣的行为，这就是为什么上帝把它作为对不敬者的惩罚。邓迪斯还使用了很多俗谚来揭示犹太文化的复杂性。

邓迪斯将基督教和犹太教纳入研究，随后大胆写作了第三部专著《古人的寓言？〈古兰经〉中的民俗》（2003），虽然篇幅较短，但邓迪斯从《古兰经》里引用的许多谚语（第38—39页）与《圣经》中类似。谚语的异文被作为《古兰经》和《圣经》都是基于民俗的证据。

《古兰经》中的"由于你们曾做过的善功，你们尽兴地吃喝吧"（52：19），"你就吃和喝吧，并愉快适意"（19：26），"由于你们在过去的日子所做的善行，你们尽兴地吃和喝吧"（69：24），"你们开心地吃和喝吧，那是由于你们以往所做过的善行"（77：43）表达相

---

① Dundes, Alan. *Holy Writ as Oral Lit: The Bible as Folklore*. Lanham: Rowman and Littlefield, 1999, p. 76.

② Dundes, Alan. *The Shabbat Elevator and Other Sabbath Subterfuges: An Unorthodox Essay on Circumventing Custom and Jewish Character*. Lanham: Rowman and Littlefield, 2002, p. 75.

似；而《圣经》的传道书中也有类似的句子，其中一个版本是"每个人都应当吃和喝，并享受因善行获得的好处"（3∶13）。①

显然《圣经》和《古兰经》源于相同的民间智慧，它们在地理起源上非常接近，这些智慧的创作在这一地区的口头传播和书面交流中广泛使用。正如邓迪斯证明的那样，谚语在神圣经书中随处可见，它是确保宗教交流及民间交流有效性的重要口头工具。

邓迪斯的研究从未止歇，但他随后对日本民众及其民间文化中民族性格观念的探究因死神的降临而终止。

八 谚语学和谚语志的相互作用

诚然，邓迪斯没有出版过重要的谚语集，但他收集了成千上万条谚语及俗谚表达，并构成其论著的基础。他高超的阐释技巧和浓厚兴趣，使其从实用性的谚语志通向了研究性的谚语学。

邓迪斯与友人卡尔·帕格特（Carl R. Pagter）出版过 5 卷民俗集成，收录了现代"文书帝国"的大量俗谚材料，包括传统谚语以外的仿拟谚语、反谚语以及真正的新谚语。第一卷是《来自文书帝国的城市民俗》（1975），不仅包括上文提及的"事情总会朝着坏的方向发展"，还提供了"墨菲定律"的其他内容。如：

> 如果任其发展，事情总会变得更糟。
> 事情没有看上去那么简单。
> 花钱容易赚钱难。
> 如果你想取悦每个人，一定会被人讨厌。
> 投入一件事比摆脱它更容易。②

---

① Dundes, Alan. *Fables of the Ancients Folklore in the Qur'an*. Lanham: Rowman and Littlefield, 2003, p. 49.

② Dundes, Alan and Carl R. Pagter. *Urban Folklore from the Paperwork Empire*. Austin: American Polidore Society, 1975, pp. 71 – 72.

第二卷是《当你在军车里抬起屁股：来自文书帝国的城市民俗》（1987），其中《墙上的文字：通知、格言和奖励》一章基于邓迪斯对涂鸦的兴趣。

> 如果你不能以聪明才智令人倾倒，那就用胡说八道扰乱视听。
> 第一条规则：老板永远是对的！
> 第二条规则：如果老板是错的，请参见第一条。
> 没有什么困难是我们逃避不了的！①

第三卷《从来别想教一头猪唱歌：仍然是更多来自文书帝国的城市民俗》（1991）有一章以典型美国谚语"不同的人有不同的爱好"（或"各有所好"）为题。书中点缀着瑰丽的俗谚与贴切的插画，如"永远不要教一头猪唱歌，既浪费你的时间又惹猪讨厌"（第71页，类似谚语有"猪耳朵做不成绸缎包"）和"人的确会犯小错，计算机却可以把事情搞砸"！（第165页，这是对谚语"人非圣贤孰能无过"的模仿）。书中还列出了有趣的"T恤语录"，如"临死时拥有玩具最多的才是人生赢家"，等等。

之后，锡拉丘兹大学出版社出版了另外两卷城市民俗集，一卷是《有时魔鬼会赢：仍然是更多来自文书帝国的城市民俗》（1996），两位收集者对标题中的新谚语这样解释：

> 有时魔鬼会赢——尽管有"永不言弃"的人生哲学，但敌手偶尔会占上风，甚至打败英雄。当然在黄金时代的英雄传说中，英雄总能战胜恶龙。阿尔奈-汤普森分类法（简称AT分类法）中的AT300屠龙者类型是珀尔修斯（Perseus）与安德罗墨达（Andromeda）经典故事的其中一个版本。对过去持怀疑态度的现代反主流文化更倾向于对英雄的成功概率进行客观评估。因此后来的民间漫画中，获胜的龙露出得意洋洋的笑容，还把长矛当成牙签使用，而他的

---

① Dundes, Alan and Carl R. Pagter. *When You're Up to Your Ass in Alligator: More Urban Folklore from the Paperwork Emire*. Detroit: Wayne State University Press, 1987, pp. 104–109.

周围满是骑士残破的盔甲。这些都表明英雄再也不会回归战斗了。①

第五卷《下雨时羊为什么不退缩：影印民俗二集》（2000）也包含许多新颖的反谚语或标语，并配有插画，如"顾客总是对的，通常也是丑陋的""如果你不得不脚履薄冰，那么不妨在冰上起舞"，等等。在"结论"部分，邓迪斯和帕格特解释说，现代民俗或城市民俗的传播主要是因为"它概括了伦理问题，穿透了日常生活中的负能量，并为繁复乏味的日常事务带来了幽默与缓解。如果开心是一种宣泄方式，那么21世纪（来自文书帝国的）对影印民俗的需求很可能会加速"。这五卷现代民俗集中的俗谚文本和插图足以证明民俗中传统与创新之间的密切关联，邓迪斯与帕格特为我们关注民俗的创造性精神作出了开创性工作。

结　论

我们不得不面对邓迪斯已经离开的事实，这位独具原创性的学者再也不能出版新作，也不会出现在会议或课堂中。他40余年的工作对民俗学的贡献无法估量。邓迪斯在对整个民俗学领域进行研究的同时，也对谚语学和谚语志产生了巨大影响。他从精神分析角度对俗谚资料进行阐释，正是这种弗洛伊德式的谚语研究方法使邓迪斯成为独特的谚语研究者，并跻身于20世纪伟大的谚语学者之列，如阿彻尔·泰勒（1890—1973），普列米亚科夫（1919—1983），怀廷（1904—1995），库斯（1914—1998），格里加斯（1924—2002），卢卡托斯（1908—2003）等。这些谚语学家比邓迪斯更早离世，但他们与我们这些继续耕耘在富饶的谚语学土地上的人一样，都受到了邓迪斯的影响。邓迪斯对辨别和阐释谚语的卓越贡献将继续造福一代代谚语研究者。对我个人来说，他是我的导师、英雄和朋友，我很荣幸能够与他并肩工作30余年。

站在这位伟人的肩膀上，我得以对俗谚研究有了更深入的理解。我的朋友已经远去，但我将把他和他的工作铭记于心，在继续为国际谚语

---

① Alan Dundes ands Carl R. Pagter, *Sometimes on the Dragon Wins: Yet More Urban Folklore from the Paperwork Empire*. Syracuse: University Press, 1996. pp. 58–59.

学努力的同时，我会把邓迪斯手中的火炬传递下去。邓迪斯是一位世界级的民俗学家，一位权威的谚语学者。他是我们之中的巨人，也是我们最好的朋友。

引用文献（本文所涉及的阿兰·邓迪斯著作年表）

1962. Trends in Content Analysis: A Review Article. *Midwest Folklore*, 12 (1962), pp. 31 – 38.

1963. (with Manuel R. Schonhorn). Kansas University Slang: A New Generation. *American Speech*, 38 (1963), pp. 163 – 177.

(with C. Fayne Porter). American Indian Student Slang. *American Speech*, 38 (1963), pp. 270 – 277.

1964. (with E. Ojo Arewa). *Proverbs and the Ethnography of Speaking Folklore. American Anthropologist*, 66, part 2 (1964), pp. 70 – 85.

Some Yoruba Wellerisms, Dialogue Proverbs, and Tongue-Twisters. Folklore (London), 75 (1964), pp. 113 – 120.

Texture, Text, and Context. Southern Folklore Quarterly, 28 (1964), pp. 251 – 265.

1965. *The Study of Folklore*. Englewood Cliffs, New Jersey: Prentice-Hall, 1965. p. 481 (edited volume).

The Study of Folklore in Literature and Culture: Identification and Interpretation. Journal of American Folklore, 78 (1965), pp. 136 – 142.

1966. *Here I Sit—A Study of American Latrinalia. The Kroeber Anthropological Society Papers*, 4 (1966), pp. 91 – 105.

Proverbs. The New Book of Knowledge. The Children's Encyclopedia. New York: Grolier, 1966, vol. 15, p. 487.

Metafolklore and Oral Literary Criticism. The Monist, 50 (1966), pp. 505 – 516. *Also in Alan Dundes, Essays in Folkloristics.* Meerut, India: Folklore Institute, 1978, pp. 38 – 49.

1968. *Every Man His Way. Readings in Cultural Anthropology.* Englewood Cliffs, New Jersey: Prentice-Hall, 1968.

The Number Three in American Culture. In Alan Dundes (ed.), *Every Man His Way. Readings in Cultural Anthropology.* Englewood Cliffs, New Jersey: Prentice-Hall, 1968, pp. 401 – 424.

1969. *Thinking Ahead: A Folkloristic Reflection of the Future Orientation in American Worldview. Anthropological Quarterly*, 42 (1969), pp. 53 – 72.

A Study of Ethnic Slurs: The Jew and the Polack in the United States. *Journal of American Folklore*, 84 (1971), pp. 186 – 203.

1972. *Folk Ideas as Units of Worldview*. In Américo Paredes and Richard Bauman (eds.), *Toward New Perspectives in Folklore*. Austin: University of Texas Press, 1972, pp. 93 – 103.

Seeing is Believing. *Natural History*, 81 (May 1972), pp. 8 – 9, p. 12, and p. 86.

1973. *Mother Wit from the Laughing Barrel. Readings in the Interpretation of AfroAmerican Folklore*. Englewood Cliffs, New Jersey: Prentice-Hall, 1973.

1974. *The Henny-Penny Phenomenon: A Study of Folk Phonological Esthetics in American Speech. Southern Folklore Quarterly*, 38 (1974), pp. 1 – 9.

1975. (with Alessandro Falassi). *La Terra in Piazza. An Interpretation of the Palio of Siena*. Berkeley, California: University of California Press, 1975. On the Structure of the Proverb. *Proverbium*, 5 (1975), pp. 961 – 973. Slurs International: Folk Comparisons of Ethnicity and National Character. *Southern Folklore Quarterly*, 39 (1975), pp. 15 – 34. (with Carl R. Pagter). *Urban Folklore from the Paperwork Empire*. Austin, Texas: American Folklore Society, 1975.

1976. The Crowing Hen and the Easter Bunny: *Male Chauvinism in American.*

Folklore. In Linda Dégh, Henry Glassie, and Felix J. Oinas (eds.), *Folklore Today. A Festschrift for Richard M. Dorson*. Bloomington, Indiana: Indiana University Press, 1976, pp. 123 – 138. Structuralism and Folklore. "Studia Fennica", 20 (1976), pp. 75 – 93.

1977. Who Are the Folk. In William Bascom (ed.), *Frontiers of Folklore*. Boulder, Colorado: Westview Press, 1977, pp. 17 – 35.

1978. *Essays in Folkloristics*. Meerut, India: Folklore Institute, 1978.

1979. Heads or Tails: A Psychoanalytic Study of Potlatch. *Journal of Psychological Anthropology*, 2 (1979), pp. 395 – 424.

1980. *Interpreting Folklore*. Bloomington, Indiana: Indiana University Press, 1980.

1981. (with Claudia A. Stibbe). The Art of Mixing Metaphors. *A Folkloristic Interpretation of the "Netherlandish Proverbs" by Pieter Bruegel the Elder*. Helsinki: Suomalainen Tiedeakatemia, 1981. Life Is Like a Chicken Coop Ladder: A Study of German National Character Through Folklore, *Journal of Psychoanalytical Anthropology*, 4 (1981), pp. 265 – 364. Many Hands Make Light Work or Caught in the Act of Screwing in Light Bulbs. *Western Folklore* 40 (1981), pp. 261 – 266. (with Wolfgang Mieder). *The Wisdom of Many. Essays on the Proverb*. New York: Garland and Publishing, 1981.

1983. Defining Identity Through Folklore. In Anita Jacobson-Widding (ed.), *Identity: Personal and Socio-Cultural. A Symposium. UppsalaDepartment of Cultural Anthropology*, University of Uppsala, 1983, pp. 235 – 261.

1984. *Life Is Like a Chicken Coop Ladder. A Portrait of German Culture Through Folklore.* New York: Columbia University Press, 1984.

On Whether Weather "Proverbs" Are Proverbs. *Proverbium: Yearbook of International Proverb Scholarship*, 1 (1984), pp. 39 – 46.

1987. *Cracking jokes. Studies of Sick Humor Cycles & Stereotypes.* Berkeley, California: Ten Speed Press, 1987.

Parsing Through Customs. Essays by a Freudian Folklorist. Madison, Wisconsin: The University of Wisconsin Press, 1987.

(with Carl R. Pagter). *When You're Up to Your Ass in Alligators…More Urban Folklore from the Paperwork Empire.* Detroit: Wayne State University Press, 1987.

1989. Arse Longa, Vita Brevis: *Jokes about Aids. Zyzzyva. The Last Word: West Coast Writers & Artists*, 5 (Winter 1989), pp. 33 – 39. *Folklore Matters.* Knoxville, Tennessee: University of Tennessee Press, 1989.

1991. (with Carl R. Pagter). *Never Try to Teach a Pig to Sing. Still More Urban Folklore from the Paperwork Empire.* Detroit, Michigan: Wayne State University Press, 1991.

1993. *Gallus as Phallus: A Psychoanalytic Cross-Cultural Consideration of the Cockfight as Fowl Play. The Psychoanalytic Study of Society*, 18 (1993), pp. 23 – 65.

1994. *The Cockfight. A Casebook.* Madison, Wisconsin: The University of Wisconsin Press. 1994. p. 290 (a volume edited by Alan Dundes). (with Alison Dundes Renteln). *Folk Law. Essays in the Theory and Practice of "Lex Non Scripta"*. 2 vols. New York: Garland Publishing, 1994.

Towards a Metaphorical Reading of 'Break a Leg': A Note on Folklore of the Stage. *Western Folklore*, 53 (1994), pp. 85 – 89.

1996. "Jumping the Broom": On the Origin and Meaning of an African American Wedding Custom. *Journal of American Folklore*, 109 (1996), pp. 324 – 329.

Madness in Method Plus a Plea for Projective Inversion in Myth. In Laurie L. Patton and Wendy Doniger (eds.), *Myth and Method.* Charlottesville, Virginia: University Press of Virginia, 1996, pp. 147 – 159.

(with Carl R. Pagter). *Sometimes the Dragon Wins. Yet More Urban Folklore from the Paperwork Empire.* Syracuse, New York: Syracuse University Press, 1996.

1997. *From Game to War and Other Psychoanalytic Essays on Folklore*. Lexington, Kentucky: The University Press of Kentucky, 1997.

Two Tales of Crow and Sparrow. A Freudian Folkloristic Essay on Caste and Untouchability. Lanham, Maryland: Rowman & Littlefield, 1997.

Why Is the Jew "Dirty"? A Psychoanalytic Study of Anti-Semitic Folklore. Also in Alan Dundes, *From Game to War and Other Psychoanalytic Essays on Folklore*. Lexington, Kentucky: The University Press of Kentucky, 1997, pp. 92 – 119.

1999. *Holy Writ as Oral Lit. The Bible as Folklore*. Lanham, Maryland: Rowman & Littlefield, 1999. p. 129 (with Lauren Dundes and Michael B. Streiff). "When You Hear Hoofbeats, Think Horses, not Zebras": A Folk Medical Diagnostic Proverb, *Proverbium*, 16 (1999), pp. 95 – 103.

2000. "Paremiological Pet Peeves". In Ilona Nagy and Kincs Verebélyi (eds.), *Folklore* in 2000. "Voces amicorum Guilhelmo Voigt sexagenario". Budapest: Universitas Scientiarum de Rolando Eötvös nominata, 2000, pp. 291 – 299.

"Praise not the Day Before the Night": Guessing Age and Provenance. In Maria Vasenkari, Pasi Enges, and Anna-Leena Siikala (eds.), *Telling, Remembering, Interpreting, Guessing. A Festschrift for Prof. Annikki Kaivola-Bregenhøj*. Joensuu: uomen Kansantietouden Tutkijain Seura, 2000, pp. 257 – 260.

(with Carl R. Pagter). *Why Don't Sheep Shrink When It Rains? A Further Collection of Photocopier Folklore*. Syracuse, New York: Syracuse University Press, 2000.

2002. *Bloody Mary in the Mirror: Essays in Psychoanalytic Folkloristics*. Jackson, Mississippi: University Press of Mississippi, 2002.

Much Ado About "Sweet Bugger All": Getting to the Bottom of a Puzzle in British Folk Speech. *Folklore* (London), 113 (2002), pp. 35 – 49.

The Shabbat Elevator and Other Sabbath Subterfuges. An Unorthodox Essay on Circumventing Custom and Jewish Character. Lanham, Maryland: Rowman & Littlefield, 2002.

2003. *Fables of the Ancients? Folklore in the "Qur'an"*. Lanham, Maryland: Rowman & Littlefield, 2003.

2004. *"As the Crow Flies": A Straightforward Study of Lineal Worldview in American Folk Speech*. In Kimberly J. Lau, Peter Tokofsky, and Stephen D. Winick (eds.), *"What Goes Around Comes Around". The Circulation of Proverbs in Contemporary Life*. Logan, Utah: Utah State University Press, 2004, pp. 171 – 187.

"How Far Does the Apple Fall from the Tree?" Pieter Brueghel the Younger's Netherlandish Proverbs. In Wolfgang Mieder (ed.), *The Netherlandish Proverbs*. An International Symposium on the Pieter Brueg (h) els. Burlington, Vermont: The University of Vermont, 2004, pp. 15 – 45.

2005. *Folklore: Critical Concepts in Literary and Cultural Studies*. 4 vols. London: Routledge, 2005.

苹果落不到离树远的地方：
基于书籍、档案和数据库对谚语
从历史与语境视角的研究

【编译者按】 本文（The Apple Doesn't Fall Far from the Tree: A Historical and Contextual Proverb Study Based on Books, Archives, and Databases）1993年发表于《中西部民俗》[*Midwestern Folklore*, 19 (2): 69-98]。正如标题所示，本文可以被视为从历史和语境视角研究的一个方法论样板，对构建谚语学有着重要意义。

60年前，美国谚语学家理查德·詹特（Richard Jente 1888—1952）发表了他的颇具启发意义的《来自东方的德国谚语》（1933）一文。他试图证明德语中的一些谚语不是本土的，即使不是其他亚洲地区的，也是源于阿拉伯或土耳其。针对很流行的德语谚语"苹果落不到离树远的地方"（Der Apfel fellt nicht weit vom Stamm），他提到麦基斯若斯（Heronymus Megiserus）早期的比较谚语集《来自多种语言的谚语》（1605），作为这条谚语东方出处的最好证据。他引用了对应于德语的土耳其语的文本，也列举了多个与此相同或相似的东方和西方的谚语，但那些例证出现时间都比较晚。而且更重要的是，詹特本人指出最早的德语引用出现于1582年。到1585年，这条谚语出现在尼安德尔（Michael Neander）重要的德语谚语集《道德与智慧》中。1598年，流行的德语小书《该读的书》中也使用了这条谚语，其中用"树干"代替了"树"。可见到16世纪末，这条谚语已经成熟了，并出现在多部德语谚语集和文学作品中。

实际上，詹特所提到的只是第四古老的记录，出现在1587年。他忽略了一个重要的文本。1562年，《伯格书信》第一版已经出版。书中在提到这个谚语时清楚地说明该谚语已经出现在1554年。麦基斯若斯将这条谚语比喻与另外一条连在一起，强调了传承的智慧，"苹果落不到离树远的地方，牛犊长得总是与母牛很像"。这个例证比1605年对应的土耳其语谚语早50年。除非有人能拿出证据，否则不能说该谚语源自土耳其语。还要注意，1554年的记录只是文本，其口头运用无疑更早几十年，这将把德语的起源记录推到16世纪初。当然，在考虑这个德语谚语如何及何时来到美国这个问题之前，还有一个需要考虑的问题。

尽管詹特在他的多语言谚语集中收入了这条谚语，而且其他许多类似的欧洲语言谚语集也有，但是在古希腊和拉丁文献和《圣经》中没有这条谚语。一般来说，一条谚语有多种语言表达相似意思的时候，常常可以追溯到一个共同的起源。例如，"大鱼吃小鱼"就是如此，它存在于大多数印欧语言中，最终被确认来自公元前8世纪的希腊诗人赫西俄德（Hesiod）。

可是，这条关于"苹果"的谚语无法追溯到中世纪的拉丁文。最接近的拉丁文谚语是"苹果不会落得离树远"，但这只在1660年出现于西蒙（Jeremias Simon）的《谚语模仿》中。如同其他18世纪和19世纪的拉丁文谚语集一样，其中许多谚语借译自德语。那么，那些出现在阿尔巴尼亚文、丹麦文、荷兰文、爱沙尼亚文、芬兰文、法文、匈牙利文、冰岛文、意大利文、挪威文、罗马尼亚文、俄文、斯洛文尼亚文、瑞典文、意第绪文等的对应语都出自哪里呢？

这条关于"苹果"的谚语被收入大量的比较性的、国家的、地域性的（方言性的）谚语集中，但这些文本所提示的最早来源都是相当晚的时代。荷兰文甚至不早于1788年，也很可能借译自德语。那德语的为何不能是借译自其他语言的呢？或者说，这是否是一个多起源的例子？这个问题必须由各语系的谚语学家来回答。如果没有早于1554年的德语文本的其他语言的证据，那就无法否认这条谚语起源于德语。有趣的是，詹特根本没有提到这条谚语的英语使用情况。本文的目的就是追溯这条谚语从德语到英语的演变进程。继续我1981年以德文发表的一篇短文试图表明这条谚语已经进入美国，但现在看来该文并不令人满意，因为我当时的证据很不集中和全面,当时只能说这条德语谚语开始通过借译进入美国语言。要说明的是,英语中已经有相当完美的对应谚语了,如"有其父(母),有其子(女)"和"老木板上掉下一小块"(一个模子印出来的)。通过进一步对古代文本进行历时性研究,可以找到另外一些证据,由此说明这条谚语逐渐被美国说英语的人接受的进程。尤其重要的是,无数珍贵的档案材料通过计算机找到了。这些材料很有说服力地证明了这条德语谚语在美国的流行程度,以至于不少人说这是"美国"(而不是英国)的谚语。

在早期的英语材料中,值得注意的是拉尔夫·爱默生(Ralph Waldo Emerson)的引用。他在1824—1836年的《笔记》中的《谚语》一章,引用了英文译文,并说明了这是源自德语的。我佛蒙特大学的同事,著名的研究爱默生的专家拉尔夫·欧斯(Ralph Orth)曾编辑过《拉尔夫·爱默生札记选》。他在给我的信中说:"爱默生是在阅读中遇到这条谚语的。他在哈佛大学期间没学德语,在他去欧洲时也没去过德国,他也不熟悉住在波士顿的德国人。他直到1835年才开始学德语。所以我觉得他不是直接从德语了解到这条谚语的。"也许我们永远无法知道爱默生何时何地遇到这条德语谚语,但可以说他对此有了很深的印象,因为他在1839年写给他的姨母的信中用了这条谚语。尽管他没说明是德语的,但也不能说这条谚语那时在美国就流行了。

另外一个证据是英国的出版物《〈圣经〉在西班牙》(1842),作者乔治·巴罗(George Borrow)。他在谈论犯罪问题时提到父子关系,引用了"苹果落不到离树远的地方"来说明儿子可能与父亲是同案犯。我们无法知道他从哪里获得了这条谚语,但这个证据很特别,还不能证明当时在英国已经流行这条谚语了。事实上,在英国出版的《多语言的外国谚语》(1857)是唯一收录了这条谚语的谚语集,只提到是来自荷兰语,有一个英语的翻译,而忽视了德语的文本。虽然这是珍贵的早期的英语翻译,但并没有达到英语化并普及的影响力。无疑,这条谚语19世纪没能跨越英吉利海峡成为英国流行谚语,尽管在大西洋彼岸的美国立足了。

美国人很可能是从移民到美国的德语人那里学到这条谚语的。霍夫曼(W. J. Hoffman)在他早期的《宾夕法尼亚的德国人民俗》(1889)一文中以方言形式记录了这条谚语,来谈论孩子如何会像父亲。他觉得有必要向《美国民俗学刊》的读者作出解释，可见当时这条谚语只是在19世纪的德语移民群体中使用。在《宾夕法尼亚的德国人的谚语》(1929)一书中，该谚语不仅有方言文本，还有英文翻译，以及文雅的德文版。当时的英文翻译没有明显的谚语韵脚，显得笨拙，这证明其当时并没有在美国英语中真正立足。但在20世纪20年代，布朗在北卡莱罗纳做田野调查时，搜集到了英文异文"苹果一定会掉在树附近"(Apples must fall near the tree)。我们知道，北卡莱罗纳州有不少德国移民，可以推测，一些德语谚语有多少可能流行的英文翻译。类似情况在其他州也有，如纽约州。哈罗德·汤普森(Harold Thompson)就在其著作中引用过。虽然另外一部非学术性的《美国谚语词典》(1955)没有收录这条谚语，但有人20世纪50年代在华盛顿州西部搜集到口头使用"苹果不会落在离树远的地方"的例证。20世纪60年代初，也有人搜集到在伊利诺伊州使用这条谚语的例子。到了1945年，这条德语谚语的英语翻译在整个美国都比较通行了，因为20世纪40—70年代出现了大量的使用记录。1992年的《美国谚语词典》就是基于这期间所搜集到的谚语编辑出来的。

但需要说明的是，重要的《牛津英语谚语词典》(1970)并没有收录这条谚语。直到1982年的《简明牛津谚语词典》才终于收录，并列举了3个美国例子清楚地表明，这条谚语在英国没有在美国那样流行。事实上，1992年在英国出版的《传统英语比喻宝库》中，将这条谚语做了严格的地域限定，注明为威尔士地区。其实，作者还表现出对这条谚语意义的不了解，将其对应于威尔士谚语"熟了的苹果会掉下来，你会在树下找到苹果"。可见，这条谚语没有在英国流行。

再看看1981年出版的《柯林斯德语英语词典》，其中的英语翻译被注明指"在血中"，表明来自美国。这是英国的出版物中第一次注明"流淌在血中的"本性，是特别流行于美国的谚语。这表明英国词汇学家认为直到20世纪80年代这条谚语才在英国得到通用，也印证了1792—1990年18本双语词典所记录的情况。

很清楚，英国和美国的语汇学家直到20世纪50年代才确认这条谚语的借译及其在美国的流行。语汇学所做的是一种相当保守的努力，不同于词语学家的导向。此外，词语学也成为一门国际学科，并因为借译谚语等方面的工作而逐渐广泛地为人所知。

从 1792 年到 1990 年共有 16 次记载，表明了语汇学家对此谚语的不同翻译。其中各个记录共同的英语对应语是"有其父，有其子"，最早追溯到 16 世纪初。有意思的是，没有一个语汇学家引用了对应的"有其母，有其女"，而后者与前者始终是对应存在的。1792 年的一部《德—英双语词典》中所引用的歧视女性的谚语"老鸦的女儿当妓女"已经不再用了。当然，"苹果落不到离树远的地方"在德语中没有明显的性别暗示。不过阿兰·邓迪斯也许是对的，他认为"苹果"似乎是与男性对应，暗示儿子的长相或行为像父亲，更接近美国习语"一块老木头上掉下来的一小块"（一个模子印出来的）。邓迪斯并没有用"有其父，有其子"来参照，也许以后会有足够的材料证明他是对的，即这条谚语是有性别暗示的。

上面从"书籍"中找到的证据还不能完全令人信服这条德语谚语已经被借译到英语中了。事实上，根本无法说明它在英国立足，因为 1990 年出版的《牛津德语词典》中还是用"流淌在血中的"来翻译。的确，让人纳闷的是语汇学家为何没有使用"有其父，有其子"这个更常用的英语来翻译。也许是为了回避其男性的联想。但在美国，如上所述，情况则相当不同。那些引语，包括爱默生所引用的，证明了这条谚语跨越大西洋，但不一定就在当地人中扎下了根。一个例外是 1992 年的《美国谚语词典》所收录的是 1945 年到 1980 年间在美国口传的用法。作为该词典的作者，我能够将此谚语视为美国流行谚语，但同时一定还有大量的宝贵资料证明其应用的普及。

美国谚语学者过去没能足够地关注各个民俗学位点的民俗档案资料，我在查找德语谚语"别把婴儿和洗澡水一起倒掉"如何传到美国的材料时，在加州大学伯克利分校民俗档案室得到了宝贵资料，那些都是邓迪斯的学生多年积累的。从 1964 年到 1991 年，他的学生共搜集到 73 条有关这条谚语的记录。这些记录包括提供信息者对何时、何地、何人等方面的评语，这些档案资料足以说明在 20 世纪初这条谚语就已经相当普及了，并清楚地表明是德国移民带到美国的。在 73 条记录中，有 35 条注明是"德国"谚语。也有 12 位提供信息者认为源自意第绪语，2 人认为分别是瑞典或俄罗斯，1 人认为是爱尔兰。不足为奇，当时这条谚语在欧洲多地已经流行了。有意思的是另外 21 人认为源自美国！在百姓心目中，这条德语谚语通过借译已经美国化了。这些重要信息都是因为这个档案室积累了这些资料，证明了研究谚语与有关历史与地理信息关系的重要性。下面看看这些记录所暗示的信息。首先看一下35条引用了德语的记录。其中第一条是德语和英语并列的，1969年1月26日由一个学生在加州从一位退休的德裔美国教师贝克利（Frieda Bakeley）那里搜集而来。那位学生注明了，"贝克利太太是在北达科他州出生的，父母都是德国人，是大约1880年从德国莱比锡移民到北达科他州的。使用这条谚语的意思是，无论一个孩子认为他与父母有多么不一样，其实是没有什么差别的"。1969年采访贝克利太太时她82岁了，她在20世纪初就听父母说过。这表明了移民家庭如何使用母语及其谚语。

知道德语原文的人都是地道的双语人，他们经常用英语的"有其父，有其子"对应德语。他们解释如果父亲是坏人，儿子也一定如此。这些人大多是第二代德裔，会把这条谚语与他们的父母连到一起。这条英语谚语有《圣经》背景，即"有其树，有其果"。也有人将此对应为德语的谚语。有意思的是一个女学生搜集到了"有其父（母），有其女"这条谚语。

在此无法把35条例子都列出来，但可以用3个例子来说明谚语的模糊功能与意义。一个搜集者在她1970年的采访中得到了这样的谚语："苹果不会落在离树干远的地方"。叙事者说这是她1928年前后在柏林从家人和朋友那里学会的，并解释孩子在成长过程中，其行为、世界观、习惯等都与父母相似。如果是说一个不好的人，这句话一定不能当着那个人的面说。如果是要奉承某个人，一般是在祝贺某人找到好工作时对他的父母说。这条谚语揭示了"老式"的看法，在现代社会可能不适用了。但叙事人在20世纪50年代时还在使用。

另一位年长的德国移民将这条谚语置于一种警告性的情景下。那是在1979年，指东德与西德分隔的时候，当然也适于新合并的德国。当搜集者请叙事人解释这条谚语时，叙事人说，现在德国有许多年轻的新纳粹，因为他们的父母当年是纳粹，所以孩子也那样，这种情况可以用这条谚语。

第三个例子是叙事人从她的德语老师那里学会这条谚语的。她的解释很有刻板印象性：这条谚语的意思是，树和苹果是比喻一个家庭结构。

当孩子长大成熟了，就从树上掉下来了，但不会离树很远。换句话说，长大的孩子保留小时候的品性。德国人传统上不反权威，所以孩子也不会反抗权威的家长。

尽管上述解释都有其内在的道理，但这条谚语的应用还可以有更多乐观和娱乐的方式，如"马粪（德语是'马苹果'）不会落在离马远的地方"。伯克利的民俗档案室有从犹太移民中搜集到的这条谚语，甚至还有俄语、瑞典语、爱尔兰语的。

有21位叙事人认为这条谚语源于美国，也提供了不少异文，如：

苹果从来落不到离树远的地方。
苹果滚不到离树远的地方。
无花果落不到离树远的地方。
水果落不到离树远的地方。
老苹果落不到离树远的地方。

多数异文都是以"……离树远的地方"结尾，有些只是单数和复数的变化。大的变化是提到"无花果"和"水果"。正如上面所说，伯克利的民俗档案室中的73条记录证明了这条德语谚语从1900年前后就在美国使用了。其中21条进一步证明是在1950年前后成为美国化的谚语，正如《美国谚语词典》（1992）所记载的那样。但问题是，语汇学家和谚语学家为何直到20世纪90年代才注意到这条"美国"谚语呢？是因为没有在出版的书籍和大众媒体上出现吗？只能是这个原因了，因为许多引语都是在印刷出版后才得到传播，而写作和出版过程常常要花好几年。所以，民俗学家要常常出版所搜集的东西，以便展示谚语和其他口头民俗类型的现代应用。民俗档案室常常保留了重要的语境资料，也需要出版以便广泛地研究。

同时，现代计算机在极大程度上有助于民俗学家，包括谚语学家从历史的角度做研究。可查询的计算机文本数据库在不断扩大，也越发有益于研究，如用关键词查询有关例证。有时较长的文本如整条谚语，也可以直接查询。

目前有一个网上数据库叫"LEXIS/NEXIS"，提供各种商务信息文件，包括报纸、杂志、广播文稿等。该数据库的记录从20世纪70年代开始，现在仍在增加新内容。利用这个数据库检索某条谚语相对容易。比如，对本文来说，检索"苹果落不到离树远的地方"，可以使用"苹果（3个词之内）落（3个词之内）树"。如果检索"水果"，也可以由此替换"苹果"，其结果是"一块蛋糕"。瞬间，计算机查出232条例证，并提供了参考书目信息及一个小段落的语境信息。这些信息可以打印出来，其中许多在图书馆查不到。有的即使有，也都是在微缩胶片上或其他不方便的储存形式中。这类数据库让人大开眼界，无疑是对谚语历史研究的一次革命性改变。

回到232条记录上，我们可以看到，1981—1992年的109条记录从来没有被谚语学者使用过。而且，美国英语谚语集中没有一部能如此全地包括这100多条谚语，或是为某条谚语提供如此详细的引用参考。进一步，在109条引用中，有14条被列为所谓的引语程式，用来引起对使用谚语的注意，而且也强调了谚语的传统权威性，这种引语程式可以被视为本族人群中对使用某条谚语认可度的证明。将某条谚语视为"箴言"或"说法"是普通的现象，但似乎有所谓的"民俗主义"的奇怪指向。例如，有人说，"有句老话说……"或"有句格是……"不过这种用法极其普遍，也形成大众媒体常用的程式。有人认为这种"老话"是传统的"美国佬智慧"。这让我想起《美国新闻与世界报道》（1992）对我的报道，当时我说道："每个来到美国的移民群体都带来了他们的谚语，丰富了美国英语。例如，'苹果落不到离树远的地方'就是来自德国的。"肯定有许多读者认为"不可能"！的确，那些引用程式使一些谚语显的是传统的美国谚语。难怪从20世纪90年代以来，没有人提到这条谚语是源自德国的了。另外，这条谚语也常被用来指父子关系，如上述记录中的45条就是这样的。其中有别人用的，也有儿子自己用来指其与父亲的关系的。

总之，这些记录还有许多值得讨论的问题，但现在可以看看谚语的有效性问题。《纽约时报》曾经有一个记者报道有关一个父子合作的律师团队，将其比作苹果与橘子，或至少是落得离树很远的苹果。还有一篇报纸的头条标题是《苹果总不会落得离树太远》，用来指一个儿子试图与父亲断绝关系。显然，不是所有的儿子都愿意被视为自己父亲的影子。

事实上，在一个崇尚个人主义的社会，这条谚语如此流行，的确让人惊讶。

这条谚语极少用来指母子关系，也许她们之间的面相和体型常常不如父子那样相像。但这条谚语也用来指性格方面。如一个女性科学家为了让自己的儿子对科学实验感兴趣，说道："如果苹果落不到离树远的地方，那么科学家的孩子就不会在离实验室远的地方徘徊。"现代社会里，儿子为何不可以从事其母亲的职业？比尔·克林顿就受到他母亲的影响。

另外还有一半的文本记录是有关父女关系的，其中有两条记录是女儿非常愿意与父亲做这样的比较，因为她们对工作的道德观相同，而且也显出一些对男性的刻板印象，因为那个女儿随父亲从事伐木工作。

正如所料，有关母女关系的引用较多，45条记录中只有9条（20%）是有关父子的，其他是母女的。对此还没有什么更好的解释，因为一般将其视为父子关系的比喻。

心理分析家马林格（Allan Mallinger）曾发表文章《落得离树远的苹果》（1985），对这条谚语的负面意义作了一些解释。他描述了一些病人的情况，这些病人对自己与父母一方的相似感到很愤恨。他解释说，一个重要原因是孩子早期在对异性父母的注意中产生了对同性父母的反抗。一个年轻女孩可能与母亲一起竞争去获得父亲的注意力，由此形成与父亲相似的态度和兴趣，而忽视了母亲。

当然，这位精神分析学家的解释只是临床的一个特例。不论如何，我们多数人有过类似的经历，也就是不想成为父母"眼中的苹果"，或是甘心当"一个好孩子"。马林格很好地说明了这个现象。我们偶尔会想离父母远一点，获得独立和个性，但又同时意识到必须接受做"苹果"的现实。或者说，因为各种原因，只能落得离树远到一定程度的地方。的确，我们就是父母的性格和态度所结出的"果"。我们只能希望将来获得一点自由和独立，再长成自己的树。当然，我们所讨论的谚语不一定总是指家庭关系，还可以指群体或国家关系。如体育界的例子就说明了这一点，特别是在国际比赛中，常用这条谚语表示一个队员成长的环境。

在109条记录中，有5条是与金融和商业有关的，可见它们被用来指雇员与所归属的工作单位的关系，而不是家庭关系。

当这条谚语用来指"苹果电脑公司"及其系列产品时，有谁会感到惊讶，那些"苹果"都是从父母的树上结出的吗？那个 LEXIS/NEXIS 数据库显示有 4 条杂志所用的标题被苹果公司的名字代替了。其中，3 条变成苹果落得离树很远，暗示一种新型的苹果电脑将上市，超越 IBM 公司；还有 1 条是"苹果的牛顿落得离树很远"，宣告新一代的基于电池和笔的手持电脑的诞生。显然，这里的"远"指的是超越过去的"苹果公司"的新产品。

涉及广告世界，我们可以看看这次计算机检索到的最后 1 条记录。早在 1979 年，我在《纽约客》上发现 1 条广告，是有关威士忌酒的，使用了"苹果从来不会落得离树远"，对原来的谚语做了一点改变。画面是在传统的圆瓶子旁边，有一个新式的方瓶子，价钱明显便宜，但产品是一样的。两个瓶子前面是一杯斟满酒的杯子，强调两个瓶子中基本一样的威士忌酒。在方瓶子边上有一个闪亮的苹果，用来注释这条广告谚语。广告人完全可以用其他的话语和形式，如"一个模子刻出来的""有其父，有其子"等。但是，他们使用了"苹果"这条谚语，并加了注释的画面，这无疑吸引了消费者的兴趣。而且，为了不让读者误解，还在广告语下面加了这些解释："著名的方形瓶子继承了极佳的口味，融合了 44 种精品威士忌，是我们 30 多年的——世界上最陈酿的奢华（75 美元）威士忌。"

这里则广告提到的不是父子关系，而是如何将老产品联系到廉价的新产品，体现了美国谚语借用中的可适性和多义性，无疑在一份重要的国家级杂志上通过其商业角色传播了这条德语谚语。

谚语学研究的泰斗阿彻尔·泰勒曾经在《谣谚》刊物发表过几篇短文：《谚语的搜集几乎完成了吗？》（1969），《"每块石头都要反过来"或是与〈谚语历史词典〉度过一个下午》（1971）。他指出，对历史谚语的搜集还很不够，缺少很多信息，那些有历时性兴趣的谚语学者必须把每块石头都反过来。他本人对单条谚语的历史研究便是通过对谚语集和文学作品等参考书和异文的梳理完成的。

假设一下，如果他可以利用伯克利民俗档案室，并可以用计算机数据库，那会做出怎样的研究成果？以他对学术研究的严谨态度，无疑会认为我们所有的历史性的谚语词典都是过时的。现在，需要的是将新的谚语搜集起来，加入新的参考书中。对某条谚语的考证研究在电子时代已经经历了革命化的改变。把每块石头都反过来意味着我们去翻阅出版的文本，查阅基于实地调查所搜集的民俗档案，花大量时间检索计算机数据库。泰勒是以传统的方式进行研究的，但作为他的学生，我们可以模仿他，同时又可以利用新的研究方法。由此，承上启下的几代谚语学者的工作也证明了我们的这条谚语，"苹果落不到离树远的地方"。

引用文献

Richard Jente, German Proverbs from the Orient, *Publications of the Modern Language Association*, 48 (1933): 17 - 37.

Wolfgang Mieder, "Big Fish Eat Little Fish": History and Interpretation of a Proverb about Human Nature, in W. Mieder, *Tradition and Innovation in Folk Literature* (Hanover/New Hampshire: University Press of New England, 1987), pp. 178 - 228 and pp. 259 - 268 (notes).

Jeremias Simon, Gnomologia proverbialis (Leipzig: Cbrislian Michael, 1660), 324. Many later Latin references are listed in Hans Walther, lateinische Sprichwl Jner und Se11tent. en des Mittalters in alphabetischer Anordnung (Goltingen: Vandenboeck & Ruprecht, 1965), vol. 3, 356 (no. 18283); and vol. 8 (1986), 785 (no. 38977g).

Bartlett Jere Whiting, *Proverbs and Proverbial Sayings* (from North Carolina), in *The Frank C. Brown Collection of North Carolina Folklore*, ed. by ivey NewD111D White (Durham/North Carolina: Dulce University Press, 1952), vol. I, 362 (Apple, no. 2).

Harold W. Thompson, Body, Blood & Britches. (Philadelphia: J. B. Lippincott, 1939).

Wolfgang Mieder, Stewart A. Kingsbury, and Kelsie B. Harder, *A Dictionary of American Proverbs* (New York: Oxford University Press, 1992).

John Simpson, *The Concise Oxford Dictionary of Proverbs* (Oxford: Oxford University).

G. J. Adler, *A Dictionary of the German and English Languages*, 10th ed. (New York: Appleton, 1966), vol. I, 44.

Hugh Percy Jones, *Dictionary of Foreign Phrases and Classical Quotations* (Edinburgh: John Grant, 1925).

Karl Breul, *Cassell's New German and English Dictionary* (New York: Funk and Wagnalls, 1939).

Steven Folsom, Proverbs in Recent American Country Music: Form and Carin Pratt,

"Flutist Sounds Flat in Print", The Christian Sdence Monitor (August 14, 1989): 13. Function in the Hits of 1986 – 1987, Proverbium, 10 (1993): 65 – 88.

Michelle Huneven, *A High Price Just to Be Disappointed*, Los Angeles Times (February 16, 1990): A29.

Alvin P. Sanoff, *The Proverbial Collector* (Wolfgang Mieder), U. S. News & World Report (January 13, 1992): 57.

David Masgolick, *An Unusual Court Nominee, Judging by His Family*, The New York Times (April 24, 1992): 87.

Jonathan Fast, *The Apple Never Falls Far Enough From the Tree*, Los Angeles Times (May 17, 1992): Book Review section, p. 3.

Allan E. Mallinger, *Apples Falling Far From the Tree. Journal of the American Academy of Psychoanalysis*, 13, no. 4 (1985): 469 (the entire article on pp. 467 – 480).

New Yorker (November 6, 1979): 74. The advertisement was repealed in the New Yorker (May 5, 1980): 55.

Archer Taylor, *How Nearly Complete Are the Collections of Proverbs?* Proverbium, no. 14 (1969): 369 – 371; and *"Leave no Stone Unturned" or Afternoon with a Historical Dictionary of Proverbs*, Proverbium, no. 16 (1971): 553 – 556.

第二编

谚语与认同

唯一的好印第安人就是死了的印第安人：一个刻板印象的谚语化及其历史与意义

【编译者按】 本文（The Only Good Indian is a Dead Indian: History and Meaning of a Proverbial Stereotype）发表于1993年的《美国民俗学刊》[Journal of American Folklore, 106 (419): 38-60]。在美国，诋毁美洲土著居民的刻板成见和侮慢蔑称不计其数，其中尤为充满敌意的恶言要数本文所研究的这条谚语。自19世纪60年代起美国人即开始使用这条谚语。本文追溯这条谚语的历史、传播、含义以及持续至今的各种异文。作者在展示了这条谚语在美国文学、大众媒介以及日常口语中被频繁使用的历史与现实，同时也鲜明地反对以谚语强化种族主义歧视。

谚语和谚语化表述体现着国民性格、刻板印象、民族歧视和种族偏见，对此现象，学术界一直有着相当的研究兴趣与研究传统。偏向谚语学研究的民俗学家和文化历史学家已经收集汇编了一些诸如此类的恶言漫语（Reinsberg-Duringsfeld 1992; Gaidoz and Sebillot 1884; Roback 1979）。此外，还有无数学者探讨习语中流露出来的刻板印象世界观（Jansen 1957; Paredes 1970; Dundes 1975; Mieder 1982）。这些例证清晰地表明：对于全世界少数群体遭受到谚语化的恶言恶语，学者已给予了相当的关注。这些充满仇恨和偏见的表达与毫无根据的关联泛化充满误导性，不幸成为人们口语交流的一部分，并且可以追溯到很早的文字记录。谚语化的刻板印象并不新鲜，但或许人们今天更愿意对此进行质疑，因为我们越来越认知到这类侮慢之言在心理与伦理上的危险含义。在政治、种族和少数民族冲突似乎越来越紧张的时刻，这至少是一个更加开明的公民应该期待的质疑。

不同民族与地区之间存在显而易见的刻板印象，而且有大量研究关注针对犹太人和非裔美国人的诋毁言语，尤其在美国，相关研究成果卓著（Gilman，1986；Simpson and Yinger，1965）。尽管如此，针对美洲土著所遭受的言语侮辱的研究却极其匮乏。自克里斯托弗·哥伦布以及紧随其后的探险者、定居者和移民踏足这片土地之日起，这种侮辱持续至今且众所周知。在全世界纪念哥伦布发现美洲大陆500周年之际，人们回顾欧洲人对美洲的殖民化历史，越来越明显地认识到，在扩张与进步的名义下遭受可怕苦难的正是土著居民。美洲土著被剥夺了家园，遭致无情杀戮，或被迁置于保留地，他们中的许多人至今仍处于边缘化的生存境地。早期的观念如"好的印第安人"或者"高贵的野蛮人"很快被相反的态度和政策取代，"土著居民"被降为"野蛮人"，因为他们是绊脚石，阻挡了以"天赐命运"名义实行的扩张主义道路。罗伊·皮尔斯（Roy Pearce）曾写过一本有价值的书，其书名意味深长：《野性与文明：关于印第安人与美国人心灵的研究》（1967）。在书中他引用了一句早期的边疆格言："所有美洲野蛮人，要么文明，要么死亡。"（Pearce，1967：55）这极其自负的言辞出自一位名叫詹姆斯·诺里斯的军官在1799年写的日记。毫不留情的直白警告意味着：要么改变你自己，同化到白人征服者和定居者的法则与生活方式中；要么去死。这种妖魔化印第安人的流行态度，为白人政策制定者寻求正当理由，他们杀死了成千上万印第安人或将之驱赶到残酷的保留地。普里希拉·西姆斯（Priscilla Shames）在她未出版而鲜为人知的学位论文《长久的盼望：美国通俗小说中的美国印第安人刻板印象研究》（1969）中，揭示了文学是如何描述土著居民所遭受的残忍遭遇的。而迪伊·布朗（Dee Brown）的畅销书《请把我的心埋在伤膝谷：美国西部的印第安人历史》（1990［1970］），记录更具写实性。其中有一章描写生动有力，标题即为一句令人毛骨悚然的谚语："唯一好的印第安人，是死了的印第安人。"单词"死"即意味着字面意义上的死，对那些大杀戮中的幸存者，又是比喻意义上的死。也就是说，他们在保留地里受到限制，没有继续传统生活方式的自由。

令人忧惧的是，针对土著美洲人的恶言至今仍在横行。不仅一般公众，就连印第安人自己也对此现象深感吃惊。比如，来自加拿大的土著居民汇编了一本散文与诗的合集，以表达他们在现代社会被边缘化的失败感。书的标题为《唯一的好印第安人：加拿大印第安人文集》（1970），当编辑决定用这一针对自己人民的恶语作为标题时，可以想见他们的境况有多么糟糕！他在引言里如此解释道：

> 警察横暴，官僚无能，法律错位，教育坏崩，种族歧视，政客无知盲动，整个国家的大多数人对土著居民一无所知，这些都是印第安人每日面对的状况。是的，唯一的好印第安人仍然是死去了的那一个。不是身体的死亡，而是精神、心理、情绪、经济以及社会意义上的死亡（Waubageshig 1970：Ⅵ）。

诚然，以上情形发生在加拿大，但是美国也不例外。尤其是动画片里，印第安人的刻板形象往往比较消极。在弗莱尔夫妇所著的《唯一的好印第安人……好莱坞的信条》（1972）里，作者指出尽管一些电影对印第安人的刻画比较积极，但大多数影片"在强化和巩固印第安人刻板形象主题方面难辞其咎，如醉汉、野蛮人、背信弃义、不可靠或者幼稚等"（Friar，1972：264）。当然，在其他大众媒介和笑话、歌曲以及谚语式的侮慢语等日常口语交流中，诸如此类的偏见比比皆是。

还有一本学术著作也是以这句谚语为标题，作者是土著美国人、民俗学家雷娜·格林（Rayna Green），她这本丰满而富启发意义的著作名为《唯一的好印第安人：美国本土文化中的印第安人形象》。谚语式标题为这本书奠定了基调：它细致而谨慎地描述了美国人——无论年龄、社会阶层以及来自何处——对于土著美洲人的"通行"看法。研究发现，一种令人吃惊的刻板印象弥漫于所有的表述模式中，而语言学的案例只是其中的一小部分，著作用几页篇幅研究"格言、谚语、谚语般的比较以及其他隐喻式用法"（Green，1973：56-65）。

其他词典编纂者和谚语学者也收集了一些针对美洲土著的恶言恶语。以下列举一些不同来源却出现频率较高的谚语式表达，括号里标注了其最早开始使用的时间。"印第安人列队"（1754，形容印第安人走路时一个接一个形成单列，而非并排行走），"印第安送礼人"（1764，形容礼物），"印第安人唱歌"（1829，形容唱歌时如同视死如归），"清醒的印第安人"（1832，喝酒时保持清醒或只喝一点以保护自己的武器），"表现得如印第安人"（1840，形容不流露任何情绪），"看见印第安人"（1850，形容一个人神志失常），"变成印第安人"（1862，回归到自然原始状态），"一个平常的印第安人"（1925，习惯性醉酒），"在印第安人名单上"（1925，被禁止买酒者）。许多耳熟能详的比较形式也在重复建构一种消极形象，即印第安人在道德、身体和社会能力上都不如白人。如："像印第安人一样肮脏"（1803），"像印第安人一样卑劣"（1843），"像印第安人一样咆哮"（1844），"像印第安人一样野性难驯"（1855），"像印第安人一样迷信"（1858），"像印第安野人一样狂奔"（1860）。19世纪后期还有如下说法，"像印第安醉鬼一样花钱""像印第安人一样木呆呆地站着或干瞪眼""僵直得如同印第安人的头发""红得像印第安人""像印第安人一样狡猾"，等等。

该谚语的起源

根据民俗学家格林的研究，她认为，从"真正的谚语"角度而言，"唯一的好印第安人是死了的印第安人"是美国唯一的真正关涉印第安人的诋毁性谚语（Green, 1973: 57）。不幸的是，还有一些其他谚语在民间流传。从1766年就开始流传的"印第安人永远是印第安人"（Indians will be Indians），尽管是一个缺乏比喻词的等式陈述句，却清楚地暗示了这样一种信念，即不管白人士兵和定居者如何努力试图改变他们，印第安人仍将只是未开化的野蛮人（Whiting, 1977: 233）。1853年，另一句认为土著不可能文明化的谚语是"印第安人、鹧鸪鸟和云杉树都无法被驯服"（Mieder et al., 1992: 329; Stevenson, 1948: 2507; Taylor and Whiting, 1958: 199）。大约1945年，民俗学家在俄勒冈还搜集到一句中伤性的谚语"印第安人终会回到他的毯子上"，意指即使那些被同化到白人主人生活中的印第安人，在适当的时候也会回归他们原始而传统的生活方式。

在同一时期，堪萨斯州也记录了这样一句谚语："永远不要相信印第安人。"令人惊奇的是，一位印第安事务前任总监米查姆（Aflred Meacham），竟在他那本令人生疑的《棚屋与征途：戴着镣铐的皇家首领》一书中，大胆声称印第安人是否被政府欺骗都是无关紧要的。"这无所谓，他们是印第安人，四分之三的美国人都相信并表示'最好的印第安人全都埋在地下'。"（1875：515，画线为原文所强调）在这本书的另一个地方，米查姆提出了一个修辞性的问题："我的读者现在会感到好奇吗？为什么这么多边疆白人都声称'所有的好印第安人都在地下三英尺'？"（1875：198）一年以后，在他的另一本著作《女酋长和她的人民》中，米查姆引用了这个边疆谚语的第三种异文："所有的好印第安人在地下四英尺之处。"（1876：35）可悲的是，在19世纪中期尤其是美国独立战争中，由于美国士兵加入偏执的边疆定居者中，对广袤土地上的印第安人进行了无情杀戮，此后美洲土著就被如谚语所云般宣布死亡了。

蓄意策划毁灭美洲土著的无情行动需要一个口号，一个现成的标语，为加害者的非人道罪行辩护。流行于彼时而至今仍能听到的谚语就是，"唯一的好印第安人是死了的印第安人"，这的确是邪恶咒语。退一步而言，其多重语义学的荒谬之处在于：从字面上看，它为军队实际屠杀印第安人寻求合法性；而从认知层面上，它助长了这样一种信念，即印第安人唯有变成基督徒或者采用白人压迫者的文明，才有可能成为"好人"。他们可能变好，但鉴于他们的文化实际上不可更改，好人就只能是"死人"。无论是身体上还是精神上的死亡，美洲土著都是命定受害者，加害者以天赐命运的名义行凶，而所谓的清白者对这种大屠杀只是袖手旁观。

那么，究竟是谁"首创"了这一恶毒谚语且又不幸迎合了19世纪四分之三美国人的刻板印象呢？尽管大部分辞典编纂者将之归咎于菲里普·谢里丹将军（Philip Sheridan）1869年说的一句话，但这句恶语的源头其实可以在1868年《议会全球》中找到。1868年5月28日，在众议院一场关于"印第安拨款法案"的辩论中，来自蒙大拿的议员詹姆斯·卡瓦诺（James Cavanaugh，1823—1879）说道：

坦率地讲，在我看来，我们国家的整个印第安政策从一开始就是错误的。首先，你们给印第安代理人的报酬少得可怜，这反过来是对恶行的一种报偿。来自马萨诸塞州的巴特勒先生，你可能会谴责我的残酷，但我会说，我希望印第安人死了而不是活着。我见过成千上万的印第安人，却从没见过一个好的，除非他死了。我认为多年前新英格兰奉行的印第安政策已经不存在了。我信奉马萨诸塞州大酋长迈尔斯·斯坦迪什传授的印第安人政策，我信奉灭绝印第安人的政策，把他们驱逐出文明的边界，因为你无法教化他们。先生们也许会说我说话刺耳，但如果他们有我在明尼苏达和科罗拉多的经历，也许就不会这么想了。在明尼苏达州，我看到胎儿被从母亲的子宫里扯出来，孩子被钉在窗台上，心脏还在怦怦跳动。我见过被剥头皮的、毁容的、愤怒的女人。在科罗拉多领地的丹佛市，我看到妇女和儿童被剥了头皮。为什么要剥人的头皮？仅仅因为印第安人为满足自己邪恶和野蛮的习性。他们永在战场上……印第安人可以在秋天和你签订条约，到春天他就可以毁约，再次"踏上征战之途"。印第安人走到哪里，火把、剥皮刀、掠夺和荒凉就跟到哪里。

这位从马萨诸塞州来的马特勒先生从没有跨过边境线。我想，他对印第安人的所有知识（请原谅我这样说），也许都来自《最后的莫什干人》（*The Last of the Mohicans*）的精彩篇章，或者来自诗人朗费罗（Longfellow）的诗行《海亚瓦塔》（*Hiawatha*）。这位先生没有见过战场上的印第安人，他们没有如我一样被红魔们追杀——这些红魔就像是东方大善人喂养的宠物（Congressional Globe，1868：26-38；Stevenson，1948：1236）。

当然，这句"除了死人，我生命中从没遇见一个好印第安人"，还仅仅是平白话，不具有传统谚语平行结构的诗学与形式上的标志。很明显，这种主观性的句子很容易被缩编为更为谚语式的格式——"唯一好的印第安人是死了的印第安人"。不幸的是，卡瓦诺在众议院的大胆言论正是大多数美国人心中所想，即使他们没有说出来。

在拓疆者的心目中，印第安人与死亡悲剧性地连接在一起，难怪美国士兵和官员都对他们抱有负面看法。威廉·谢泼德军官（William Shepherd）在他的著作《草原经历》中描述了这种普遍的刻板印象。

对印第安人一无所知的人，最初都会充满好奇，很快就混杂着一丝蔑视。但那些在战场上与印第安人打交道甚多的人，了解印第安人的习性，不会喜欢他们的存在，而且常常因担心他们背叛而倍感紧张忧虑。从印第安人的角度来看，鉴于他们的肤色之故，如果能做到绝对安全地以团伙方式杀死一个白人，这是值得嘉奖的行为。将印第安人归化或变为有用之人的想法纯属妄想。他们要么继续野蛮，或者灭绝。他们天生的性情不会让其成为安居社会里令人满意的成员。在边疆，一个好的印第安人意味着是"死了的印第安人"。无论印第安人遭受的痛苦是罪有应得还是咎由自取，无论他们的境遇能改善到多大程度，是取决于政府雇用代理人的诚实，还是驱逐他们的白人的人道精神，这些目前都无关紧要。印第安人必须消失，他们正在消失，他们很快就会消失。这是他们的命运（1884：61-63）。

1884年这段残酷的文字可以用来与两年后一位英国牧师的思想加以对照，这个名叫阿尔弗雷德·格尼（Alfred Gurney）的牧师写了一本书《漫游美国》（1886）。值得注意的是，谢泼德的言语还没有达到谚语的最终形式，是格尼1886年将其成功转写为美国众所周知的格式。

印第安战争的故事无疑充满血腥、残酷和愤怒。但是，如果说印第安人是以野蛮人的暴行憎恨白人——因为白人闯入并夺走了他们的猎场而不给他们容身之地，那么，我们不要忘记，印第安人曾慷慨回应传布福音者的感召。牧师们被饱受贫穷与痛苦的人们奉为神圣，以十字架上的耶稣之名向印第安人宣讲和平与善。然而我认为，白人的文明还不足以成功处理野蛮人的问题。或许对于红色野蛮人，我们需要最大的耐心、勇气和忍耐。我们还没有学会将神的方法付诸实践，尽管几代人的经验证明要战胜邪恶，必须施以善行，如果以其人之道还治其人之身，则一切努力都是徒劳。美国政府现在终于行使迟来的正义，认真对待被征服种族，但是听到美国人一遍又一遍地说出"一个好的印第安人是死了的印第安人"这样的话，真是令人沮丧。就我而言，我不能相信一个黑眼睛里充满渴望与梦想的民族，一个语言如音乐般充满诗意的民族，能被如此毫无希望地贬低，或命中注定要被灭绝（1886：28-29）。

乍看之下，格尼牧师的言论似乎是积极的，但他的意图很明显，即"文明化"印第安人的方式是破坏他们的传统信仰和文化，使其皈依基督教。一方面，传教士区别于边疆士兵和军事人员；另一方面，这种区别也只是程度和方式的差异。士兵想用刀剑改变他们心目中的野蛮人，而传教士寄望于上帝之语。

值得注意的是，历史溯源考察这句印第安谚语从 1884 年到 1886 年的各种异文，包括 19 世纪 70 年代关于"好印第安人在几英尺之下"的三种异文，都没有与任何特定作者关联。我们认为，尽管一句谚语可能关联特定发明者，但所有归因必须被质疑与求证（Taylor，1985：38）。爱德华·艾利斯（Edward Ellis）在其著作《我国的历史：从美洲大发现至今》（1900［1895］）中讨论到谚语的原作者问题。在名为"谢里丹的妙语"的段落里，艾利斯描述了查尔斯·诺德斯特姆船长所见证的一件事情。

> 这位作者很幸运，当谢里丹讲出这句妙语时，他在场。那是在 1869 年 1 月，也就是卡斯特将军与印第安夏延人（Cheyennes）的黑壶队战斗不久之后，在古印第安领地（现在的俄克拉荷马）的科布堡营地，一位科曼奇人（Comanches）的首领老斑鸠（Old Toch-a-way）站在谢里丹将军面前，为了赢得好感，他重重地拍着自己的胸脯说："我，老斑鸠，是一个好印第安人。"谢里丹将军嘴角扬起戏弄的微笑，对着他身旁的人大声说："我曾见过的唯一的好印第安人已经死了。"（Ellis，1900［1895］：1483）

作者带着明显的愉悦之情讲述这段令人恐怖而"幽默"的轶事，但其真实性值得怀疑。菲里普·谢里丹将军数次否认自己曾有如此言论，但毫无疑问谢里丹也是众所周知的偏执狂并仇恨印第安人。历史学家赫顿（Paul A. Hutton）在其著作《菲里普·谢里丹和他的军队》（1985）中，有一章的标题即是《印第安军事政策形成："唯一的好印第安人是死了的印第安人"》。有意思的是，赫顿并没有直接引用谢里丹的原话，而是将它改造成更加普及的、更有力量的谚语形式"我曾见过的唯一的好印第安人已经死了"。这句谚语成为谢里丹和同时期其他将军的印第安政策的代名词。史蒂芬·安布罗斯（Stephen Ambrose）在描述两位美国勇士——印第安人"疯马"和白人卡斯特将军的平行生活时，清楚地指出：

> 边疆哨所里经常回荡着关于如何处理抓获的印第安人的各种言论，这成为军官们的一种信条："你不能信任任何印第安人。"谢里丹的名言"我见过的唯一的好印第安人死了"也常常被愉快地引用（1975：310）。

谢里丹的辩护者们试图否认谢里丹创造了这句谚语。从技术层面上说，他们是对的，因为我们或许永远不会知道真相，不会知道他的妙语是否为当时流行语的一种个性化再构造。1904年，准将迈克尔·谢里丹（Michael Sheridan）在他那本加厚版的新书《菲里普·谢里丹个人回忆录》中，带着几分歉意地写道："蒙大拿的一些'愚蠢的朋友'把这句谚语归功于谢里丹将军，尽管他立即否认了这种非人道的言论，但攻击者仍然圈标出各种异文。"（1904：II，464-465）另一个试图为谢里丹将军正名的是卡尔·里斯特尔（Carl Rister），他在其著作《边境指挥官：谢里丹将军在西部》的序言中写道：

> 谢里丹的敌人谴责他曾说过"唯一的好印第人是死了的印第安人"（一个曾流行的种族歧视谚语——译注）。这是不可能的，这不是他的政策。但他确实相信，印第安人应该被教导知道犯罪是得不偿失的，无论是红人还是白人，只要谋杀或是盗窃，都应该被立即而且严厉惩处。他主张，道德说教即使用在最开明的人那里也不会总是有效，法庭与执法机构必不可少。在这点上，谢里丹拥有热情的支持者——不仅来自他的军官与士兵，还有边境居民。对于敌人来说，谢里丹显得轻蔑傲慢且对人强硬。对他的属下，他是"小菲尔"，一旦他的计划没有被正确执行，他就脾气暴躁、刻薄、冲动和

粗鲁，决不饶恕自己和他人。但当事情按要求进行时，他就变得公正与慷慨。外表上，他是一个小个子，但全身充满领袖气质，强壮而富有魅力。人们尊敬他，爱戴他，也畏惧他（1947：Ⅶ-Ⅷ）。

尽管里斯特尔试图为谢里丹将军的内战生涯洗白，声称在19世纪60年代后期他将矛头对准印第安人的行为，与当时其他许多军官与士兵的行为一致，但这句"唯一的好印第安人是死了的印第安人"仍然牢牢地与他的名字关联在了一起。

如前所述，究竟是谁发明了这句谚语我们无从知晓，或许并非谢里丹，或许也并非另一位更臭名昭著的反印第安人物。这位名人于1886年1月在纽约发表了下列讲话。

> 我想我该惭愧地说，我对印第安人的看法是西部人的视角。我并没有完全认为唯一的好印第安人是死了的印第安人，但我相信10个中有9个确实如此，而我也不想过细地探询第10个人的情况。最凶恶的牛仔都比野蛮的印第安人有道德原则。把纽约的300户底层家庭安置到新泽西，让他们在邪恶与懒惰中生活50年，你就会知道印第安人究竟是什么样子了。印第安人鲁莽冲动，深藏仇恨，穷凶极恶。对草原上毫无防守能力的独自定居者，他们采用抢劫和谋杀的策略。对牛仔与士兵又如何呢？有一次一个印第安酋长曾向谢里丹索要一门大炮，将军问道："什么！你想用这门大炮杀害我的士兵？"酋长答道："我用大炮对付牛仔，用棍棒打死士兵。"（Hagedorn，1921：355）

上述言论来自一位"尚武骑手"。他在一本受到称赞的书《赢得西部》（1889）上阐释了其种族主义和扩张主义的观点，并描述了开发西部边疆的经历，他就是西奥多·罗斯福（Theodore Roosevelt，1858—1919）。发表这番仇恨言论5年后，他成为美国总统。罗斯福于1886年在东部城市纽约而不是在充满种族冲突的边疆发表这番演讲，清晰地表明这句谚语及其歧视性观念在当时已渗透进美国人的意识中。

该谚语在词典编纂史中的情况

词典编纂者在20世纪初开始记录"唯一的好印第安人是死了的印第安人"这句谚语的各种异文。格尼·本汉姆（Gurney Benham）记录下声称为谢里丹的话语，在《引语大全》一书中将其归类为一句政治短语（1926：459b）。另一些编纂者同样如此。门肯（H. L. Mencken）于1960年，贝尔根·埃文斯（Bergen Evans）于1968年都将同样的言论或多或少地归属于另一位著名的内战将军，即后来与印第安人作战的威廉·谢尔曼（William Sherman，1820—1891）（Evans, 1968：345；Mencken, 1960：585）。1988年以来，最近的两本书的编辑又将这一言语归功于谢里丹（Carruth and Ehrlich, 1988：55；Daintich et al., 1988：167）。很多引语词典的作者列出了实际的谚语而非谢里丹的原话。早在1934年，伯顿·史蒂文森（Burton Stevenson）在《家庭常用引语》一书中，不仅引用这句谚语作为主要标题，而且在解释词条里指出这是谢里丹的话语（1947［1934］：975）。几年后，《引语的牛津词典》更是直接列出这句谚语并附上菲里普·谢里丹的名字，第二版和第三版的编辑操作手法相似，因此词典编纂部分地传播了错误信息，即正是谢里丹创造了这句刻板印象式谚语。美国人巴特勒特（Bartlett）的《熟悉的引语》比《牛津词典》做得更好。克里斯托弗·莫勒（Christopher Morley）作为第11版的编辑，第一次引用了谢里丹的评论。第12版同样如此。1955年，第13版的一位未具名的编辑在引述了谢里丹的话语后增加了如下评论："这一短语经常出现在'唯一的好印第安人是死去的印第安人'这一版本中。"巴特勒特《熟悉的引语》词典后两版的编辑艾米莉·贝克保持了这一传统，至少让读者知道谢里丹的话语和民间谚语有所差异。然而，其他价值与发行量少一点的引用语辞典都没有标示出这一差异，这表明词典编纂者如何盲目地互相抄袭（Cohen and Cohen, 1960：364）。

显然，谚语学者在收集记录这句民间谚语方面出力不少。有意思的是，是英国学者文森特·利恩（Vincent Lean）记录了这句美国谚语的早期异文（Lean, 1969［1902］；I, 282）。第二位是来自《国际谚语学》的主任阿彻尔·泰勒，在他的书《谚语》中作了一个简短评论："这句谚语呼吸着西部边疆的空气。"（1985［1931］：9-10）必须承认，这一评论表明泰勒认识到这句谚语来自美国边疆，早就流传于全美国，并不需要将谢里丹圈定为首创者。

亚伯拉罕·罗巴克（Abraham Roback）在他的《国际蔑语词典》（*A Dictionary of International Slurs* 1979［1994］：181）中，称这句美国谚语"起源于殖民地时期，当印第安人变成真正的威胁、屠杀大量新来的定居者时"。尽管罗巴克错误地追溯其起源时间为17世纪或至少18世纪，他确实为美洲土著与早期殖民者之间存在的社会政治问题描绘了一幅可信的图景。在一本引人入胜的著作《海湾殖民地的建造者》，尤其是在极富启示意义的一章《约翰·埃利亚特，传道于印第安人》中，作者塞缪尔·莫里逊（Samuel Morison）通过引用19世纪谚语式的侮慢之语来描绘这些可悲的冲突。

> 1646年秋天，法院任命埃利亚特作为委员会成员，负责选择和购买印第安人的土地，费用由殖民地承担，"这是为了鼓励生活在我们中间的印第安人过上更为有序的生活方式"。然而从一开始，他就受到自己人的怀疑与敌意，他们的态度大大阻碍了他的工作。法国人和西班牙人很容易就与印第安人混合并交往起来，但英国人对自己的种族限制颇为骄傲。这位新英格兰定居者很快就掌握了早期边疆开拓者的传统态度："一个好的印第安人，是死了的印第安人。"对他而言，土著是肮脏、奸诈的野兽，他们是"白天飞来的箭，晚上掠过的恐惧"（1930：295-296）。

百年以后，随着越来越多的思想家如帕特里克·亨利（Patrick Henry）开始发声，殖民地的情况可能变得文明了一点。亨利甚至在1787年提倡印第安人和白人实行跨种族通婚。在反思"印第安人对美国革命的贡献"时，勒罗伊·爱德（Leroy Eid）评论道：

> 人们常听到的边疆格言是"唯一好的印第安人是死去的印第安人"。也许这句陈词滥调——诞生于19世纪的平原战争——适用于某些边疆开拓者，但它并非处处普及。在一些地方，白人遇到的是

充满活力和自信的印第安文化（Eid，1981：290-291）。

从伯顿·史蒂文森的巨著《谚语、格言和名言集》（1948）开始，所有主要的英美谚语集都包含"唯一好的印第安人，是死去的印第安人"这句谚语。（Adams，1968：128；Mieder et al.，1992：329；Stevenson，1948：1236；Whiting，1989：337）《牛津英语谚语词典》（1970）是显著的例外。较小区域性的收藏证明了这种刻板式拓荒"智慧"在整个美国的普遍性。事实上，一些谚语最初于19世纪50年代到达俄勒冈州，民俗学者海伦·皮尔斯（Helen Pearce）在20世纪40年代初收集，列出了她的家庭正在使用的"西俄勒冈州拓荒者家庭的俗语"，其中6个她作了解释性的评论。

没有好的印第安人，只有死了的印第安人。（这种态度尖酸刻薄，但它起源于一些早期定居者的经历。）

他是一个印第安赠予者。（指给了礼物又收回去的人。没教养的给予者。）

他离开保留地了。（他失去控制了，做不同寻常的事情；显得幼稚而缺乏经验。这句谚语起源于印第安人被允许离开他们的保留地并进入白人区时的一些野性行为。）

他比印第安人还醉得厉害。（拓荒者用来形容一个吵闹讨厌的醉鬼。）

他比印第安人还勤劳。（这句是西部俄勒冈的讽刺性短语，指印第安人几乎不工作。）

如印第安人一样野，一样狡猾。（此类用于贬抑性比较的例子不计其数。）

此外，民俗学者在宾夕法尼亚、伊利诺斯、加利福尼亚等地都收录了这句谚语。以下是一名民俗学学生的笔记，记录了1969年收集谚语时一名50岁的美国田野报道人的话语，颇能说明问题。

唯一好的印第安人是死去的印第安人

  我的田野报道人在她小的时候就知道了这句话（1925）。她在内华达州卡森市长大，他们住的地方附近有一个印第安人保留地，白人对印第安人很有偏见，认为他们低人一等。镇上很多人说这句话，一般来说这是在别人讲述了某些"醉鬼"印第安人的最新事迹后发表的评论。这句话的意思是只有他们死的时候是好人，所以所有活着的印第安人都是坏人。我的报道人认为这个短语来自印第安战争，最初是由格兰特将军或李将军说的，她不记得是哪一个。①

  上述文本令人震惊地证明了美国人对印第安人的普遍不尊重，再一次清楚地说明将谚语的创造归于特定历史人物的混乱情况。下面一条笔记来自1977年的伯克利民俗档案，其中包括关于这种漫骂的"幽默"的可怕言论，以及民俗学学生的富有洞察力的反应。

  唐纳德（吉德斯）承认这是一句种族主义的话语。他并非真的相信如此，但觉得很幽默。他还记得当年（约1955年）在帕洛阿尔托大学里很多人这样说，但他不认为他在别处听到过。确定的是，这句话总是出现在对印第安人的讨论中，并且总是以开玩笑的方式说出来。

  我认为吉德斯和他的朋友并没完全承认他们其实相信这句话。它反映了美国文化，因为很久以前是印第安人在这片土地上生活，然后我们从他们手里抢夺过来。当印第安人反抗的时候，最好的回击就是这句"唯一的好印第安人就是死了的印第安人"②。

  第三段材料来自1986年一位民俗学学生在加利福尼亚的收集情况，

---

  ① 这份文本由 Candace Bettencourt 从 Patricia Davis 那里收集而来，时间是1969年3月6日，在 Berkeley, California。这名学生加了一条参考注释 Stevenson (1948)，他提到这条谚语通常归属于 General Philip Sheridan。

  ② 这条资料由 Linda Armstrong 引自 Palo Alto, California 的 Donald Geddes 记录，时间是1977年11月19日。

更进一步说明偏见式的谚语是怎样成为很多美国人世界观的一部分。

> 我的田野报道人是北达科他州的当地人。她告诉我,她的家乡有许多印第安保留地。她很小的时候就知道这句话了,但不记得确切来源,好像无论在家里还是在学校都听到了。北达科他州人对印第安人有极度偏见,因为他们觉得印第安人不工作,总是酗酒,不诚实,而且烧杀掠夺。白人根本不尊重印第安人,我们能够理解这句谚语背后的推理。①

所有这些档案记录和口头资料,让编辑和我在编撰《美国谚语词典》(1992)时,感到必须要把这句遍布全美的侮辱性谚语收录进去,否则的话就是不诚实地隐藏真相,洗白历史。

该谚语在文学与大众传媒中的情况

正如这句谚语在口语中得以延续一样,它也渗透到书面交流中,从学术书籍到小说,从杂志到报纸,甚至是漫画。例如,在玛丽·莱因哈特(Mary Rinehart)的侦探小说《环形楼梯》(*The Circular Stair*)中,人们发现了双重陈述:"正如唯一好的印第安人是死去的印第安人,唯一安全的违约者也是死去的违约者。"(1908:354)这条谚语用沉迷于金钱的男性角色与被刻板成见化的印第安人作比较,刻画出书中人物的不诚实。这个句子已经显示出这个谚语的现代用法模式。通常情况下,它不是被引用,而是被简化为"唯一的好 X 是一个死 X"的公式,叙事者以这个现成的标语,表达出原始谚语所有负面与偏见的内涵。在莱因哈特公式化地使用这句谚语仅仅 4 年之后,埃德加·巴勒斯(Edgar Burroughs)在他的未来主义小说《火星公主》(*A Princess of Mars*, 1987 [1912])中也采用了这句谚语,描述了女主人公尽管"温柔甜美,但她仍然是火星人,而对火星人来说,唯一的好敌人是死了的敌人;因为视敌人为死人,比

---

① 这条资料由 Anne Artoux 引自 San Mateo, California 的 Marge Donovan 记录,时间是 1986 年 11 月 28 日。

区分活人的好坏更有意义"(1987:72)。这种异文间接使迫害美洲土著的行为合理化,同时也将敌人的类型扩大化了。

在第一、第二次世界大战期间,这个众所周知的公式被用作反对德国人的口号。罗伯特·格雷夫斯(Robert Graves)在他的著作《再见,所有这一切》中描述了一位加拿大裔苏格兰人描述的战争暴行。

> 他们让我带着3个该死的囚犯回去,你知道,其中1个开始一瘸一拐地呻吟起来,所以我不得不继续沿着战壕踢草皮。他是个军官。天渐渐黑了,我感到厌烦,于是我想:"我要玩一点小游戏。"我用军官的左轮手枪瞄准他们,让他们打开衣袋而不要转身。然后我在每个人旁边投下1枚米尔斯炸弹,把炸弹保险栓拉开之后躲到一根导线后面。"砰、砰、砰!"不再有血腥的囚犯。没有好的德国佬,只有死德国佬(Graves, 1957 [1929]: 184 - 185)。

在《这就是战争》(1930)中,投弹手"X"(化名)也有一番话,编辑肖·戴斯蒙德(Shaw Desmond)借以对第一次世界大战去神话化。

> 如果相信"只有死了的德国人才是好的德国人",每个英国人都渴望杀死德国兵,战争没有宗教。那就读读这个男孩(投弹手)写的吧:"我们可以诅咒和发誓,但这只是吓唬人而已。在我们内心深处,我们在祈祷。德国人也必须祈祷。他们在战争中,我们也一样。他们有母亲,有妻子,有孩子,还有和我们一样的上帝。这场战争非常艰难。我一点也没搞明白。"(Desmond, 1930: 11 - 12)

从1930年起,又有另一种直接针对德国人的英语异文:"唯一的好德国佬是死了的那一个。"(Whiting, 1989: 337)在安东尼·吉尔伯特(Anthony Gilbert)的《她从家里失踪》(1969: 124)里也有这句话。毫无疑问,英国人重复使用这句美国谚语的异文以反对德国。当然,这些异文令人遗憾地显示了这句诽谤性谚语的国际化及其背后的谚语公式。第二次世界大战期间,阿加莎·克里斯蒂在她的侦探小说《N还是M?》中描写了一位英国妇女和一位德国难民之间的对话。

"你是个难民……这个国家正在战争中。你是一个德国人。"她突然笑了,"你不能指望街上的普通人——确切地说,是街上的人——能区分坏德国人和好德国人,如果容我直言的话。"他仍然盯着她。他的眼睛非常蓝,由于压抑的感情而凄切。突然,他也笑了。他说:"他们不是说过,一个好的印第安人就是一个死去的印第安人吗?"他笑了。"为了做一个好德国人,我必须准时上班。请吧。早上好!"(Christie,1941:27)。

在另一部由曼宁·科尔斯(Manning Coles)写的英国战争小说《绿色危险》(*Green Hazard*)中,其中一个人物被形容有点可疑,他再次改造了这个谚语:"他是个好小伙,不是吗?不过,我发现他这种平静的态度有时相当可怕。我知道'唯一好的德国人是一个死去的德国人',但他享受杀掉他们。我不喜欢。(杀人这种事)于我是责任义务,他却视之为快乐。"(Coles,1945:237)刘易斯(C. Day Lewis)在他的自传作品《被埋葬的日子》中,对英国学生如何知道这个众所周知的反德标语给出了看法。

当然,威尔基(学校)的课程并没有教授种族仇恨。我们没有被鼓励去思考"唯一好的德国人是一个死去的德国人",我们也没有被成年人的歇斯底里影响,成年人们洗劫了印有德国名字的商店,并禁止贝多芬进入音乐厅。当然,我们玩的是英国对德国的战争游戏,但对我们来说,它们的意义并不比希腊对特洛伊人战争的意义大(1960:86)。

第二次世界大战期间,要对付的敌人除了德国,还有日本,所以将这种谚语施加于日本人毫不足怪。理查德·巴特勒(Richard Butler)描述太平洋战区的小说《正午的血红太阳》(1980)如此写道:

相信我们这边的所有宣传都灌进了你们头脑里了——比如说主教保佑我们的旗帜,上帝站在我们这边,而不是他们那边。总的来说就是告诉你,唯一好的日本人,是死了的日本人(1980:207)。

20世纪60年代末期，在反越战争中，这种异文的主角又换成了"亚洲佬"。而在早期西班牙征服南美洲时，这个谚语中的民族变成了西班牙人（Sprague and de Camp，1964：270）。这一有杀伤力的标语可以用作战争宣传工具，适用于所有敌人。作为一种民族刻板成见，它具有无限适应性。

由这句原始谚语还异文出一些无关紧要的侮辱性谚语，有一些甚至由于荒唐而显得挺"幽默"。但我们不能忘记，真正的谚语是针对印第安人的。因此，在潜意识里，这些无害异文与原初所指涉的侮辱对象并置，从而伪装了继续诋毁印第安人的实质。在下面列表中，你会注意到文本通常是建立在"唯一的好X是一个死X"的结构上，但也有改变其中一个形容词的情况。

> 唯一的好偷猎者是一个死了的偷猎者。（Loder，1933：173）
> 唯一的好老师是死去的老师。（Leacock，1942：64）
> 唯一的好老鼠是死老鼠。（Gallico，1957：40）
> 唯一的好浣熊是死浣熊。（Rue，1964：82）
> 唯一的好警察（猪）是死警察（猪）。（1968）
> 唯一的好蛇是一条死蛇。（A. Lewis，1970：101）
> 唯一的好身体是死身体。（Kenrick，1970）
> 唯一的好成绩就是好成绩。（Priestly，1970：17）
> 唯一的好牛是死牛。（Wilson，1980：317）
> 唯一好的摄影记者是现场（live）摄影记者。（Chapnick，1986：18）
> 唯一的好鱼是新鲜的鱼。（Pepin，1990 C10）
> 唯一的好牧师（是死去的牧师）。（Zubro，1991）

很大程度上，这些异文代表的是人们所焦虑的事物，比如侦探小说中的谋杀者，以及被认为是有害动物的浣熊、蛇和老鼠等。在所引的12个例子中，文学情境中的"老鼠"异文值得一提。保罗·伽利可（Paul Gallico）描述了"观测老鼠洞"这种技艺，是他书中一个人物的"全职工作"。

> 请你务必注意，这不是抓老鼠。每个人都能抓老鼠，这不需要诡计。最重要的是，通过定位老鼠洞来阻止它们，控制它们。你可能听说过"唯一的好老鼠是死老鼠"，但那仅仅是其中一半，唯一的好老鼠是根本不在那儿的老鼠。如果你全力以赴对待你的工作，你要做的就是对这些生物发起精神之战。这需要付出时间、精力和聪明。如果我不是还有太多其他事情，我是不会吝啬这些付出的（Gallico，1957：40）。

当然，这可能有点幽默，特别是如果你继续读两页关于这个看似无用的捕鼠练习。然而，当"老鼠"这一异文和原初的谚语联系起来，细心读者的记忆可能会猛然觉醒，想起美洲土著居民被强大的武器和力量猎杀，就像手无寸铁的小老鼠被捕杀。在拟动物化的诽谤谚语背后，不可避免地隐藏着人类屠杀的历史真相。

事实上，这句谚语中的印第安人很容易被替换为非裔美国人。在约瑟夫·卡尔（Joseph Carr）的小说《屏息的人》中，一个来自美国南部的有偏见的白人男子，对一个名叫杰西的非裔仆人发表了评论："那是一个男仆。说真的，把这句谚语换一个词，就更真实了：唯一诚实的黑鬼就是一个死了的黑鬼。"（1934：33）萧伯纳（George Bernard Shaw）在其戏剧《触礁》（*On the Rocks*，1986［1934］）中引人注目地介绍了这句谚语在攻击其他少数民族时的用法。随着纳粹德国崛起，纳粹实行种族纯粹化和灭绝犹太人的计划。萧伯纳以预言性的笔法，在《当代灭绝》的章节中描述了他所称的"以前的尝试"。

> 灭绝那些被灭绝者称为劣等种族的行为由来已久。当克伦威尔试图消灭爱尔兰人时，他说："死得其所，死得其所。"具有三K党性情的一些美国人会说，"唯一的好黑鬼就是死了的黑鬼"。夏洛克天真地问："恨一个人难道不能杀了他吗？"但是我们白人——尽管我们戴着有色眼镜，却荒谬地称自己为白人——认为所有不同肤色的人都是下等物种。女士们和先生们用害虫来划分叛逆不驯的劳动

阶层。我们现在面临的是一种日益增长的观念，即如果我们渴望某种文明和文化，我们就必须消灭那些不适合这种文明和文化的人（Shaw，1986 [1934]：144 - 146）。

到了1934年，萧伯纳提请人们注意这样一个事实，即种族狂热分子把不受欢迎的人称为"害虫"，从而剥夺了他们作为人类的基本尊严。随着时间的推移，正如我在1982年研究《纳粹德国的谚语》所展示的那样，纳粹正是这样做的，尤其是用言语和谚语式的漫骂侮辱犹太人为"害虫"。鉴于土著美国人、非洲裔美国人或其他少数民族所遭受的一切，任何对"唯一好的印第安人是死了的印第安人"这一谚语的异文使用，都是有害的，特别是教人如何消灭老鼠时也要与谚语联系起来，这种"无辜"表述更是有害。

与此同时，这句谚语继续被使用，随时被引用，不仅直接侮辱印第安人，而且使伤害性的刻板印象凝固不变。约翰·巴肯（John Buchan）的边疆小说《向冒险致敬》（*Salute to Adventures*，1915）中，一位年轻人决定充分信任印第安人，他声称："他们告诉我印第安人现在不同了，印第安人已定居下来，如基督徒一样安宁。"一位更为见多识广的老人对他的回应却非常冷酷，对这片土地上土著居民的苦难没有一丝理解与和解之情。

> 如果你喜欢，尽管把你的头放到美洲豹的嘴里吧，但永远别相信一个印第安人。唯一的好印第安人是死了的那一个。我告诉你，我们生活在地狱的边缘，地狱随时到来，不是今年就是明年，或者5年后，总是会来的（Buckan，1915：74 - 75）。

恐惧与仇恨相结合，人们就易于盲目。在卡洛林·威尔（Carolyn Well）的侦探小说《呆板的印第安人》中就引用了这句谚语，用以证明"是印第安人发起狂暴战争"（Wells，1935：35）。王尔德（Laura Ingalls Wilder）的著名作品《草原上的小屋》（*Little House on the Prairie*，1935）将这句谚语烙印在了成千上万年轻读者的心灵里。

斯科特夫人说，她希望印第安人不要来惹麻烦，斯科特先生已经听到一些流言。她说："大地知道，印第安人自己根本没对这片土地做过什么，他们只是像野生动物一样漫游。订不订条约，土地都该属于耕种它的人，这是常识和正义。"她不明白为什么政府要和印第安人签订条约。唯一的好印第安人是死了的印第安人。对印第安人的这种想法，让她变得冷酷无情（Wilder，1953：211）。

罗斯玛丽·泰勒（Rosemary Taylor）的小说《礼拜日的鸡》（*Chicken Every Sunday* 1943：6-7）也有诸如此类的谚语引用，用来表示年轻的吉利小姐对印第安人的害怕，即使是对死了的印第安人。刻板成见经不起理性思考，而歪曲事实和延续谎言是其绝对成分。谁又能想到，连经典的儿童小说都在传播边疆刻板印象给新一代人起了一定作用呢，而这些新一代人原本对生活在保留地的印第安人根本没有什么可恐惧的。

通俗文学中该谚语的持续运用

到现在为止，还看不到将这句谚语从普通用语中清除的前景。1954年，麦克斯韦·博登海姆（Maxwell Bodenheim）在其著作《我在格林威治村的生活与爱》中说，一位被剥头皮的人的孙子告诉他们，除了死了的印第安人，没有好印第安人（1954：130）。这就是说，野蛮印第安人的形象永远流传。《纽约客》杂志甚至在1957年还刊出过一幅卡通漫画，描述两位边疆拓荒者和一名印第安人围坐在篝火前，一位拓荒者说："唯一的好印第安人是死了的印第安人，当然，我们面前这一位除外。"这就是所谓东方智者的诡辩术吗？或者毋宁说我们的社会精英也无法免于偏见？听到普通人口中说出这句谚语，谁又会吃惊呢？如果认为这句针对印第安人的最恶毒的谚语只是笑话，那么与拿奥斯维辛集中营开玩笑一样，这难道不是病入膏肓的人才会开的玩笑吗？（Dundes 1987［1979］：19-38）

《纽约客》的漫画只是这些恶心幽默的一个小例子，更让人憎恶的是小说《好印第安人》（1964）。在这部仅有9页的短篇小说中，作者迈克·雷诺兹（Mack Reynolds）描述了3位印第安人去会见印第安事务部主任莫蒂默·道宁，后者以为"最后的印第安人已经死于10年以前"。然而印第安人突然出现在他面前，打扰了他那无所事事的美差生活。3人声称他们是代表自己以及塞米诺尔部落（Seminole）尚存的55名成员来签订条约的，并且已经和哈佛的法学博士一道为此做好了精心准备。在一番你来我往的争论之后，印第安人宣称他们想要的是佛罗里达。就在争论最激烈的时候，主任提出午饭时间到了。作者借此在叙述中设置了冲突暂停，情景转换到第二天早晨，他的文员米莉·富尔布莱特看到主任瘫坐在书桌前，身体扭曲，显然昨晚喝了一宿，还在酩酊大醉。而终于醒来时，这位宿醉的主任却只是用他的手指指了指桌上的条约。文员无比惊讶地大叫起来：

> "天哪，条约！3个人都签字了。你究竟是怎么……？"道宁主任向她抛来一个洋洋得意的媚眼。
>
> "富尔布莱特小姐，你没听说过有一句古老的谚语吗？唯一好的印第安人是死——"
>
> 米莉惊得用手蒙住了自己的嘴巴，稍后说："道宁先生，你是说……你杀了那3个可怜的塞米诺尔人？可他们还有55个人啊，你不可能全杀了他们"！
>
> "我还没讲完哩"，道宁先生咕哝道，"我要说的是，唯一的好印第安人，是死醉的印第安人。如果你以为我整晚都喝醉了，你该去看看查理·霍斯（Charlie Horse）和他自作聪明的朋友们。红人是对付不了烈酒的。以前荷兰人用一小串珠子和一加仑苹果白兰地酒就把他们赶出曼哈顿，今天他们也还那样。现在，你出去吧，做你的填字游戏，随便做什么都可以。"（Raynolds，1964：54）

这个玩笑旨在引出谚语"唯一的好印第安人是死了的印第安人"，但作者在此不仅用糟糕的陈词滥调建构他的故事，而且暗指了另一句谚语："比印第安人还要烂醉。"这类种族歧视的低俗笑语，表明当今美国无处不在、无人不晓的刻板成见。

迈克·雷诺兹的小说发表6年以后，迪伊·布朗（Dee Brown）发表了他的杰作《请把我的心埋在伤膝谷》，前文已提到这本书的一章《唯一的好印第安人是死了的印第安人》，描述菲利普·谢里丹将军和他的军官及军队如何残暴地对待印第安人。任何读过这本书尤其是这一章的读者，都不可能视这一谚语为幽默。这句谚语仍在使用，悲哀地表明这个社会对待印第安人的态度依然如故。只要美国白人仍然对少数群体保有偏见，这个谚语就会永存。无论是口语还是书面语，都是对印第安人赤裸裸的非人性行为。有意识地抑制它，才有可能为印第安人的生活带来一点点改善。印第安人是这个伟大国家的土著居民，自豪、尊严与他们同在。让这句谚语早日阴魂消散吧，让印第安人不再受到伤害。

引用文献

Adams, Ramon F. 1968. *Western Words: A Dictionary of the American West.* Norman: University of Oklahoma Press.

Ambrose, Stephen E. 1975. *Crazy Horse and Custer: The Parallel Lives of Two American Warriors.* New York: Doubleday.

Barbour, Frances M. 1965. *Proverbs and Proverbial Phrases of Illinois.* Carbondale: Southern Illinois University Press.

Barrick, Mac E. 1963. *Proverbs and Sayings from Cumberland County* (Pennsylvania). *Keystone Folklore Quarterly*, 8: 139–203.

Benham, W. Gurney. 1926. *Complete Book of Quotations.* New York: G. P. Putnam's Sons.

Bodenheim, Maxwell. 1954. *My Life and Loves in Greenwich Village.* New York: Bridgehead Books.

Boller, Paul F., and John George. 1989. *They Never Said It: A Book of Fake Quotes, Misquotes, and Misleading Attributions.* New York: Oxford University Press.

Brown, Dee. 1990 [1970]. *Bury My Heart at Wounded Knee. An Indian History of the American West.* New York: Henry Holt & Company.

Brunvand, Jan Harold. 1961. *A Dictionary of Proverbs and Proverbial Phrases from Books Published by Indiana Authors Before* 1890. Bloomington: Indiana University Press.

Buchan, John. 1915. *Salute to Adventures.* New York: Thomas Nelson.

Burroughs, Edgar Rice. 1987 (1912). *A Princess of Mars.* New York: Ballantine Books.

Butler, Richard. 1980. *A Blood-Red Sun at Noon.* Sydney: William Collins.

Carr, Joseph B. 1934. *The Man with Bated Breath*. New York: Grosset & Dunlap.

Carruth, Gorton, and Eugene Ehrlich. 1988. *The Harper Book of American Quotations*. New York: Harper & Row.

Chapnick, Howard. 1986. Since the Only Good Photojournalist is a Live *Photojournalist, Beirut Underlines the Difference Between Dedication and Damnfoolishness. Popular Photography*, 93: 18.

Christie, Agatha. 1941. *N or M?* New York: Dell.

Cohen, J. M. and M. J. Cohen. 1960. *The Penguin Dictionary of Quotations*. Middlesex, England: Penguin Books.

Coles, Manning, 1945. *Green Hazard*. London: Hodder & Stoughton.

Congressional Globe, 1868. *The Congressional Globe: Containing the Debates and Proceedings of the Second Session (of the) Fortieth Congress*. Washington, D. C.: The Congressional Globe.

Daintith, John, et al. 1988. *Who Said What When: A Chronological Dictionary of Quotations*. London: Bloomsbury.

Desmond, Shaw, ed. 1930. So This War War! The Truth about the Western and Eastern Vealed. London: Hutchinson.

Dundes, Alan. 1975. *Slurs International: Folk Comparisons of Ethnicity and National Character. Southern Folklore Quarterly*, 39: 15–38.

——ed. 1987 (1979). *Cracking jokes: Studies of Sick Humor Cycles and Stereotypes*. Berkeley: Ten Speed Press.

Dyer, Thomas G. 1980. *Theodore Roosevelt and the Idea of Race*. Baton Rouge: Louisiana State University Press.

Eid, Leroy V. 1981. *Liberty: The Indian Contributions to the American Revolution. The Midwest Quarterly: A journal of Contemporary Thought* 22: 290–291.

Ellis, Edward S. 1900 (1895). *The History of Our Country: From the Discovery of America to the Present Time*. Cincinnati, Ohio: Jones Brothers.

Evans, Bergen. 1968. *Dictionary of Quotations*. New York: Avenel Books.

Ewart, Neil. 1983. *Everyday Phrases: Their Origins and Meanings*. Poole, Dorset: Blandford Press.

Friar, Ralph E., and Natasha A. Friar. 1972. *The Only Good Indian…The Hollywood Gospel*. New York: Drama Book Specialists.

Gaidoz, Henri, and Paul Sebillot. 1884. *Blasons populaires de la France*. Paris:

Leopold Cerf.

Gallico, Paul. 1957. Thomasina. London: Michael Joseph.

Gilbert, Anthony. 1969. *Missing from Her Home.* New York: Random House.

Gilman, Sander L. 1986. *Jewish Self-Hatred: Anti-Semitism and the Hidden Language of the Jews.* Baltimore, Md.: Johns Hopkins University Press.

Graves, Robert. 1957 (1929). *Good-bye to All That.* Garden City, N. Y.: Doubleday.

Green, Rayna. 1973. *The Only Good Indian: The Image of the Indian in American Vernacular Culture.* Ph. D. dissertation. Folklore Department, Indiana University.

Gurney, Alfred. 1886. A Ramble Through the United States. A Lecture Delivered (in part) in S. Bar-nabas'School, February 3, 1886. London: William Clowes.

Hagedorn, Hermann. 1921. *Roosevelt in the Bad Lands.* Boston, Mass.: Houghton Mifflin.

Handy, W. M. 1970 (1903). *Maxims of Theodore Roosevelt.* Upper Saddle River, N. J.: Literature House.

Hart, Albert B., and Herbert R. Ferleger, eds. 1941. *Theodore Roosevelt Cyclopedia.* New York: Roosevelt Memorial Association.

Hutton, Paul Andrew. 1985. *Phil Sheridan and His Army.* Lincoln: University of Nebraska Press.

Jansen, William Hugh. 1957. *A Culture's Stereotypes and Their Expression in Folk Cliches. Southwestern Journal of Anthropology* 13: 184–200.

Kenrick, Tony. 1970. *The Only Good Body's a Dead One.* New York: Simon & Schuster.

Kingsbury, Stewart A. 1988. *Names in Proverbs and Proverbial Sayings.* In Festschrifi in Honor of Allen Walker Read, ed. Laurence E. Seits, pp. 116–132. DeKalb, Ill.: North Central Name Society.

Leacock, Stephen. 1942. *My Remarkable Uncle and Other Sketches.* New York: Dodd, Mead & Company.

Lean, Vincent Stuckey. 1969 (1902). *Lean's Collectanea.* Detroit, Mich.: Gale Research Company.

Lewis, Arthur H. 1970. *Carnival.* New York: Trident Press.

Lewis, C. Day. 1960. *The Buried Day.* New York: Harper & Brothers.

Loder, Vernon. 1933. *Suspicion.* London: William Collins.

Mencken, H. L. 1960. *A New Dictionary of Quotations on Historical Principles.* New York: Alfred A. Knopf.

Mieder, Wolfgang. 1982. *Proverbs in Nazi Germany: The Promulgation of Anti-Semitism and Stereotypes Through Folklore.* Journal of American Folklore 95: 435 – 464.

Mieder, Wolfgang, Stewart A. Kingsbury, and Kelsie B. Harder, eds. 1992. *A Dictionary of American Proverbs.* New York: Oxford University Press.

Morison, Samuel Eliot. 1930. *Builders of the Bay Colony.* Boston, Mass. : Houghton Mifflin.

Morris, William, and Mary Morris. 1962. *Dictionary of Word and Phrase Origins.* New York: Har-per & Row.

Paredes, Americo. 1970. *Proverbs and Ethnic Stereotyping.* Proverbium 15: 511 – 513.

Partridge, Eric. 1977. *A Dictionary of Catch Phrases.* New York: Stein & Day.

Pearce, Helen. 1946. *Folk Sayings in a Pioneer Family of Western Oregon.* California Folklore Quarterly 5: 229 – 242.

Pearce, Roy Harvey. 1967. *Savagism and Civilization: A Study of the Indian and the American Mind.* Baltimore, Md. : Johns Hopkins University Press.

Pepin, Jacques. 1990. *Bluefish Fans Know This: The Only Good Fish Is a Fresh Fish.* The New York Times 140 (October 17): C10.

Price, Anthony. 1978. *The'44 Vintage.* Garden City, N. Y. : Doubleday.

Priestley, Ernest. 1970. *The Only Good Grades Are Good Grades. A New Teacher Confronts the Grading System and Tells What He Finds.* Changing Education 4 (Spring): 17.

Reinsberg-Düringsfeld, Otto von. 1992 (1863). *Internationale Titulaturen.* Hildesheim: Georg Olms.

Reynolds, Mack. 1964. *Good Indian.* In Analog II, ed. John W. Campbell, pp. 46 – 54.

Garden City, N. Y. : Doubleday.

Rinehart, Mary Roberts. 1908. *The Circular Staircase.* New York: Grosset & Dunlap.

Rister, Carl Coke. 1974 (1944). *Border Command: General Phil Sheridan in the West.* Westport, Conn. : Greenwood Press.

Roback, Abraham A. 1979 (1944). *A Dictionary of International Slurs.* Waukesha, Wisc. : Maledicta Press.

Rogers, James. 1985. *The Dictionary of Cliches.* New York: Facts on File Publications.

Rue, Leonard Lee. 1964. *The World of the Racoon*. Philadelphia, Penn.: J. B. Lippincott.

Sassoon, Siegfried. 1930. *Memoirs of a Fox-Hunting Man*. London: Faber & Faber.

Shames, Priscilla. 1969. *The Long Hope: A Study of American Indian Stereotypes in American Popular Fiction, 1890－1950*. Ph. D. dissertation. University of California at Los Angeles.

Shaw, George Bernard. 1986 (1934). *Plays Political*. London: Penguin Books.

Shepherd, Major William. 1884. *Prairie Experiences in Handling Cattle and Sheep*. London: Chap-man & Hall.

Simpson, George E., and J. Milton Yinger. 1965. *Racial and Cultural Minorities: An Analysis Prejudice and Discrimination*. New York: Harper & Row.

Sprague, L., and Catherine C. de Camp. 1964. *Ancient Ruins and Archeology*. New York: Books.

Stevenson, Burton. 1947 (1934). *The Home Book of Quotations*. NY: Dodd, Mead & Company.

—. 1948. *The Home Book of Proverbs, Maxims, and Famous Phrases*. New York: Macmillan. Taylor, Archer. 1985 (1931). *The Proverb*. Bern: Peter Lang.

Taylor, Archer, and Bartlett Jere Whiting. 1958. *A Dictionary of American Proverbs and Proverbial Phrases, 1820—1880*. Cambridge, Mass.: Harvard University Press.

Taylor, Rosemary. 1943. *Chicken Every Sunday. My Life with Mother's Boarders*. New York: Whittlesey House.

Waubageshig, ed. 1970. *The Only Good Indian: Essays by Canadian Indians*. Toronto: New Press.

Wells, Carolyn. 1935. *The Wooden Indian*. New York: Blue Ribbon Books.

Whiting, Bartlett Jere. 1977. *Early American Proverbs and Proverbial Phrases*. Cambridge, Mass.: Harvard University Press.

—. 1989. *Modern Proverbs and Proverbial Sayings*. Cambridge, Mass.: Harvard University Press.

Wilder, Laura Ingalls. 1953 (1935). *Little House on the Prairie*. New York: Harper & Brothers. Wilson, Barry. 1980. *The Only Good Cow's a Dead Cow. Huge Profits from Subsidized Slaughter for EEC Farmers on the Fiddle. New Statesman* (February 29): 317.

Zubro, Mark Richard. 1991. *The Only Good Priest*. New York: St. Martin's Press.

"无票，无洗"：
歧视性谚语隐含的微妙之意

【编译者按】 本文（No Tickee, No Washee: Subtleties of a Proverbial Slur）发表于 1996 年《西部民俗》学刊 [*Western Folklore*, 55 (1): 1–40, 1996]。作者从多方面深刻分析了这条对美国华工的歧视性谚语，不仅提供了这条谚语的历史和社会背景信息，而且从多角度阐述了谚语与社会制度和现实的关系，特别是美国的种族歧视问题。文章有关这条谚语的完整论述，是个案研究的一个典范。

激发我去考证"无票，无洗"（No tickee, no washee）这条美国谚语的起源、传播（包括异文）以及意义的动因来自我接到的一个电话。那是 1994 年 11 月中旬，两位在旧金山的律师给我打了个电话。他们在处理一起两个男科学家之间的案子，其中的亚裔原告指控他的白人同事对他使用"无票，无洗"这个带有蔑视和刻板印象的谚语。记得当时我对两位律师说，像"唯一的好印第安人是死了的印第安人"这样的谚语，很显然是污蔑性的，因为是直接针对特定的少数群体，而无法对这个谚语做出比喻性的阐释。但是，涉及此案的谚语则有些不同。我向他们解释一条特定谚语的意义取决于它在特定场合的功能，也向他们说明了这条谚语可以作为比喻用在其他场合，而不含有刻板印象。可是，当律师告诉我，那个被指控的白人多次使用这条谚语，并做出中国人（抱拳低头）的作揖动作，这使我清楚地意识到，这是在特定场合使用华裔美国人明确视为蔑视性的谚语。

从学者的角度看，这条谚语提出的问题是：这是一种歧视性侮辱还是一条有隐喻意义、不含刻板印象式的侮辱，并可以用于其他场合的谚语？换言之，是否存在同时具有侮辱意义和中性意义的谚语？从来自大众媒体、文学作品和实地调查的资料来看，"无票，无洗"似乎将问题引向这个方向。

谚语研究的泰斗学者阿彻尔·泰勒（Archer Taylor）在其重要著作《谚语》（1931）中将此谚语收录在《有隐喻意义的谚语》一章，而没有放在《流行标志语》一章。显然，他将此视为一条比较新且有较广泛应用的谚语，而不是限于华人洗衣房境况下的表述：没有事先写好的票据就取不到想要的衣服（Taylor,［1931］1985：11）。尽管泰勒视其为一般性表述，谚语学者雪莱·阿若拉（Shirley Arora）则在给我的一封信中如此阐释该谚语的模糊性。

"无票，无洗"只有在特定场合才成为一种侮辱，比如在一个特别敏感的亚裔人面前，这可能意味着：1. 亚裔不能说地道的英语；2. 亚裔的典型职业就是洗衣服这种低下无聊的工作。无疑它包含着一种刻板印象，其"表演"语境显然要看"受众"的身份。如果受众超级敏感，那它就可被视为一种侮辱。不过我认为一个"敏感"的人是不会在那种情况下用这条谚语的。（1994年11月30日私人通信）

阿若拉尽管承认这条谚语含有刻板印象，但也注意到它可以在其他场合作为隐喻使用的可能性。由此我们可以假设，在亚裔人口众多的加州其歧视性会很明显，而在亚裔很少的佛蒙特州则差之。此外，有人可能会问，这条谚语比较敏感，即使在不讲求政治正确的社会里，是否该被禁用？下面的借助多文本的讨论也许有助于回答这个道德问题。

民俗学者，特别是谚语学者，很大程度上是在应对言语上的刻板印象问题。一般认为，种族诋毁语是民族中心主义和偏见的表达，不少学者也搜集过这类言语。可以说，对每个少数民族都有这种言语。例如，对华人就有以下这些文本记录。

华人走路（To walk Chinese fashion）：单排走路。

华人谜语（Chinese puzzle）：无聊混乱的场合。
中国西瓜（Chinese watermelon）：蜡做的葫芦。
……

同样，美国西部的故事讲述人哈特（Bret Harte，1836—1902）1870年发表的60句诗《诚实的詹姆斯的直白语言》也是清清楚楚的诋毁性语言（O'Connor，1966：120）。尽管哈特的诗是讽刺性的，但这首诗还是广泛传播了诋毁性的刻板印象（Harte，1902：129-131）。

华人在外表、习俗和语言上与他们不一样，这些词也就成了普遍的反华人的偏见语。最初，华人被视为勤奋肯干的矿工或铁路工人，但这种积极形象后来变了，因为他们似乎被看作不想同化于美国社会，不讲道德，并因为愿意干比白人工资低的工作而降低了劳工标准。1885年的《关于旧金山市华人条件的特别监督委员会报告》带着种族主义的诋毁描述，[①] 该报告的作者暗示华人永远不会成为美国社会的好成员。[②] 这正是德国纳粹以谚语来应对犹太人群体的手段，以谚语攻击和刻板印象将犹太人贬低为有着疾病的下等人，必须清除他们，以便保护雅利安人种。[③]

好在一年后的1886年，又出现了"华人问题的另一面"的报道，其中的华工得到了形象正面的证明："一个好的华人仆人所做的工作是任何你在这里能雇到的白人女佣的两倍。他做的家务在各方面都非常好、非常多……华人仆人不以8小时1天计工酬，而是随时工作，并是自愿的……我现在想到的是被雇用到我女儿家2年的1个华人仆人。他做的工作是2个仆人做的。我认为他是作为1个仆人可以得到金奖地位的人。"[④]

但是，对华人以及亚裔人的歧视在19世纪后期的加州很严重。1877

[①] Farwell (1885), Part 2, pp. 38-39 (pp. 37-43).
[②] Farwell (1885), Part 1, p. 59；另参见 Shepherd (1923)。
[③] 有关对这个谚语的非人道滥用，参见 *Proverbs in Nazi Germany*: *The Promulgation of Anti-Semitism and Stereotypes through Proverbs*, in Mieder (l993b: 225-255)。
[④] 见 *The Other Side of the Chinese Question*: *Testimony of California's Leading Citizens* (San Francisco, California: Woodward & Co., 1886; rpt. San Francisco, California: R. and E. Research Associates, 1971), p. 40。

年的一份1281页的国会文件中有大量的记述。① 在此无法对美国政府有关华人的移民政策等问题做全面的回顾，毫无疑问，1882年的《排华法案》是基于种族主义思想的，对已经在美国的华人群体造成了巨大的伤害，也阻碍了来自中国的正常移民。来自1878年加州议会的一份反华人证词表述了普遍存在的种族歧视的刻板印象，并以谚语形式写道："一个白人值两个华人，一个华人值两个黑人，一个黑人值两个流浪汉。"②

华人无疑成为白人与少数民族的"我们—你们"两分法中的少数民族代表，成为那个时代以谚语表达恶意的替罪羊。华人被视为"黄祸"，以及各种邪恶的聚合代表，无法同化。1923年出现的谚语异文"一朝是华人，永远是华人"（Chung，1977：535）表达了直至20世纪美国公众都有的排外主义看法。

种族刻板印象常常集中表现在对"饮食、语言或口音、通用名字以及共同职业"等文化差异方面的表述上（Palmore，1962：443）。这在对19世纪的华人群体尤其突出。哈特在模仿华工英语口音的手法写了《最近的华人愤怒》（1872），以"阿心"的角色写了对华人洗衣工的刻板印象。诗中将华人把"r"音发成"l"音的困难夸大，并在许多英语词后加"ee"音。③ 这在当时的文学作品和大众传媒中是普遍对华人的嘲笑，当然也用在口头交流中。④ 这显然是极度夸张的歧视现象。

麦克洛斯基（James McCloskey，1826—1913）在话剧《跨越大陆：或从纽约到太平洋铁路的景色》（1870）中描述了一个华人洗衣工，名叫"大懒"，被起诉说他把淀粉放到别人的袜子里。他的辩护是用具有刻板印象的洋泾浜英语："我不放淀粉袜子，我放袜子淀粉。"稍后，他又说起"衫衣"（Goldberg and Heffner，1940：110），由此提供了"无票，无衫"谚语的早期异文。米勒（Joaquin Miller，1837—1913）在小说《塞

---

① 该报告重印为 Reports of Committees of the Senate of the United States for the Second Session of the Forty-Fourth Congress 1876 – 1877（Washington：Government Printing Office，1877），Vol. 3（report no. 689）。

② 见 Debates and Proceedings of the Constitutional Convention of the State of California，1878。

③ Harte（1902）Vol. 8，p. 143（the entire poem on pp. 142 – 145）；另参见 Harte 的文章，Fenn（1931：xv – xvi）。

④ 有关洋泾浜英语的重要性，参见"Pidgins and Creoles" in Crystal（1987：334 – 339），有关华人的洋泾浜英语讨论，另参见"Introduction" in Leland（1876：1 – 9）。

拉斯的第一家人》（1875）中有一章完全是嘲笑华人洗衣工的，称那个华工为"洗洗"。[①] 2 年后，米勒发表了该书的话剧本，将"洗洗：一个毫无希望的异教徒"列在人物表。此外，还有许多作品有类似的描述。但是，哈特的话剧《桑迪酒吧的两个人》（Two Men of Sandy Bar, 1876）可以说是"无票，无洗"的直接出处。其意思是可怜的华人洗衣工被白人顾客骗走辛苦挣来的钱。这些顾客来取衣服的时候要求记账而不付钱，但再也不回来了。他们这样一家家地骗。于是，华人洗衣工想出了一个办法，只要是没付钱的，就不给衣服。这种针对严重财务损失的自卫方法让他们终于有一天表达了他们的不满："无钱，就别洗。"但是他们的洋泾浜英语被白人顾客嘲笑，于是他们模仿华人的口音，表达自己的挫折感，逐渐形成了"无票，无洗"。

社会学家萧成鹏（Paul C. P. Siu, 1906—1987）的博士论文《华人洗衣工：社会隔离研究》（1953）在他去世的那年以专著出版。那是一本真正具有启蒙意义的著作。他通过实地调查，详细描述了洗衣工职业的艰辛和社会与文化差异。针对"无票，无洗"，他只引用了一个受访者的话，但极其发人深省：有一次在费城，我拿了一堆衣服去一家洗衣店。那个华人洗衣工个子很矮，有点胖，多少有点脏，可能是在蒸汽屋里出汗造成的……蒸汽管子在很低的屋顶上……工作很晚……很仔细……很诚实……总是很准确，虽然有点慢，很镇静，不紧张，哪怕出了什么错。也许在哪里藏了不少钱，尽管过得很简朴，需求不多，脸上没什么表情，偶尔有点微笑，尽量不说话……还是说，"无票，无洗；周五再来"，把手放在胸前，一边说这话，一边轻轻鞠躬，有一丝微笑……他的挺胖的太太常常在后屋干活儿……有几个孩子跑来跑去……全家住小店里……她也在那里做饭，后面的屋子。常见一个儿子，穿着整齐，城里的白领工……常回家……一大家都在……关系密切……有空就在一起……很多华人，也许是亲戚，常来串门，聊天，或坐一会儿，抽点烟。[②] 萧成鹏在

[①] Miller（1875：21 – 35），有关详细讨论，参见 Wu（1982：23 – 25），以及 Little Sky-High or the Surprising Doings of Washee-Washee Wang（1901）by Hezekiah Butterworth，其中的"洗"已经成为华人洗衣店的同义，参见 Wu, pp. 111 – 112。

[②] Siu（1987：16），原文为 1953 年的博士论文（University of Chicago）；另参见 Yun（1936：85 – 106）and DeArmond（1950）。

书中还有不少类似的记述。① 另一位华裔学者宋李瑞芳（Betty Lee Sung）也有许多类似的描述和研究（Sung，1967：187）。她曾强调说："不知为什么，美国人心目中的华人形象只是洗衣工或开餐馆的。几乎每个成年的华裔都有过这样的经历，至少有 3 次我被视为其中一种人，或另一种，或同时是两种。"（Sung 1976：209）

最早的一家华人手工洗衣店是 1851 年在旧金山开设的。到了 1870 年，该市至少有 2000 家。同时，华人洗衣店也开始在全国出现。显然，对洗衣工的刻板印象随着这个行业在传播。那些享受他们服务而又带有偏见的人，几乎想象不到这些华工的艰辛。特别是在最初的几十年里，这些洗衣工都是单身汉，他们不能把家眷带到美国，而且没白天没黑夜地工作，就为了回中国的家时能带一点钱。毫无疑问，这些华工受到社会和文化的隔离与边缘化或"他者化"，以及美国人的排外（Siu，1964），当然也有严重的语言障碍问题。

正是在这种背景下，"无票，无洗"这条谚语才得以产生和传播，其语言形式反映了直至今天仍有的对华人移民口音的嘲笑。所谓的洗衣票也一直被非华人顾客开玩笑或嘲笑。早在 1872 年，马克·吐温就在《艰苦岁月》一书中的一章《弗吉尼亚的华人》中指出："城里华人的主要工作是洗衣服。他们总是开一张票，就像下面这样（附录了一张洗衣店的票据），别在衣服上。几乎是个仪式，因为在顾客看来没意思。"（Twain，1872：392）

萧成鹏也讨论了洗衣票并有同感，也在他的书中附录了 20 世纪 50 年代的洗衣票（Siu，1987：63-64）。无论如何，如果不出示票据，顾客就取不走衣服。这时，不具有象征意义的"无票，无洗"就是答复。

尽管我们无法知道这句话最早是什么时候出现的，什么时候变成现在的常用谚语形式，但我们也要考虑到，在英语中，"无 X，无 Y"这个句型结构很常见。这也说明最早用这句话的是以英语为母语的人。类似的例子有：无十字架，无王冠；无病愈，无付钱；无钱，无律师；无磨坊，无饭；无痛苦，无收获；无钱，无电梯坐；无银子，无仆人；无歌，无晚饭（Hazlitt，[1907] 1969：331-336），等等。

---

① Siu（1987：22），其中一章为 *The Chinese Laundryman in the Eyes of the American Public* (pp. 8-22)，表明了种族刻板印象；另参见 Ong（1977：25-31；71-80）。

史蒂文森（Burton Stevenson）的巨著《谚语、箴言、名句全书》也包括"无票，无洗"（1948：1611—1612［no.7］），说明是从泰勒的《谚语》（1931）中引用的。对于关注历史的谚语学者来说，这既有趣又令人沮丧：泰勒在1931年的记录是最早的文字记载。许多重要的地域性和全国性谚语集没有提到这条。直到1977年，语汇学者帕特里奇（Eric Partridge）才将这条谚语加入词典（Partridge，1977：157）。随后又有其他词典收入这条谚语，说明与华工历史背景有关（Hendrickson，1987：381-382）。特别是著名的谚语学家怀廷（Bartlett Whiting）也将此条谚语收入到他的《现代谚语与谣谚》（1989：625［Tll3］），并提供了3条异文，引用了泰勒1931年的注释。我在《美国谚语词典》（1992）也作了类似解释："如果你没有票据，你就取不走衣服。"（Mieder, Kingsbury and Harder, 1992：595）

可见，这条谚语的字面意思是很狭窄的，而比喻意义则更广泛。因此，重要的是考虑这条谚语在今天是否还有冒犯的意思，表达着对华裔美国人的刻板印象。我所找到的最早文字记录是格什温（Ira Gershwin，1896—1983）1933年写的百老汇剧目《原谅我的英语》中的一首歌名"无票，无洗"。但在1933年1月20日上演前撤掉了，并改成"这是哪种婚礼？"原作最后4句（后来在新版中被删掉了）：

无婚礼，无礼物！
无票，无洗！
无票，无洗！
祝你一天快乐！

在这个语境下，这条谚语没有刻板印象的意思，而只是以比喻手法说明必须先有婚礼之后才有礼物。类似的用法在其他文学作品中也出现过（Shattuck，1941：170）。基本是用"无X，无Y"的结构来作比喻。怀廷也从畅销的神秘小说中找到3个例子，都不是指华裔美国人的，而是具有普通意思的。类似的例子还有一些。

但是，下面的2个例子则明显是针对华人洗衣工或华裔美国人的歧视用法。在托马斯（Piri Thomas，生于1928年）的自传《走向那些肮脏的街道》（1967）中，这条谚语甚至都不是直接用的，而只是假设。他只是将"无 X，无 Y"这样的两个非谚语异文连在一起，表达了内心中的歧视联想（Thomas，1967：116）。在华裔作家汤婷婷的著名的《女勇士》中，她描述了自己小时候在妈妈工作的洗衣店听到白人顾客用过这条谚语（Kingston，1976：123）。

显然，如果对一个在洗衣店辛勤劳作的人用这条谚语，并显示出蔑视的表情，那就是对华裔美国人的侮辱，这毫无疑问。的确，在字面意思与比喻义之间是需要根据场合来分析的。例如，在对大量的报刊书籍查阅后可以发现，在1979—1994年有34条有价值的参考。其中有10条明显与华人有关，或是本义，或是比喻义，明显反映了刻板印象的本质。另外24条引用都不是指种族歧视的。

语境显示，在那10条谚语中有5条明显是对华裔的种族歧视，嘲笑华裔美国人，宣称他们只适合做洗衣店工作。而另外24条可以说是比喻用法，不指华人洗衣店的境况。如果将其作为多功能和多语义的暗喻，不与华裔群体联系在一起，就不该视其为有种族刻板印象。

许多人不了解这条谚语刻板印象的背景和意义，只是天真地将其视为基于经验的智慧表述，甚至是有点诗意的表达。此外，"无票，无洗衣""无票，无衬衫"等异文也有使用，但其原来的"无票，无洗"无疑是被用于表示种族歧视的。

另外有两起法律诉讼案使用了这条谚语，令人不安。一起是1970年有关两个公司之间的纠纷，上诉庭给出的答复是："卡达尼公司的职员在北加州挪用债券和原告在加州的安全资金，侵犯了对方的权利，并使用了'无票，无洗'的威胁。"[①] 这种在法律诉讼中使用种族歧视语简直令人无法理解。还有一起是1985年3月2日，得克萨斯州刑事庭上诉庭针对某个人与州政府的案子所做的回复：总之，法律事务费必须事先支付……多数刑事案辩护律师过分使用过这句老话，"无票，无洗"——你要不先付钱，就什么也得不到。[②] 可见，法官在用对一个族群的歧视性刻

---

① Great American Ins. Co. v. Katani Shipping Co. Case no. 24138, United States Court of Appeals for the Ninth Circuit, F. 2 d 612 July 7, 1970.

② "William John Pacheco v. The State of Texas", Case no. 77 & 84, Court of Criminal Appeals of Texas, 692 S. W. 2d 59 (March 20, 1985).

板印象来对待一个特定职业,并进行刻板印象化。其实,他完全可以用另外一句早在 1597 年就出现的谚语"无付费,无律师"(Hazlitt,[1907] 1968:332),那样才是用到隐喻的点子上了。

可是,民俗学者从这句谚语的可能起源及字面与比喻意义上,能对现代语境作出什么解释呢?民俗学家罗伯特·乔治斯(Robert Georges)对同事,也是谚语学家阿若拉说:"他从小就很熟悉'无票,无洗',因为在他长大的匹兹堡市郊就有一家华人开的洗衣店。据他所说,这条谚语是用来表达羞辱意思的,尽管他说后来再听到这句谚语时,其意思常常是中性的或正面的。他也不了解其起源,但记得在 20 世纪 30 年代就听过。"① 显然,那时这条谚语就流行了。乔治斯的说法印证了该谚语的意义可以是正面的也可以是负面的模糊性。事实上,也有人只用来表达做一件事的先决条件,而不一定与华裔群体有关,这类例子的确很多。

对于谚语学者来说,最重要的是去理解这条谚语在不同场景中的多重用途和功能。例如,有关加州政府委员会在其报告中使用这条谚语时,该委员会成员中是否有华裔成员?当一个人在任何场景下使用这条谚语时,在场的是否有华裔?所使用的对象是否为华裔?使用的场合是讨论种族问题,还是只用来说明要想得到什么东西就必须先做什么事?甚至是将此谚语作为一种流行语来使用?

还有一个问题,这条谚语的种族歧视意思是否被使用者或听者理解?这也是理解和阐释这条谚语的关键:是有意识地用来作为对华裔美国人的污蔑语,还是无恶意地作为比喻用于不了解它的人?

下面两个参考信息来自伯克利大学民俗档案室,是学生搜集的,对理解上述问题很有启发意义。提供信息的人是在 20 世纪 70 年代知道这条谚语的,似乎也很清楚其刻板印象的本意。

1970 年的一份报告,说:

> 这条谚语是在警告说,不满足一定条件就不可能达到一定目的。它来自这样的事实:如果没有洗衣服的票据,就不能取走洗完的衣服。我是 1970 年前后听到这条谚语的,那时我 10 岁,好像是在皮埃

---

① 引自私人通信,January 30, 1995。

德蒙（Piedmont），但不记得是从谁那儿听到的。因为很普通，可能很多人都用过，包括"电视上的人"。我那时不知道这是流行语，只知道是讽刺英语说得不好的华人。那些人很多是做洗衣店工作的，并在工作中用这句话。除了对华人外，我会在任何其他场合用这谚语，其实并不是时髦的流行语，但我会尽量避免我因这句话引起冲突。①

这个回忆和想法的确很有启发性。如果将这条谚语从字面意义上使用，并针对华裔，那它就是一句有刻板印象的常用表达法。但这个学生说他会在没有华裔的场合随意用这句话，这表明他知道这是既有危险性，又可能是中性的谚语。

另一个学生搜集到的文本是来自1975年前后的一个有种族背景的童谣。②

> 名叫"清王中"（音译），
> 香港来，香港来。
> 小小船，飘过来，1814年，
> 带来一标牌，
> 无票，无洗，你来洗洗。

这首歌谣表现出很多社会特征，以及仍在美国存在的种族主义。人们常说，孩子说的是大人不敢说的话，这首歌谣便是一个好例子。它表明了美国人对华工洗衣店以及他们来到美国的不满，展示了很多敌意，其中的种族主义态度是明显的，当然是不妥当的。这种恶意的种族偏见通过无辜的童谣在孩子中传播，由此加强了孩子的种族优越感。这个童谣中的诋毁意义是明确的，不能视为比喻意义。不过，在现代社会，这条谚语的模糊性还在继续。

为了确知美国青年学生如何理解这条谚语，我在1995年2月请邓迪

---

① David Wingate 的回忆，记录于1981年8月10日，Piedmont, California。
② Paul Makaue 对 Leticia Miranda 的记录，1982年11月2日，Berkeley, California。

斯在他的"美国民俗"课上做了一次问卷调查。伯克利的大批学生来自多元文化背景,很适合这次调查。在邓迪斯的400多名学生中,184人完成了问卷。133人(72%)注明他们之前不知道这条谚语。87人(65%)是白人,38人(29%)是亚裔,6人(4.5%)是非裔,2人(1.5%)没有说明民族背景。在51位熟悉"无票,无洗"谚语的人中,35人(69%)是白人,13人(25%)是亚裔,1人(2%)是非裔,2人(4%)没有说明背景。可见,知道和不知道这条谚语的学生的民族背景在比例上是对应的,也说明这次调查是有代表性的。

问卷调查中的5个问题是:

1. 大约是在什么时候你第一次听人说过这条谚语?

幸亏现在大学也允许老年人上课,一位75岁的学生回忆说1928年在纽约听过,这比泰勒1931年的记录提早3年。多数学生是在加州听过这条谚语:3人在20世纪50年代,2人在20世纪60年代,10人在20世纪70年代,14人在20世纪80年代,12人在20世纪90年代,8人记不得了。还有的学生在许多州听过,可见在美国各地都有人用。

2. 你用过这条谚语吗?如果用过,是在什么环境下?还记得你或别人用的具体场景吗?

51人中有8人(16%)记得自己用过。其中有1位亚裔的学生也用过。但她说明是在以讽刺的口气表明对亚裔的刻板印象时用的,她清楚地认为这是有歧视意义的。总之,有歧视性意义的谚语在有关群体中是不受欢迎的,即使是以开玩笑的方式。

3. 如果你知道这个说法,但不记得具体使用的例子,你能假设这个说法可以在什么情景下恰当地使用?

许多学生没有回答这个问题,也许是因为他们不习惯在日常交流中使用谚语。尽管他们知道,但很少用。多数人认为这句话可以当作比喻手法用。有4个学生回答说这个用法让他们联想到华人的洗衣店。

4. 在用法上,假如可以从字面上用,你觉得可以当作比喻手法用吗(也就是在不涉及"票"和"洗衣服"的情况下)?

只有一半的学生回答了这个问题,但肯定这个谚语可用在中性的场合。个别人认为,这个说法永远都不是中性的。当然,也有人认为可以是比喻。可见,不能攻击那些将这条谚语作为比喻使用同时又不了解其种族歧视背景的人。13 位亚裔学生中的 5 位认为可以是比喻手法，认为这是个隐喻性的谚语，而不一定是种族歧视语。

5. 你觉得这个说法有任何冒犯或侮辱的意思吗？如果有，是对谁，为什么？

51 人中只有 5 人（10%）选择"没有"，44 人（86%，2 人没回答）清楚地认为这句话有问题，其中 11 人是亚裔。完全可以理解他们的敏感。他们的回答指出了语言和职业方面的歧视态度。31 位白人学生中，13 人认为是对华人或华裔美国人的侮辱，3 人只是在经过一段时间后才注意到这句话的侮辱性，并决定自己不会用这句话。从亚裔学生的回答中可以看出，"无票，无洗"毫无疑问是种族歧视性的，特别是当着他们个人或群体的面。但是，他们承认自己会用这句话，因为这句话在特定场合也有比喻性，不完全是种族刻板印象。这个态度在白人和少数族群中都有，说明了谚语的"双刃剑"性质。

那么，这条谚语是否该被禁用？我个人的看法是，不需要对此采取过激的反应。正如我曾说过的，"唯一的好印第安人是死了的印第安人"这句没有比喻意义的谚语值得将其从我们的语言中清除。但是，"无票，无洗"则体现的是另外一个问题。对于那些决定不用这条谚语的人我表示尊重，但我也认为不能过激地批评那些将此用作修辞比喻手法的人。

在此再列举一个小例子。1994 年 11 月，佛蒙特州明德大学（Middlebury College）的一个学生到佛蒙特大学来看我。当我告诉他我在研究这条谚语时，他兴奋地告诉我前一天他坐长途汽车来时在车上听过这句话。在他满身找票时，司机开玩笑地说，"无票，无乘"。此时，在这严冬的佛蒙特州，这是诋毁语吗？那个司机该用正经的套话说"要是没有票，你就不能乘车"吗？坦率地说，我认为这不是，也不该。目前，还没有禁止使用"无票，无洗"这条谚语及其异文的法律，但应注意不能随意使用并伤害一个亚裔美国人。我们需要的是对所有民族背景的人的尊重与理解。如果不是从心里热爱我们的少数族群，那么禁用这条谚语也不会对任何人有好处。语言，特别是谚语，是难以立法的，但如果本文能成功地让人（任何人）慎重地使用这条谚语，我也就没白费力。

引用文献

Adams, Owen S. 1947. *Traditional Proverbs and Sayings from California.* Western Folklore, 6: 59–64.

——. 1948. *More California Proverbs.* Western Folklore 7: 136–144.

Algeo, John. 1977. *Xenophobic Ethnica.* Maledicta, 1: 133–140.

Allen, Irving Lewis. 1983. *The Language of Ethnic Conflict: Social Organization and Lexical Culture.* New York: Columbia University Press.

Arora, Shirley L. 1988. *"No Tickee, No Shirtee": Proverbial Speech and Leadership in Academe.* In *Inside Organizations: Understanding the Human Dimension*, ed. Michael Owen Jones, Michael Dane Moore, and Richard Christopher Snyder, pp. 197–189. Newbury Park, California: Sage Publisher.

Baxt, George. 1967. *Swing Low, Sweet Harriet.* New York: Simon and Schuster.

Birnbaum, Mariana D. 1971. *On the Language of Prejudice.* Western Folklore, 30: 247–268.

Brigham, John C. 1971. *Ethnic Stereotypes.* Psychological Bulletin, 76: 15–38.

Burke, Richard. 1942. *Here Lies the Body.* New York: Popular Library.

Campbell, Bartley. 1941. *The White Slave & Other Plays.* Princeton: Princeton University Press.

Cauthen, Nelson R., Ira E. Robinson, and Herbert H. Krauss. 1971. *Stereotypes: A Review of the Literature, 1926–1968.* Journal of Social Psychology, 84: 103–125.

Chen, Jack. 1980. *The Chinese of America.* New York: Harper & Row.

Chung, Sue Fawn. 1977. *From Fu Manchu, Evil Genius, to James Lee Wong, Popular Hero: A Study of the Chinese-American in Popular Periodical Fiction from 1920–1940.* Journal of Popular Culture, 10: 534–547.

Crystal, David. 1987. *The Cambridge Encyclopedia of Language.* New York: Cambridge University Press.

DeArmond, Fred. 1950. *The Laundry Industry.* New York: Harper & Brothers. Dundes, Alan. 1975. *Slurs International: Folk Comparisons of Ethnicity and National Character.* Southern Folklore Quarterly, 39: 15–38.

Farwell, Willard B. 1885. *The Chinese at Home and Abroad: The Report of the Special Committee of the Board of Supervisors of San Francisco on the Condition of the Chinese Quarter of that City.* San Francisco, California: A. L. Bancroft.

Fenn, William Purviance. 1932. *Ah Sin and His Brethren in American Literature*. Peiping: College of Chinese Studies.

Foster, John Burt. 1952. *China and the Chinese in American Literature, 1850—1950*. Dissertation. University of Illinois.

French, Laurence. 1980. *Racial and Ethnic Slurs*. Maledicta, 4: 117 – 126.

Gaidoz, Henri, and Paul Sebillot. 1884. *Blason Populaire de la France*. Paris: Leopold Cerf.

Goldberg, Isaac, and Hubert C. Heffner, eds. 1940. *Davy Crockett & Other Plays by Leonard Grover, Frank Murdock, Lester Wallack, C. H. Jessop, and JJ. McCloskey*. Princeton, New Jersey: Princeton University Press.

Harte, Bret. 1902. *Complete Poetical Works*. New York: P. F. Collier.

Hazlitt, W. Carew. [1907] 1969. *English Proverbs and Proverbial Phrases*. London: Reeves and Turner. Reprint. Detroit, Michigan: Gale Research Company.

Heizer, Robert F. and Alan F. Almquist. 1971. *The Other Californians: Prejudice and Discrimination Under Spain, Mexico, and the United States to 1920*. Berkeley, California: University of California Press.

Hendrickson, Robert. 1987. *The Facts on File Encyclopedia of Word and Phrase Origins*. New York: Facts on File Publications.

Hsu, Francis L. K. 1971. *The Challenge of the American Dream: The Chinese in the United States*. Belmont, California: Wadsworth.

Hyde, Stuart W. 1955. *The Chinese Stereotype in American Melodrama*. California Historical Society Quarterly, 34: 357 – 367.

Kim, Elaine H. 1982. *Asian American Literature: An Introduction to the Writings and Their Social Context*. Philadelphia, Pennsylvania: Temple University Press.

Kimball, Robert, ed. 1993. *The Complete Lyrics of Ira Gershwin*. New York: Alfred A. Knopf.

Kingston, Maxine Hong. *The Woman Warrior: Memoirs of a Girlhood among Ghosts*. New York: Vintage Books.

Leland, Charles G. 1876. Pidgin-English Sing-Song or Songs and Stories in the China-English Dialect. With a Vocabulary. London: Triibner.

Lim, Shirley Geok-lin, and Amy Ling. 1992. *Reading the Literatures of Asian America*. Philadelphia, Pennsylvania: Temple University Press.

Lipsky, Eleazar. 1948. *Murder One. Garden City*, New York: Doubleday & Co. Loo,

Chalsa M. 1991. *Chinatown: Most Time, Hard Time*. New York: Praeger.

Loomis, C. Grant. 1964. *Proverbs in Business. Western Folklore*, 23: 91 – 94.

Mieder, Wolfgang. 1978. *Proverbs in Literature: An International Bibliography*. Bern: Peter Lang.

—. 1989. *American Proverbs: A Study of Texts and Contexts*, Bern: Peter Lang.

—. 1993a. "The Only Good Indian Is a Dead Indian": History and Meaning of a Proverbial Stereotype. *Journal of American Folklore*, 106: 38 – 60.

—. 1993b. *Proverbs Are Never Out of Season: Popular Wisdom in the Modern Age*. New York: Oxford University Press.

—. ed. 1994. *Wise Words: Essays on the Proverb*. New York: Garland Publishing. Miller, Joaquin. 1875. *First Families in the Sierras*. London: George Routledge.

Mieder, Wolfgang, Stewart A. Kingsbury, and Kelsie B. Harder. 1992. *A Dictionary of American Proverbs*. New York: Oxford University Press.

Monteiro, George. 1975. *Derisive Adjectives: Two Notes and a List. Western Folk-lore*, 34: 244 – 246.

O'Connor, Richard. 1966. *Bret Harte: A Biography*. Boston: Little Brown and Company.

Ong, Paul Man. 1977. *The Chinese and the Laundry Laws: The Use and Control of Urban Space*. M. A. Thesis, University of Washington.

Palmore, Erdman B. 1962. *Ethnophaulism and Ethnocentrism. American Journal of Sociology*, 67: 442 – 445.

Paredes, Americo. 1970. Proverbs and Ethnic Stereotypes. *Proverbium*, 15: 511 – 513.

Parker, Carol. 1975. "White is the Color". *Western Folklore*, 34: 153 – 154.

Partridge, Eric. 1977. *A Dictionary of Catch Phrases*. New York: Stein and Day.

Porter, Kenneth. 1965. *Racism in Children's Rhymes and Sayings*, Central Kansas, 1910 – 1918. *Western Folklore*, 24: 191 – 196.

Quasthoff, Uta. 1978. The Uses of Stereotype in Everyday Argument. *Journal of Pragmatics*, 2: 1 – 48.

Rees, Nigel. 1984. *Sayings of the Century*. London: George Allen & Unwin. Reinsberg-Duringsfeld, Otto von. (1863) 1992. *Internationale Titulaturen*. 2 vols. Leipzig: Hermann Fries. Reprint with introduction by Wolfgang Mieder. Hildesheim: Georg Olms.

Roback, Abraham A. [1944] 1979. *Dictionary of International Slurs (Eth-*

nophaulisms). Cambridge, Massachusetts: Sci-Art Publishers. Reprint. Waukesha, Wisconsin: Maledicta Press.

Shattuck, Richard. 1941. *The Snark Was a Boojum*. New York: William Morrow.

Shepherd, Charles R. 1923. *The Ways of Ah Sin: A Composite Narrative of Things as They Are*. New York: Fleming H. Revell.

Siu, Paul C. P. 1964. *The Isolation of the Chinese Laundryman*. In Contributions to Urban Sociology, ed. Ernest W. Burgess and Donald J. Bogue, pp. 429–442. Chicago: University of Chicago Press.

—. 1987. *The Chinese Laundryman: A Study of Social Isolation*. New York: New York University Press.

Stevenson, Burton. 1948. *The Book of Proverbs, Maxims, and Famous Phrases*. New York: Macmillan.

Sung, Betty Lee. 1967. *Mountain of Gold: The Story of the Chinese in America*. New York: Macmillan.

—. 1976. *A Survey of Chinese-American Manpower and Employment*. New York: Praeger.

Tamony, Peter. 1965. Chinaman's Chance. *Western Folklore*, 24: 202–205.

Taylor, Archer. [1931] 1985. *The Proverb*. Cambridge, Massachusetts: Harvard University Press. Reprint with introduction and bibliography by Wolfgang Mieder. Bern: Peter Lang.

Taylor, Archer and C. Grant Loomis. 1951. *California Proverbs and Sententious Sayings*. *Western Folklore*, 10: 248–249. High Point, North Carolina: Hutcraft.

Twain, Mark. 1872. *Roughing It*. Hartford, Connecticut: American Publishing Company.

Whiting, Bartlett Jere. 1989. *Modern Proverbs and Proverbial Sayings*. Cambridge, Massachusetts: Harvard University Press.

Wilkinson, P. R. 1993. *Thesaurus of Traditional English Metaphors*. London: Routledge.

Yun, Leong Gor. 1936. The Laundry Alliance. In *Chinatown Inside Out*, ed. L. fun, 85106. New York: Barrows Mussey.

（不要）把婴儿跟洗澡水一起倒掉：
一则德国谚语兼谚语表达的美国化过程

【编译者按】本文（[Don't] Throw The Baby out with the Bath Water：The Americanization of a GermanProverb and Proverbial Expression）发表于1991的美国《西部民俗》学刊 [*Western Folklore*, 50（4）：361 – 400]。该文是对民俗学家威兰德·汉德（Wayland D. Hand）的纪念文章。文章展示了该谚语在跨文化、跨语言交流中的演变历程，不仅对谚语作了完善的分析，而且可以成为类似研究的样板之一。

今天，谚语"不要把婴儿跟洗澡水一起倒掉"（Don't throw the baby out with the bath water）或其对应谚语表达（proverbial expression）"把婴儿跟洗澡水一起倒掉"（To throw the baby out with the bath water）出现于英美人的口头交流之中，或出现于书本、杂志、报纸和动画片里。此时很少有人会想到，这个常见的隐喻式短语其实源自德国，只是近期才在英语中使用。其书面形式首次出现于托马斯·穆尔内尔（Thomas Murner, 1475—1537）的韵文讽刺书《傻瓜咒语》（1512）中。该书第81个短篇名为《把婴儿跟洗澡水一起倒掉》，是篇专题论文，讲了一群傻瓜的事情：他们为了除掉一样坏东西，毁了所有好东西。该谚语短语作为民俗主题在76行韵文中重复了3次。书里还有该谚语表达的第一幅插图：这是一幅木刻画，如实描绘了一个妇女正把自己的婴儿跟洗澡水一起倒掉的场面（Murner, 1967：243 – 246）。穆尔内尔还在此后的著作中反复使用这条短语，次数之频繁表明这一谚语表达在15世纪末时就已在德国口头流传了。

毫无疑问，宗教改革时期的讽刺和辩论文学已经快速、普遍地接受了这条谚语文本。比如，马丁·路德（1483—1546）在他1526年关于所罗门的学术报告中，把程式"Man soll"（"应该""必须"或"不要"）加入这条谚语表达，使之成为谚语"Man sol（sic）das kind nicht mit dem bad ausgiessen（不要把婴儿跟洗澡水一起倒掉）"（Luther，1898：Vol. 20，160；Cornette，1942：157）。有趣的是，阿彻尔·泰勒在《谚语程式"Man soll"……》（The Proverbial Formula "Man soll"…，1930）一文中用这一特定的表达证明："该程式用于从谚语短语中创造临时谚语。以'Man soll das Kind nicht mit dem Bade ausschütten（不要把婴儿跟洗澡水一起倒掉）'为例，先有短语'das Kind mit dem Bade ausschütten（把婴儿跟洗澡水一起倒掉）'，才有谚语，而非先有谚语，后有短语。我们可以讨论特定情形下短语和谚语孰先孰后，但是，从短语中构建临时谚语的方法是常见的。"（Taylor，1930：155；Mieder，1975：104）泰勒没有明确提到路德，但他说程式"Man soll…"总是将谚语表达转换成谚语，这当然是正确的。

1541年，这一谚语表达已经出现于塞巴斯蒂安·弗兰克（Sebastian Franck）（1499—1542）的早期重要谚语集《谚语/美言/智慧/妙语/格言》中，收录为Das kindt mit dem bad außschiütten（把婴儿跟洗澡水一起倒掉）（Franck，1541：16［b］and 17［a］）。自此，它进入了所有德语谚语志辞典。一些著名作家在文学作品中无数次记录了该谚语表达，如维克拉姆（Jörg Wickram，1505—1562），格拉斯（Günter Grass，1927—）等。这条谚语和谚语短语出现在谚语集中，著名作家引用它，清楚证明了它普遍为说德语和写德语的人们所使用。它频繁出现在当代德语警句、戏用谚语（anti-proverb）、标题、标语中，我们借此判断，这个谚语隐喻的两种形式可以说是德语民间口语最为流行的例子。

如今，这条谚语表达和谚语在英语中广为人知，常被引用。但是，它们是何时、如何、为何进入英语的呢？英语中已有现成的对应谚语表达：To throw the helve after the hatchet（把斧柄跟斧子一起扔掉），To throw away the wheat with the chaff（把麦子和麦糠一起扔掉）和平淡的 To throw away the good with the bad（把好东西和坏东西一起扔掉），但是，为什么说英语者还想着这个有点儿怪诞的场面——在一个手提式小澡盆里给婴儿洗澡，再把这个宝贝跟脏洗澡水一起倒掉？主要原因一定是人们通过一个说德语者或德语书面语接触到这一表达方式。考虑到该谚语短语的首次略显生硬的英语借译出自托马斯·卡莱尔（Thomas Carlyle）（1795—1881），看起来应该是后一种情形。托马斯·卡莱尔是英国著名的社会批评家和历史学家。他研究德国文学，研究席勒和歌德，著述丰厚。他很有可能是在歌德的自传《诗与真》（1811）中见到了该表达。可以确信的是，他读了这本书的德文原著。不管怎样，卡莱尔曾在一篇文章中使用该短语，发表在1849年12月的《弗雷泽杂志》上，1853年在伦敦出版单行本。在该文中卡莱尔认为，既然任何短期安排看起来都是虐待，那么蓄有黑奴的白人应对黑奴终生负责，即对黑奴好些，但永不给他们自由。

> 奴仆终生受雇，或按合约在某段时间受雇，这一关系不易解除。所有具有理智的人类，黑人和白人，都想雇用和受雇！我请你来思考这件事，因为你会发现……
> 事实如此。考虑到这个黑人问题和其他一些问题，如果这是真的，这件事对我们而言非常重要。德国人说："你必须把澡盆倒空，但不能把婴儿一起倒掉。"
> 带着狂热把脏水泼出去，让它飞快地流进下水道，但要尽力留住小孩儿！
> 如何根除对奴隶制的弊端，同时保留其中的珍贵部分，我不敢说这很容易，也不敢说这件事可在一日之内、一代人之内或一个世纪之内完成，但我真的猜想，或者说认识到，它会需要人们以直接的或迂回的方式来完成它……
> 的确，朋友们，至于这个闻名世界的黑人问题（毕竟，也许与其说它严重，不如说它出名），我建议你在那一方面着手解决。试一试吧，泼掉脏水，但小心留下婴儿！那会是一个崭新的解决问题的着力点，在我看来，会帮助可怜的黑人很快获得真正的利益或成功……（Carlyle, 1904: 368 – 369）

这个19世纪的英国顶尖学者在21世纪名誉扫地，是因为他热衷追求权威和强权领袖，而这些看起来意味着德国的种族主义。这段话不仅是他对奴隶制度的生动描述，而且，他在提及我们讨论的这条谚语的早期英文形式时，引用了介绍性程式"德国人说"，这表明卡莱尔非常清楚该谚语出自德国。他把谚语"不要把婴儿跟洗澡水一起倒掉"很不恰当地译为"你必须把澡盆倒空，但不能把婴儿一起倒掉"，后来又略显聪明地用奇怪的表达暗示这条谚语是："泼掉脏水，但小心留下婴儿！"这条谚语如果译为朴素的、不含隐喻的英语，意思是改善奴隶制度和奴隶的命运，使之变得文明，但是看在老天爷的分儿上，不要失去蓄奴带来的奢靡享受！尽管这完全是一种被误导的观点，不过这段话实际上从语言学的角度表明，这条德谚中的隐喻令德译英者浮想联翩，使之艰难地将该谚语译成英语口语！正如我们所见，这是个可怜的失败——不然，他就称得上是一个优秀译者了。

这次早期引用是否对该表达在英语中的传播有特别影响，很值得怀疑。它看起来不过是该表达最先出现于棘手英语中的一个孤立事件，却正确判明了这个短语的身份：它源于德国谚语。为外语辞典寻找对应译文是辞典编纂者的任务，但是，从整个19世纪到20世纪50年代中期，辞典编纂者处理这一德国表达时始终遇上同样的麻烦。直到1936年后，英语文本"throw the child out with the bath-water（把孩子跟洗澡水一起倒掉）"才出现于德—英字典中，把"Kind"（孩子）直接译为"child"。然而，这条翻译看起来只是精确而已，根本算不上在英语中流行，因为字典编纂者卡尔·布罗伊尔（Karl Breul）解释说："因此鲁莽行事，把好的跟坏的一起丢弃。"直到1965年，"把孩子跟洗澡水一起倒掉"才基本上获得了跟很早以前出现的、不那么形象的"to cast away the good with the bad（把好的跟坏的一起扔掉）"一样的地位。从1974年开始，异文"把婴儿跟洗澡水一起倒掉"出现，把名词"child"换成了"baby"（婴儿），成为现在辞典上的标准形式。

但是，字典编纂者是"保守的"一类人，对熟语专门辞典的分析表明，这条谚语表达在20世纪70年代中期以前一定非常流行。

1956年以后，多部《德—英熟语辞典》列出了"把婴儿跟洗澡水一起倒掉"，把它看成当代英语表达。也就是说，比外语辞典编撰者认定的1974年几乎早了20年。艾德蒙·克雷默（Edmund P. Kremer）从1955年起就在他的《德—英双语谚语集》当中为德谚 Man soll das Kind nicht mit dem Bade ausschütten 收录了精确的英语对应翻译 Don't throw out the baby with the bathwater（不要把婴儿跟洗澡水一起倒掉），由此证实该谚语在 20 世纪 50 年代中期已经流行。我于 1988 年在《英语谚语》一书中引用了与该谚语略有差异的形式 Don't throw the baby out with the bathwater（Mieder，1988：26），并且提醒这是对德语谚语的借译。

许多外语和熟语辞典都关注德、英两门语言的相互关系，但奇怪的是，它们并未寻找 20 世纪 50 年代中期以前英语中这条谚语兼谚语表达方式在两种语言中的精确对应翻译。毫无疑问，歌德的自传《诗与真》的许多译者长期以来在翻译包含这条谚语表达的段落时遇到了极大麻烦。歌德在该段落详述自己曾尝试理解各种艺术理论，并宣称最后完全放弃了这一令人困惑的问题。

在 1824 年的一则早期匿名英文译文中，译者显然发现了这则谚语表达无法处理，所以决定完全不使用任何隐喻短语：所有这些矛盾让我极度困惑。我费尽心思，想解决这一迂腐理论中的难点。我被这些徒劳无功的努力折磨得筋疲力尽，（漏掉谚语表达）放弃了整个系统（Goethe，1824：47）。

但是，在下面一则帕克·戈德温（Parke Godwin）1846 年的译文中，我们可以看出，他至少尝试着把谚语部分译为某种隐喻式的英语。他使用了短语"把……扔给狗"，实际意思为"丢弃，扔掉"。

> 我完全被这些搞糊涂了。我被这个上世纪饶舌的、胡吹乱侃的理论折磨了很久之后，丢弃了所有的东西。（Goethe，1846：94）

两年后，约翰·奥克森福德（John Oxenford）承认自己采用了戈德温的翻译，重复了与"dog"有关的表达（to throw something to the dogs），而且把整段话忠实地译成了英语。

> 这样一来，我比以前更困惑了。我在久受这个上世纪反复唠叨的、胡吹乱侃的理论折磨之后，把它们丢弃了，并且在扔掉所有垃圾时更为坚定……（Goethe 1848：87）

这事实上是来自德语的直译。为什么奥克森福德没有这样直译该德语表达，我们必须如此理解：这说明他认为英语读者不能理解或并不欣赏此隐喻短语。显然，那时候这条德语谚语表达还不可能在英语中使用，这在谈到克莱尔 1849 年生硬的翻译尝试时我就已经解释过了。此后，奥克森福德译文的 19 世纪版本中保留了 To throw something to the dogs 这个短语（Goethe，1882：vol.1，92），1908 年明纳·史密斯（Minna Smith）出版了奥克森福德译文的修订版，对这则德语谚语的表达做了完全不同的处理。

> 这样，我比以前更困惑了。在久受这些是非利弊还有上世纪的理论废话折磨之后，我把好的跟坏的一起扔了。

短语 to cast away good and bad alike（好的坏的一起扔）的含义无疑与德语原文很接近，但直到穆恩（R. O. Moon）1949 年的译文中才出现了英文对应表达 to reject the good with the bad（好的坏的一起扔）。这很令人惊奇，因为从 1846 年起，它就已经被外语辞典编纂者当成对应译文了。

> 经历了所有这些之后，我比以前更迷惑了。并且，在饱受这场有争议的谈话、上世纪的胡言乱语的折磨之后，我把坏的跟好的一起丢掉，并且更为坚定地扔掉了所有的垃圾……（Goethe，1949：89）

更令人吃惊的是，穆恩并未使用英谚表达"把婴儿跟洗澡水一起倒掉"。其实可以确定，1949 年时它无疑已经在英裔美国人世界相当广为人知了，这一点稍后会在文中看到。1987 年，罗伯特·海特纳（Robert R. Heitner）大力推动了这一谚语的翻译，最终在他对歌德自传的精彩翻译中使用了这条德语表达早该采用的准确英语译文。

> 所有的这些让我的困惑有甚于往日。在饱受上世纪的争论和理论空谈的折磨之后，我把婴儿跟洗澡水一起倒掉了。我远比以往更为坚决地丢弃了这全部的垃圾……（Goethe，1987：91）

"把婴儿跟洗澡水一起倒掉"出现于当代译文中，这无疑是可以预料的，因为如前所述，近期出版的所有外语和熟语辞典都包含有德文原文的准确翻译。不仅如此，海特纳极有可能意识到它在德语口语和书面语中，以及在英语口语和书面语中都普遍流行。但是，对歌德自传中这段话的翻译史的简短追溯说明，直到进入20世纪多年以后，说英语者才普遍知道这条译成英语的德语表达。

事实上，直到1933年《牛津英语词典增补本》出版，这条谚语表达才作为一条英语短语出现在纯正的英语字典中，其唯一的历史参考文献是1928年7月1日的英文报纸《观察者》（*The Observer*）中的一行字："把婴儿跟洗澡水一起倒掉总是……冒险的"（There is always…a risk of throwing out the baby with the bath）（1933：48）。又过了15年后，这条短语才被记录在伯顿·史蒂文森（Burton Stevenson）珍贵无价的《谚语、格言、著名短语》（1948）一书中，明确判定它是出自无名氏之手的德语谚语："把婴儿跟洗澡水一起清空。"（Stevenson，1948：112［no. 2］）可以料想这条短语此时应该获得进入英语的词典、习语辞典和谚语辞典的"身份"，然而，预期并未成为现实。一直到1970年，它才开始收入此类英语工具书。从1970年到1992年的参考资料表明，包含名词"child"（孩子）的早期异文已经被代换为更恰当的、在手提式澡盆中洗澡的"baby"（婴儿）。大体来说，动词"to empty"（清空）、"to pour"（倒光）让步于更为常用的"to throw"（倒掉），而且人们显然更喜欢用"bathwater"（洗澡水）代替虽然短小却不明确的"bath"（洗澡，洗澡水，浴盆，浴室）。只有介词"out"（向外）的位置看起来有些随意，要么紧跟在动词后，要么紧跟在名词"baby"后。一方面，有了这个谚语表达的现在标准形式"把婴儿跟洗澡水一起倒掉"，而另一方面，我们引用谚语时通常用的是"不要把婴儿跟洗澡水一起倒掉"。尤其是澳大利亚字典学家兼短语学家埃里克·帕特里奇（参看前文），他已经注意到了这条表达源自德语，称它可能在20世纪40年代中期开始在英语中普遍流行。但是，正如本文第二部分所示，通过观察这一短语在整个20世纪使用时的上下文中的参考文献，可以看出它至少早在20年前就已稳固形成了。

有一件事是确定的。虽然詹姆斯·罗杰斯（James Rogers）希望我们相信是乔治·伯纳德·萧（1856—1950）发明了这个短语，但该短语并非萧的创造。毫无疑问，萧迷恋上了它，至少算得上将其在学者中普及。尽管托马斯·克莱尔曾略显笨拙地将其从德语中孤立地直译为英语，但是，萧标志了20世纪它在英语资料中出现的开端。在1909年8月25日登在《国家》上的一篇评论文章里，萧第一次使用了这条谚语。该文标题为《切斯特顿评萧》，是对吉尔伯特·切斯特顿（Gilbert K. Chesterton）所写《萧伯纳传记》作出的回应。萧把这条短语跟一个双关一起使用，表明他十分熟悉该短语："切斯特顿先生目前是一个激烈的保守主义者，跟所有的保守主义者一样，他总是把婴儿跟洗澡水一起倒掉。他看见我照料从洗澡水里救下的那些婴儿时，认为我没有真的把洗澡水倒干净。"（Shaw，1932b：87）毫无疑问，这段话假定萧的英语读者会理解这个暗喻，意味着这条谚语表达在当时必定已经开始流行。它如何进入英国尚不明确，但可以假设，已经在那儿定居的一个德国人（或多个德国人）在21世纪来临之际把它译为英语，使之传播开来。这条谚语表达进入美国的方式极有可能也是如此。与说英语的其他居民交流时，外来移民开始把自己的德语表达作为借译使用，因此，这条谚语表达以德国方言的形式记录下来，与英语译文一起收入埃德温·福格尔（Edwin Fogel）1929年的重要谚语集《宾夕法尼亚德国人的谚语》中（Fogel，1929：113），不足为奇。有意思的是，福格尔仍旧引用了更早的"child"（孩子）文本，他认为应该加上那条解释性的、平淡的短语"把好的跟坏的一起扔掉"。难道这不能间接说明——至少在福格尔的眼中——这条翻译过来的短语尚未完全侵入美语口语？

首次使用这条谚语表达的两年之后，萧在1911年介绍自己戏剧的《结婚》的有关婚姻的长篇文章中，再次使用了这条谚语表达。谈到破碎的婚姻和家庭会给儿童带来什么影响时，萧在这部分内容的结尾巧妙化用该谚语短语，作出了如下评论。

> 我们应该用解散坏家庭的方法维持家庭，用分解坏婚姻的方法维持婚姻。两种方法同等必要。如果我们国内的法律很不人道，最终引发了针对它们的、猛烈的普遍反抗（正如它们已经引发了一些非公开的反抗一样），那么，即便只需些许明显的、轻松的理性化就

可使一种制度变得不仅毫无害处，而且令人舒适、值得尊敬、十分有用，我们还是要废除这一制度，实实在在地把婴儿跟洗澡水一起倒掉。

萧在1922年1月7日写给朋友斯特拉·坦那（Stella Tanner）（帕特里克·坎贝尔夫人，1865—1940）的信中使用了这一表达。在这封信中，他谈到斯特拉·坦那的顾虑（因为他俩的长期通信要被编成书出版，她为此不安）："至于'相对性'，我在某处读过，说它是一种'把婴儿跟洗澡水一起倒掉'的哲学——也就是你要对我的书做的事。"（Dent，1952：273）萧试图用这条谚语性陈述说服斯特拉：即使那些信里有先前根本不打算出版的私密段落，她也不该反对出版。仅仅是信里的某些内容会招来麻烦，这不该是拒绝整个出版计划的理由。

最后，萧在其社会—政治卷《每个人的政治真相》（1944：166 - 177）中恰如其分地使用了这一短语。他认为，社会生活尽管一直在变化，但一定要建立在某些文明的法律和信条之上。他评论说：

> 发生变革时，我们一定小心不能仅仅为了纠正过去而把婴儿跟洗澡水一起倒掉。比如在俄国，为了反对资本家独裁国家的愚昧和独裁，人们进行了过激的反抗。这种反抗一旦通过1917年的革命执掌政权，就走过了头。（Shaw，1944：172）

这样，萧三次使用了短语 To empty the baby out with the bath，其中一次把"bath"加长为"bath water"，这在今天是大家更喜欢使用的形式。他确信这个表达是个有用的隐喻，可用于描述各种各样的过激反应。他的作品可以说促进了该德国短语在英国文人当中的传播，并且由于读者人数众多，分布广泛，极大地促进了该短语在美国文人间的传播。

迄今为止，萧是用精确英语翻译这条德语谚语表达的当之无愧的第一人。他到底是如何知道了这一表达——通过口头交流，抑或是通过德语阅读（他精通德语）？我们很可能永远不会知道了。但就目前所知，他于1901年、1911年、1922年对该短语的使用早于所有人。尽管他一直对这个短语字斟句酌，但此后的参考文献表明，这条新英语表达的标准形式仍旧在不停变化，这在此例中显而易见——亨利·内文森（Henry W. Nevinson）讨论列夫·托尔斯泰（Lev Tolstoy，1828—1910）的生平和思想时引用了这条短语。

> 如果一定要对这个光辉的灵魂挑刺儿，我们就应该在这个灵魂的逻辑的始终一致中去寻找。这种逻辑谴责所有的感官欢乐，所以它会导致人种快速灭绝，因为没有欢乐生命就无法接续。对于如此宣扬苦行禁欲的信条，那些信奉基督教并声称自己是基督徒的人们不该吃惊——尤其是还有少数人会身体力行这条教义。但我想，我们仍应小心一点儿，以免像德国人说的那样，把孩子同用过的洗澡水一起倒掉。

这段引文可以毫无疑问地确定，1925年时，内文森（Nevison）至少很清楚自己使用了一套源自德语的表达。正如此前的克莱尔，内文森也使用了"德国人说"的介绍程式以引起人们注意。有趣的是，萧却从未如此做过。这段能说明问题的文字出现3年之后，《威廉姆·沃森爵士诗选》的书评（发表于1928年7月1日的《观察者》）里出现了该谚语表达，这是它首次在报刊上亮相（如前文所示）。评论家斯奎尔（J. C. Squire）就一些当代诗人喜用外国词汇短语、对英语缺少兴趣的现象进行评论，他认为："当然，要'做出'反抗，就总得冒着把婴儿跟洗澡水一起倒掉的危险。但是，当前，洗澡水就应该倒掉。"（《观察者》1928年7月1日第6版）我们可把这段文字当成又一个证据，说明20世纪20年代，该表达已经在英国知识分子中站住了脚。

尽管目前从20世纪30年代找到的3条文献不能表明它是否曾频繁出现，但它的确在此后的10年间流行起来。梅西·沃德（Maisie Ward）在《叛乱对复活》（1937）一书《新世纪盘点》一章中说："现代主义者看到大量的老式辩护已经毫无价值，但是，将其消除的狂热使得他们'把婴儿跟洗澡水一起清空'（emptied out the baby with the bath-water），他们由于对这种辩护在19世纪的表达方式不满而失去了神圣的真诚。"（Ward，1937：22）随后，根据这条谚语式的妙语在一本书的书评（发表于《泰晤士报文学增刊》1938年1月1日第4版）里被引用的情况，沃德用以说明了它陆续传播的情况。1939年的戏剧《牧师堂》中，该短语这样出现："你把婴儿跟洗澡水一起泼掉了（You pour the baby out with the bath）。重要的是一个人为什么而活，如何死去，赫尔牧师。问题难就难在这里。"（Toller，1939：52）这不足为奇，因为该剧遭受放逐的作者厄恩斯特·托勒（Ernst Toller，1893—1939）首次在纽约用德语写成这个剧本。他的译者斯蒂芬·斯彭德（Stephen Spender）和休·亨特（Hugh Hunt）把他地道的德语谚语表达从德语直译过来（Trilse，1970：164）。但是，与多位译者在翻译歌德自传中这个短语时遇到的困难大不相同，虽然他们仍在寻找对应的英语表达，但斯彭德和亨特很可能知道这条德国表达已经英国化了，这让他们的翻译轻松自如。

20世纪40年代，这条谚语表达明显更为频繁地出现在口语和书面语中。字典学家兼短语学家埃里克·帕特里奇认为它在这10年中普及开来（参看前文）。他极有可能是对的，萧1944年用过。同年第二个简短使用它的是乔治·库尔顿（George Coulton，1858—1947），库尔顿在自传中声称，有关人类挚爱的一首诗帮助他在严重自我怀疑时没有"把婴儿跟洗澡水一起倒掉"（Coulton，1944：170）。20世纪50年代初，该短语出现于字典、文学作品、学术著作及报刊中，足以证明它已经在英国和美国站稳了脚跟。到了美国学者西奥多·罗斯伯里（Theodor Rosebury）写出著作《微生物与道德》（*Microbes and Morals*）的1971年，该短语已经深植于英裔美国人的心灵之中，所以罗斯伯里能写出"正如英国人所说，把婴儿跟洗澡水一起倒掉"（Rosebury，1971：60）。介绍性程式"正如德国人所说"被替代，新程式认为该短语是英语表达。从某种程度上看，罗斯伯里的说法有一定道理。因为就本文所引的资料来看，翻译体的德语短语先在英国流行，然后才在美国流行起来。

1950—1990年的文学作品、学术著作和新闻报道可以证明这条谚语表达的流行情况，尽管该谚语表达形象古老，它的确是当今社会非常传神的隐喻。但更有可能，正是这荒唐的画面——一个赤裸的婴儿跟浮着泡沫的脏水一起被倒掉——吸引人们在这个以复杂的、技术的方式进行交流的世界使用它。谚语的隐喻能让观点切中肯綮，而我们根本不能指望道貌岸然的官腔或索然无味的说教做到这一点。

该谚语表达20世纪50年代中期已经家喻户晓。人们使用标准的介绍性程式（如"关于常识的古老箴言""古老的隐喻""同样古老的箴言"），这是一种老套的"花招"，旨在让非《圣经》时代的相当数量的谚语式至理名言更加可信。作家们能够"化用"这条短语，就是该短语为人接受、为人广知的充分证据。

但是，这个流行短语也被克里斯托弗·迪朗（Christopher Durang）缩略使用，传神地用于他1983年的讽刺剧《洗澡水中的婴儿》中。该剧的重要主题是家庭解体，的确涉及一个婴儿，但整剧中这条谚语表达一次也没有用过。相反，全剧展示了这条短语的基本信息，因为它适用于现代家庭，让人想起所谓"谚语剧"的风行。这些谚语剧的剧作家有威廉·莎士比亚（1564—1616）、托马斯·米德尔顿（Thomas Middleton，1580—1627）、路易斯·卡蒙泰勒（Louis Carmontelle，1717—1806）、阿尔弗莱·德缪塞（Alfred de Musset，1810—1857），不胜枚举（Brenner，1977）。这个谚语式标题包含的比较明显的信息，以及该剧在纽约的不成功上演，都引发了理查德·埃德（Richard Eder）的负面评论，该评论结尾是一个精彩的双关："在迪朗愉快的盗匪活动之后，他想有一个清醒的、老生常谈式的结尾，看起来还有很长的路要走。有些评论家认为，该剧显现出迪朗正在成熟的迹象。但是，把婴儿跟洗澡水一起倒掉，看起来是个遗憾。"（Eder，1983：101）

谚语表达总是用于新闻、杂志或报纸引人注意的标题、广告的主要内容，以及漫画的说明。1967年，杂志出版协会在《财富》杂志上登载了一则有趣的广告，其口号是"不要把婴儿跟洗澡水一起倒掉"，同时画了一个坐在小手提浴缸里的裸体婴儿。读者会在环绕着图片的一圈长长的文字中发现，美国经济追求的最好的东西就是自由竞争原则。广告以这样的文字结尾："当然，任何经济都需要某种规则。但是，我们要确保，我们没有把孩子跟洗澡水一起倒掉。"（《财富》，1967年2月，第229页）有意思的是，广告撰稿人根本没弄清介词"out"的位置（也就是说，放在"the baby"前面还是后面），也不知道"bath water"和"bathwater"，到底哪个拼写更合适（有些人还使用连字号，即bath-water，这能从本文引用的一些参考例子中看出）。但是，在这两种情形中，标准的谚语形式"不要把……扔掉"已经取代了谚语表达"把……扔掉"。

把这条谚语表达当成报纸标题使用的一个极为巧妙的例子出现在15

年前的《伯灵顿自由新闻》上。佛蒙特州的伯灵顿市卷入一个重要的开发项目，该项目与尚普兰湖的湖岸线有关，而尚普兰湖的湖岸线至今仍是个有相当多争议的问题。一篇颇具政治性的文章的标题是《把湖岸婴儿跟澡盆一起扔掉》，文章第一段奠定了该报道其他部分的基调："我们的立法者想先跳再看（leap before they look），这在本周几乎断送了伯灵顿的湖岸再开发计划。"（《伯灵顿自由新闻》1977年4月8日第10A版）这条改编得很聪明的谚语式标题，以及对谚语"先看再跳"的曲意使用，使得这篇报道情绪激昂、控诉有力。记者并没有直接攻击那些政客，但是，这种谚语通过对隐喻的创新性使用间接表达了辛辣的讽刺。

看看下面这些标题吧，它们会让你吃惊：它们绝大多数来自谚语或谚语表达，并没有在更小的解释性二级标题中指出实际上所指的事件。隐喻本身是为了吸引读者的注意，同时又帮读者酝酿情绪阅读有争议事件的报道。通过隐喻，谚语式标题自然而然地表明有人已经行为过头或即将举止失当——已经或将要把婴儿（不管它到底是什么东西）跟脏洗澡水一起倒掉。

  1981：不要把这个婴儿跟脏水一起倒掉（Hair，1981：28C）（主张持续净化国家水体的文章）

  1982：合成燃料这个婴儿正与石油输出国家组织这盆洗澡水一起被倒掉（《经济学家》，3月13日，1982：63）（与新合成燃料技术和产业相关的文章）

  1983：把婴儿跟洗澡水一起泼掉？（Greenberg，1983：138）（与俄国人决定退出世界精神协会有关的文章）

  1984：不要把假释出狱这个婴儿跟司法这盆洗澡水一起倒掉（Breed，1984：11）（这个扩展标题说明此文与假释出狱相关）

  1985：婴儿的身体跟肮脏的洗澡水一起流出（Merck，1985：17）（关于如何处理色情节目与电视的文章）

  1987：让我们别把婴儿跟洗澡水一起倒掉（Rich，1987：784）（有关让父母参与学校教育的文章）

  1990：个体发生与种系发生的一致性：把婴儿放回到洗澡水里（Swan，1990：376）（这是一篇学术论文，其标题借用斯蒂芬·杰

伊·古尔德在其名著《个体发生与种系发生》中对这一表达的使用）

不论直接引用谚语还是利用其双关含义，这些标题与其说提供了文章内容的准确信息，不如说吸引了人们的注意。当然，如果学者或记者在兴致勃勃地使用谚语之际配上精彩插图，以满足现代读者的视觉期待，那么这类标题会更加传情达意。《英国泰晤士报高等教育增刊》上近期刊登的一篇有关英国学校测评学生和老师的文章在这方面做得很成功。记者卡洛琳·约翰－布鲁克斯居然把另一个相当流行的谚语表达当作主标题，其后是一个非常啰唆的副标题。该文标题是《试水——测评仍在产生焦虑，但是，抵制了抛弃现存制度的冲动——复杂的新制度将来恐难改变》（St. John-Brooks，1990：10）。不过，这条文字信息上方绘制了一幅彩色的插图：一个光屁股婴儿正被人从澡盆里倒出来，仅靠抓住边缘才能保命。这的确是两条谚语表达的精彩并置，一个简明陈述，另一个清楚描绘［动词"抛弃"（jettision）］让人联想起未说出的表达"把婴儿跟洗澡水一起倒掉"，利用谚语有效引入了这篇讨论有关校园测评问题和争议的文章。

有人更早使用这一表达。1960 年，查尔斯·舒尔茨（Charles M. Schulz）将其用于《花生》漫画，证明他非常确信读者懂得该谚语表达。因为倘非如此，这组漫画就毫无意义了：第一幅画中，柳斯对查理·布朗说："我打算同意你，查理·布朗……"然后，他说："但是，另一方面，我们思考时要谨慎。我们一定要小心别'把婴儿跟洗澡水一起倒掉'。"这时，小萨利脸上现出恐惧。在第四幅画中，柳斯转向困惑的萨利说："请原谅这个表达吧。"（Schulz 1960）跟其他小孩一样，这个小女孩显然没有听懂两个男孩在短语中想要表达的隐喻，她只是按字面理解，把它当成对自己的直接威胁。对谚语表达如此字面理解也出现在布莱顿巴赫（Breitenbach）题为《谚语俗语》（1975）的奇妙彩色海报中。布莱顿巴赫在这本对彼得·布鲁盖尔（Pieter Brueghel，约 1520—1569）的 1559 年的著名油画《荷兰谚语》（Dundes and Stibbe，1981）的明显艺术戏仿中，画出了几十条英语谚语和谚语表达。其中一幅谚语场景中，一个人居然真的正把婴儿跟洗澡水一起从屋顶窗里泼出去。

还有最后一组资料，有助于让我们更好地了解这条谚语表达在美国的历史。邓迪斯主管的伯克利加州大学"民俗档案馆"档案保管员格蕾琴·圭多蒂提供了1968—1986年民俗学学生收集的11条非常宝贵的引文。一名学生1968年从住在圣何塞的一位信息报告者那里收集到了这条谚语的标准形式,并给出如下评论:"不要把婴儿跟洗澡水一起倒掉。"我的信息报告人记得,这条谚语被她的多个叔叔、阿姨以多种方式使用。当时大约是1920年,她住在密歇根州的奥利维特。她告诉我,这条谚语的意思是,在你很想扔掉不需要的、额外的并且经常是(在当时)让人厌烦的东西时,不要放弃其重要价值。信息报告人的名字叫埃莉诺·范德沃特(Eleanor Vandervoort),所以完全可以确信住在密歇根的她具有荷兰背景,因为很多荷兰移民住在那里。至少在17世纪,这条德国谚语和谚语表达的最初形式已经在荷兰流行了。荷兰移民也像德国移民一样,很自然地将它带到了美国。随后,来自两个语言群体的相同文本被译为英语,如此便以两种不同的方式在美国口头流传起来——这是谚语传播一种极为令人着迷的方式。当然,该信息报告人还明确了这一事实:该谚语至少在20世纪20年代以前就已经在英语口头交流中为人所知了。

  1974年收集的两条德语文本可以清楚说明从德国向美国流传的情况。其中一例是"Das Kind mit dem Bade ausschütten/把孩子跟洗澡水一起倒掉"。那名学生解释说,他从母亲那儿收集来这条谚语,而他母亲又是从她在德国克龙堡的父母那里学会的。另一条资料出自一名汽车技工。他是德国移民,从在达姆城(Darmstadt)的祖父那里知道了这条谚语。这些20世纪70年代的资料表明,即便对于当代遥远的加利福尼亚使用者而言,该短语依然与其业已固定使用的德语原文正在发生着联系。

  不过,有关这个表达的其他记录,以及收集资料的学生及其信息报告人作出的评论,除了确定它作为"美国"表达确实流行于口头之外,实在没有什么启发意义。这些文本表明,不管是这条谚语,还是谚语表达,都已经在英语中如此标准化了。赫希(E. D. Hirsch)等人近期出版了《文化辞典》(1988:56),据说这本辞典列出了美国文化人知道或应该知道的东西。其中"谚语"一章收入了"不要把婴儿跟洗澡水一起倒掉",证明了该谚语隐喻已在美国文化中获得普遍的接受和了解。

  不过,德语表达作为外来翻译,绝非只进入了英语。本文指出,它早在17世纪就已进入荷兰语,远远早于占领英语世界的时间。同时,它也在欧洲其他语言中为人所知，如丹麦语、法语、匈牙利语、冰岛语和瑞典语等。

研究该表达在这些国家和其他国家的语言中的历史非常有趣，但这一任务还是应该留给更擅长语言学的学者。这一短语已进入芬兰—乌戈尔语、日耳曼语和罗曼语等多种语系中。值得深思的是法语中的"不要把婴儿跟洗澡水一起倒掉"只是在近期才取代传统的"扔斧头时把斧柄也扔了"。迄今为止，我仅从1988年出版的一本比较谚语集中见过它（Cox，1988：187［no.861］)，所以我拿这条谚语冒险，大胆作"学者的"猜测：它可能实际上是从英语文本进入法语的，而不是来自德语原文。要知道，德语短语说的是"Kind"（孩子），不是"Baby"（婴儿）。如果法语直接从德语借用翻译了这个表达，那么法语中就应该用"en-fant"（婴儿）——毕竟，一些早期的英语借用翻译最初也使用"child"（孩子）。我认为，法语"bébé"是对英美版本的改造。考虑到英语和美语对欧洲文化的影响，这样就不那么牵强了。

还可以仔细参考一下格拉斯（Günter Grass）的著名小说《铁皮鼓》（1959）的翻译。法语译者阿姆斯勒（Jean Amsler）在翻译这段话时显然遇到了障碍，他在1961年翻译格拉斯的小说时，没有使用新法语谚语Il ne faut pas jeter le bébé avec l'eau du bain（不要把婴儿跟洗澡水一起倒掉）。因此，该谚语及其谚语形式在法语中一定是较新的。倘真如此，有可能这一短语仅在最近20年间的某一时间从英语而非从德语进入了法语。

可以假定，不管如何进入法语，这条德语短语都会如同它在20世纪早些时候在英语中流行那样，在说法语者当中流行起来。许多谚语和谚语表达为欧洲多种语言所共用，它们的历史可追溯至《圣经》时代或中世纪。它们通常直译然后普遍流行，尤其得益于广为传播的《圣经》的各种译本，也尤其得益于鹿特丹的伊拉斯谟（Erasmus of Rotterdam，1469—1536）的开拓性的人文主义著作。伊拉斯谟的拉丁文《箴言录》（1500页以后）也被译为俗语。不过有趣的是，某些本土谚语或谚语表达原本仅属某一欧洲民族文化，但仍旧至少在某种程度上跨越国界，变得通行起来。这些变化步骤令人晕眩。长期以来，15世纪的德国谚语表达Das Kind mit dem Bade ausschütten（把婴儿跟洗澡水一起倒掉）和其后与之相差不大的变化形式谚语 Man muß dus Kind nicht mit dem Bade ausschütten（不要把婴儿跟洗澡水一起倒掉）仅局限于说德语的国家。到 17 世纪，它们进入了关系密切的荷兰语和荷兰文化，最终扩散到了北方的其他日耳曼语系语言当中。但是，直到 19 世纪才跨越了英吉利海峡和大西洋。事实上，我希望自己已经证明，直到 20 世纪初期，这条德语短语才在英裔美国人的世界站稳了脚跟。到现在，其德语起源只有很少人记得，大多数使用者把它当成英国或美国的表达。但是，表象会欺人，这样定性无疑会更好：这条古老的德国谚语表达兼谚语至少在极大程度上归属于国际性的谚语隐喻和至理名言。它日趋国际化，这可能是因为这条谚语兼谚语表达"（不要）把婴儿跟洗澡水一起倒掉"以一种易于理解的隐喻表明了人们想走极端的渴望。我们所有人，不管是否愿意，一直在为把婴儿跟洗澡水一起倒掉这个常见行为感到内疚。

引用文献

Breed, Allan F. 1984. *Don't Throw the Parole Baby Out With the Justice Bath Water. Federal Probation*, 48: 11 – 15.

Carlyle, Thomas. 1904. *Critical and Miscellaneous Essays*, vol. 4, 348 – 383. New York: Charles Scribner's Sons.

Cornette, James. 1942. *Proverbs and Proverbial Expressions in the German Works of Martin Luther*. Diss. University of North Carolina.

Coulton, George Gordon. 1944. *Fourscore Years. An Autobiography*. New York: Macmillan.

Cox, H. L. 1988. "Spreekwoordenboek in vier talen: Nederlands, Frans, Duits, Engels". Utrecht: Van Dale.

Dundes, Alan, and Claudia A. Stibbe. 1981. *The Art of Mixing Metaphors*. A Folkloristic Interpretation of the "Netherlandic Proverbs" by Pieter Bruegel the Elder. Helsinki: Suomalainen Tiedeakatemia.

Eder, Richard. 1983. *Theater Reviews. Calendar* (November 20): 101.

Fogel, Edwin Miller. 1929. *Proverbs of the Pennsylvania Germans*. Lancaster/Pennsylvania: The Pennsylvania-German Society.

Franck, Sebastian. 1541 (1987). Sprichwdrter/Sch6ne/Weise/Herrliche Clugreden/ und Hoffspriich. Frankfurt am Main: Christian Egenolff. Reprint ed. by Wolfgang Mieder.

Hildesheim: Georg Olms.

Goethe, Johann WolfgangVon. 1824. *Memoirs of Goethe Written by Himself.* Anonymous translation. New York: Collins & Hannay.

—. 1846. *The Auto-Biography of Goethe. Truth and Poetry: From My Life.* Translated by Parke Godwin. New York: Wiley and Putnam.

—. 1848. *The Auto-Biography of Goethe. Truth and Poetry: From My Life.* Translated by John Oxenford. London: Henry G. Bohn.

—. 1882. *The Autobiography of Goethe. Truth and Fiction: Relating to My Life.* Translated by John Oxenford. New York: Lovell, Coryell & Co.

—. 1949. *Goethe's Autobiography. Poetry and Truth. From My Own Life.* Trans-lated by R. O. Moon. Washington/D. C.: Public Affairs Press.

—. 1987. *From My Life. Poetry and Truth.* Translated by Robert R. Heitner. New York: Suhrkamp.

Greenberg, Joel. 1983. *Throwing out the Baby with the Bathwater? Science News* (February 26): 138.

Hair, Jay D. 1981. *Don't Toss the Baby out with the Dirty Bath Water. Wildlife Digest* (September/October): 28C.

Hirsch, E. D., Joseph F. Kett, and James Trefil. 1988. *The Dictionary of Cultural Literacy.* Boston: Houghton Mifflin Co.

Luther, Martin. 1898. D. Martin Luthers Werke. Ed. by Paul Pietsch, vol. 20. Weimar: Hermann Bohlau.

Merck, Mandy. 1985. *Baby Stuff Goes out with Nasty Bathwater. New Statesman* (March 15): 17.

Mieder, Wolfgang (ed.). 1975. *Selected Writings on Proverbs by Archer Taylor.* Helsinki: Suomalainen Tiedeakatemia.

—. 1982. *International Proverb Scholarship: An Annotated Bibliography.* New York: Garland Publishing.

—. 1988. *English Proverbs.* Stuttgart: Reclam.

—. 1992b. "Das Kind mit dem Bade ausschtitten": Ursprung, Uberlieferung und Verwendung einer deutschen Redensart. Mutterspache.

Murner, Thomas. 1967. "Thomas Murners Narrenbeschwdrung". Ed. by M. Spanier. Halle: VEB Max Niemeyer.

Nevinson, Henry W. 1925. *More Changes, More Chances.* London: Nisbet.

Rich, Dorothy. 1987. *Let's Not Throw out the Baby with the Bath Water*. PhiDelta Kappan (June): 784–785.

Rosebury, Theodor. 1971. *Microbes and Morals. The Strange Story of Venereal Disease*. New York: Viking Press.

Schulz, Charles M. 1960. *Go Fly a Kite, Charlie Brown. A Peanuts Book*. New York: Holt, Rinehart & Winston.

Shaw, George Bernard. 1920. *The Doctor's Dilemma, Getting Married, and The Shewing-up of Blanco Posnet*. New York: Brentano.

Shaw, George Bernard. 1932b. *Pen Portraits and Reviews*. London: Constable.

Shaw, George Bernard. 1944. *Everybody's Political What's What*. London: Constable.

Stevenson, Burton. 1948. The Macmillan Book of Proverbs, Maxims, and Famous Phrases. New York: Macmillan.

St. John-Brooks, Caroline. 1990. *Testing the Water-Assessment is Still Generating Anxiety, but Resist the Urge to Jettison Existing Schemes-complex New Ones May Be Hard to Change Later. The Times* (London) *Educational Supplement* (September 14): 10.

Swan, Lawrence W. 1990. *The Concordance of Ontogeny with Phylogeny: Putting the Baby Back into the Bath Water. BioScience* 40, no. 5 (May): 376–384.

Taylor, Archer. 1930. The Proverbial Formula "Man soll…". "Zeitschrift für Volkskunde", *New Series* 2: 152–156. Reprinted 1975, in *Selected Writings on Proverbs by Archer Taylor*, ed. Wolfgang Mieder, pp. 101–105. Helsinki: Suoma-lainen Tiedeakatemia.

Trilse, Christoph (ed.). 1970. *Stücke gegen den Faschismus*. Berlin: Bruno Henschel.

Ward, Maisie. 1937. *Insurrection versus Resurrection*. New York: Sheed & Ward.

第三编

谚语与政治生活

谚语在社会政治话语中的人文价值

【编译者按】本文（The Humanistic Value of Proverbs in Sociopolitical Discourse）发表于2018年电子版刊物《人文》（Humanities, 7, 28; doi: 10.3390/h7010028, http://www.mdpi.com/journal/humanities）。作者结合当前美国现状，从历史角度对谚语的运用与功能进行了分析。作为在场景中反复出现的策略性符号，谚语在政治性修辞中发挥着重要的沟通作用。无论是在传统社会还是现代社会中，我们都可以看到谚语对宣传社会政治改进的有效性。无处不在的谚语强调了各种政治信息，为社会改革者和政治家希望传达的世界观增添了隐喻和民俗表现力。因为，当这些谚语主张改善世界秩序时，它们显然将人文价值引入了政治沟通。

表面上看，谚语作为口头民间文学体裁，与童话、传说、笑话和谜语相比，形式是最简单的，而谜语则是内容上最简单的（Permiakov 1970; Abrahams 2005: 39-69）。但是，在查阅了综合性的国际文献中的谚语集和关于谚语的多方面学术研究后，这一假设很快就被证明是完全错误的。在各种语言中，对谚语的收集和综合研究可追溯到远古时代（Lambert 1960: 213-282; Alster 1997）。阿彻尔·泰勒（Taylor 1931）的《谚语》（The Proverb）被认为是对谚语起源、内容和风格的经典研究，其中最后一章包括了关于谚语表达、谚语比较和戏用谚语等亚类型的研究。

最近的《谚语手册》（Mieder 2004）展示了关于分类的更新，以及当代学术成果，并用专门的一节论述谚语研究的各种学术方法：①谚语期刊、散文卷和书目；②谚语集合和未来谚语集；③谚语集的综述；④经验主义和谚语集的最小限度（某一语言中最常见的 300 条谚语）；⑤语言学和符号学的思考因素；⑥社会环境中的表现（演讲，行为）；⑦文化、民俗、历史问题；⑧政治、成见和世界观；⑨社会学、心理学和精神病学；⑩谚语在民间叙事和文学中的运用；⑪宗教和智慧文学；⑫教育学和语言教学；⑬图像学：艺术中的谚语；⑭大众媒体和流行文化。该书还包括定义和分类、来自不同文化和语言的谚语、个别谚语的若干历史研究以及一些关于文学作者和公共人物使用谚语和谚语作用的案例研究。总之，这本《谚语手册》充分证明，无处不在的谚语一直以来都是口头和书面交流的一部分，并且将一直持续下去。谚语一直被用来表达人类的意愿，因为它们可以将观察和经验总结为具有普适性的宝贵智慧，这些智慧反过来又可以作为对各种日常关系和社会政治事务的评论。看似僵硬的谚语，其实具有多情境性、多功能性和多语义性，使它们难以置信地适应变化的时代和风俗习惯，因为他们的文本固定性很容易在上下文中被打破。谚语作为日常生活中的一部分是难以被遗忘的，这是非常重要的因素。谚语中包含的意象或信息如果不适应现代社会，就会消失，成为谚语集中的"枯木"（Mieder 1992）。新的谚语会占据潮流，如"各有所好"或"如果生活给了你柠檬，就做柠檬水"（Mieder 1989：317 - 32；Doyle et al. 2012）。它们并不总是充满教条性、权威性或警戒性，还可以间接地表达意图和意义（这种间接的方式也就是隐喻）。

有一点可以肯定：谚语并非像某些学者所误称的那样，在技术泛滥的时代失去其交际的实用性；也没有像某些大众媒介所批判的那样，失去谚语的真理价值（Mieder and Sobieski 2006）。事实上，这种充满矛盾的谚语的存在清楚地表明，谚语不是建立在一个逻辑的哲学体系之上的，如"久违情疏""久别情深""三思而后行""举棋不定，坐失良机"等。谚语与生命本身一样自相矛盾，要根据特定的背景来使用才能证明它们是正确的还是错误的。谚语使用的艺术在于要在合适的场合引用完美契合的谚语。虽然它们的使用频率可能因演讲者和作家而异，但谚语在各种交际方式中仍然是一种有效的话语交流力量，从布道到"八卦"，从抒情诗到戏剧对话，从短篇故事到小说，从闲聊到有力的政治辞令，从说唱音乐到大众传媒的口号和头条新闻等均可以表明。谚语确实无处不在，从古典时代的亚里士多德到鹿特丹的伊拉斯谟等人文主义者，以及像拉尔夫·爱默生和贝托尔特·布莱希特等近代的那些伟大思想家，都从多种角度研究过谚语。他们不仅使用谚语，而且对它们表现出极大的理论兴趣。今天，人们没有必要担心谚语可能消亡或已经消亡，因为这很容易从一本名为《永不过时的谚语：现代大众智慧》（Mieder 1993）的书中看出来。《谚语比言语更响亮：艺术、文化、民俗、历史、文学和大众传媒中的民间智慧（Mieder 2008)》则证实人文主义者确实密切关注谚语。这些谚语在美国总统的就职演说中频频出现，无疑证明它们在社会政治话语中仍然具有相当的人文价值（Mieder 2005：147－186）。政治学家雷·尼科尔斯（Ray Nichols）在关于《"格言""实践智慧"和"行动语言"：超越大理论》的启发性文章中令人信服地指出，政治修辞必须以"实践的智慧""实用的知识""实际的理由""实际的判断"为特征（Nichols 1996：687），这意味着在政治修辞中要使用谚语。毕竟，一句精心挑选的格言或一句著名的谚语在政治话语中会增加相当的交际和情感品质，并可能强调人民的价值体系和心态（Raymond 1956；Mieder 1997）。

追溯几个世纪以来社会政治话语中谚语的人文价值是一项有意义的工作，包括对西塞罗、托马斯·莫尔、马丁·路德、奥托·冯·俾斯麦和富兰克林·德拉诺·罗斯福所用的俗谚修辞的研究（Mieder and Bryan 1996）。目前，对18世纪至今英美世界的几个代表人物的研究足以证明上述观点。当意识到社会政治不仅是国家舞台的一部分，而且也可以在家庭互动中发挥作用时，切斯特菲尔德第四世伯爵菲利普·道摩·斯坦霍普（1694—1773）和他的私生子菲利普·斯坦霍普（1732—1768）的关系会浮现在人们的脑海中（Mieder 2000a：37－68）。众所周知，切斯特菲尔德勋爵是一位受过良好教育的英国外交官，也是一个理性时代的完美典范，他认为一般的生活特别是儿子的生活，可以而且应该由理性控制。当他强调了恰当的社会行为的重要性的时候，他在一定程度上因具有知识分子的优越感而并不愿意使用谚语。在1741年7月25日写给儿子的一封信中他写道："例如，如果你用谚语表达每个人都有自己的喜好，你会说你之蜜糖彼之砒霜；或者说，当一个好人在亲吻他的牛时，每个人都会相信他是与男仆和女仆为伍的。"（Stanhope 1901：401）

切斯特菲尔德勋爵为儿子制定的教育哲学和教育学计划的基础是必须坚信且保持某些社会风度，包括良好的举止、恰当的言辞、适度的礼貌、自控等。粗俗、卑微和普通的谚语不能用在上流社会。然而，当一个人读到他和儿子的大量信件时，很明显切斯特菲尔德勋爵在他自以为是的长篇演说中逃不出谚语。有些简洁的谚语实在是太好了，正如他反复使用的谚语"今天能做的事永远不要拖到明天（今日事，今日毕）"——作为一种坚实的职业道德的表达。试想一下，当他的儿子从他的教父那里收到以下陈述时，他会有什么烦恼的反应。

> 因此，不要懈怠，对自己保持警惕和勤勉；不要拖延，不要把今天能做的事拖到明天；不要一次做两件事；要追求自己的目标，要坚持不懈；别让任何困难战胜自己，而要激发自己的活力。毅力有着惊人的效果。（Stanhope 1901：185）

切斯特菲尔德勋爵对现代"同时做多件事"的反对是很明显的。他把谚语当作是教导儿子正确行为的基本原则，也就是《圣经》中的金科玉律。"己所不欲，勿施于人。"他对儿子整个道德教诲的总结是：

> 请不要让律师的狡辩，不要让决疑者的精辟之处，打破简单的对与错的朴素概念。这是每个人的正确理由和简单常识，是朴素、确定和无可辩驳的道德和正义准则让你去做你应该去做的，坚守这一点。（Stanhope 1901：117）

在大洋彼岸，还有另一个书信式的例子，即谚语被用作教育工具。聪明、勤奋、足智多谋、相当独立的阿比盖尔·亚当斯（1744—1818）完全有能力抚养她的孩子和经营农场，同时她的丈夫约翰在成为美国第二任总统之前去往法国和英国为国家服务。她肯定了谚语的价值，认为它们是通过经验常识来教育孩子的完美工具（Mieder 2005：56-89）。1780年3月2日她写给儿子约翰·昆西·亚当斯（John Quincy Adams）的信让人想起切斯特菲尔德勋爵的一些信。事实上，她读过他早期版本的书信，他经常使用这句谚语："如果值得做，那就值得做得更好。"因此，现在这是一位心地善良的母亲用谚语向儿子说教：

> 不要把太多的钱花在娱乐上，它永远不会给你永久的满足感，而只有获得一门艺术或科学才会给你永久的满足感。无论你从事什么，都是为了让自己在其中变得完美，因为如果它值得做，它就值得做好。(Butterfield，1963—1993：293)

事实上，阿比盖尔有时被认为是像切斯特菲尔德的一位女性，从不缺乏言语来为正当的社会行为提供建议，但更多的是作为一名关心孩子的母亲对于谚语的使用，这期间缺少了投身于政府的丈夫。像"上帝帮助自助者""狗急跳墙（必要时无法律）""希望永恒"这样的谚语帮助她宣扬清教徒的生活。尽管作为一个女人，她没有公开的政治权利，但她通过给丈夫的信件强有力地影响了她的丈夫，并深深地参与了她那个时代的社会政治事务。因此，在1775年11月27日，她的信中包含了对于人性的关注，当时美国爆发了对于英国滥用权力的革命。谚语"大鱼吃小鱼"是古代描述人类权力斗争的一个比喻，这句话完美地表现了她那个时代的政治，清楚地表明在理性和启蒙时代，人类还没有进步到超越贪婪的鱼类世界："我越来越相信人是一种危险的生物，并且不论是多数人还是少数人，他们都渴望权力。就像坟墓里的呐喊，给予，给予。大鱼吞下小鱼，即使是为人民权利奋斗的人，当他们被赋予权力时，也同样渴望政府的特权。我相信人性能达到完美的程度，但同时哀叹，并没有实际的例子。"(Butterfield，1963—1993：329)

政府权力的腐败将会是毁灭性的，这是对人性的挑战！在1776年3月31日写给约翰的信中，她甚至间接谴责奴隶制，并与约翰谈到自己的看法："我有时在想，那些习惯于剥夺他们同类人的人，心中对于自由的热情是不可能与我同样强烈的。我确信，这并不是建立在慷慨的基督教原则上，即想要别人怎样对待你，你就怎样对待别人。"(Butterfield，1963—1993：359)

人们研究本杰明·富兰克林（1706—1790），就可以发现谚语在他那个时代十分重要。美国人本杰明·富兰克林是印刷者、发明家、科学家、商人、外交官和开国元勋之一。他每年都要出版《穷查理年鉴》，并且一共出版了 25 年（1733—1758），他一共收录了 1044 句谚语（每年约 40 句），其中 105 句是他著名的文章《财富之路》（1758）的一部分，这篇文章后来成为美国的一部世俗《圣经》（Mieder 2004：216 - 224）。大多数谚语是他从早期英国谚语中收集的（Newcomb 1957），只有很少的谚语是他自己的发明，类似于"搬家三次犹如失火一次"和"到坟墓可以睡个够"（Gallacher 1949）。他的著名文章是一个充满智慧的字面大餐，从这段简短的摘录就可以看出。

> 如果时间是所有事物中最宝贵的，那么浪费时间正如可怜的理查德所说，一定是最大的浪费。因为，正如他告诉我们的，失去的时间再也找不到了，而我们所说的时间足够了，总是又被证明不够的。这样，我们就可以行动起来，朝着目的行事。这样，我们就可以用更少的迷惑，更努力地行事。懒惰使一切都困难，勤劳却使一切都容易。迟起的人必须整天小跑，晚上很少能完成他的工作。懒惰走得太慢，很快就会被贫穷追上。专注你的事业，早睡早起的人，像可怜的查理，做一个健康、富有、聪明的人。（Sparks 1840：94 - 103）

富兰克林对谚语的痴迷导致了今天强调美德、繁荣、谨慎和简朴的清教徒伦理。尤其是《财富之路》，其中的谚语表达了清教徒伦理，除此之外上百条谚语有助于塑造作为年轻国家的美国式世界观，并继续间接影响今天。富兰克林和"他的"谚语无处不在，包括大幅的印刷品、盘子和杯子上面都有谚语字句和插图。在古董店，这样的物品不会超过 200 美元。富兰克林通过强调谚语的人文价值，对这个国家的社会生活产生了巨大的影响。

到 19 世纪，著名的废奴主义者弗雷德里克·道格拉斯（1817—1895）作为一位非洲裔美国人极大程度地影响了美国和欧洲在 50 年里的社会政治话语。他没有受到过任何正规教育，却成为一位令人印象深刻的修辞学家。他写的《弗雷德里克·道格拉斯的生活叙事》（1845，1855 年、1893 年增版 2 次）成为他一生中的经典。2 套 5 卷的大篇幅的作品证明了他作为废奴主义者为公民权利服务时的修辞技巧和道德勇气。他是一位杰出的为道德、平等和民主而奋斗的社会和政治鼓动者。他的修辞能力是传奇性的，而他反复使用《圣经》和民间谚语则为他的演讲增加了权威性和传统智慧（Mieder 2001；2005：118-146）。1857年8月3日，他在纽约卡纳达伊瓜的一次演讲中总结了自己的人生哲学，总结成了一句像谚语一样的话语，到目前为止，这句话已经成了一句"没有斗争，就没有进步"的简短谚语（Blassingame 1985—1992：204）。1850年12月8日，他在家乡纽约州罗切斯特市发表了一篇反奴隶制演讲：

> 我要警告美国人民和美国政府，在这个时代要明智。我告诫他们要记住其他国家的历史。我也提醒他们，美国不能总是"像女王一样"安详地坐着，比这更为自豪和强大的政府已经被一个公正的上帝粉碎了。……被踩踏的蠕虫可能会在压迫者的脚跟下转动，这一点是人类的忍耐力无法超越的。我以正义的名义，庄严地警告他们注意自己的行为；因为在一个邪恶的时刻，那些在过去两个世纪里一直致力于耕种和装饰我们国家美丽土地的黑手，可能会成为恐怖的工具而使之荒芜，把我们推向死亡的边境。（Blassingame 1985—1992：204）

林肯明显受到了道格拉斯修辞学的影响，能够充分利用信息中的有效情感。道格拉斯雄辩的社会政治言辞有些冗长，而林肯的演讲和信件则相对精确。因此，他有更多的理由将民间谚语和《圣经》谚语融入他沉重的话语中（Mieder 2000b；2005：90-117）。1864年5月30日，他的一篇带有讽刺性的文章中包含有大量的《圣经》谚语，如"有付出，有收获""己所不欲，勿施于人""不要评判，除非你被审判"（Basler 1953：368）。

林肯在信中没有提到"奴隶制"这个词，而是嘲笑南方的部长和奴隶主，他们通过奴隶的辛勤劳动获得了面包。他还指出，他们都忘记了黄金法则所传达的人道信息。然后，他极为谦逊地引用了第三条关于评判他人的谚语，并警告说，自以为是无法战胜奴隶制。信息中包含了直接、明确的讽刺，并且带有权威性，使用《圣经》谚语能够使说教增加道德上的说服力。

但是，林肯并没有忘记民间谚语的修辞效果。1860年2月27日，他在纽约市发表了著名的库珀联合会演讲，从其中的最后一段就可以看出，他重视民间谚语的修辞效果。林肯概述了他维持联邦和防止奴隶制蔓延到现有地区的坚定承诺，在令人难忘的演讲高潮结束了他的演讲："我们不能被诬告诽谤，也不能被政府和我们自己地牢的毁灭吓倒。让我们始终相信，权利造就力量，让我们在这个信念中敢于履行我们所理解的职责。"（Basler 1953：550）

这确实是一个强有力的论断，至今"权利造就力量"常被视为林肯的名言而被引用。事实上，他是引用了14世纪古老的谚语"权力造就权利"，其反义用法"权利造就权力"也同样古老（Mieder 2014c）。无论如何，这句谚语为林肯的论点增添了信念和权威，总结了他在演讲中所说的一切，即维护联邦和对奴隶制的地理控制是公正和正确的目标。相信这两个目标会让人们有"力量"控制社会政治现状。

但是，林肯坚定的信念还是被打破了，因为在担任总统期间，他无法阻止美国内战。1861年2月11日，他离开伊利诺伊州的斯普林菲尔德，前往华盛顿担任总统。他说：

> 我要离开你们去执行一项重要的国家差事，正如你们所知，这项差事有相当大的困难。让我们相信，正如某位诗人所说，"在乌云背后，太阳依然灿烂"，我深情地向你们道别。（Basler 1953：191）

今天，他可以引用一句更为常见的谚语"乌云背后的幸福线"，但那些曾与他相识并送行的人们肯定知道"云后阳光灿烂"的变体，并能够在内战前夕欣赏到它所传达出的充满希望的信息。这是一个完美的民间智慧，用在这个意在平息公民焦虑的简短声明中。

这是林肯运用民间谚语强调他决心做正确和道德的事情的最后一个例子。他在1863年1月1日发表了《解放黑奴宣言》，但遭到了许多反对，并要求撤回该宣言。正如他在1863年1月8日给约翰·麦克勒南少将的信中所解释的那样，总统致力于这一崇高的行为。可见，他非常自觉地选择了隐喻性谚语"鸡蛋碎了补不好"，表达了他的决心。

我从来没有要求过，也从来不愿意接受比要求所有的州及其人民根据美国宪法在联邦中占有一席之地和权利更少的要求。因为只有这一点，我才觉得自己有权去奋斗。我只要求这些。用一个粗糙但富有表现力的形象，"破鸡蛋是无法修补的"来说明，为什么我发布了解放宣言后绝不能收回它。（Basler 1953：48）

很明显，弗雷德里克·道格拉斯和亚伯拉罕·林肯将永远是美国社会政治史上的两盏明灯。19 世纪有两位杰出的妇女，她们 50 多年一直在为争取妇女权利和公民权利而进行斗争，以至于都获得了同样的杰出地位。到目前为止，早期女权主义者伊丽莎白·凯迪·斯坦顿（1815—1902）和她的朋友苏珊·安东尼（1820—1906）都在很大程度上依赖《圣经》和民间谚语，为她们众多的演讲、散文增添了权威性、表现力和人文价值（Mieder 2014a，2015c）。更重要的是，在任何时候她们与男性政治巨人都是平等的。在她们不断地为争取妇女权利而进行的充斥感情与侵略性的斗争中，她们使用了众所周知的谚语，因为她们认为谚语为自己的论点增添了时代的智慧，认识到谚语是应对反复出现的社会状况的战略。

就像她们的朋友弗雷德里克·道格拉斯所说的"不奋斗，不进步"一样，这两位女性分别擅长应用一句独特的谚语，并且成为众所周知的宝贵的社会政治宣言。以伊丽莎白·凯迪·斯坦顿为例。

《独立宣言》中所说的"人人生而平等"众所周知。1848 年 7 月 19 日至 20 日在纽约塞内卡福尔斯举行的"妇女权利公约"大会，是争取两性平等和妇女选举权运动的起点，大约有 300 人出席。斯坦顿发表了她的权威宣言《情感宣言》，以天才的修辞笔触开始而让观众起立。它的开头为人们所熟悉，但后来出现了一个意想不到的革命性变化，出现了以男性为导向的谚语："在人类活动的过程中，当人类中有一部分人有必要在地球上的所有男人和女人中，占据一个不同于他们迄今为止所占据的地位，并且是自然法则和上帝赋予他们的地位时，由于对人类意见的适当尊重，应该要求他们宣布赋予他们这样地位的原因。我们认为这些真理是不言而喻的：人人生而平等，他们被造物主赋予了某些不可剥夺的权利，其中包括生命、自由和追求幸福。为了保障这些权利，我们成立了政府，从被统治者的同意中获得公正的权力。当任何形式的政府对这些目的有破坏性时，那些遭受它统治的人们有权利拒绝效忠于它，并坚持建立一个新的政府，为这些原则奠定基础，并以最有可能影响他们安全和幸福的方式组织它。"（Gordon 1997—2013：78 - 79）

当然，将"所有的男人"扩大到"所有的男人和女人"并不是唯一的变化，它没有留下幽默的空间。斯坦顿和其他妇女加入生产之中，意味着她们同男人一样是家庭的一部分，应该要求其自然权利和"她们（妇女）有权享有的平等地位"。诚然，正如最初宣言所述，并在宣言中逐字重复，这包括众所周知的"生命、自由和追求幸福"三位一体的权利（Aron 2008：91 - 96）。

苏珊·安东尼之所以声名鹊起，源于她强烈主张女性进入各种职业，不因性别而受到歧视。早在1869年10月8日，一直鼓动人心的安东尼就在抗议男女工资差距。当时她在《革命》中写道："加入工会，女孩们，一起说'同工同酬'。"（Shapiro 2006：23）大约30年后，在1897年7月29日的一次演讲中，安东尼又使用谚语来表达她那句尖锐的话。

> 这些年来，我一直在工作，当莎莉安比（她哥哥）詹姆斯了解得更多，工作做得更好时，她将被安排到主管的职位上，有主管的薪水。这就是整个问题，同工同酬。在我的声音里，没有一个女人不想得到公正，从来没有人不想要正义和平等。但他们还没有认识到，只有通过以投票为代表的政治平等，才能实现同工同酬。（Gordon 1997—2013：155）

值得注意的是，1897年安东尼认为，只要妇女没有投票权，"同工同酬"的要求就不可能成为法律。下面是一封安东尼1903年7月6日写给玛格丽特·海莉的信的简短摘录。

> 妇女有权同工同酬，她们必须被认为同样有资格担任校长和院长、教授和校长。有人说妇女同工同酬是荒谬的，因为她们不被允许有资格担任最高职位；因此，你必须坚持资格而不是性别来支配最高职位的任命。（Gordon 1997—2013：482 - 83）

100 多年后，争取同工同酬的斗争仍在继续，并确实取得了很大的进展，现代女性尤其应该把这些进步归功于苏珊·安东尼。作为社会改革者，两位女性都使用了黄金法则来倡导平等。斯坦顿在 1854 年 2 月 14 日对纽约立法机关的讲话中指出了法律制度中的厌女现象，并认为妇女应得到法律赋予男子的同样保护。

她在一篇演讲中引述《圣经》谚语"待人如己所愿""人人生而平等"与民间谚语"泉源不可高出其头"，并把它们变成"激进宣言"要求各级政府"善政"，承认妇女是平等的伙伴。她在年轻人面前发表这一众所周知的宣言，确实是一个充满希望的"时代标志"。

当然，伊丽莎白·凯迪·斯坦顿也同样善于将民谚融入她对美国各地民众的演讲中。这是她在 1874 年 5 月 30 日的一次演讲中使用的谚语"两狗一骨，必有一争"的一个例子，该谚语也涉及投票权问题。但是，正如几篇语境化的参考文献所显示的那样，伊丽莎白·凯迪·斯坦顿和苏珊·安东尼通过其专业、勇敢和富有表现力的言辞，维护了所有妇女的权利和平等，这些言辞很大程度上是由具有人道价值的众所周知的智慧所传达的。

毫无疑问，马丁·路德·金会钦佩这两位杰出的社会改革家，她们知道社会变革不会以口头形式出现，而必须通过言行来实现，这是马丁·路德·金一直坚定做的事情。他接受了浸信会的布道传统和《圣经》谚语的训练，他在非裔美国人社区民间谚语氛围中长大，他意识到谚语语言将在他的布道、演讲和著作中为他提供非常好的服务，以实现他非暴力民权的目标。向美国人民传达信息。事实上，他对谚语的频繁使用可以看作现代社会政治话语中谚语人文价值的典型体现。他的箴言确实令人震惊，毫无疑问，来自《圣经》和民间的这种传统智慧为他的修辞增添了相当多的隐喻性表达，从而使他能够打动数百万人（Mieder 2010；2014b：133–71）。马丁·路德·金作为一名牧师，在他许多充满感情的布道中，非常依赖《圣经》谚语。1967 年 4 月 9 日，他在芝加哥的新约教堂发表了一篇著名的布道演讲《完整人生的三个维度》，他使用了谚语"爱你的邻居就像爱你自己（爱人如己）"作为一种要求彼此相互友爱的表达，并分别使用了两个来自阿莫斯和以赛亚《圣经》段落中的谚语。最重要的是，按照黄金法则，"己所不欲，勿施于人"，他总结了一个完整生命的3个维度。马丁·路德·金将4个《圣经》箴言汇集成一个关于爱、正义、和平和道德的有力陈述,这是他的修辞杰作。

> 当你今天早上出去时,你要爱你的邻舍如同爱你自己。爱你自己,这意味着理性和健康的自我利益,这是生命的长度。而爱你的邻舍如同爱你自己,这就是生活的广度。我现在坐下来,让你们知道,有一条更大的诫命:"全心全意地爱耶和华,你们的上帝,(是的)全心全意地,用你们所有的力量。"我想心理学家会说:"用你们所有的人格。"当你们这样做的时候,你拥有生命的宽度。当你把这三样东西都放在一起,你就可以永远不会感到疲倦地走下去。你可以仰望,看见晨星一同歌唱、神的众子欢呼。当你们在生命中坚持这些原则的时候,审判必如水一般降下,公义必如大河流淌。(Carson and Holloran 1998:139)

马丁·路德·金在《新约》中找到了谚语"拿刀的必死在刀下",而这个谚语成为他的社会议程的完美隐喻,它成了反对暴力虐待他人的象征性论据。1956年6月27日,他在旧金山举行的全国有色人种协会年会上,发表了关于《蒙哥马利故事》的演讲,其中引用了《圣经》谚语作为一种暴力的隐喻性符号,暴力必须用非暴力的哲学来克服。

> 从一开始就有一个基本的哲学支撑着我们的运动,这就是非暴力抵抗的哲学。这种哲学指导我们在非暴力的基础上拒绝与种族隔离的罪恶行为合作。在美国的斗争中,我们不能为报复性暴力的想法而烦恼。使用暴力手段是不切实际的,也是不道德的。我们既没有使用暴力的工具,也没有使用暴力的技巧,即使我们使用了暴力,在道德上也是错误的。有声音在哭泣(掌声),有声音在时间的远景中哭泣,说:"拿刀的必死在刀下。"(掌声)历史上充斥着那些听不到这些真话的白骨,因此,我们决定使用非暴力的方法,因为暴力是行不通的。(Carson et al. 1992—2007:305)

马丁·路德·金同样精通民间谚语智慧。例如,在1963年6月23日底特律"科博大厅自由集会"上,马丁·路德·金激动人心的演讲引用了现代谚语"最后被雇用的,首先被解雇(后进先裁)"(Doyle et al. 2012:121),这是一个不幸的真理,尤其是对于非裔美国人在种族歧视下面临的就业不公。

> 我们一直以来都被推着,我们一直以来都是私刑暴徒的受害者,我们一直以来都是经济不公的受害者——仍然是最后一个被雇用的人,也是第一个被解雇的人。我知道诱惑,我可以从心理学的角度理解,为什么一些被周围的不公正束缚的人,会痛苦地做出反应并认为:之所以这个问题在内部是解决不了的,是他们试图从种族隔离的角度摆脱这个问题。但即使我能从心理上理解,今天下午我必须对你说,这不是办法。黑人至上和白人至上一样危险。(掌声)噢,我希望你今天下午允许我对你说,上帝不仅关心黑人、棕色人种和黄色人种的自由,上帝对全人类的自由都感兴趣。(掌声)我相信,有了这一理念坚定的斗争,我们将能够在今后的日子里继续前进,把我们国家刺耳的不和谐噪音变成一首优美的兄弟情谊交响曲。(Carson and Shepard 2001:68-69)

在不断关注争取公民权利的过程中,马丁·路德·金发现了另一句谚语,用以表达不存在简单的方法或快速的解决办法,即"没有痛苦,就没有收获(一分耕耘,一分收获)"。马丁·路德·金使用了他在1963年"科博大厅自由集会"上讲话中"没有痛苦,就没有收获"这个不太常见的变体来解释,社会进步需要付出沉重的代价(另一个众所周知的短语)。

> 我也不想给你们留下这样的印象:要获得公民权利是很容易的。没有个人的痛苦就没有巨大的社会收益。在赢得兄弟会的胜利之前,有些人将不得不伤痕累累。在赢得胜利之前,还会有更多的人被关进监狱。在赢得胜利之前,一些人,比如梅德加·埃弗斯,可能要面对肉体上的死亡。但是,如果肉体上的死亡是一些人必须付出的代价,才能使他们的孩子和白人兄弟平等,那么没有什么比这更具

有救赎性了。在赢得胜利之前，有些人会被误解，被称为坏蛋，但我们必须下定决心，坚信这个问题是可以解决的。(是的)(掌声)(Carson and Shepard 2001：70-71)

这是一个基于众所周知的智慧的社会政治言论。马丁·路德·金的演讲和著作中充满了这样的言论，一劳永逸地表明，在人类试图建设一个更加人道的世界的社会政治的努力中，谚语具有非常重要的意义和价值。

前总统贝拉克·奥巴马（生于1961年）承认，自己深受亚伯拉罕·林肯和马丁·路德·金的影响。人们猜测他至少也读过弗雷德里克·道格拉斯的自传。正如所有人一样，他是有意识地对语言进行使用，这从他的自传《我父亲的梦想》(1995) 的精致风格中可见一斑。他的演讲以及阐述其政治议程的著作中都充满了谚语。作为前辈中受教育程度较高的人，他精通《圣经》和民间谚语，并在各种社会政治交流的关键时刻使用它们。因此，众所周知的黄金法则，即谚语为他的隐喻性表达增添了公平、移情、人道和伦理的世界观（Mieder 2009b；2014b：172-97）。

事实上，在他的政治和个人宣言《希望无畏》(2006) 中，奥巴马毫不含糊地指出，他遵循的是一句谚语"己所不欲，勿施于人"。这通常被称为人类行为的"黄金法则"。贝拉克·奥巴马深知这条生命法则作为一般知识的通用性，无论是以其更为久远的谚语形式还是简单的黄金法则命名，他都可以假定读者或听众能够理解并有希望认同他的主观陈述。"一种移情的感觉。……这是我道德准则的核心，也是我如何理解这一黄金法则的原因，它不仅是一种同情或慈善的呼吁，而是一种更为苛刻的要求，一种站在别人立场上看穿别人眼睛的呼吁。"（Obama 2006：66）一直以来，他都是谚语学家，他把"设身处地为他人着想""看穿他人的眼睛"这两个俗语以一种谚语法则进行表述，只有强调人们相互理解和同情时，这一黄金法则才会实现。在这本书的后半部分，他重申了对这一崇高道德原则的承诺："黄金法则可以与一切残忍的形式作斗争，爱与慈善，谦逊与优雅，我对一些事情是绝对确定的。"（Obama 2006：224）

就职后不久，奥巴马就出访埃及、德国和法国。2009年6月4日，在开罗大学，他向穆斯林世界发表了演讲。在这次演讲中，奥巴马有力地反对"对伊斯兰教的负面刻板印象"。他指出，消除世界上的刻板印象必须让世界各地的人们都参与进来。人人生而平等，正如奥巴马从不疲倦地指出的那样。

> 正如不应该以刻板印象看待穆斯林一样，也不能以自私自利的帝国看待美国。……我们是从反对帝国的革命中诞生的，我们建立在人人生而平等的理想之上。几个世纪以来，我们为疆界内和世界各地赋予这些权利而流血和奋斗。我们被来自地球每一个角落的每一种文化所塑造，并致力于一个简单的概念，"合众为一"。（Mieder 2014b：191-92）

作为美国国徽的一部分，古老的经典谚语"合众为一"体现了贝拉克·奥巴马强调相似而非强调差异的世界愿景（Fields 1996：1-25；Aron 2008：23-25）。正如奥巴马所强调的那样，这种观点包括一种民主的政府形式，他引用了众所周知的"民有、民治、民享的政府"这句话。这是一种理性和情感的修辞，来自心灵和灵魂，因为它呼吁建立一个基于伦理价值观的新世界，将人类联系在一起。在这种深刻的道德世界观中，人们当然可以听到亚伯拉罕·林肯、弗雷德里克·道格拉斯和马丁·路德·金的回声。

当然，贝拉克·奥巴马的口头和书面语言也包含了大量的民间谚语，以强调一个更加人道的世界秩序的愿景。他不带任何介绍性的公式把它们融入自己的修辞流程中，使它们在某种程度上成为自己的智慧之言，而不会像老生常谈。他有时会加一两个词来打破谚语的公式性，在减少显而易见的同时保持教诲的基调，带来积极改变的深层信息。2005年5月7日，在伊利诺伊州的罗克福德，他充分利用了"知识就是力量"这句谚语。

> 在这个新世界，知识就是力量。一个新的想法不仅可以带来一个新产品或新工作，还可以（带来）整个新产业和一种新的思考世界的方式，所以你们需要成为创意一代。这一代人总是在思考前沿问题，想知道如何创造和保持下一波美国就业和创新。

这是奥巴马 2006 年 6 月 26 日在伊利诺伊州埃文斯顿发表演讲时,用谚语"时间会证明一切"鼓励毕业生的例子。

> 时间会证明一切的,新世纪的挑战将考验你们。有时你们会失败,但要知道你们有能力去尝试。在你们之前的几代人在他们自己的时代,也面临着同样的恐惧和不确定性。(Mieder 2009b:82)

他在最后一句话中或许也谈到了"希望无畏",但这句简单的谚语足以鼓励年轻听众满怀信心和善意地展望未来。毫无疑问,奥巴马在社会政治上运用众所周知的智慧作为道德、伦理和人道价值观的有效表达是特别熟练的。

在前第一夫人、纽约州参议员、贝拉克·奥巴马时期的国务卿、落选总统候选人希拉里·克林顿的著作和演讲中可以看出,她本可以继承奥巴马的许多政策,尽管这是一个更加务实和不那么理想化的方法。虽然她没有朋友奥巴马的演讲风格和吸引力,但她对社会政治问题的承诺在她的作品中找到了坚实的表达,在她的演讲作品中,她显得更加缺乏情感温暖并且过于实事求是。当谈到她 3 本书《举全村之力》(1996)、《生活史》(2003)和《艰难抉择》(2014)时,情况就完全不同了,这些书显示了希拉里·克林顿是一个极致的谚语主义者(Mieder 2015b)。

希拉里·克林顿的个人和政治道德也受到众所周知的黄金法则的影响。希拉里一直对儿童感兴趣,她写道:"我希望更多的教会和家长认真考虑'正如期望别人一样对待别人'这样一个主要宗教教义。如果成功了,可以在我们面临的社会问题上取得重大进展。"她选择芭芭拉·雷诺德的格言"黄金法则并不意味着黄金统治"作为《每家企业都是家族企业》一章的座右铭(Clint 2003:265-279)。毕竟,是人道主义的参与,而不是商业上的成功,使世界成为人类更美好的地方。

有一个众所周知的比喻,为理解希拉里·克林顿漫长的政治社会旅程提供了很好的帮助。这一切都与她那本极为成功的第一本书有关,《举全村之力》。这本书的开头一章也叫《举全村之力》(Clinton 1996:1-11)。在这本书中,她围绕着一句谚语"养育一个孩子需要全村之力"发表了评论,这句谚语概括了这本书关于养育和教育孩子的全部主旨。从中可以看出，她非常精明地将这个村庄及其家庭和社会结构、传统和价值观作为一个小地方融入了整个国家，并超越这个地方而融入了世界。毕竟，今天的孩子不仅是一个特定村庄或国家的公民，而且是属于相互联系的世界的公民。

> 孩子不仅存在于家庭中，也存在于世界中。从他们出生的那一刻起，他们就依赖于许多其他的"成年人"——祖父母、邻居、教师、部长、雇主、政治领袖，以及无数直接或间接影响他们生活的人。成年人管理他们的街道，监控他们的食物、空气和水的质量，制作出现在电视上的节目，经营着雇用他们父母的企业，并制定保护他们的法律。我们每个人都在每个孩子的生活中扮演着一个角色：养育一个孩子需要一个村庄。
>
> 我选择了那句古老的非洲谚语来命名这本书，因为它提供了一个永恒的提醒：只有家庭兴旺发达以及整个社会的足够关心，孩子们才能茁壮成长……
>
> 从过去到现在，在我国，"村庄"指的是个人和家庭共同生活和工作的实际地理位置……
>
> 不过，对我们大多数人来说，这个村子不再是这样了……
>
> 当代村庄的视野远远超出了城镇线。从我们出生的那一刻起，我们就通过广播、电视、报纸、书籍、电影、计算机、光盘、手机和传真机接触到大量的其他地域的人，并受到了来自不同地区的影响。科技将我们与它创造的客观地球村联系在一起……
>
> 最早提出这句谚语的圣人无疑会被现代村庄的构成迷惑……
>
> 村庄不能再被定义为地图上的一个地方，或一个人员或组织的列表，但它的本质仍然是一样的：它是一个价值观和关系网络，支持和影响着我们的生活。（Clinton 1996：5 – 7，11）

这句谚语实际上并非源自非洲，尽管有点类似斯瓦希里语谚语"一只手（人）不能养育一个孩子"（Scheven 1981：123）。相反，它很可能是从托妮·莫里森1981年发表的声明中开始出现的（Mieder 2014b：201 – 2；Shapiro 2006：529）。托妮·莫里森是一位著名的非裔美国作家，这一事实可能导致希拉里·克林顿错误地得出结论,她使用的是非洲谚语。她对于谚语的使用,无疑为她关于儿童生活的重要社会政治评论增添了权威性的表达。

很明显,希拉里·克林顿喜欢谚语,经常直接用一些介绍性的公式来吸引人们的注意,这些公式有助于强化她希望表达的谚语观点。在这个例子中,她用一句谚语来表达她的"爱"。

> 我爱一句老话:如果你还背着手,就不能卷起袖子去工作。所以,如果你,像我一样,担心我们的孩子;如果你,像我一样,想知道我们如何才能言行一致,我想和你分享一些我一生中形成的信念,不仅是作为一个倡导者和公民,而且作为一个母亲、女儿、妹妹、妻子。告诉我们孩子需要我们什么,我们欠他们什么。(Clinton 1996:10)

她一直在照顾儿童、妇女权利、医疗保健、福利改革等问题上作出努力,并且无论她在为什么样的社会政治问题而奋斗,她一直都在与各种困难和障碍作斗争,深知"政治与生活一样,细节决定成败"这一现代谚语所表达的真理(Clinton 2003:290)。

2016年,佛蒙特州参议员伯尼·桑德斯(1941年生)挑战了希拉里·克林顿,他希望获得民主党总统候选人的提名,他勇敢地进行了一场战斗,险些击败她。他表现出色的原因是多方面的,他引人入胜的基层言论是重要原因之一,特别是激励年轻人接受他作为民主社会主义者的革命立场方面。他的演讲和两本书《白宫局外人》(1997,2015年更新)及《我们的革命:值得相信的未来》(2016)中,包含了他不断进步的政治理念,就像一阵清新的微风席卷了整个国家。由于他对社会主义议程毫不动摇,他的政治理念是坚定而明确的,许多众所周知的主旨构成了他的社会政治议程。谚语"够了就是够了(适可而止)"是他经常重复的口号,因为他认为令人不满的美国政治现状需要真正的革命性变革。

> 我相信,饱受失业和工资停滞困境的美国人以及被不平等和不公正激怒的美国人已经认识到政治革命是必要的。我听到美国人大

声而清楚地说：够了就是够了（适可而止）。这个伟大的国家及其政府属于全体人民，而不仅仅是少数亿万富翁和他们的说客。（Sanders 2015：Ⅶ；Sanders 2016：117，136）

在他关于建立一个更加平等政府的民粹主义论据中，他经常提到民主的定义，通过提及林肯对民主的使用，增加了自己关于民主论述的权威性。

在葛底斯堡演讲结束时，林肯说："我们下了很大的决心，因为不能让这些死者白白死去。……这个国家，在上帝的领导下，将会有一个新的自由诞生。……这个民有、民治、民享的政府，不会从地球上消失。"在 2016 年，我非常担心的是：一个腐败的并且越来越被亿万富翁和特殊利益集团控制的政治竞选融资体系，会导致一个民有、民治、民享的政府在美利坚合众国灭亡。我们不能让这种事情发生。（Sanders 2016：203，81，187）

桑德斯一次又一次地抨击美国将走向一个财富分配极为不公平的寡头政治。"富者愈富，贫者愈贫"这句谚语完美地为他不断发出的警告增添了感情力量：富者愈富，贫者愈贫；大多数美国人的生活水平在下降；民主陷入危机，寡头政治隐现；我们所知道的是由企业媒体所决定的；我们的医疗体系陷入混乱；我们的教育体系面临危机（Sanders 2015：274，31，107）。

这是桑德斯在社会政治上运用谚语最为有力的例子，用"钱生钱"来形容亿万富翁的作案手法和用"你不能样样俱得"来告诉他们，他们对金钱的贪婪必须在一个更公平的世界秩序中停止。因为存在大量的有利于富人的信贷和税收减免，一个亿万富翁的对冲基金经理可以支付比卡车司机、教师或护士更低的有效税率。"钱生钱"这句老话很有生命力。税法正在帮助非常富有的人疯狂地变得更富有，而中产阶级正在消失，穷人正在变得更穷。相反，这是罗宾汉原则。

在我看来，我们必须向亿万富翁阶层传达一个信息："你不能样样俱得。"你不能继续通过将美国工作岗位运送到中国来获得巨大的税收减免。你不能在开曼群岛和其他避税天堂隐瞒你的利润,而这个国家的每个角落都有大量未满足的需求。你的贪婪必须结束。如果你拒绝承担你作为美国人的责任,你就不能享受美国的所有好处。我们需要一个公平和累进的税制。(Sanders 2016:266-267,121,217,315,410)

桑德斯通过警告国民众所周知的《独立宣言》有被颠覆的危险,对这种怪诞局面进行了一次反击:"根据创始人的说法,所有美国人生来平等,所有人都有权享有生命、自由和追求幸福,本应是'不言而喻的真理',但那些关于这个国家本应是什么样的基本概念,却被当今国内极大的财富水平差距和收入不平等严重威胁。"(Sanders 2016:277,186)

桑德斯明确支持女性薪酬的公平,他在《我们的革命》(Sanders 2016:228-232)中加入了一章,标题是《同工同酬》,这肯定会让他赢得苏珊·安东尼的尊重和钦佩。桑德斯对谚语的有效运用之所以如此吸引人,是因为它们具有颠覆性。传统谚语的权威一定程度上成为政治权力结构变革的工具。在他关于"谚语和语言的政治性"的开创性文章(2000)中,卡梅伦·路易斯指出,在政治中,"谚语试图赋予人们的观点或建议以自我权威性和合法性。当一个人使用谚语时,他试图援引不言而喻的社会真理和社会规范来支持自己的观点"(Louis 2000:178;Manders 2006)。桑德斯深知这一点,因为他用谚语并不是为了保持现状,而是为了带来革命性的社会变革。对他来说,这也包括了一条众所周知的黄金法则。反观最近的社会行为,这条法则似乎被抛弃了。

美国一直是被压迫者的避难所。我们不能逃避历史赋予我们保护受迫害者的责任。正如林肯总统在他的第一次就职演说中所敦促的那样,我们必须向我们本性中更好的天性发出呼吁。我们必须坚持"己所不欲,勿施于人"的原则。

可悲的是,在2016年,我们有一个主要政党的总统候选人花了无数时间去做完全相反的事情,呼吁我们最恶劣的人类特性,即偏见和种族主义。为政治利益兜售仇恨的时代已经过去了,我们需要解决我国面临的真正问题,包括移民问题。(Sanders 2016:398,149-50)

这是谚语在社会政治话语中体现人文价值的最后证明。伯尼·桑德斯并不是谈论他的民主党对手希拉里·克林顿,而是谈论唐纳德·特朗普总统(生于1946年),这是美国引以为豪的历史上的一个令人费解的谜。在讨论了3个世纪的谚语作为指导正确社会行为的宝贵智慧之后,特朗普的对抗性和不周全的修辞是没有包含谚语语言的。事实上,他甚至没有使用通常渗透在口头和书面交流中的隐喻。他太直截了当了,在他篇幅有限的推特上,没有任何隐喻和谚语可以帮助他克服众多直截了当的、侮辱性的语言。毫无疑问,谚语间接的民间性在有效的、体贴的、伦理的社会政治话语中始终具有极大的人文价值。

引用文献

Abrahams, Roger D. 2005. *Everyday Life. A Poetics of Vernacular Practices.* Philadelphia: University of Pennsylvania Press.

Aron, Paul. 2008. *We Hold These Truths…And Other Words that Made America.* Lanha: Rowman & Littlefield.

Bartlett, John. 2012. *Familiar Quotations*, 18th ed. Edited by Geoffrey O'Brien. New York: Little, Brown and Company.

Basler, Roy P., ed. 1953. *The Collected Works of Abraham Lincoln.* 8 vols. New Brunswick: Rutgers University Press.

Blassingame, John, ed. 1985—1992. *The Frederick Douglass Papers.* 5 vols. New Haven: Yale University Press.

Burrell, Brian. 1997. *The Words We Live By. The Creeds, Mottoes, and Pledges that Have Shaped America.* New York: Free Press.

Butterfield, L. H., ed. 1963—1993. *Adams Family Correspondence*(1761—1785). 6 vols. Cambridge: Harvard University Press.

Carson, Clayborne, et al., eds. 1992 - 2007. *The Papers of Martin Luther King*, Jr. 6 vols. Berkeley: University of California Press.

Carson, Clayborne, and Peter Holloran, eds. 1998. *A Knock at Midnight. Inspiration from the Great Sermons of Reverend Martin Luther King*, Jr. New York: Warner Books.

Carson, Clayborne, and Kris Shepard, eds. 2001. *A Call to Conscience.* The Landmark Speeches of Dr. Martin Luther King, Jr. New York: Grand Ventral Publishing.

Clinton, Hillary Rodham. 1995. Remarks by First Lady Hillary Rodham Clinton. *Paper presented at United Nations Fourth World Conference on Women*, Beijing, China, September 5 - 6.

Clinton, Hillary Rodham. 1996. *It Takes a Village and Other Lessons Children Teach Us.* New York: Simon & Schuster. 10th Anniversary Edition with a New Introduction in 2006.

Clinton, Hillary Rodham. 2003. *Living History.* New York: Simon & Schuster.

Clinton, Hillary Rodham. 2014. *Hard Choices.* New York: Simon & Schuster.

Doyle, Charles Clay, Wolfgang Mieder, and Fred R. Shapiro, eds. 2012. *The Dictionary of Modern Proverbs.* New Haven: Yale University Press.

Dundes, Alan. 1999. *Holy Writ as Oral Lit. The Bible as Folklore.* Lanham: Rowman and Littlefield.

Fields, Wayne. 1996. *Union of Words. A History of Presidential Eloquence.* New York: Free Press.

Fontaine, Carole R. 1982. *Traditional Sayings in the Old Testament. A Contextual Study.* Sheffield: The Almond Press.

Foss, William. 1999. *First Ladies Quotation Book.* A Compendium of Provocative, Tender, Witty, and Important Words from the Presidents'Wives. New York: Barricade Books.

Gallacher, Stuart A. 1949. Franklin's Way to Wealth: A Florilegium of Proverbs and Wise Sayings. *Journal of English and Germanic Philology*, 48: 229 - 251.

Gordon, Ann D., ed. 1997 - 2013. *The Selected Papers of Elizabeth Cady Stanton and Susan B. Anthony.* 6 vols. New Brunswick: Rutgers University Press.

Griffin, Albert Kirby. 1991. *Religious Proverbs. Over 1600 Adages from 18 Faiths Worldwide.* Jefferson: McFarland.

Haas, Heather H. 2008. Proverb Familiarity in the United States: Cross-Regional Comparisons of the Paremiological Minimum. *Journal of American Folklore*, 121: 319 - 347.

Harper, Ida H. 1898 - 1908. The Life and Works of Susan B. Anthony, Including Public Addresses, Her Own Letters and Many of Her Contemporaries During Fifty Years. *A Story of the Evolution of the Status of Women.* 3 vols. Indianapolis: Hollenbeck Press.

Hertzler, Joyce. 1933 - 1934. On Golden Rules. *International Journal of Ethics*, 44: 418 - 436. [CrossRef].

Honeck, Richard P. 1997. *A Proverb in Mind. The Cognitive Science of Proverbial Wit and Wisdom.* Mahwah: Lawrence, Erlbaum Associates.

Hrisztova-Gotthardt, Hrisztalina, and Melita Aleksa Varga, eds. 2015. Introduction to

Paremiology. *A Comprehensive Guide to Proverb Studies*. Berlin: Walter de Gruyter.

Jente, Richard. 1945. *The Untilled Field of Proverbs*. In *Studies in Language and Literature*. Edited by George R. Coffman. Chapel Hill: University of North Carolina Press: 112 – 119.

Kerschen, Lois. 1998. *American Proverbs about Women: A Reference Guide*. Westport: Greenwood Press.

Louis, Cameron. 2000. Proverbs and the Politics of Language. *Proverbium*, 17: 173 – 194.

Lambert, Wilfred G. 1960. *Babylonian Wisdom Literature*. Oxford: Clarendon Press.

Manders, Dean Wolfe. 2006. *The Hegemony of Common Sense (Proverbs). Wisdom and Mystification in Everyday Life*. New York: Peter Lang.

Mieder, Wolfgang. 1989. *American Proverbs: A Study of Texts and Contexts*. Bern: Peter Lang.

Mieder, Wolfgang. 1992. *Paremiological Minimum and Cultural Literacy*. In *Creativity and Tradition in Folklore*. Edited by Simon J. Bronner. Logan: Utah State University Press: 185 – 203. Also in *Wise Words: Essays on the Proverb*. Edited by W. Mieder. New York: Garland Publishing, 1994: 297 – 316.

Mieder, Wolfgang. 1993. *Proverbs Are Never Out of Season: Popular Wisdom in the Modern Age*. New York: Oxford University Press, Reprinted in 2012. New York: Peter Lang.

Mieder, Wolfgang, ed. 1994. *Wise Words: Essays on the Proverb*. New York: Garland Publishing. Reprinted in 2015. London: Routledge.

Mieder, Wolfgang. 1997. *The Politics of Proverbs. From Traditional Wisdom to Proverbial Stereotypes*. Madison: The University of Wisconsin Press.

Mieder, Wolfgang. 2000a. *Strategies of Wisdom. Anglo-American and German Proverb Studies*. Baltmannsweiler: Schneider Verlag Hohengehren.

Mieder, Wolfgang. 2000b. *The Proverbial Abraham Lincoln. An Index to Proverbs in the Works of Abraham Lincoln*. New York: Peter Lang.

Mieder, Wolfgang. 2001. *"No Struggle, No Progress". Frederick Douglass and His Proverbial Rhetoric for Civil Rights*. New York: Peter Lang.

Mieder, Wolfgang, ed. 2003. *Cognition, Comprehension, and Communication. A Decade of North American Proverb Studies (1990 – 2000)*. Baltmannsweiler: Schneider Verlag Hohengehren.

Mieder, Wolfgang. 2004. *Proverbs: A Handbook*. Westport, Connecticut: Greenwood

Press. Reprinted in 2012. New York: Peter Lang.

Mieder, Wolfgang. 2005. *Proverbs Are the Best Policy*: *Folk Wisdom and American Politics*. Logan: Utah State University Press.

Mieder, Wolfgang. 2008. *"Proverbs Speak Louder Than Words"*. *Folk Wisdom in Art, Culture, Folklore, History, Literature, and Mass Media*. New York: Peter Lang.

Mieder, Wolfgang. 2009a. *International Bibliography of Paremiology and Paremiography*. 2 vols. Berlin: Walter de Gruyter.

Mieder, Wolfgang. 2009b. *"Yes We Can"*. *Barack Obama's Proverbial Rhetoric*. New York: Peter Lang.

Mieder, Wolfgang. 2014a. *All Men and Women Are Created Equal*: *Elizabeth Cady Stanton's and Susan B. Anthony's Proverbial Rhetoric Promoting Women's Rights*. New York: Peter Lang.

Mieder, Wolfgang. 2014b. *"Behold the Proverbs of a People"*, *Proverbial Wisdom in Culture, Literature, and Politics*, Jackson: University Press of Mississippi.

Mieder, Wolfgang. 2014c. "M (R) ight Makes R (M) ight": The Sociopolitical History of a Contradictory Proverb Pair. In *Paper presented at Proceedings of the Seventh Interdisciplinary Colloquium on Proverbs*, Tavira, Portugal, 3 – 10 November 2013; Edited by Rui J. B. Soares and Outi Lauhakangas, Tavira: Tipografia Tavirense: 107 – 131.

Mieder, Wolfgang. 2015a. *"All Men Are Created Equal"*. *From Democratic Claim to Proverbial Game*. In *Scientific Newsletter. Series*: *Modern Linguistic and Methodical and-Didactic Researches*. Voronezh: Voronezh State University of Architecture and Civil Engineering, no. 1: 10 – 37.

Mieder, Wolfgang. 2015b. *"Politics is not a Spectator Sport"*. *Proverbs in the Personal and Political Writings of Hillary Rodham Clinton*. "Tautosakos Darbai" / *Folklore Studies*, 50: 43 – 74.

Mieder, Wolfgang. 2015c. "These Are the Times that Try Women's Souls". The Proverbial Rhetoric for Women's Rights by Elizabeth Cady Stanton and Susan B. Anthony. *Proverbium*, 32: 261 – 330.

Mieder, Wolfgang, and Alan Dundes, eds. 1981. *The Wisdom of Many*: *Essays on the Proverb*. New York: Garland Publishing. Reprinted in 1994. Madison: The University of Wisconsin Press.

Mieder, Wolfgang, and George B. Bryan. 1996. *Proverbs in World Literature*: *A Bibliography*. New York: Peter Lang.

Mieder, Wolfgang, Stewart A. Kingsbury, and Kelsie B. Harder, eds. 1992. *A Dictionary of American Proverbs*. New York: Oxford University Press.

Mieder, Wolfgang, and Janet Sobieski, eds. 2006. *"Gold Nuggets or Fool's Gold?" Magazine and Newspaper Articles on the (Ir) relevance of Proverbs and Proverbial Phrases*. Burlington: The University of Vermont.

Newcomb, Robert. 1957. *The Sources of Benjamin Franklin's Sayings of Poor Richard*. Unpublished dissertation, University of Maryland, College Park, MD.

Nichols, Ray. 1996. Maxims, "Practical Wisdom", and the Language of Action. Beyond Grand Theory. *Political Theory*, 24: 687 – 705.

Norrick, Neal R. 1985. *How Proverbs Mean. Semantic Studies in English Proverbs*. Amsterdam: Mouton.

Obama, Barack. 2006. *The Audacity of Hope. Thoughts on Reclaiming the American Dream*. New York: Three Rivers.

Obelkevich, James. 1987. Proverbs and Social History. In *The Social History of Language*. Edited by Peter Burke and Roy Porter. Cambridge: Cambridge University Press: 43 – 72. Also in Wise Words. Essays on the Proverb. Edited by Wolfgang Mieder. New York: Garland: 211 – 252.

Permiakov, Grogorii L'vovich. 1970. Ot pogovorki do skazki (Zametki po obshchei teorii klishe). Moscow: Nauka Publishing House. Also in English as *From Proverb to Folk-Tale: Notes on the General Theory of Cliché*. Moskva: Nauka, 1979.

Prahlad, Sw. Anand (Dennis Folly). 1996. *African-American Proverbs in Context*. Jackson: University of Mississippi Press.

Raymond, Joseph. 1956. Tensions in Proverbs. More Light on International Understanding. *Western Folklore*, 15: 153 – 58. Also in *The Wisdom of Many: Essays on the Proverb*. Edited by Wolfgang Mieder and Alan Dundes. New York: Garland Publishing, 1981: 300 – 308.

Sanders, Bernie. 2015. *Outsider in the White House*. New York: Verso, Updated edition of the 1997 publication with the title Outsider in the House.

Sanders, Bernie. 2016. *Our Revolution. A Future to Believe in*. New York: St. Martin's Press.

Schipper, Mineke. 2003. *"Never Marry a Woman with Big Feet": Women in Proverbs from Around the World*. New Haven: Yale University Press.

Seitel, Peter. 1969. Proverbs: A Social Use of Metaphor. *Genre* 2: 143 – 161. Also in

The Wisdom of Many: *Essays on the Proverb*. Edited by Wolfgang Mieder and Alan Dundes. New York: Garland Publishing, 1981: 122 – 139.

Scheven, Albert. 1981. *Swahili Proverbs*. Washington, D. C. : University Press of America.

Stanhope, Philip Dormer, 4*th Earl of Chesterfield*. 1901. *Letters to His Son*. Edited by Oliver H. G. Leigh. 2 vols. London: M. Walter Donne.

Taylor, Archer. 1931. *The Proverb*. Cambridge: Harvard University Press. Reprinted as The Proverb and an Index to The Proverb. Hatboro: Folklore Associates, 1962. Reprinted again with an introduction, a bibliography and a photograph of Archer Taylor by Wolfgang Mieder. Bern: Peter Lang, 1985.

Templeton, John Mark. 1997. *Worldwide Laws of Life*. Philadelphia: Templeton Foundation Press.

Winton, Alan P. 1990. *The Proverbs of Jesus. Issues of History and Rhetoric*. Sheffield: Sheffield Academic Press.

这是考验女性灵魂的时代：
为女权斗争的谚语修辞

【编译者按】本文（These Are the Times that Try Women's Souls：The Proverbial Rhetoric for Women's Rights by Elizabeth Cady Stanton and Susan B. Anthony）发表于2015年的《谣谚》（Proverbium，32：261-330）。作者通过对两位重要的美国女性作家如何利用谚语来争取平等权利的文本分析，不仅提出了谚语学对女性谚语使用者和创作者的忽视，而且也以语境化研究为分析女性的文学、社会、政治等方面的贡献作出了示范。

许多美国著名男性政治家和社会改革家，如约翰·亚当斯、弗雷德里克·道格拉斯、亚伯拉罕·林肯、富兰克林·罗斯福、哈利·杜鲁门、马丁·路德·金和巴拉克·奥巴马都有著名的谚语修辞名言，而人们对于女性公众人物的著名演说却不感兴趣。然而，粗略浏览一下伊丽莎白·斯坦顿（Elizabeth Cady Stanton，1815—1902）和苏珊·安东尼（Susan B. Anthony，1820—1906）的信件、演说和散文，可以清楚地看出在50年的进程中，这两位19世纪女权主义者不懈、感性、积极地为争取妇女权利作斗争，而在使用谚语性言语方面，她们任何时候都与男性政治巨头旗鼓相当。将斯坦顿和安东尼称为"修辞巨人"的部分理由是因为她们在使用修辞为女权主义服务的过程中，极其有效地运用和创新地处理了谚语性的智慧和隐喻。她们尤其倡导教育，难怪斯坦顿和安东尼常常把自己视为教育女性的代表，她们坚持应当享有与男性平等的权利。由于谚语在其他功能中往往具有说教的功能，因此她们用谚语来为她们的论点增添世代传递的智慧也就不足为奇了。当然，这并不是说这些高瞻远瞩的改革家都同意一些传统谚语的信息。换句话说，斯坦顿和安东尼都使用了谚语性的语言，无论是以何种方式服务于她们的社会改革目标。毫无疑问，谚语是处理典型情况的策略，因此对这两名女权主义者来说，她们成为反复出现的社会情景中的语言符号是一种自然结果。

伊丽莎白·斯坦顿和苏珊·安东尼的信件、演说和散文都清楚地表明她们在 50 年中，为争取妇女权利而进行的不懈斗争。而且，在使用谚语性言语方面，她们毫不逊色于男性政治巨头。当然，她们因为熟练且多面性地使用了英语而受到赞扬，但她们明显地依赖了一般的民间语言，尤其是谚语和谚语表达。可是，她们一直没有受到语言学家、文化历史学家、民俗学家和谚语学家的关注[①]。

换句话说，仔细研究这两位卓有成效的演说家和散文家在民权和女权事业上的言论，分析她们如何使用语言传达她们的信息十分重要。正如阿比盖尔·亚当斯（Abigail Adams, 1744—1818）——这位没有政治发言权的早期美国女权主义者——给家人和朋友的众多信件中运用谚语和短谚为妇女争取权利，斯坦顿和安东尼借助《圣经》和民间谚语，为男女在法律面前和社会互动中的平等提出了不间断的论据。

然而，许多研究忽视了斯坦顿和安东尼语言中谚语的本质问题，这在坎贝尔（Karlyn Campbell）精湛的两卷本著作《男人不能替女人说话》(*Man Cannot Speak for Her*) 的研究中十分明显。该书介绍和分析了她们和同时代的一些重要人物在争取妇女权利的斗争中的经历。在她具有启发性的介绍中，坎贝尔指出"男人有一段古老且光荣的修辞历史"，可以追溯到古希腊和古典罗马时期，而"女性没有平行的修辞历史"，因为"在历史长河中，女性被禁止发言"，尤其是在公共竞技场。她将修辞定义为"研究符号用来吸引和说服他人的方法。说服的潜力存在于说服者（修辞学者）和听众（读者）共同的象征和社会经济经验中；具体的修辞行为试图开拓这种共同的经验，并将其导向特定的方向"。她继续陈述修辞的分析都集中在"修辞者在选择和调整语言、文化价值和共同经验等

[①] 许多关于斯坦顿和安东尼的传记和研究探究她们吸引人的生活细节和与女性相关的先进社会政治事业，但多数情况下，没有分析她们为废奴、节制、性别平等特别是妇女选举权而进行的斗争是如何被语言化和谚语化的，就这样她们的预言随着时间的推移影响了社会的变化。

方面的资源以影响他人的技巧"。这完全说得通，但长期以来，对女权主义运动感兴趣的学者并没有对女性可用的语言资源方面进行详细的研究。可以肯定的是，坎贝尔甚至谈到妇女参政论者的"女性风格"，她们的"论述将是个人化的，主要依靠个人经验、轶事和其他例子。而结构倾向于归纳（工艺是一点点、从一个个实例中学习的，从中可得出普遍的结论）。这类修辞赋权的目的是用来说服听众（或读者）她们可以成为变革的推动者"。可以看出，谚语概括的人类行为和社会规范的表达会加大女权主义者的"修辞创造力"（rhetorical creativity），令人惊奇的是，大量关于斯坦顿和安东尼的研究中，并没有强调妇女权利运动中这一宝贵的言辞。我们将会看到，将斯坦顿和安东尼称为"修辞巨人"的部分理由是，她们在为女权主义修辞服务的过程中，极其有效地运用和创新地处理了谚语性的智慧和隐喻。

维护权利和教育在一定程度上是相辅相成的，难怪斯坦顿和安东尼常常把自己视为教育女性的角色，要求她们应当享有与男性平等的权利。由于谚语往往具有说教功能，因此，她们用谚语来为她们的论点增添世代传递的智慧也就不足为奇了。当然，这并不是说这些高瞻远瞩的改革家没有不同意一些传统谚语的信息！换句话说，斯坦顿和安东尼都使用了谚语性的语言，无论它以何种方式服务于他们的社会改革目标。毫无疑问，"谚语是处理典型情况的策略"，因此，对这两名女权主义者来说，她们成为反复出现的社会情景中的语言符号是一种自然结果，就女性角色而言，这些社会状况需要被质疑和改变。

她们是熟练的修辞学家，就像伟大的英国演说家温斯顿·丘吉尔（Winston S. Churchill）在接下来的一个世纪使用所有的英语语体风格一样。1963年4月9日，当丘吉尔成为美国的荣誉市民时，约翰·肯尼迪总统以下面这句话来形容丘吉尔修辞的宏伟："在黑暗的日夜中，当英国孤立时——大多数人拯救了对英国生活感到绝望的英国人——动员起英语这个语言，并将其投入战斗。"两位不知疲倦的女权倡导者同样也是如此。她们运用英语同社会弊病作斗争，安东尼在两个场合才华横溢地用反谚语"这是考验女性灵魂的时代"来描述她为妇女事业奋斗的50年。1776年，她简单地用"女性"这个词替换了托马斯·潘恩的名言"这是考验男人灵魂的时刻"中的"男人"一词，她囊括了半数人的磨难！斯坦顿运用了类似的语言技巧，在女权运动初始时，把谚语"人生而平等"改成兼容并蓄的"男女皆生而平等"。这些革命宣言成为她们捍卫男女平等权利的格言，可见，谚语和谚语措辞在她们不断的斗争和持久的成功中发挥了重要作用。

一　两位 19 世纪使用谚语的女性主义伙伴

伊丽莎白·斯坦顿和苏珊·安东尼 1851 年相识后便结下了深厚的友谊，直到 1902 年斯坦顿去世为止，这段友谊持续了 50 年。她们多次在家中和会议上见面，也经常有书信往来。她们齐心合作，以彼此信赖的精神相互鼓舞，她们之间的书信往来是真挚友谊的感人见证。她们通信时放下内心的警惕，对生活中的各种问题、成败与悲欢诚实陈述。两位女性依赖谚语措辞，为她们写给对方的书信增添了颜色和情感。

为了推动关于女性权利的议程，保持专注至关重要。斯坦顿用两个句子对朋友宣称她们应遵循谚语的建议，"让过去成为过去"，她们不应浪费谚语的"粉"，在节制问题上，因为他们有更大的鱼要去煎。这"鱼"代表了争取妇女的权利："现在，苏珊，我请求你让过去成为过去，不要在国家禁酒协会上浪费精力，我们有更大的鱼要去煎。"

自我怀疑在女权运动中很少出现，即使一些朋友对于她们的某些观点有不同的意见。"时间会证明一切的"，这句谚语很好地让安东尼安慰了她的朋友苏珊："除了极少数人以外，所有的老朋友都认为我们是错的。只有时间能证明，但我相信我们是对的，因此我们一定会成功。"他们必须积极思考和耕耘。

当安东尼想要说服斯坦顿某个想法或行动计划时，她能够很好地扮演谚语的角色。在 1872 年 7 月 10 日的书信中，她第一次提到经典谚语"大山竭尽全力地生出了一只小老鼠"，随后引用了两个短谚"维持生活"和"简而言之"，添加一些隐喻性表达她恳求持续行动的原因。但行动也意味着在困难的情况下需旅行几百英里，这两段摘录于 1878 年和 1879 年由斯坦顿给安东尼真情流露的信件中，她感觉"像块被挤压的海绵"，因为经常旅行和讲课使她已彻底地感到精疲力竭。然而，非常疲劳的斯坦顿仍然以一句字面意思是"全力以赴"的谚语作为信的结语。不论她有多疲惫，她都会持续为女权运动付出最大的努力。

当然，这两位女士希望通过"集思广益"来完成她们繁重的工作，未婚的安东尼完全有能力写出关于爱情、婚姻和家庭的迷人台词，就像她从朋友那里了解到的情况那样。

然而，多次提到工作，安东尼把谚语"一个樱桃无法咬两口"变成了相反的意思，以表达她不得不以某种方式管理她繁忙的日程。这句谚语虽然现在已经不怎么流行，但它让我们看到了安东尼当时所面临的苦乐参半的局面。

安东尼意识到她朋友的生命即将结束，便总结了她们共同的成就，强调她们"心中充满了喜悦"，因为她们在争取妇女权利方面迈出了勇敢的步伐。可以肯定的是，妇女选举权虽尚未获得，但斯坦顿可以放心地说，毫无谚语阴影地发出疑问，最终将获得胜利。这封最后的信对垂死的斯坦顿一定意义重大，因为她知道，安东尼将会与年轻一代的女权主义者一同接过火炬。不幸的是，她没能看到1920年通过的《第十九修正案》，该修正案最终赋予妇女投票权。它被称为《苏珊·安东尼修正案》，毫无疑问，她会希望这个修正案包含的是她们俩的名字！

二 社会行动主义者往来书信中的谚语

伊丽莎白·斯坦顿和苏珊·安东尼不仅彼此书信频繁，而且她们还与许多同时代的人通信，不分男女，从高级政府雇员到美国总统。除了他们的谈话和文章外，书信还揭示了两位女权主义者的个人生活，如家庭生活、她们的焦虑，当然还有她们为争取妇女权利而不断进行的斗争。书信中充满了真诚的情感、担心和对社会政治的评论，特别是关于她们为各种禁酒和选举权组织所做的工作。无论出现多么不可逾越的障碍，她们都坚持把争取妇女平等权利的梦想变为现实。没有什么能摧毁这两位女权主义者的乐观主义。

身体措辞和谚语在斯坦顿的书信中发挥了相当大的作用，为她的陈述增添了一种高度情绪化的意味，一些谚语包括了特别讲究的措辞，如"绑手绑脚"、"三个臭皮匠胜过一个诸葛亮"和"集思广益"等。应该注意的是，这些引用是斯坦顿身为一个母亲或祖母写的评论，再次让读者知道这位女性大家长是如何同时处理非常忙碌的生活、照顾家人，还努力为当时的女性在无路可走的情况下继续坚持走出一条路。

> 非常感谢安全到达我们手中的漂亮礼物。我本想早点回复你最近的来信，但事实是，我的手脚被厨房里尚未发育的爱尔兰人困住了，1个是抱在我怀里的婴儿，以及4个围着我转的男孩。
>
> 亲爱的玛莎，我已将我的答复告诉堂兄G，但在印刷之前，我想征求一下你的意见，将你可能想到的好东西补充进去。我略长你几岁，我想与其我去你那里找你，还是你到我这里来吧。这周的某个早晨乘首班火车过来吧，我们一起评论。"两个脑袋比一个脑袋好"，尤其是当一个脑袋里装满了婴儿的衣服和分娩的痛苦时。我还能够维持一个月的优雅，匆忙之笔。
>
> E. C. 斯坦顿

值得注意的是，安东尼反映了她的朋友使用关于身体的语句，帮助她描述那永无止境的工作，并发泄她对妇女不愿为争取投票权而努力的沮丧。就像斯坦顿一样，她利用谚语"绑手绑脚"和"集思广益"来为她的陈述增添感情活力。在第二段中，甚至出现了古老的短语"不用稻草做的砖"。

> 我相当焦虑，关于科尔比夫人（Clara Colby）和你（Elizabeth Harbert）一样，不得不放弃她的纸张，也和我一样——而我必须尽全力去避免这个可悲的命运发生在她身上——就像我救我自己那样——想知道如何做——去拯救你，如果不是我被束缚手脚，和头脑、和心、和对《妇女投票权的历史》第三卷的财力——我无法告诉你完成这件事后，我感到多么的宽慰。

可见，没有什么能制止这些妇女，表达她们对男性令人烦恼地反对妇女拥有平等权利的失望。谈到民间语言，斯坦顿引用了谚语措辞"和某人玩猫捉老鼠"和谚语比较"像热铲上的干豌豆一样跳"来表达丰富多彩的漫骂。

我们的立法会议只是在玩弄我们，就像猫玩老鼠一样。他们一致认为，给我们一个好的选举，让我们保持安静。最近他们在纽约非常接近地直接做了这件事，以至于两位男性匆忙在最后一刻改变了他们的选票。我们已经在国会举行了18年听证会，良好的报告和良好的选举，但没有行动。我气馁和厌恶了，感觉就像对敌人领地一些新的部分发动攻击。我们的政治家很冷静——在我们的炮火下自满，但一旦你将一把玩具枪对准神职人员，他们就会像热铲上的干豌豆一样跳起来。

说到妇女参与投票的希望，通过两个例子可以看出斯坦顿对投票权的关注：第一个例子特别有意思，因为它使用了谚语措辞"过河拆桥"的积极含义，而不是传统意义上的消极含义；第二例用的是带有讽刺性预言的短谚"在某人的靴子里摇晃"，鉴于女性对平等待遇的要求将越来越强烈，男性最好要小心。

可以肯定的是，正如安东尼在她1871年同一时期的一封信中所宣称的那样，选举权之球正在滚滚向前。在几周后的一封信中，她以"死门钉"来描绘反对者的特性，并用《圣经》谚语"让死人埋葬他们的死人"暗指他们，同时强调她对妇女在适当的时候将获得选举权充满了希望。

安东尼还用"三次出局"这句谚语动员妇女采取行动，让人们在鼓励联邦政府通过第十六修正案的请愿书上签名。在另一封信中，她呼吁谚语"团结就是力量"，以"看法一致"和"并肩站着"两个关于身体的短谚进一步强调她的论点。

不足为奇的是，斯坦顿和安东尼反复利用动物隐喻谚语的形式、谚语措辞和谚语比较来强调，反对不人道地将女性视为二等公民，表明女性完全有能力利用一切可利用的资源去推动自己的事业。下面的引用，如"老鼠离开正在下沉的船"、"像牡蛎一样神秘"、"和某人玩猫捉老鼠"和"每只猪都会在热厨余里烫着它们的鼻子"，可以很好地作为例子来说明这样的词组研究学，帮助她们将自己的观点与可理解的民间言论交流。

总是会有足够的挫折和障碍，包括人类的和金钱的。但对斯坦顿和安东尼来说，放弃并不是一个选项，尽管筹集资金这个问题有时似乎无法解决。在这方面，斯坦顿有一个有趣的《圣经》短谚用法："崇拜老牛犊。"事实上，她提倡"金牛犊"，这样就有足够的钱来支持正在进行的女权主义斗争。仔细阅读这一段后，还应注意到，"战争的力量"是对"金钱是爱和战争的力量"这一句谚语的影射。斯坦顿的观众无疑不会错过这句谚语的"核心"。

但安东尼从未放弃，她在一封信中宣布："只要有收支相抵的希望，我就会继续努力。"在另一封信中，她简单地选择了一句谚语来宣告战斗必须结束："'不要弃船'——将是我们的座右铭。"还有1886年的一句话："嗯——世界跑得很慢——对我来说太慢了——但它仍然在慢跑！"她引用了"时光飞逝"这句谚语；她之前曾以"时间过得真快，当我的头脑、心灵和双手都被工作塞满时——谁会相信在堪萨斯州获胜后我将不会给你写下只字片语呢？"来描绘她为争取妇女权利而进行的无休止的斗争。

三　民间谚语为争取妇女权利服务

伊丽莎白·斯坦顿和苏珊·安东尼在积极参与女权运动的50年中发表了无数次演讲。特别是在1869—1881年，她们为争取投票权而在全国各地奔波数千英里。她们与各种演讲厅预约机构签约，12年来这些机构为她们安排受欢迎的巡回演讲，使她们有机会在当地观众面前演讲。通过报纸报道，她们的演讲得到了更为广泛的流传。正如安·戈登（Ann D. Gordon）在其恰如其分的命题为《掌控国家》的文章中所指出的那样，两位女性的巡回演讲确实占领了这个国家。

这两个女人的精力令人难以置信。斯坦顿生了7个孩子，在旅途中她们会不断地修改她们的演讲稿。她们斗争的基础是要求妇女享有平等权利，这两位女性都带着近乎狂热且专制的行程表，争论"应授予女性和男性相同的公民权利和责任等条件，要求国家、教堂和家庭顺应这一事实"。她们用一切可能的手段争取平等权利，有力的言辞是她们最有效的武器。她们运用包括幽默、讽刺和冷嘲热讽在内的事实、论点和故事来震撼听众。她们的演讲既达到雄辩的高度，也不回避日常的"简明而大量的英语"，以谚语和谚语措辞形式的民间演说内容为特点。事实上，斯坦顿曾在多个场合强调，在她们的交流中需要使用"简明英语"。尽管斯坦顿和安东尼经常采用格言、公理、准则、箴言、原则、谚语、警语等来表明她们有意使用谚语的智慧，但斯坦顿和安东尼的大量研究几乎完全忽略了自己的这种文本特征。有根据的谚语性修辞显然对她们有意义，毫无疑问，这为她们的演讲增添了许多通俗和隐喻性的表达。

斯坦顿在1848年9月和10月发表了几次关于"妇女权利"的演讲，这是她在1920年和1848年7月在纽约塞尼卡瀑布城成功地举行了妇女权利大会之后，发表全面的公开演讲。她关于妇女权利的宣言，可以肯定的是，充满了谚语性的语言，为接下来的几十次演讲定下了基调。例如：

1. 得寸进尺。
2. 是非曲直。
3. 没有被统治者的同意，就不可能形成公正的政府。
4. 让狼来照看羊。
5. 女人是较弱的容器。
6. 己所不欲，勿施于人（金科玉律）。
7. 人不可貌相。
8. 妻管严。
9. 拨动心弦。
10. 身体和（或）灵魂。
11. 抛到九霄云外。
12. 父的罪必追讨子，直到三四代。

这12个民间或《圣经》谚语，谚语措辞和双公式出现在22页文本中，加起来大约每2页1个词组单位。安东尼的演讲谚语性不强，但她太过依赖隐喻的民间演说，可以从她在1873年1月16日在华盛顿特区发表的重要演说中看出，她说："让美国公民投票是有罪的吗？"在这次具有政治意味的演讲中，她列举了很多转变为谚语箴言的革命语录。和斯坦顿一样，她知道如何有效利用谚语措辞"抛到九霄云外"并放在演说的第一段。例如：

抛到九霄云外。

人人生而平等。

生命，自由和追求幸福。

没有被统治者的同意，就无法形成公正的政府。

在前人留给我们的伟大文献中，找不到任何一个词，来表明政府拥有创造或授予权利的权力。《独立宣言》、《美国宪法》、几个州的宪法和各领土的组织法，都建议行使上帝赋予的权利来保护人民，其中没有一个假装权利的赋予。

人人生而平等，造物主赋予他们某些不可剥夺的权利，其中包括生命、自由和对幸福的追求。为了确保这些权利，人类之间建立了政府。政府的正当权力来自被统治者的同意。

没有代表权的税收是暴政。

丝毫不给（改变，让步）。

这并不是说安东尼在她们能够明显地加强观察或论证的时候，回避了民间谚语。有时，民间谚语可能不会立即显现出来，因为她把它们融入了句子的语法中。也就是说，"金钱就是力量"这句谚语在她对持续不断的财务困境的描述中得到了扩展："金钱是所有运动的生命力——木头和水的引擎，因为我们的工作从去年冬天开始就因缺少它而受限，报告财务状况并不困难。"这种对固定谚语自由使用的方法也可从她打破谚语"压倒骆驼的最后一根稻草"的结构中看出，她在几个字母中把标准的"稻草"换成了"盎司"。

安东尼一次又一次地引用谚语来论证女权运动必须努力使美国国会通过宪法修正案。在既定的政治体制之外的工作是没有用的，如果妇女不继续走这条路，那么来自其他群众的压力就会以他们的议程主导国会。所有这一切都可以从一句追溯到古典拉丁时期的谚语"大自然憎恶真空"完美地总结出来。

她对妇女获取投票权的目标有着令人难以置信的热情和乐观，她不愿意接受挫折或实际的失败。而民间智慧，如"智者一言已足"和"恶风不吹善人"等，对政治失望的合理化有很好的帮助。

在任何时候，安东尼都把精力集中于为妇女争取选票，她认为，在某种程度上她们的最终目标是让所有的妇女组织都有投票的权利。当然，安东尼和斯坦顿都厌倦了宪法不断提出的反对赋予女性投票权的论点，这是可以理解的。因此，1860年斯坦顿强而有力且讽刺地使用了谚语措辞"坐在篱笆上"、"像磨盘一样挂在脖子上"和"沉浮"三个短语，指出女性应该从男性的奴役中解放出来。难怪几个月后，斯坦顿在极度沮丧的一刹那，转而用一句恰如其分的谚语"烧伤的孩子怕火"来发泄她的沮丧。

但这里有两个更能说明问题的例子，说明斯坦顿从不厌倦从民间语言中寻找流行短语，用各种不同的隐喻来补充她的论点。她的听众听到她说出诸如"拔鹅毛"或"两狗啃一骨难服气"之类的谚语一定很兴奋，因为这些动物的比喻使她生动活泼的演讲充满了日常想象。

然而，作为她的朋友的安东尼，不仅仅只关心妇女的权利。作为一个母亲，她对孩子的适当教育特别感兴趣。因此，她引用了谚语"推动摇篮的手就是撼动世界的手"，从民间智慧的视角看待女性在抚养孩子方面的重要性。

10年后，安东尼在一次采访中也发表了类似的讽刺性评论。她强调，一旦男孩离开摇篮成为年轻男子，受到了坏朋友的影响而误入歧途，母亲就无法绝对地控制她儿子的未来。

但说到斯坦顿，从男孩换到女孩，她在巡回演讲中多次发表的最成功的演讲之一是《我们的女孩》，里面有许多关于保持年轻女性健康的建议。尽管她没有引用"早睡早起使人健康、富有和聪明"和"健康的身体里有健康的思想"两句谚语，而她的听众无疑认识到了她们的智慧。

但在这次的演讲中还有一条非常有趣的谚语，斯坦顿认为这是一条德国谚语，但在标准的德国谚语词典中却找不到。显然斯坦顿一定是从别人那里听到的，也许根本不是德国的。但它也没有出现在其他民族的谚语集中。同样，它陈述了历史上女性被征服的一个极其重要的事实。当然，斯坦顿的典型例子是：随着受过更好教育的女性在各个领域都比男性更有优势，现在这种悲惨的状况一定会发生改变。

德国有句古老的谚语说，每个女孩出生时头上都有一块石头。这句话从第一次说出来的那天起就一直是真理。信条、法典和传统观念，都压在所有年龄段妇女的头上。但是，自然比法律和习俗更强大，尽管她头上戴着一块石头,但今天她在整个思想世界里,在艺术、科学、文学和政府方面,都紧跟人类之后。

有一点是肯定的,不管斯坦顿支持什么理由,谚语作为一种修辞隐喻以及其背后几代人的智慧肯定会发挥作用。当她对内战后重建工作的处理方式表示失望时,很快将"仁爱始于家"这个谚语改编为"重建始于家";当她向纽约州施压,要求将普选作为重建工作的一部分时,"以身作则胜于言传身教"这句谚语被很好地用于主张采取严肃行动的观点。

这些都是严肃的问题,但激励斯坦顿和安东尼的主要动力则是妇女参政,无论谁加入这项事业,都被建议不要三心二意,因为任何拖延或不必要的拖延,众所周知都会危及这项事业。"涉及妇女选举权运动的男人和女人们,应该被断然警告:他们所说的一切在逻辑上的意思,如果不是有意识地,在下一个社会平等和下一个'自由'或者说'自由恋爱',如果他们希望离开这条船,为了安全起见应尽早离开,延误的话可能会有危险。"斯坦顿以 14 世纪的谚语"强权即公理"来描述男性对女性的肆意支配,这并不奇怪。当她第一次使用这句谚语时,她把这句谚语的语法结合起来,使它失去了正常的结构,但她的听众已经认识了这句谚语。第二次使用这句谚语时,她把它称为"原则",目的是让听众看到这种态度的弊端。

最后,斯坦顿在 1885 年 11 月 12 日,也就是她 70 岁生日那天,发表了一篇关于"年龄的乐趣"的精彩演说。她引用了"希望是永恒的"这句谚语,非常适合她这位乐观的政治社会改革家。她认为:最好把充满希望的空中城堡留给年轻人,由于已经发生了积极的社会变革,老一辈有理由抱有希望。

为了避免漏掉这句话,女权运动的伟大女性以另一句谚语总结她的声明:"岁月带来智慧。"这句谚语完全适合斯坦顿和安东尼这两位女性智慧的捍卫者,她们运用民间谚语的修辞手法很好地将自己的信息传达给了女性和男性。

四 在尖锐的社会政治著作中的谚语名言

毫无疑问,伊丽莎白·斯坦顿和苏珊·安东尼给编辑的文章和信件,与其说是受到自然民间语言的启发，不如说是受到她们个人信件和演讲的启发。显然，她们觉得供大众阅读的书面文字需要少些口语化，多些理智和知识性。这对安东尼来说尤其如此。与斯坦顿相比，她所有作品和演讲都不那么谚语式，这并不是说她们发表的信函中不包括谚语性的隐喻，斯坦顿大胆地使用谚语性的表达"扔掉手套"（挑战）及《圣经》中的短语"火和硫黄""是一个披着羊皮的狼"，以及关于身体的短语"一根手指指向别人"。她写道：

> 在妇女权利这个重大问题上，只要有人愿意和我们进行公平的辩论，我们就把手套扔给他。毫无疑问，这很快就会成为今天的问题。所有其他的改革无论多么重要，都不能像这般如此深刻地影响到人类的利益。因此，让它得到公正和坦率的对待。嘲笑是不会对那些觉得自己权利受到损害的人产生任何影响的，而辩论就好得多了。

可以肯定的是，妇女的奋斗有起有落，这可以从斯坦顿 1868 年 11 月 12 日的《波士顿妇女选举权大会》一文中引用的两个谚语措辞中很好地看出。她在书中哀叹道，如谚语所说："就像寓言里的挤奶女工一样，我们对荣耀的憧憬突然全都破灭了。"换言之，就像挤牛奶的女工一样，高兴得太早了，因为她把牛奶洒到地上前，就已开始盘算怎么花费卖牛奶能赚到的钱。但再往下几段，她很高兴地报告说：至少有一些"妇女抓住了公牛的角，登记了她们的名字，去投票站投票"。这些谚语式的描述不仅让读者开心，而且她们平易近人的性格很可能会让他们停下来去反思丰富多彩的信息。

斯坦顿甚至使用了传统的谚语"一个属于所有事物的地方，一切事物都物归原处"作为她关于"家政"文章的座右铭。不出所料，她向女性提出了大量建议，让人想起现代生活中自助方法教学的出版物，其中往往包括说教性的谚语。斯坦顿对她那个时代的女性如何做好家务亦有相关结论。

"地方"——这句谚语显然是每个读者都知道的，它通过传统智慧保证了有效沟通的进行。

五　发表论文中的经典短语和谚语

　　斯坦顿和安东尼都认为她们的读者具有较高的文化素养。因此，斯坦顿乐于引用可以追溯到古典时代和神话的谚语和谚语措辞，例如"罗马暴君尼禄拉着小提琴看着罗马燃烧"和"潘多拉的盒子"。安东尼的妙语也可以追溯到古典时期，尤其是她对"恺撒的妻子必须免于怀疑"这句谚语的偏爱。在文献中她大多只是暗指，假设她的读者能找到其中的联系。但反对那些不仅为女性设定了更严格的规则，而且还让男性能够控制她们的谚语中所谓的智慧。换句话说，那些谚语似乎宽恕了双重道德标准，对女性道德的期望远远高于男性。

　　提到道德，安东尼以她独特的趣味来解释阿基米德著名的话语"给我一个支点，我将移动世界"，被翻译成"给我一个坚定的立足点，我就能撬动地球"，且至今还存在各种不同说法。第一次引用是安东尼1875年4月12日在圣路易斯发表的关于"社会纯洁"的重要演讲。她引用阿基米德的观点认为：如果男性要是赋予女性投票权，她们肯定会改善社会。

　　正如19世纪两位杰出的女性所期望的那样，她们精通从各种文学资源中引用谚语，并非常灵活地利用它们来推广自己的各种信息。因此，安东尼在1883年5月11日给她的哥哥丹尼尔·安东尼（Daniel Anthony）的一封信中，把莎士比亚的《李尔王》中的名言"每一寸都是国王"改成了"每一寸都是女人"，以表达她对凯特·斯蒂芬斯教授的敬意。

　　　　但我们确实去游览了波茨坦（Potsdam）——我们一行人很开心，有萨金特夫妇，还有他们有才华的女儿艾拉，以及劳伦斯堪萨斯州立大学的希腊语教授——凯特·斯蒂芬斯小姐。我记得四五年前她被任命的事，但从未见过她。她"每一寸都是女人"，高贵，简单，优雅，一点也不迂腐，还很理解每个问题、毫无困难地传授信息，德语说得像荷兰当地人一样地道，还为我们解释那无处不在且语速飞快的向导们说的解说词。因为对我们这些人来说，他们急促的话语比"希腊文"还难懂。

斯坦顿很有可能从她的废奴主义者朋友、女权斗士弗雷德里克·道格拉斯（Frederick Douglass）那里听到了"谁想获得自由，就必须自己去争取"的说法。对道格拉斯来说，这句19世纪的名言成了他演讲和写作的主题。下面是他1847年8月5日以来首次使用拜伦原文的记录。

> 我（弗雷德里克·道格拉斯）会对那些在这件事上没有认识到自己权利的有色人种说，你们自身有责任认识它们，"谁想获得自由，就必须自己动手"。你必须说，我们认为这是错误的，不仅从政治的角度，而且它打击了我们的社会享受。让我们畅所欲言，正如正义必将战胜邪恶一般，我们一定会得到倾听，最终将在这个国家获得政治特权。

当阐述简洁的评论时，安东尼很可能遵循了"新菜带来新口味"等谚语的结构。如果通过大众传播媒介把它提到中心的位置，仍很可能达到谚语的普遍传播和流通。它有完美的意义，表达了一个明显的真理，可以很容易满足谚语定义中多情境性、多功能性和多义性等要求。从社会政治角度来说，安东尼的"新权利带来新责任"有很多例子可以很好地说明，这是对基于平等权利的民主所要求的成熟反应。

谈到斯坦顿，在她生命的晚期开始使用"少数人在多数人拥有必需品之前，无权享受奢侈品"这句话，以及改编后的说法"少数人在多数人被剥夺了生活的必需品时，无权享受生活的奢侈品"（后面这种说法有19.5万次的谷歌点击量）。这些不同的表达方式表明，斯坦顿自己仍在寻找"完美"的形式。毫无疑问，她会很高兴地知道，她这些具有社会意识的精练言辞已经为人所知，但仍在等待被列入引语词典。由于其复杂性，也许不会成为民间谚语。但作为一个引语，它值得在辩论中使用。这从1897年6月斯坦顿的话中就可看出，她不仅关心妇女的权利，就像弗雷德里克·道格拉斯不仅关心非洲裔美国人、马丁·路德关心民权一样，也同样处理令人心碎的贫困问题。

六 为妇女争取教育和专业正义的著名斗争

1848年7月19日至20日，伊丽莎白·斯坦顿在纽约塞尼卡瀑布城声明：如果"所有的男人和女人生来平等"，那么从逻辑上讲，除了作为美国公民本应享有的投票权之外，妇女在所有社会政治领域都应平等。首先，除了平等选举权之外，还有教育平等的问题。显然，斯坦顿非常有资格对抚养和教育孩子发表意见，因为她对她的5个儿子和2个女儿付出了充沛的精力。她在1869年和1875年分别发表了《我们的女孩》和《我们的男孩》两篇广受欢迎的演讲，并在全国各地不断重复地演讲。对于女性："她呼吁每个女孩都能过上自由独立的生活。为了使她能自由行动的服装，为了使她能养活自己的教育，为了在商业和专业上有平等的机会。"关于年轻男性，她认为应该接受教育，"既要接受男性的美德，也要接受女性的美德，既要培养实用知识，又要培养抽象知识"。作为两场颇具影响力的演讲，它们触及了"儿童社会化和教育中性别歧视的根源，并预示着20世纪女权主义者对女孩和年轻女性增加受教育机会的深切而持久的关注"。两场讲座都"挑战传统性别角色的刻板印象"和"强调实用智慧（和知识）而非抽象知识"。这些讲座给出的大部分建议是基于斯坦顿作为一位经验丰富的母亲的常识，这恰恰触动了主要以父母为主的听众的神经。

她运用《圣经》中的谚语"吃喝玩乐"向年轻的女孩强调，生活不仅是娱乐、游戏、婚姻和为人母。正如丽莎·斯特兰奇（Lisa Strange）所观察到的，"斯坦顿的女权主义观点强调个人义务、完全的自主权和自给自足的重要性"。20年后，她在给《纽约论坛报》编辑的一封信中表达了类似的观点，强调在那个世纪之交的"现代"女性，需要在社会中保有自己的空间，而不仅是扮演传统的妻子和母亲角色。接受良好的教育将有助于妇女获得这种个人独立。

斯坦顿在写这几行文字时，很可能想到了她最好的朋友。毕竟，安东尼选择不结婚——她确实有追求者——但是把自己的精力奉献给了女权运动。由于曾经做过教师，她认识到对女性进行教育的必要性，包括自然科学。"当女性开始更关心科学事实——我们将比我们现在想象的成长得更快。"当然,正如她的朋友斯坦顿一样,她也坚持认为,妇女不应认为她们在生活中的唯一角色只是妻子和母亲。"她首先必须是一个自由的女人,受过训练的、超越旧观念和偏见的人,然后才是妻子和母亲。妻子和母亲只需要做饭和洗刷能力的旧理论正在迅速进入黑暗时代。"当然,当斯坦顿呼吁全国人民接受最好的教育时,她也代表了安东尼。

斯坦顿和安东尼承认,女人都需要获得平等受教育的机会,为了成为自给自足的个体,应准备好在美国社会的许多任务中与男性进行竞争。当然,安东尼在推进她的女权议程时一点也不沉闷。受其座右铭"失败是不可能的"所驱策,她带着热情向前冲去,同时也会与家人、朋友和她的灵魂伴侣斯坦顿共度快乐时光。

斯坦顿和安东尼都为工作所困扰,关于妇女在劳动力中的作用,传统上被视为二等公民,她们有很多话要说。谚语"知其难"和"母亲是一家之主"否定了谚语"父亲最了解情况",如果在家庭中和在工作场合丈夫继续扮演主导地位,妻子和母亲则无法发展她们的全部潜能。

显然,为了家庭的共同利益,父母必须共同努力。安东尼认为:"父亲的罪恶"这句谚语必须转变成"父母的美德",然后可以使孩子成为负责任和成功的成年人。要实现这一目标,妻子必须与丈夫平等,而实现这一社会变革的最佳途径就是通过她的"智慧解放"。只有这样,她才能适当地控制和促进孩子的发展,也证明了"母亲造就了男人"这句谚语实际上可以被积极地解释为:如果神的律法把父母的罪加在孩子身上,它也同样会把父母的美德传给孩子。因此,如果是由于女人无知地屈从于男人的欲望和激情,种族生命的潮流被腐化了,那么必须由于她的智慧解放才能得到净化,她的孩子才会长大并称她为有福之人。我完全坚定地相信,人类是通过女性得到救赎的。因此,我要求她立即无条件地从一切政治、工业、社会和宗教的奴役中解放出来。有人说,"母亲造就了男人",但我要说的是,让母亲承担对儿子性格塑造的责任,而否认她们对儿子生活环境的任何控制,这比嘲笑更糟糕、残忍。责任源于权利和权力。因此,在母亲能够对罪恶和犯罪、对社会的普遍堕落负有正当责任之前,她们必须拥有一切可能的权利和权力,来控制自己和子女的各种生活条件和情况。

使妇女从各种各样的劳役中得到完全解放,是安东尼在她漫长的一生中所宣扬的目标,并使她们享有与男子绝对的平等。为了描述她们作为女性所具有的个体性的主张,她引用了《圣经》中的谚语"你要汗流浃背地吃饭"。

给我们的启示是,女性不再依赖或隶属,而是独立和平等。斯坦顿和安东尼深知,这种自我主张也就意味着对家庭以外的工作态度的改变。斯坦顿借用了"溺水的男人连一根稻草也会抓"这句谚语,找到了一个恰当的比喻,来解释新解放的女性不必再认为婚姻和其中的陷阱是她们生命中注定的角色。

同样,对斯坦顿和安东尼来说,妇女在社会秩序中所处的新地位,也使她们对妇女在家庭以外的劳动力中所能发挥的作用有了新的了解。妇女在家中被逼迫到一个卑躬屈膝的角落里,她们的生活要求被降低,只能接受"乞丐不能挑三拣四"这句谚语所充分表达的现状,这种情况已经持续太久了。安东尼引用了这一智慧,并借用了《圣经》中的谚语"太阳底下没有新鲜事"表达主张。

事实上,安东尼强烈主张女性应能进入各行各业,而不因性别受到歧视。她们不应该在找工作时面临严厉的挑战,来来回回地被打发,并且遭到大多数工作的拒绝。安东尼明白,如果更多的女性能够在一个特定的工作岗位上取得进步,并负责招聘新员工的话,那么这种情况就能得到最好的改善。

她继续按这一思路展望未来。她认为"劳动者配得上他的雇佣",在很大程度上妇女不得不被归类为没有技能的劳动者,她预见到这种情况在 20 世纪肯定会发生变化。但若当她得知,在 20 世纪第二个 10 年的很长一段时间里,女性仍在努力打破某些职业等级制度的玻璃天花板时,她一定会感到惊讶。

但打破玻璃天花板只是就业这枚硬币的一面,另一面是在同样的工作中,性别间令人震惊的工资差距,这也是今天仍然存在的一个问题。值得注意的是,早在 1869 年 10 月 8 日,安东尼就意识到了这种差异。当时她在《革命》一书中写道:加入工会,女孩们,我们一起说"同工同酬"。

值得注意的是,1897 年安东尼别无选择,只能辩称:只要妇女没有投票权,同工同酬的要求就不可能成为法律。百年之后,争取同工同酬的斗争虽仍在继续，但确实取得了巨大的进步，现代妇女理应把这些进步归功于苏珊·安东尼。

这显然是安东尼所珍视的。我们必须记住，她和斯坦顿总是充满足够的能量和毅力承担新任务，而且意识到许多社会政治问题最好能以男女之间作为平等的伙伴，共同努力去解决。正如斯坦顿从阿尔弗雷德·丁尼生（Alfred Tennyson）的《公主》（1847）中恰当地引用的一段话所指出的：正是这种相互支持的伙伴关系，能够征服未来的工作。

> 是的，男人和女人的领域是一样的，根据个人的能力有不同的职责。女人就像所有被创造的东西一样，生活、行动、服从于法律，与男人一起探索宇宙的奥秘，思索来世的荣耀。用丁尼生的话来说，他们必须在一起。
>
> 无处不在理事会中的两位首脑，
> 在炉边的两个，
> 在纷繁复杂的世界事务中的两个，
> 在自由生活办公室里的两个，
> 垂直落下的两个物体，
> 一个发出深渊的声音，
> 来自科学和心灵的秘密。
>
> 问题已不再是关于整个性别的问题，而是每个人的问题。妇女现在在各行各业、世界各地工作。她们展示了她们作为理科生的能力，她们作为水手在桅杆前的技能，她们作为救生员的勇气。她们在艺术、科学和文学方面紧跟在男性之后，在她们的知识和理解关键问题的时刻，以及在日常生活中的实际职责。像男人一样，女人的天地是在整个物质和精神的宇宙中，尽她所能，从而证明"造物主的意图"。

若斯坦顿和安东尼知道，现在也有一些现代谚语，通过民间语言概括了她们为之奋斗的目标，她们会有多么的高兴。因此，传统的谚语"女人应待在家里"已被反谚语"女人应去她想去的任何地方"反击。1976年，为了抵制早期许多反女性主义的谚语，现代女权主义者创造了谚语"没有男人的女人就像没有自行车的鱼"。众所周知,这场为妇女争取工作场所权利的斗争得到了很好的控制,并继续取得良好进展。

七 黄金法则如谚语性象征的平等

最后,在哲学的层面上应不足为奇,斯坦顿和安东尼,正如她们之前和之后的社会改革家所做的一切,变成了所谓的黄金法则。基督信仰在《新约》中发现的"己所不欲,勿施于人",它代表了众所周知的人生终极定律,要求所有人平等对待。1848年7月,在妇女权利运动的开始,斯坦顿和伊丽莎白·麦克林托克(Elizabeth W. McClintock)写了一封冗长的信给《塞内加县快讯》的编辑,她们指责"宗教主义者"忘记了他们支持不公正对待人民的黄金法则。

大约6年后,斯坦顿在1854年2月14日向纽约立法机关发表的演讲中,又回到了黄金法则。在这里,她指的是在定义已婚妇女法律地位的法规背后,隐藏着对女性的厌恶,她的语气表露了女性对自己目前处境的强烈不满。她把逻辑、法律和历史证据,以及犹太教和基督教所共有的传统联系起来,为妇女的权利辩护。许多评论人士引用了这篇演讲的下面一段话,指出斯坦顿逐字逐句地引用了黄金法则,她援引了"上帝的正义法则(真理)"、"正义表明,所有女性想要的是和保护男性相同的法律"和"女性和任何男性一样热爱自由,并与男性拥有同样的'对正义的清晰感知'"。

如前所述,学者们很清楚通过提供黄金法则作为这一要求的权威支持,来主张妇女在法律面前一律平等。然而,他们显然完全忽视了斯坦顿的一些非常有启发性的陈述,在陈述中她回到既是作为一种宗教、更是作为一种世俗人性法则的黄金法则。因此,她强烈地反对神职人员、立法者和其他权威人士对《圣经》的曲解,他们认为《圣经》支持奴隶制和奴役妇女等不公正现象。

正如预期的那样,安东尼也转向了"黄金法则"这句谚语,这是1863年5月14日内战期间的会议演讲,值得特别关注。她指责这个国家除了有战争以外什么都没有,奴隶和奴隶主之间的战争是最糟糕的一个。她认为在战后绝不可回到这样卑劣的现状,尤其是必须根除奴隶制,《圣经》上的谚语"己所不欲，勿施于人"必须成为新开端的指导原则。

这一声明与她那反奴隶制的斗士（同伴们）使用的"黄金法则"这句谚语相呼应。她的朋友弗雷德里克·道格拉斯曾多次引用黄金法则作为反对奴隶制的论据，并将其作为争取平等的终极智慧。不到1年之后，仍在内战期间，亚伯拉罕·林肯也转向了黄金法则，着重攻击纵容奴隶制的南方圣公会。

100年后，马丁·路德·金在一次布道中宣扬："耶和华所悦纳的年，就是人们待人如己的年。耶和华悦纳的年，就是人们要爱仇敌，为那些咒诅他们的人祝福，为那些凌辱他们的人祷告。"对这些社会改革家来说，"金科玉律"这句谚语是希望的灯塔，如果人类只遵守这一简单的生活法则，世界将会变成什么样子。

她说的完全正确，世界上所有的宗教都有各种各样的黄金法则，就像阿尔伯特·格里芬（Albert Griffin）在《宗教谚语：来自世界各地18种宗教的1600多条格言》中所表明的那样。尽管这些信仰各不相同，但作为最高道德准则的共同黄金法则，应使世界各地的人民生活在和平之中，并享受其生命、自由和追求幸福的人权。

1个多世纪后，2008年3月18日，美国总统候选人贝拉克·奥巴马在费城发表了1篇非常相似的精彩演讲，题为《1个更完美的联邦》。

> 到最后，我们所需要的只不过是世界上所有伟大的宗教所要求的东西——就是"己所不欲，勿施于人"。《圣经》告诉我们：让我们成为兄弟的守护者。让我们守护我们的姐妹。让我们找到彼此之间的共同利益，让我们的政治也反映这种精神。

完全遵守黄金法则在现代绝不现实，斯坦顿和安东尼都清楚地认识到，黄金法则所代表的只是一种人类的理想状态的这个事实，所有人只能为之奋斗。她们都是用自己的灵魂和思想来做这件事的，毫无疑问，她们的社会改革行动主义在相当程度上得益于她们有效的谚语修辞。

引用文献

Aron, Paul. 2008. *We Hold These Truths…And Other Words that Made America.*

Lanham, Maryland: Rowman & Littlefield.

Banner, Lois W. 1980. *Elizabeth Cady Stanton. A Radical for Woman's Rights*. Boston: Little, Brown and Company.

Barry, Kathleen. 1988. *Susan B. Anthony: A Biography of a Singular Feminist*. New York: New York University Press.

Bartlett, John. 2012. *Familiar Quotations*. 18th ed. Ed. Geoffrey O'Brien. New York: Little, Brown and Company.

Basler, Roy P. (ed.). 1953. *The Collected Works of Abraham Lincoln*. 8 vols. New Brunswick, New Jersey: Rutgers University Press.

Blassingame, John (ed.). 1985—1992. *The Frederick Douglass Papers*. 5 vols. New Haven: Connecticut: Yale University Press.

Brigance, Linda Czuba. 2005. *Ballots and Bullets: Adapting Women's Rights Arguments to the Conditions of War*. Women and Language, 28, pp. 1 – 7.

Campbell, Karlyn Kohrs. 1989a. *Man Cannot Speak for Her*. Vol. 1, *A Critical Study of Early Feminist Rhetoric*. Vol. 2: Key Texts of the Early Feminists. Westport, Connecticut: Greenwood Press.

Campbell, Karlyn Kohrs. 1989b. *The Sound of Women's Voices*. Quarterly Journal of Speech, 75, pp. 212 – 258.

Clarke, Mary Stetson. 1972. *Bloomers and Ballots. Elizabeth Cady Stanton and Women's Rights*. New York: Viking Press.

Davis, Sue. 2008. *The Political Thought of Elizabeth Cady Stanton. Women's Rights and the American Political Traditions*. New York: New York University Press.

Dorr, Rheta Childe. 1928. *Susan B. Anthony. The Woman Who Changed the Mind of a Nation*. New York: Frederick A. Stokes.

Doyle, C. Clay, Wolfgang Mieder, and Fred R. Shapiro (eds.). 2012. *The Dictionary of Modern. Proverbs*. New Haven, Connecticut: Yale University Press.

DuBois, Ellen Carol (ed.). 1981. Elizabeth Cady Stanton I Susan B. Anthony. Correspondence, Writings, Speeches. New York: Schocken Books.

DuBois, Ellen Carol, and Richard Candida Smith (eds.). 2007. Elizabeth Cady Stanton, Feminist as Thinker. A Reader in Documents and Essays. New York: New York University Press.

Engbers, Susanna Kelly. 2007. *With Great Sympathy: Elizabeth Cady Stanton's Innovative Appeals to Emotion*. Rhetoric Society Quarterly, 37, pp. 307 – 332.

Eret, Dylan. 2001. *The Past Does Not Equal the Future': Anthony Robbins Self-Help Maxims as Therapeutic Forms of Proverbial Rhetoric*. Proverbium, 18, pp. 77 – 103.

Fuss, Diana. 1989. *Essentially Speaking. Feminism, Nature & Difference*. New York: Routledge.

Gallacher, Stuart A. 1963. *Castles in Spain*. Journal of American Folklore, 76, pp. 324 – 329.

Ginzberg, Lori D. 2009. *Elizabeth Cady Stanton. An American Life*. New York: Hill and Wang.

Gordon, Ann D. (ed.). 1997—2013. *The Selected Papers of Elizabeth Cady Stanton and Susan B. Anthony*. 6 vols. New Brunswick, New Jersey: Rutgers University Press.

Gordon, Ann D. 1999. *Taking Possession of the Country*. In Geoffrey C. Ward, *Not for Ourselves Alone. The Story of Elizabeth Cady Stanton and Susan B. Anthony*. An Illustrated History. New York: Alfred A. Knopf, pp. 163 – 169.

Gornick, Vivian. 2005. *The Solitude of Seif. Thinking About Elizabeth Cady Stan-ton*. New York: Farrar, Straus and Giroux.

Griffin, Albert Kirby. 1991. *Religious Proverbs. Over 1600 Adages from 18 Faiths Worldwide*. Jefferson, North Carolina: McFarland & Company.

Griffith, Elisabeth. 1984. *In her Own Right. The Life of Elizabeth Cady Stanton*. New York: Oxford University Press.

Harper, Ida Husted. 1898—1908. The Life and Work of Susan B. Anthony, Including Public Addresses, Her Own Letters and Many From Her Contemporaries During Fifty Years. *A Story of the Evolution of the Status of Woman*. 3 vols. Indianapolis, Indiana: Hollenbeck Press.

Hogan, Lisa H., and J. Michael Hogan. 2003. Feminine Virtue and Practical Wisdom: Elizabeth Cady Stanton's *Our Boys*. Rhetoric and Public Af-fairs, 6, pp. 415 – 436.

Huxman, Susan Schultz. 2000. *Perfecting the Rhetorical Vision of Woman's Rights: Elizabeth Cady Stanton, Anna Howard Shaw, and Carrie Chapman Catt*. Women's Studies in Communication, 23, pp. 307 – 336.

Krikmann, Arvo. 2009. *Proverb Semantics. Studies in Structure, Logic, and Metaphor*. ed. Wolfgang Mieder. Burlington, Vermont: The University of Vermont.

Litovkina, Anna T., and Wolfgang Mieder. 2006. *Old Proverbs Never Die, They Just Diversify. A Collection of Anti-Proverbs*. Burlington, Vermont: The University of Vermont.

Lutz, Alma. 1940. *Created Equal. A Biography of Elizabeth Cady Stanton*. New York:

Octagon Books.

Lutz, Alma. 1959. *Susan B. Anthony. Rebel, Crusader, Humanitarian.* Boston: Beacon Press.

Mieder, Wolfgang. 1993. *Proverbs Are Never Out of Season. Popular Wisdom, in the Modern Age.* New York: Oxford University Press.

Mieder, Wolfgang. 1997. *The Politics of Proverbs. From Traditional Wisdom to Proverbial Stereotypes.* Madison: University of Wisconsin Press.

Mieder, Wolfgang. 2000. *The Proverbial Abraham Lincoln. An Index to Proverbs in the Works of Abraham Lincoln.* New York: Peter Lang.

Mieder, Wolfgang. 2001. *"No Struggle, No Progress". Frederick Douglass and His Proverbial Rhetoric for Civil Rights.* New York: Peter Lang.

Mieder, Wolfgang. 2004. *Proverbs. A Handbook.* Westport, Connecticut: Green-wood Press.

Mieder, Wolfgang. 2005. *Proverbs Are the Best Policy. Folk Wisdom and American Politics.* Logan, Utah: Utah State University Press.

Mieder, Wolfgang. 2009. *"Yes We Can". Barack Obama's Proverbial Rhetoric.* New York: Peter Lang.

Mieder, Wolfgang. 2010a. *"Making a Way Out of No Way". Martin Luther King's Sermonic Proverbial Rhetoric.* New York: Peter Lang.

Mieder, Wolfgang. 2013b. *What's Sauce for the Goose is Sauce for the Gander'. The Proverbial Fight for Women's Rights by Elizabeth Cady Stanton and Susan B. Anthony.* In Elena Arsentyeva (ed.). Frazeologiia v mogo-iazychnom obshchestve. Kazan': Kazanskii Federal'nyi Universitet, pp. 21 – 38.

Mieder, Wolfgang. 2014. *"All Men and Women Are Created Equal". Elizabeth Cady Stanton's and Susan B. Anthony's Proverbial Rhetoric Promoting Women's Rights.* New York: Peter Lang.

O'Connor, Lillian. 1954. *Pioneer Women Orators. Rhetoric in the Ante-Bellum Reform Movement.* New York: Columbia University Press.

Partnow, Elaine. 1992. *The New Quotable Women.* New York: Fact on File.

Pellauer, Mary D. 1991. *Toward a Tradition of Feminist Theology. The Religious Social Thought of Elizabeth Cady Stanton, Susan B. Anthony, and Anna Howard Shaw.* New York: Carlson Publishing.

Ridarsky, Christine L., and Mary M. Huth (eds.). 2012. *Susan B. Anthony and the*

Struggle for Equal Rights. Rochester: University of Rochester Press.

Schipper, Mineke. 2003. *"Never Marry a Woman with Big Feet". Women in Proverbs from Around the World*. New Haven: Yale University Press.

Sherr, Lynn. 1995. *Failure is Impossible. Susan B. Anthony in Her Own Words*. New York: Times Books.

Stanton, Elizabeth Cady et al. 1895—1898. *The Woman's Bible*. 2 vols. New York. European Publishing Company.

Stanton, Elizabeth Cady, Susan B. Anthony, Matilda J. Gage, and Ida H. Harper (eds.). 1887–1922. *History of Woman Suffrage*. 6 vols. New York: National American Woman Suffrage Association.

Waggenspack, Beth M. 1989. *The Search for Seif-Sovereignty. The Oratory of Elizabeth Cady Stanton*. Westport, Connecticut: Greenwood Press.

Ward, Geoffrey C. 1999. *Not for Ourselves Alone. The Story of Elizabeth Cady Stanton and Susan B. Anthony. An Illustrated History*. New York: Alfred A. Knopf.

Wellman, Judith. 2004. *The Road to Seneca Falls. Elizabeth Cady Stanton and the First Woman's Rights Convention*. Urbana: University of Illinois Press.

生命权、自由权与追求幸福的权利：马丁·路德·金利用谚语为争取平等而进行的斗争

【编译者按】 本文（Life, Liberty, and the Pursuit of Happiness: Martin Luther King's Proverbial Struggle for Equality）发表于2011年的《谣谚》（*Proverbium*, 28: 147-192）。马丁·路德·金的口头和书面语言中充满了《圣经》谚语、民间谚语，以及谚语化的引文。他在不同的语境中，尤其是民权运动中重复使用、变换利用这些传统智慧，他的修辞能力很大程度上得益于对谚语库的恰当运用，以谚语或俗谚表达作为子母题或套语是重要的方式。

大量的传记和研究都赞誉马丁·路德·金（Martin Luther King, Jr. 1929—1968）为民权运动的领袖、废除种族隔离的非暴力抵抗者、穷人的捍卫者、反战的倡导者，以及倡立全人类自由和谐共处世界观的智者。《独立宣言》开篇即表达了俗谚性的真理"人生而平等"，他们有"生命权、自由权和追求幸福的权利"，它形成了马丁·路德·金"平等"斗争的基础。作为一名出色的演讲家，他在口头和书面修辞中大量使用固定短语作为子母题。虽然"谚语"一词作为金常用词汇的时间并不长，但他无疑非常乐于使用民间谚语、《圣经》谚语、名言警句（其中一些已经明显谚语化）和大量的俗谚短语。

令人费解的是，大量相关研究几乎没有关注过他语言表达中的俗谚特质，就像在修辞学研究中忽视了措辞的重要性一样，它妨碍了对套语

形成过程的理解。但正如博奇等人（Burger et al. 2007）的最新研究所展现的那样，这种情况正在慢慢改善。

尽管如此，即便致力于研究马丁·路德·金语言特征的学者，也几乎完全忽略了他对谚语和俗谚表达的倚重，只有我的学生德内塔·卡拉贝戈维奇的一篇短小论文关注到了这一点。

目前，关于金讲经布道性和政治社会性语言中"次要文献"的研究，并无显著成果。默文·沃伦讨论了金语言的"生动性和意象"以及"修辞手法"，但是在对头韵法、首语重复、比较、隐喻、重复和明喻的讨论中并没有涉及谚语的问题（Warren 1966：201－208；2001：145－151）。其他学者谈到金演讲中的"修辞手法——明喻、隐喻、讽喻、拟人"（Boulware 1969：254），"隐喻性"（Spiller 1971：17［1989：879］），以及对隐喻、重复、句式平行和对照的关注（Ensslin 1990：120－122）。刘易斯·鲍德温至少提及"金的能言善辩和对意象以及民间俗语的绝妙运用，有助于解释他如何轻而易举地找到了一条通往民众内心世界，并最终通往精神世界的道路"（Baldwin 1991：296）。乔纳森·里德敏锐地发现"金（布道性或修辞性）的表演是一种集体行为……他的……布道和演讲是一种拼贴作品……之所以能感染各类不同的听众，是因为他的生活处在不同背景线的交汇处，这使他可以以多种方式来言说。这些背景线组成了不同的传送带，通过它们，各种歌曲、论点、训诫、引文，词形变化、哲学、布道、韵律、示例、作家、神学和思想的原材料可以借之流动"（Rieder 2008：10－11）。以上评论都是非常中肯的，但是为什么对金风格元素的列举中缺少了谚语和俗谚短语呢？

特别是，一些学者指出口头语言模式在很大程度上贯穿于金的语言之中，他们也许希望借此强调其对固定短语的依赖。他们讨论金布道时的共同体氛围，通常指作为布道者的金与其听众之间的呼应（Harrison and Harrison 1993：169；Baldwin 1988：81－82［1989：41－42］）。这种非裔美国教会讲道过程中的宣讲和回应（Daniel and Smitherman 1976：33－39；Daniel 1979）需要借助套语化的语言来形成集体感。布鲁斯·罗森堡已经证明，重复《圣经》中熟悉的单词、短语和故事可以增强布道的可理解性和有效性（Rosenberg 1970：105），沃尔特·翁指出，传统的和套语化的短语在布道和演讲中具有极其重要的交流作用，它们可以用言语吸引观众。

> 套语有助于增强话语的节奏感,同时又有助于记忆,套语是固定词组,容易口耳相传。"早晨天边红,水手得警报,夜晚天边红,水手乐陶陶""分化并征服""人非圣贤,孰能无过""你追逐自然,自然反而风驰电掣地回来"……这一类搭配固定、节奏平衡的表达法和其他表达法,偶尔也出现在印刷品里,实际上在收录箴言或谚语的书里,你也能够查到这样的表达法。但在口语文化里,这却不是偶尔发生的现象,套语纷至沓来,不断涌现。它们构成思想的实质。没有这些套语,大段口语的表达绝不可能成立,因为思想就寓于这些语言形式之中。(Ong 1982:35)①

作为研究马丁·路德·金修辞用法的权威专家,基思·米勒将翁认为的对套语的使用描述为"共享财富,话语拼合和自我创造"(Miller 1990:77;Farrell 1991;Miller 1991b)。米勒还指出"在民间讲坛中,人们借助前人的角色,利用具有神圣意味的传统布道和套语来使自己的布道具有权威。像他之前的民间传教士一样,金经常借用、修改和综合其他传教士使用的主题、类比、隐喻、引文、示例、行文方式和论证形式。同时,金通常将他的发言内容与圣歌、赞美诗或福音歌曲的歌词结合起来作为布道(以及几乎每一个重要演讲)的结束语"(Miller 1991a:121)。换句话说,虽然金的许多有力的套语性表达并非原创的,但正是他将它们与演讲内容的"融合"(Rieder 2008:160)确保了自己的话语力量。

研究过马丁·路德·金对大量材料所作的深刻而创新的"变革"之后,大卫·弗利也曾谈及这一点。他提到,截至 1957 年,金每年至少发表 200 次布道和演讲(后来几年每天要进行 1—2 次演讲),所以他不得不依靠话语拼合和固定的材料来组织布道和演讲,这不足为奇。对这些材料进行创造性的改编或变革使得金成为一个修辞艺术家(Fleer 1995:

---

① 见沃尔特·翁著《口语文化与书面文化:语词的技术化》,何道宽译,北京大学出版社 2008 年版,第 26 页。

158－160）。基思·米勒也提出了类似观点，他认为马丁·路德·金从许多材料中借用了大量"非常熟知的——常见古典修辞的现代应用"（Miller 1986：249 [1989：643]）。

1955年12月1日，裁缝，同时也是民权领袖者罗莎·路易斯·帕克斯（Rosa Louise Parks，1913—2005）拒绝遵守蒙哥马利市的公交车座位隔离政策，引发了亚拉巴马州蒙哥马利市的巴士抵制运动，也许最能体现出金俗谚性的演讲才能。"但是让我们记住，金的演讲和布道之所以令人信服，是因为他并不仅仅是说说而已；他从蒙哥马利一路走到孟菲斯，忍受着牢狱之灾、毒打、虐待、威胁、对他家的轰炸，以及一个人为正义事业所能作出的最高牺牲。"（Carson and Shepard 2001：4）的确，马丁·路德·金是黑人谚语"说到做到、言行一致"（talking the talk and walking the walk）的人格象征。他通过言语和行动来表达、谈论和追求公民权，为数百万的非裔美国人和其他美国人树立了榜样。在进行非暴力但同情地、坚决地为"生命权、自由权和追求幸福的权利"斗争的过程中，马丁·路德·金旁征博引《圣经》谚语、民间谚语，以及俗谚表达和谚语化的引文来增加口头和书面文本的隐喻性和感染力（Mieder 2011）。

尽管金并不倾向于使用"谚语"这个词，但他肯定有将对谚语的解释作为布道大纲和布道内容的习惯。作为传教士和教师，金利用这种俗谚智慧来宣扬宗教信仰和社会信息，这不足为奇。他曾利用"生活由你创造"（Life is what you make it）这则谚语作为某次布道的引言。

生活由你创造（引言）

许多人徘徊在这个世界上，他们用拥有的一切东西寻找生活，但注定没有结果，他们得到的只是存在。存在是找到的，生活是创造的。因此，如果生活似乎对你而言是值得的，那不是因为你发现了它，而是因为你创造了它。（VI，83－84；85 1948年11月30日—1949年2月16日）①

---

① 见克莱伯恩·卡森（Clayborne Carson）等人编撰的六卷本《马丁·路德·金的文集》（1992—2007）。下文中所有的罗马数字的引用均参见该书。

总是考虑着下一次布道，金准备了一些简短的结束语。当需要在短时间内准备一篇布道文时，这些结束语就可以信手拈来，派上用场。下面的例子中，金用了一个引入性的套语"有句老话儿说"来表示他正在引用一个民间谚语："如果愿望是马，乞丐要驾驭。"（If wishes were horses beggars would ride）朋友们，成功的大道在于坚定行善的老路；那些最勤奋、最执着、工作态度最真诚的人，必然是最成功的人（VI 85 1848年11月30日—1849年2月16日）。

也有很多完整的布道文体现了这一特点。它们一般有一个俗谚性的标题，紧接其后的是对这个标题的解释。最典型的例子是金对《圣经》谚语"爱你的仇敌"（Love your enemies）这句话的使用。事实上，金共使用了53次，可以说是马丁·路德·金最喜欢使用的一句谚语，他用它来表达根据基督教教义提出的"非暴力思想"（Hedgepeth 1984：81[1989：543]）。1957年11月17日，马丁·路德·金在蒙哥马利的得克斯特大街浸礼会教堂发表了题为《爱你的仇敌》的布道。

> 所以我想把你们的注意力转移到这个话题上："爱你的仇敌。"它对我来说是如此的基础，因为它是我基本哲学和神学取向的一部分：它是爱的全部内容，爱的全部哲学。在《马太福音》第五章中，我们读到主的福音："你们听见有话说：'你要爱你的邻舍，恨你的仇敌。'只是我要告诉你们，要爱你们的仇敌，为那逼迫你们的人祝福，为那憎恨你们的人行善，为那恶意利用你们的人祷告，这样你们就可以做天父的子女。"（IV3126，1957年11月17日）

1961年3月7日，他在底特律做了另一个版本的《爱你的仇敌》的布道。它表明，马丁·路德·金通常不会逐字逐句地重复自己的话。在这个段落中，他从更个人化的角度，将爱仇敌的观点与公民权的问题联系起来进行宣讲。

> 今天下午，我想请你们和我一起思考一段经文，这段经文对我产生了很大的影响，并且可以指导我们国家正在进行的种族平等斗争。它是《马太福音》第五章中的一段文字，它是主的福音："你们

听见有话说：你要爱你的邻舍，恨你的仇敌。只是我要告诉你们，要爱你们的仇敌，为那逼迫你们的人祝福……"（VI422，1961年3月7日）

金多次引用这则谚语来表达一个基本观点，即爱是非暴力世界的关键因素。在强调《圣经》谚语"爱你的仇敌"时，他同时引用了民间谚语"仇恨招致仇恨"（hate begets hate）作为提醒，在《爱的力量》（1963）一书中，他对这一信条作了重述：

为什么要爱我们的敌人？第一个原因相当明显。以仇恨回应仇恨，会使仇恨倍增，让已经没有星星的夜空变得更加黑暗。……仇恨增加仇恨，暴力增加暴力，困难增加困难，这是一个螺旋式下降的破坏过程。所以当耶稣说"爱你的仇敌"时，他正在提出一个深刻的、终极的训诫……邪恶的连锁反应——仇恨招致仇恨，战争产生更多的战争——必须被打破，否则我们将陷入毁灭的黑暗深渊。（King 1963：37）

尽管（经历过）所有的焦虑、忧郁和绝望，金总是对美好的世界充满希望。他利用谚语来进行布道，其实是寻找一种方式来为全人类争取自由与和平做出努力尝试。"爱你的仇敌"无疑是可以带领我们实现对美好世界向往的智慧。

马丁·路德·金首先是一位传教士，他的"修辞包含着《圣经》俗语"（Marbury 1971：4 [1989：626]）。《圣经》在金的脑海中，所以他可以整段引用《圣经》，并且利用其中众所周知的段落为自己的观点和论述增加权威性（Calloway-Thomas and Lucaites 1993）。同时他也完全有能力将它们应用到他那个年代的社会政治问题中去，他是一位披着牧师外衣的社会改革家。因此，他显然也成为一位依靠《圣经》谚语来传播福音的道德导师。

1967年4月9日，金在芝加哥新约教堂发表了知名布道"完整生命的三个层面"，他借用《圣经》中的"像爱自己一样爱你的邻舍"谚语，同时引用了其他两段俗谚性的《圣经》段落作为互爱的表达。重要的是，他以"你要别人怎样对待你，你就怎样待别人"对全文进行概括。这则谚语在全世界宗教中以多种形式流传，很容易成为金以非暴力形式争取人权的谚语子母题（Hertzler 1933—1934；Griffin 1991：67-69）：

> 清晨走出房门，爱你自己吧，如果那是意味着理性、健康和道德上的自重。它原是你的本分，那是生命的长度。然后是：像爱自己一样爱你的邻居，那原是你的本分，那是生命的广度。但切不要忘记还有那首要的诫命："要尽心尽性尽意爱着你的上帝。"我想哲学家会说"用你全部的人格"。当你这样做的时候，你就获得了生命的宽度（金的本义是获得了生命的高度）。

然而，这篇文章并没有谈到任何种族问题和社会问题，非常罕见。事实上，金许多的布道文及不同版本都可以让我们了解他的"惯用伎俩"：他将俗谚智慧运用于宗教性和社会政治性意涵的表达中。众所周知的《圣经》谚语"人不能仅仅靠面包活着"就是一个很好的例证。1958年3月12日，马丁·路德·金在底特律举行的基督教四旬斋午间礼拜上做的一场《基督教关于人的教义》的布道中使用了这句话。他对这条谚语作了一个极其重要的阐释，认为"仅仅"一词表明，耶稣非常清楚人不能没有面包，也不能单靠面包生活（Turner 1977：52 [1989：1000]；Rieder 2008：289）。这反过来为金提供了一个俗谚论点，即必须在美国和全世界消除贫困。

在基督教关于人的教义中，我们必须永远关心人的身体健康。他说，"人不能仅仅靠面包生活"。（是的）但"仅仅"一词的加入本身就意味着耶稣意识到人不能没有面包而生活。（是的）所以，作为福音的传播者，我不仅要向男男女女传道，使他们成为好人，而且我还必须对经常使他们成为坏人的社会条件有所认识。

金在《新约》谚语"凡舞弄刀剑为生的，必死于刀下"中，为他的社会议题找到了完美的隐喻。它成为反对暴力虐待他人的象征性论据。1956年6月27日，在旧金山举行的全国有色人种协进会（NAACP）年度大会上，他引用了这则谚语。

> 有一个声音穿越时间的长河，说道："凡舞弄刀剑为生的，必死于刀下。"（掌声）历史上充满了那些没有听从这些真理之词的国家的白骨，因此我们决定使用非暴力的方法，因为我们认为暴力不能起到作用。（Ⅲ 305，1956 年 6 月 27 日）

包含"刀剑"谚语的段落还有很多，1957 年 12 月 5 日在第二届非暴力与社会变革年度研讨会上，马丁·路德·金再次用这则谚语表达了"暴力不能解决任何社会问题"和"暴力不是解决问题的办法"的号召。

> 然而，暴力不能解决任何社会问题。它只会创造新的和更复杂的社会问题。……今晚我站在你们面前，似乎可以听到有个声音穿越时间的长河呐喊："凡舞弄刀剑为生的，必死于刀下。"……暴力不是解决问题的办法……在我看来，还有第三种方式。这第三种方式比前两者更强大、更持久、更永恒：那就是非暴力抵抗的方式。（IV340 – 341，1957 年 12 月 5 日）

马丁·路德·金有大量喜欢引用的《圣经》谚语和文学引文，他在很多场合把它们作为修辞性的子母题，但他并没有对任何民间谚语表现出如此兴趣。这并不代表他会在合适的场合回避引用这些民间智慧，只是作为一名传教士，他显然更沉浸在《圣经》的真理中。正如已经指出的那样，金在引用传统民间谚语时甚至不用"谚语"这个词。他很可能认为，它们如此出名，不需要任何标签，毕竟他对许多《圣经》谚语也是基于类似假设而未过多界定。无论如何，《圣经》谚语的出现频率高于民间谚语（民间语言中有很多的俗谚表达），这在一定程度上可能是因为他对自己博士身份的自豪感。这并不会导致对谚语的不重视，但众所周知的事实是，金在口头和书面交流中使用了一种相当高雅的风格。虽然家庭教会中的一些布道文本中也包含了通俗表达，但他通常以令人振奋的方式交流和写作，覆盖不同种族、社群、阶级和学识听众的需要。这样的话，它必然需要借助谚语和俗谚表达来增强语言的情感性和辩论性。作为预备好的或者现成的语言单位，它们很自然地流入金的文本中，并为它们增添了相当的智慧和表现力。尽管金并没有以民间谚语作为闪耀着智慧光芒的子母题来强调，但他的确使用了大量的谚语和修辞技巧。实际上，正如之前亚伯拉罕·林肯、弗雷德里克·道格拉斯和现在的巴拉克·奥巴马所做的一样，正是对《圣经》和民间谚语的共同强调，使他们的社会政治言论如此富有效力（Mieder 2000，2001，2009c）。人们很容易认同这种智慧，并在争取平等和自由的斗争中与他们的拥护者并肩前进。

在描写种族隔离和反抗斗争时，马丁·路德·金运用了各种谚语和俗谚表达。事实上，金发现了一条最恰当的用来描述非裔美国人如何以非暴力的方式与种族隔离作斗争的谚语。他首先采取俗谚说法，要求他们"挺直脊背"，接着以谚语"你不弯腰没人能骑到你背上"（You can't ride a man's back unless it is bent）再次强调这一观点。

> 但我并不是说我们在奥尔巴尼的工作以失败告终。那里的黑人挺直了腰，你不弯腰没人能骑到你背上。同时，以前从没有投票权的成千上万的黑人开始投票……乔治亚州首次选举了一位尊重法律并秉公执法的州长。（Washington 1986：344；1965年1月）

1963年6月23日，金在底特律"科博大厅自由集会"上发表了激动人心的演说。他引用了现代谚语"最后雇佣，最先解雇"（Last hired, first fired）表达非裔美国人因种族歧视而遭受的就业不公。

> 我们被摆布了太久，我们被作为私刑暴徒的受害者太久，我们被作为经济不公的受害者太久——至今，我们仍然是这个国家最后雇佣和最先解雇的人。……在精神上我可以理解，为什么被不公正待遇所困的一些人感到怨恨……但即使可以理解，今天下午我仍然必须告诉你们，这不是解决问题的方法。黑人至上主义和白人至上主义一样危险。（Carson and Shepard 2001：68-69；1963年6月23日）

民权运动过程中的时间因素重重地压在马丁·路德·金的心头。在《我们将何去何从：混乱还是和谐》（1967）一书《美国黑人所面临的困境》一章中，他从反面引用了两个谚语"时间会治愈一切创伤"（Time heals all wounds)和"时间不等人"(Time and tide wait for no man)。他用第一则谚语暗示种族隔离的罪恶不会被忘记,用第二则谚语的异文来说明必须把握住彻底消除种族歧视的时机。

我们必须摆脱这样一种错误观念,即时间的流动蕴含着神奇的品质,它必然可以治愈所有的罪恶。关于时间,只有一件事是肯定的,那就是时间不等人。如果我们没利用好它,我们将错失它。

金找到另外一句谚语来表达民权运动没有坦途可走,也没有捷径可走,那就是"没有所失,就没有所得"。他在我们之前提及的"科博大厅自由集会"(1963)的演讲中提到这句谚语不太常见的异文,解释社会的进步需要付出沉重的代价(同样是一则俗谚短语)。

没有个体的痛苦,就不会实现伟大的社会效益。而在为兄弟情谊而战的胜利到来之前,有些人将不得不伤痕累累……但是,如果肉体的死亡是一些人使他们的孩子和白人兄弟从永恒的精神痛苦中解脱出来必须付出的代价,那么没有什么比这更能救赎的了。(Carson and Shepard 2001:70-71;1963年6月23日)

然而,有一件事是肯定的,那就是必须采取行动,消除这个世界上最富有的国家中令人难以置信的贫困状况。在1967年出版的《良知的号角》一书中,他敏锐地修改了谚语"小心那些一无所有、再无可失的人",为其加入了"革命的"一词。由于他引入这句话的方式是"人们说",所以尽管是间接的,他承认了这句话的谚语性。

人们说,真正的革命者是那些一无所有、再无可失的人。这个国家有数以百万计的穷人,他们穷困潦倒,甚至一无所有、再无可失。如果能被调动采取一致的行动,他们将会以自由和力量来进行抵抗,这种自由和力量将成为我们自足的国家生活中一种新的、变革的力量。(King 1967 b:60)

尽管金在坚持不懈地与暴力和不公正作斗争，但他也有十足的幽默感。1961年9月16日，马丁·路德·金在《纽约时报》杂志上发表了一篇《自由的时代已经来临》的文章，读过这篇文章的读者一定很喜欢其中"如果兔子能扔石头，森林里就会减少猎人"这条动物谚语。

一群学生在激烈辩论非暴力的道德和实践的合理性时，大多数人拒绝使用武力。当少数派最终只剩下一个学生时，他宣称："我所知道的是，如果兔子能扔石头，森林里就会减少猎人。"

这不仅仅是在讨论时用以缓解严肃氛围的诙谐言论。它表达了一些被压抑的不耐烦，一些不满情绪和一些绝望。它们产生于面对巨大的邪恶，却只有微小突破的现状（Washington 1986：163 - 164；1961年9月10日）。包括年轻人在内的每一个人都应记住的是，所有的生命和存在都是相互关联的。金发现了一个完美的引文（很久之前已成为谚语），并在多种场合运用它来表达这一观点。他从20世纪50年代初开始引用约翰·多恩的《没有人是一座孤岛》（1624）中的第一行诗，1956年12月3日，在第一届非暴力与社会变革年会上，他引用了诗中更多的诗句。甚至这个时候，金已经提出了完全相互联系的世界的观点。

> 对我们来说，我们的世界是一个地理性的世界。现在我们面临的挑战是如何使它成为精神性的世界。通过科学的天赋，我们把世界变成了邻居；现在，通过道德的和精神的天赋，我们必须使它成为一个兄弟同盟。我们都包含在这一过程之中，任何直接影响一个人的事情都间接地影响到了所有人，我们都是人类伟大链条上的一环。

这就是约翰·多恩在许多年前所说的：

> 没有人是一座孤岛，在大海里独踞，每个人都像一块小小的泥土，连接成整个陆地……无论谁死了，都是我的损伤，因为我包含在人类这个概念里。因此，不要问丧钟为谁而鸣，丧钟为你而鸣。

马丁·路德·金在许多布道和演讲中都有这句话的异文（Boesak

1976：28［1989：86］；Lischer 1995：43）。最后一次引用出现在他1968年3月31日在国家大教堂所做的《在伟大的革命中保持清醒》的布道中：

> 我们必须学会像兄弟一样生活在一起，否则我们都将像傻瓜一样一起灭亡。我们被同一件命运的外衣包裹在一起，被一张无法逃避的关系之网缠绕在一起。……多年前，约翰·多恩发现了这一现象并用生动的语言描述它："没有人是一座孤岛，在大海里独踞……"我们必须看到这一点，相信这一点，并且依之生存……如果我们要在伟大的革命中保持清醒的话。（Washington 1986：269－270；1968年3月31日）

热情呼吁建立在人权基础上的联合世界后，接下来这段论述相当令人惊讶。受过良好教育的、富有经验的演讲家马丁·路德·金严肃地引用了一句非常普通的美国谚语："如果你造了一个更好的捕鼠器，那么全世界都会来找你"（Mieder et al. 1992：420）。尽管金总是称赞拉尔夫·爱默生在1956年到1963年8次引用中创造了这句谚语，但实际上关于其起源目前并没有定论（Taylor 1931：34－43）。弗莱德·夏皮罗和他之前的"引文侦探"已经指出，爱默生实际写作的内容出自1855年的一篇期刊："我很相信共同的名誉，就像大家都会相信一样。如果一个人有好玉米、好木材、好木板、好猪可以出售，或者他可以比其他任何人制造出更好的椅子、刀子、十字架或教堂的风琴，那么即使他安家在森林里，通往他家的路也会变得宽阔而熙攘。"（Shapiro 2006：244－245；Stevenson 1935：343－181，及1948：1633）尽管如此，金还是把它作为爱默生的引文重复使用——他很可能只是把这句话当作谚语来使用，但更喜欢引文带来的权威——比如1960年9月6日在纽约全国城市联盟，他发表的《种族意识的高涨》这篇演讲。

> 我们必须不断激励青年人超越平庸而停滞不前的阶段，并在各自奋斗的领域追求卓越。现在，过去没有开放的大门正在打开，少数群体面临的巨大挑战是，当这些大门打开时，他们应已做好准

备。……拉尔夫·瓦尔多·爱默生在 1871 年的一个讲座中说道:"如果一个人可以比他的邻居写一本更好的书,做一个更好的布道,或者造一个更好的捕鼠器,即使他安家在森林里,整个世界都会来找他。"事实并非永远如此,但我有理由相信,由于当今的世界格局以及我们无法负担奢侈的缺乏活力的民主的现实,这个主张将越来越具有合理性。(V506,1960 年 9 月 6 日)

还需提及一个由引文演变而成的谚语,即历史学家查尔斯·比尔德根据自然现象生发的洞见:"当足够黑暗时,我们可以看到星辰。"金最后一次引用它是在 1968 年 4 月 3 日《我看到应许之地》的布道中,这一天是他在田纳西州的孟菲斯被暗杀的前一天。

> 我知道,无论如何,只有当足够黑暗时,我们才能看到星辰。我看到上帝耕耘于 20 世纪,人们以某种奇怪的方式回应着——我们的世界正在发生一些事情。(Washington 1986:279 - 280;1968 年 4 月 3 日)

一旦马丁·路德·金发现引文和谚语可组合为"套语",作为在布道和演讲中的现成拼贴物时,他通常会把它们按照相同的顺序排列(Miller 1992:153 - 155;Lischer 1995:104 - 105)。只要在恰当的场合,他就可以从这个知识库中任意调取素材。马丁·路德·金经常引用的独立宣言中的两句声明,完全体现了他喜欢把两句或更多的引文和谚语放在一起使用、表达某种信仰或信念的风格特色。金总是以积极的信念引用它们,但 1958 年 3 月 12 日他在底特律发表的《基督教关于人的教义》的演讲表明,他以修辞的方式展现的关于平等自由的理想并没有在非裔美国公民中得到实现。

> 美国,我曾对你寄予厚望,我曾希望你成为一个伟大的国家。在那里,所有人都像兄弟一般生活在一起……美国,你曾把它们写在《独立宣言》之中。你是有善意的,因为你呼吁:"人生而平等,造物者赋予他们若干不可剥夺的权利,是的,其中包括生命权、自

由权和追求幸福的权利。"但是在你的信仰中，美国，你已经偏离了正道，走向充满种族分裂和种族歧视的遥远国度……（VI337，1958年3月12日）

可以想象，除了这两句之外，马丁·路德·金会在同一段中另外引用一个、两个甚至三个引文或者谚语，来增加论点的可信性和权威性。1957年9月2日，在田纳西州所做的《展望未来》演讲中，金作为文体发明家和"混合大师，将演讲的不同元素混用和融汇"（Rieder 2008：104），同时使用杰斐逊的俗谚和三则《圣经》谚语，以及首语重复的修辞，提出了一个有关未来的权威观点，即人们应勇敢地"失调"以促成社会的变革。

但是，对于我们的社会体系中的一些事情，我很自豪我能够"失调"，而且我也建议你们"失调"。那就是，我从不会调整自己以适应邪恶的暴民统治，我不会调整自己以适应种族隔离的罪恶和种族歧视的破坏，我不会调整自己以适应一个剥夺广大群众生活必需品去满足资产阶级奢侈享受的极其不公平的经济体制，我不会去适应军国主义的疯狂和自残式的身体暴力。

你们看，也许对世界的拯救掌握在"失调"的人手中。今天早上你们所面对的挑战就是"失调"——就像先知阿摩司一样"失调"，在他那个不公正的时代中，能够喊出响彻几个世纪的声音，"让公平如海浪滚滚，公义如江河滔滔"；像林肯一样，看到这个国家不能在一半奴隶和一半自由人中永存；像杰斐逊一样在他那个时代为奴隶制所做的惊人的调整，他的声音响彻苍穹，"人生而平等，造物者赋予他们若干不可剥夺的权利，其中包括生命权、自由权和追求幸福的权利"。

是的，要像拿撒勒的耶稣一样"失调"，为此我们要敢于向往慈父般的爱与兄弟间的手足情。耶稣看着醉心于罗马帝国战争机器的人们，告诫他们："凡靠挥舞刀剑为生的，必死在刀下。"耶稣看着那些深受仇恨折磨的人们，告慰他们："爱你的仇敌。为那诅咒你的人祝福，为那恶意利用你们的人祷告。"这个世界急需这种"失调"，通过这种"失调",我们可以摆脱阴郁凄凉的黑夜,摆脱人与人之间的残忍暴虐,迈向充满自由和正义、生气勃勃且光彩夺目的明天。(IV276,1957年9月2日)①

还有一个相似的,金经常重复使用和重新编排的段落应被提及。1956年12月20日,马丁·路德·金在《关于结束巴士抵制运动的声明》中,引用了废奴主义者西奥多·帕克(Theodore Parker)和诗人威廉·柯伦·布莱恩特(William Cullen Bryant)的名言来支持他的观点,即正义的确已经占据了上风。

我们还记得那些日子,不利的法庭判决像潮水一样向我们袭来,让我们陷入绝望的深渊。但在这个过程中,我们一直坚信,上帝与我们同在,道德世界的虹桥很长,但正指向正义的方向(废奴主义者西奥多·帕克的名言成为金演讲的一个子母题)。我们生活在耶稣受难日的痛苦和黑暗中,坚信有一天,复活节的光辉将在地平线上冉冉升起。我们看到真理被钉在十字架上,善良被埋葬,但我们一直坚信,被践踏的真理必将重见天日。(引用了诗人威廉·柯伦·布莱恩特的诗句,Ⅲ 486,1956年12月20日)

当金1965年3月25日发表《我们的上帝在前进!》这篇激情演讲时,他在"弥赛亚的话语"这一套语中加入了托马斯·卡莱尔(Thomas Carlyle)的"没有谎言可以长盛不衰"(No lie can live forever),以及《圣经》谚语"一分耕耘,一分收获"(As you sow, shall you reap)。这段演讲是证明金如何运用记忆从知识库中快速调取素材的另一个极佳案例。

我知道你们会问:"那么还要多久呢?"今天下午我来到你们中间,要告诉你们,不论经历何等困难、何等沮丧的时刻,它的到来不会太久,因为被践踏的真理必将重见天日。

---

① 本段翻译出自[美]马丁·路德·金著,迈克尔·哈利编辑《所有劳工都有尊严》,张露译,海口:海南出版社2013年版,第35—36页。为了保证上下文一致,文中谚语略有改动。

还要等多久？快了，因为没有谎言可以长盛不衰。

还要等多久？快了，因为一分耕耘，一分收获。

还要等多久？快了，因为道德世界的手臂（原文是"圆弧"）很长，但指向正义的方向。马丁·路德·金也会经常使用包含"路"这个字的谚语和俗谚短语。"路"有面向未来的性质，因此非常适合作为比喻描述和反思前进的路径。引用俗谚短语"已经走了很长的路"来强调已经取得的进展，同时又引用俗谚短语"还有很长的路要走"来强调还有很多工作要做，他第一次将这两个短语放在一起使用，是在1956年6月在《社会主义的召唤》期刊上发表的《南方"新黑人"》这篇文章中。

> 就像黑格尔哲学中的"合题"（synthesis）一样，现实主义试图去调和对立面的真理，避免走向极端。所以种族关系中的现实主义者会同意乐观主义的观点，认为"我们已经走了很长的路"，但是也会通过同意悲观主义者认为的"我们还有很长的路要走"，来达到平衡。我想阐明的正是这种现实主义立场：我们已经走了很长的路，但还有很长的路要走。（Ⅲ 282，1956年6月）

金1965年4月27日在加州大学洛杉矶分校作了《还有很长的路要走》的演讲，演讲内容6年后在阿瑟·史密斯（Arthur L. Smith）和斯蒂芬·罗布（Stephen Robb）编纂的《黑人修辞的声音：选编》（1971）中发表。编者简短评论该文"表现了金对古典风格标准和编排的精通。显然，金的修辞组织在引言、正文和结论各部分都表现得淋漓尽致。尽管这种二元结构的编排并没有特别的新意（很多演讲者使用过），但金的演讲内容让悬念成为演讲的核心因素"（Smith and Robb 1971：183）。我同意这个观点，但是也可以这样说：这篇演讲有一个俗谚性的标题，而且演讲中的两个俗谚表达"已经走了很长的路"和"还有很长的路要走"是独立和组合的子母题。事实上，它们不单纯是两则简单隐喻，这两则谚语实际上形成了对全文的统率，这从文章的结构和篇章布局可以看出来。

马丁·路德·金还对"上帝能（将）在无路可走处开出路来"这种

精神（信仰）和世俗（希望）谚语做了诸多借用。在《阔步走向自由：蒙哥马利的故事》（1958）一书《最终废除种族隔离》一章中，金谈到在巴士抵制运动中，上帝与大家同在，正是主的力量所感召的信念给了非裔美国人继续奋斗的勇气。所以当金写道"我们必须相信在无路可走时开出路来"时，这句话隐藏的主体实际是上帝能够为目前的处境找到一条出路，正如它的原版一样。

> 我努力尽量以希望作为结束。"这可能是，"我说，"黎明前的黑暗。几个月一路走来，我们深信上帝与我们同在。过去日子的许多经历以最难以预料的方式验证了我们的信心。我们必须怀着同样的信心，同样的信念继续前进。我们必须相信无路之处会开出新的路来。"

作为上帝和人类的仆从，马丁·路德·金不顾一切克服困苦，确实是一个在精神上相信并且在言行上实践"在无路可走时开出路来"的人。毫无疑问，这则谚语代表了美国乃至全世界整个民权运动和人权运动的缩影。因此，它成为坚定信念和勇敢行动的经典语例。但是还要说明一点，如果没有以传统的或创新的比喻将生命、幽默、智慧融入俗谚性的语言中，马丁·路德·金的口头和书面修辞可能不会对民众产生如此大的影响。

最后，我还要讲到反复出现在标题里的一个词语"梦想"，为了寻求改善社会的途径，为了寻求民权运动的胜利，人类需要一个有远见和愿景的梦想。

1960年9月25日，金在北卡罗来纳州夏洛特市全国有色人种协进会上发表了《黑人和美国梦》的演讲。它的首句是引文——"美国本质上是一个梦想——一个尚未实现的梦想"（Kelly-Gangi 2009：52）——而且不出所料，他引用了前文提到的《独立宣言》中的两句俗谚声明。但和往常一样，仅仅怀揣梦想对金来说是不够的，他必须面对将美国梦转变为现实的挑战，号召所有人都愿意为之"付出高昂的代价"（V508-509，1960年9月25日）。

1963年6月23日，马丁·路德·金在底特律科博大厅发表了他的重要的自由集会演说。这次演讲距离在华盛顿的演讲只有 2 个月的时间，是可以证明金是如何将一些有异文的修辞片段一次又一次地融入演讲中的极佳案例。

因此今天下午，我有一个梦想。（继续!）这是深深地扎根于美国梦的一个梦想。

我梦想着有一天，在佐治亚州、密西西比州和亚拉巴马州，昔日奴隶的孩子能和昔日奴隶主的孩子能够像兄弟一样一起生活。

今天下午，我怀揣着一个梦想，（怀揣着一个梦想!）梦想有一天（掌声），白人小孩和黑人小孩能够携手并进，亲如手足。

……

今天下午，我怀揣着一个梦想，（是的）梦想着有一天，我的 4 个小女儿，不再遭受我曾遭受过的痛苦童年，人们将会以性格而不是肤色来评判她们的品质优劣。（掌声）

今天下午，我怀揣着一个梦想，梦想着有一天，在底特律，黑人能够在任何地方购买或是租借一套他们自己能够承受的房子，他们能够找到一份工作。（掌声）

（是的!）

是的，今天下午，我怀揣着一个梦想，梦想着有一天，在这片土地上，阿摩司的预言将成为现实，公平必如海浪滚滚，公义必如江河滔滔（阿摩司书 5：24）。

今天下午，我怀揣着一个梦想，梦想着有一天，我们将会认可杰斐逊的话："人生而平等，造物主赋予他们若干不可剥夺的权利，包括生命权、自由权和追求幸福的权利。"今天下午，我怀揣着一个梦想。（掌声）

……

今天下午，我怀揣着一个梦想，梦想人与人之间的兄弟情将在这一天成为现实。

怀揣这个信念，我将走出去，在绝望的大山上开辟一条希望的通道；怀揣这个信念，我将和你一起走出去，将黑暗的过去化作光明的未来；怀揣这个信念，我们将能够到达那一天，那时，所有上帝的子民，不管是黑人还是白人，犹太人还是非犹太人，新教教徒还是天主教徒，都将携手合唱黑人古老的灵歌：

　　终于自由了！终于自由了！

　　感谢全能的主啊，我们终于自由了！（掌声）[1]（Carson and Shepard 2001：71-73，1963年6月23日）

某种程度上，这些"梦想"系列的演讲预示了金1963年8月28日在林肯纪念堂发表的著名的《我有一个梦想》演讲（Carson and Holloran 1988：XVI-XVII）。它被称为"进军华盛顿"民权运动的主题演讲，无论在当时还是后世都产生了极大的影响和轰动。

众所周知，金在演讲前会精心准备一份手稿。但演讲时，感觉到手稿阻隔了他与听众之间的距离，金在结论中改用了"我有一个梦想"的排比，就像德鲁·汉森将书面手稿和实际的口头演讲进行比对后所揭示的那样（Hansen 2003：71-86）。通过像之前一样根据"语料库"或者"自己的演讲储备"（Hansen 2003：70）发表演讲，金直觉地感到"梦想"主题的套语作为口头表演的结束语（Patton 1993：114-116）将会成为一个令人满意的收尾。这一场《我有一个梦想》演讲的结束语只包含3个俗谚表达，即"人生而平等"、"以品格优劣而不是肤色评断"以及"与某人携起手来"，后者作为在平等、正义和自由的美国实现真正的兄弟姐妹情谊的口头标志被重复了两次。

埃里克·桑德奎斯特在《金的梦想》一书开头名为《不以肤色》的文章里，用很多篇幅提出了金套语化使用"不以肤色"的观点："即使它没有成为金《我有一个梦想》演讲中最著名的短语，也足以作为代表性的语句，因为它宣称的哲理，因为它引发的争论，'我梦想我的4个孩子将在一个不以他们的肤色、而以品格优劣被评断的国度里生活'。如果金的梦想在1964年《民权法案》通过后开始实现，那么可以说，更关注人的品格而非肤色成为这一具有里程碑意义的法案讨论的焦点。在过去的40年里，这35个本能地说出口的词语比任何政客的辩论、社会学家的理

---

[1] 本段译文出自［美］马丁·路德·金著，迈克尔·K.哈利编辑《所有劳工都有尊严》，张露译，海口：海南出版社2013年版，第84—85页。

论、法院的裁决，都更能影响公众对平权运动的看法。"（Sundquist 2009：14）——桑德奎斯特认定它们就是俗谚短语——他谈到它是在这个特定的演讲语境中的"本能"使用。实际上这句话并没有包含在原始的手稿之中，而且金是在结束语时即兴地加入："'我开始宣读演讲稿'——马丁·路德·金回忆道，然后'突然间，我说过的话语被说了出来——'我有一个梦想'这句话我之前用过很过次——我只是觉得我想使用它。不知道为什么，在演讲之前我都没想到过这句话。"（Sundquist 2009：14）金显然意识到他对"我有一个梦想"排比段及其变体的重复使用，同时我也假定，他也明晰自己 2 个月前在底特律演讲的结束句中使用了"品格/肤色"短语。如果桑德奎斯特谈到"本能的文字"想表达的是这句话在华盛顿的演讲中首次使用，那他就错了。实际上，可以说金非常喜欢它的隐喻和意义，在 1967 年的布道和演讲中又引用了 3 次，从而使他使用的套语逐渐成为一种俗谚表达。

　　1963 年 8 月 28 日，在华盛顿特区林肯纪念堂发表的《我有一个梦想》演讲受到了国内（外）的关注。首语重复"我有一个梦想"在 1967 年底改为了"我仍有一个梦想"。它无疑已成为金的标志性修辞短语。当然，它仅仅是金引文性和俗谚性子母题中的一个，这些子母题使得金关于民权、人权事业的布道、演讲、书信、随笔和著作更为有力而深刻。引文谚语、《圣经》谚语、民间谚语和众多俗谚表达内在于金的修辞之中，为他的作品增加了丰富的隐喻色彩和权威力量。他关于美国与全世界通过平等、正义、自由、爱和希望建立内在联系的崇高梦想，必须通过语言表述出来，这样才能推动民权和人民的非暴力运动前进。要使得这些崇高的理想得到传播，需要词语和语句。毫无疑问，谚语和俗谚短语作为现成的表达方式，在增添马丁·路德·金口头和书面交流的生动性和表现力方面发挥了极大的作用。他的梦想需要语言和行动，而作为这两方面的大师，马丁·路德·金自始至终都是一个有远见的、能为全人类在无路可走时开出路来的斗士。坚持《圣经》的三德"信、望和爱"，坚持非裔美国谚语"在无路可走时开出路来"，将会使得马丁·路德·金的梦想——子孙后代像兄弟姐妹一样在世界之家平等相处、共迎命运——成为现实。

引用文献

Baldwin, Lewis V. 1988 (1989). *The Minister as Preacher, Pastor, and Prophet: The Thinking of Martin Luther King, Jr. American Baptist Quarterly*, 7 (1988), pp. 79 – 97.

Baldwin, Lewis V. 1991. *There is a Balm in Gilead. The Cultural Roots of Martin Luther King, Jr.* Minneapolis, Minnesota: Augsburg Fortress, 1991.

Boesak, Allan. 1976 (1989). *Coming in out of the Wilderness: A Comparative Interpretation of the Ethics of Martin Luther King, Jr. and Malcolm X.* Kampen, Nederland: Theologische Hogeschool der Gereformeerde Kerken, 1976.

Boulware, Marcus H. 1969. *The Oratory of Negro Leaders: 1900 – 1968.* Westport, Connecticut: Negro Universities Press, 1969.

Burger, Harald, Dmitrij Dobrovol'skij, Peter Kühn, and Neal R. Norrick (eds.). 2007. *Phraseology. An International Handbook of Contemporary Research.* 2 vols. Berlin: Walter de Gruyter, 2007.

Calloway-Thomas, Carolyn, and John Louis Lucaites. 1993. *Martin Luther King, Jr., and the Sermonic Power of Public Discourse.* Eds. Carolyn Calloway-Thomas and John Louis Lucaites. Tuscaloosa, Alabama: The University of Alabama Press, 1993.

Carson, Clayborne, et al. (eds.). *The Papers of Martin Luther King, Jr.* 6 vols. Berkeley, California: University of California Press, 1992—2007.

Carson, Clayborne, and Peter Holloran (eds.). 1998. *A Knock at Midnight. Inspiration from the Great Sermons of Reverend Martin Luther King, Jr.* New York: Warner Books, 1998.

Carson, Clayborne, and Kris Shepard (eds.). 2001. *A Call to Conscience. The Landmark Speeches of Dr. Martin Luther King, Jr.* New York: Grand Cen-tral Publishing, 2001.

Daniel, Jack L. 1979. The Wisdom of Sixth Mount Zion (Church) from *The Members of the Sixth Mount Zion and Those Who Begot Them.* Pittsburgh, Pennsylvania: University of Pittsburgh, College of Arts and Sciences, 1979.

Daniel, Jack L., and Geneva Smitherman. 1976. *How I Got Over: Communication Dynamics in the Black Community. The Quarterly Journal of Speech*, 62 (1976), 26 – 39.

Ensslin, Birgit. 1990. "I Have a Dream—Martin Luther King und die Burgerrechtsbewegung in den USA. Eine rhetorische Analyse ausgewahlter Texte von Martin Luther King". "Lebende Sprachen", 35 (1990), pp. 118 – 123.

Farrell, Thomas J. 1991. *The Antecedents of King's Message.* Publications of the Modern

Language Association, 106 (1991), pp. 529 – 530.

Fleer, David. 1995. *Martin Luther King, Jr.'s Reformation of Sources: A Close Rhetorical Reading of His Compositional Strategies and Arrangement.* Diss. University of Washington, 1995.

Griffin, Albert Kirby. 1991. Religious Proverbs: Over 1600 Adages from 18 Faiths Worldwide. Jefferson, North Carolina: McFarland, 1991.

Hansen, Drew D. 2003. *The Dream.* Martin Luther King, Jr., and the Speech that Inspired a Nation. New York: HarperCollins, 2003.

Harrison, Robert D., and Linda K. Harrison. 1993. *The Call from the Mountaintop: CallResponse and the Oratory of Martin Luther King, Jr.* Martin Luther King, Jr., and the Sermonic Power of Public Discourse. Eds. Carolyn Calloway-Thomas and John Louis Lucaites. Tuscaloosa, Alabama: The University of Alabama Press, 1993. pp. 162 – 178.

Hedgepeth, Chester M. 1984 (1989). *Philosophical Eclecticism in the Writings of Martin Luther King, Jr.*, Western Journal of Black Studies, 8 (1984), pp. 79 – 86.

Hertzler, Joyce. 1933—1934. *On Golden Rules.* International Journal of Ethics, 44 (19331934), pp. 418 – 436.

Karabegović Dženeta. 2007. "No Lie Can Live Forever": Zur sprichwörtlichen Rhetorik von Martin Luther King. Sprichwörter sind Goldes wert: Parömiologische Studien zu Kultur, Literatur und Medien. Ed. Wolfgang Mieder. Burlington, Vermont: The University of Vermont, 2007, pp. 223 – 240.

Kelly-Gangi, Carol. 2009. *Essential African American Wisdom.* New York: Fall River Press, 2009.

Lischer, Richard. 1995. *The Preacher King. Martin Luther King, Jr. and the Word that Moved America.* New York: Oxford University Press, 1995.

Marbury, Carl H. 1971 (1989). *An Excursus on the Biblical and Theological Rhetoric of Martin Luther King.* Essays in Honor of Martin Luther King, Jr. Ed. John H. Cartwright. Evanston, Illinois: Garrett Evangelical Theological Seminary, 1971, pp. 14 – 28.

Mieder, Wolfgang. 2000. *The Proverbial Abraham Lincoln: An Index to Proverbs in the Works of Abraham Lincoln.* New York: Peter Lang, 2000.

Mieder, Wolfgang. 2001. *"No Struggle, No Progress": Frederick Douglass and His Proverbial Rhetoric for Civil Rights.* New York: Peter Lang, 2001.

Mieder, Wolfgang. 2009c. *"Yes We Can": Barack Obama's Proverbial Rhetoric.* New York: Peter Lang, 2009c.

Mieder, Wolfgang. 2011. "*Making a Way out of No Way*". *Martin Luther King's Sermonic Proverbial Rhetoric*. New York: Peter Lang, 2011.

Mieder, Wolfgang, Stewart A. Kingsbury, and Kelsie B. Harder (eds.). 1992. *A Dictionary of American Proverbs*. New York: Oxford University Press, 1992.

Miller, Keith D. 1986 (1989). "Martin Luther King, Jr. Borrows a Revolution: Argument, Audience, and Implications of a Secondhand Universe". *College English*, 48 (1986), pp. 249–265.

Miller, Keith D. 1990. *Composing Martin Luther King, Jr.*, Publications of the Modern Language Association, 105 (1990), pp. 70–82.

Miller, Keith D. 1991a. *Martin Luther King, Jr., and the Black Folk Pulpit*. Journal of American History, 78 (1991a), pp. 120–123.

Miller, Keith D. 1991b. Reply to *Thomas J. Farrell, The Antecedents of King's Message*. Publications of the Modern Language Association, 106 (1991b), pp. 530–531.

Miller, Keith D. 1992. *Voice of Deliverance. The Language of Martin Luther King, Jr. and Its Sources*. New York: The Free Press, 1992.

Ong. Walter J. 1982. *Orality and Literacy. The Technologizing of the Word*. New York: Methuen, 1982.

Patton, John H. 1993. "*I Have a Dream*": *The Performance of Theology Fused with the Power of Orality. Martin Luther King, Jr., and the Sermonic Power of Public Discourse*. Eds. Carolyn Calloway-Thomas and John Louis Lucaites. Tuscaloosa, Alabama: The University of Alabama Press, 1993, pp. 104–126.

Rieder, Jonathan. 2008. *The Word of the Lord Is Upon Me. The Righteous Performance of Martin Luther King, Jr*. Cambridge, Massachusetts: Harvard University Press, 2008.

Rosenberg, Bruce. 1970. *The Art of the American Folk Preacher*. New York: Oxford University Press, 1970.

Shapiro, Fred (ed.). 2006. *The Yale Book of Quotations*. New Haven, Connecticut: Yale University Press, 2006 (21 references by King on pp. 427–429).

Smith, Arthur L., and Stephen Robb (eds.). 1971. The Voice of Black Rhetoric: Selections. Boston: Allyn and Bacon, 1971.

Spillers, Hortense J. 1971 (1989). *Martin Luther King and the Style of the Black Sermon. Black Scholar*, 3 (1971), pp. 14–27.

Stevenson, Burton. 1935. *The Mouse-Trap (and) More about the Mouse-Trap*. In B. Stevenson. *Famous Single Poems and the Controversies which Have Raged around Them*. New

York: Dodd, Mead, & Company, 1935, pp. 343 – 381.

Stevenson, Burton. 1948. *The Home Book of Proverbs, Maxims, and Famous Phrases*. New York: Macmillan, 1948.

Sundquist, Eric J. 2009. *King's Dream*. New Haven, Connecticut: Yale University Press, 2009.

Taylor, Archer. 1931 (1985). *The Proverb*. Cambridge, Massachusetts: Harvard University Press, 1931.

Turner, Otis. 1977 (1989). *Nonviolence and the Politics of Liberation*. Journal of the Interdenominational Theological Center, 4 (1977), 49 – 60. Also in David J. Garrow (ed.), Martin Luther King, Jr. Civil Rights Leader, Theologian, Orator. 3 vols. Brooklyn, New York: Carlson Publishing, 1989, III, pp. 997 – 1008.

Warren, Mervyn A. 1966. *A Rhetorical Study of the Preaching of Doctor Martin Luther King, Jr., Pastor and Pulpit Orator*. Diss. Michigan State University, 1966.

Warren, Mervyn A. 2001. *King Came Preaching. The Pulpit Power of Dr. Martin Luther King Jr*. Downers Grove, Illinois: InterVarsity Press, 2001, revised version of the previous entry.

Washington, James M. (ed.). 1986. *A Testament of Hope. The Essential Writings of Martin Luther King, Jr*. San Francisco, California: Harper & Row, 1986.

想要别人怎样对待你,你就怎样对待别人:弗雷德里克·道格拉斯以谚语争取民权的斗争

【编译者按】 本文(Do Unto Others as You Would Have Them Do Unto You: Frederick Douglass's Proverbial Struggle for Civil Rights)发表于2001年的《美国民俗学刊》(*Journal of American Folklore*, 114: 331-357)。谚语绝不是简单的公式化的表达,它本身是一种传统智慧,非常适合做争取民权的武器。作为一名虔诚的宗教信徒,弗雷德里克·道格拉斯在辩论、演讲和写作中常常依据《圣经》谚语为其论点增添权威和历史智慧。虽然《圣经》箴言为其思考提供了宗教权威,但他非常清楚《圣经》箴言在反对奴隶制和争取民权方面的社会意义。谚语起着权威性和集体性作用,是重要的社会和道德信息。

弗雷德里克·道格拉斯(Frederick Douglass, 1818—1895)是一位虔诚的宗教信徒,他在辩论、演讲和写作中依靠《圣经》谚语来加强社会和道德意义的表达。虽然《圣经》箴言为道格拉斯的思考提供了宗教权威,但他非常清楚《圣经》箴言在反对奴隶制和争取民权方面的社会意义。谚语起着权威性和集体性作用,是重要的社会和道德信息。因此,谚语本身是一种传统智慧,非常适合做争取自由、民主和公民权利的口头武器。

道格拉斯还是19世纪被奴役的非裔美国人的代言人之一。他承担了被奴役非裔美国人的叙事身份,在说话或写作时,其话语完全以《圣经》

的权威和美国的民主理想为根据。在内战之前和内战期间,他没有用枪,而是用语言勇敢地与奴隶制度作斗争。可以说,他是最积极意义上的社会和政治鼓动者,始终主张运用道德、平等和民主的力量。道格拉斯高超的修辞技巧极具传奇性,迄今为止学者们都忽略了其演讲能力的一个主要因素,那就是他反复使用《圣经》和民间谚语,为其论点增添权威性和历史智慧。

1861年6月16日,道格拉斯在纽约州罗切斯特市发表了题为《关键一个小时的决定》的演讲,提到了他的社会语言学的工作方式。道格拉斯认为"简单而熟悉的常识语言"是谚语的特征。正如芬兰谚语学者马提·库西在某种诗意上定义谚语一样,它包含人们所收集的见解和经验,而不代表一个合乎逻辑或普遍的哲学思想体系。相反,正如道格拉斯在引文中所描述的那样,谚语在很大程度上反映了生活的二元对立和矛盾。根据谚语出现的背景,它们可以承担不同的功能和含义。它们可以是善的,也可以是恶的。与人们的普遍看法相反,谚语绝不是简单的公式化的表达,而道格拉斯对谚语的使用充分证明了谚语作为社会交际语言策略的重要性。

一 "如果你给一个黑人一英寸,他就会拿走一厄尔"(得寸进尺)

道格拉斯深知谚语的矛盾本质,这一点在其关于奴隶主如何利用谚语来为非人道的奴隶制度辩护的描述中表现得十分明显。迄今未被记录的谚语特别能引起人的兴趣,表达了对奴隶生活以及被谋杀的奴隶尸体的无视:"即使在小白人男孩中,这也是一个普遍的说法:杀死一个'黑人'值半分钱,另外的半分钱用来埋葬。"[1] 道格拉斯在他的第二部自传《我的束缚和我的自由》中进一步解释了这种不人道的态度,并明确地将其称为谚语,从而证明了其广为流传的说法:"有一个我早已耳熟能详的

---

[1] Douglass, Frederick. *Autobiographies*:*Narrative of the Life of Frederick Douglass*, Written by Himself (1845); *My Bondage and My Freedom* (1855); *Life and Times of Frederick Douglass* (1893), New York:Library of America, 1994, p.32.

说法,在美国科罗拉多州劳埃德的种植园和马里兰州的其他地区,是这样说的,'杀死黑鬼的价值只有半分钱,而埋葬他的价值却有半分钱'。我的经验事实远远证明了这个奇怪谚语的实际真理。"① 道格拉斯在 1863 年 8 月发表于《道格拉斯月刊》中的一篇短文里,再次引用了这句名言。当然,也有许多奴隶在这样的屠杀中幸存下来,但在这种情况下,奴隶主还试图扼杀他们的精神"财产"。这种精神控制并不总是奏效,因为天生机智的奴隶比他们的主人聪明。如道格拉斯通过一个著名谚语的有趣语境解释道:

> 在人类的财产中,无知是一种高尚的美德;当主人为了使奴隶无知而学习时,奴隶也足够狡猾,使主人认为他成功了。奴隶完全理解这句话:"无知为福,聪明为愚。"②

这一表述是道格拉斯讽刺手法中一个很好的例子,它极易颠覆奴隶主的阴谋。道格拉斯从自己小时候的经历中知道智力发育迟缓意味着什么。1826 年,8 岁的他被送到巴尔的摩与休和索菲亚·奥德一起生活,并成为他们 2 岁儿子汤米的伴侣。起初事情进展得很顺利,当索菲亚·奥德试图教年轻的弗雷德里克学习字母表时,她的尝试立即被她的丈夫阻止了。不过,她让小男孩认识到学习读写的重要性。

从那时起,道格拉斯的自学教育再也无法停止。1830 年,在 12 岁时,道格拉斯给自己买了本二手书《哥伦比亚演说家》。这是凯勒·宾厄姆为修辞学和道学教学而编写的流行演讲和对话集。③ 在道格拉斯成为公众演说家的日子里,《特别的教学用途》是一篇关于"摘自不同作者演讲指导"的介绍性文章,为他提供了诸多修辞技巧。事实上,对《圣经》

---

① Douglass, Frederick. *Autobiographies*: *Narrative of the Life of Frederick Douglass*, Written by Himself (1845); *My Bondage and My Freedom* (1855); *Life and Times of Frederick Douglass* (1893), New York: Library of America, 1994, p. 204; pp. 526-527.

② Douglass, Frederick. *Autobiographies*: *Narrative of the Life of Frederick Douglass*, Written by Himself (1845); *My Bondage and My Freedom* (1855); *Life and Times of Frederick Douglass* (1893), New York: Library of America, 1994, p. 172.

③ Ganter, Granville. The Active Virtue of the Columbian Orator. *New England Quarterly*, 1997, 70: 463-476.

语言的深刻理解，以及对这类语言学上精妙选段的阅读，为道格拉斯的作品创造了一种语言能力。早期的废奴主义者并不经常听到他的雄辩演讲，虽然道格拉斯也受到黑人传教士布道时的口语化风格以及奴隶们丰富的传统歌曲的影响，他几乎完全不使用种植园的方言。在他最近的小册子——《为什么黑人被处以私刑》里，道格拉斯说："当一个黑人的语言被引用时，为了贬低和诋毁他，他的思想往往被放在最怪诞和最难以理解的英语中，而黑人学者和作家的言论则被忽视。"[1] 为了解释和证明黑人的智力可以与白人相比，道格拉斯有意识地选择了标准英语并证明自己是这方面的大师。对《圣经》以及黑人传教士布道风格的浓厚兴趣，是道格拉斯使用谚语的主要原因。宗教修辞长期以谚语语言为根据，用《圣经》和民间谚语来接近和教育教众。道格拉斯使用谚语的另一个原因很可能是他在那个极具影响力的《哥伦比亚演说家》里发现了这些文字。在一篇3页的载有"富兰克林博士的悼词摘录，以巴黎下议院的名义，由阿贝福切特宣读，1790年"的文字中，他找到了对一些谚语的高度评价。例如：掌握在学识渊博者和无知者手中的"谚语'老亨利'和'可怜的理查德'；它们包含了崇高的道德，沦为流行语言和常识理解；并形成了全人类幸福的教义问答"[2]。并且，在"1770年，皮特先生回答曼斯菲尔德勋爵关于威尔克斯先生的事情的演讲节选"中，道格拉斯找到了这段话：

> 我的主，有一个简单的格言，我在生活中总是坚持；在我的自由或财产所涉及的每一个问题中，我都应该参考并由常识指示来决定。我承认，我的主，我不相信学习的妙处，因为我见过最能干、最有学问的人，也同样容易欺骗自己，误导别人。[3]

---

[1] Foner, Philip S., ed. *The Life and Writings of Frederick Douglass*, 5 vols. New York: International Publishers, 1950 – 1975. V. 1, p. 507.

[2] Bingham, Caleb. The Columbian Orator Containing a Variety of Original and Selected Pieces Together with the Rules, Which Are Calculated to Improve Youth and Others, in the *Ornamental and Useful Art of Eloquence*. New York: New York University Press, 1998 [1797], p. 56.

[3] Bingham, Caleb. The Columbian Orator Containing a Variety of Original and Selected Pieces Together with the Rules, Which Are Calculated to Improve Youth and Others, in the *Ornamental and Useful Art of Eloquence*. New York: New York University Press, 1998 [1797], p. 145.

1860 年 3 月 26 日，在格拉斯哥的一次演讲中，道格拉斯提到"常识、共同的正义和健全的解释规则都把我们带到了法律的意义上"①。1866 年 12 月，道格拉斯在《大西洋月刊》上发表了一篇关于"重建"的文章，讲述了"用简朴、常识的方式重建工作"②。毫无疑问，"道格拉斯用他的诚意、诚实、正直和常识，通过语言与奴隶制斗争，给观众留下了深刻印象"③。

二 "压碎的蠕虫可能会在压迫者的脚跟下转动"

道格拉斯对民间谚语的使用，为他的论点增添了一种口语化、隐喻化的味道和普遍吸引力。接下来是一个按时间顺序选择的情境化谚语的例子，其中每一条众所周知的信息都代表了道格拉斯典型的"常识"哲学。他有时会在辩论中长篇大论，显然有一些句子是连词，但谚语有助于集中或总结这样的谩骂。

道格拉斯通过谚语表达了他的担心和希望，从而显示出这场斗争的人性特征。道格拉斯毫无疑问是卓越的鼓动家，他以自己的眼光看待事物。当他在新的长篇大论中攻击南方的奴隶主时，他甚至能说出"诚实是对付奴隶主的最好政策"，无疑增添了辛辣的讽刺意味。

尽管他没有宽恕策划一场奴隶武装起义的想法，但 1850 年 12 月 8 日他在家乡罗切斯特举行的反对派演讲中发出了严重警告。在道格拉斯的论证中，他整合了 16 世纪的英国谚语："一脚踩到蠕虫，蠕虫就会翻身。"当然，"蠕虫"隐喻的是奴隶的悲惨生活，奴隶被奴隶主贬低到牲畜般的最低地位。

---

① Bingham, Caleb. *The Columbian Orator Containing a Variety of Original and Selected Pieces Together with the Rules, Which Are Calculated to Improve Youth and Others*, in the *Ornamental and Useful Art of Eloquence*. New York: New York University Press, 1998 [1797], V. 3, p. 349.

② Foner, Philip S., ed. *The Life and Writings of Frederick Douglass*, 5 vols. New York: International Publishers, 1950 – 1975. V. 4, p. 203.

③ Sekora, John. *Comprehending Slavery: Language and Personal History in Douglass' Narrative of 1845*. *College Language Association Journal*, 1985. p. 165.

在马丁·路德·金和其他人的领导下，任何经历过民权游行和为保持和平而进行艰苦斗争的人，都将在这里经历一种似曾相识的感受。道格拉斯用隐喻和间接的方式吸引了人们的注意，清晰得让所有人都能理解。道格拉斯指出，他和其他人的警告不一定会得到重视。1857 年 5 月 11 日，在纽约，他不得不再次利用"蠕虫"谚语来描绘一个非常悲观的预言。

即使是被碾碎的虫子也有可能在暴君的脚下翻身。在沮丧和绝望的可怕时刻，南方的奴隶被残忍驱使，被强烈的罪恶刺痛，可能会为了自由而进行一场疯狂而致命的斗争……

道格拉斯在演讲中表示，他的和平主义态度已经达到了极限，非暴力的哲学或许不会长久。3 年后内战爆发，没有发生大规模的奴隶起义。也难怪道格拉斯和他的儿子会成为战争的坚定支持者，去帮助招募北方的黑人士兵，为解放南方的"被碾碎的虫子"而战。在一生的奋斗中，道格拉斯从未放弃过对奴隶的期望，也没有放弃非洲裔美国人的进步。为了论证这一点，他经常用《圣经》箴言来加强他的权威性，即奴隶主会在适当的时候因他们的恶行受到惩罚。现在，奴隶主可能不仅仅是被囚禁起来，他们可能因为自己的罪行而死（至少是象征性的死）。

道格拉斯并没有承诺提倡真正的行动，他的双重《圣经》箴言仍然是一个真诚的警告。他还补充了杰弗逊对正义的警告，认为惩罚必定会在适当的时候到来。他说："有一天，他们会来的。"事实上，这确实发生在内战全面展开之后。现在，奴隶主应得的惩罚有其正当性，而道格拉斯只引用了更为暴力的"剑"谚语来预测有罪的奴隶主的命运。

现在，众所周知的主题是对行凶者的军事和个人报复，道格拉斯没有表现出任何的克制和仁慈，因为奴隶制正在慢慢地被消灭。这不是一个和平主义者而是一个经历过奴隶制的人的说法，他知道违法者的恶行。这条谚语已经没有任何比喻意义了，但必须付诸实践，以便废除奴隶制。

三 "恶人没有安宁"

道格拉斯的"道德革命"是通往内战的道路，作为一名伟大的鼓动者和演说家，通过参与革命，道格拉斯成为"自己种族的道德领袖和精神先知"。[1] 在1857年8月3日的演讲中，道格拉斯简明地表达了其道德哲学，并将其作为公民权利冲突的座右铭。

> 让我给你讲讲改革的哲学。人类自由进步的整个历史表明，对她庄严的主张所作的一切让步，都是发自内心的依偎。这场冲突令人激动，引人入胜，而且暂时平息了所有的骚动。它必须这么做，否则就什么也别做。如果没有斗争，就没有进步。那些自称崇尚自由却又轻视自由的人，是那种不耕种却想得到庄稼的人，他们想要的是没有雷电的雨水，是没有汹涌波涛的大海。

这种斗争必须是道德上的，或者是肉体上的，也可能两者兼有，但它必须是一种斗争。如果没有要求，就不会得到权力。它从来没有，也永远不会。史蒂文·金斯顿说："他说的话就是他生活最好的见证，'如果没有斗争，就没有进步'。"[2] 令人高兴的是，1980年，这句话最终被收录进约翰·巴特利特（John Bartlett）的第15版《熟悉的语录》（1980）中，这是道格拉斯最重要的经典陈述之一。[3]

弗兰克·柯克兰将道格拉斯为实现文明进步而进行的斗争与"道德劝诫"的思想联系在一起，认为道德语言是直接影响行为的前提。也就是说，道德劝诫让人们相信，道德劝诫可以通过修辞、道德情感唤醒我们，从而激励我们去做有益的事情。此外，道格拉斯对普遍人文主义启蒙思想的肯定也为道德劝说提供了支持。这是一种独特的人性，

---

[1] Kelly Miller, Frederick Douglass. *In Race Adjustment*: *Essays on the Negro in America*. New York: Neale Publishing, 1907. p. 220.

[2] Hale, Frank W. Frederick Douglass. *Antislavery Crusader and Lecturer. Journal of Human Relations*, (1966, 14), pp. 100 – 111.

[3] Bartlett, John. *Familiar Quotations*, 15th ed., 1980. p. 556.

是生命、自由和幸福的圣洁。但是柯克兰没有提到，一般的民间谚语尤其是《圣经》谚语，都是通过它们极具智慧的特性来表达道德劝诫的。

尽管在他的时代，奴隶和自由的冲突可能并没有被认为是一个宗教话题，但道格拉斯重复使用了两个《圣经》谚语来论证这些生活方式是绝对不能相容的。1846年2月12日，道格拉斯在苏格兰的阿布罗斯发表演讲，他的论点变得更加有力。因为他实际上是在攻击有组织的教会，因为他们站在奴隶主的一边。15年之后，他在《道格拉斯月刊》上发表了一篇简短的文章，重复了第一句谚语："奴隶制能在战争中幸存吗？"

但就在3个月后，道格拉斯在波士顿的一次重要讲话中又引用了第3条《圣经》谚语，并引用了第4个民间谚语："麻烦是根本的。"只有双方同意，两人才能走在一起。没有人能侍奉两个主人。分裂的房屋是站不住脚的。骑着两匹马走同样的路，是一件了不起的事；但如果骑着两匹马走相反的路，是不可能的。① 尽管谚语典故很可能是对谚语"两个人一马，一个人必须坐在后面"的一种演绎，这在莎士比亚的《无事生非》中有所体现。道格拉斯很可能想到了林肯在1858年6月16日发表的著名的"房屋分割"演讲，在奴隶制问题的影响下，他选择这条《圣经》谚语来反对奴隶制和自由共存的可能性。

道格拉斯总是走道德劝诫的道路，这可以从另一个《圣经》谚语中看出。这句话在他的布道预言中出现了几十年，他预言邪恶的行为一定会受到惩罚，因为"上帝说，对邪恶的人来说，不可能有和平"（Isaiah 48：22）。道格拉斯用他所有的预言力量争辩道，一个人的邪恶是无法逃脱世俗或神圣的惩罚的。

1862年3月，道格拉斯在《道格拉斯月刊》上发表了一篇关于"战争形势"的文章。他从《圣经》中引用了另一个谚语来预言："'不要自欺，神是轻慢不得的。人播种的是什么，收获的就是什么。'（Gal. 6：7）这不是对预言的梦想，而是对社会和政治力量清晰的哲学解读，只有通

---

① Blassingame, John, ed. *The Frederick Douglass Papers*, 5 vols. New Haven, Conn.：Yale University Press, 1985 – 1992, p. 3.

过现实,而不是什么遥远的经验去说明这一点。"① 1863 年 4 月,内战最激烈的时候,道格拉斯在同一份杂志上发表了另一篇题为《不要忘记真理和正义》的文章,他质问:"难道我们永远也不会知道,作为一个国家,我们播种什么,我们一定会收获什么吗?"② 1883 年 11 月 20 日,他在华盛顿发表演讲,更直接地将这句谚语的意象与社会政治的一般伦理思想联系起来,再次解释所有的行动都会有结果,而错误必须付出代价。

在第三部自传《弗雷德里克·道格拉斯的一生和时代》的结尾处,他再次回到了对《圣经》谚语的解读,"我认识到,宇宙由不可改变和永恒的规律支配着,人们播种什么,就会收获什么,也没有办法逃避或规避任何行为或行为的后果"③。只有伟大的道德价值,才能让所有人过上更美好的生活。正如道格拉斯所指出的,《圣经》中有一句谚语:

> 人不仅仅靠面包生存,各国也是如此。他们不是靠艺术得救的,而是靠诚实得救的。不是靠财富镀金的华丽,而是靠男人美德的隐藏宝藏。不是靠肉体的大量满足,而是靠圣灵的天上指导。④

四 "人人生而平等"

在为人类进步而进行的长期斗争中,道格拉斯把自己定义为"平等权利的谦卑倡导者——人类自由原则的捍卫者"。1890 年 10 月 21 日,他在华盛顿特区的一次演讲中反思自己的生活,公开表示已经取得了一些进展,并对未来充满希望。

---

① Foner, Philip S., ed. *The Life and Writings of Frederick Douglass*, 5 vols. New York: International Publishers, 1950-1975, V. 3, p. 230.

② Foner, Philip S., ed. *The Life and Writings of Frederick Douglass*, 5 vols. New York: International Publishers, 1950-1975, V. 3, p. 340.

③ Douglass, Frederick. *Life and Times of Frederick Douglass* (1893), p. 914.

④ Blassingame, John, ed. *The Frederick Douglass Papers*, 5 vols, New Haven, Conn.: Yale University Press, 1985-1992. V. 3, pp. 193-194. V. 2, p. 430.

我看到我生命中的黑暗时刻，我看到黑暗逐渐消失，光明逐渐增加。我一个接一个地看到障碍被消除，错误被纠正，偏见被纠正，征召被放弃，我的人民在所有构成一般福利的因素中前进。我还记得，上帝在永恒中统治着我们，无论有什么延迟、失望和挫折，真理、正义、自由和人性终将胜利。

自由似乎是无所不能的原则。他选择了"趁热打铁"这个民间谚语来实施自己的全面自由计划。道格拉斯从未放弃为奴隶的自由而战，他在1854年3月23日的一封公开信中，选择了帕特里克·亨利在1775年3月23日讲到的著名谚语，进而作为他的革命战斗口号。道格拉斯明确指出，如果要实现自由，必须言行一致。如果自由得到了，当然，总有再次失去自由的危险。道格拉斯引用另一句著名的格言："上帝给予人自由的条件是永远的警惕；如果他违反了这个条件，奴役就立刻成为他犯罪的后果和对他罪行的惩罚。"①

无论是在道格拉斯的时代，还是在今天，"自由的代价是永恒的"这一较短的变体依然存在，"警惕"或"自由的代价是永恒的警惕"已经成为表达这种智慧的方式。道格拉斯在1848年3月17日的《北极星日报》上发表了一篇关于"北方与总统"的文章，用了这句谚语。

那些与专制者联合起来压迫弱者和无助者的人，迟早会发现他们自己的权利和自由的土地工作要让位，这是严格符合所有哲学和实验知识的。"永恒的警惕是自由的代价"。只有尊重所有人的权利，才能维护它。②

这是对所有奴隶主的严重警告。1862年12月28日，也就是亚伯拉罕·林肯发表《解放宣言》的前四天，道格拉斯在演讲中把这句谚语指

---

① Stevenson. *The Home Book of Proverbs, Maxims, and Famous Phrases.* New York: Macmillan, 1948. p.1388.
② Foner, Philip S., ed. *The Life and Writings of Frederick Douglass*, 5 vols, New York: International Publishers, 1950, V.1, pp.296–297.

向即将被释放的奴隶。他在纽约罗切斯特锡安教堂发表演讲时，热切地期待着解放的日子，称这一天是"诗与歌的日子"。

道格拉斯在非常有效地使用——"给我自由或死亡"和"自由的代价是永恒的警惕"——之后，开始转向第三句名言，并使它成为一句谚语。托马斯·杰斐逊在《独立宣言》中写道："我们认为这些真理是不言而喻的：人人生而平等；造物主赋予他们某些不可剥夺的权利；其中包括生命、自由和对幸福的追求。"道格拉斯为了争取平等和自由，反复引用这些语言，特别是"人人生而平等"这句谚语。

1860年1月6日，道格拉斯就杰斐逊文献手稿的发展发表了耐人寻味的有趣言论。

> 起初，（在其中）提到奴隶制的说法是很无力的。在美国《独立宣言》的初稿中，人们对奴隶制进行了谴责，而对乔治三世提出的指控之一是他以暴力和残忍的手段强迫美国殖民地贩卖男人和妇女。由于当时奴隶制的力量，这段话在原始文件中被删除，之后发表的声明也没有出现这些字眼。宣言宣称这个真理是不言而喻的；人人生而平等，人人享有平等的生命权、自由权、财产权和追求幸福的权利。现代的奴隶制教唆者想要篡改的"白人"这个词并没有出现，但是这段话说的是"所有的人"，地球上所有的种族、语言和部落。[①]

五 "做自己命运的建筑师"

内战结束后的30年里，道格拉斯有机会观察了非洲裔美国人的命运是如何发展的，他看到的情况足以击垮任何追求平等和正义的斗士。1864年1月13日，在纽约举行的"战争使命"演讲中，道格拉斯表达了对自己种族未来的担忧。他首先提到"小橡果长出大橡树"，然后反驳了"革命永不倒退"这一"普遍"真理：

---

① Blassingame, John, ed. *The Frederick Douglass Papers*, 5 vols, New Haven, Conn.：Yale University Press, 1985 – 1992, V. 3, pp. 301 – 302；note2.

我知道橡子和橡树有关，但我也知道，最普通的事故也可能破坏橡子的潜在特性，破坏橡子的自然命运。一波从海水深处带来的宝藏，而另一个海浪经常把它又带回到它的原始深处。革命决不倒退的说法必须加以限制。1848 年的革命是世界上最伟大的革命之一。它推翻了法国的王位，将路易·菲利普放逐，撼动了欧洲的每一个王位，建立了一个辉煌的共和国。从远处看，民主自由的朋友们在惊厥中目睹了王道在欧洲乃至全世界的灭亡，他们大失所望。几乎在瞬息之间，专制主义的潜在力量就集结起来了，共和国消失了。尽管繁荣昌盛的预兆是光明的，但说我们不能失败和衰落，那就太过分了。①

这段话没有特别提到奴隶制，也没有提到奴隶的未来，但这意味着一旦战争结束，就必须谨慎行事，以确保新获得的权利和特权不会再次丧失。

但是，正是种族偏见已经发展到了仇恨和谋杀的地步，才使这位民权斗士始终保持着战斗精神。在这段时间里，所谓的肤色线正在变强，而不是变弱，而道格拉斯则在竭尽全力用口头力量来打破它。1881 年 6 月，道格拉斯发表于《北美评论》上的一篇关于"肤色线"的文章中，暗指《圣经》中的谚语："埃塞俄比亚人能改变皮肤吗？豹子能改变斑点吗？"（《耶利米书》13：23）表明白人或黑人不可能改变他们的颜色。他说，需要的只是"相互尊重和体谅"。1889 年 4 月 16 日，道格拉斯在华盛顿特区发表的一篇关于"国家的问题"的重要讲话中，再次提到了这句谚语"豹改变不了自己的斑点"。他想要的是平等，而不是种族间的优越感。然而，道格拉斯并不是说黑人不应该为自己的成就感到骄傲，因为他们为自己创造了更好的生活。骄傲应该来自进步，这是道格拉斯的典型观点。

道格拉斯始终希望在隧道的尽头有光明。如果没有机会避免危险，为什么要警告它呢？一篇被称为"自力更生"的演讲中包含了许多谚语，

---

① Blassingame, John, ed. *The Frederick Douglass Papers*, 5 vols, New Haven, Conn.: Yale University Press, 1985 – 1992, V. 4, pp. 4 – 5; V. 3, p. 387.

道格拉斯强调找到自己生活方式的理想也适用于黑人。1893年3月，道格拉斯在宾夕法尼亚州卡莱尔再次发表讲话，提出了自己对美好未来的希望。谚语"把自己拉起来"的表达，是为了描述道格拉斯对自力更生的看法。很显然，道格拉斯相信他所说的话的功效，因为，正如他说的那样，"按照这个词最真实的意义，他成了一个'自力更生的人'"[1]。基于坚实的新教工作伦理，道格拉斯发展出了一种"成功的神话"[2]，但必须记住，他的"'自力更生的人'的标准言论强调了成功的道德而不是经济学的道德性"[3]。

基于一种务实的生活方式，道格拉斯在演讲中对谚语的依赖并没有就此结束。他强调非裔美国人应该为自己的成功负起责任。道格拉斯认为这对挣扎的黑人来说是真实的。他主张通过努力工作和自力更生来改善非裔美国人的生活。道格拉斯断言美国的情况会有所改善，在那里，"自力更生的人是可能的"。

本着哀哭传统的真正精神，对于黑人公民来说，他们的过去是可怕的奴隶制，他们的现在充其量是有问题的，但他们的未来看起来很好，因为至少他们有机会。争取"创造自我"的斗争对每个人来说都是可行的。因此，为了争取公民权利和有道德原则的"美好生活"，他们带着坚信自我的希望在继续前进着。道格拉斯赞同美国人以未来为导向的世界观，认为这是一个令人振奋的概念;[4] 对他而言，"希望永恒"的谚语确实成立。

六 "己所不欲，勿施于人"

道德和宗教对于道格拉斯来说是同一件事情。所谓黄金法则的谚

---

[1] Hale, Frank W., *A Critical Analysis of the Speaking of Frederick Douglass*, M. A. Thesis, University of Nebraska, 1951, p. 101.

[2] Andrews, William L., Introduction. *Critical Essays on Frederick Douglass*, ed. W. L. Andrews, Boston: G. K. Hall, 1991, p. 4.

[3] Martin, Waldo E., *Self-Made Man, Self-Conscious Hero. The Mind of Frederick Douglass*. Chapel Hill: University of North Carolina, 1984, p. 230.

[4] Dundes, Alan, Thinking Ahead: A Folkloristic Reflection of the Future Orientation in American Worldview. *Anthropological Quarterly* (42), 1969, pp. 53–72.

语——"你希望别人怎样对待你，你就怎样对待别人"，或者说"己所不欲，勿施于人"，50多年来，一次又一次地反复出现在他的演讲和作品中，被认为是道格拉斯修辞和哲学的主旨。1842年1月28日，在波士顿举行的"以南方人的方式向奴隶布道"的演讲中，道格拉斯第一次采用了这种说法，引起了人们的特别关注。道格拉斯嘲弄了传教士虚伪的行为，他们在布道中歪曲耶稣的话，为奴隶制的罪恶阴谋辩护。道格拉斯的表演充满了讽刺和模仿："他的声音和身体的动作吸引了每个人。当他向观众伸出手，观众又向他伸出手时，其身体动作——展示出的魅力——传递给包围的观众，又从观众再传回给他，由此完成了演讲性的仪式，这一切不但说出来了，而且也被听到了（还被看见了）！"[1] 尽管这是一个年轻而热情的废奴主义者令人难忘的表演，道格拉斯对于其攻击滥用生命中最高尚的法则之一的行为还是非常严肃认真的。出于个人和人道主义的原因，道格拉斯1847年3月30日在伦敦的演讲中彻底支持废奴运动，他甚至把废奴主义置于黄金法则的基本真理之上。考虑到全球范围内的问题，道格拉斯大声说："我鄙视那种把《圣经》带到世界另一边的异教徒手中，却又不让他们在这一边与异教徒接触的宗教。我喜欢它的支持者对其他人所做的事就像他们希望别人对他们所做的一样。"[2]

道格拉斯确信奴隶主会在适当的时候为他们的罪行付出代价，即使法律不能触及他们，道格拉斯也希望他们会被自己的罪责困扰。要是奴隶主听到道格拉斯的话就好了；当然，他们没有参加废奴大会。如果他们还有一点点责任心，那他们的罪恶感必定会在夜晚和临终时折磨他们。

道格拉斯相信，在内战结束、奴隶制被废除之后，重建时代的问题至少给曾经的奴隶的命运带来了一些改善，甚至在人权领域也取得进展。但在1883年10月15日，美国最高法院宣布1875年《民权法案》无效，这让所有为争取普遍平等权利而斗争的人们感到震惊和失望。1883年10月22日，道格拉斯在华盛顿的林肯大厅发表了慷慨激昂的演讲——《这个决定使国家变得谦卑》。

道格拉斯相信，社会平等必须通过努力工作来获得，其关于"自力

---

[1] McFeely, William S., *Frederick Douglass*, New York: W. W. Norton, 1991, p. 100.
[2] Blassingame. V. 2, p. 100.

更生的人"的想法也多次出现在他的演讲中。但不幸的是,《民权法案》被美国最高法院否决了。事实上,道格拉斯对这一挫折感到极度不安,以至于在他的第三部自传《弗雷德里克·道格拉斯的一生和时代》中,他为这一失败写上了整整一章,并在书中重印了这一段。这的确是一个重大挫折,影响并最终导致20世纪由马丁·路德·金领导的非暴力民权运动。"你希望别人怎样对待你,你就怎样对待别人",这一"黄金法则"谚语对道格拉斯和他的事业都是极为有益的,这种最人道的智慧应该继续成为这个国家乃至全世界公民权利的指引灯。

最后,我们不妨再来读一遍道格拉斯在1893年3月发表的著名演讲《自力更生的人》。他以亚历山大·波普《论人》(1733—1734)的一处引文开头。

> 诗人说"人就是人类研究的适宜对象",这是许多讲课、散文和演讲的出发点,与所有其他伟大的话语一样,占据着它的位置,因为它包含了一个伟大的真理,每一个时代和每一代人的真理。它总是新的,永远不会变老。它既不因时间而暗淡,也不因重复而受到损害,因为人,无论是对他自己还是对他的物种而言,现在都将是人类不能满足好奇心的中心。[1]

30多年前,道格拉斯在《自力更生的审判和胜利》(1860)首版中,曾引用莎士比亚的一句话,并提出了一个类似的哲学观点:"对于伟大的戏剧诗人来说,全世界都是一个舞台,而人却是球员;但对于全人类来说,这个世界是一个广阔的学校。从摇篮到坟墓,最老、最聪明的人,不低于最年轻、最简单的人,只不过是学习者;那些学得最多的人,似乎最有学问。"[2] 道格拉斯既是人类和世界的好学生,也是好老师。作为19世纪美国舞台的一个参加者,他也注意到了《圣经》的忠告,正如他在自传《生平与时代》(1893)结尾处所指出的那样,他的反思开始于《圣经》中的另一段引文,正如刚才提到的两句世俗的引文一样,《圣经》

---

[1] Blassingame. V. 5, p. 546.
[2] Blassingame. V. 3; p. 291.

早已成为群众的明智谚语。

> 没有人为自己活着,也没有人应该为自己活着。我的生活符合《圣经》的说法,因为我比大多数人更像楔子的边缘,为我的人民开辟了一条道路,通向他们从未涉足过的许多方向和地方。在某种程度上,我的职责是在道义上为他们辩护,反对诋毁、诽谤和迫害,并努力消除和克服那些阻碍他们前进的以错误观念和习俗为目标的障碍。①

道格拉斯甚至没有额外提到他为黑人种族争取女权和民权的持续性斗争,在所有这类斗争中,他始终是优秀的沟通者。今天,人们听到的是,其他国家的政治家是一个伟大的沟通者,但是他们甚至没有接触过像道格拉斯这样具有修辞和说服力的天才。这个独特的人孜孜不倦地为他的同胞服务;他从不忘记自己的目标,他甚至有很好的幽默感来应付这一切。1891年9月6日,74岁的道格拉斯在巴尔的摩接受采访时,极具活力和智慧地说道:我不愿意做一个游手好闲的人,但我希望在我的生命中发挥我所能发挥的任何影响。随后道格拉斯诚恳地笑着说:我现在真的老了,被问及何时会死时,我可以像杰克逊博士对哈佛大学的昆西总统所说的那样,我想,我要死了,当我需要医生的时候,我大约90岁,而不是在此之前。但我一定是被磨损死的,而不是生锈死的。②

所以他以另一个流传了几个世纪的民间谚语作为结尾。在这个特殊的时刻,他正在用自己的智慧来衡量幽默,但《圣经》谚语和民间谚语也为他提供了非常好的服务,因为道格拉斯通过专注的声音和笔触让所有种族、信仰和性别的人都了解了他。他相信常识的修辞,而谚语则是其努力的最佳语言工具。他从未使用过"进步永不停滞"这句谚语,但他的"如果没有斗争,就没有进步"的提法,值得载入美国谚语史册。也许,民权斗争还在继续,并可能以道格拉斯的道德、正义、自由、人道主义原则为基础,还有最为重要的常识。

---

① Douglass, Frederick. *Life and Times of Frederick Douglass* (1893), p. 941.
② Blassingame, John, ed., *The Frederick Douglass Papers*, v. 5, pp. 478–479.

别在溪流中间换马：对林肯新创谚语的跨文化和历史研究

【编译者按】 本文（Don't Swap Horses in the Middle of the Stream: An Intercultural and Historical Study of Abraham Lincoln's Apocryphal Proverb）发表于2007年的《民俗历史学者》（*Folklore Historian*, 24: 3 - 40）。本文是谚语在特定历史与政治背景下被使用和再创作的示范性研究，超越了谚语的文本与文学研究，展示了对特定谚语语境研究的重要意义。

人们对一则谚语的起源、历史、传播、使用、功能和意义的详细研究，必须基于跨文化和跨学科的研究方法。这些案例的研究很快就会形成广泛的专著，内容涉及人类学、民俗学、历史学、语言学、文学、语文学、哲学、政治学、心理学、宗教、社会学等学科。大众媒体和口头话语中某一谚语的出现也值得人们关注，这两者总是在语境中使用谚语，以凸显民众智慧的多重性、多功能性和多义性。对于一则国际传播的谚语而言，被借用的过程往往十分复杂且有趣，这也会促进谚语被词典收录。

对一则谚语的研究可以揭示它从起源到变成模糊的隐喻，表达并不总是真实的真理的过程。一则相对"新"的谚语"别在溪流中间换马"的演变及其国际传播，涉及了起源、历史发展及意义的问题，这也足以说明学术研究的复杂性。

时至今日，学者们仍然认为是亚伯拉罕·林肯在1864年的连任竞选中创造了这句谚语。大多数美国人这么认为，但事实并非如此。虽然这则谚语早于林肯出现了，但用英语推广开来这一行为却归功于林肯，他在美国获得了令人印象深刻的社会政治声望，加之英语在现代通信中的主导作用，这一谚语正逐步在全球通用。因此，这句谚语在世界范围内以英语或外来语翻译的形式而为人所知，词典编辑、短语记录者和谚语收录者应该在他们的词典中对其进行适当的解释。

林肯的地位

毫无疑问，谚语"别在溪流中间换马"与林肯是分不开的，不仅美国人这么认为，而且在其他国家使用这句英语谚语和它的翻译版本的人亦是如此。然而在1931年，研究20世纪谚语的阿彻尔·泰勒虽然无法证实，但他仍然表达了这样的观点："林肯说，别在溪流中间换马。人们普遍认为他创造了这句谚语，但很可能他只是用了既有的谚语。"[1] 当然，泰勒非常清楚谚语一般在产生后都会与历史人物联系在一起，但他无法证明这一点。

林肯总统与换马有什么关系呢？毕竟，他担任总统这一高级职位可不是负责养马的。这个故事有很好的记录，因此在后来的几十年内被广泛使用。林肯与这句谚语的联系于1864年6月9日开始，当时他被全国联盟代表团提名连任总统并做出口头答复。林肯以典型的谦逊姿态在举行政治大会的巴尔的摩发表了以下言论。

> 我只能说，作为对"全国联盟代表团"主席的善意评论的回应，如我所想，我非常感谢大会和国家联盟又一次给予我信任。我能感受到大家的肯定，但我不允许自己沉浸在哪怕只是一点点的赞美之中。我确信，大会和国家都对我们当前和未来的利益有更高的期望，而且我能得到大家的肯定，不过是我坚持了大会和联盟的意见而已。我没有辜负过去3年大家对我的托付。先生们，我不允许自己断定我是这个国家最好的人，但在这一点上，我想起了一个荷兰故事，一位老农曾经向同伴说过"别在溪流中间换马"。[2]

---

[1] Archer Taylor, *The Proverb*, Cambridge: Harvard University Press, 1931, p. 37.

[2] Roy P. Basler (ed.), *The Collected Works of Abraham Lincoln*, New Brunswick, New Jersey: Rutgers University Press, 1953, Vol. 7, pp. 383–384.

这就是1864年6月10日各大报纸报道的林肯的声明,《纽约论坛报》也如此报道,后来被其他国家的报纸采纳。①

然而,从以下有关林肯当时言论的报道中可以看出一个新闻报道的变化有多快。

> 我只能如此回应"全国联盟代表团"主席的亲切言论,我想,我非常感谢大会和国家联盟又一次给予我信任。我能感受到大家的肯定,但我不允许自己沉浸在哪怕只是一点点的赞美之中。确实,大会和国家都对国家对现在和未来的利益有更高的期望,我能得到大家的肯定,不过是我坚持了大会和联盟的意见而已,我没有辜负过去3年大家对我的托付。我不敢苟同大会和联盟认为我是美国最伟大或是最优秀的人的结论,但我可以确信,他们确实认为中途换人并不好,更进一步,可能他们认为我不是太差的马,所以并不想费力气换人了。②

这个故事确实是民间传说,"我不是太差的马"等一些修饰语表现出林肯是一个健谈者,他喜欢讲故事,也喜欢讲道理。这一版本对林肯声明的报道没有提到林肯讲的"荷兰老农"的故事,那些只引用了这段文字的词典编辑相信,林肯或许是它的创始人。不管怎样,这两个版本都不是特别"吸引人",因此在美国有其他版本也就不足为奇了。正如民间传说一般,谚语也存在不同的版本,随着时间的推移,占主导地位的版本就成了标准形式。

尽管林肯说的早期版本在今天很少使用,但这一谚语传达的思想在他的连任竞选中帮助很大,如下文所说,后来它对其他总统也起到了同样的作用。几乎每一本关于林肯的书中都有这句谚语。加博尔·鲍里特在他关于林肯的书中于众多版本中选择了"过河换马非智举"这一句,③

---

① *Tribune* (June 10, 1864), pp. 5, col. 2, 以方言"swop"拼写。

② Abraham Lincoln, *Complete Works, Comprising His Speeches, Letters, State Papers, and Miscellaneous Writings*, ed. by. John G. Nicolay and John Hay, New Work: The Century Co., 1894, vol. 2, pp. 531–532.

③ Gabor S. Boritt, *"Of the People, By the People, For the People" and Other Quotations by Abraham Lincoln*, New York: Columbia University Press, 1996, p. 111.

因为它可能是更真实的版本。或许词典编辑们应该追随鲍里特的脚步，因为他们应该记录最真实的文本。当然，他们也可以像格尼·班在《语录、谚语和家庭用语全集》（1926）中那样，把这两种版本简单注释出来。事实上，"别在溪流中间换马"这句话似乎早就出现了，林肯只是引用了它而已。如果是这样，那么班强调林肯实际上只是引用了一个传统谚语就是正确的。林肯总统，也就是人们所熟知的"诚实的亚伯"，告诫人们不要在中途换人时，他是在使用既有的文本。引文词典编辑者不应忽视这一点！然而，尽管林肯明显不是这个谚语的始创者，但他的地位和声望确实促进了这一谚语的推广。

该谚语在林肯之前与之后的使用

林肯传记的作家、引文词典的编辑、文化历史学家、语言学家、短语学家或语法学者都错误地认为，很久之前是林肯创造了这条谚语。现在需要舍弃未经证实的断言了。英国期刊《备忘和查询》1911年曾发表过一些短文，试图找到谚语"别在溪流中间换马"的起源。他们引用了上述林肯言论的两个版本，波士顿的阿尔伯特·马修斯尖锐地作出论断："虽然这可以证明林肯在1864年使用了它，但这并不意味着他是第一个这样做的人。我的看法是，虽然我无法证明，但我之前一定见过它。"①

如果词典编辑实际上是在检查文化历史学家、短语学家和语法学者的学术成果，而不是很大程度上在相互抄袭，那么1962年后出现的引文词典可能早就纠正了这些错误观点。当时德裔美国语言学家汉斯·斯佩尔伯和特拉维斯·特里谢发表了关于美国政治术语的宝贵著作：一本包含两条"换马"的历史词典。其中涉及了从1864年（林肯）到1932年的参考资料，然而最重要的是，这一条目引用了美国《汉密尔顿情报报》1846年9月10日的一篇文章，向当时及后世表明，林肯并不是这个短语的始创人。

---

① Albert Matthews, "*Never Swap Horses When Crossing the Stream*", *Notes and Queries*, 11th series, 3（1911）, p.434.

虽然林肯被广泛地认为是创始者,但"别在溪流中间换马",或者这句谚语的其他版本,很可能在更早的美国政治传说就出现了。下面的例子表明,这个故事在被林肯搬上政治舞台之前就有很长的历史了。1846年9月10日汉密尔顿·因特尔:没时间换马了。有一个故事,讲的是一个爱尔兰人带着一匹母马和一匹小马过河,这时他发现水比预想的更深,然后从母马身上摔了下来,最后他抓住小马的尾巴到达了对岸。岸上的人向他喊,让他抓住母马的尾巴,因为母马更有能力把他从水中带上来。他回答说,现在不是换马的好时机。

万斯法官似乎就是这样。……(他)更期待抓住国会这匹母马,但他宁愿只是得到司法部门的可靠支持。他会紧紧抓住小马的尾巴,认为现在不是换马的时候。

然而,毫无疑问的是,林肯的使用让这一谚语流行了起来,并且开创了它的现代意义——在危机时刻或在长期计划中更换总统风险很大。[1]

作者将谚语的含义限制在政治领域,并且这段陈述也非常精彩。如下所述,今天所有的谚语都是如此,在不同语境中的作用和含义是不同的。

人们应该认识到,早在互联网和各种电子数据库出现之前,斯佩尔伯和特里谢就已经发现了这个有趣的版本。今天,随着"谷歌"的出现,几乎任何事的资源都不断地在网上公开,早于林肯的更多的例证也可能浮出水面。弗雷德·夏皮罗是耶鲁大学法学院负责收集资料的副图书管理员,也是法律研究方面的讲师。他最近出版了《耶鲁引语》(2006),利用他在互联网方面的专业知识,发现了这一谚语的一个早期版本。2005年12月5日,他提供了1840年4月4日出版的《美国共济会与文学伴侣》中的内容:

---

[1] Hans Sperber and Travis Trittschuh, *American Political Terms: An Historical Dictionary*, Detroit, Michigan: Wayne Sate University Press, 1962, pp. 446-447。部分摘录自William Safire, *Political Dictionary*, 3rd ed., New York: Random House, 1978, p. 181。

有一个爱尔兰人带着母马和小马坐船过河时掉进了河里，于是他紧紧抓住了小马的尾巴。小马看起来已经筋疲力尽了，岸上的人让他松开小马，抓住母马的尾巴。天啊！我亲爱的！要有信心啊！现在不是换马的时候。①

这段文字显然和上述 1846 年的那段有关，只不过林肯把故事中的爱尔兰人换成了荷兰农民。这样的变异是民间叙事的传统了，在谚语的发展和传播中没有什么问题。然而令人失望的是，在任何正规的故事索引中，我都找不到与这个有点幽默（又或者荒诞）的民间故事有关的内容。哥廷根大学的汉斯·约格乌瑟是童话类型学的专家之一，但他也无法在手头的众多目录中找到相关内容。无论如何，这个故事以及众所周知的谚语至少在林肯使用它 25 年前就已经在美国流行了。

无可争辩的是，林肯在 1864 年 6 月 9 日的简短演讲中使用了这句谚语，导致它很快就流行起来了，这可以从 1864 年、1866 年、1867 年和 1868 年的 4 个例子中看出。在林肯竞选连任之后，这句谚语被铺天盖地传播，甚至一些例子中根本就没有提到林肯。换句话说，到 19 世纪 60 年代末，"别在溪流中间换马"这句谚语及其异文就在美国广为流传了。林肯逝世后，这句谚语在总统选举中，尤其是在总统竞选连任的时候继续发挥政治作用，并且一直延续到今天。但是一些 19 世纪后期文学作品中的引用表明，这一谚语可以在很多情况下使用，而不一定是指总统选举。这清楚地表明，这句谚语在 19 世纪末就已经最终确定并广为人知。

20 世纪的文学著作

在接下来的 100 年里，这句谚语在政治上的主要用途仍未改变，但它作为既有的民间智慧，也被用来反对其他各种类型的变化。同样，由于这句谚语广为人知，很显然作者往往不需要引用整个文本，读者也能够理解作者想要表达的意思。下文的例子也表明，这句谚语有很多不涉及

---

① *American Masonic Register and Literary Companion*, April 4, 1840, p. 245.

林肯的版本，而且得到越来越广泛的使用。毫无疑问，总统在1864年将这句谚语从相当有限的传播范围搬到了政治舞台的聚光灯下，并与之紧密相连，随着时间的推移，人们渐渐忘记了它的创作者是谁，它也因此变成了真正的民间谚语。到了1929年，萧伯纳在戏剧《苹果车》中使用了这一谚语，很明显这句谚语在英国已经有了广泛的群众基础。同年，英国作家罗伯特·格雷夫斯甚至在他的自传《再见这一切》中，为了他的祖国英国引用了这句谚语，丝毫没有注意到它与林肯和美国的关系。这一切都表明了这句谚语已经跨越了大西洋，完全成为一句民间谚语了。

> 1929年，"但如天主教是真正的宗教，为什么你们不皈依天主教呢"？他这样简单的问题让我感到羞愧。我不得不阻止说："尊敬的神父，英国有句谚语说，别在溪流中间换马。你知道的，我还在打仗呢。"（罗伯特·格雷夫斯）[①]

值得注意的是，在一些不太知名的作品中，动词"swap"经常被更常见的动词"change"代替。这些文本表明，这句谚语存在许多不同的版本，它并非像人们期望的标准谚语那样固定不变。总的来说，人们对这句谚语的使用是相当自由的，觉得合适就可以对其有所改变，或仅简单地提及。可以肯定的是，这句谚语活跃在各类书当中，并给书的内容增添了隐喻性的色彩。

此谚语在大众传媒中的乱象

到目前为止，所有参考文献都表明，谚语"别在溪流中间换马"在用词、结构和精确性方面缺乏标准，这对词典编辑与谚语收录者来说都是一个相当大的挑战。此外，所有例子都多多少少直接或间接地涉及谚语的"标准"用法，而没有处理戏用谚语形式的语境变化。这句谚语在大众媒体上的出现同样表明，英语使用者多年来并未注意到标准形式的问题。为了不赘述过多的文本参考，我只提及大众媒体上以完整语句形

---

① Robert Graves, *Good-bye to All That*, New York: Octagon Books, 1980, p. 252.

式出现的谚语。应该指出的是，如果没有网络和各种文本数据库的帮助，我就无法找到这些材料。最重要的是，我要感谢勤工俭学的艾琳·里根同学，感谢她的计算机专业知识以及她工作的热情。这些文本主要包含了 5 个版本，当然，这些并没有涵盖全部大众传播媒介中提到的这句谚语。然而，不偏不倚地说，"别在溪流中间换（swap/change）马"可能是几十年来最流行的版本了。一个有力的证据是，不同类型的词典中至少都包含了这两种版本。然而，他们和林肯说的有些不同，林肯说的是在溪流中间，他可没有说在水道中间。

富兰克林·罗斯福和政治口号"换马"

在大多数政治竞选活动中，多多少少会听到"换马"这句谚语，即在任者竞选连任。作为竞选口号，这句谚语在林肯争取连任的过程中得到了广泛传播。众所周知，1916 年伍德罗·威尔逊竞选连任时也用过这句谚语。哈罗德·洛布在期间写了一首诗，叫作《别在溪流中间换马》，杰西·温特为这首诗谱曲。这在竞选中发挥了巨大作用，有助于威尔逊在第一次世界大战期间连任总统。这首诗是在林肯发表言论 50 年后写的，它在合唱中的主题仍然非常接近林肯的表述。

别在溪流中间换马

我的老友科尔有着真诚的心
他不是胆小鬼
他为美国而生
他自由自在
他渴望真理
下一个选举日
我问了问情况
朋友鲍比要投票
他叼着烟斗眼发亮
然后慢吞吞地答：

(合唱)别在溪流中间换马
就这样吧别管啦
种下你的信心吧
他会带你回到家
别为了承诺忘了现在呀
让威尔逊和马歇尔继续带路吧
跟着他们,是明智的计划
别在溪流中间换马
河面很宽水流很急
阻挡他们继续行进
他们充满活力
他们会带你过去
孩子啊
请别急
他们会带你过去
朋友啊
你会发现你们终究会过去
年轻人啊
在整个生涯请记住这句话
记住聪明人的话
(合唱)①

许多美国人认为林肯是把这句谚语提升为竞选口号的"智者"。林肯协会为威尔逊的连任提供了相当大的支持。

这句谚语在罗斯福的4次总统竞选中获得了更大的政治影响力。1932年,罗斯福第一次竞选总统的时候,民主党人用这句谚语让赫伯特·胡佛总统和他失败的经济政策陷入难堪的境地。胡佛阵营实际上用了修改过的谚语"不要换马——支持胡佛"作为竞选口号,相当讽刺

---

① *Never Swap Horses When You're Crossing a Stream*, Harold A. Robe, Jesse Winne, New York: Leo Feist, 1916.

的是，民主党声称共和党的座右铭应该是"不要在尼亚加拉瀑布中央换桶"。事实上，《新共和》杂志在1932年6月22日发表了一篇社论，内容如下。

> 当大多数人拿到这期《新共和》杂志的时候，共和党代表大会就要结束了。胡佛将被一群非常不喜欢他的代表重新提名，竞选将以"不要在尼亚加拉瀑布中央换桶"的总体理念展开。换句话说，共和党人是在出卖自己的国家，但由于胡佛是全党所拥有的一切，他们此时再找不出一位候选人了。

这个讽刺性的口号嘲笑了胡佛，同时对罗斯福赢得选举起到了重要作用，罗斯福的支持者的口号是"换马，或者淹死"。事实证明，1932年4月18日，时任州长的罗斯福在反对胡佛总统的一次演讲中，已经开始用"换马"这句谚语来取乐了。

> 在接下来的几个月里，这个国家会有很多人劝你别在溪流中间换马，也会有人笑着告诉你，标语应该是这样的——"不要在下坡路上换雪橇"。但在我看来，更真实、准确的谏言应该是这样的："即便几经修理的旧车仍有两个汽缸可用，但它已经在走下坡路了，是时候换一辆有4个汽缸的车了。"①

这是一段发人深省的文字，不仅体现了罗斯福的智慧，也体现了他在交际中对谚语良好的理解和运用能力。他开始或多或少地引用林肯的谚语，然后他开玩笑地把它变成新的隐喻，暗指胡佛总统在走下坡路，然后他用汽车来讽刺走下坡路的事实。然而，当然了，罗斯福会改变这一切，他会驱动经济的车轮，加满4个气缸高速发展！这是一段高超的政治辞令，尽管雪橇滑下坡的意象最终输给了尼亚加拉瀑布中央的桶。

罗斯福和他的竞选经理在1936年、1940年和1944年的3次连任竞选中都用了这句谚语。然而，在1940年，共和党人识记了这个口号，并

---

① *The New York Times* (April 19, 1932), p. 16.

为他们的候选人温德尔·威尔基出版了一本 23 页的小册子，书名是《你来决定要不要换马》。"是时候该换马了吗？"这句谚语反复出现在奇数页的底部，这些页的内容描述了威尔基的资历，而偶数页上对罗斯福的生涯据说表述得平淡无奇。最有名的是，最后一页用了大字重印，试图在进行最后的政治操纵。所有这些都表明，共和党人完全有能力为了自身目的把民主党的部分口号拿来使用。

正如预料的那样，民主党在 1944 年第二次世界大战期间再次使用了"换马"的口号。"别在溪流中间换马"这一说法在当时成为一种强大的战斗口号，就像林肯在南北战争期间喊出的一样。1916 年，由阿尔·霍夫曼、米尔顿·德雷克和杰里·利文斯顿创作的歌曲《不要换马》广为流传。

"不要换马"

如果你正考虑换个爱人，
听听过来人的忠告，
你可能在自找麻烦。
如谚语说道：
别在溪流中间换马。
别在溪流中间换马，
如果你不想湿了裤脚。
不要在梦中央换爱人。
不要在梦中央换人，
否则你会遗憾难熬。
我聪慧的老父亲曾言道：
"不要改变赌注。
你得到时便会知晓，
可你不知何时能得到。"
嘿！别在溪流中间马。
别在溪流中间换马，

如果你不想湿了裤脚。①

从这首在1944年罗斯福和托马斯·杜威激烈的竞争中创作的歌里不难读出政治信息。到处都能听到和看到"别在溪流中间换马"的口号，凡是听到这首歌的人一定会想到选举，读出不要在罗斯福第4次竞选总统时放弃他的信息。事实上，这首歌被解读成一种间接的政治声明，是民间谚语用作口号的完美例子。不管歌曲内容是直接的或是暗指的，都显示了一个好口号的力量！

"换马"的模仿和戏用谚语

1932年胡佛·罗斯福当选总统时，曾提到过戏用谚语"不要在尼亚加拉瀑布中央换桶"和"不要在下坡路上换雪橇"。但还有一些对这则谚语的戏用，用传统的谚语加上一点幽默达到讽刺的效果。

  1928年：别在路中央换马。

  1949年：大选之年大扫除的时候别换马。

  1956年：别在苏伊士运河中央换马。

  1968年：关于婴儿护理最重要的事情之一是：别在尿流中换尿布。

  1989年：别在梦中央换房子。

  1997年：别在激流中央换马。

  1997年：别在溪流中间换马……也不要在尿流中换尿布。

  2000年：爸爸，多亏了您的教诲，我才没有在做一件有意义的事情当中换马，我知道会哭的孩子有糖吃，但我也知道站着说话不腰疼。你以为我没听见吗？父亲节快乐。

  2001年：沙漠中间换骆驼。

  2006年：不要换马……除非它们不走了。

---

① *Don't Change Horses*, Al Hoffman, Milton Drake, Jerry Livingston, New York: Drake, Hoffman, Livingston, 1944.

2006 年：美洲豹从不中途换猎物。

这些文章通常配有合适的漫画插图，其中的谚语也很容易理解。毕竟，正是由于新的戏谚语与传统谚语并存，才让交流变得更有意义。

伯克利民俗档案与"换马"

对谚语的用法、功能和意义的分析还应包括对信息报告人口头评论的参考。虽然我本人并没有专门为这项工作做过实地研究，但可以利用伯克利民俗档案的丰富馆藏资料，这一档案是阿兰·邓迪斯和他的数百名民俗学生在加州大学伯克利分校建立的。

在过去的 30 年里，阿兰·邓迪斯的民间文学助理玛利亚·阿戈齐诺，从各种各样的信息报告人那里收集了 15 份参考资料。有趣的是，只有 2 份报告提到了这条谚语与林肯之间的联系，再次证实了这句谚语正逐渐成为真正的民间谚语。另外，有几位信息报告人回忆说，罗斯福总统在竞选连任时曾用这句谚语当作竞选口号，但即便如此，新一代美国人很大程度上渐渐遗忘了这句谚语与总统的联系。正如文学作品和大众媒体的参考中所显示的那样，学生们又一次记录了这句谚语的多个版本。这些文本，以及信息报告人的评论，对谚语的词条收录和语义编辑是至关重要的。

学生通过对信息报告人的访谈记录了这些珍贵的资料，对信息报告人的访谈作为田野调查的一部分，提供了许多有说服力的事实，这些也会在其他档案材料中得到证明。如发现的那样，只有 2 名信息报告人将这句谚语与林肯联系在一起，而有 3 名信息报告人通过富兰克林·罗斯福的连任竞选了解到这句谚语。对于大多数报告人来说，这句谚语的两个主要版本"别在溪流中间换（swap/change）马"，是一个匿名创作的民间谚语，与任何历史人物都没有联系。还应指出的是，与档案中其他谚语相比，这句谚语的记载并不多，只有 15 条。换句话说，这句谚语的出现似乎不是特别频繁。最近一次的记录仅仅是在 1988 年，这也或多或少说明了这一点。此外，信息报告人认为这句谚语是人们智慧的结晶，其主要含义是反对在行动时做出任何改变。

谚语收录者对"换马"谚语的处理

所有关于"换马"谚语的例子，以及对引文词典编辑的考证，都自然而然地指向一个共同的问题：谚语收录者是如何处理这一句在历史、文化和语言学上都具有重要意义的谚语的。"换马"谚语的出现不早于19世纪初，但是它在英语国家和许多其他语言的国家已得到广泛的使用，这将在接下来的研究中进行阐述。可以肯定地说，谚语学者也有互相抄袭的错误倾向，如果某一谚语的旧版本不常用了，而迄今为止又没有新版本的记录，那么记录口语中的谚语，不限于对书本和印刷媒体中出现的谚语进行详细研究并展开田野调查，是十分必要的。谚语收录者还需要与语言词典的编辑开展合作，以便更准确地处理谚语的合并等问题。正如我将在最后一节中说明的那样，"不要中途换马"这句谚语的字面意思早就在其他语言中出现了，但大多数词典编辑和谚语收录者都没有意识到这一点。

我对32个收录了100多年间的主要谚语的谚语集进行了调查，发现谚语收录者做了一个令人印象深刻的工作，他们记录了这一谚语的许多版本。他们还不时地引用林肯说的2个版本，大量的文献表明这句谚语在英美语言中已有了坚实的基础。其中一些学术谚语集列出了多达7个版本，表明这句谚语根本不像谚语收录者想的那样一成不变。民间文学的内容是变化的，谚语也遵循这一普遍规律。然而，也有许多谚语集没有处理不同版本的问题，以后谚语收录者确实应该列出同义的各种版本："别在溪流中间（midstream/the middle of the stream）换（swap/change）马。"这里需要补充的是，尽管研究发现使用动词"change"的版本更多，但谚语收录者似乎倾向于使用更具描述性的动词"swap"。我当然也支持这一观点，因为我经常这么用。毫无疑问，这是一种更久远的版本，最早的记录可追溯到1840年，此后通过林肯的使用，直到19世纪还在流行。动词"change"的用法最早在20世纪才出现，最可能的原因是"swap"不像以前那么常用了，而且正如上文指出的那样，在英国"swap"也从未特别流行过。

尽管谚语收录者对于这一谚语的描述是相当可靠的，但许多谚语收录者明显参考了已有的谚语集。许多谚语集包含相同的内容，而没有认真地去搜集其他版本。我没有贬低两本主要英美谚语集及其编纂价值的意思，但在此要说上几句，指出词典编纂的一个主要问题，尤其是谚语收录的问题。词典编辑和谚语收录者都需要更多地关注从事广泛的短语学研究的文化史学家、民俗学家、语言学家、短语学家以及其他学科的学者所开展的学术研究。主要的研究工具书历经数版而没有新的修订，这简直让人无法接受。在当今互联网和庞大的数据库能够展现以前永远无法查到的引文参考的情况下，难道学术类谚语集的编辑不应该积极搜寻新的谚语（辛普森/斯皮克在其版本中增添了一些新的谚语），并为已编的谚语找到更多的引文吗？再次声明，这并不是对谚语收录者同行的攻击。谚语收录者和短语学家确实应该进入现代学术时代了，一些年轻的谚语收录者和短语学家显然在从事现代数字化的研究——但看在上帝的分上，我们不要抛弃谚语这一被埋藏的金子，不要忽视那些更久远的学术成果和大量尚未数字化的纸质资源！我们进步的过程，都必须基于历时性和共时性的研究方法，从真正的跨学科和跨文化的角度看待我们的研究和收录工作。

美国谚语的国际化

现在我们来看谚语"别在溪流中间换马"或者它的异文是否已经征服了国际市场。这个问题也可以这样表述：这句美国谚语是如何走向国际化的呢？是通过最初的英语的传播，还是通过翻译成其他语言？众所周知，古代经典、《圣经》和中世纪的拉丁语谚语是如何被翻译成更多欧洲国家语言的，鹿特丹的伊拉斯谟的《箴言录》在这一过程中发挥了重要作用。大量的多语种谚语集充分证明了，不同语言中最常见的谚语在古代有着相同的根源。久洛·保措洛伊的收集了55种欧洲语言的权威的谚语集（1997），是现代比较谚语收录学巨著。谚语学家和其他学科的学者在过去两千年里，一直致力于研究谚语是如何进入各欧洲语言的，那时古典和中世纪的拉丁语是谚语传播的主要媒介，但最终被翻译的做法取代。我们也必须考察现代英语的通用语，以及它在近现代谚语传播中的作用。

通过考察英美语言文化对他人的影响，学者们又一次面临着跨学科、跨文化的情况。在几十年耕耘谚语学领域之后，我想说的是，这些实践研究包含了我和弗里德里希·尼采所说的"快乐的学问"。从兼容并蓄的角度研究谚语及其起源、历史、传播、使用、功能和意义，是一项真正有价值和启发性的任务，大量特殊性或一般性的发现将有助于实现谚语学和短语学的目标。过去几年我接手的大量此类研究显示，美国谚语"百闻不如一见"、"失去的东西才最好"、"早起的鸟儿有虫吃"、"不要把鸡蛋放在同一个篮子里"、"每日一苹果，医生远离我"、"好围墙筑起好邻居"和"隔岸风景好"，当前已被翻译成德语了。但是这种英美谚语的跨文化传播显然不仅是从美国到德国，正如我在《作为国际、国家与全球现象的美国谚语》一书中试图展示的那样。[①]

"换马"这一谚语早已传播到全世界其他英语国家。正如温尼伯大学短语学家伊丽莎白·道斯2006年3月21日的一封信中说的那样，这句谚语早在1865年就出现了。当时阿奇博尔德·麦克莱恩在新斯科舍省议会发表演讲时，直接提到了林肯说过这句谚语。这充分证明了林肯1864年6月9日的简短声明很早就被加拿大媒体报道了，但直到1870年，这句谚语才在未提到林肯的情况下在加拿大出现。事实上，它甚至被收录在引论式的《古谚语》中来赋予其传统权威的色彩，正如我们所知，它一定是在19世纪初期出现的："曾有人说要把现任政府赶下台，但下议院应该记住一句老话：在溪流中间换马很危险。"[②] 道斯向我提供了另外两份来自加拿大下议院的讨论参考资料，一份提到了林肯，另一份则没有，但她在《世界报》上找到了1993—1998年的几篇法语文献。这至少表明，这句谚语在法国《世界报》翻译版本还算流行。说法语的加拿大人，尤其是魁北克省的人，很可能会在报纸上看到这条谚语的法语版本，道斯确实为我提供了来自魁北克《新闻报》的法语版本，由此可见，加拿大说法语的地区也在使用这句谚语。

---

① Wolfgang Mieder, *Proverbs Are the Best Policy: Folk Wisdom and American Politics*, Logan, Utah: Utah State University Press, 2005, pp. 1–14.

② *House of Commons Debates*, Ottawa, Ontario: Minister of Supply and Services Canada, 1979, p. 1130 (April 21, 1870).

新西兰坎特伯雷大学语言学家、短语学家科恩拉德·奎珀也向我提供了英语文本,证明这句谚语在澳大利亚很流行。他肯定地说,"在我们这肯定很常见"。他在"谷歌"搜索的新西兰文本中,热门的有这么一条:"韦恩·麦克勒维对他的学生说,不要害怕在溪流中换马。他以自己的人生经历为例:如果很明显第二大党最有可能组建政府,那么他们很快就能换马了。"还有一条:"他们会在溪流中间换马,并带上马鞍。"很明显,这句谚语有很多版本,同样的情况也出现在澳大利亚、印度和其他英语国家。

爱尔兰民俗学家、短语学家菲奥诺拉·威廉姆斯也为"换马"谚语在爱尔兰的流行作出了巨大贡献。她在1907年出版的北爱尔兰谚语集中找到了爱尔兰文的版本,这表明,这句谚语在1900年前后的爱尔兰就已经为人所知。正如威廉姆斯通过调查问卷了解到的那样,如今它在爱尔兰的英语和爱尔兰语中都被广泛使用。她在2006年2月14日给我的信中写道:"没错,这句谚语在20世纪及当今的爱尔兰都存在,但并不常见。虽然20世纪30年代学校的存储系统中确实简单记录了一些流传于爱尔兰当地的著名国际谚语,但我并没有找到这一条。我不知道它为什么会在19世纪的美国与一个爱尔兰农民联系在一起,这一点我将进行更深入的研究。"她确实进行了深入研究,但遗憾的是,她没有发现任何可能与更早的1840年和1846年美国谚语有关的爱尔兰民间故事。因此,菲奥诺拉·威廉姆斯进行的详细研究结果并没有证明这句谚语可能起源于爱尔兰。现在,我们必须得出结论,这个故事以及这一谚语一定是在美国创造的。

在这一点上我不得不说,我在2005年的一篇文章中猜测这条谚语可能起源于德国,这很可能是不正确的。做出这一猜测是因为我在卡尔·沃德的《德意志谚语集成》第四卷(1876)中找到了德语谚语的文本。[①]我认为林肯提到的"荷兰农民"实际上可能是"德国农民",这在美国是一种很常见的对国家身份的混淆。我根据这一点推断,德国移民可能把这句谚语带到了美国,然后它被翻译成了英语。当然,由于1840年和

---

① Karl Friedrich Wilhelm Wander, "Deutsches Sprichwörter-Lexikon", 5 vols., Leipzig: F. A. Brockhaus, 1867–1880, vol. 4, col. 922, no. 22.

1846年的"爱尔兰球迷",我现在对它与德国的联系不那么确定了。还有一个问题是,除了霍斯特和安娜莉丝·拜尔基于万德五卷词典编纂而成的一本非学术性的词典《口语词典》(1985)之外,其他的德语谚语词典都没有收录这句谚语。当然,拜尔夫妇选择收录"换马"谚语这一点做得非常好,因为当时在德国这句谚语很流行。要是拜尔能为这句谚语找到出处就更好了!然而在当时,他只是根据在某地偶然的记忆草草记下了它。

现在我对这句谚语是如何进入万德的词典有了新的猜想:我相信他可能是在1864年夏天在报道林肯竞选连任和简短演说的德国报纸上看到了它。然而(重要的是),德语翻译版本在当时并没有成为谚语!大量例证表明,对林肯的这句谚语的直接引用直到20世纪70年代才开始出现在德语引文词典中。曼海姆德语语言学院的短语学家凯瑟琳·斯代尔在1971年至今的大众媒体上找到了很多德语版本,这表明过去的30年里,这句不提及林肯的谚语在德语中变得非常常见。事实上,这一谚语在现代德语中非常流行,是时候把它收录到词典和谚语集中了。由于此前我找不到相关记录,我非常怀疑1873年万德的词典对这条谚语传播的影响。因此,它在现代德语中的历史始于20世纪60年代,是用美国谚语翻译而来的。这个理论是合乎逻辑的,除非,我们想要说它们是各自分别出现的。

在对日耳曼语言的研究中,我没有在众多荷兰谚语集中找到任何参考文献,因此我得出结论,林肯的"荷兰农民"并没有把谚语带到北美。波恩大学的荷兰谚语专家考克斯告诉我,他没有在所查阅的资料中找到这条谚语。当然,这并不意味着在已经成为互联网一部分的印刷媒体上也不能找到这句谚语的荷兰语翻译版本。

我还让乌普萨拉大学的短语学家克里斯汀·帕姆梅斯特参与查找这条谚语的翻译版本。她在佩尔·霍尔姆1939年的瑞典谚语集中找到了它,并附了林肯1864年6月9日讲话的参考。尽管梅斯特在信中告诉我,在瑞典没有人知道或使用这句谚语,但后来我在佩尔·霍尔姆的《瑞典谚语标准集》(1965)中找到了这句谚语原文。[1] 霍尔姆如何证明这段文字

---

[1] Pelle Holm, *Ordsprak och talesätt*, Stockholm: Albert Bonniers, 1965, p.51.

是作为谚语被收录的呢？他真的在瑞典语中听说过这个短语吗？这很难让人相信，因为赫尔辛基大学的短语学家耶莫·科尔霍宁告诉我，他在网上只能找到一条瑞典人对这句谚语的使用。他还发现，芬兰语中只有一处提到罗斯福总统在1944年竞选连任时使用过这句谚语。科尔霍宁还得出一个明显的结论，这句美国谚语的瑞典语和芬兰语的翻译版本基本上是未为人所知的。挪威语和丹麦语的情况与此类似，这一点我并不感到惊讶。换句话说，对这一谚语的翻译几乎没有进入北欧，但德语国家在接受外来语翻译方面遥遥领先，以至于我能找到包含这句"德语"谚语的一些文献。然而可以预见的是，无论是通过英语的影响甚至是德语的影响，这句谚语未来将会在斯堪的纳维亚和芬兰流行。

然而，正如上面提到的，在拉丁语系中也是如此，伊丽莎白·道斯在巴黎的《世界报》上找到了一些法语翻译的版本。我也在《谚语俗语词典》（1993）中找到了法文文本，它作为"美国谚语"的一部分出现，很明显，这不过是一个没有得到广泛流行的法语翻译版本。4年后，同样的版本也出现在《法语—英语谚语词典》（1997）中。然而，双语谚语词典中的这些词条并不一定表明这两种不同语言版本是通用的。它们很可能只是直接的翻译，而没有谚语性。尽管如此，包含这样的直接翻译可能有助于在目标语言中传播谚语，因为词典使用者可能会开始引用它们。巴西圣保罗大学的短语学家伊娃·格伦科告诉我，这个谚语在巴西并不流行，她也无法在网上找到葡萄牙语的版本。这句谚语似乎也没有在意大利语和西班牙语中得到广泛传播。我所能找到的极少的几篇文章都引用了这句美国谚语的英文版本，或是与美国总统竞选有关的英文版本的翻译。但是没有迹象表明它进入了口语中，或者在法语之外的其他拉丁语系的语言中被广泛使用。我相信这句谚语将以翻译的方式继续征服欧洲市场和其他地区，这是一些拉丁语系的谚语学者预见的未来。

以俄罗斯为例，美国谚语以其容易理解的比喻和较高的适用性将会被越来越多的语言文化接受。就像在德国一样，尽管铁幕持续了多年，但这一谚语已经在俄罗斯站稳了脚跟。1956—1987年出版的一系列英俄谚语词典的编辑并没有给出与美国谚语对应的俄语版本，而只是对其含义进行了翻译和解释。然而，以带有俄语翻译或同义词的《英语谚语和俗语集》（1987）为开端，俄语文本出现了，①《俄语英语谚语俗语词典》（2000）也给出了同义语参考。② 换句话说，这些谚语收录者认为美国谚语"别在溪流中间换马"直接同义于俄语翻译"Konei na pereprave ne meniaiut"。这一点可以从哈利·沃尔特和瓦莱里·莫基延科在《俄语戏用谚语》（2005）一书中把它作为一个俄语谚语并列出3个戏用谚语的事实中清楚地看出，这句话一定是以俄语翻译的形式在俄罗斯流行起来的。然而，令人惊讶的是，莫基延科两年前的文集《俄语新谚语》（2003）收录的诸多新谚语中没有这一句。

所有这些都表明，谚语学是一门不断发展的科学，谚语收录者需要更多时间记录下真正的新谚语。当我联系格赖夫斯瓦尔德大学的瓦莱里·莫基延科帮助我证实那句话是否是俄罗斯谚语时，他回应说，他在巴切娃的大力帮助下于俄罗斯网上找到了18条（从大量其他网站中挑选出来的）记录。在同事凯文·麦肯纳的帮助下发现，这句谚语被用于讨论经济、工作、体育和日常生活，大多数都与政治领域相关。从1998年到2005年，俄罗斯大众媒体使用这句谚语时没有一次提到林肯，这表明它不仅仅是引用，更是一句真正的谚语。这里没有必要一一列举，但至少可以确定这句美国谚语的俄语版本已在俄语群体流行开来。它真正的意义在于在美国谚语和其已成为谚语的俄语版本之间建立了跨文化关系。

波兰克拉科夫大学的语言学家、短语学家和格热戈日·斯皮拉告诉我，这个谚语在波兰也很有名。他附上了在波兰网上找到的9个记录，其中只有1个提到了林肯。这句谚语通常被视为从"别在溪流中间换马"翻译过来的。还有的直接说，"如古谚语说的那样，别在溪流中间换马"。考虑到没有被收录在波兰谚语集中，它绝对不是波兰的古谚语。由此可见，通常人们认为它是一句古代智慧的结晶，却不知道它实际上是一则相对较新的谚语，是翻译过来的。

捷克著名的短语学家弗兰蒂泽克·瑟马克提供了2条来自捷克国家

---

① S. Kuskovskaya, *English Proverbs and Sayings*（Minsk: Vysheishaya Shkola Publishers, 1987），p. 72.

② Alexander Margulis and Asya Kholodnaya, *Russian-English Dictionary of Proverbs and Sayings*, Jefferson, North Carolina: McFarland, 2000. p. 116.

语料数据库的记录，证实了这句谚语的捷克翻译版本也在捷克共和国流行起来。最后，斯洛伐克的短语学家、谚语学家彼得·杜尔科写信给我说，他发现这条谚语在捷克是从德语报纸翻译过来的。这就引出了一个问题：美国谚语到底是如何进入其他语言的？由于这句谚语的翻译版本已经在德语和俄语中广泛传播，这两种语言很可能有助于将它传播到其他语言中。然而，我认为英语作为世界通用语，正在慢慢地将这一谚语传播到整个欧洲和其他地方。

关于这句美国谚语的传播范围还需要更多研究，上文我提到了一些主要的发展情况，集中在美国和欧洲的跨文化方面。掌握了更多语言的学者可以继续研究下去，去发现这句谚语是如何国际化的。我现在有充分的依据推测，这句谚语并非源自德国，而是源自美国。值得称道的是，林肯让这句谚语在美国乃至世界各地广为流传。在多种欧洲语言中，"别在溪流中间换马"的翻译版本广泛地流传，因此是时候把它收录到新的谚语集和双语词典中了。

毋庸置疑，这句谚语主要用于政治修辞，它是一种现成的智慧的比喻，每当反对更换领导者时，人们都可以使用它。但是，这句谚语也被用在许多需要改变或不愿改变的语境中。无论如何，美国谚语"别在溪流中间换马"在人际交往中是一个具有战略意义的修辞。因此，不仅仅是英语，它在许多语言中正迅速地成为一个国际化的隐喻。

总统不是打苍蝇的：
美国总统就职演说中的谚语修辞

【编译者按】本文（"It's Not a President's Business to Catch Flies"：Proverbial Rhetoric in Presidential Inaugural Addresses）是2005作者出版的专著《谚语是最好的政策：民间智慧与美国政治》内容之一（*Proverbs Are The Best Policy*：*Folk Wisdom And American Politics*）（University Press of Colorado，Utah State University Press）。作者以美国总统就职演说为线索，分析了美国历任总统就职演说中使用的谚语，全面展示了谚语在特定政治史中所发挥的作用，为研究特定场合谚语的使用提供了方法样板。

在经历了最近的一次美国总统选举后——两位主要候选人艾伯特·戈尔（Albert Gore）和乔治·W. 布什（George W. Bush）的政治言论似乎毫无启发性，听起来既陈腐而又缺乏丰富的比喻，回顾历任总统的口才或许会引起人们的普遍兴趣。现代总统指的是"二战"后哈利·杜鲁门（Harry Truman）以来的总统。他们口中充斥着缺乏情感活力的语言，大部分是统计数据和事实信息，所以他们越来越依赖于语言作家和语言顾问。我们希望作为相对较短的公众演讲，一个美国总统至少能继续发表他们自己的就职演说，以此为新的任期奠定基础。

很显然，每位总统都发表过比任职之初更具影响力的重要演讲，但是选择就职演讲作为我们本次的调查主题，有利于在一个明确的演讲类型中研究名词性语言的使用和功能。卡林·坎贝尔（Karlyn Campbell）和凯瑟琳·贾米森（Kathleen Jamiesen）在他们编写的内容丰富的《言行一致：总统修辞和体裁的使用》一书中，明确指出就职演说是一种独特的修辞风格:"总统就职演说是一种表现主义的修辞手法,因为它们都是在礼仪场合中传递出来的,在它们所处的时空将过去与未来联系到一起,或肯定或赞扬地对新政府的共同原则进行指导,要求听众将目光投向传统的价值观,采用一种优雅、充满魅力的文学语言进行表达,并且通过扩大与重申人们早已熟知的内容来增强语言的表达效果。"(1990:15)把这些演讲中的特殊语言视为"辞藻华丽的永恒"(1990:36),两位作者注意到"伟大的语言在令人难忘的短语中创造了复杂的、共鸣的思想"。美国人至今还记得林肯所说的"对人不要心怀恶意,而要心怀善意"。肯尼迪所说的"不要问你的国家能为你做些什么,而要问你能为你的国家做些什么",这些仍然是令美国人难忘的。这些话展现了重振传统价值观的特殊技巧,在这些修辞技巧中,熟悉的思想变得鲜活起来,呈现出新的面貌(1990:28)。更为重要的是,就职演讲不只使用"充满优雅与文学气息的语言",而且在更大程度上使用了来自《圣经》与民间的谚语。由于美国总统非常希望与群众进行交流,那么谚语这种平常用语和充满智慧的语言正是在这种就职仪式上应用的不二之选。直到现在还没有人注意到总统就职典礼上种种特殊措辞的重要意义。

为了证明传统谚语在就职演讲中所起到的重要作用,我们认真研究了37位总统的54场正式演讲。在这项研究中我们没有引用总统个人发表的就职演说作为参考,而是利用了约翰·亨特(John Hunt)编写的《总统就职演说》(1997)。首先应该指出的是,"打苍蝇不是总统的事"是《美国谚语词典》中唯一提到总统的谚语(Mieder 1992:482)。这句话在20世纪下半叶的伊利诺伊州被记录下来,就目前所知,还没有其他总统使用过。尽管如此,这句话的确以丰富的想象力与多彩的比喻表达出了总统是处理大事件的人。如果两位总统候选人在最近的竞选活动中使用了这句谚语,那么他们很有可能因为使用了这种充满智慧的民间谚语而在民众的心中得到印象加分。他们用陈词滥调和官僚行话来谈论和争论,但陈词滥调和官僚行话缺乏对人们的严肃性和幽默感的谚语式的洞察力。

将乔治·华盛顿1789年4月30日发表的第一次简短就职演说与2000年政治竞选期间所进行的演讲进行比较,可以清楚地看出美国目前的政治话语的修辞水平很低。当然这并不只是说华盛顿在他的演讲中使用了大量谚语来表达,但他确实使用谚语和典故来修饰他的措辞,他的听众肯定理解了以下词语表达出的智慧：我国的政策将会以纯洁而坚定的个人道德原则为基础，而自由政府将会以赢得民心和全世界尊敬的一切特点而显示其优越性。对国家的一片热爱之心激励着我满怀喜悦地展望这幅远景，因为根据自然界的构成和发展趋势，在美德与幸福之间、责任与利益之间，恪守诚实宽厚的政策与获得社会繁荣幸福的硕果之间，有着密不可分的统一。

两句"格言"（谚语）所暗示的是"诚实至上"和"幸福是最好的回报"这两点民间智慧，这也是年轻国家的人民所信奉的信念和承诺。

约翰·亚当斯（John Adams）作为美国第二任总统，在1797年3月4日的就职演说中没有使用任何谚语。然而，他以一些历史思想作为开场白，这种复杂性由于包含了在美国建国初始不再可能的"中庸之道"的谚语而在修辞上得以缓解。

作为第三任总统，托马斯·杰斐逊（Thomas Jefferson）在1801年3月4日和1805年3月4日两次就职演说中也避开了使用谚语。但杰斐逊在他第一次演讲开头使用的许多谚语中都有一个比喻，把国家说成是"一艘需要由总统船长掌舵的船"。其他总统也使用过这个表达法，在弗雷德里克·道格拉斯（Frederick Douglass）的演讲和论文中，这个谚语成了主旋律（Mieder 2001）。即使杰斐逊在他的两次就职演说中没有使用谚语，我们也不能忘记将一句最有力的谚语归功于他，毕竟他在《独立宣言》中所说的"人人生而平等"早已成为英语世界的谚语。

詹姆斯·麦迪逊（James Madison），这个年轻国家的第四任总统，在他1813年3月4日的第二次就职演讲时，战争已经到了非常严峻的程度。这位年轻的总统对这种情况的评论成为广泛传播的谚语：一把拔出的剑可以让另一把剑放到剑鞘中。这让人想起20世纪下半叶冷战时期的文字战争，这场战争也是在言语、漫画和动画中用谚语修辞进行的（Mieder 1997：99 – 137）。

第五任总统詹姆斯·门罗（James Monroe）在1817年3月4日和1821年3月5日发表了两份相当冗长的就职演说。然而，他并没有表现出对谚语的任何特别倾向，而是在他第一次演讲中作一些介绍性评论时使用了谚语。

约翰·亚当斯（John Quincy Adams）是美国的第六任总统，在1825

年3月4日就职演说中，使用"享受劳动成果"这句谚语。亚当斯在结束他的演讲时呼吁上帝帮助他完成作为新总统的艰巨任务，通过引用《圣经》中的谚语"如果不是上帝守护城池，守望者的警戒也是徒然"，他非常谦卑地将自己的总统职位置于全能者的指引之下。

作为美国第七任总统，安德鲁·杰克逊（Andrew Jackson）在1829年3月4日的第一次就职演说中并没有很特殊的谚语，但是他在评论中使用了"以身作则"这一成语："关于从税收角度适当选择征税的问题，我认为，宪法形成时所体现的公平、谨慎和妥协的精神要求农业、商业和制造业以身作则，也许这条规则的唯一例外应该在于，特别鼓励其中任何一种对我们的国家独立至关重要的产品。"（88-89）。然后，他挑出了教育和军事方面的问题，提醒更多现代总统发表类似声明。

马丁·范布伦（Martin Van Buren）作为第八任总统，由于经济萧条和棘手的奴隶制问题，并没有成为一个非常受欢迎或成功的白宫的主人。他在1837年3月4日的就职演说中清楚地意识到，他将踏上前辈们的足迹。

> 我的前辈们用他们的实践行动赋予了一项我很愿意履行的任务——在我带着公众的信任进行第一项庄严行动时，我将公开履行事务的原则并将我对承担如此重大责任的感受表达出来。我踩着伟人的脚步去模仿他们。

不幸的是，他很快就偏离了早期总统伟人的脚步，人们很难认为他是一位杰出的总统。

尽管威廉·哈里森（William Henry Harrison）作为第九任总统在1841年3月4日发表了最长的就职演说（23页），他没有任何使用谚语的偏好。[①] 他只是用形容词"谚语的"来形容令人印象深刻的美国人民的商业活力。令人惊讶的是，哈里森没有添加诸如"事业在

[①] 关于美国总统就职演说中单词和句子数量的统计分析，参见 Wolfarth, 1961：124-132。平均长度为84个句子，2463个单词。

先，享乐在后"或"公事公办"等当时已经流行的谚语。（Mieder, Kingsbury and Harder 1992：482）

副总统约翰·泰勒（John Tyler）在没有就职演说的情况下接任第十任总统，接下来的两届总统詹姆斯·波尔克（James Polk）和扎卡里·泰勒（Zachary Taylor）在各自的就职演说中都没有使用谚语，第十三任总统米勒德·菲尔莫尔（Millard Fillmore）在宣誓就职时也没有发表讲话。1853年3月4日，美国第十四任总统富兰克林·皮尔斯（Franklin Pierce）在就职演说中向国际社会发表讲话，用谚语向国内外听众保证，他不会在美国的和平记录上留下任何污点。

> 从我们国家历史和地位上来看，我们没有任何可以招来发动侵略的东西；我们拥有的一切都在召唤着我们去培养与其他国家的和平与友好关系。因此，公正与和平的宗旨将在我们的外交事务中得到显著的体现。我希望我的政府不会在公正记录上留下污点，并且我可以保证在宪法控制的合法范围内，任何公民无法在文明世界的法庭上对已经制定好的规则提出质疑。

但是，随着詹姆斯·布坎南（James Buchanan）1857年3月4日就任第十五任总统之后，这个国家出现了一位片面接受奴隶制的总统先生。布坎南在就职演说中非常清楚地表明，他坚信人民享有主权，即各州有权自行决定是否容忍其领土内奴隶制的存在。为了安抚奴隶的情绪，他十分巧妙地运用了"时间是一种非常好的纠错方式"这句谚语，使人们联想到"时间可以冲淡一切"或者"时间可以改变一切"这种近义句。这确实是一种有效的谚语修辞，在这种情况下，谚语起到了最终的绥靖作用。

伟大的第十六任美国总统亚伯拉罕·林肯（Abraham Lincoln）将联邦的原则置于各州有关奴隶制的原则之上。在南北战争期间，林肯使用了强有力的手段，扮演了一个强有力的辩论、思想与说服的角色（Mieder 2000）。他的第一次就职演说在1861年3月4日，这次演说并不是特别值得纪念的。但在4年后的1865年3月4日，也就是他遇刺前几周，他发表了第二次就职演说。作为美国最伟大的总统之一，他发表了至今仍被铭记的智慧之言，之后再没有一位后任总统能够超越这次演说的高度。

是什么让他在第二届就职典礼上的简短讲话如此特别？显然，人们希望林肯谈谈奴隶制问题，而他确实做到了。他还引用了《圣经》中的两句谚语来强调他的主要观点，即奴隶制确实是错误的，同时警告他的听众在判断他人时要小心。林肯在谴责奴隶制时也渴望找到一种方法，将南北双方重新团结起来并拯救联邦，尤其是在内战即将结束之时。在他看来，所有美国人都应该受到同样的对待。

> 在全国人口中有八分之一是黑人奴隶，他们并非遍布在全国各地，而是大部分集中在我国南方。这些黑人构成一个特殊的强有力的权益群体。……双方都读着同一部《圣经》，祈祷于同一个上帝；每一方都求上帝帮助他们一方，而反对另一方。这看来也许有些不可思议，怎么可能有人敢于公然祈求公正的上帝，帮助他从别人的血汗中榨取面包？不过，我们且不要论断别人，以免自己遭到论断吧。双方的祈祷都不可能得到回应，任何一方的祈祷也没有得到充分的回应。全能的上帝另有他自己的目标……我们衷心地希望并热情地祈祷，愿这可怕的战争灾祸能迅速过去。然而，如果上帝一定要让它继续下去，一直到奴隶们通过250年的无偿劳动所堆积起来的财富烟消云散，一直到，如3000年前人们所说的那样，用鞭子抽出的每一滴血都要用刀剑刺出的另一滴血来偿还。而到那时，我们也仍然得说："主的审判是完全公正无误的。"

当他改变谚语"汗流满面才得糊口"来嘲讽奴隶主对奴隶的剥削和不人道待遇时，他引用了"不要妄下判断，免得被人审判"这一警句并做了一点改动。然而，他对人称代词的使用却使即将获得内战胜利的领导人感到谦卑。林肯在谚语智慧的基础上又加了一句《圣经》引文，尽管没有任何谚语的说法。然而，《圣经》声称"主的审判是完全公正无误的"，将冲突及其解决方案完全摆在了上帝的手中。如果林肯可以延续他的第二个任期，我们相信之后的重建必定会在更为人道的基础上进行。"不以怨恨相对，应以慈悲为怀"这句话并不是一句谚语，但它肯定是众所周知的一句话，并且这句话早已被写入了标准词典中。这句话成为美国总统有史以来最伟大的表述之一（Stevenson 1948：1506；Bartlett 1992：450）。1868年，共和党人选择获胜的尤利西斯·格兰特（Ulysses S. Grant）将军担任他们的总统候选人，但是他作为一名战地指挥官所掌握的技能并不能使他在演讲能力上与林肯比肩。1873年3月4日，第十八任总统格兰特在他的第二次就职演说中，用了一句谚语"在上帝所拥有的美好时刻"来表达他的观点，即这个国家一定会向更伟大的方向发展。

第十九任至第二十四任总统在就职演说中都没有使用谚语。但随着威廉·麦金利（William McKinley）作为第二十五任总统并在两次就职典礼上讲话，情况发生了变化。1897年3月4日，他第一次发表演讲。面对艰巨的任务，他谦逊地表示自己打算沿着上帝的脚步走下去："我们的信仰告诉我们，没有比依赖我们祖先所信仰的上帝更为可靠的事了。上帝在每一个国家的审判中都如此地偏袒美国人民，只要我们服从上帝的指令，谦卑地跟随他，他就不会抛弃我们。"但他很快就偏离了上帝的步伐，转而求助于"万能的美元"。

我们必须坚持"确定自己是对的"，牢记"欲速则不达"。因此，如果国会明智地认为成立一个委员会是非常合适的，以及尽早考虑修改我国的铸币法、银行法和货币法，并对这些法律的重要性进行详尽、仔细和冷静的审查，那么我将真诚地同意这一行动。

19世纪末一位财政保守主义者就这样说了，而进化论的谚语"欲速则不达"非常适合他关于货币稳定的论点。在演讲中，麦金利总统仍然在谈论金融问题，他转向19世纪初的谚语"量入为出"，作为政府应该如何开展业务的一条新规则。"政府维持其信誉的最好方法是量入为出，不是求助于货款，而是置身于债务之外，并通过一种税制——对外税制或对内税制，或两者兼而有之——来获取充足的收益。"当谈到外交问题时，他想出了这样一句："我们的外交就是多了不要，少了不受。"这一简单的表述如果不是谚语的话，也是有意义的。这个话语至今还没有进入任何令人难忘的语录书籍中，但这可能被视为总统试图在就职演说中提出令人难忘的短语的标志。从1901年3月4日第二次就职典礼上的讲话可以看出，威廉·麦金利倾向于谚语。在展望这个强大而繁荣的国家的未来时，他在一段强有力的段落中使用了3句谚语。《圣经》谚语"期盼不至于羞耻"非常适合对联邦的未来持积极态度的观点，这一观点符合美国人民面向未来的世界观（Dundes 1969）。因其对经典谚语"把握时机"的使用以及莎士比亚戏剧《仲夏夜之梦》的来源，并经过适当修改而成的谚语"真爱之路从未平坦过"，麦金利的乐观主张得到了加强。这是《圣经》、文学和民间谚语的权威运用，他的热心听众无疑对这一连串的箴言感到自豪。

1901年9月麦金利遇刺后，西奥多·罗斯福（Theodore Roosevelt）成为第二十六任总统，他在1905年3月5日发表了就职演说。可能有人期望从这位重要而充满活力的政治家的演讲中找到一些扎实的谚语，但是在短短的3页的讲话中，他只提到谚语"行动胜于空谈"，这是一种符合他的行为水平的智慧。

在西奥多·罗斯福的帮助下，威廉·塔夫脱（William Taft）成为第二十七任总统。后者于1909年3月9日发表了冗长的就职演说（15页）。和他的前任一样，塔夫脱在他的讲话中不是特别口语化。事实上，他用一个谚语的表达方式来表明，在种族关系中必须小心谨慎，增加黑人政府任命的善意不会"弊大于利"。

在伍德罗·威尔逊（Woodrow Wilson）担任第二十八届总统时，白宫有一位曾任普林斯顿大学校长的知识分子。正如人们所料，威尔逊在1913年3月4日的第一次就职演说中发出了富有哲学的论调。虽然他在演讲开始时也提到了这个国家的伟大历史，但他告诫人们"邪恶与善同来"。然后，他用两段文字表达了这样的谚语，"用善看坏事"、"公平竞争"、"重新思考"、"恍然大悟"和"下决心"。他显然想要用我们今天所说的"现实检验"来面对公民，他把美国的生活哲学简化为"人皆为己"这句谚语，从而给他的"现实检验"增添了讽刺意义。他引用了谚语中的两种异文，表明这种世界观从一种普遍到另一种，这一事实使他的说法特别有力。在最后一段适当地整合了谚语"悬而未决"之后，这篇充满人性和灵感的演讲结束了。他不是一个只谈论美国伟大的总统。相反，在这些话中，人们感受到亚伯拉罕·林肯的死是真诚且谦卑的。

随着第一次世界大战的恐惧消退，第二十九任总统沃伦·哈定

（Warren Harding）宣誓要使国家永远地恢复正常。他主张在和平时期采取更加有力的贸易政策，他解释了《圣经》中的谚语"给予也将收获"（赠人玫瑰，手有余香），并在他宣扬的经济政策中加入传统智慧："我们必须懂得，贸易的纽带能把各国人民亲密无间地联系在一起。而一个国家如欲得到这种益处，首先必须付出……"在谈到经济问题时，哈定直言，要让事情重回正轨，必须要有更多的付出和承担。

哈定与他的前任伍德罗·威尔逊相呼应，呼吁要整顿白宫："我们考虑立即完成一项任务，使公共家庭井然有序。我们需要一个刚硬且理智的经济与公正的财政相结合的制度，这项制度必须由每个人的谨慎和节俭来完成，这在艰难的时刻和为胜利而重新思考时至关重要。"威尔逊将目标设置在"己所不欲，勿施于人"这句谚语之上。《圣经》中的智慧通常被称为黄金法则。他暗示黄金法则及其谚语应该是所有政府和人民的指导原则。令人惊讶的是，后来的总统——除了卡尔文·柯立芝（Calvin Coolidge）和理查德·尼克松（Richard Nixon）提到黄金法则外，在就职演说中没有领会到人类道德行为的这一基本规律。

1925年3月4日，来自佛蒙特州的卡尔文·柯立芝成为美国第三十任总统。1858年6月16日，他开始了著名的"房屋划分"演讲，声明"如果我们能先知道我们在哪里，我们在想什么，那么我们可以更好地判断该做什么，以及如何去做"（Basler, vol. 2 1953：461）。这很可能是林肯在一次著名的演讲使用过的。林肯在这句话中采用了《圣经》谚语"一间自相矛盾的房屋不能站立"来描述奴隶制是如何威胁到联邦的生存的。

美国语言把"美国的职责就是生意"这句谚语归功于卡尔文·柯立芝（Mieder, Kingsbury and Harder 1992：76），但这位沉默寡言的总统实际上试图避开使用固定的短语。他在就职典礼上说："如果我们想继续保持美国特色，我们就必须继续使这个词更加全面，以包容一个文明和开明的民族的合理愿望。这个民族决心在一切交往中追求一种真诚而有信仰的生活。我们不能使自己受到口号的限制和辞藻的阻碍。真正重要的不是修饰性的词汇，而是实质性的事物。我们最为关切的并不是行动的名称，而是行动的结果。"在后来的演讲中，他清楚地以《圣经》中的两句谚语——"不要评判，免被审判"和"为所欲为"——为基础，并增加了一句俗语"上帝帮助那些帮助自己的人",是很好的措辞。在他关于美国所坚持的各种原则的演讲接近尾声时,这位新总统为国家的未来描绘了一幅非常积极的图景。他声称的"自由的基本原则是宽容",显然具有语言结构的简洁性,使它成为有感情的言论或口号。这句话没有变得广为人知,令人惊讶的是也没有进入语录词典。柯立芝自然简洁的语言似乎有一种倾向于公式化的陈述,尽管他试图避免使用谚语,但似乎失败了!赫伯特·胡佛(Herbert Hoover)在1929年3月4日的就职演说中,基本上重复了卡尔文·柯立芝曾经说过的话。他作为总统的第一次演讲没有引用短语和谚语。但是,也有一个例外。当他发表以下评论时,谚语"学无坦途"可能已在他脑海中。"要实现这些愿望,并无什么捷径可走。我们的人民乃是追求进步的人民,他们决心将进步建立在以往经历的基础之上。"

作为第三十二任总统的富兰克林·罗斯福(Franklin D. Roosevelt)有着无处不在的修辞能力。1933年3月4日,他在第一次就职典礼上的第一段话,就是他在接下来的12年里主导美国政治的演讲能力的一个明显例子。同时代,温斯顿·丘吉尔在英国达到了修辞高峰,阿道夫·希特勒操纵德国而引发了第二次世界大战和大屠杀。这3位政治领导人都充分利用了人们熟知的法律手段,使各自的人民相信他们的计划和意图。富兰克林·罗斯福在就职演说开始时发表了一篇演讲,其中包括3句谚语,"说真话,说全部真相,只说真相"、"我们唯一要害怕的就是恐惧本身"和"迎接至暗时刻"。

富兰克林·罗斯福在毁灭性的萧条后向全国承诺过新政,当他乐观地宣称"我们唯一需要害怕的就是恐惧本身"时,他选择了一个很好的句子。长期以来,这句话一直出现在引文语录词典中,甚至进入《美国谚语词典》(1992)。然而,这些引文和谚语集的编辑很快指出,富兰克林·罗斯福的尖刻言论基于这样一些来源:只要良心掌控所有事情,就只有一件事可以害怕,那就是恐惧(约1575);我最害怕的就是恐惧(1580);没有什么是可怕的,除了恐惧本身(1623);我唯一害怕的就是恐惧(1831);没有什么比恐惧更可怕了(1851)。

罗斯福带着乐观与勇气以及在政府计划中勇于创新的意愿,呼吁国家采取振兴行动。他在这个场合引用了俗话说的"清理事务"的话,就像伍德罗·威尔逊和沃伦·哈定所做的那样。罗斯福补充了"首要事情先处理"的谚语，以强调必须确定某些优先事项，以使国家重新发展起来。4年后，1937年1月20日（就职演说的新日期），罗斯福在第二次就职典礼上辩解说，政府在其复苏计划中成功地坚持了"首要事情先处理"这一谚语。

到1941年1月20日第三次就职时，罗斯福已经做好了准备，回答美国是否必须参加第二次世界大战的问题。不出所料，他在那次简短的讲话中谈到了"民主不会消亡"的观点。他赞扬了美国的传统价值观，特别是维护自由的重要性。"有时我们没有倾听或听到这些自由的声音，因为对我们来说，自由的特权是一个古老而习以为常的传统。"他提醒道，不要觉得自由是旧的东西，不需要不断的警惕。许多文体学纯粹主义者可能会把这个传统的短语看作一种没有交际价值的陈词滥调，但这会错过罗斯福的重要信息。

第二次世界大战最严峻的时候，罗斯福进入第四个总统任期。但由于形势紧张，1945年1月20日，罗斯福的就职演说仅有1页半长。然而，在这个至暗时刻，罗斯福总统提醒人们，美国必须在世界舞台上发挥作用，在世界寻找和平。对于像美国这样的世界强国来说，孤立主义显然不是一个好的选择。在其演讲中，谚语"成为鸵鸟"和"在马槽里当狗"的比喻很好地表达了这两种观点。美国不能对世界上的事件视而不见，也不能自私地在自己的领土上退缩，对世界其他地方听之任之。相反，美国需要成为所有其他自由国家的朋友。罗斯福引用了拉尔夫·艾默生（Ralph Waldo Emerson）关于友谊的文章（1841）中的论述来解释这句话，这句话早已成为谚语。

尽管1949年1月20日的就职演说没有显示出来，但美国的第三十三任总统亨利·杜鲁门（Harry S. Truman）十分乐意在演讲、新闻发布会和书中使用谚语表达（Mieder and Bryan 1997）。他在就职演说中加入了托马斯·杰斐逊的谚语"人人生而平等"。当涉及国家和国际事务时，他会以"稳扎稳打"的谚语为基础逐步制定自己的分步政策："如果要成功地执行这些政策，显然我们必须使这个国家继续繁荣，我们必须保持强大。我们稳扎稳打地构建国际安全和日益繁荣的世界体系，我们得到所有希望生活在没有恐惧中的人的帮助。"

和杜鲁门一样，作为第三十四任总统，德怀特·艾森豪威尔（Dwight Eisenhower）1953年1月20日第一次就职演说清楚地提到杰斐逊的谚语"人人生而平等"。后来，艾森豪威尔在演讲中阐述了世界和平的若干指导原则。其中也有套话："我们已认识到，无论从常识还是从一般的廉耻感来看，姑息绥靖都毫无益处，我们决不会为了安抚侵略者而进行以荣誉换取安全这一虚伪而肮脏的交易。美国人要记住，所有自由的人们也要记住，在最终的选择中，士兵的背包比囚徒的镣铐要轻得多。"最后一句用了谚语，但到目前为止它还没有在谚语或引文词典中标注。

1957年1月21日，艾森豪威尔的第二次就职演说是在冷战政治和宣传的氛围中进行的。这位总统以一种相当概括的方式谈到了这些国际关切，并用3个谚语，表达了他对和平的呼吁："变革之风"、"不管不顾"和"付出代价"。这些比喻给他的演讲带来了一些情感上的激情，但他的继任者约翰·肯尼迪的就职演说却缺少那种充满活力的气息。

第三十五任总统约翰·肯尼迪和艾森豪威尔一样，愿意为这个国家的自由付出任何代价。"让每个国家都知道——不论它希望我们繁荣还是希望我们衰落——为确保自由的存在和自由的胜利，我们将付出任何代价，承受任何负担，应付任何艰难，支持任何朋友，反抗任何敌人。"（Corbett 1965：508 – 518）这是肯尼迪明确给出的承诺，他在这一主张的基础上又增加了其他几个承诺。这些承诺中有3条间接整合成了1条谚语，从而使每一个段落都更具表现力。在这些承诺中，肯尼迪一定在脑海中有以下5行打油诗："有一位年轻的尼日尔女士/她骑着老虎微笑/他们骑乘回来/与里面的女士/和老虎脸上的微笑"但他也可能提到一句谚语"骑虎难下"。

肯尼迪充满激情地说，对那些我们欢迎其加入自由行列中来的新国家，我们恪守誓言。

> 决不让一种更为残酷的暴政来取代一种消失的殖民统治。我们并不总是指望他们会支持我们的观点。但我们始终希望看到他们坚强地维护自己的自由——而且要记住，历史上，凡愚蠢地骑在虎背

上谋求权力的人,都是以葬身虎口而告终。①

第二个承诺似乎围绕着一句谚语,"天助自助者"。

> 对世界各地身居茅舍和乡村为摆脱贫困而斗争的人们,我们保证尽量地努力帮助他们自立,不管需要花多长时间——之所以这样做,并不是因为共产主义者可能这样做,也不是因为我们需要他们的选票,而是因为这样做是正确的,自由社会如果不能帮助众多的穷人,也就无法保全少数富人。

第三个承诺可以联想起谚语"行动,而不是纸上谈兵"。肯尼迪在这种情况下可能使用了谚语"行动胜于言语"。

> 对我国南面的姐妹共和国,我们提出一项特殊的保证——在争取进步的新同盟中,把我们善意的话变为善意的行动,帮助自由的人们和自由的政府摆脱贫困的枷锁。

但是,可以肯定的是,在这场令人印象深刻的就职演说中,有两条值得我们纪念和商榷的言论。显然,肯尼迪与他那复杂演讲的编辑主要是西奥多·索伦森(Theodore Sorenson),通过采用这么多谚语结构来编写演讲稿。② 当谈到冷战及军备竞赛的危险时,肯尼迪呼吁双方都要牢记:"礼貌并不意味着怯弱,诚意永远有待于验证。我们不要由于畏惧而谈判,但我们决不能畏惧谈判。"最后一句出现在约翰·巴特利特(John Bartlett)的引语中(Bartlett 1992:741;Lewis and Rhodes 1967)。正如人们所期望的那样,类似谚语的话语"不要问国家能为你们做些什么,而要问你们能为国家做些什么",成为巴特利特的语录。事实上,这份资料可能引用了1884年5月30日奥利弗·霍姆斯(Oliver Holmes)发表的一篇演讲中的声明:"因为,除了造成这种情况的临时组织,现在是我们同

---

① Lott(1961:270);Wolfarth(1961:132);Corbett(1965:514)。
② 人们普遍认为约翰·肯尼迪的就职演说主要是他自己写的(Meyer,1982:240-41)。

意停下来，开始意识到自己民族的生活并为之振奋的时刻，回忆我们的国家为我们每一个人做了什么，并问自己可以为我们的国家做些什么。"（Bartlett 1992：741）很难想象约翰·肯尼迪这句著名的口号不是来自奥利弗·霍姆斯的讲话。肯尼迪给出的精准措辞现在已成为我们的口头语，也很可能成为美国的谚语。

林登·约翰逊（Lyndon Johnson）担任美国的第三十六任总统，并于1965年1月20日发表就职演说。在就职典礼上，他明确地宣称"每一代人都有自己的命运"（Boller 1967：406-431），然后直言不讳地谈到在这个国家中可以成为自己想成为的人。约翰逊在呼吁认真致力于社会进步时，选择谚语"万众一心"和"重开旧伤"。

1969年1月20日，当理查德·尼克松（Richard Nixon）作为第三十七任总统发表首次就职演说时，他提到了崇高的主题。他仔细地解读了前任总统们在就职典礼上所说的话。事实上，他研究了他们所有的演讲，以此准备自己的演讲（Harris 1970：233）。因此，理查德·尼克松一开始就暗示道："没有比简单更崇高的事情了。"并告诫人们不要做出超出所能实现的承诺。理查德·尼克松的陈述很可能是基于拉尔夫·艾默生在文学伦理学短文中的观点，即"没有比简单更崇高的事情了，越简单越好"（1840）（Stevenson 1948：2115；Mieder, Kingsbury & Harder 1992：267）。

罗伯特·斯考特（Robert Scot）对这篇演讲进行了极其负面的分析，称"演讲的声音不是虚张声势、无能为力的愤怒，而是面对公认危险时的口头姿态。总统陷入了困境之中，地狱般的裂痕使得传统的演说变得更加空洞"（1970：47）。正如卡林·坎贝尔和凯瑟琳·贾米森所言："为了获得投资，总统们必须通过敬重美国的过去并明确表明（总统府）机构的传统在他们那里会保持不被丢弃的方式来证明自己的任职资格。他们必须申明，他们原封不动地将制度传给其继承人。因此，保护、维护和更新的话充斥在演讲中。"（Campbell & Jamieson 1990：21-22）那时，尼克松再一次使用杰斐逊的谚语"人人生而平等"宣言就不足为奇了。

在1973年1月20日第二次就职演说中，理查德·尼克松作为共和党总统，强调需要减少政府管理，尤其是对华盛顿作为美国最为强大的权力中心地带的重视程度要低一些。他把这段话中的谚语"父亲最清楚"

讽刺性地改成"华盛顿最清楚",无疑是天才的表述,他以这种方法来反对中央政府普遍存在的家长式作风。

有趣的是,尼克松的措辞"让我们用他人为自己做些什么来衡量我们将为他人做些什么",似乎有着肯尼迪的"不问你的国家能为你做什么,问你能为你的国家做什么"的结构模式。很明显他是根据《圣经》中的"己所不欲,勿施于人"的黄金法则和谚语"天助自助者"。

最后,他更直接地提到肯尼迪的"就职谚语",也许这不仅是政治上的权宜之计。肯尼迪在1960年的全国大选中以微弱优势击败了理查德·尼克松。特别是在国际政治方面,理查德·尼克松很可能相当尊重肯尼迪与苏联打交道的有力政策。

杰拉尔德·福特（Gerald Ford）于1977年1月20日以第三十八任总统的身份发表就职演说。作为一个虔诚、诚实和朴实无华的人,他的演讲没有包含任何谚语智慧。他只是说到众所周知的"阳光之地",这是世界上所有人民都应该实现的。"阳光之地"一词最初由德国总理伯纳德·比洛（Bernard von Biilow）在1897年12月6日德国国会演讲中使用,当时他描述并证明了德国的殖民野心:"简而言之,我们希望不让任何人陷入黑暗之中,但我们也要求在阳光之地拥有自己的位置。"（Rees 1995: 382; Bartlett 1992: 557)

第四十任总统罗纳德·里根（Ronald Reagan）因不喜欢"音节修辞"而受到批评,但他的两次就职演说并不一定能证明他的这种说法。他声名狼藉的一面之词通常都是自发的,而他和他的演讲稿撰写者显然在为他在两个就职典礼上的评价而努力。1981年1月20日第一次就职演说,里根是第一位引用众所周知的美国政体定义的总统。林肯在1863年11月19日著名的葛底斯堡演说中就提到了这一定义:"我们要在这里下定最大的决心,不让这些死者白白牺牲。这个国家（在上帝指引下）应该获得自由新生,并且这个人民的政府来自人民,为了人民,不应该从土地里就开始腐烂。"为了强调美国人民必须共同努力,里根在他的讲话中加上了两句谚语:"承受负担"和"付出代价"（此前由德怀特·艾森豪威尔用过）。事实上,里根引用了伍德罗·威尔逊第一次就职演说中使用过的谚语"公平竞争"。在谈到缩小政府是最好的主题时,里根第二次使用了谚语"付出代价",指出自由国家的生活是责任的陪衬。甚至还有第三次，里根依靠这个传统短语，增加了经典的谚语表达"站在巨人的肩膀上"，来表达对真正伟大的美国总统的敬意。里根在1985年1月21日的第二次就职演说中，没有重复他最喜欢的"必须付出代价"的格言。也许他已经意识到，里根经济学的后果是为美国的弱势群体付出高昂的代价。他现在使用了一些类似"有山可爬"的谚语，来激励人们去做更伟大、更好的事情。里根是永远的乐观主义者，他说："我们今天的美国人不愿意回头看，在这片幸福的土地上总有更美好的明天。"这句谚语简单地说就是"总有明天"（Alieder, Kingsbury and Harder 1992：603），但是，正如"更好"一词所表明的，里根总统总是可以看到政治乌云上的一线曙光。

乔治·布什作为第四十一任总统的就职演说也许不是特别令人难忘，但他肯定会因为1988年8月18日在新奥尔良共和党全国代表大会上发表的演说中，创造了谚语"看我的嘴型"而被人们记住。"国会将会推动我增税，我会说不，他们再推动，我再说不，他们会再一次推动。我能对他们说的就是看我的嘴型：没有新税。"（Bartlett 1992：753）他在1989年1月20日的就职演说中充满了其他就职典礼中没有的谚语。

正如他之前的其他总统一样，布什对美国政体表现出绝对的信任："我们不必为哪种政体较好而讨论到深夜了。我们不必从国王手里夺取公正了——我们只需从自身内部唤起公正。我们必须按照自己懂得的道理去行动。我把一位圣人的期望当作行动的指南：对严重问题，要有一致性；对巨大问题，要有多样性；对一切问题，要有宽容性。"如果布什总统告诉我们他心目中的圣人是谁的话，那确实是一种很体贴的举动。他最有可能想到了圣奥古斯汀（Saint Augustine）。拉丁文座右铭"在必然的团结中，在怀疑的自由中，在每个人的爱中"，偶尔也被认为是圣奥古斯汀所言。迄今为止，最早的印刷参考文献出自普鲁特斯·马蒂纽斯（Rupertus Meldenius）的《论声速促进教会论》（1626）（Stevenson 1947：321；Bartlett 1992：266；Bichmann 1995：356-357）。布什和他的演讲稿撰写者在某种程度上改变了这句格言，但它在很大程度上表达了原文的精神。

布什在上面提到的演讲中提到了，多样化的美国人口是"广阔和平的天空中的数千个光点"，即使这种隐喻很可能取自托马斯·沃尔夫

（Thomas Wolfe）的小说《网络与岩石》（1939）（Bartlett 1992：753）。这句话现在与布什联系在一起，他在就职演说中重复了这句话："我谈到了成千上万个光点，所有的社区组织就像是星星一样散布在全国各地，他们做得非常棒。我们将携手合作，互相鼓励，有时领导，有的时候是奖励。"布什在他的前瞻性讲话中直言不讳地声称："我们没有能力让时钟倒转，我们不想让时间倒流。"他甚至把"钱生钱"这句金钱谚语变成了一种信念和善意的表达："今天，在外国有被迫违背其意志的美国人，还有一些下落不明的美国人，可以在这里表态援助并将被长期铭记。善意会获得善意。诚信可以是一个螺旋，无休止地前进。"

说到钱和减少赤字的必要性，布什说出了以下有趣的谚语："我们的意志比钱包还多，但是这就是我们所需要的。我们将做出艰难的选择，查看我们拥有的东西，也许要以诚实的需求和审慎的安全性等不同的方式分配。然后，去做最明智的事情：转向我们拥有的唯一资源——美国人民的良善与勇气，该资源在需求时刻不断增长。"在公式化语言辞典中，"意志力多于钱包"这一短语在词典中是找不到的，布什可能是基于"拥有比Y更多的X"，例如"拥有比头脑更多的运气（理智）""拥有比羊毛还要多的哭泣"等短语结构。此外，总统似乎也有一句老话"有志者必有其道"。布什总统就职演说的6页内容证明了谚语是新当选总统在这一仪式上的一部分。这种特殊情况下还有一个人们熟知的主旨，乔治·布什又重复了两次谚语中的"微风在吹"。关于越南战争，布什说："自越南战争以来，情况即已如此。那场战争至今还在我们中间挑起分裂。但是，朋友们，那场战争始于25年前，毫无疑问，有关那场战争的诉讼时效，法规早已确定下来。越南战争的最终教训是，任何伟大的国家都无法长期承受一件记忆中的往事所造成的分裂——这是一个事实。一阵微风吹拂，原有的两党关系必须再次更新。"演讲的最后阶段，布什再次引用了"微风"一词，并与他先前的团结、多样性和慷慨的座右铭联系起来。

然而，这位拥有高超语言技术的总统在竞选第二任期时输给了一位新人。经济衰退和未兑现"不增税"承诺使布什下台，比尔·克林顿接任第四十二任总统。克林顿1993年1月20日发表了他的第一次就职演说，引用了《独立宣言》中著名的"三位一体"。

比尔·克林顿继续他的谚语的呼吁"走向我们时代的音乐",并提出了一个隐喻性的谚语:"我的同胞们,您也必须在我们的复兴中发挥自己的作用。"他以引用《圣经》作为简短的 4 页讲话的结尾:"同胞们,在即将跨入 21 世纪之际,让我们以旺盛的精力和满腔的希望,以坚定的信心和严明的纪律开始工作,直到把工作完成。《圣经》说'我们行善,不可丧志。若不灰心,到了时候就要收成'。"当然,这鲜为人知的《圣经》经文成了人们熟悉的《圣经》谚语"播种才会拥有收获"。对于克林顿来说,后者可能是一种更有效的演讲手段,因为它在听众中能传播得更响亮和清晰。

比尔·克林顿于 1997 年 1 月 20 日发表了第二次就职演说,他引用了《独立宣言》中古老的谚语:"美国的希望源于 18 世纪一种无畏的信念:人人生而平等。"在简短的历史讲述后,比尔·克林顿接着回顾了 21 世纪的挑战,然后宣称"未来取决于我们"。这个谚语可能是较长谚语"未来属于那些为它做好准备的人"的缩短版本。这篇平淡无奇的演讲中的另一句谚语是在演讲结束时出现的,克林顿谈到了他即将面临的问题,即必须处理两院都掌握在共和党手中的问题。

> 美国要求我们并且也值得我们为其做大事,但是没有任何大事不是从渺小中而来的。让我们记住枢机主教(约瑟夫)伯纳丁(芝加哥,1928—1996)面对自己生命终结时的永恒智慧。他说:"把宝贵的时间浪费在争吵和分裂上是愚蠢的。"我们绝不能浪费这段宝贵时间的馈赠,因为我们所有人都在生命的同一旅程中。我们的旅程也将结束,但是我们美国的旅程必须继续进行下去。

一方面,比尔·克林顿成功地创造了一个具有民谚意味的声明。他甚至把"做渺小的"这个短语的意思,也就是不合作的意思,融入了他那令人难忘的短语"没有任何大事不是从渺小中而来的"。但是,他好像认为这个双关语太过陈腐而无法完美地结束他的重要讲话,于是他在其中添加了枢机主教伯纳丁尴尬而鲜为人知的语录,以一种笨拙和虚假的陈述毁了他成功的口号。人们更希望听到克林顿自己原创的话,如果他想引用关于"时间的珍贵馈赠"的话,他可以在民间找到很多类似的谚语。人们首先会联想到3句美国谚语："浪费的时间可以通过领先来进行节省""浪费的时间就是浪费的时间""浪费的时间永远不会再次回到手中"（Mieder, Kingsbury and Harder 1992：599）。

2001年1月20日，乔治·W. 布什发表了美国总统就职演说。至于布什会说些什么，以及他是否真的有能力应对这种演讲挑战，媒体则认为他没有能力胜任。正如得克萨斯大学传播与政府教授罗德里克·哈特（Roderick Hart）断言："他是一个没有语言天赋或时机感、相对缺乏远见的人，他根本不会演讲。"（Barnes 2001：111）然而就在他的就职演说之后，电视评论员立即给予了这位没有经验的演讲者极大赞赏。第二天，报纸紧随其后。从弗兰克·布鲁尼（Frank Bruni）和大卫·桑格（David Sanger）在《纽约时报》中的分析可以看出："布什先生谈到了过去常常避免的崇高演说，当时他会删减演讲稿作者的语言，以适应他那种民俗、朴实的形象。他今天的讲话充满了优雅的言语、巧妙的句法与代名词。他向许多听众讲话。"（Bruni and Sanger 2001）这是呼吁一个分裂的国家团结的演讲，不仅是因为激烈的竞选所需要的。正如布什在2001年12月13日也就是美国最高法院实际承认他成为新总统后所说的那样："我们国家必须超越分裂之限。"（Fournier 2001）《圣经》中的谚语"一个分裂的家庭不能自立"的典故呼应了林肯在维持联邦团结的斗争中对这一谚语的使用，这正是为这一重大时刻精心挑选的。我的猜测是，布什会把这段符合传统智慧的作品融入首次演讲中，但他与他的演讲撰稿人米歇尔·格森（Michael Gersen）发生了分歧。

毫无疑问，这一演讲将被用于一些更令人难忘的就职演说中。正如CBS网络的资深记者鲍勃·席弗（Bob Schiefer）在讲话后立即对主持人丹·拉瑟（Dan Rather）所说的那样，该演讲很可能被称为"4个C的演讲"。乔治·W. 布什用极具口才的谦逊态度说："今天，我们重申了一项新的承诺，即通过礼貌、勇气、热情和品格来履行我们国家的承诺。"[1]当然，还有其他"C"词，如"承诺"、"共同利益"、"公民"和"社区"。最令人难忘的话很可能是："我请求你们成为公民。市民不是旁观

---

[1] 就职演说全文摘自《总统：我请你们成为公民》，《纽约时报》，2001年1月21日，pp. 12-13。

者,公民不是臣民。负责任的公民会建立服务社区和一个有高尚品格的国家。"如果这样的话,这个演讲将被称为"C 演说"。这个演讲的优秀不是因为其演说语调,而是因为它具有公民责任感。

在谈到礼貌、勇气、同情心和品格时,布什选择了一句谚语"有志者事竟成",为这些理想的承诺加入一些传统权威。接着谈到基本的公平和人类的尊严,他用一段重要的引文强调了他对同情的承诺:"哪里有痛苦,我们的义务就在哪里。对我们来说,需要帮助的美国人不是陌生人,而是我们的公民;不是负担,而是急需救助的对象。当有人陷入绝望时,我们大家都会因此变得渺小。"[1] 虽然许多听众可能没有意识到布什引用了特蕾莎修女的话,但他的谦逊语言确实打动了他们的心。

在他间接提到这位现代圣徒之后,乔治·W. 布什用一段经久不衰的《圣经》语录恰当地总结了他的讲话,这句话再次隐喻地暗示了他对这个伟大国家的公民的谦卑:"带着永不疲惫、永不气馁、永不完竭的信念,今天我们重树这样的目标——使我们的国家变得更加公正、更加慷慨,去验证我们每个人和所有人生命的尊严。"

这项工作必须继续下去,这个故事必须延续下去,上帝会驾驭我们航行的。布什在最后的评论中还提到了警告性的《圣经》谚语"恶有恶报"。在这个谚语比喻中,他尽可能最好地利用民间智慧,即间接智慧。一方面他间接向世界发出了一个信息,即美国将继续成为人权、自由和民主的有力捍卫者;另一方面他也警告美国公民不要屈服于骄傲和优越感,因为"赛跑未必快者赢,打仗未必强者胜"。至少不总是这样。

40 年前,在约翰·肯尼迪热情洋溢的就职演说之后,《纽约客》的编辑开始了他们的赞美评论,认为"随着修辞学逐渐成为通识教育中不可缺少的一部分,人们已经放弃了古希腊人和罗马人如此坚定的主张,即口才在政治中是必不可少的。肯尼迪总统在这两个领域的成就也许会重振演讲品位,这种品位有时会因口齿不清而令人不舒适,又因夸夸其谈而显得迟钝"。他们强调,肯尼迪像亚里士多德和西塞罗一样,演说具有

---

[1] 现代的圣徒似乎是修女特蕾莎,尽管我在我的许多引文书中都没有这一特定陈述。Melinda Henneberger 指出了这句话背后的人物:"他引用了修女特蕾莎的话,虽然不是名字,但他说:'正如一位时代的圣徒所说,我们每天都被召唤用大爱去做小事'。"(2001:14)

逻辑、情感和伦理说服力，并希望其"重新树立政治口才的传统"。在乔治·W. 布什的就职演说之后，人们可能会再次希望言辞要更为雄辩，这对新总统来说是一个惊人的成就，他的表达技巧到目前为止备受嘲讽。希望他意识到他在语言上的杰出才能会在美国公众中引起共鸣，这种记忆不是由"辞职"引起。

所有总统都曾尝试发表难忘的就职演说，但林肯、富兰克林·罗斯福和肯尼迪的演讲却更引人注目。有趣的是，他们的演讲中包含了一些最常被引用的雄辩短语。这些短语已经被收录在引语和谚语词典中。总统是针对各种各样的听众，必须在自己的言论中找到一个共同点，使得他们的演讲无论是在美国还是在全世界，都会尽可能多地得到理解和赞赏。在著名的《政治理论》杂志上，有一篇关于"谚语""实践智慧""行动语言：超越伟大理论"的启发性文章。政治科学家雷·尼克尔斯（Ray Nichols）指出，政治表达必须以"实践智慧""实践知识""实践理性"和"实践判断"为特征。用这种引人注目的短语或谚语表达展示智慧的常识无疑增加了总统言论的沟通与感情素质。在就职演说中尤其要注意及时性和永恒性，一个令人难忘的短语或传统谚语代表了人们的价值体系、心态以及众所周知的智慧。当然，所有这些都必须有一个前提，就像谚语所说的"凡事适度""凡事不过量"，这同样适用于在就职演说中如何使用谚语。但是，经常性地以谚语来表达民间智慧显然不会造成任何损害，因为一些美国总统的优秀就职演说已经很清楚地表明了这一点。在适当的时机使用谚语不会妨碍政治辞令的呼吁效果。

引用文献

Adler, Bill, ed. 1996. *The Uncommon Wisdom of Ronald Reagan: A Portrait in His Own Words.* Boston: Little, Brown and Company.

Ayres, Alex, ed. 1996. *The Wit and Wisdom of Eleanor Roosevelt.* New York: Meridian.

Barnes, James A. 2001. *Striking the Right Notes* (for the Inauguration Speech), *National Journal*, no. 2 (January 13). 110: 122.

Bartlett, John. 1992. *Familiar Quotations*, ed. Justin Kaplan. 16th ed. Boston: Little, Brown and Company.

Basler, Roy P. ed. 1953. *The Collected Works of Abraham Lincoln*. 8 vols. New Brunswick, New Jersey: Rutgers University Press.

Boller, Paul F. 1967. *Quotemanship: The Use and Abuse of Quotations for Polemical and Other Purposes*. Dallas, Texas: Southern Methodist University Press.

Bradley, Bert E. 1983. *Jefferson and Reagan: The Rhetoric of Two Inaugurals*, The Southern Speech Communication Journal, 48: 119 – 136.

Bruni, Frank and David E. Sanger. 2001. *Unity is a Theme: In Inaugural Speech, He (George W. Bush) Asks Citizens to Seek'a Common Good*. The New York Times, January, 21: 1, 14.

Büchmann, Georg. 1995. *Geflügelte Worte*, ed. Winfried Hofmann. 40th ed. Berlin: Ullstein.

Burrell, Brian. 1997. *The Words We Live By: The Creed, Mottoes, and Pledges that Have Shaped America*. New York: The Free Press, pp. 13 – 27.

Campbell, Karlyn K. and Kathleen H. Jamieson. 1990. *Deeds Done in Words: Presidential Rhetoric and the Genres of Governance*. Chicago: University of Chicago Press.

—. 1985. *Inaugurating the Presidency*, Presidential Studies Quarterly, 15 (1985): 394 – 411.

Cassell, Clark, ed. 1984. *President Reagan's Quotations*. Washington, D. C.: Braddock Publications.

Corbett, Edward P, J. 1965. *Analysis of the Style of John E. Kennedy's Inaugural Address. Classical Rhetoric for the Modern Student*, ed. Edward PJ. Corbett. New York: Oxford University Press, pp. 508 – 518.

Donskov, Andrew. 1998. Tolstoy's Use of Proverbs, in *The Power of Darkness*, Kevin J. McKenna, ed., *Proverbs in Russian Literature: From Catherine The Great to Alexander Solzhenitsyn*. Burlington, Vermont: The University of Vermont, 61: 74.

Dundes, Alan. 1969. *Thinking Ahead: A Folkloristic Reflection of the Future Orientation in American Worldview*, Anthropological Quarterly, 42: 53 – 72.

Forrest, Rex. 1940. *Irving and "The Almighty Dollar"*, American Speech, 15: 443 – 444.

Fournier, Ron. 2001. *Bush Pledges Reconciliation: Gore Concedes Race; Transition Period Begins*, The Burlington Free Press, December 14: 1.

Frost, Elizabeth, ed. 1988. *The Bully Pulpit: Quotations from America's Presidents*. New York: Facts on File Publications.

Harnsberger, Caroline T. , ed. 1964. *Treasury of Presidential Quotations.* Chicago: Follett.

Harris, Barbara Ann. 1970. *The Inaugural of Richard Milhous Nixon: A Reply to Robert L. Scott, Western Speech*, 34: 231 – 234.

Henneberger, Melinda. 2001. In His Address, Bush Lingers on a Promise to Care, *The New York Times*, January 21: 14.

Hertzler, J. O. 1933 – 1934. *On Golden Rules, The International Journal of Ethics*, 44: 418 – 436.

Hunt, John Gabriel, ed. 1997. *The Inaugural Addresses of the Presidents.* New York: Gramercy Books.

Jay, Antony, ed. 1996. *The Oxford Dictionary of Political Quotations.* Oxford: Oxford University Press John F. Kennedy's Inaugural Address, 1961. The New Yorker (February 4): 23 – 24.

La Rosa, Ralph Charles. 1976. *Necessary Truths: The Poetics of Emerson's Proverbs.* In George Eliot, De Quincey, and Emerson, ed. Eric Rothstein. Madison: University of Wisconsin Press, pp. 129 – 192.

Lewis, Edward and Richard Rhodes, eds. 1967. *John E. Kennedy: Words to Remember.* Kansas City, Missouri: Hallmark Cards.

Lott, Davis Newton, ed, 1961. *The Inaugural Addresses of The American Presidents from Washington to Kennedy.* New York: Holt, Rinehart and Winston.

Meichsner, Irene. 1983. "Die Logik von Gemeinpläitzen. Vorgeführt an Steuermannstopos und Schiffsmetapher". Bonn: Bouvier.

Meyer, Sam. 1982. *The John F. Kennedy Inauguration Speech: Function and Importance of Its "Address System", Rhetoric Society Quarterly*: 12, pp. 239 – 250.

Mieder, Wolfgang. 1989. *American Proverbs: A Study of Texts and Contexts.* Bern: Peter Lang.

—. 1990. *Not by Bread Alone: Proverbs of the Bible.* Shelburne, Vermont: New England Press.

—. 1993. *Proverbs in Nazi Germany: The Promulgation of Anti-Semitism and Stereotypes Through Folklore.* In Wolfgang Mieder, *Proverbs Are Never Out of Season: Popular Wisdom in the Modern Age.* New York: Oxford University Press, pp. 225 – 255.

—. 1997. *The Politics of Proverbs: From Traditional Wisdom to Proverbial Stereotypes.* Madison, Wisconsin: University of Wisconsin Press.

—. 1998. "*A House Divided*": *From Biblical Proverb to Lincoln and Beyond*. Burlington, Vermont: University of Vermont.

—. 2000. *The Proverbial Abraham Lincoln*: *An Index to Proverbs in the Works of Abraham Lincoln*. New York: Peter Lang.

—. 2001. "*No Struggle, No Progress*"? *Frederick Douglass's Proverbial Rhetoric in His Fight for Civil Rights*. New York: Peter Lang.

Mieder, Wolfgang and George B. Bryan. 1995. *The Proverbial Winston S. Churchill*: *An Index to Proverbs in the Works of Sir Winston Churchill*. Westport, Connecticut: Greenwood Press.

—. 1996. *Proverbs in World Literature*: *A Bibliography*. New York: Peter Lang.

—. 1997. *The Proverbial Harry S. Truman*: *An Index to Proverbs in the Works of Harry S. Truman*. New York: Peter Lang.

Mieder, Wolfgang, Stewart A. Kingsbury, and Kelsie B. Harder, eds. 1992. *A Dictionary of American Proverbs*. New York: Oxford University Press.

Miller, Donald L., ed. 1989. *From George⋯to George*: *200 Years of Presidential Quotaons*. Washington, DC: Braddock Communications.

Miller, Edd and Jesse J. Villarreal. 1945. *The Use of Clichés by Four Contemporary Speakers (Winston Churchill, Anthony Eden, Franklin Roosevelt, and Henry Wallace)*, Quarterly Journal of Speech, 31: 151 – 155.

Nichols, Ray. 1996. Maxims, "*Practical Wisdom*", and the Language of Action, Political Theory, 24: 687 – 705.

Phifer, Gregg. 1983. *Two Inaugurals (Jefferson and Reagan)*: *A Second Look*, The Southern Speech Communication Journal, 48: 378 – 385.

President: "*I ask You to Be Citizens*", 2001. The New York Times. (January 21): 12 – 13. Reaver, J. Russell. 1967. *Thoreau's Ways with Proverbs*, American Transcendental Quarterly, 1: 2 – 7.

Rees, Nigel. 1995. *Phrases and Sayings*. London: Bloomsbury.

Reiner, Hans, 1948. "Die 'Goldene Regel'": Die Bedeutung ciner sittlichen Grundformel der Menschheit", "Zeitschrift für philosophishe Forschung", 3: 74 – 105.

Scott, Robert L. 1970. *Rhetoric that Postures*: *An Intrinsic Reading of Richard M. Nixon's Inaugural Address*, Western Speech, 34: 46 – 52.

Soliva, Claudio. 1964. "Ein Bibelwort (die 'Goldene Regel') in Geschichte und Recht", Unser Weg: Werkblatt der Schweizerischern Weggefäbrtinnen, no volume given, pp.

51 – 57.

Solomon, Burt. 2001. *Inaugural Auguries*, *National Journal*, no. 2 January 13, pp. 84 – 90.

Stevenson, Burton. 1948. *The Home Book of Proverbs, Maxims, and Famous Phrases*. New York: Macmillan. 1506 (no. 1).

——, 1949. The*Home Book of Bible Quotations*. New York: Harper & Brothers.

Taylor, E. and Lois F. Parks, eds. 1965. *Memorable Quotations of Franklin D. Roosevelt*. New York: Thomas Y. Crowell.

Templeton, John Marks. 1997. *Worldwide Laws of Life*. Philadelphia: Templeton Foundation Press.

Wills, Garry. 1992. *Lincoln at Gettysburg: The Words that Remade America*. New York: Touchstone.

Wolfarth, Donald L. 1961. *John E. Kennedy in the Tradition of Inaugural Speeches*, The Quarterly Journal of Speech, 47: 124 – 132.

同舟共济：丘吉尔与罗斯福通信中的谚语运用

【编译者按】本文（We Are All in the Same Boat Now：Proverbial Discourse in the Churchill-Roosevelt Correspondence）选自作者2005年出版的专著《谚语是最好的处世之道：民间智慧和美国政治》（*Proverbs are the Best Policy*：*Folk Wisdom and American Politics.* Logan：Utah State University Press，2005，187 – 209，284 – 287）。作者通过对两位历史人物在特定历史背景下的谚语使用，分析了谚语使用者的个人背景、使用场合以及政治、社会影响。这样的研究不仅有助于对历史人物的深入了解，而且也为理解特定历史事件提供了极有价值的背景分析。

在丘吉尔六卷本的第二次世界大战个人历史《丘吉尔——罗斯福书信录》中有一则谚语——"同舟共济"①，记述了1942年6月中旬他第二次访问华盛顿时，富兰克林·罗斯福总统和乔治·马歇尔将军在会晤中同意为英国武装部队提供迫切需要的坦克和枪支。多年后，丘吉尔仍然为这种慷慨和慈善的行动深深感动。这个事例表明，战争年代美国与英国之间存在着密切的友谊。谚语所蕴含的传统智慧在更加综合的层面上得到体认，用以表现无比诚挚的友谊。这种友谊将这两位杰出的世界领导人团结在一起，抗击他们在欧洲和亚洲的共同敌人。

他们在电话会议和几次高级别会议上表达了彼此的友谊，可惜这些

---

① 温斯顿·丘吉尔：《第二次世界大战》（6卷本），伦敦：卡塞尔，1951年，卷4，S. 344。

口头交流并没有记录下来。他们之间频繁密切的往来证明了两位领导人在1939年至1945年之间的特殊关系，他们几乎每天都要交换至少1份电报、备忘录或信件。6年间丘吉尔和罗斯福分别发送了1161条和788条消息。沃伦·金博尔在《丘吉尔和罗斯福：通信全函》（1984）三大卷书中汇集了这些宝贵的历史记录。这套书生动地显示出两人的交流和修辞能力。由于这些信件十分私密，仅与非常亲密的家庭成员和顾问共享，因此它们更能反映出"双方都在努力创造和保持坦率、友好和非正式的氛围"（I，3）①。当他们准备交流时（主要是罗斯福），会添加有关私人事务的随意评论，使信件或其中的至少一部分带有非正式的气息，有时甚至是一些口语或者口头禅。

关于这种友谊的论述和报道很多，许多传记都记载了相关历史事实，有时还加入了虚构故事。也有一些长篇累牍的研究涉及他们之间的特殊关系②，如基思·阿德里特的《最伟大的朋友：富兰克林·罗斯福和温斯顿·丘吉尔》（1995），乔恩·马查姆的《富兰克林和温斯顿：史诗般的友谊的亲密画像》（2003）。这些书描述和分析了他们的友谊，又没有过分夸大他们彼此的"友爱"。毕竟，丘吉尔需要依靠罗斯福和美国军队，不得不更频繁地服从罗斯福的特质，而罗斯福也不得不忍受丘吉尔固执的性格。随着战争的进行，罗斯福意识到世界将被美国和苏联分割，丘吉尔感到自己像是罗斯福和斯大林之间的第三者，代表了衰落的大英帝国。这让人们想起那句谚语"两人结伴，三人不欢"，但它没有出现在两位世界领导人之间。

两位世界领导人传奇般的能力

丘吉尔和罗斯福竭尽全力保持友好的关系，每当他们之间出现"爱

---

① 沃伦·金博尔：《罗斯福与丘吉尔：通讯全函》（三卷本），新泽西州普林斯顿：普林斯顿大学出版社1984年版。文中所有涉及的卷数和页码在括号中标识。

② 见《罗斯福和丘吉尔：1939—1941拯救西方的伙伴关系》，纽约：诺顿，1976年；基思·塞恩斯伯里：《战争中的丘吉尔和罗斯福——他们打的战争与希望实现的和平》，纽约：纽约大学出版社1994年版；大卫·斯塔福德：《罗斯福和丘吉尔：神秘男人》，纽约·伍德斯托克：俯瞰出版社2000年版。

人间的争吵"，他们都在与共同的敌人作战时小心翼翼地做出弥补。他们是伟大的演说家和有远见的国家设计师，他们总是找到正确的语气和言语来医治权力政治游戏所造成的伤口。由于他们都着眼长远，他们的友谊才得以幸存，并实现了击败轴心国的共同目标。罗斯福在第二次世界大战最激烈的时候，很清楚地想到了他的朋友温斯顿·丘吉尔。他在 1945 年 1 月 20 日第四次就职演说中提到了以下几点："我们不可能孤立而和平地生活，我们自己的福祉取决于遥远的其他国家的福祉。我们已经知道，我们必须像人一样生活，而不是像鸵鸟一样，也不是像马槽里的狗那样生活。我们已经学到一个很质朴的真理，正如爱默生所说，'交朋友唯一的方法就是自己够朋友'。"[1] 谚语"做鸵鸟"和"成为马槽里的狗"表达的隐喻是对罗斯福的论点——美国不能对世界大事视而不见，也不能退缩到孤立主义——更加富有表现力的陈述。与此相呼应，又如拉尔夫·爱默生关于友谊的文章（1841）所引用的那样，美国必须成为所有自由国家的朋友，这早已成为谚语。[2]

现在我们把注意力从政治家的英勇行为转向他们杰出的修辞能力。丘吉尔和罗斯福都发表过一些简明扼要的声明，这些声明不是谚语的一部分，但已然成为英语语言中很有说服力的话语。我们马上想到两个著名的例子：1933 年 3 月 4 日，罗斯福在就职演说中说道："我们唯一恐惧的就是恐惧本身。"[3] 从此，美国人民团结起来接受他的新政，正是这些政策使美国摆脱灾难性的萧条。1940 年 5 月 13 日，丘吉尔发表了"除了献出我的鲜血、辛劳、眼泪和汗水，我别无所求"[4] 的言论，使下议院和整个英国为之振奋，英国人民成为反对纳粹德国的坚强后盾。特别是丘

---

[1] 见约翰·加布里埃尔·亨特《总统就职演说》，纽约：格拉姆西书社 1997 年版，第 396 页。

[2] 见沃尔夫冈·米德、斯图尔特·金斯伯里和凯西·哈德《美国谚语词典》，纽约：牛津大学出版社 1992 年版，第 239 页。

[3] 有关此演讲的各种分析，见哈尔福德·R. 赖恩《富兰克林·罗斯福总统与修辞艺术》，康涅狄格州韦斯特波特：格林伍德出版社 1988 年版，第 76—78 页；《罗斯福（FDR）和恐惧：第一次就职演说》，得克萨斯大学学院：得克萨斯农工大学出版社，2002 年。

[4] 有关这则著名的短语的讨论，见理查德·克鲁姆《血汗和眼泪》，《古典杂志》，42 卷，1947 年，第 299—300 页；沃尔夫冈·米德《谚语政治学：从传统智慧到谚语的刻板印象》，威斯康星州麦迪逊市：威斯康星大学出版社 1997 年版，第 53—55 页。

吉尔，他的"短语创造者"能力以及他将英语作为一种有效的修辞武器的兴趣得到充分体现。实际上，有关他运用谚语修辞的倾向，已经有了相当详细的研究①。罗斯福在公开演讲及新闻发布会上，特别是在他著名的"炉火旁闲聊"期间非常重视口语技巧，这个现象已经受到关注，但他们对谚语和谚语表达的偏爱迄今为止完全未被注意到。仅有简短的研究提到丘吉尔和罗斯福"陈词滥调的运用"，并没有文字示例，甚至没有提及谚语。

更糟的是，几乎没有研究关注到两个语言巨人的信件风格。信件作为文本语料库尚未受到语言研究人员的足够重视。令人惊讶的是，精心挑选丘吉尔和罗斯福书信的编辑在其内容丰富的引言中对这些重要信件的修辞本质只字未提（I，3－20）。这两个人都是敏锐的语言观察者和实践者。丘吉尔于1953年获得诺贝尔文学奖，这显然是对他语言能力的充分认可。两位政治领袖尽管接受过优质的大学教育，具有享受特权的家庭背景，但他们深知需要找到一种语言，以便将自己的想法清楚而明确地与普通民众联系起来。与这两个民主国家的群众进行交流的浓厚兴趣使他们撰写并发表演讲（罗斯福得到了能力很强的演讲作家的帮助），这些演讲可以触动广大民众。

谚语式表达或俗语和谚语无疑是普通语言学基础的一部分，这种谚语被运用到了他们有关战争的秘密信件当中。尽管许多信件都有谈论战争中务实事项的段落，但总有个人发挥的空间可以强调情感状态，从沮丧、失望到表达感恩和友谊。俗语和谚语的口语性被用于这些紧张或欢乐的段落，使他们的信件包含了深深的情感和温暖。这两个朋友在谚语上进行了一场默默的比拼，丘吉尔在他的1161封信件、消息和电报中使用了238条谚语（平均每4.88封书信使用1则谚语），罗斯福在他的788封书信中使用了206个短语（平均每4.86封书信使用1则谚语）。谚语使用频率可能不算高，有些信件只有一两行，较长的文件通常由事实表述组成程序性的或计划性的文件。尽管如此，对两位卓越的政治家、令

---

① 见沃尔夫冈·米德和乔治·布莱恩《谚语温斯顿》。温斯顿·丘吉尔爵士作品中的谚语索引，韦斯特波特，康涅狄格州：格林伍德出版社1995年版；《谚语的政治学》，第39—66页。

人敬佩的人、特殊的朋友非凡的来往信件中所使用的谚语进行仔细分析，会发现在那个困难重重的年代，这些色彩斑斓的隐喻和民间智慧的点点滴滴为他们的交流增添了价值。

二人同心——个人感动

罗斯福于 1939 年 9 月 11 日，即第二次世界大战开始后不久，与丘吉尔取得了联系，为他们之间多年的支持和友谊奠定了基础，特别是对建立强大而必要的反纳粹的联盟。

因为您和我在第二次世界大战中担任过相似的职位，所以希望您知道我很高兴您再次回到海军部。我知道，您的境况因新因素而变得复杂，但本质并没有太大不同。我希望您和您的助手知道：您可以和我保持私人联系，包括您想知道的任何事情，我将随时欢迎。您随时可以通过您的邮袋或我的邮袋发送密封信件。（Ⅰ，24）

两个人都曾在各自的海军中生活过，有助于他们成为斗争中的同志。随着时间的流逝，他们显然对信件中使用航海用语感到高兴。就当时而言，他们满足于俗称的"保持联系"，但也希望亲自见面。正如罗斯福在 1940 年 2 月 1 日提到的那样："我非常希望能与您见面谈谈，非常感谢您与我保持联系，我也会与您保持联系。"（Ⅰ，34）当然，丘吉尔孤军奋战已经面临很多风险，而美国仍然奉行某种孤立主义路线。丘吉尔很想吸引美国成为盟友，于是在 1940 年 11 月 6 日使用一些有隐含意味的谚语（"公平竞争"和"危在旦夕"），来暗示新当选的总统需要密切关注他的国家对受威胁的自由世界的责任："我感到您不会介意我为您的成功所做的这番祈祷，对此我表示由衷的感谢。但这并不意味着我要寻求或希望您对两国现在必须对履行各自职责的世界问题作出充分公正和自由的想法。我们现在正经历着一场显然是旷日持久并不断扩大的战争的沉闷阶段，我期待着能够与您交流任何想法，因为自从战争突发，我担任海军部长以来，我们彼此之间的信心和善意在不断地增强。"（Ⅰ，81；1944 年 11 月 8 日重复 ［Ⅲ，383］）这是间接通过谚语来恳求罗斯福在不参战的

同时也要尽最大努力。罗斯福在1941年5月1日鼓励他陷入困境的朋友，只说了句"你干得很好"！（I，180）

美国参战后，丘吉尔在1942年1月30日给他的远方朋友写了两行字的生日信，展示了政治和家庭事务如何增进牢固的人际关系："这天会有很多快乐的回报，也可能会在您的下一个生日看到我们在前进的道路上走了很长一段路。请向罗斯福夫人致以最诚挚的问候。"（I，335）一天后，罗斯福以感人的宣言回应了他们的友谊："非常感谢您的来信，很荣幸与您同处10年。"（I，337）大约6周后，1942年3月18日，罗斯福选择了谚语"从某人的书中摘取叶子"这种非常个人的方式提醒他的朋友照顾好自己。

> 我知道您会保持乐观的态度和强大的推动力，我知道您不介意我告诉您，您应该从我的笔记本上拿走一片叶子。每月一次，我去海德公园4天，钻进防空洞。仅在发生非常重要的事情时我才会接到电话。我希望您能尝试一下，砌一些砖或画另一幅画。（I，422）

当富兰克林与妻子埃莉诺（Eleanor）于1942年10月对英国进行友好访问时，他们一起发了一封简短的信，开头是"我拜托了我的夫人，与您和夫人友好相处。我知道我们的另一半会很合拍"（1942年10月19日；I，633）。除了对谚语短语的双重使用外，罗斯福还用了另一个谚语隐喻来结束他的简短笔记，表明他和丘吉尔在媒体上也面临着类似的担忧："我去西海岸的旅程很值，人们都很好，不是报社老板说的那样。您也有同样头痛的事。"（I，633）

这些简短的便笺通常用谚语来表达与总统或总理相似的处境，给他们以个人和情感上的触动。丘吉尔在1943年7月31日写的关于意大利战役中英美政策的简信正是这样："我没有时间咨询我的同事，但毫无疑问，修改后的联合草案完美和谐，表达了我们两国政府对将要实行的政策的想法（在意大利投降的情况下）。""二人同心"（II，367）也有幽默感，例如丘吉尔1944年5月1日发给罗斯福一封感谢信，同时把自画像送给了罗斯福。"亲爱的富兰克林，您最近给我发的那张自画像我非常喜欢，我把它挂在我的卧室里，'礼尚往来'嘛，我希望您能接受我这一幅，对我来说这幅画有点自夸。希望你像我喜欢你的自画像一样喜欢它吧！您永远的朋友，温斯顿·史密斯·丘吉尔。"（Ⅲ，120）丘吉尔在1944年5月28日的一封信中还使用了一些有幽默感的谚语，试图说服他的朋友参加一次重要的战略会议："丘吉尔博士告诉您，在您的这艘伟大的新战舰中航行将会好运无尽。"（Ⅲ，149）罗斯福显然很喜欢以这种轻松的交流来消弭战争局势的严重性，这可以从第二天他的回应中看出："我非常愿意接受丘吉尔博士的建议，使您向着自己的方向航行，而且我希望继续航行下去。"（Ⅲ，151）

丘吉尔坚持不懈地举行会议，包括他们的盟友约瑟夫·斯大林（被他们称作乔叔叔）。在1944年7月16日的信中，他甚至告诉罗斯福，众所周知，他完全掌握在他手中，即完全依赖罗斯福的善意："我们什么时候见面？在哪里见面？我们必须尽快见面，这是肯定的。乔叔叔也来就更好了。我完全在你手中。我要勇敢地向华盛顿或阿拉斯加的蚊子记者们致敬！"（Ⅲ，249）"三巨头"的会议最终于1945年2月4日至11日在雅尔塔举行，正是在这里罗斯福公开漠视丘吉尔，同时试图与斯大林建立关系。诚然，战后的世界政治中斯大林将成为罗斯福的一个更重要的伙伴，远远超过衰落的大英帝国的丘吉尔。丘吉尔显然受到了伤害，可以原谅（但不能忘记）。在1945年3月17日的信中，按照以前惯用的"首相给罗斯福总统的信"开头，最后以他的第一个名字温斯顿署名。他的书信再次表明，他们的友谊曾经并且将继续。谚语的说法是"可以帮助自由世界重新站起来的岩石"。

我希望我必须发送给您的许多电报在各种棘手和纠缠的事务中不会给您带来麻烦。只要我是建设者之一，我们的友谊就是我为世界未来而建设的基石。……我记得我们的个人关系在世界发展中所发挥的作用，目前已接近第一个军事目标。……按照我们的条件，与德国和日本实现和平不会给您和我带来很多休息（如果我仍然负责）。巨人的战争结束了，侏儒的战争即将开始。我们要帮助一个破破烂烂、衣衫褴褛和饥饿的世界站起来：乔叔叔或他的继任者将对我们俩都想这样做的方式说些什么？（Ⅲ，574）

丘吉尔总是前瞻性地看问题、铺道路，在他的老朋友罗斯福 1945 年 4 月 12 日去世之前不断地修正问题。由于欧洲的"铁幕"倒塌和冷战爆发，丘吉尔继续为民主而战。

越早越好——众所周知的计划

丘吉尔和罗斯福之间的友谊，部分基于为实现同一目标而共同努力的必要性。罗斯福总统在 1942 年 12 月 25 日将这封短信发送给伦敦时肯定是对的："罗斯福寄给丘吉尔热情的圣诞节问候。过去的团队合作非常出色。"（Ⅱ，88）为了使这个庞大的工作团队取得成功，有必要"采取、维持相同的路线"，彼此"步调一致"。这些并非特别隐喻的短语在整个书信中都充当主语，使两个人用口语化的方式提醒彼此，联合的思路在战争策略中有多么重要："我们应该采取相同的思路，尽管我们措辞不完全相同"（Churchill，1944 年 10 月 14 日；Ⅲ，356）；"我今天将以下内容寄给斯大林。您会看到我们'步调一致'"（Roosevelt，1944 年 12 月 30 日；Ⅲ，482）；"我为我们能走上如此完美的合作道路而感到高兴"（Churchill，1945 年 4 月 1 日；Ⅲ，602）；"请告诉我您认为应该如何处理此事，以便我们'步调一致'"（1945 年 4 月 11 日；Ⅲ，624）。

"有风险"和"高风险"两词也反复出现，他们用通俗易懂的语言告诉彼此各种任务有多么重要："您是否认为，如果（被新闻界）泄露减少，也许对我们双方都是有益的，在将来更多的危急关头，可以避免再次发生这类事。"（Roosevelt，1943 年 10 月 4 日；Ⅱ，491）。"双方的赌注都很高，悬念是长期的，我相信我们一定会赢"（Churchill，1944 年 3 月 4 日；Ⅲ，18）。对于非常依赖美国帮助的丘吉尔来说，反复使用谚语"弥合差距"具有特殊的紧迫感，正如他要求的那样："眼前的需求是：首先，借用 40 或 50 艘您的旧驱逐舰，以弥合我们现在所拥有的与战争初期投入的大型新设施之间的差距。"（1940 年 5 月 15 日；Ⅰ，37）非比喻性质的谚语"越早越好"很好地表达了对大西洋两岸援助和行动的即时性理解，这给他们的陈述增添了一些说服力："在我看来，根据您最近的电报，（讨论俄罗斯的供应需求）越早到达，对莫斯科就越好。"（Roosevelt，1941 年 9 月 8 日；Ⅰ，240）"极好（丘吉尔计划访问美国）。越快越好，包括接待者的妻子"（Roosevelt，1942年6月10日；Ⅰ，508）；后来有人建议在卡萨布兰卡举行另一次会议时，丘吉尔立即作出了有力回应："是的，当然。越早越好。我很放心。这是唯一要做的事情。"（1942年12月21日；Ⅱ，86）第二年，当丘吉尔同意前往华盛顿时，罗斯福还依靠了这个相当俗用的谚语："我真的很高兴你来。我最衷心地同意我们要立即解决一些重要的事务。越早越好。"（Roosevelt，1943年5月2日；Ⅱ，206）

首相和总统自然而然地用一种比喻性的措辞"（打开）锁死的锁"——"to be at (break) a deadlock"来形容小车上的制动器被锁死的形象，这是指谈判陷入僵局或面临显然无法解决的问题。考虑到两人在执行各种计划和行动时面临的巨大挑战，这个过度使用的英语短语具有紧迫的含义，不过这只是陈词滥调："我一直很关切就海军和陆军达成协议方面的拖延问题——空军基地（在英国）。确实，谈判似乎在许多相当重要的方面陷入僵局。"（Roosevelt，1941年2月25日；Ⅰ，138）"在我看来，（俄罗斯战线）的局势变化如此之快，我们应该采取行动，在1周左右的时间里采取行动打破僵局，这是我们应该做的，"（1942年12月3日；Ⅱ，59）；"我们绝不能让这场伟大的意大利战争沦为僵局"（Churchill，1943年10月26日；Ⅱ，563）。丘吉尔甚至不愿派代表与俄国人进行讨论："我不赞成派遣军事代表前往莫斯科。它只会导致僵局并打乱计划。"（1942年12月3日；Ⅱ，55）。罗斯福很可能难以理解英国谚语"打乱计划"（to queer the pitch）是预先筹谋使他人丧失机会的意思。"力度"表示活动的程度，而"反常的"可能会"打扰"或破坏整个事件。无论如何，值得注意的是丘吉尔如何通过有点异国情调的英国表达法非常机智地强化了他的"僵局"隐喻。无疑，他的朋友富兰克林在看到丘吉尔使用"力量的环行"（模仿"法国自行车的环行"的用法）会感到"反常"或怪异。

正如所料，在许多情况下丘吉尔和罗斯福都采用了更加丰富多彩的谚语表达和谚语比较。例如，丘吉尔在1941年3月10日给他的美国朋友的贺词中，颠倒了"小题大做"这一短语："（在英格兰）将山脉改成鼠山，但即使如此，鼠山仍有待处置；我希望星期一能给您发送电报，剩下的很少，有待清理；如果可以的话，'请伸出援助之手'。"（Ⅰ，145）。

当然，罗斯福非常乐意尽其所能地提供帮助，他说"我们可能仍会火中取栗"（1941年5月14日；Ⅰ,187），这是一个和盟友执行困难任务的完美比喻。在谈到他对增加飞机产量的承诺时，罗斯福写道："我们不会让草在我们脚下长高。"（做事不能拖延）（1942年10月19日；Ⅰ,633）他以非常生动的比喻强调了他的诺言。在商船生产与军方护卫舰生产之间找到最佳关系也是众所周知的头痛事，"我们永远不会满足于对商船与护航船的需求，在这种情况下，相信我们应该尝试吃饼"（1942年11月20日；Ⅱ,44）。"既想吃掉饼，又想让饼常在"这句话表明，罗斯福意识到他期望过高的事实。换句话说，他将问题搁置一旁。不幸的是，他对令人烦恼的波兰人也做了一些事情。丘吉尔很早就意识到斯大林有意控制波兰，但罗斯福以两种恰当的谚语表示反对："我仍然认为，（波兰）未来的政府以及边界之类的问题可以先搁置起来，直到我们对此有更多了解。这符合我的普遍思想，即在到达桥之前，我们不应该过桥。"（1944年3月16日；Ⅲ,48）显然，罗斯福总统在此使用谚语作为当时不采取行动的方便、现成的合理化解释。关于法国及其战争结束后的未来，罗斯福选择了一个生动的比喻来告诉丘吉尔，法国从长远来看将是他的问题："我绝对不愿意向法国以及意大利和巴尔干地区派遣警察。毕竟，法国是您的宝贝，并且会采取很多护理措施，以使其独自行走。对于我来说，要在法国留住我的军队或管理人员将非常困难。"

出色的设计师丘吉尔完全能够与罗斯福经常使用的谚语短语相匹配，从而使他的信息具有一定的对话风格。除了罗斯福之外，他还将表达性谚语纳入他的解释性评论。例如："与此同时，对ROUNDUP的所有操作（1943年从英格兰入侵西欧计划的代号）应该全面进行，因此控制与英格兰相对的最大敌军。在我看来，所有这一切都和中午一样清晰"（1942年7月14日；Ⅰ,529）；"刚刚从相当远的距离观看袭击（对法国南部的入侵）回来。这里的一切似乎都像发条一样运转，到目前为止，没有人员伤亡"（1944年8月16日；Ⅲ,278）；"非常明显，他的战术是将（与波兰打交道）拖下去"（1945年3月27日；Ⅲ,587）。在谈到其他各种问题时，丘吉尔还给他的朋友富兰克林写了一句谚语："无论如何，我希望你能把这些云赶走（chase these clouds away）。"1943年8月25日；Ⅱ,436）他提到以自我为中心的戴高乐有点合理，恰当地谈到了这位将军以前希望进行法国利益"一个人表演"的愿望："我对他（戴高乐）越来越被（民族解放）委员会牵制和驯服感到满意，这样就不再有单人表演的危险。"（1944 年 1 月 30 日；II，693）丘吉尔非常恰当地在"登陆日"的时间用上"赌博"一词，并强调其中涉及的令人难以置信的危险因素："我每个周末都去看军队在这里做准备，我拜访了你最好的一些军团。更惊人的是已经准备好的所有军用设施。天气是一场赌博，我充满希望。"（1944 年 5 月 25 日；III，143）众所周知的赌博与诺曼底海滩上的大规模登陆合作，标志着消灭第三帝国的战争真正开始。

驾驭风暴的舵手——海军习语

两位前海军行政官在使用海军俗语达成相互理解方面都没有任何问题。许多学者评论了他们偏爱一般情境和航海情境中的军事隐喻，并在所有口头和书面交流方式中普遍加深了战争情境。但就罗斯福的研究而言，似乎他们的作者从未听说过谚语或谚语式表达。这些文体名称无处可寻，且只有很少为隐喻列举的例子，甚至没有提及双方海军人员丰富的谚语语言。丘吉尔和罗斯福非常清楚自己在海军中的早期工作，丘吉尔在信中经常称自己为"前海军人员"，罗斯福曾评论道："作为海军人员，您和我完全了解舰队的重要力量和海军指挥权，从长远来看意味着民主的挽救和那些暂时遭受挫折的人的恢复。"（1940 年 6 月 14 日）当然，在众所周知的"长远发展"中，他们确实是作为各自"国家之船"的船长[①]。罗斯福于 1941 年 1 月 20 日在信封上署有"致某海军人员"的一封信中，引用亨利·朗费罗的诗作《造船》给他亲爱的同志。

> 我认为这段诗对您和我们一样适用：
> "风帆，国家之舰！起航，哦，联盟强大而伟大。

---

① 关于这一共同的政治主题，见艾琳·梅希斯纳："Die Logik von Gemeinplätzen. Vorgeführt an Steuermannstopos und Schiffsmetapher"（Bonn：Bouvier，1983 年）；凯文·麦肯纳：《国家漂泊：20 世纪 90 年代在普拉达政治漫画中的"俄罗斯船"》，《谣谚》2003 年第 20 卷，第 237—258 页。

人类充满恐惧充满未来的希望，
正为你的命运而喘不过气来。"（Ⅰ，131）

大约4个星期后，罗斯福采用谚语"顶潮航行"（to stem the tide）告诉前海军人士丘吉尔，英国在希腊的战争努力确实产生了影响。通过选择一种海军表达方式，他肯定会让他的朋友知道他在这场斗争中付出了多少努力："我认为在美国，贵国为遏制希腊的潮流所做的努力是值得的""您在那里战斗的行动一定大大削弱了轴心"（1941年5月10日；Ⅰ，184）。大约1周后，丘吉尔使用了谚语"逆水行舟"（to swim against the stream）来反思大西洋上失去的船只以及建造新船的困难："那我们要到哪里去？只是让时间与水流齐头并进。"（1941年5月19日；Ⅰ，190）

罗斯福还以"当舵手"的谚语表达来吸引丘吉尔的注意，即乘船穿越大西洋的风险："我的一个保留意见是对您的巨大个人风险——相信应该对此谨慎考虑。帝国需要您掌控，我们也需要您。"（1941年12月10日；Ⅰ，286）丘吉尔知道罗斯福会理解他的隐喻，因此认为最好也将诺曼底登陆的最后日期传达为海军措辞："您将看到所有计划都与X日期有关，1944年5月中旬的时间表，如果我认为Y日期（1944年6月）越来越普遍，那么有很多绳索要转向和拖拉。"（1944年1月8日；Ⅱ，657）罗斯福没有写出他的主要顾问哈里·霍普金斯的健康状况有所好转，反而用海军短语"待在甲板上"作为恰当的比喻："哈里被严重的流感袭击后正在缓慢改善。然而，由于他旧的消化系统疾病的复发而使情况变得复杂。我希望他能在1个月后再次上甲板，但这是一项缓慢的工作。"（1944年1月20日；Ⅱ，689）罗斯福曾经向丘吉尔许诺过，因即将到来的1944年6月登陆而无法到达英格兰时，他选择了谚语"坐失良机"（没登上船，即to miss the boat）来表达他的失望："不相信我可以在1个月内摆脱困境。当然，非常失望我暂时不能在英国，也许错过了机会，但最好是在不远的将来，事态没有变得更加明朗之前，不要去旅行。"（1944年5月20日；Ⅲ，139）在未来的事件中，罗斯福举行了第4次总统竞选。罗斯福连任后，对他的朋友心怀感激，称赞丘吉尔非常恰当地利用了"渡过难关"的海上用语。丘吉尔告诉罗斯福他多么高兴，他将继续成为美国国家舰艇的"舵手"："我一直说，可以相信有一个伟大的人站在船舵旁边渡过难关,这对我来说是难以描述的解脱,我们的同志将继续有助于使世界摆脱苦难。"(1944年11月8日;Ⅲ,383)

信件中还有许多其他的用语表达,反映了那个好战的时代。例如:"我们决心为埃及战斗到'最后一英寸和盎司'"(1941年5月3日;Ⅰ,182);"我们希望很快将轰炸的热度转移到意大利"(Churchill,1942年11月13日;Ⅰ,670);"我们必须在各个方面关闭队伍以起诉战争"(Roosevelt,1943年4月30日;Ⅱ,204);"我们正在开发一个项目(将B-29轰炸机从印度和中国运往日本,以对抗日本),可以在明年年初用我们的新型重型轰炸机对太平洋的敌人进行沉重的打击"(Roosevelt,1943年11月10日;Ⅱ,594);"很可能法国的损失会在登陆日当天及以后增加,但在战斗激烈的时候,英美部队的损失会更高。关于这些损失的新比例已经在人们的思想中出现了"(Churchill,1944年5月7日;Ⅲ,123)。

显然,丘吉尔和罗斯福之间最重要的谚语交流发生在1941年12月7日,即日本人袭击珍珠港美国海军基地的那天。罗斯福打电话给丘吉尔告知这次事件,并告诉他第二天他将要求国会对日宣战,丘吉尔也承诺要这样做。5年后,丘吉尔回忆起这段简短的谈话:

> 给罗斯福先生的电话在两三分钟后就接通了。"总统先生,日本到底在做什么?""很显然",他回答,"他们在珍珠港袭击了我们。现在你们和我们得同舟共济……""我又上船了""这无疑简化了一切事情。上帝与你同在",或类似的话。(Ⅰ,281)

随后两天,总统与首相之间的短暂交流证明了他们对使用经典谚语"同舟共济"的回忆。罗斯福在1941年12月8日向国会传达了他的"战争信息",一开始就将这次袭击称为"将在耻辱中度过的日子"。他给丘吉尔写了一封简短的电报:

> 参议院以82票对零票,众议院以388票对1票通过了全面的战争宣言。今天,我们所有人与您和帝国人民同舟共济,这是一艘不会沉的船。(Ⅰ,283)

丘吉尔于12月9日回电，再次用谚语、用最恰当的海军隐喻，表达他们的共同命运和战斗：

> 对于您12月8日的电报，我深表感谢。现在，正如您所说的，我们得"同舟共济"。对我们来说，再召开一次会议最明智不过了。我们可以根据现实和新事实以及生产和分配问题来审查整个战争计划。我觉得所有这些问题，最好是在最高执行官级别解决，其中有一些使我感到担忧的事。我也非常荣幸能再次见到您，越早越好。（I，282 – 284）

罗斯福或丘吉尔是否意识到他们所用的"船"的比喻是古典拉丁谚语（in eadem es navi）的英语翻译，这一点我们不得而知。这个拉丁谚语可追溯到西塞罗（Cicero）在公元前53年的一封信。① 现在最确定的是他们在同一艘船上，他们强而有力的大型战舰及其庞大的战争机器全速前进（Churchill，1942年9月6日；I，592），以取得最终的胜利。在世界历史的决定性时刻之一，谚语表达"同舟共济"为罗斯福和丘吉尔的共同奋斗提供了使用第二多的比喻。因此，这个有说服力的证据证明了谚语确实存在于从陈词滥调到崇高智慧的所有区间。

我们肩并肩——身体俗谚。在丘吉尔和罗斯福的谈论中有很多涉及"身体"的俗语表达，由于身体上的残疾，罗斯福特别注意身体隐喻。他们在传递信息的过程中使用谚语来增加感情，这清晰地告诉我们，这种口语化的语言使他们能够在压力极大的时候表现出自己的感受。这些短语还使领导人有机会生动而易于识别、形象化地表述复杂的问题。当然，必须说罗斯福和丘吉尔很幸运，因为他们都是说英语的人。这些隐喻无疑给翻译人员带来了很多问题，尤其是在与斯大林的会晤中。

丘吉尔使用有关身体的短语的一个很好的例子是在1941年5月17日的那封信中。他在信中向罗斯福报告说，富勒的副手和纳粹主要领导人

---

① 有关这一谚语表达历史的调查，见沃尔夫冈·迈德"Deutsche Redensarten, Sprichwörter und Zitate. Studien zu ihrer Herkunft, Überlieferung und Verwendung"（Wien：Edition Praesens），1995年，第140—159页。

鲁道夫·赫斯曾乘降落伞降落在苏格兰,希望单独谈判,促成英德和解:"但附加条件是希特勒不会与英格兰现任政府进行谈判。这是邀请我们抛弃所有朋友,以暂时保存我们表面完整的邀请。"(I,188)丘吉尔的信件和电报中的其他一些谚语还包括:"我不喜欢这些天的个人压力,我发现我很难集中注意力'一直盯着球'"(1942年2月20日;I,364);"在这场可怕的战争的高峰期,我与你之间的任何严重分歧都会让我'心碎'乃至深深地伤害我们两国"(1942年4月12日;I,449);"我呼吁大西洋两岸的所有爱国人士在任何地方找到'制造恶作剧的人和传播者',并让这台伟大的机器在我们取得成功的最佳条件下参战"(1943年2月11日;Ⅱ,145);"4年前的这个时候,我们的国家和帝国独自面对一个压倒一切的敌人,我们'背水一战'"(1944年6月2日;Ⅲ,158);"你和我为什么不把这个(希腊的问题)掌握在我们手中,考虑我们怎样在这么多事情上'步调一致'"(1944年6月11日;Ⅲ,180)。最后的陈述表明丘吉尔非常愿意将2个有关身体的短语(somatic phrases)结合起来,为他的论点增加某种隐喻的说服力。

罗斯福以类似的理由呼应,总是准备用身体隐喻来表示他陈述中的人为因素,例如在1941年6月17日向他的英国朋友说的简单明了的句子:"我骨子里有独特的感受,那就是所有的情况正在向对我们有利的方向转动。"(I,210)另外一些例子表明,罗斯福一直用鼓励和乐观的态度努力帮助丘吉尔继续前进,丘吉尔也用积极的意志力进行这场斗争:"我希望您在这艰难的几周中保持良好的心态,因为我十分确定您对英国民众充满信心"(1942年2月18日;I,362);"马歇尔将告诉您一切有关我内心和思想的情况"(1942年4月3日;I,441);"我认为莫洛托夫的访问是真正的成功,因为我们已经确立了坦率的立场,并通过口译员获得了良好的友谊"(1942年5月31日;I,503);"我不禁感到上周是整个战争的转折点,现在我们正在肩并肩前进"(1942年7月27日;I,544;另见1943年6月17日;Ⅱ,255);"当您向斯大林发送该信息时,请让我知道,我会立即向他发送类似的信息,但是我确信我们两封信的用语都应使他保持有良好的感受"(1942年10月5日;I,617);"摆脱我们共同的头疼(戴高乐在北非的活动)的最好运气"(1943年6月4日;Ⅱ,230);"我仍然向老天祈祷(保持双手交叉)。我希望乔叔叔会同意我们的意见（关于戴高乐在北非的活动）"（1943年6月24日；Ⅱ，277）；"在这里每天都会出现新的政治局势，到目前为止，通过不断地关注，我还能够'得以喘息'（我的头处于水面上）"。（1944年6月2日；Ⅲ，161）

这些信件和电报使用了大量与身体有关的谚语，它们经常出现在邮件的末尾，从而为之前所讨论的军事或政治问题增添了几分人性化的气息。这些身体隐喻不是"眼药水"（1942年8月14日；Ⅰ，563）或顺口胡说，而是两个伟大盟友间有意义的信号，他们"必须在这惨痛的混乱中肩并肩地站在一起"（Roosevelt，1943年6月17日；Ⅱ，255）。

给猫另一只金丝雀吞咽——动物隐喻

在丘吉尔和罗斯福的书信中，动物意象用得不如身体谚语那么频繁。但它们一出现，就会在交流中扮演重要的角色（包括将敌人的非人化隐喻），常常带有讽刺意味或幽默感。丘吉尔显然很喜欢1942年9月14日给罗斯福写的以下内容，很有兴致地、玩味地变换谚语"一石击二鸟"用以总结自己的论点。

> 除非我们可以在12月向斯大林提供肯定的答复，否则我们将无法获得准备机场等所需的全部设施。而且，我们需要提出切实的议案，尽管要视埃及的有利事件而定，同时有可能要求波兰人给予一些帮助。斯大林已经给了我们6万波兰军队和3万名后勤，其中2个师将被编成2个半师，但没有为进一步招募波兰军官和士兵拿出经费，以使这些部队继续前进。其中，在俄罗斯各地有各种各样令人遗憾的困境。我以为我们可能得用一块糖给两只鸟吃了。（Ⅰ，594）

多么巧妙地总结了一个如此复杂的论点！用色彩感丰富的意象推动了重点，传统的"石头"已被"糖块"外交取代。罗斯福也对这种语言游戏感到高兴，例如以下基于动物性短语的陈述："您会轻易地看到，我根本不敢像您那样相信《芝加哥论坛报》，他们擅长胡说八道，但我确实认为我们需要一份自己办的给英格兰士兵们的报纸"（1942年10月6日；

Ⅰ，620）；"我去海德公园5天了，在美好的零度天气里身体很健康——上周回到了这里（回到华盛顿），从那以后一直感觉像是斗鸡"（1943年3月17日；Ⅱ，156）；"这里的报纸对马歇尔将军的职责进行了实地调查。剩下的几天，新闻界和其他机构拼命地擂鼓，现在已经差不多成了一头死牛了"（1943年10月4日；Ⅱ，489）；"我宁愿暂时保留关于《德国的无条件投降宣言》的东西，而且我们对德国本身的意见还真的不了解，无法在此时进行任何捕鱼探险"（1944年1月6日；Ⅱ，652）；《圣经》谚语"江山易改本性难移（豹子不能改变自己的斑点）"也有令人愉悦的创新："很明显，恃才傲物的主角（在这里戴高乐）不会改变他们的本质"（1944年6月12日；Ⅲ，181），这句话必须经过温斯顿·丘吉尔百分百认可。戴高乐一直被罗斯福和丘吉尔困扰着，特别是在他通过敦促皮埃尔·博伊森代替西非总督来巩固非洲高卢主义者控制权的时候。1943年6月25日，亨利·吉罗将军在华盛顿与戴高乐会面后，丘吉尔立刻为总统写了一封深切关注的电报：

我有些担心吉罗在此关头离开阿尔及尔访问您。如果同时邀请（吉罗和戴高乐）是没问题的，但将这地方留给戴高乐我想还是很危险的，特别是在布瓦松的态度不确定的情况下。当老鼠离开时，猫将在两个群体中扮演难以辨认的角色。（Ⅱ，279）

沃伦·金博尔（Warren Kimball）在此短消息中添加了以下评论："最后一句话中的'两个群体中难以辨认'，出现在英美两国的原始资料中，似乎等同于尼克松·怀特（Nixon White）抄本中流行的一句话'白宫录音被删除了'！"（Ⅱ，279）丘吉尔很可能用"该死！"之类的东西来结束他的长信，但更令人感兴趣的是他最特别的"反谚语"。"虽然老鼠不在了，猫还会玩"，是对传统谚语"当猫离开后，老鼠会肆无忌惮"的精确倒置，解释说戴高乐的"猫"如果依照自己的安排会造成更多的麻烦。很明显，这是谚语的容易引人入胜的对应性在话语中作为间接表达的最好例子之一。

丘吉尔喜欢用谚语来描述或联系某些情况或人物。例如："您不认为我们可以让P.Q.（英美资源集团联合呼吁意大利人民的代码）泄露出来？否则我们可能会失去心理上的影响"（1943 年 7 月 13 日；Ⅱ，322）；"您一定会为莱罗斯岛（土耳其西海岸外的一个岛屿）到目前为止的坚持不懈而感到放心""桌子底下的狗吃了孩子们的面包屑"（1943 年 10 月 23 日；Ⅱ，557）；1944 年 2 月 1 日的另一封信开始时有些幽默，但同时又令人沮丧，"由于我不知道您是否有另外的副本，我在此重复一下，'除了咆哮，您能从熊身上听到什么？'"（Ⅱ，694）

但是，最后一出戏是谚语的比较："看起来像一只猫吃了（吞了）金丝雀"，起源于 19 世纪美国，意思是自己对自己很满意。为了理解总统和首相语言游戏中的隐喻，必须知道"猫"对他们而言是新闻界，而"金丝雀"则代表德国潜艇。罗斯福在 1943 年 7 月 15 日的信中开始了口语游戏。在那封信中，他反对特意宣传最近发生的德国 U 形艇沉没事件，以免美国人看到最近取得的成功和最新发布的关于反潜形势的乐观主义浪潮后减缓生产。"我们不能再无视这种现实情况，加剧公众负担。因此，我怀疑让这只猫再吞下一只金丝雀到底明智不明智。"（Ⅱ，327）。精通语言的丘吉尔很快就抓住了这个比喻，第二天用两行电报回应了罗斯福，这一定使罗斯福感到痒痒："我的猫喜欢金丝雀，而且食欲会随着进食而增长。然而，新闻已经过时，因为本月我们共有 18 只金丝雀。"（Ⅱ，328）4 天后，即 1943 年 7 月 20 日，罗斯福继续这场游戏，但这一次"金丝雀"代表盟军占领的 2 个岛屿，它们在某种程度上被戏称为"猫猫"。"落在某人的腿上"（没费什么劲轻易就得到了）这一短语有助于强调对这种轻松成功的明显喜悦："顺便说一句，马提尼克岛和瓜达卢普岛变得成熟并落在我们的大腿上，没有任何伤亡，或减缓任何战争应获得的主要成果——我们的另一只落在猫嘴里的金丝雀。"（Ⅱ，338）丘吉尔在 1943 年 7 月 25 日再次写信时，又间接提到了潜艇和媒体："到 7 月为止，我们已经捕获了 2 只金丝雀，为期 25 天。时间到了，我们的猫应该吃一顿好饭了。"（Ⅱ，345）大约 1 周之后，即 1943 年 7 月 31 日，他再次对这场谚语游戏感兴趣："自 5 月 1 日以来的 91 天内共有 85 只金丝雀，7 月共 35 只。我们不必像 8 月 10 日那样宣布任何声明，而应让我们在 12 日一起停下来喂我们的猫吃食物。"（Ⅱ，368）这样一来，一则谚语就告一段落，乍一看似乎平息了大西洋上可怕的海底战。但这绝不是罗斯福或丘吉尔的意图，他们在巨大的压力和惨烈的数以万计的战争伤亡之际，只是为了减轻压力，用了幽默游戏。

一切战争都是争夺地位——谚语的智慧

丘吉尔和罗斯福都没有在相对较短的字母和电报中使用许多谚语或引语。以谚语短语和谚语比较的形式在这些消息中添加一些隐喻性的"调味"，民间智慧或有说服力的言论可能会给敏感的信件添加过多的教导或权威的语气。首相和总统以自己的方式作了解释，有时甚至在书信中说教，显然他们不想用现成的民间智慧火上浇油。丘吉尔在1940年11月12日给罗斯福的一封较长的信中，作了如下解释。结尾是拿破仑的著名格言之一，是在军事界很常用的一句谚语。

从这个简短的摘要中，您一定可以清楚地看到我们今天的获利空间是多么狭窄。我们的胜利前景取决于现在拥有的所有主要阵地，大西洋，包括直布罗陀和苏伊士在内的地中海，好望角附近从北大西洋进入南大西洋的通道，以及在您控制下的太平洋。直到1942年初，您还曾大量增加军备。如果我们放弃任何这些阵地，或被敌人突破，那么他们可以攻击的阵地就会无限扩大，我们就会被封锁并削弱。极权势力开始在我们当中挤来挤去，在南美和您那里也一样。这是很明显的案例，正好与拿破仑的格言匹配："一切战争都是争夺地位。"（I，91）

丘吉尔概述了阿道夫·希特勒在侵略战争中的作案手法，并运用经典谚语"一次只做一件事，做到无以复加的程度"，来描述独裁者如何逐步进行侵略。"希特勒已表明自己要避免凯撒大帝的错误。在他严重削弱英国力量之前，他不希望卷入与美国的战争。他的座右铭是'一次只做一件事'。"（1940年12月7日；I，106）谚语在这里很好地帮助了丘吉尔，一针见血地道出了希特勒的征服方法。罗斯福采用了类似的谚语和语录，1942年11月19日的信中他向丘吉尔报告，在最近的一次新闻发布会上，他是如何使用迷人的非英语谚语向记者解释如何处理维希法国海军上将让·达伦（Jean Darlan）和北非民族解放将军查尔斯·戴高乐的矛盾。这个矛盾似乎是必不可少的罪恶。"昨天我秘密地告诉媒体，巴尔干地区使用的古老的东正教谚语似乎适用于我们目前的达伦—戴高乐问题：我的孩子们，允许您在严重危险的时候与魔鬼同行，直到您过桥为止。"（Ⅱ，22）

用谚语来解释复杂的战略动作比较恰切。当然，在书信中也有非常简单明了的谚语例子。当罗斯福处理与丘吉尔在北非某个地方开会的可能地点时，他有些幽默地写信给他的朋友："我请四五天前离开这里的史密斯将军秘密地检查了一些尽可能远离任何城市或众多人口的旅游性质的绿洲。其中一本字典说：'绿洲永远不会干。'老字典真不错！"（1942年12月14日，Ⅱ，74）当罗斯福没有收到丘吉尔的电报时，总统写道："自然地，我为没有得到答案而感到困惑，于是给哈里（霍普金斯）打电话。万事大吉。"（1942年7月13日，Ⅰ，527）。

但是，在信件中还有很多明显的谚语出现。民间智慧有助于阐明战略要点，例如：应该如何应对墨索里尼和他的法西斯伙伴掌权后的局势？罗斯福再次用谚语向丘吉尔指出："我认为，尽早抓住'首恶'的努力将损害我们的主要目标，即使意大利摆脱战争。我们也可以努力在适当的时候确保'首恶'及其助手的安全，然后确定他们'有罪必罚'的个人罪恶程度。"（1943年7月30日，Ⅱ，362）换句话说，罗斯福在此承诺，法西斯领导人将在法庭上为自己的行为负责。丘吉尔还使用了一个著名的谚语，要求宣布将由哪些将军负责重大的"登陆日"："我希望这一问题能尽快解决。为了给领主最好的机会，指挥官们现在应该在场。照顾好你的财产将会带来好运（主人的眼睛使马发胖）。"（1943年10月22日，Ⅱ，551）这是罗斯福总统最后宣布艾森豪威尔将军将是登陆最高指挥官的有力的隐喻。

诺曼底的海滩以及法国的未来始终是丘吉尔和罗斯福思考的问题。尤其是丘吉尔担心该国可能发生内战，他向罗斯福提到："将内战带入法国将使那个不幸国家失去未来，并阻止人们达到最早表达的整体意愿。事实上，我们应该使自己也承担部队的负担和牺牲，并履行我们的基本原则，'所有政府的合法权力都应来自被统治者的同意'。"（1943年12月23日，Ⅱ，630）丘吉尔很好地引用了《美国独立宣言》（1776）中的这一著名短语，他非常清楚地知道这会引起罗斯福的同情。丘吉尔还担心美国可能会中断与阿根廷军事政府的外交关系，从而中断从该国向英国稳定输送物资。他再次用一句民间谚语为案件辩护："我们的参谋长们认为，立即停止阿根廷供应将破坏今年计划的军事行动。我不能再降低现在的英国供应。我们确实需要'三思而后行'。我们可以随时存钱并在清算时偿还它们。我必须对局势的严重性发出严峻警告，不然将导致阿根廷的供应中断。"（1944年1月23日，Ⅱ，678）重要的是，要注意丘吉尔如何将谚语"三思而后行"个性化，将其改为"我们必须在跳前先看"，这显然是从英美同盟以及罗斯福与他本人之间的友谊出发的。

最后，还有1944年12月10日温斯顿·丘吉尔的一则声明"我的原则是'没有胜利就没有和平'"（Ⅲ，451），这一格言表达了丘吉尔与罗斯福两位世界领导人的哲学思想。朋友联手捍卫民主国家，反对法西斯和独裁政权。它没有收录在任何语录中，但是伍德罗·威尔逊总统在1917年1月22日对美国参议院的讲话中确实使用了类似的措辞："这是没有胜利就没有和平。……只有平等和平才能持久。"[1] 当然，"一战"结束时，理想主义者威尔逊并没有在平等的基础上实现这样的和平，从长远来看，这种失败为第二次世界大战的爆发埋下了种子。在第二次欧洲灾难结束时，丘吉尔和罗斯福都可以理解的是，理想主义不得不再次让位于无条件投降和最终胜利的现实。轴心国对人类危害的罪过太大，必须坚持"没有胜利者就没有和平"的原则。不幸的是，丘吉尔和罗斯福的继任者哈里·杜鲁门（Harry Truman）过快地做出表态。那些胜利者很快卷入了一场新的战争，这场战争持续了50年，即所谓的"冷战"。

恋人争吵是爱的更新——持久友谊

在罗斯福去世前的一年里，两位世界领导人之间的友谊变得越来越紧张。当他们于1945年2月在雅尔塔与斯大林会面时，"这是罗斯福与

---

[1] ［美］约翰·巴特利特：《熟悉的语录》（第16版），贾斯汀·卡普兰。波士顿：小布朗公司，1992年，第572页。

丘吉尔之间真正的友谊的夕阳时刻"①，罗斯福不公平地将丘吉尔推到一边，赞成与斯大林建立关系，准备与苏联这个战后的超级大国打交道。罗斯福和丘吉尔在丘吉尔坚持艾森豪威尔将军对柏林的全面攻势，以便英美军队可以占领柏林的提议上坚持各自的不同意见。但是美国人对让俄罗斯军队先行进入柏林感到满意，这种情况后来导致德国分裂、整个欧洲铁幕的形成以及冷战的开始。但是，即使丘吉尔在罗斯福和艾森豪威尔身上失去了重要的请求，他还是在1945年4月5日给他的朋友罗斯福的一封信中优雅地接受了这场不幸的失败。丘吉尔引用了可以追溯到古典拉丁文的谚语，该谚语在英语翻译中以"恋人的争吵是爱的更新"而闻名。

> 我与艾森豪威尔将军的私人关系最友好。我认为（同盟国推迟向柏林进军的事情）已经结束，为证明我的诚意，我在此使用一句我很少用的拉丁语，即"Amantium irae amoris integrat est"。（Ⅲ，612）

当然，丘吉尔完全有能力引用拉丁语谚语和多情言论，但他在这封信中这样做的结果是为他的声明增加了讽刺意味，因为这使罗斯福的工作人员到处寻找翻译。可以说，这是丘吉尔的一点才智，但他所说的就是他的意思！当他与罗斯福之间深厚的友谊在6天后的1945年4月12日突然结束时，丘吉尔一定很高兴他在总统去世前写下了这一充满爱意的词句。

但是，这也是疲倦的战士之间最后的谚语交流，这些战士为共同的目标而战斗，尽管他们也有分歧，但彼此之间的友情却是共通的。他们的通信表明，谚语和谚语表达几乎在他们每天的信息交流中发挥了重要作用，这些现成的民间短语在很大程度上促进了人们对战争战略和世界事务的相互理解。毫无疑问，社会学家、语言学家、语汇学家和符号学家要密切关注政治领导人所使用的语言，因为他们在全球范围内就战争与和平问题作出重要决定。虽然本文未提及许多相关的谚语与"陈词滥

---

① ［美］乔恩·米查姆：《富兰克林和温斯顿》，第314页。

调"，但所讨论的与上下文相关的谚语资料具有非常重要的交流功能，包括情感、操纵、解释、说教或辩论功能。就温斯顿·丘吉尔和富兰克林·罗斯福之间独特的战时通信而言，谚语这种特殊的语言为两位伟人提供了建立信任和友谊的机会，正是这种信仰和友谊使英美同盟有可能开始并继续"同舟共济"。

第四编

谚语与日常生活

好围墙筑成好邻居：
一则含义模糊的谚语的历史与意义

【编译者按】 本文（Good Fences Make Good Neighbours: History and Significance of an Ambiguous Proverb）是作者在2002年11月英国民俗学会年会上所作的《第二十一届凯瑟琳·布里格斯纪念讲座》(*The Twenty-first Katharine Briggs Memorial Lecture*)，2003年发表于英国民俗学会的会刊《民俗》[*Folklore*, 114 (2003): 155-179]。作者通过本文强调了谚语的两面性和模糊性，指出使用场景对理解谚语的重要性，这也意味着谚语研究必须超越文本中心的方法，而要特别关注使用语境。

与大众看法相反，那些被称作谚语、表面平淡直白的真理其实就是地道的传统智慧的凸显。随便看一部谚语集就可以揭示出谚语的矛盾性本质："久别情更深"（Absence makes the heart grow fonder），而同时又"眼不见，心不烦"（Out of sight, out of mind）。谚语不是普适的真理，其洞见也不是基于任何逻辑的哲学体系。相反，它们包含的是人类普遍的观察和经验，包括生活的多重矛盾。复杂的是，一条谚语的意义取决于它在特定语境中的具体应用（Krikmann 1974；Mieder 1989a, 20-22）。正如肯尼斯·伯克（Kenneth Burke）所认为的——隐喻性的谚语是应付不同场合的策略："只要是在特定的社会结构中的典型场合重复出现，人们就会为此起个名称并发展出应对策略。"（Burke 1941, 256）通过出现于社交场合，谚语体现出概括性，影响和掌控人们，对人们的行为模式提出看法，讽刺社会疾病，强化固有信仰或评价实际的社交行为（Goodwin and Wenzel 1979；Mieder and Dundes 1994: 140-160）。最终，谚语用来澄清复杂场合的模糊性。然而,因为作为类比的谚语本身具有模糊性,或者说可以有多种阐释,它们也就有了令人费解和自相矛盾的模棱两可性(Lieber 1984;Mieder and Dundes 1994,99-126)。

这种情况当然体现在"好围墙筑成好邻居"(Good fences make good neighbours)这条谚语上,不论它是用在个人上还是社会政治层面,也不论是出现在文学作品、法律文书、大众媒体、广告还是口头交流中。谚语内在的模糊性在于其隐喻包含双重性:在保护某人的同时也将某人排除在外。因此,人们自然会问:好围墙何时与为何筑成好邻居?我们何时与为何开始筑围墙?何时与为何我们要拆墙?有人认为:谚语内含着"划出边界与好客之间无法解决的紧张关系",这种关系也扩延到分隔与共用空间、个性与集体性,以及对其他冲突的不同态度之间的关系;不论是邻里之间还是国家之间(Westerhoff 1999,157),一旦一道围墙筑起,无论是为了保护还是为了分隔,都会体现出代价,如中国的长城、柏林墙、美国与墨西哥之间的边界墙、以色列与巴勒斯坦之间的边界墙,或是普通邻居之间的围墙或栅栏。那么,"好围墙筑成好邻居"这句谚语到底有什么民间智慧?难道人类的目标不是要拆除所有的围墙吗?有谁能说出在国家或邻里之间建造或维护围墙的道理吗?

为了回答这些问题,需要研究大量有关该谚语的历史、用途与意义的文献。在此,我将评论与语境化的文本分析分为11个部分:①有关围墙的国际谚语;②两个英语的先例;③好X筑成好Y的谚语结构;④该谚语在1914年之前的历史;⑤该谚语在引语和谚语词典中的出现;⑥罗伯特·弗罗斯特的"修墙"诗与该谚语在文学作品中的使用;⑦作为积极的和审美结构的围墙;⑧因为围墙而形成的仇家;⑨隐喻性的围墙;⑩该谚语与法律;⑪国际政治与该谚语。我试图为这条有意思的谚语勾勒出一幅全面的图画,但受篇幅所限不得不省略许多辅助文本。尽管这只是对一条谚语的研究,但它示范了对文化、民俗、历史、语言、精神、心理、世界观等方面的关注,明确表明根本没有所谓的简单的谚语。

具体文本分析如下。

1. 关于围墙的国际谚语。无论何时何地,人们都体验过跨越标志地界的围墙的好处与坏处。有些与此谚语相似,支持在邻居间保留一定的距离。例如:好邻居之间必须有围墙(挪威);在邻居的花园之间围墙是有用的（德国）；亲密的朋友之间要建一道墙（日本）；爱你的邻居，但不要把隔墙拆掉（印度［印度教徒］）；爱你的邻居，但要筑起一道围墙（俄罗斯）。在德语中，还有这样一条谚语，"墙使爱情更热烈"（Mieder 1986，155－156，346）。但愿社会和政治的围墙也能使双方相爱！中世纪末期的谚语是"在邻居间建起栅栏是好事"。其中的民间智慧反复强调在邻居之间保留一定距离以便保有隐私是件好事（Singer and Liver 1995—2002，13：355）。

2. 两个英国的先例。在英国英语中有两个先例，表达了"好围墙筑成好邻居"的核心意思，尽管使用了不同的意象和结构。1640年，一部《外来谚语》中有这样一条："爱你的邻居，但不要把篱笆拆除。"（Mennes 1847，2：488）1754年，本杰明·富兰克林在他的《穷查理年鉴》中引用过（Brooks 1979，228；Barbour 1974，146）。这表明该谚语跨洋到了北美。之后有好几部著作引用过这条谚语，有的用围墙，有的用栅栏，有的用篱笆。在德语中，这条谚语仍然在使用。

另一条英国谚语是，"中间筑有篱笆的友谊可保长青"（A hedge between keeps friendship green）。最早的记录是1707年从西班牙语翻译过来的英语（Mapletoft 1707，47），拉尔夫·爱默生1832年引用过（Mieder 1989a，160），这条谚语也是从英国传到了美国（Smith 1935，14；Stevenson 1948，1675；Barbour 1965，88；Apperson 1969，296；Wilson 1970，366；Cheales 1976，93；Mieder et al. 1992，295；Panati 1999，167）。尽管偶尔也能听到这条谚语，但"栅栏"在美国用得比较多——因为美国没有英国式的篱笆，也成为美国风景的比喻。

3. "好X筑成好Y"的谚语结构。尽管有关篱笆的两条谚语与有关栅栏或围墙的谚语表达的意思相同，但它们在结构上与"好围墙筑起好邻居"是不一样的。用这个结构的谚语还有："好器皿带来好市场""好收成带来浪费，坏收成带来节俭""好话弥补错事""好马让路途缩短"（Hazlitt 1869，171；Smith 1935，123，124；Apperson 1969，257，259，264）等。但是，这些都只包含前半部分结构，即"好X使或让或带来……"，还有一些用的是"好X使或让或带来好Y"。例如，"好的开头带来好的结尾""好丈夫带来好妻子""好妻子带来好丈夫""好主人造就好仆人"（Hazlitt 1869，169；Apperson 1969，257，259，260，264）。

还有一条可追溯到 1611 年的欧洲常见谚语，"好律师，恶邻居"。1710 年在美国有人使用过"好律师很少是好邻居"。富兰克林在 1737 年也引用过（Brooks 1979，50；Barbour 1974，116；Whiting 1977，355）。这条谚语的意思是律师可以利用他们的法律知识做不利于诚实可靠的邻居的事，其异文是"好律师带来坏邻居"（Pickering 1997，156）。

4. 该谚语在 1914 年之前的历史。这条美国谚语的起源可能出自一封信。那是 1640 年 6 月 30 日，马萨诸塞州牧师罗杰斯（Ezekiel Rogers）给州长写道，"触及边界权限的事务，也就是现在让我们头疼的事，我想过，好的围墙帮助邻居之间维系和平，但我们之间不要盖高的石头墙，那样我们就不能见面了"（Winthrop 1929—1947［1944］，4：282）。这个说法把围墙和邻居连在一起了，但与后来的"围墙"谚语还相差甚远。

与之相近的，并有点谚语味道的是 160 年后的 1804 年，出现在一本农民的万年历上："看护好你的围墙，如果你的邻居忘了修，而只是维护了他的那一半，那你就自己动手，这是值得的。"（Sagendorph 1957，49）

进入谚语格式的使用是 1815 年一份讽刺美国社会和政治生活的文章。休斯·布莱肯利奇（Hugh Brackenridge）评论杰弗逊总统时写道，"我始终是与他站在一起的。我批评他的错误只是因为他把自己置于引火烧身的境地。好的围墙阻止跨越围墙的野兽，并保护好邻居"（Brackenridge 1937，787）。这里用了两个"好"，接近了"围墙"谚语。这句话反映了政治情况，在现代大众媒体也很流行。15 年后的 1821 年，出现了令人激动的异文。在佛蒙特州的一本万年历中写道，"破围墙让牲口瘦弱，让邻居居心不良"（Poor fences make lean cattle and ill-natured neighbors）（Hemenway 1830，1831）。这里所引用的是农民的智慧，无疑已经有了谚语性，尽管如果有更多的参考文本会有助于对它的理解。这是从另外一个角度来看的"围墙"谚语，甚至可以直接说"破墙带来破邻居"。

又过了 20 年，"好围墙筑成好邻居"终于出现在印刷品中了。那是在 1850 年的一本农民万年历（*Blum's Farmer's and Planter's Almanac*，第 13 页）和同一本书的第二年版（第 11 页）中。

100 年后，民俗学家巴克尔（Addison Barker）发现了这个珍贵的记录，感叹道："很可能是那时的一个编辑在新英格兰地区的万年历或农民日志中发现了'好围墙筑成好邻居'，或者是在口头交流中听到了这条谚语"（Barker 1951，421）。我认为，这很可能是来自1850年前佛蒙特州的出版物（Mieder 1993，180），但目前仍没能找到真正的出处。所以，从文本上看，现有的最早的是从1828年开始在北卡拉罗那出版的农民万年历。这条谚语不可能是为了那本1850年的万年历而创造的。在1822年纽约的一个刊物上有一幅漫画，是两个农民各自在围墙两边干活，但并没有相关的谚语文字。而以此图画注释此谚语的情况直到1941年才出现（McKelvey 1941，10）。无疑，这条谚语在19世纪初是以口头形式流传的，然后从佛蒙特传到南方或新英格兰地区的其他州。但无论如何，该谚语的最早印刷记录是1850年！

之后，在不同出版物中都有所引用，所表达的基本意思是：在农村，有必要筑起围墙或栅栏而维护围墙依靠邻居之间的相互责任感。1885年4月3日，在路易斯安那州的一份报纸中出现了该谚语。最终，1901年6月16日，这条谚语登上了美国新闻界最高舞台——《纽约时报》。那是一篇有关美国南方的社会关系的时评文章。然而，为什么有关这条谚语的出版物那么少？即使通过现在的电子数据库查询，也没有很多的参考文本。

5. 该谚语在引语和谚语词典中的出现。在此，许多谚语词典都没什么帮助。人们在听到这句谚语时常会想到罗伯特·弗罗斯特的《修墙》诗，以至于在英语世界大家都觉得是弗罗斯特创用了这个谚语。无疑，这首长诗的两次引用帮助传播了这条谚语，不仅是在美国，也传到其他国家，无论是因为他的名字还是因为这条谚语本身的传统智慧。这首诗是1914年发表的，到了1922年就有了许多转引，甚至词典也说是来自弗罗斯特。这也难怪读者都以为如此（Stevenson 1948，795，1675；Kin 1955b，180；Copeland 1961，327；Andrews 1987，180/1993，626）。

但是，在转向谚语学词典前，我们发现阿彻尔·泰勒在《谚语》（1931）一书中并没有将此谚语指向弗罗斯特，而只是说要比从古典时代或中世纪传承下来的"哪里有X，哪里就有Y"的结构更精练（Taylor 1985，149）。另一位民俗学家认为这条谚语是在1930年代出现的（Thompson 1979，491）。如果真是如此，那么20世纪40年代和20世纪50年代的几部谚语词典为什么都没有包括这条谚语？甚至连1989年第二版的《牛津英语词典》都没有收录？而该词典的编者之一却将此条谚语收录到《简明牛津谚语词典》(Simpson 1982, 98) 中, 而同时, 这条谚语出现在许多20世纪下半叶的国家和地方的谚语集中, 可见其已达到了很高的流行度。

6. 罗伯特·弗罗斯特的《修墙》诗与该谚语在文学作品中的使用。毫无疑问, 弗罗斯特发表于1914年的《修墙》诗对这条谚语的普及起了重要作用。但是, 诗中两次用过的"有人不喜欢有道墙"并没有随即为人所熟知, 而是到了1949年才成为一个文学和文化的象征, 因为那时弗罗斯特的诗集至少在美国已经是家喻户晓了。此后, 这条谚语也成了时髦话语。

《修墙》这首诗是一次戏剧性对话, 充满了讽刺意味。学者试图从美学、民俗学、文学、心理学等方面对其作出阐释, 目前可查阅到20多篇专门研究这首诗的论文。其复杂的意义可以概括如下: 这首诗涉及边界、障碍、惯习、传统、改革、异议、个性、集体、财产、行为、交流、知识以及民间智慧等方面。

尽管这条谚语有多重阐释意义, 但有一点很清楚: 我们不应以目光短浅和沙文主义的角度将其戏用为"坏邻居筑成好围墙", 尽管有的诗人这样用过 (Eberhart 1988, 400), 尽管这样的现象在国际政治事务中也存在。

当然, 家长们会把这条谚语作为保持警觉的智慧教给孩子, 以保护自己的隐私 (Walker 1972, 17)。还有, "好围墙筑成有力的好邻居"(Ellis 1977, 17)、"结实的围墙筑成好邻居"(Sharpe 1978, 98) 等不同用法, 表达的是明确的无争议的态度, 而不是弗罗斯特有意暗示的双重意义。当然, 谚语在多数场合中表现出的功能就是终止对有争议的问题的辩论。

7. 作为积极的和审美结构的围墙。那些要销售或建围墙的人有着实用或审美的理由, 也会将此谚语从积极意义上阐释。特别是有关广告, 会利用传统智慧来说服顾客去筑起围墙。在我找到的48个例子中, 有三分之一提到了弗罗斯特。代表性的用法如下。

"围墙依然时髦": 老话说, "好围墙筑成好邻居", 但现在可以说, "好围墙有利于好花园"。这是《纽约时报》1955年的一则宣传有围墙的花园的广告。

"时髦的围墙配得上好宅地。"这是《华盛顿邮报》1989年的一则广告，是一家围栏公司的宣传，目的是推销新式的木质围栏（*Washington Post* 13 July 1989, T20）。

许多广告试图从正面引用弗罗斯特的诗句，有的还配上照片，加强视觉美感。

8. 因为围墙而形成的仇家。日常的邻里关系中，围墙或围栏也会成为争议的核心。此时，弗罗斯特的正面解读却可能成为邻里纠纷的负面解读。新闻记者似乎乐于展示这条谚语并非总是正确的，以此来帮助他们的报道。例如：《围墙筑成两家的仇恨》："如果好围墙筑成好邻居，那么，坏围墙筑成什么？筑成仇家！"（*St Petersburg Times*, 15 June, 1987, 1）

《高尔夫球场的围栏被称为"碍眼"》："好围墙应该筑成好邻居，但是，1000英尺长的围栏在哥伦比亚联合会的高尔夫球场周围筑起时，周围的一些住户大呼抱怨。"（*Baltimore Sun*, 8 March, 1995, B3）

《围墙可能是抱怨的一个原因》："我相信，弗罗斯特曾经说过，好围墙筑成好邻居。现在，需要一道柏林墙。大家仍在计划邻居聚合，但是每个人都需要先找律师"。（*Milwaukee Journal Sentinel*, 5 April, 2002, Bl）

《邻居们拆墙，建起大家庭》："弗罗斯特写道：'好围墙筑起好邻居。'但是，在一座农业大学城情况则不一样了。他们不久前动手把60多尺长的围墙拆除了，这是在4家之间的围墙，他们认为这墙阻止了他们4家之间的友情、娱乐以及邻里互助。"（*Los Angeles Times*, 23 April, 1989, A3）可见，这条谚语被用来表达两种不同的态度：围墙是必要的；围墙是不必要的。筑起围墙是双方共同的努力，而维护围墙也需要双方的责任和交流。

9. 隐喻性的围墙。与所有隐喻性谚语一样，"围墙"这条谚语不一定总是指表面的围墙、围栏、栅栏或篱笆。例如，有一篇文章的标题是《好围墙筑成好邻居：在事实与虚构之间维系边界的重要性》（Siebenschuh 1984）。在此，围墙只是一个隐喻。民俗学研究就是关注谚语在交际中的不同功能。其中对谚语的匿名性及其民间智慧的认可是必要的。

当今社会，人们的居住距离越来越近，由此出现越来越多的调解矛盾的机构或社会服务项目。有的认为，解决问题的办法是拆除人为建造的围墙，因为好邻居不需要围墙（*Sunday Telegraph*，19 January 1997，4）。在电子时代，"网络围墙"也涉及老的"围墙"谚语。于是有的观点认为，好邻居要在墙头上对话，而不是拆除围墙，围墙很重要（*Columbus Dispatch*，10 January，2001，A8）。可见，调节人是不能以围墙解决问题的。不幸的是，下一步常常是法律诉讼，而法律案子也因"围墙"变得棘手。

10. *该谚语与法律*。这条谚语的引用有些涉及法律纠纷问题。过去，在乡村有专门的"围墙观察者"监督公共围墙的维护。例如在佛蒙特州就有这样的历史，这种仲裁人是为了调解邻里纠纷。当然也有用来支持法庭证据，如《纽约时报》的一份报道（8 February，1942）。可见，如果这种仲裁人也可以出现在其他类型的仲裁中，那会节省很多时间和金钱。

例如，涉及公立学校的宗教教育问题，有关的法律纠纷一直打到美国的最高法院。最后，1948年3月8日，大法官弗兰克夫特（Felix Frankfurter）写道："我们坚信我们的原则：这个国家是政教分离的，这样对国家和宗教都是最好的事。即使不是在政教问题上，也要知道，好围墙筑成好邻居。"这是用这条谚语的隐喻注释法律的最佳例证，尽管还有许多法律诉讼案子也引用过它。

从正面理解，这条谚语是说：作为文明的基础，人们只有在清楚自己的界限并不与他人发生冲突的情况下，才能很好地利用自己的知识，追求自己的理想。

从广义讲，财产不只是物质的，而且也是个人的"生命权、自由权和房地产"，这些也是个人自由之间常出现冲突的地方。法律、自由权和财产是不可分割的一体。所有的法律都是有自由权界限的，并以此限定个人的自由空间（Hayek 1973，1：107）。例如，有些法律案子的报道表明了对这条谚语的不同解释。1991年的《纽约时报》的一份报道《会说话的树》是关于如何判决对一棵树的拥有权，说的是以树干来决定，而不是取决于树枝在围墙的那边（3 November，1991，section 10，5）。1994年《洛杉矶时报》一篇《重建围墙可以维系好邻居的政策》，谈论的是破旧的围墙该由谁维修，由谁来支付费用（17 May，1994，4）。总而言之，有一点必须强调：每个争议或每道墙都有两面。

11. 该谚语与国际政治。地方政治案件也体现在国际舞台上，罗伯特·弗罗斯特的诗也是如此。1941 年的《纽约时报》报道了他被授予普林斯顿大学"荣誉博士学位"：罗伯特·弗罗斯特被各地的英语使用者视为著名诗人，他为美国诗歌带来新的生命。他热爱新英格兰，他在石头中找到灵感，并声称好围墙筑成好邻居，也证明了美国开拓者的精神，那些自然中的美，人们生活中的善，这些都是不能被围墙阻挡的（18 June, 1941, 17）。这些话在第二次世界大战期间极有意义，因为人道与和平被围墙阻隔了。

20 世纪下半叶，"围墙"谚语在美国与加拿大之间，被用来表述两国之间的几千英里边界的友好情况，尽管偶尔也有小摩擦（Barber 1958），毕竟两国都要保留各自的国际身份。《多伦多星报》有过一则报道《"好围墙"让我们好做加拿大人》，强调加拿大在国际事务中应起的作用（3 October, 2000）。

但是，在"9·11"之后，有的美国人认为加拿大在对待难民与移民问题上有利于恐怖分子，因此需要加强两国的边境合作（15 October, 2001, A10）。恐怖分子对美国的攻击使得美国重视起边境安全问题，也凸显了这条谚语在国际关系中的重要规则问题（20 February, 1994）。

此外，美国与墨西哥之间的边境问题、非法移民与贩运毒品也成了热点问题。大众媒体充满了相关的文章，暗示新的"铁幕"似乎正在倒下。《旧金山时报》曾以《好围墙不一定筑成好邻居》报道了有关问题：一方面，两国的立法者试图解除自由贸易的障碍；另一方面，美国军方加强了对边境的巡逻，阻止大量毒品交易和非法移民的涌入（8 December, 1991, 8）。

通过此事以及其他一些国际上的边境问题可以看出，某种围墙（但愿是人道的关隘）还是必要的，尽管是不幸的。例如，美国与俄罗斯之间的关系、缅甸的孤立、俄罗斯对阿富汗的涉入、波斯尼亚的难民问题、亚洲国家之间的边境纠纷、巴尔干地区的国家冲突，等等。

以色列与巴勒斯坦之间的冲突可以是这条谚语隐喻性的一个很好的例证。1989 年《基督教箴言报》评论道："如果说弗罗斯特所说的好围墙筑成好邻居适用于所有的邻居，当然也适用于以色列和巴勒斯坦。这两个民族就像是一对夫妻陷入了不信任、恐惧和仇恨，但各自都生活在梦想的世界，因为任何一方都不会得到所有的财产，也不可能把另一方彻底赶走。所以，到了该分居的时候了。此时，围墙是必要的，但不是钢铁的，不是石头的，不是铁丝网的，而应是一道活的围墙，一道建立在联合国的框架下，通过国际协商出来的维系和平的墙。"（19 April, 1989, 19）5 年后，以色列《耶路撒冷邮报》也出现呼应这种观点的报道（*Jerusalem Post*, Ⅱ February, 1994）。1995 年，以色列政客们真的计划建墙了，如这份报道：《以色列计划用二亿三千万美元在西岸建立安全围墙》（*The Gazette* [Montreal], 25 January, 1995, A9）。1999 年《耶路撒冷邮报》报道政府在筹划建墙，也引用了这条谚语（22 October, 1999, A2）。

但是，在中东建立边境墙有一个问题：只有以色列在建。在弗罗斯特的诗中，两个人分别在两边建墙。因此，有记者如此报道：《为坏邻居建的好围墙》，指此墙是为阻止恐怖分子，防止炸弹袭击。无论如何，以色列的确在西岸建造了昂贵的围墙，每英里耗费 160 万美元。目前，以色列政府批准建造 75 英里的围墙，但国防部希望把整个西岸都围起来（*Time*, 17 June, 2002, 38 - 39）。

美国的围墙历史，在华盛顿"国家建筑博物馆"中有"围墙之间：美国的多道长城"这样一个概括，好围墙筑成好邻居，可视为对围墙谚语研究的一个很好的总结。即使是创造了这条美国化谚语的诗人对此谚语的意思使用也是含糊的。弗罗斯特在《修墙》一诗中，借助邻居的口将穷人比作"石器时代的野人"，在丛林中和树荫中，在黑暗中游荡。正是这种含糊性才使得这条谚语如此流行。从两个相反方面来看似乎都有正确之处。其实也许不完全如此，要看谁靠在围墙上？在墙的哪部分？为什么？有时，这一切完全要看你在围墙的哪一边（*Washington Post*, 1 June, 1996, Hl）。尽管"似乎有人不喜欢墙"，但是，"好围墙筑成好邻居"这条谚语还是包含了很多真理。

引用文献

Andrews, Robert. *The Routledge Dictionary of Quotations*. London: Routledge and Kegan Paul, 1987. Andrews, Robert. *The Columbia Dictionary of Quotations*. New York: Columbia University Press, 1993.

Apperson, G. L. *English Proverbs and Proverbial Phrases.* London: J. M. Dent, 1929.

Barber, Joseph. *Good Fences Make Good Neighbors. Why the United States Provokes Canadians.* Toronto: McClelland and Stewart, 1958.

Barbour, Frances M., ed. *Proverbs and Proverbial Phrases of Illinois.* Carbondale, Ⅲ.: Southern Illinois University Press, 1965.

Barbour, Frances M. *A Concordance to the Sayings in Franklin's "Poor Richard".* Detroit, Mich. Gale Research Company, 1974.

Barker, Addison. *Good Fences Make Good Neighbors. Journal of American Folklore*, 64 (1951): 421.

Brackenridge, Hugh Henry. *Modern Chivalry.* Edited by Claude M. Newlin. New York: American Book Company, 1937.

Brooks, Van Wyck, ed. *Benjamin Franklin: Poor Richard's Almanacks for the Years 1733 - 1758.* New York: Bonanza Books, 1979.

Burke, Kenneth. *The Philosophy of Literary Form: Studies in Symbolic Action.* Baton Rouge, La.: Louisiana University Press, 1941.

Cheales, Alan B. *Proverbial Folk-Lore.* London: Simpkin, Marshall and Co., 1875; reprint Darby, Pa.: Folcroft Library Editions, 1976.

Copeland, Lewis, ed. *Popular Quotations for All Uses.* Garden City, New York: Doubleday, 1961.

Eberhart, Richard. *Collected Poems 1930 - 1986.* New York: Oxford University Press, 1988.

Ellis, Erika. *Good Fences. A Novel.* New York: Random House, 1977.

Francis, Robert. *Pot Shots at Poetry.* Ann Arbor, Mich.: University of Michigan Press, 1980.

Frost, Robert. *Complete Poems.* New York: Holt, Rinehart and Winston, 1949.

Goodwin, Paul D. and Joseph W. Wenzel. *Proverbs and Practical Reasoning: A Study in Socio-Logic. The Quarterly Journal of Speech*, 65 (1979): 289 - 302.

Hayek, F. A. *Law, Legislation and Liberty.* 3 vols. Chicago, Ⅲ.: University of Chicago Press, 1973.

Hazlitt, W. Carew. *English Proverbs and Proverbial Phrases.* London: Reeves and Turner, 1869; repr. Detroit, Mich.: Gale Research Company, 1969.

Hemenway, Samuel. *The Vermont Anti-Masonic Almanac for the Year of Our Lord* 1831.

Woodstock, Vt. : Hemenway and Holbrook, 1830.

　　Kin, David, ed. *Dictionary of American Proverbs.* New York: Philosophical Library, 1955a.

　　Kin, David, ed. *Dictionary of American Maxims.* New York: Philosophical Library, 1955b.

　　Krikmann, Arvo. *On Denotative Indefiniteness of Proverbs.* Tallinn: Academy of Sciences of the Estonian SSR, Institute of Language and Literature, 1974.

　　Lieber, Michael D. *Analogic Ambiguity: A Paradox of Proverb Usage. Journal of American Folklore*, 97 (1984): 423 – 441.

　　Mapletoft, John. *Select Proverbs: Italian, Spanish, French, English, Scottish, British, etc.* London: Monckton, 1707.

　　McKelvey, Blake. *Early Almanacs of Rochester. Rochester History*, 3 (1941): 1 – 24.

　　Mennes, Sir John, ed. *Musarium Deliciae.* 2 vols. London: John Camden Hotten, 1847.

　　George Herbert's Outlandish Proverbs. London: Humphrey Blunden, 1640.

　　Mieder, Wolfgang. *"Talk Less and Say More": Vermont Proverbs.* Shelburne, Vt. : New England Press, 1986.

　　Mieder, Wolfgang. *American Proverbs: A Study of Texts and Contexts.* Bern: Peter Lang, 1989a.

　　Mieder, Wolfgang. *Yankee Wisdom: New England Proverbs.* Shelburne, Vt. : New England Press, 1989b.

　　Mieder, Wolfgang, ed. *Wise Words: Essays on the Proverb.* New York: Garland Publishing, 1994.

　　Mieder, Wolfgang and George B. Bryan. *Proverbs in World Literature: A Bibliography.* New York: Peter Lang, 1996.

　　Mieder, Wolfgang, Stewart A. Kingsbury and Kelsie B. Harder, ed. *A Dictionary of American Proverbs.* New York: Oxford University Press, 1992.

　　Miklos, Josephine von. *Good Fences Make Good Neighbors.* New York: Charles Scribner's Sons, 1972.

　　Panati, Charles. *Words to Live By: The Origins of Conventional Wisdom and Commonsense Advice.* New York: Penguin Books, 1999.

　　Pickering, David. *Dictionary of Proverbs.* London: Cassell, 1997.

　　Sharpe, Tom. *The Throwback.* London: Secker and Warburg, 1978.

　　Siebenschuh, William. Good Fences Make Good Neighbors: The Importance of Maintaining the Boundary Between Factual and Fictional Narrative. *Studies in Eighteenth Century Culture*, 13 (1984): 205 – 215.

Simpson, John A., ed. *The Concise Oxford Dictionary of Proverbs*. Oxford: Oxford University Press, 1982.

Simpson, John A. and Jennifer Speake, eds. *The Concise Oxford Dictionary of Proverbs*. 3rd ed. Oxford: Oxford University Press, 1998.

Singer, Samuel and Ricarda Liver, ed. "Thesaurus proverbiorum medii aevi". "Lexikon der Sprichwijirter des roma nisch-germanischen Mittelalters", 13 vols. Berlin: Walter de Gruyter, 1995—2002.

Smith, William George, ed. *The Oxford Dictionary of English Proverbs*. Oxford: Clarendon Press, 1935.

Stevenson, Burton. *The Home Book of Proverbs, Maxims and Famous Phrases*. New York: Macmillan, 1948.

Taylor, Archer. *The Proverb*. Cambridge, Mass.: Harvard University Press, 1931.

Thompson, Harold W. *Body, Boots and Britches. Folktales, Ballads and Speech from Country New York*. Philadelphia, PA: Lippincott, 1939.

Walker, David. *The Lord's Pink Ocean*. London: Collins, 1972.

Westerhoff, Caroline A. *Good Fences. The Boundaries of Hospitality*. Cambridge, Mass.: Cowley, 1999.

Whiting, Bartlett Jere. *Early American Proverbs and Proverbial Phrases*. Cambridge, Mass.: Harvard University Press, 1977.

Wilson, F. P., ed. *The Oxford Dictionary of English Proverbs*. 3rd ed. Oxford: Clarendon Press, 1970.

邻家的草地总是更绿：
一则表达不满足的美国谚语

【编译者按】 本文（The Grass is Always Grenner on the Other Side of the Fence: An American Proverb of Discontent）最初发表于1993年的《谣谚》（*Proverbium*, 10: 151 – 184）。民俗学家在研究民间叙事、谜语、童谣、民歌、谚语的起源和历史时通常只关注19世纪及以前的文献，而似乎对这些传统文本在现代的创新使用和功能不感兴趣。然而，随着人们对流行文化、大众传媒和文化素养兴趣的日益浓厚，民俗学家开始关注哪些传统谚语今天依然存在，哪些谚语是20世纪才创造出来的。作者指出，"邻家的草地总是更绿"这句著名的谚语源自1924年美国的一首流行歌曲，并被用于歌曲标题和主旋律。这句相对较新的谚语，表达了人们普遍体验过的不满、嫉妒和羡慕等情感，其现代应用已经十分稳固。作者也指出，此谚语在文学作品和大众媒体中大量出现（经常作为书籍、杂志和报纸文章的标题），并对其在广告、明信片、卡通和连环画中的视觉图像也进行了分析和评论。

人们最常问到谚语学者的问题，无疑是某个谚语大概有多长历史。一些谚语的起源已有详细的历时性文章或专文讨论过，而大部分谚语准确的历史传播情况我们却知之甚少。实际上，要确定每一个谚语的来源和传统用法都需要非常认真的考察。像"大鱼吃小鱼"这类古老而又世界知名的谚语，考察起来会是一项复杂的工程，要追溯到古典时代，并涉及多种语言。对于新一些的谚语，要确定其可能的起源同样具有挑战性，这一点从下文确定美国谚语"邻家的草地更绿/栅栏另一边的草总是更绿"（The grass is always greener on the other side of the fence）的起源和持续使用所做的尝试可以看出。

这句当然是英语中常用的谚语之一了。它以极易理解的隐喻方式表达人类的不满、嫉妒和羡慕，这不足为奇。但有趣的是，正如詹姆斯·波梅兰茨（James Pomerantz）在科学文章《"草总是更绿"：对一句格言的生态学分析》（1983）① 中所证实的，仅仅是视觉和感知原理就会使人眼看远处的草比看近处与地面垂直的草更绿一些。这句隐喻式谚语中的"真理"常常可以在乡村看到：一头牛或一匹马试图去吃围栏另一边新鲜多汁的草。既然人们总是对命运不满，现代心理学家提到的"更绿的草坪现象"②——现代人总是不断为自己评估看似更好的选择——也就不足为奇了。

这句谚语因此用一个相当普遍的比喻——毕竟，草和栅栏完全不是什么新鲜玩意儿——表达出一个基本的行为事实。这可能意味着这句谚语属于人人皆知的古代智慧，可是如若查阅谚语学权威著作会发现，最早关于它的文献记录始于1957年!③ 这看似荒谬，而且一定有土生土长的美国人立刻宣称他们早在20世纪50年代以前就听过甚至用过这个谚语。以上说法需要证实，因为如阿彻尔·泰勒（Archer Taylor）所说，显然"谚语的收集是不彻底的"。④ 以下评述将给出此谚语的一些初期形式以及共时异文（variant），并证明谚语"草总是更绿"至少比谚语集让我们相信的时间要早一些。除了追溯它的词典编纂史之外，还要研究它作

---

① James R. Pomerantz, "*The Grass Is Always Greener*": *An Ecological Analysis of an Old Aphorism*, *Perception*, 12 (1983), pp. 501 – 502.

② Joseph Schneider, *The "Greener Grass" Phenomenon*: *Differential Effects of a Work Context Alternative on Organizational Participation and Withdrawal Intentions*, *Organizational Behavior and Human Performance*, 16 (1976), pp. 308 – 333. 民俗学家［美］丹·本-阿默思在其重要文章《在承启关系中探求民俗的定义》［*Journal of American Folklore*, 84 (1971), p. 3］开篇谈到对于人类学家和文学家，"民俗变成了具有异乡情调的主题，如隔栏之青草，呜呼，可望而不可及"。

③ Bartlett Jere Whiting, *Modern Proverbs and Proverbial Sayings*. Cambridge/Massachusetts: Harvard University Press, 1989, p. 268.

④ Archer Taylor 在其短文《谚语收集如何接近完整?》［*Proverbium*, 4 (1969), pp. 369 – 371］中表达了对谚语收集不够彻底完整的遗憾。

为小说、戏剧、杂志以及报纸文章标题的传统和创新的用法，并且对它在卡通、漫画、连环画、明信片、照片中的图像描绘进行分析，尤其是现代的戏仿。

著名的《牛津英语谚语词典》（1970）甚至没有给这句谚语单独的条目，而是列出了对应的拉丁文谚语——别人地里的谷物比自己地里的肥且多——由鹿特丹的伊拉斯谟（Erasmus）引用并于1545年由理查德·塔弗纳（Richard Taverner）译为英文出版。[1] 17世纪及18世纪此拉丁谚语曾流行过，但后来就不常用了。但这本谚语集的编辑认为它可能是谚语"草总是更绿"的早期形式，因为他把休·威廉姆斯和玛格丽特·威廉姆斯（Hugh and Margaret Williams）名为《草更绿》（The Grass is Greener，1959）的戏剧连同"篱笆另一边"作为现代异文。两个谚语表达的内容明显相同，而把"草"的文本看作早期谚语的异文值得怀疑。

毕竟，别的表达同样意义的谚语也可能是早期的形式。例如，谚语"远处的山（看着）很绿（蓝）"早在1887年就被记录下来，并以若干异文的形式使用至今。同样，谚语"远方的牧场总是看着更绿"，可以追溯到1936年。"远方的田地看着更绿"在1945—1980年由田野调查者记录下来。1960年，缪里尔·休斯（Muriel Hughes）在佛蒙特州记录了"牛更喜欢栅栏另一边的草"[2]。这些文本至少包含了我们讨论的这句谚语的一些元素，如绿色、草、栅栏。第一个文本比最早引用"草总是更绿"的时间还要早，所有其他谚语其实晚一些，可以认为是此谚语的异文。

就目前所收集的少量谚语来看，"栅栏另一边的草总是更绿"以这样准确的措辞首次出现，是在1946年海伦·皮尔斯（Helen Pearce）地域谚语集《俄勒冈西部拓荒家庭俗语》[3]中。1955年，戴维·金（David Kin）把"邻居家院子里的草总是更绿"这一极为接近的异文编入非学术性的

---

[1] F. P. Wilson, *The Oxford Dictionary of English Proverbs*. Oxford: Clarendon Press, 1970, p. 560.

[2] Muriel J. Hughes, *Vermont Proverbs and Proverbial Sayings*, *Vermont History*, 28 (1960), pp. 113 – 142 and pp. 200 – 230 (p. 124)；另参见 Mieder et al. (note 10), p. 122.

[3] Helen Pearce, *Folk Sayings in a Pioneer Family of Western Oregon*, *California Folklore Quarterly*, 5 (1946), pp. 229 – 242 (p. 236, no. 101).

《美国谚语词典》。① 亨利·珀森（Henry Person）1958年在华盛顿州听到这个标准文本"栅栏另一边的草总是更绿"，缪里尔·休斯1960年在佛蒙特州记录了这个文本以及新异文"邻居院里的草总是更绿"。20世纪60年代，其标准形式在美国变得前所未有的流行。马克·巴里克（Mac E. Barrick）1963年在宾夕法尼亚州记录过，② 弗朗西丝·巴伯（Frances Barbour）1965年在伊利诺伊州记录过。③ 直到1982年，此谚语才出现在约翰·辛普森（John Simpson）学术性的《简明牛津谚语词典》中，词典引用了1959年、1965年、1979年的3个文献。④ 一年后，罗莎琳德·弗格森（Rosalind Fergusson）把它编入未加注释的大型词典《谚语词典》。⑤ 截至1989年，巴特利特·怀廷（Bartlett J. Whiting）在词典《现代谚语及俗语》中引用了1957—1973年来自文学作品、杂志、报纸的11种文献。⑥ 由于谚语常常被现代演说者和作家有意改变，怀廷把文本"……另一边（可变）的草（看着）更绿"（The Grass is [looks] greener on the other side etc. [varied]）作为通用条目。沃尔夫冈·米德、斯图尔德·金斯伯里（Stewart Kingsbury）和凯尔茜·哈德（Kelsie Harder）在《美国谚语词典》（1992：265）中也采取同样做法。该词典收入田野调查者于1945—1980年在全美及加拿大部分地区采集到的近15000条谚语。依据这句谚语的标准文本，他们列出在北美记录的共19种异文。

栅栏另一边的草总是更绿。（The grass is always greener on the other side of the fence）

别人田里的草总是看着更绿。（Grass always seems greener in foreign fields）

---

① David Kin, *Dictionary of American Proverbs* (New York: Philosophical Library, 1955), p. 110.

② Mac E. Barrick, *Proverbs and Sayings from Cumberland County (Pennsylvania)*, *Keystone Folklore Quarterly*, 8 (1963), pp. 139–203 (p. 164).

③ Frances M. Barbour, *Proverbs and Proverbial Phrases of Illinois* (Carbondale/Illinois: Southern Illinois University Press, 1965), p. 79.

④ Simpson (note 9), pp. 100–101.

⑤ Rosalind Fergusson, *The Facts on File Dictionary of Proverbs* (New York: Facts on File Publications, 1983), p. 36.

⑥ Whiting (note 5), pp. 268–269 (G173).

栅栏另一边的草总是更绿。(Grass is always greener on the other side of the fence)

自家之外的草总是更绿。(Grass is always greener away from home)

别人后院的草总是更绿。(Grass is always greener in somebody else's backyard)

其他牧场的草更绿。(Grass is greener in other pastures)

溪水另一边的草更绿。(Grass is greener on the other side of the stream)

栅栏另一边的草总是看着更绿。(The grass always looks greener on the other side of the fence)

牧场另一边的草长得更绿。(The grass grows greener on the other side of the pasture)

邻居院里的草总是更绿。(The grass is always greener in the next man's yard)

别人草坪的草总是更绿。(The grass is always greener on the other man's lawn)

另一边的草总是更绿。(The grass is always greener on the other side) 街道另一边的草总是更绿。(The grass is always greener on the other side of the street)

你邻居草坪的草总是更绿。(The grass is always greener on your neighbor's lawn)

街对面的草或许更绿,但要当心栅栏上带刺的铁丝。(The grass may be greener across the street, but watch out for the barbed wire)

栅栏另一边的草总是更绿。(The grass on the other side of the fence is always greener)

栅栏外的草更绿。(The grass over the fence is greener)

最绿的草总是在栅栏另一边。(The greenest grass is always on the other side of the fence)

别人的草总是更绿。(The other man's grass is always greener)

街道另一边总是看着更绿。(Things always look greener on the other side of the street）

有趣的是，这些异文中有些含有之前引用过的文本的标准词（norm）"田野"和"牧场"。这一事实印证了之前的推测："远方的牧场总是更绿""远方的田野看着更绿"等谚语其实是"草总是更绿"的简短异文形式。然而还需注意的是，谚语后半句"栅栏"一词如何被其他实物如"田野""家""院子""街道""草坪""带刺铁丝"代替。那些提到院子、街道或草坪的异文可以理解为最初的乡村谚语的城市版本。现代城市人提到修剪的是草坪而不是田地当然合乎情理，但这些文本再次表明，谚语并不总是以标准形式被引用，即使是在陈词滥调不断重复的现代社会。

玛格丽特·布赖恩特（Margaret Bryant）令人瞩目的谚语收集项目大约始于1945年，[①] 最终促成新近出版的《美国谚语词典》。这意味着以上19个文本其历史不可能追溯得更早了。有些文本由加州大学伯克利分校民俗专业的学生收集并保存在学校民俗档案馆中，这些文本有助于确定"草总是更绿"这一流行谚语及其异文更早的年代。在1965—1986年20多年间，学生们从加州居民那里收集了27种文献。幸运的是，他们也调查了信息提供者第一次听到这句谚语的时间。1977年11月4日，马琳·伦吉（Marlene Lunghi）采访她母亲萨拉·伦吉（Sarah Lunghi），母亲记得她第一次知道"另一边的草总是更绿"是在加利福尼亚州皮诺尔市，当时还是个小女孩儿的她在那里长大。采访时她已经58岁，假如"小女孩儿"大概指7岁的她，萨拉·伦吉第一次知道这个谚语可能是在1927年。这当然比通过地方和全国性谚语收集分析确定的1946年要早很多。1927—1985年所收集到的共27种文献可以作如下概括：20世纪20年代1个、30年代4个、40年代3个、50年代5个、60年代7个、70年代6个、80年代1个。这种传播形式清晰地表明，这一谚语一定在30年代之前就已经固定下来并且一直在使用。有趣的是，它还有1个主要异文和3个次要异文。27个文献中有12个属于"栅栏另一边的草总是更绿"的标

---

① Margaret Bryant, *Proverbs and How to Collect Them*, Greensboro/North Carolina, American Dialect Society, 1945.

准形式。"另一边的草总是更绿"这一简短形式紧随其后,共 11 个文献。这其实是标准文本的节略形式——较长的文本往往被缩减。可能最简单的缩简部分是"栅栏"这个短语。但有一位收集者记录了 20 世纪 30 年代的异文"街道另一边的草总是更绿",两个学生收集到 1960 年和 1978 年的异文"山另一边的草(总是)更绿",另外一个民俗专业学生记下一个 1978 年的否定异文"另一边的草并不总是更绿"。

信息提供者的评论或许会引起我们对这句谚语语境意义的兴趣。萨拉·伦吉大约在 1927 年听到这句谚语,她说:"它的意思是在另一边有更好的机会,或情况看上去更好些。或者说将来对你来说情况可能会更好些。"她解释说自己会用这句谚语"让不满现状的人相信未来即'另一边'会变得更好即'更绿'"。但据她讲,这个谚语也可以理解为是"提醒对现状不满而试图改变的人,可能发现状况并没有什么变化甚至更糟,因此也许保持现状会更好"①。当然,第二种用法和意义现在受到广泛关注。也有一些信息提供者会根据自身环境理解此谚语的意义。因此,当弗兰克·马斯凯罗尼(Frank Mascheroni)1938 年首次听到这一标准谚语时认为"这严格来说是牧场语言"②。伯尼斯·罗夫(Bernice Rove)1952 年遇到这句谚语,他说"这句谚语表明一个事实:人人都想拥有多一点自己不可能拥有的东西——对于动物来说就是那条无法逾越的栅栏外的绿草。可一旦得到,他就会想要更多即更绿的草"③。还有一条 1978 年一名学生收集者记录的信息,解释了为什么会有"山""栅栏"的异文。

"山另一边的草总是更绿。"这是信息提供者也就是我父亲,在伯克利成长时熟悉的众多谚语之一。这句谚语是说人们对已经拥有的永不知足。没有的或不可能拥有的东西似乎总是好过目前拥有的。按照信息提供者所说,"山另一边的草更绿"指的是牛吃草这件事。

---

① 这些话是由马琳·伦吉 1977 年 11 月 4 日在加利福尼亚州皮诺尔市采集自她母亲萨拉·伦吉。
② Jo Anne Mascheroni 1982 年 11 月 18 日在加州戴利城采集自她父亲 Frank Mascheroni。
③ Tom Evers 1980 年 10 月 29 日在加州皮得蒙特采集自 Bernice Rove。

山另一边的草从来没有看起来那么绿,而当牛冒险翻山到了另一边,草也的确没有更绿。按照这句谚语,即便人们想得到他们没有或无法拥有的某样东西,这个东西也不会真就比目前拥有的要好。这个谚语常常用来指某个人生活的地方。在这个事例上,我就听过有人说过这句谚语:"栅栏另一侧的草总是更绿。"也就是说,即便别人的家、别人的生活表面上看比你的更美好,而实际并非如此。人人都有他们的问题,只是不同而已。①

从加州这些信息提供者来看,显然谚语"草总是更绿"肯定 1927 年前后就在美国使用了。而现在,怀着学术的喜悦之情,我可以提供一个令人激动的文本,比这个时间还要早几年。1924 年,雷蒙德·伊根(Raymond B. Egan)作词、理查德·怀廷(Richard A. Whiting)作曲的美国歌曲《(别人院子里)草总是更绿》以 5 页活页乐谱被广泛售出。封面上一个伤心男子倚着栅栏,沉思着栅栏另一边的草更好更绿。歌词是这样的:

(别人院子里)草总是更绿

你为什么擦窗呢?
哈格蒂女士说,
这样我可以观察邻居们,
亨尼西女士说他们买了新钢琴,
她买了顶我喜欢的帽子,
比我多了很多好东西,
我就跟迈克聊到此事,
他用的语言或许不太恰当,
用粗俗的语言表达是这样的。

别人院子里的草当然总是更绿,
要锄的那排小草看起来极为不易。

---

① Jane Dolliver1978 年 11 月 17 日在加州伯克从她父亲处记录。

你爱我们的小敞篷车，
直到奥戴家买了轿车。
现在你把我们的敞篷车叫作老旧的西红柿罐头。
从栅栏望过去，
我能看到帕特运气好在哪儿，
他很可能觉得我是走了狗屎运，
如果我们都戴上绿色眼镜，
生活就不那么不易，
只为了看到我们自己后院的草有多绿。
别人院子里的草总是更绿，
要锄的那排小草看起来极为不易。
你总是看到玛吉穿的衣服漂亮，
却看不到他们陋室的抵押，
迈克买漂亮帽子只是为了装饰她的头顶，
他家里却连一滴黑麦威士忌都没有。
给家里买点啤酒和杯子，
生活就不那么不易，
只是为了看到我们自己后院的草有多绿。

玛吉和迈克结了婚，
也许是他们争斗的原因，
他们太喜欢争斗，
没日没夜他总是赞美某某女孩嫁给了别人。
婚礼钟声响起，
他们无穷的麻烦开启，
但她喜欢用一个办法报复，
每次她一唱歌他就闭嘴了。

别人院子里的草总是更绿，
要锄的那排小草看起来极为不易。
你极为喜欢帕特老婆，

因为她不是你的。
我觉得帕特很帅,
直到发现他会打鼾。
当你喜欢挑剔我的厨艺,
喜欢赞美每一个你见到的女孩,
你知不知道别人家的老公对我赞赏有加?
如果你们戴上绿色眼镜,
生活就不那么不易。
只为了看到我们自己后院的草有多绿,
别人院子里的草总是更绿,
要锄的那排小草看起来极为不易。
你挑剔我的衣服,
因为每一件都是我自己做的,
如果我穿上你买的衣服,
《九月之晨》① 也会为之一惊。
当你某天晚上摇摇晃晃回到家,
不知道我是谁,
你开始唱你是暹罗王,
我拿掉你的眼镜,
解释就会容易,
你就会看到自己后院的草有多绿。②

---

① 《九月之晨》(*September Morn*) 为当时法国画家保罗·埃米尔·查巴斯作品——译者注。
② 感谢好朋友兼同事提供歌名,随后我用歌名在网络上搜索并找到。纸本活页乐谱是在达特茅斯学院图书馆的活页乐谱收藏处获得。这首歌的文献信息是:《(别人院子里) 草总是更绿》,雷蒙德·伊根作词,理查德·怀廷作曲 (New York: Jerome H. Remick & Co., 1924), p.9. 缪里尔·休斯(注释13)引用非常接近的佛蒙特州异文"别人院子里的草总是看着更绿" (p.124),这句话显然出自这首歌。

"别人院子里的草总是更绿"的准确措辞或许现在已不怎么流行,但可以肯定的是,这首歌形成了现在引用极为频繁的标准形式。应该注意的是,这首表达嫉妒的歌在第一节合唱中已经有了"栅栏"一词。由于这句谚语作为主题不断重复,人们很快就对它熟知了。"别人院子"慢慢地也是理所当然地被不指涉具体性别的"栅栏的另一边"替代。这首歌是这个谚语及其众多异文的起源,这个推断还可以从另外一个事实得到印证:流行歌曲中大量的歌词久而久之都变成了谚语,并且这种情况仍在继续。

这句谚语用作剧作名和小说名的时间当然也没有太久。完整的谚语太长,剧名、小说名往往只借用其中一部分。上面举的这首歌的例子就是如此,歌名用大写字母"草总是更绿",而"别人院子"则用小得多的字母并且放在括号里。如今,"草总是更绿"或"草更绿"这种简略表达已非常普遍。以下是1935年至1987年间这一谚语作为13本书的书名不断使用的典型例子。

1935年,格特鲁德·艾伦(Gertrude Allen)《"草总是更绿——":独幕喜剧》(Boston:Walter H. Baker,1935)

1945年，伯顿·鲁埃什（Berton Rouché）《更绿的草和发现的人》（New York：Harper & Brothers，1945）

1947年，乔治·马尔科姆—史密斯（George Malcolm-Smith）《草总是更绿》（Garden City/New York：Doubleday & Co.，1947）

1956年，罗伯特·托马斯·艾伦（Robert Thomas Allen）《草一定不会更绿：一个家庭寻找理想居住地的奇趣之旅》（New York：Bobbs-Merrill，1956）

1959年，休·威廉姆斯、玛格丽特·威廉姆斯《草更绿》（J. C. 特里温主编《年度剧作》）（London：Elek Books，1959）

1971年，多萝西·V. 惠普尔（Dorothy V. Whipple）《草更绿？关于药物的问答》（New York：Robert B. Luce，1971）

1972年，埃尔马·邦贝克（Erma Bombeck）《化粪池上的草总是更绿》（New York：McGraw-Hill，1972）①

---

① 有趣的是，这本书的德译本出版时出版商用的标题是"Ich stell'mein Herz auf Sommerzeit"，Bergisch Gladbach：Lübbe，1983，意为"我想要夏天"，原因是德语还没有这句美国谚语的仿译。

1974 年，涅查玛·泰克（Nechama Tec）《郊区的草更绿：青少年违禁药品使用的社会学研究》（Roslyn Heights/New York：Libra Publishers，1974）

1979 年，戴维·M. 史密斯（David M. Smith）《草更绿的地方：生活在不平等的世界》（London：Penguin Books，1979）

1981 年，埃米·保罗（Amy Paul）《草更绿：Avon 出版社插图本小说》（New York：Avon Books，1981）

1983 年，J. 艾伦·彼得森（J. Allan Petersen）《草更绿之谜》（Wheaton/Illinois：Tyndale House，1983）

1987 年，弗雷德·布朗（Fred Brown）《草更绿》（Glasgow：Grafton Books，1987）

1987 年，杰兹·阿波罗（Jez Alborough）《草总是更绿》（New York：Dial Books for Young Readers，1987）

最后这本插图非常吸引人的童书，以可信的说教方式传达了这样的信息：公羊托马斯抱怨"这些草一点也不好"，接着羊群一只只都认同他，于是托马斯宣布"我们爬上那座山吧，山顶的草看上去比我们的要绿"；当所有羊爬到山顶，"发现那里的草一点不比他们自己的绿"！托马斯立刻说："啊！多美的景色啊！从这里我们能发现全国最绿的草地！"于是，所有羊又爬下山；这时托马斯突然轻轻地说："看！看！就是这儿了，全国最绿的草地！"而在这片草地，他们看到一直忙着跟兔子、蝴蝶嬉戏的小羊林肯并没有加入他们这段毫无价值的寻草之行。通过这则故事，羊群和年轻读者学到的无疑是另一边的草并不总是更绿。

弗雷德·布朗的小说《草更绿》（1987）结尾也讲了同样的道理，其这样描述对乡村生活的适应："我们待得越久，就越令人信服。我们栅栏这边也如此，草更绿。"[1] 这些书的题目大部分都在讲是否更好或更偏爱。那时候也有埃尔马·邦贝克《化粪池上的草总是更绿》这种有趣的书名（1972），这名字本身就变成了俗语。类似这些幽默或反讽的戏用谚语（anti-proverbs）作为"新"谚语在反映现代社会及其问题方面十分重要。

---

[1] Fred Brown, *The Grass is Greener.* Glasgow：Grafton Books, 1987, p. 22。

记者发现这句谚语或谚语的某些部分很适合做新闻标题是正常不过的事。以下是过去25年报纸杂志等媒体出现过的26个标题。我们注意到，记者随心所欲更改题目是基于事实：读者把这些题目和这句传统的较长的谚语并置在一起。

1967年，拉纳尔德·斯蒂尔（Ronald Steel）《另一边更绿的草》[New Republic（April 8, 1967），pp. 27-29] 斯蒂尔的书评这样结尾：左翼党应该"成熟地意识到草不仅仅因为在'另一边'就一定更绿"。

1979年，罗伯特、简·科尔斯（Robert & Jane Coles）《不是草更绿，是金钱》(New York Times [April 10, 1979], p. A19)。

1979年，杰茜卡·切雷斯金（Jessica Chereskin）《郊区的黑人：草不总是那么绿》(Psychology Today, 13, no. 5 [1979], pp. 25-26)。

1982年，弗朗辛·凯弗（Francine Kiefer）《货币基金的草更绿？波士顿银行采取措施发现真相》(Christian Science Monitor [February 1, 1982], p. B3)，文章以谚语语境开头：有时候要想辨别另一边的草是否更绿的确只有一个方法——跳过栅栏去检验。对于很多借贷机构而言，资本市场上共同基金的草看起来很茂盛。随着货币基金的到来，这些银行只能伤心地看着客户离开这一片片草地——固定利率的储蓄账户，去往更健康丰美的草地——高利率的货币基金。

1983年，迈克·考西（Mike Causey）《对联邦政府雇员来说，草并非更绿》(Washington Post [January 31, 1983], p. B2)。文章对谚语语境的解释是："华盛顿之外，大量政府高薪科学家、工程师、专家在企业已找到更绿的草场。"

1983年，杰克·肯普（Jack Kemp）《流动资金让我们失业：稳健货币会使这里的草更绿》(Washington Post [May 15, 1983], p. B5)。大家会注意到这类标题中"草"所指的货币（money）是"cash"一词的引申意义。

1983年，洛伊丝·玛丽（Lois Marie）《不要被"更绿的"草骗到离婚》(Los Angeles Times [August 15, 1983], section V, p. 1 and p. 6)。

1985年，菲尔·盖利（Phil Gailey）《参议院的草常常看着更绿》(*New York Times* [June 14, 1985], p. A14)。文章评论那些计划竞选参议院的议员。

1986 年, 大卫·克拉克·斯科特 (David Clark Scott)《认为国外草更绿的市场分析师如是说》(*Christian Science Monitor* [August 4, 1986], p. 16); 1986 年肯尼思费·L. 费希尔 (Kenneth L. Fisher)《草更绿吗?》(*Forbes* [December 15, 1986], p. 210)。文章称, 国外投资并非像某些分析师所言有那么大的潜在利润。

1987 年, 约翰·海因 (John Heins)《草看着更绿》(*Forbes* [January 26, 1987], p. 50)。文章谈风险资本家进入杠杆收购领域。

1987 年, 约翰·海因《但那边的草看着更绿》(*Forbes* [April 27, 1987], p. 54)。文章指出, 利顿工业公司 (Litton Industries), 发现重组后的日子令人相当失望。

1987 年, 埃米莉·T. 史密斯 (Emily T. Smith)《这种草总是更绿且无需割太勤》(*Business Week* [June 8, 1987], p. 96)。文章报道结缕草更易割除, 标题完美利用了谚语的字面意义。

1987 年, 翠西·霍尔 (Trish Hall)《餐馆发现在郊区草更绿》(*New York Times* [October 21, 1987], p. Cl)。

1988 年, 吉恩·科雷茨 (Gene Koretz)《对于美国投资者去年国外的草更绿》(*Business Week* [January 25, 1988], p. 24)。

1988 年, 莉萨·古伯尼克 (Lisa Gubernick)《草真的更绿吗?》(*Forbes* [March 7, 1988], p. 49)。文章报道, 洛里玛电视制作公司 (Lorimar-Telepictures Corp.) 极为清楚电视业的生财之道, 却在电影制作业至今尚未取得成功。

1988 年, 考特兰·米洛伊 (Courtland Milloy)《屏幕另一边的草更绿》(*Washington Post* [October 4, 1988], p. B3)。文章赞赏体育赛事直播, 反对电视报道。

1990 年, 萨拉简·布里蒂斯 (Sarajane Brittis)《对国外老人来说, 草并不会更绿》(*New York Times* [April 24, 1990], p. A22)。文章指出, 面对社会福利和医保问题, 美国老人并非孤例。

1990 年, J. 金·卡普兰 (J. Kim Kaplan)《没有栅栏, 但草更绿》(*Agricultural Research* [April 1990], pp. 13–14)。文章讨论结缕

草的使用让草坪更绿更健康。

1990年，约翰·罗克韦尔（John Rockwell）《在熟悉的栅栏外寻找更绿的草》（*New York Times* [May 27, 1990], p. H19）。文章讨论古典钢琴家轮演剧目的变化。

1991年，史蒂文·霍姆斯（Steven Holmes）《栅栏这边的草看着更绿时》（*New York Times* [April 21, 1991], p. E6）。文章指出，美国人有种倾向令人担忧，即认为除了他们自己的社区，情况一片糟糕。

1991年，罗伯特·L. 西米森（Robert L. Simison）《欧洲大陆的宝贝：被国内栅栏围起的地方公司发现欧洲的草更绿》（*Wall Street Journal* [October 4, 1991], p. R5）。文章解释为何贝尔电信公司正在寻找欧洲市场。

1991年，马特·素他科斯基（Matt Sutkoski）《何处芳草绿：除了这里处处有芳草》（*Vermont Times* [November 28, 1991], p. 5）。文章提到新英格兰由于经济不景气，一些公司在考虑搬离。

记者们通过隐喻性的标题间接引用此谚语来表达人们的不满，其频繁程度令人惊讶。原因是他们一定相信，读者对文中表达的积极的羡慕或坦诚的嫉妒产生共鸣是毫无困难的。其结果是，读者群感情上被影响——如果不是被控制，对这一情境或问题有了自发的思维方式。从佛蒙特州的地方报纸到高级精良的《纽约时报》或者《华尔街日报》，记者们都充分利用了这一常见俗谚中的智慧。当然，从这些例子中我们还注意到，"草"一词可以字面理解为草坪，也可从其比喻义暗指金钱或巨额融资甚至大麻（泛指毒品）。名词"草"的多义性增加了此谚语及其异文的多功能性。记者相信，为了标题容易记忆，他们想出的各种双关语读者是能够理解的。

或许让人吃惊的是，谚语本身在这些文章中或以之为名的书籍中几乎没有被重复过。通常记者或文学作家只是把这句谚语用作可辨识的一点智慧，来表明下文关于嫉妒或不满的主题。如果在正文中一次或多次重复使用，受过良好教育的读者就会觉得太过明显或有些说教。这并非说谚语在文章中或书籍中就没有可用之处，这一点以上一些书籍和文章已经说明。几个语境化的文献表明，这句谚语的书面使用并不仅限于吸引眼球的新闻标题。卡尔·桑德堡（Carl Sandburg）的长诗《早安，美国》（Good Morning, America）（1928）中有一整节都是美国俗谚语言，包括"后院的草更高"①。可以假定桑德堡或许知道1924年的这首谚语歌曲，这里他是在引用谚语的异文或者只是在利用谚语本身。另一个对此谚语巧妙利用的例子是布赖恩·奥尔迪斯（Brian Aldiss）的小说《空间、时间与纳撒尼尔》（1957）。书中作者让主角从不舒适的床上起来去拜访科幻小说家科利内特（Priestess Colinette）之前，作者对读者说："有可能你会想起那句别人草里叶绿素更绿的老话。"② 必须提到的是，上文说过的休·威廉姆斯和玛格丽特·威廉姆斯的英国喜剧《草更绿》（1959）中也有"树篱另一边的草总是更绿"③ 这样的句子，这也可以作为一个典型的英语异文，如果我们意识到英国更多的是树篱而不是栅栏。无论如何，即使在大不列颠，这句谚语的标准形式早已牢牢确立，其他英语国家如加拿大、澳大利亚等国家很可能也是如此。

但是为了证明旧异文非常顽固，以下两个20世纪60年代美国小说中的例子值得思考。海伦·赖莉（Helen Reilly）的《跟我走》（1960）写道，或许杰勒德（Gerrard）"跟往常一样再次丢了工作，不是因为能力不够——他脑子足够聪明，而是因为太懒，他讨厌任何工作。而且他天生就爱四处游荡——另一座山上的草永远更绿"④。哈里·卡迈克尔（Harry Carmichael）在小说《精神失常》（1962）中让一个角色引用了几乎一样的异文："山另外一边的草总是看着更绿。你应该知道，我们都是某种机器的奴隶。大量时间都花在文书工作上，成年累月都只是做些日常工作。"⑤ 而"山"这个异文现在也已不再频繁使用，即使是在多山的佛蒙特州乡村。

---

① *The Complete Poems of Carl Sandburg* (New York: Harcourt, Brace, Jovanovich, 1970), p. 330. 另见 Wolfgang Mieder, "*Behold the Proverbs of a People*": *A Florilegium of Proverbs in Carl Sandburg's Poem "Good Morning, America"*, *Southern Folklore Quarterly*, 35 (1971), pp. 160–168。

② Brian Aldiss, *Space, Time and Nathaniel* (London: Granada Publishing, 1957), p. 85.

③ Hugh and Margaret Williams, *The Grass is Greener. A Comedy in Two Acts* (London: Samuel French, 1959), p. 88.

④ Helen Reilly, *Follow Me* (New York: Random House, 1960), p. 13.

⑤ Harry Carmichael, *Of Unsound Mind* (Garden City/New York: Doubleday, 1962), p. 9.

另外 3 个现代小说中的例子或许有助于说明，这句谚语是如何在农村和彻底城市化并存的社会中保留下来的。罗杰斯（W. G. Rogers）在《慷慨大方的女士》（1968）中提到一个女人"只相信自家栅栏这边的草和自己种的卷心菜更绿"①。这个人只有一次好像对自己的田地满意。而简·特拉希（Jane Trahey）的小说《被幼鹅啄死》（1969）中一个女人把她的城市生活称为"牢房"。她很悲观，不知道是否"另外一边的水泥也并非更绿"②。最后一个例子是一段吐露心声的文字，出自理查德·康登（Richard Condon）的生存小说《然后我们搬到罗森纳拉：或移民的艺术》（1973）："自欺欺人的奇迹，也是人类心灵力量再生之源，不是说栅栏另一边的草看似更绿，而是根本就没有草剩下来。"③ 对这位现代文明的幸存者来说，在这个钢筋水泥的世界里，如果还剩下一些草，他就很满足了，至于对高速公路另一边绿草的期待或羡妒已经无关紧要。

而这句表达嫉妒的谚语一旦用于广告目的，情况就大不相同了。大部分广告内容是为了激发人们跨越实际的经济"栅栏"即具有可支付能力追求"更绿"商品的欲望。

于是 1936 年的某期《财富》中，《乡村生活》（Country Life）杂志早期一则广告以下面的标语和文本唤起了大地产商的需求。

草确实更绿

  实际草更绿——因为地产商把大量时间、关心、金钱花在他钟爱的地产上。

  象征意义草更绿——因为被"美国地产市场"这几个词围起来的市场供需极为丰富，满足供需的能力也很雄厚。

  ……

---

① W. G. Rogers, *Ladies Bountiful* (New York: Harcourt, Brace & World, 1968), p. 22.

② Jane Trahey, *Pecked to Death by Goslings* (Englewood Cliffs/New Jersey: Prentice-Hall, 1969), p. 6.

③ Richard Condon, *And then We Moved to Rossenarra. Or: The Art of Emigrating.* New York: Dial Press, 1973, p. 301.

只有一份杂志——《乡村生活》——独在栅栏的另一边。

只有一份杂志——《乡村生活》——独独关注美国地产商的不同问题、利益和活动。

《乡村生活》的广告商无需重复这些事实。广告商很可能没有问过自己:"我们一直以来忽视了这片最绿的草场吗?"①

任何想跟大地产商做生意的人都应该在《乡村生活》上做广告,因为正是在这里他们寻找新创意让自己的土地更加完美。1978年后《纽约客》一个页面篇幅的广告也基于同样的理念,那个被牛群围绕的广告语甚至被精简成"确实更绿"!再一次努力让广告商在"《纽约客》的广告页面投放广告,它们更绿"②。

---

① *Fortune* (November, 1936), p. 207.
② *New York Times Magazine* (May 14, 1978), p. 24.

邻家的草地总是更绿：一则表达不满足的美国谚语　/　367

谈到尽善尽美，可以在一张令人愉快的照片上看到：一头棕色小牛为了吃到另一边的青翠草叶用头抵过栅栏，旁边的广告语是"草总是更绿"。这是美国氰胺公司在销售农用化学品："栅栏另一边的草当然总是看着更绿。有时确实更绿……小牛要长成又壮又健康的大奶牛，这些草营养得多。因为有些草地具有的天然元素比另外一些更好，这些天然元素是肥沃草场必需的，其中磷必不可少。没有磷，无论植物或动物，几乎没有生物可以生存。"① 广告配图准确展现了大部分人看到这句谚语时脑海中浮现的画面，因为大家都见过牛伸头到栅栏另一边吃更绿的草。笔者最近在佛蒙特州一家二手书店见到一张带相框的黑白照片，时间大约为20世纪40年代或50年代，上面一头牛在吃栅栏另一边的草。② 还有一本童书《谚语之书》（1977），用插图描述这句谚语：栅栏两边的牛互相对视。③ 在佛蒙特州乡村，几乎每家商店至今可以看到一种明信片，上面一头棕牛在吃栅栏另一边的草，卡片下面配着几个小字"草总是更绿"，反面是玛格丽特·莫拉斯基（Margaret G. Molarsky）的短诗，解释和暗指了所有人（包括农民）跟这头牛一样嫉妒和不满足。

---

① *Fortune* (February, 1943), p. 11.
② 照片于1992年3月14日在佛蒙特州普莱菲尔德购得。
③ *Make Hay While the Sun Shines. A Book of Proverbs*. Chosen by Alison M. Abel. Illustrated by Shirley Hughes (London: Faber and Faber, 1977).

"邻家芳草绿……"勤者自给自足亦有千里沃土，可叹人心不足，只觉邻家更富。①

科林·弗赖伊（Collin Fry）1981年一幅多色画非常生动：分别被围栏隔开的4头牛都伸着头想吃到围栏另一边的草，这些贪婪不知足的牛陷入恶性循环中。马同样也会如此。1962年施韦伯电器公司一则标题为"谁说那边草更绿"的广告里，一匹马正在吃栅栏外面的草。施韦伯公司用质疑谚语智慧的方式，有力地说服消费者在购买电子产品时不必再抱着别人院子的草更绿的观念，它将完全能够跟竞争对手一样甚至超越对手，更好地满足顾客的需求和愿望。同样质疑谚语真实性的是海湾国家天然气公司和新英格兰电话公司最近的一则联合广告——"为了省钱而改用一家国家通信公司之后，海湾国家天然气有了惊人发现（枯黄草地的图片）（草没有更绿）"。最后一个例子是AMCA国际为了促进美加间的公平贸易，对此谚语异文的创造性运用，其广告语为"让栅栏两边的草同时长得更绿"。

---

① 明信片1989年开始在佛蒙特州由埃塞克斯中心艺术联合公司发行。

从国际贸易到国际政治中间只是一小步。因此,"草总是更绿"用来比喻现在不存在的"铁幕"(Iron Curtain)也就不足为奇了。1989 年英国一篇标题为《铁幕另一边的草更绿》的报纸文章中,记者迈克尔·西蒙斯(Michael Simmons)认为:"草更绿是因为现状无法让人接受。随便走进波兰或罗马尼亚的几乎任一家快餐店或者东欧首都以外的任一家快餐店,都会强化这一观点——尽管可能不准确。任何真正有能力复苏经济的人,比如玛格丽特·撒切尔(Margaret Thatcher),一定有很多优秀品质。"① 更极端的是 1988 年民俗学者玛丽·贝丝·斯坦(Mary Beth Stein)拍摄的柏林墙上的涂鸦,内容是"草并不是更绿"②。这句戏用谚语实际上是以简短的俗谚形式,表达了东欧尤其是东德共产主义政权的极度腐败。

---

① Michael Simmons, *Grass is Greener on Other Side of the Iron Curtain*, Manchester Guardian (September 2, 1989), p.10.
② 感谢朋友兼同事玛丽·贝丝·斯坦提供这个独一无二的柏林墙上的英语谚语涂鸦。

370　/　第四编　谚语与日常生活

"Hey! Your grass is greener."

"That's Harold for you—other pastures always look greener!"

　　同样，漫画家也不断使用这句谚语对无处不在的社会问题和人的心理问题表达观点。之前已经提到，名词"草"在某些书名里指大麻。1983 年杰斯·尼伦贝格记录的南加州的涂鸦，内容是"边界另一边的草更绿"①。相比于天真可爱的是阿丹写给朋友的话，这个朋友说自己也想

---

① Jess Nierenberg, *Proverbs in Graffiti. Taunting Traditional Wisdom*, Maledicta, 7 (1983), pp. 41 – 58.

有个阿丹妈妈那样的妈妈："别人家厨房里的草总是看着更绿。"① 类似的幽默在连环漫画《我们这一家》（Hi and Lois）也有：小特丽克西（Trixie）想吃妈妈的豌豆而不是自己的，因为"桌子另一边的豌豆总是更绿"。但并非所有此谚语的双关都是这么无邪。詹姆斯·费布尔曼（James Feibleman）在《我们时代的新谚语》（1978）一书中有句俏皮话跟性有关："栅栏另一边的胸看着更绿。"② 在一幅生动的卡通画里，一位妻子跟她的女性朋友说到丈夫跟一个漂亮女孩儿聊天这件事："那就是哈罗德——别的草场的草总是看着更绿。"③ 一个名叫《出发》（Sally Forth）的连环漫画里，一个女人跟她的已婚朋友讲起约会的麻烦事。听完整个故事，朋友说："应该要求已婚人士偶尔也听一下单身人士讲讲约会的事儿。"而这个单身女性机智地答道："没有什么比一小片枯黄的草更能阻止他们跳过栅栏了。"④ 性政治也同样在《妈妈》（Momma）这本连环漫画里有所描述：一位母亲谴责说自己女儿不能像别人一样找到一个好男人，这个女儿回答"哦，妈妈，栅栏另一边的草总是更绿"，于是母亲厌弃地反驳"尤其在你这边，连一根草都没有"⑤。这句谚语的传统措辞或者适当的变化，的确可以用到日常的性和婚姻上。

---

① *Burlington Free Press*, February 20, 1976, p. 24. *Burlington Free Press*, March 27, 1991, 13A.
② James K. Feibleman, *New Proverbs for Our Day*, New York: Horizon Press, 1978, p. 73.
③ *New Yorker*, March 21, 1959, p. 45.
④ *Los Angeles Times* (June 9, 1988), section V, p. 19. I owe this reference and all others from the *Los Angeles Times* to my friend and colleague Shirley Arora.
⑤ *Los Angeles Times* (August 23, 1985), section V, p. 27.

该谚语用在连环漫画中另有 3 个例子，都出自比尔·瑞秦（Bill Rechin）和唐·怀尔德（Don Wilder）创作的《克罗克》（Crock）系列。第一个例子，克罗克率领他的士兵穿越沙漠时打算扎营过夜。霍索恩（Hawthorne）想找一个更好的地方，克罗克回答道"你当然不是唯一认为另一边的草更绿的人"。讽刺的是读者能看到小山的另一边就是鲜美的绿洲。1988 年，这两位艺术家回到了对此谚语的两种相同的解释。其中一个士兵霍索恩抱怨说："你让我们在沙漠里漫无目的地行进，在这里迷失了二十年。"克罗克的回答轻描淡写又很完美："草总是更绿，对吗，霍索恩？"在漫画的第三集，克罗克和一个士兵在钟楼上望着远方带游泳池的华丽之地，他再次荒唐地重复了此谚语的标准版本："在这里就要知足，维恩……栅栏另一边的草总是看着更绿。"这句话的讽刺性简直令人无法忍受，我们会怀疑克罗克的部下或者普通人愿意把这句俗谚的借口作为答案还能持续多久。

最后还有一幅漫画清晰地表达了这句谚语无法回避的真理。一匹马站在草已经完全吃光的栅栏边，望着邻近草地的美味青草想："它的确更绿！"这匹马和它的想法对观者而言就是一个现代寓言。每个人都知道，"栅栏另一边的草总是更绿"及它的无数异文，都是在警告人们不要过分强调嫉妒和不满足。然而，健康愉快的痴心妄想是人类生存的一部分，是自然不过的事，推动着人们向前而不是在失望中绝望。这句相对较新的美国谚语表达了人们普遍体验过的性格特征，正是如此，它在 1924 年首次出现在流行歌曲中之后就变得如此受欢迎。其智慧虽然受到现代社会戏仿和戏用的挑战，但认为"邻家的草地更绿"有时候不是真实写照的人少之又少。

补 遗

本书完成后，又收到加州大学伯克利分校美国民俗学专业学生玛格丽特·皮内利（Margaret Pinelli）女士的歌曲文本。这首由特伦特和托尼·哈奇（Trent/Tony Hatch）创作、佩图拉·克拉克（Petula Clark）演唱的歌曲《别人的草总是更绿》（*The Other Man's Grass is always Greener*）发行时间大概为 1966—1968 年，歌词如下：

生活从来不是看起来的样子，我们总在梦里寻找，结果发现只是空中楼阁。当烦恼开始笼罩心灵，很难将其完全抛之脑后，只能假装无忧无虑。想象中有一个人，你希望为之设身处地。你甚至会毫不犹豫改变你的生活。但是如果你必须做出选择的话，你会吗？所以不要东张西望，还是脚踏实地吧。现在其实好很多，做你自己就好。

合唱：别人的草总是更绿，另一边的阳光也更灿烂。别人的草总是更绿，有人幸运，有人不幸，而我感恩我所拥有的。

曾经很多次，好像我宁愿成为另一个人，活在虚假的世界里。睡到近3点钟，没有什么可忧虑的，这仿佛就是我想达到的生活目标。内心深处我知道自己是幸运的，拥有我以前从未意识到的幸福。只要有你在身边，我知道我就别无所求。生活可以带着内心的爱开始。只要永远和你在一起，我渴望的所有宝藏便是我的。

合唱：别人的草总是更绿，另一边的阳光也更灿烂。别人的草总是更绿，有人幸运，有人不幸，而我感恩我所拥有的。

每日一苹果，医生远离我：
英语医药谚语的传统性与现代性

【编译者按】 本文（An Apple a Day Keeps the Doctor away：Traditional and Modern Aspects of English Medical Proverbs）发表于1991年的《谣谚》第8期（*Proverbium*, 8：77 - 106）。作者深入挖掘了该谚语的历史起源，展示了其历史演变，是谚语研究的又一方法样板。尤其有意义的是，作者通过该谚语探讨了不同文化和语境下的健康卫生观，为研究医药健康方面的谚语开拓了新途径，对于当代生活方式以及相关的公共卫生和健康事业具有重要意义。

自人类存在伊始，身体与心灵的健康一直是人们关注的焦点。正如罗马讽刺诗人朱文诺（Juvenal）所引用的古拉丁文谚语："有健全的体格，才有健全的精神（Mens sana in corpore sano）。"英文译为："健全的心智寓于健全的体魄。"这是1578年首次出现的一个典型的谚语平行结构，它对基于民间智慧来自几代积累的常识性医学观察，仅是略微作了总结，但在今日它仍如真理般有效，一如几个世纪以前。[①] 诸如此类的健康法则还有"疾病骑着马来，却是徒步离开（病来如山倒，病去如抽丝）""健康胜于财富""毒病要用毒药医""良药苦口利于病"，当然还有拉丁语谚语"类病类治"（similia similibus curantur），其英文翻译为"以毒攻毒"，这些均演化为顺势疗法的基本原则。这种以民间谚语为形式的古老医学建议，在中世纪大多已被译为本土语言，进而成为国际传

---

① F. P. Wilson, *The Oxford Dictionary of English Proverbs*. Oxford：Clarendon Press. 1970：755.

播语料库富有意义的一部分。

当然,也有相当数量的医学谚语,它们来自并流行于少数民族或各民族语言。没有哪一个谚语集里不包含关于健康或疾病的谚语,一些收集特殊医学谚语的汇编甚至可以追溯至中世纪晚期。约翰·雷(John Ray)的《英语谚语补集》曾收录了早期的专业英语医学谚语集,标题为"有关于健康、饮食和疾病的谚语与谚语观察"。其中有许多众所周知的健康法则,如"午饭后要坐,晚饭后要走""一位优秀的外科医生必须有鹰的眼睛,狮子的心和淑女的手""黄油早晨是金,中午是银,晚上是铅""午夜前睡觉,一小时抵两小时""饮食、静心与愉快,这三者是最好的医师"。文森特·利恩(Vincent Stuckey Lean)于1902年出版了一系列英国和其它欧洲国家医学谚语书籍[1],其中包含诸多与食物、健康、疾病相关的日常生活智慧,如:"应为活着而吃饭,不应为吃饭而活着","由俭入奢易,由奢入俭难"、"保健的第一步就是知道自己有病(人贵在有自知之明)"和"每一种疾病都有它的原因"。从科学的角度来看,这些文本外并不特别具备启发性,然而它们还是对人类的基本健康问题阐述了一些共同观点。值得注意的是,某些谚语极具讽刺意味,如"病吞钱包""上帝治病,医生收费""能医不自医""医生制造最坏的病人",通过这些对若干医疗基本问题的民间评论,我们会发现,即使是今日,此类问题仍层出不穷。

然而,毋庸置疑的是,大多数所谓的医学谚语都是相当笼统的陈述。正如罗素·埃尔姆奎斯特(Russell A. Elmquist)在一篇名为《英语医学谚语》的文章中所指出的,谚语难以"提供具体的科学性医学建议"[2]。就今日的医学专业而言,这些健康谚语对于现代物理学家、外科医生甚至医学教授来说,即陈旧又迂腐,也不科学。当然,对于10年前我们尚不熟知的疾病而言,这些古老的谚语显然不能与学术书籍和杂志的科学智慧相抗衡。因此,我们没有看到关于军团菌病、器官移植或艾滋病的谚语,但关于一般健康问题的谚语,如普通感冒、正常饮食、睡眠、卫

---

[1] Vincent Stuckey Lean, *Lean's Collectanea*, Vol. I. Bristol: J. W. Arrowsmith, 1902: 1478 – 1509.

[2] Russell A. Elmquist, English Medical Proverbs. *Modem Philology*, 1934 – 1935. 32: 75 – 84.

生等，不下数十种。

这一点可以从赫尔穆特·塞德尔（Helmut A. Seidl）对400多条英、德医学谚语历时性的医学分析中得以证实，这是迄今为止对于英语健康谚语最全面的分析。在题为《英德医学谚语》的书中，塞德尔讨论了大量饮食谚语，如"饿时吃，渴时喝""吃得好，喝得好""人是铁，饭是钢""肉和酒使人早逝"等；关于身体的谚语，塞德尔分析了诸如"没有好睡眠就没有健康"，"活得越快，越早下葬（懒人长命）"，"保好头脚不受凉，其余部位可无恙"和"热的东西，尖锐的东西，甜的东西，冷的东西，都会腐蚀牙齿"①。有趣的是，民间也有与所谓的心理引发疾病的相关谚语，例如，"烦恼生白发""快乐使人不老""笑是最好的良方""两件事使你长寿：一颗安静的心，一位慈爱的妻子"。除了上述文本外，塞德尔还分析了有关一般医疗的谚语建议，如"轻敌而不轻伤""不同疮不同膏""重症还得猛药治""自然、时间和耐心是三位伟大的医生"，这些例子足以说明大多数英语医学谚语的普适性质。虽然，科学家并不在产生谚语的病房工作，但这并不影响这些医疗谚语为每日健康生活提供有价值的信息。

当然，问题也由此产生，大量有关保健的书籍、杂志、文章以及关于医学、康养等最新突破的电视报道，使得外行人也可以了解医学知识，这些谚语中还有多少在今日仍被奉行？目前为止仍被引用的健康谚语，并未显现出更多价值，事实上，有些医学谚语相较于其他生活谚语，已迅速被现代科学的发展淘汰。诸如"小别胜新婚""欲速则不达""厨师太多糟蹋汤"等谚语，因其普遍的吸引力和对真理的坚定主张，一如既往地广受欢迎；而与此对照的古老医学谚语，如"吃得正好，吃得轻松，睡得上楼，活得愉快"或"要想活得长，喝牛奶后清洗肝"已不再使用，特别是后一文本的观点，在医学上已被证实是错误的。往昔，肝脏被误认为是消化器官，而被视作营养饮品的牛奶起初并未受到重视，人们认为饮用牛奶之后应再喝点什么去清洗肝脏。当民众意识到这条肝脏和牛奶相关的谚语有多么荒谬，显然它就会被时代淘汰。

---

① Seidl, Helmut A. 1982. *Medizinische Sprichw&rter im Englischen und Deutschen. Eine diachrone Untersuchimg zur vergleichenden Pardmiologie*. Bern: PeterLang. 1982: 106.

然而，有一些英语医学谚语在任何时候都很流行，比如"眼不见，心不烦""滚石不生苔""早起的鸟儿有虫吃"。尤其是这4条健康谚语："预防甚于治疗"及其变体"一盎司的预防抵得上一磅的治疗"，"早睡早起，使人健康、富裕和聪明"，"伤风时宜吃，发热时宜饿"，以及最流行的医学谚语"每日一苹果，医生远离我"。由于这些文本使用了隐喻修辞的语言结构并能提供合理的医学建议，增加了文本的记忆性和可复制性，故而被社会各阶层高频使用。下文将对这4个医学谚语的历史起源、发展演变及其意义与现代功用进行详细的探讨。在民间，它们如此流行而不被认为是神圣的医学建议，人们甚至还喜欢仿造它们，并将之创造性地运用到远离医疗事务的新语境中。值得肯定的是，传统谚语及其信息总是处于这种创新的、反谚语的背景之下，在传统和创新之间产生更多有趣的语言与语义的关联。

一 预防胜于治疗

在"预防胜于治疗"的案例中，一些学者试图找寻其拉丁语起源或类似的起源，均告失败。迄今为止发现的最早的英语变体，出现在托马斯·亚当斯（Thomas Adams）1618年的宗教著作中，从一开始他就将其与医学意义相联系："预防远胜于治愈，因为它减轻了患病的痛苦。"自1685年后，出现了"预防的智慧胜于补救的智慧"的变体，而文本"预防比治疗更可取"则首次出现在托马斯·富勒的《格言警句集》一书里。1751年，我们能找到更为明确的陈述"预防是更好的治疗，谚语如此说，并且真实"，1826年在约翰·宾塔（John Pintard）的信件中，它被最后标准化为"预防甚于治疗"[1]，也就是说，至迟于19世纪中叶，此文本已确立。1850年，查尔斯·狄更斯（Charles Dickens）在小说《马丁·瞿述维》（*Martin* Chuzzlewit）中使用了它。1858年，此谚语还成为版画和小

---

[1] Bartlett JereWhiting, *Early American Proverbs and Proverbial Phrases*, Cambridge, Massachusetts: Harvard University Press. 1977: 347. John A. Simpson, *The Concise Oxford Dictionary of Proverbs*. Oxford: Oxford University Press. 1982: 183.

型说教诗的主题①。

预防胜于治疗

孩子徘徊在危险之中,

母亲将他从下坠的命运中拽回,

阻止他的堕落;

这样才是最好的明证,

而不是折断的四肢,忍受数小时的痛苦。

你能阻止男人喝朗姆酒吗?

摧毁他的酒,

是最正确的做法。

对这条谚语如此刻板和维多利亚式的解读产生了幽默的反应,比如1863 年以健康主义为形式的讽刺谚语:"'预防胜于治疗',正如猪竭尽全力逃避屠夫的杀戮时所说的那样。"② 与此同时,乔治·康姆华尔·路易斯(Sir George Comewall Lewis)写道:"在我看来,十有八九的病例中,治愈胜过预防。……通过展望一切可能的邪恶,我们浪费了最好的力量去治愈一个正在发生的邪恶。"如果这是对维多利亚时代谚语一种相当自由的反应,那么美国 19 世纪作家亨利·塞德利(Henry Sedley)在 1865 年通过让其中一位人物观察"如果我是女孩的父亲","他会认为预防比治疗更好一些"回到了谚语的道德价值。从 20 世纪的小说中,我们还可以引用 1927 年的"预防胜于事后研究"和 1930 年的"预防比事后尝试治愈更重要"的有趣变体③。然而,大部分谚语仍然以"预防胜于治疗"被引用。

较长的变体如"一盎司的预防抵得上一磅的治疗",在美国尤其受欢

---

① Barber 1858: 241.

② Wolfgang Mieder. *American Proverbs: A Study of Texts and Contexts*, Bern: Peter Lang. 1989: 232.

③ Bartlett Jere Whiting, *Modem Proverbs and Proverbial Sayings*. Cambridge, Massachusetts: Harvard University Press. 1989: 510.

迎，它与较短版本相互竞争，如"一盎司的谨慎胜于一磅的智慧"，"一盎司母亲的智慧胜于一磅的学习"，"一盎司的财富胜于一磅的预测"，"一盎司的欢笑胜于一磅的悲伤"以及"一盎司的实践胜于一磅的规诫"，这些变体都要早于它们的医学谚语模版，甚至"一盎司的经验胜于一磅的科学"早在1748年就已被注册。1935年，夸克石油公司将此谚语最后的变体文本作为其有效的广告标语："一盎司的经验胜于一磅的言辞。"一位驾驶员解释道，尽管他对发动机和汽车知之甚少，但从经验来看，这种特殊的汽车润滑油远比言语表述的更有价值。所有这些谚语变体均可归纳为"一盎司 X 抵得上一磅 Y"的模式，而且很有可能正是富兰克林采用的较短的英国版本"预防胜于治疗"适用于这个结构，从而创造了"盎司"的变体谚语。在富兰克林1735年的《可怜的理查德年鉴》(Poor Richard Almananac) 中出现了"预防胜过治疗"。他在1750年9月13日写给塞缪尔·约翰逊的信中也使用了这句谚语，有力证明了此则谚语在医学上的重要意义。①

听说你病了，我很难过：如果你还没有习惯发热与寒战的话，请允许我给你一个忠告。不要以为自己已彻底治愈了，所以过早地停止使用树皮。记得忠实地按预防的剂量服用。如果你不再发热了，两到三周内，仍需每天服用一两剂药。如果你采用粉末混合物，快速加入一杯牛奶茶，这绝不会令人难以忍受，甚至尝起来就像巧克力。有一个古老的说法："一盎司的预防胜于一磅的治疗。"树皮当然也是真正的治疗，服用一小部分将更会多地防止寒热，而不是去消除它们。

富兰克林在1784年再次使用了此条谚语，由于他的著作难以置信地流行，这一变体很快成为一则正式的谚语，并且是这个国家最普遍的版本。②

---

① Benjamin Franklin, *The Papers of Benjamin Franklin*. Vol. Ⅳ. Ed. Leonard W. Labaree. New Haven, Connecticut: Yale University Press. 1961: Ⅳ, 63.

② Archer Taylor and Bartlett Jere Whiting, *Dictionary of American Proverbs and Proverbial Phrases*, Cambridge, Massachusetts: Harvard University Press. 1958: 24. Whiting, Bartlett Jere 1989. *Modem Proverbs and Proverbial Sayings*. Cambridge, Massachusetts: Harvard University Press. 1989 9: 465.

事实上，这条倍受欢迎的谚语通常只引用前半句。1952年，美国宝来公司（Burroughs）的一则广告便以"一盎司的预防"作为标题，提请人们注意一种新的缩微摄影商业记录的方法，而此方法是"防止重要记录丢失或毁坏最有效的预防措施"。10年之后，瑞科达（Recordak）公司使用极为类似的半截谚语"五盎司的预防"作为标题来宣传它的缩微胶片服务。自1957年始，巴特利特树木专家（Bartlett Tree Experts）就用"一盎司的科学预防"作为口号来宣传他们在树木护理方面的专长。该报告的部分内容相当医学化："就像医药科学的巨大进步一样，现代树木护理与50年前的原始方法几乎没有什么相似之处。修复损伤的时间不足以切除已经死亡的肢体。今天，我们一如既往地寻找'为什么'的答案——损害或疾病的原因，并应用各种现代技术和治疗手段……没有人比巴特莱特的客户更清楚，一盎司的科学预防价值抵得上几磅的治疗。"看到这些"树木外科医生"如何使用医学谚语来推销他们的服务，这真是令人着迷。通过使用此条谚语来宣传医疗产品，肯定也不会让人感到惊讶了。一个新孢霉素软膏的杂志广告标题为"半盎司的预防"，副标题的部分内容如下："用它来预防局部感染，或治疗已受的感染，无论何种情况，它都会是良药……半盎司的预防，也可提供一盎司的预防以及方便的铝箔包。"在这个强调各种预防措施的社会中，如果发现一个卡通人物在药店里向一个消费者宣称"我有一盎司的预防"时，我们应该也不会感到惊讶。

此则谚语或其残留物也继续以非医学的意义而被使用。因此，乔治·梅（George S. May）工程公司告诉他们的潜在客户"一盎司的预防或一磅治疗"，其工程师可以为他们的问题提供预防或治疗。图片下方的说明描述了一名反铲操作员试图打破佛蒙特州疯狂河上的冰以防止洪水，非常恰当地说明了"一盎司的预防"的有效性。有一篇报刊文章的标题亦采用了完整的谚语"一盎司的预防胜于一磅的治疗"。这篇文章是一本为佛蒙特人编写的消费者手册，旨在保护他们免受虚假广告和市场营销的影响。这本小册子的标题是"一盎司预防"的谚语，希望它能阻止消费者使用以头痛药或更严重的药物形式出现的大剂量疗法。

如果一个国家曾经对度量系统制度进行过调整，那么对此则谚语最后两个引用所处理的问题似乎就会出现。在一篇关于《节约型森林》的

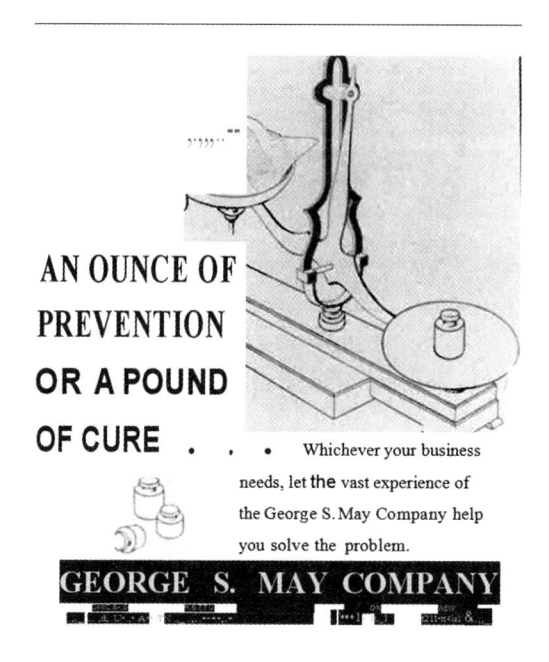

幽默杂志文章中，一位记者挖苦道，我们的谚语必须是"28克的预防胜于45/100公斤的治疗"，加拿大诗人约翰·科伦坡（John Robert Colombo）则提出了"一毫克预防胜于一公斤治疗"的变体。不过，不必担心，因为即使我们改用度量公制，这条谚语也能经受住冲击。与其说谚语的个别单词很重要，倒不如说整个思想都体现在了谚语的隐喻之中。过时的盎司和磅的测量值仍然象征性地表明少量预防比大剂量治疗更好，这也解释了为什么谚语"一盎司的预防值一磅的治疗"既可以被解释为特殊的医学谚语，也可以被视作普通谚语，它指出无论我们从事什么，只要稍微注意一下最初所做的，就能为将来省去更多不必要的麻烦。正是谚语的多义性，使得它们能如此灵活地适应新的语境和解释。

二 早睡早起，使人健康、富裕和聪明

关于第二则更受欢迎的医药谚语的讨论，必须以富兰克林并未创造出这则美国人最喜爱的名言为开端，尽管许多参考书和公共演讲中，此谚语被频频称赞。谚语"早睡早起，使人健康、富有和聪明"始于15世纪，在1496年出版时，它以一个精确的引导公式证明了它的谚语属性：

"正如古老的英吉利谚语所云，凡是早起的人，将是至善的、健康的和聪明的。"1523 年，我们发现了一个中世纪晚期带有英文翻译的拉丁语变体，这表明和其他许多同时期的谚语一样被用于学校的翻译练习："在语法学校中，我学习了一篇诗文，就是这个'Sanat, sanctificat, et ditat surgere mane'，意思是'早起使人身心康健且善良'。"大约从 1530 年开始，我们可以引用变体"正如我父亲教导我的，早早起床可拥有三种特权：健康、快乐与财富"。一百年后，这些变体的主要版本才得以发展，这让我们意识到谚语在语言和结构上的发展都是需要时间的，尤其是在广播、电视和新闻等大众媒体还无法同时使成千上万的人了解一个新谚语的时候。约翰·克拉克（John Clarke）在 1639 年的谚语系列《盎格鲁-拉丁谚语》（Paroemiologia Anglo-Latina）中收录了此谚语的标准形式"早睡早起，使人健康、富裕与机智"。这个形式也于 1670 年出现在约翰·瑞（John Ray）颇有影响力的英语谚语集中。富兰克林最有可能从口头流传中得知这句谚语的韵律，或者他将其从雷的合集中复制出来，并收录于自己 1735 年 10 月出版的《可怜的理查德年鉴》中。他在 1758 年和 1779 年再次使用了此则谚语，毫无疑问，得益于他的帮助，这一谚语才在蓬勃发展的美国普及开来。[①]

从医学的观点来看，这则谚语显然很贴切，它告诉人们需要适量的睡眠，至于能否转化为财富和智慧，并不一定保证，但毋庸置疑的是一个休息充分的人才可能更好地学习和工作，从而导致知识和经济福利的增加。参考 1782 年 1 月 9 日，由富兰克林的当代拥护者塞缪尔·科文（Samuel Curwen）撰写的日记，引用了这条颇具医学意义的谚语。[②]

> 5 点钟时，杰弗里斯医生打来电话，应我的请求，他给了我一些意见。考虑到我的年龄较长以及以往的身体状况，我应该用温热的、

[①] Whiting, Bartlett Jere. 1977. *Early American Proverbs and Proverbial Phrases*. Cambridge, Massachusetts: Harvard University Press. 1977: 24; Barbour Frances M. 1974. *A Concordance to the Sayings in Franklin's Poor Richard*. Detroit, Michigan: Gale Research Co.; Mieder, Wolfgang 1989. *American Proverbs: A Study of Texts and Contexts*, Bern: Peter Lang. 1989: 129–142.

[②] Curwen, Samuel. 1972. *The Journal of Samuel Curwen*, *Loyalist*. Ed. Andrew Oliver. Cambridge, Massachusetts: Harvard University Press. 1972: 11, 804.

最好的干葡萄酒,最好用像马迪拉、雪莉、干山等品质优良的葡萄酒,而不是疏淡的红色产品。烈酒如白兰地和杜松子酒,在水中浸泡,不加糖。只选择蔬菜如萝卜、胡萝卜、洋葱、土豆等,还有不含黄油或酱汁的肉,只烤或煮,但数量要适中。茶要节俭,不要让胃长时间空着,也不要吃饱就寝。早睡早起,适度运动。不要其他的麦芽酒,只要温和的黑啤。尽量多呼吸一些新鲜空气。

这一段读起来几乎像是一篇流行杂志上关于饮食和锻炼的文章中语句,我们可以想象,在这段时期里,另一个新的健康计划中也能找到类似的句子:"早睡早起,适度运动。"

与此同时,我们还能找到许多对19世纪谚语引用的参考,但我们仅限于当时的一些主要文学人物。赫尔曼·梅尔维尔(Herman Melville)在他的《白鲸记》(*Moby Dick*)中提及了这句谚语,同时也将其与同样著名的谚语"早起的鸟儿有虫吃"联系在了一起:"一般来说,他(马车夫)是早起的鸟儿——早睡早起——是的,他就是那只捉虫的鸟。"①

从伊丽莎·库克开始,我们可以引用题为《早睡早起》的10首诗中部分内容,这些诗作为典型的教学内容,讨论了此类众所周知的谚语对于健康、财富和智慧的良好生活的价值。②

早睡早起

"早睡早起。"
哎呀!把它记在你的脑子里,
因为这有助于使愚昧人有智慧,铲除痛苦的杂草。
你们谁将赢得持久的财富,
获得快乐与平和的力量;
你们想把劳动和健康结合起来的人,必须早点开始。

---

① Herman Melville, *Moby-Dick or, The Whale*. Eds. Luther S. Manfield and Howard P. Vincent. New York: Hendricks House. 1962: 17.

② Eliza Cook, *The Poetical Works of Eliza Cook*. London: Frderick Wame. 1869: 451-452.

......
眼睛明亮，心光明亮，掌握征服者的力量。
谁若准备就绪且勇敢，在早起的帮助下，
就能宣称时间是他的奴隶。

这种对谚语几乎是虔诚的解释，宣扬严谨的新教伦理，值得与更自由的观点形成对比。富兰克林和他的谚语智慧达到了崇高和坚持的高度，以至于马克·吐温认为适合撰写一篇短文，取讽刺性的标题为《晚年的富兰克林》。在这里，他抨击富兰克林"把自己的才华献给了箴言和警句的发明，这些箴言和警句是精心设计的，旨在为后来所有年龄段的新生代造成痛苦"。他回忆起自己的童年，他的父亲以及大多数父母是如何引用《可怜的理查德》中令人厌烦的谚语，他做了以下幽默且生动的评论。[1]

他（富兰克林）的格言对男孩充满了敌意。如今，一个男孩如果不认真听那些永恒的格言，不当场听富兰克林的话，就不能遵从一种自然本能。如果他买了两美分的花生，他的父亲便会说"记住富兰克林所说的话，我的儿子——'一天一丁点，一年一便士'"，这些花生带来的愉悦瞬间便消失了。如果他在完成功课想要玩一会儿陀螺时，他的父亲便会引用"拖延是时间的窃贼"。如果他做了一个善举却没有得到任何回报时，那是因为"美德本身就是奖励"。这个男孩会因被剥夺了自然的休息时间而被追逐致死，因为富兰克林曾经在那充满恶意的启发性谚语中说过："早睡早起，使人健康、富裕和聪明。"就好像健康、富有、明智就应该是他的目标。那些格言通过我的父母在我身上做实验，这带给我的悲伤是无法言喻的。真实的结果是让我衰弱、贫困和精神失常。当我还是个男孩的时候，我的父母习惯于在早上9点之前叫我起来，如果他们让我自然地休息，那我现在会是什么样？毫无疑问，会受到所有人的尊重。

---

[1] Mark Twain, *The Writings of Mark Twain*. Vol. XIX: Sketches New and Old, New York: Harper & Brothers. 1917: 189-190.

在这里,我们看到,如果谚语被过度地用作普遍的规则,那么它们确实会有其消极的一面。即使是一则健康的谚语,如果过于严格遵守,也会导致疾病。谚语"万物适度",显然也适用于谚语的使用。

吐温绝对不喜欢这种特殊的医学谚语。在他 1880 年出版的《浪迹海外》(A Tramp Abroad)一书中描写如何组织游览勃朗峰时,他以一种幽默的描述方式再次提及此谚语:"所用的时间通常是 3 天,并且起得足够早,使人前所未有的'健康、富有和智慧'。"① 大约在同一时间,出现了一个匿名的诗节,指出女性尤其需要这个谚语的建议。②

> 早睡早起
> 使女人健康、富裕和聪明。
> 好好过你的生活,慢慢变老,
> 不要让医生拿走你的金子,
> 也不要让教堂司事将你用泥土覆盖。

这种相当反女权主义的谚语变异与这样一种观念联系在一起,即严谨的家务劳动和妇女的纯洁生活将确保其健康和长寿,从而使男性的剥削可能会持续更长的时间。

然而,这个谚语大多数的现代变体都有相当幽默或讽刺的解释,正如以下文本将会体现的一样。1900 年前后,乔治·阿德(George Ade)提出了"早睡早起,会让你错过所有普通人";1936 年,多萝西·帕克(Dorothy Parker)写出了这样的诗句:"早睡,除非希望早死。11 点前上床,傻子 7 点就睡。"③ 卡尔·桑德堡(Carl Sandburg)在他的诗《早安,美国》中加入了"早睡早起,你永远不会见到任何杰出人物"④。20 世纪

---

① Mark Twain, *The Writings of Mark Twain*. Vol. IV: A Tramp Abroad. New York: Harper & Brothers. 1907:171.

② R. H. Busk. *Early to Bed*. Notes and Queries 6th series, 1883:136.

③ Burton Stevenson, *The Macmillan Book of Proverbs, Maxims, and Famous Phrases*, New York: Macmillan. 1948:1995.

④ Carl Sandburg, *The Complete Poems by Carl Sandburg*. New York: Harcourt, Brace, Jovanovich. 1970:330.

上半叶起，出现了谚语"早睡早起，你穿着属于其他人的东西（1927）""早睡早起，你的女孩和其他人约会（1935）""晚睡晚起，谁在乎聪明？"（1942）①。詹姆斯·瑟伯（James Thurber）以"道德：早起早睡，使男性健康、富裕、死亡"来作为他的现代寓言《伯劳鸟和花栗鼠》（1939）的结束语。② 罗伯森·戴维（Robertson Davies）于1947年撰写了这些关于"夏令时"的有趣言论，这些言论让我们想起了马克·吐温对于这句谚语的反应③。

> 我真的不在乎时间是怎么算的，只要对它有某种共识，但我反对别人告诉我节省日光，因为我的理智告诉我，我并没有这么做。我甚至反对这样的暗示，如果在太阳升起之后还躺在床上，就是在浪费一些有价值的东西。作为月光的崇拜者，我不喜欢那些想要减少享受夜晚时间的人的专横坚持。在夏令时计划之后，我发现了清教徒的蓝手指，他们渴望早点将人们推上床并早早起床，是为了让他们健康、富裕和聪明，而不管人们自己作何想法。

爱达荷州有人收集到了"早睡早起很沉闷，不是吗？"的变体。在1966年哥伦比亚电视广播公司的一个名为"直实照相机"电视节目上，孩子们如此回应谚语"早睡早起，使人……"，他们加上了"累"和"无法看电视"。④ 也许这些孩子已经从严格的传统谚语中解放出来，或者在这个国家的文化素养低到如此程度，年轻人甚至并不知晓最常见的谚语？

一本由露易斯·萨非安（Louis A. Safian）编写的引人入胜的箴言书《更新的箴言》特别值得一提。作者以幽默或讽刺的反谚语形式，撰写了

---

① Wolfgang Mieder, *American Proverbs: A Study of Texts and Contexts*, Bern: Peter Lang. 1989: 255.

② James Thurber, *Thurber Carnival*. New York: The Modern Library. 1945: 255.

③ Robertson Davies, *The Diary of Samuel Marchbanks*. Toronto: Clarke, Irwin& Co. 1947: 72; Bartlett Jere Whiting, *Modem Proverbs and Proverbial Sayings*. Cambridge, Massachusetts: Harvard University Press. 1989: 37.

④ Wolfgang Mieder, *American Proverbs: A Study of Texts and Contexts*, Bern: Peter Lang. 1989: 259-260.

64页谚语的戏谑模仿,他对医学谚语特别具有创造性①。

> 早睡早起,
> ——你的女朋友和其他男人去约会了。
> ——不要让女孩成为这些家伙的朋友。
> ——这可能意味着你的电视机正在修理中,
> ——以及这是一个肯定的迹象,你不关心晚档节目。
> ——你的邻居会想知道为什么你不能找到一份更好时间的工作。
> ——你会想念一些最有趣的人。
> ——你仍然是一名不熟练的员工。
> ——你永远不会看到你眼中的红血丝,
> ——让你健康,但成为社交失败者。

这些文本表达了社会评论,这两个萨菲安附加的文本也是真实的,他改成了"晚睡"和"早起"。

> 晚睡早起,你的眼睛会有黑眼圈。
> 晚睡早起,你的头会五倍大。

这种对传统谚语的戏谑也进入了漫画和连环画的世界。其中一个"B. C."连环画呈现了谚语的变化"早睡早起,让人有理由隐藏他的眼睛",一张1980年的生日卡片试图辩解道:"生日那天……如果你对健康、富裕和聪明都不感兴趣……早点上床睡觉?!"夏甲连环漫画提出了有关早起谚语的许多争论,然后为了避免早起而创造了一个新的文本:"起来,'老虎'——早起的鸟儿捉到了虫子——起床了,懒虫,不要浪费生命。——早睡早起让人健康、富有而聪明——早起的人是一个十足的大傻瓜——我知道,如果我尝试了足够长的时间,我会找到我喜欢的那个。"可以想象一下这样的画面,两位地狱天使诧异地站在浴室墙前,看到满墙写满了关于健康、诚实和正派标语,包括我们的"早睡早

---

① Louis A. Safian. *The Book of Update Proverbs*. New York:Abelard-Schuman. 1967:32 – 33.

起……"。他们对卡通画说明的反应是一个困惑的问题——"嘿，伙计！这是一个什么样的地方"。这两幅漫画都表明，原始措辞中的谚语在我们的技术社会中继续发挥着重要作用。必须要记住的是，上面提到的众所周知的双关语，只有与传统的谚语文本并列才有意义，而我们不时地吟诵谚语，也会在某些情况下将它们视为真正的智慧。

三　伤风时宜吃，发热时宜饿

在这里讨论的 4 则医学谚语中，"伤风时宜吃，发热时宜饿"提供了最精确的医学建议，但同时也是科学观点中最具争议性的文本。它相对最近的起源于 19 世纪中叶才被出版。这句谚语的后半部分可能源于 1574 年的谚语"禁食是治疗发热的良药"，但请注意，1576 年也有与之截然相反的谚语："发烧时宜吃，否则虚弱"。关于谚语的第一部分，我们在亨利·梭罗（Henry David Thoreau）关于《康科德和梅里马克河的一周》的叙述中找到了同样令人困惑的陈述，这是他在 1839 年 8 月进行的一次航行的报告，直到 1849 年才出版。在谈到善与恶的二分法以及认识差异的困难时，梭罗也作了如下评论："肯定有两种处方截然相反。感冒时进食和感冒时挨饿只是两种方式。这两种做法都风行一时。然而，你必须接受一方的建议，就好像根本没有对方的意见一样。"[①] 我们的谚语"伤风时宜吃，发热时宜饿"，代表了有关这种混乱状态的各种民间妥协。这是爱德华·菲茨杰拉德（Edward Fitzgerald）的《波厄涅斯：智慧的见解与现代实例》中首次记载的，该书于 1852 年在伦敦出版，书中指出某些人对这个省略文本含义的不幸误解："有时，我们的老朋友谚语在迂回曲折的流通过程中，确实被剪辑得太多了。就像所有英国人都认为重要的事情一样，'感冒进食，发烧挨饿'已经被严重误解了，从而引发了本来可以预防的高烧。这就意味着，省略的文本实际上意味着'如果你感冒了，以后你就得饿着发烧'。"关于这个谚语的困惑也可以从克里斯托弗·莫利（Christopher Morley）的小说《女人万岁》（Kitty Foyle）中的对话中看

[①] Henry David Thoreau, *The Writings of Henry David Thoreau*. Vol. I: A Week on the Concord and Merrimack Rivers, Boston: Houghton, Mifflin and Co. 1893: 1338.

出："我说过，我最好去楼下吃一顿饭，'伤风时宜吃，发热时宜饿'。然后，椅子里的那个男人就跳了起来。'你误解了。'他说，'这是说你感冒了，接下来你就会发烧。'我建议你喝一些丰收鸡尾酒，或者是一些果冻清汤和吐司。"① 即使是今天，仍有些人以这种方式解读谚语的含义，但这并不是民间所想的。在研究了各种适用于本文的医学理论之后，加拉赫得出的结论是，这句谚语应该按照字面意思来理解，即"感冒要被喂养，发烧要挨饿"。这也是马克·吐温在大约1864年关于治愈感冒的精彩文章中理解谚语的方式。②

我第一次打喷嚏时，一位朋友告诉我去洗脚，然后上床睡觉。我这样做了不久之后，另一位朋友建议我起床冲一个冷水浴。我也这样做了。在一小时内，另一位朋友向我保证，"伤风宜吃，发烧宜饿"非常管用。我也照做了。所以我想最好先把自己填饱，以防感冒，然后保持黑暗，让发烧饿一会儿。

这就是我们大多数人今天理解这句谚语的方式。甚至可以公平地假定，大多数人实际上遵守这个谚语文本中表达的两个术语。当我们感冒时，为了产生热量，吃是有意义的，而另一假设是，如果我们发烧，为了抑制体热，最好不摄取食物也可能是明智的。

民间医学众多，然而科学已经非常严厉地驳斥了双重标准谚语的智慧。两项关于普通感冒的研究表明，"老谚语'伤风宜吃，发烧宜饿'是站不住脚的，因为感冒不应该被补给超过必要的东西"，并且"没有什么比禁令更偏离权利的了"，"感冒发烧，胃超负荷是直接有害的"。报纸上相关的医疗报道，也破坏了这则谚语的可信度。1978年，一篇名为《不要饿着肚子发烧》的文章反驳了传统的谚语，并指出"从生理学的观点来看，当你在发烧时，似乎没有什么理由限制食物"。大约10年后，另一份报纸的头条也呼应了此观点，挑衅性地提出"发烧要吃，感冒也要

---

① Christopher Morley, Kitty Foyle. New York：J, B. Lippincott Co. 1939：318.
② Mark Twain, *The Writings of Mark Twain*. Vol. XIX：Sketches New and Old. New York：Harper & Brothers. 1917：364.

吃","因为研究表明身体在感染过程中,有可能正失去营养"。科学家与媒体大众在抨击谚语时也许忘记了,"双重"谚语并不打算被如此直接地解释。动词"stuff(填塞)"是相当误导的,因为它可能意味着在现代语言使用中的"暴饮暴食",而使用更为中性的动词"feed(喂养)"的谚语变体确实会更适当。动词"挨饿(starve)"并不像看起来那么严格,而是简单地吃得比平常少一点。别忘了,大众都很清楚,无论是感冒还是发烧,往往都会令人失去胃口。这两则谚语变体最有可能的意思是——"感冒适度进食,发烧适度节食",从科学的角度来看,这样的建议实际上更为符合疾病期间的膳食调节与营养问题。正如一篇报纸文章最后所指出的,"如果你生病了,吃得适当很重要",良好的营养可以帮助身体抵御病情。

  无论如何,谚语是顽固的东西,相当年轻的谚语是否会很快消亡是值得怀疑的。人们很清楚谚语的缺点,因为它们不是普遍性的真理,当然也可以被嘲讽,此点可以在现代卡通、漫画和贺卡中得以展现。例如,人们将美好祝福带到病人的床头,在健康问候卡片上写着"当你感觉不舒服时,请记住'感冒要吃东西,发烧也要吃东西'"。一部甲壳虫贝利的连环漫画也运用了这句谚语的相同变体,讽刺人们对食物持续的渴望:"'感冒进食,发烧挨饿',还是相反?"对于一些喜欢喝酒甚于吃东西的人来说,卡通画上则会写着"感冒畅饮,发烧痛饮"的文字。甚至还描画了轻视丈夫的疾病和饮食愿望,妻子不无讽刺地说:"真让人操心……你喜欢'感冒进食'这个主意。"最后,还有美妙的《花生》连环漫画里,史努比坐在屋顶上读着谚语"感冒进食,发烧挨饿"。接下来的画面是,他跳下了房子,在第三个画面中,只见他站在查理·布朗面前,嘴里叼着食物盘,说:"感冒刚来,他说他饿了。"这些口头与视觉性的例子充分证实了这个医学谚语的多种存在。当然,尽管频繁地被口头引用,现代科学也有可能很快就会将其置换。尽管普通民众对最新的医学突破颇感兴趣,但他们仍会坚持一些民间医学的理念,尤其是那些以流行谚语的形式获得了广泛传播的民间医药谚语。

四 每日一苹果，医生远离我

最常被引用的医学谚语，无疑是这句简单的饮食建议"每日一苹果，医生远离我"。它的起源和历史虽然仍不确定，但可能于19世纪末的英语中就已开始流通。这条英语谚语的前身可能是这样的，"睡前一苹果，医生没生活"，这句谚语出现在了1866年的《笔记和问询》(Notes and Queries)期刊中。看起来似乎有些奇怪，如此受欢迎的谚语"每日一苹果，医生远离我"，迄今为止仅在1913年首次被发现出版"睡前吃个苹果，你会让医生乞求他的面包（赚不到钱）"，抑或更流行的版本"每天一苹果，让医生远离"①。这个谚语很快就流行起来，这可以从这样一个事实看出来：对它的戏仿早在20世纪30年代就开始出现了，例如"一天一个洋葱，世界远离我们"。这句谚语被如此频繁地引用，以至于人们在看苹果或吃苹果时不能不想到它，并得到各种戏仿。它真实的智慧并不在于每天吃一个苹果肯定能预防严重的疾病，更确切地说，而是在于每天吃一片水果对营养确实有好处，它通过巧妙的措辞，从而招来嘲讽。事实上，现在这个谚语简化成"一天一个X，让Y远离"的结构公式，使得一连串的双关语和戏仿得以源源不断地出现。

紧随其来的是在文学作品、广告、漫画、连环画和贺卡中出现的这种幽默，多是此条谚语讽刺性变体的小小花絮。大部分都十分有趣，传达出对各种社会问题的忧虑，但不幸的是，仅仅通过告诫人们每天吃一个苹果并不能治愈社会所有的弊病。正如1940年菲利斯·麦克金利(Phyllis McGinley)的一首诗歌，它以"一日一爱好，让忧郁远离"② 为标题；而在一些侦探小说中，出现了这样一些变体："一日一谋杀，让医生远离"和"一日一谋杀，让人不无聊"。萨菲安以对立性来反抗谚语，如"每天一洋葱，让你的食欲远离""每日一洋葱，让任何人都远

---

① Burton Stevenson, *The Macmillan Book of Proverbs, Maxims, and Famous Phrases*, New York: Macmillan. 1948: 86; F. P. Wilson, *The Oxford Dictionary of English Proverbs*. Oxford: Clarendon Press. 1970: 17; John A. Simpson, *The Concise O对ord Dictionary of Proverbs*. Oxford: Oxford University Press, 1982: 5.

② Phyllis McGinley, *Pocketful of Wry*. New York: Grosset & Dunla, 1959: 111-112.

离",其中后者还为涂鸦所使用。性别双关语是另一种涂鸦文字的特写,如"每天一粒药丸,让鹳远离",这暗指了鹳带来孩子的民间传说。安迪·卡普(Andy Capp)在评论性、婚姻、政治甚至包括国家的漫画中,也有这样的陈述"一天一危机,让他的主权远离"。也许已婚夫妇应该坚持现代智慧"每天都努力,让失败远离你",这种智慧在1978年犹他州盐湖城一家礼品店出售的小木牌上被找到。人们会记得,理查德·尼克松(Richard Nixon)为避免失去总统宝座而作出的种种努力,这最终导致了国家专栏作家詹姆斯·赖斯顿(James Reston)的敏锐观察,他提出了"一天一危机,可以防止弹劾"[1]。最后,我们还可以参考一幅漫画,它以"每天骑自行车,可以减肥"幽默地评论了今日对适当锻炼的重视。甚至蓝十字、蓝盾也参与其中,争辩说"每天5英里,让医生远离"。可惜的是,今天每天毫不费力的吃一个苹果似乎已经不足以"让医生远离我"。

卡夫食品集团使用了"一日一苹果,医生远离我"这句谚语的变体,用于两个相当大的全国性推广活动,它们在各种杂志上运行了多年。其中一个案例是,该公司通过描绘一个可爱的孩子,手中拿着一袋棉花糖产品,配以口号:"每天一个棉花糖,让你的蓝眼睛变得更蓝""每天一个棉花糖,让你的眼睛闪闪发亮""一天一个棉花糖,让你脸上露出笑容""每天一个棉花糖,让你远离雀斑"[2]。卡夫还使用类似的广告活动来销售不同类型的沙拉酱。这一次,每个广告都使用了产品图片,配以同一口号"一天一个味道,让人感到诱惑"。后一个口号回归到了医学谚语的最初意图,即经过修改众所周知的谚语口号来提升饮食意识,尽管这次是为了沙拉提供各种各样的调味料,来避免人们吃不健康的大餐得以减肥。意识到我们的社会已经陷入了单靠沙拉为饭食的窘境,所以必须承认,这些杂志上的广告对于卡夫公司来说是商业上的成功。

我们谚语中的许多引喻,仅通过替换名词"苹果"而使谚语的其余部分保持完整来表征,因此遵循了结构公式"每天一X,让医生远离"。

---

[1] Burlington Free Press, Oct. 30, 1973: 2A.

[2] Family Circle, Dec. 13, 1977: 15.

例如，一张有趣的贺卡包含了"如果每天微笑，会让医生远离……这就是我的！"这样的信息。另一张具有性取向的卡，幽默地绘制了一个穿着安全套的人形，高兴地唱着"每天一个避孕套，让医生远离"，隐含信息是希望收卡人"生日快乐，过一个安全的新年"。这让我们怀疑一个避孕套生产商是否已经想出了"一天一个避孕套，远离艾滋病"的口号？令人惊讶的是，当面对新时代提出不同口号时，谚语结构是如此地具有适应性。顺便说一句，这样的避孕套口号会因其措辞和结构而令人联想起古老的医学谚语"一天一个苹果，医生远离你"，避孕套可能与苹果一样对他们的健康很重要，从而增强了广告的效用。当然，当盖茨橡胶公司在广告中以"不让他靠近"为标题为各种汽车安全带和电器做广告时，他们也并未想到真正的苹果或医生。截短了的谚语口号和两个苹果形状的皮带只是想传达这样一个信息，即这些卓越的橡胶产品将"让修理工远离"。健康谚语的暗喻在试图说服消费者信任和购买可靠的工业产品时发挥了重要作用。

很明显，这句谚语的许多现代改写都指涉食物和饮食问题。甚至连漫画的标题都宣称"每天一杯啤酒，让医生远离"，这是我听过许多德国朋友都阐述过的一条健康法则。一篇关于饮食的杂志文章还宣称，"一天一片比萨，让医生远离"，其中强调的重点显然是"一片"，而不是整个比萨。在这一点上，我们还可以参考花生贺卡中的慰问卡。史努比告诉生病的莱纳斯："快快康复，记住：'一天一个比萨，可以让医生远离。'"莱纳斯纠正史努比道："一天一个苹果，可以让医生远离我。"史努比说："事实上，如果比萨上面有很多大蒜，那么它就让每个人都远离了！"对此，莱纳斯只能用"好悲伤"来回应。卡片最后写着："无论如何，快点好起来！"这张卡片的目的是让患者的胃口和精神再次恢复，一想到比萨饼和美好时光，也许就能比想到苹果更易达成。

比萨能做什么，马铃薯也能够做到，甚至更好。早在1974年，波士顿环球报就在一本全国性杂志上刊登了以下广告："一天一个马铃薯，可以让医生远离吗？如果一个苹果可以，马铃薯也可以。事实上，它可能做得更好，因为它有更多的维生素C、蛋白质和卡路里。好吧，知道这可能不会改变你的生活，但它可能会帮助你计划下周的饮食。这就是为什么我们每天都有一个名为《营养》的专栏，由哈佛的简·梅耶（Jean

Mayer）博士撰写。它涵盖了所有关于食物的最新研究成果。"以问题的形式改写的谚语口号，是吸引哈佛医生关注这个特别专栏的最有效方法，毫无疑问，它将引起人们对健康食品现代观点报道的关注。果然，约10年后，在杂志上又出现了关于神奇马铃薯的言论："一天吃一个马铃薯，可以远离高血压。"如果午餐袋里的生土豆尝起来能像苹果般美味会更好！当然，人们还可以在午餐时喝杯热汤来保持身材苗条，因为广告宣称："坎贝尔汤，比一天一个苹果更有效。"

事实上，我们痴迷于保持健康，远离医生，然而，生活并不总是公平的，即使是稳定的苹果饮食，也不能保证我们避免疾病和死亡，这个现实在漫画中得到了充分展现。一幅漫画中，一只虫子停在一棵苹果树前，上面写着"一天一个苹果，让医生远离我"。当虫子决定爬上树吃掉它那份健康食物时，"啪嗒！"一声，一个苹果掉下来，把它砸死了，这个画面证实了另一条苹果谚语的真实性——"苹果不会掉在离树很远的地方（有其父必有其子）"。这是非常冷酷的幽默，提醒人们注意这样一个事实，即疾病并不能通过简单的饮食疗法来治愈。这似乎也是1977年《纽约客》的一幅漫画所要传达的信息，漫画中一个男人站在浴室里装满苹果的药柜前。① 无须标题和说明，因为每个读者都能立即领悟想要说明的是什么，这些苹果并不能阻止这个人患上癌症或其他致命的疾病。

在苏珊·弗隆伯格·谢弗（Susan Fromberg Schaeffer）一首极度悲观的诗中，表达了对疾病的恐惧和对医生和现代医学并不能创造奇迹的担忧。在这首诗中，神秘的苹果很难保护她免受疾病，死亡终会降临，医生以乌鸦的外形降落在她身上，并宣告她已病入膏肓。②

一天一苹果，医生远离我。
因此，我把它挂在坚固的线上，
在空旷的空气中。
它在门后等着，
像一张满是树木的正方形嘴巴。

---

① New Yorker, Aug. 22, 1977: 70.
② Schaeffer, Susan Fromberg 1972. Proverbs. *Poetry* 120: 6-11. 1972: 7-8.

现在，我成日摇着我的摇椅，
看着医生，
他像一只巨大的黑乌鸦，
盘旋在红色的地球上。

转过脸颊，然后是另一边脸颊。
哦，他正在盘旋，越来越低。
他的双翼垂下，就像大黑蛾，
他累坏了！

温暖的羊毛，我现在很安全，
我不再需要这些厚厚的眼镜。
哦，他正在下坠，
就像一块巨大的灰烬。

他被赶走了。
我现在就要出门去。
乌云就像一块更加紧密的裹尸布，
越来越近。

它正在下坠，
它已经覆盖了树木，
在嘈杂的乌鸦鸣叫声中，
在乌鸦的鸣叫声中。

幸运的是，在很多情况下，我们的民间疗法、现代医学和医生仍可以帮助我们，给予我们希望与力量，以便在一个不完美的世界里生活。如果苹果无法帮助，医生的药物和建议将会治愈我们。这是勒里希（Roerig）制药公司向医生发送的便条纸上的信息，每张纸的顶部都出现了一个氨砜噻吨制剂（Navane）的药品广告，上面使用了苹果的照片："Navane（苹果）每日一片。"这也提醒我们许多维他命药片，而不是苹果，在市场上被"一天一次"服用，就像天然水果产品要根据谚语和营养规则每天食用一样。在"B. C."的一幅卡通画中，把美国医药协会（A. M. A）变成一个水果集团，充分体现了关于水果与药物冲突的幽默反应。当然没有人真的想要那样。基于健康饮食规则的民间疗法虽不能解决严重的医学问题，但是各种水果对人体有益，有助于预防常见疾病，这仍然是不言而喻的事实。所以，让我们吃苹果吧，正如佛蒙特州的苹果种植者以餐巾日历描述苹果以及谚语"一天一个苹果，医生远离我"所告诉我们的那样。当然，这个广告计划背后有其商业目的，但是1977年的刺绣封面并没有此企图，只是纯粹因"每天一个苹果，可以让我们远离医生多一点"这一有效智慧的可视化而感到高兴。

　　本文详细论述了以上4则谚语，它们反映了民间医药谚语所表达的最流行的医学智慧。它们不包含基于实验室研究的科学信息，而是基于几代人观察和经验的常识性表达，就像生活中的任何事情一样，这些建议应该适度采纳或打些折扣。希普克拉底（Hippcrates）认为"一切过度的事情都是违背自然的"[1]，这对于预防医学、睡眠模式、治疗感冒和发烧以及吃苹果来说，当然也是适用的。事实上，这些谚语只提供了健康生活的一般医学建议，为了防止它们变得过时，仍有许多民间的补救办法。我们的4则谚语研究具有足够的普遍性，经得起时间和科学的考验，并可预言它们将持续被各行各业的人们所用，惠及子孙后代。现代医学以惊人的速度发展，其复杂性只有专家才能理解，并被受益者欣赏，而传统医学谚语提醒我们，只要遵循每天的健康规则，就能享受简单的生活乐趣。正如文章开头所述，仍有许多其他关于健康与疾病的智慧医学谚语，实际上有数百条普遍的谚语建议我们如何在医学和道德上正确地生活，这些智慧的精髓对现代社会仍具有重大的伦理价值。因此，"一天一个苹果，一年365个苹果"的老生常谈很容易被改变为"一天一句谚语，一年365句谚语"，正如苹果是身体的食物一样，这些谚语无疑是思想的食物，以确保我们继续享有健全的心灵与健康的体魄。

---

[1] Burton Stevenson, *The Macmillan Book of Proverbs*, *Maxims*, *and Famous Phrases*, New York：Macmillan. 1948：719.

不亲吻诸多青蛙，难遇白马王子：
从童话故事母题到现代谚语

【编译者按】本文（You Have to Kiss a Lot of Frogs [Toads] Before You Meet Your Handsome Prince）发表于《奇迹与故事：童话研究学刊》（Marvels and Tales: Journal of Fairy-Tale Studies，2014年第28卷，第1期，第104—126页）。作者通过童话故事研究谚语，无疑为谚语学开拓了新视野，这样的研究也有助于其他民俗类型中的相关母题的研究。例如在中国谚语研究中，从成语故事衍生出的谚语还鲜有深入的研究。

近20多年来，许多文学学者和民俗学家，包括查尔斯·道尔（Charles Doyle）、唐纳德·哈斯（Donald Haase）、玛利亚·塔塔尔（Maria Tatar）、汉斯·乔治·乌特尔（Hans Jörg Uther）、杰克·齐普斯（Jack Zipes）和我，都在多次交流中提到"公主亲吻青蛙"母题的起源问题。

问题的关键在于，这个母题是不是来源于《格林童话》中的故事《青蛙国王》（故事类型ATU 440），这个故事可能已经对现代谚语"你必须亲吻很多青蛙（蟾蜍）才能遇见英俊的王子"产生了一些影响。我们试图去解决这个问题，我的朋友哈斯在2012年2月7日给我写的信中说："这对我来说仍然是一个谜，但是亲吻最早一定是出现在19世纪的英文翻译中，你觉得呢？"鉴于《格林童话》故事中没有亲吻的场景，这个猜想有相当大的意义。这也解释了为什么大部分有关童话故事的学术研究，在涉及青蛙通过公主的吻变为王子的话题时，经常无话可说。事实确实如此，亲吻只在那些以散文或韵文的形式对童话进行现代模仿改编的研究文集中出现，但这些文集中并没有提供任何关于亲吻这个母题来自何处的解释。在我写的两篇关于《青蛙国王》的百科文章中，我确实提到了人尽皆知但来源不明的吻。不过，现在这篇文章将用更详细的研究表明，我先前的主张——在大多数英文版本的故事中，青蛙是被公主亲吻的——已经站不住脚了。此外，我目前的研究支持这样的假设，即亲吻母题最初来源于谚语，而不是故事。事实证明，亲吻这个母题比学者们想象的要复杂得多。对《青蛙国王》进行最全面研究的是罗瑞奇（Lutz Röhrich）所著的插画图书《亲吻青蛙！最早出现的格林童话故事及其异文》，图书内容详细丰富，但这个引人注目的书名必定会让一些德国读者感到惊讶。毕竟，他们知道《格林童话》故事里没有接吻的场景。然而，到了1986年，现代美国谚语"你必须亲吻很多青蛙才能遇见英俊的王子"已经作为一个常见的外来语被德语翻译借用，这就导致了一大批与性暗示有关的卡通、连环漫画、标语、格言、广告和文学改编作品产生，并最终对德国童话故事产生了影响。因为罗斯福知道他的德国读者已经开始将新谚语与传统童话故事联系起来，所以他选择用公主亲吻青蛙来取代公主将青蛙扔在墙上的场景。这样看来，插画图书颇具争议的标题也是完全合理的。这本书至少部分地回答了一个令人费解的问题：亲吻母题是如何与《青蛙国王》的童话故事联系在一起的。

罗斯福曾多次再版格林兄弟1810年完成的童话故事手稿，第一次再版是1812年，1857年最后一次出版了《儿童与家庭故事》，即中文《格林兄弟童话集》第17版（上）。在所有的叙述中，都是这位被恶心到的公主抓住丑陋的青蛙并将它扔在墙上，从而想摆脱青蛙之前所提出的要求。在格林兄弟1815年收录的《格林童话》第二卷第13个故事异文中，这一幕在公主卧室中具有更明显的性意味。青蛙连续两个晚上睡在公主床脚边。第三个晚上，青蛙睡在公主枕头下，当公主早晨醒来时，英俊的王子就站在她面前。于是可以联想到，也许是公主的吻让青蛙变为了王子。尽管如此，当格林兄弟在1819年出版第一卷第二版童话故事时，他们决定沿用公主将青蛙扔到墙上的版本，而放弃了性暗示较强的改编情节，这个情节在1822年只作为学术笔记出现。威廉·格林兄弟一再对童话故事进行改编，就是为了使故事更适合儿童观看，所以把青蛙睡在公主枕头下的情节从经典故事中删掉也就不足为奇了。

我们永远不会知道格林兄弟是否看到过一个包含亲吻场景的《青蛙

国王》的故事异文，但是可以想象，当时"亲吻"母题的谚语翻译已经流传开来了。事实上，有两位德国民俗学家已经收集到一些与亲吻场景有关的地方童话故事，这些故事是路兹·罗斯福没有注意到的。1891年，乌尔里希·扬（Ulrich Jahn）发表了他从一位受访者那里口头记录下来的童话故事《女王与青蛙》。在这个故事中，青蛙明确向公主提出了亲吻的要求，绝望的公主只能用褶皱的布蒙上自己的眼睛。另一个故事异文出现在德国南部的地方童话故事中，这个故事于1897年以题目《青蛙王子》被西格弗里德·诺依曼（Siegfried Neumann）记录下来，后于1971年出版。同样地，青蛙向美丽的公主索吻，当公主满足青蛙的愿望时，出现在她面前的是一位英俊的王子。

还有第三个出现在东普鲁士的异文《蟾蜍故事》，这个故事由赫塔·格鲁德（Hertha Grudde）收集于当地口头童话故事并于1931年出版。在故事中，蟾蜍也提出了亲吻的要求。尽管公主认为自己快死了，她还是亲吻了丑陋的蟾蜍，一声巨响后一位王子突然出现在公主面前。

第四个关于《青蛙国王》的波美拉尼亚故事异文出现在波兰，于1935年出版，这个故事将亲吻与扔到墙上的情节串联到一起，非常有趣。故事中，公主想为她生病的父亲从井中取水，但是一只青蛙不允许她这样做，除非她先亲吻它。当公主非常害怕这样做时，青蛙建议她拿一块手帕放在嘴前，这样公主就不会感觉到自己的湿冷。后来，当青蛙想和公主一起睡觉时，公主将青蛙朝墙上扔去。第二天早晨醒来时，公主发现了王子。最后一个异文来自一本内容详细的插画图书《两姐妹》，为著名的德国作家、艺术家威廉·布斯（Wilhelm Busch）于1881年所著。这个故事中青蛙请求一个年轻的女孩亲吻它。第一个吻很糟糕，但是青蛙由绿色变为了蓝色。第二个吻情况好了一些，青蛙呈现出更多颜色，并且体形变得更大。第三个吻伴随着一声巨响，好像炮弹正在熄火。于是，一座城堡出现了，一位王子站在城堡门前。

这些有关亲吻母题的童话异文示例启示研究童话故事的学者，应对其他学者收集到的故事予以足够关注。格林兄弟的《儿童与家庭故事》只是众多童话故事来源之一。当然，1810年格林兄弟首次出版使用《青蛙国王》的题目时，这些故事异文是否已经出现，我们不得而知。实际上，汉斯·乔治·乌特尔的猜测有可能是非常正确的，亲吻导致青蛙变身的情节首次出现在《青蛙国王》故事中的时间应该是19世纪末期。无论如何，有一件事可以肯定：这些故事异文对亲吻母题在德国甚至更远地方的传播几乎没有任何影响。但令人怀疑的是，德国移民是否会在美国传播这些异文。在英裔美籍群体中，亲吻母题的童话故事应该有不同的起源。实际上，正如前文所说，当今在德国广泛传播的亲吻母题很有可能与这些鲜为人知的故事异文无关。更为确切地说，这些口头传统中的早期故事异文表明：童话故事也许一开始就与性暗示有关，但随着社会习俗的改变，童话故事的读者也从成年人变成了天真的儿童，与性暗示有关的情节被搁置起来。

诚然，亲吻可以带来身份转换这一概念在神话和民间传说中有许多记载。雅各布·格林指出这样的情境——"如果某人变为了某种令人恶心的动物形态，如蛇、龙、蟾蜍或青蛙，就必须被亲吻三次"。同时，"有一些民间故事涉及王子变为野兽的情节，它们只能通过女人的爱获得解救。只有一种情况下，动物可以被释放出来——一位青年女子亲吻它的嘴唇"。路兹·罗斯福还强调了一个事实，除了《格林童话》故事外，其他故事异文与所谓动物新郎的母题更为相似（ATU 425），动物必须通过公主的示爱完成变身，也就是说，公主必须亲吻青蛙或者至少让青蛙在自己身边睡3个晚上。因此，汉斯·乔治·乌特尔在修订文章《国际民间故事类型》（2004：154）时指出："在一些故事异文中，青蛙因为亲吻、结婚、被斩首等种种方式被解救出来的现象并不奇怪。"

像沃尔特·谢夫（Walter Scherf）这样的德国学者在分析《青蛙国王》的故事时，只分析了将青蛙扔到墙上的场景，而没有提到亲吻的情节。同时，也有其他学者夸大了青蛙通过公主的吻实现变身这一异文的流行程度。我承认自己在百科文章中就是这样做的，但是阿什利曼（D. L. Ashliman）同样负有过度概括的责任，尽管他对于亲吻青蛙与将青蛙扔到墙上的精准评论值得注意：多数情况下，相同的故事类型在讲述的过程中总会有不一样的情节出现，这表明每个故事讲述者都会根据自己的需要和观点重塑故事，而不是始终按照原来的版本讲述。可能最好的例子就是各种版本的《青蛙国王》。在大多数传统讲述中，公主或是通过亲吻青蛙或是通过与青蛙共度3个夜晚，使青蛙实现向王子的变身。换句话说，她按照青蛙的意愿使它实现变身，它接受了青蛙原本的身份。

少数其他的版本也被记录下来,是《儿童与家庭故事》的第一个故事。在这些故事中,公主不允许青蛙上自己的床,而是把青蛙扔到墙上,显然是想害死它。确切地说,这种自作主张的行为直接违背了她父亲的意愿,致使青蛙变成了王子。

布鲁诺·贝特尔海姆(Bruno Bettelheim)对《格林童话》中的《青蛙国王》故事进行了心理学解释,关于将青蛙扔到墙上的场景,他给出了一个不寻常的甚至是绝对错误的评论:"在许多故事版本中,'变身'发生在青蛙与公主共度3个夜晚之后。一个最初的版本对这个情节描述得更加明确:当青蛙躺在公主床边时,公主必须亲吻青蛙,直到3个星期的同床共眠后,青蛙才能变为王子。"他的脚注注明这引自1927年约瑟夫·莱夫茨(Joseph Lefftz)出版的格林兄弟1810年原始手稿,但当时的手稿中肯定没有接吻的场景。

其他流行于美国的《青蛙国王》故事版本比比皆是。在罗斯福的汽车罩上,印着与故事相关的广告语,我敢确定广告语不是罗斯福本人写的。上面是:"但是,对于美国人而言,将青蛙扔到墙上是不可想象的,是湿润的吻使青蛙实现了变身,而不是别的。"鉴于只有德国版《青蛙国王》的故事确有接吻的场景,因此将任何特殊的美国看法附加到它上面似乎都很奇怪。同时,玛丽亚·塔塔尔在一本精美的英文版插画图书《格林童话注》(2004)中提出了一个类似的说法:"英美版本的故事用亲吻取代了暴力行为,一个典型的标志是导致了格言'你必须亲吻很多青蛙才能遇见英俊的王子'的广泛传播。"让我补充大卫·西格尔(David M. Siegel)和苏珊·麦克丹尼尔(Susan H. McDaniel)早前的一些发现。

> 青蛙被扔到墙上的高潮场景在许多英文翻译中被改为公主亲吻青蛙,结果青蛙变回了人的形态。亲吻没有出现在《格林童话》故事的原始版本中,德国青少年也不知道这一情节。然而,对于美国儿童和许多其他西方社会的年轻人来说,这是一个最著名的魔幻时刻。许多年轻女性都知道,要找到自己的王子,必须亲吻许多青蛙。

虽然我很庆幸这些学者提到了现代的青蛙谚语,但我也要用一句具有警示意味的谚语做出回应,"三思而后行"!不要那么急于下结论,因为事情往往不像看起来那么简单。

首先,德国青少年坚持相信将青蛙扔到墙上的故事异文是正确的。市场上的《格林童话》故事书都采用的是将青蛙扔到墙上的版本,同时,检索在德国新出版的数十本儿童童话故事书,都没有发现任何亲吻的场景!一些现代德国作家和散文家在进行诗歌形式的文学改编时,都保留了将青蛙扔到墙上的场景。所有这一切都使"青蛙"谚语在德国较快地流行起来变得不可思议。

但是,如果认为亲吻场景在英美图书市场上已经非常普遍,也是不对的。查尔斯·艾略特(Charles Eliot)编入哈佛经典系列并在十几年中被多次再版、传播最广泛的图书《民间故事与寓言》选集,就保持了对《格林童话》中公主将青蛙扔到墙上的忠实翻译。布赖恩·奥尔德森(Brian Alderson)的《格林童话:流行民间故事》和杰克·齐普斯翻译的《格林童话全集》也是如此。还有艾米·埃利希(Amy Ehrlich)在1985年出版的《家庭童话漫谈》中为美国儿童改编了《青蛙王子》的故事,她写道:"她(公主)再也受不了了!她抓起青蛙,用力地把它扔到墙上。'现在你能安静一点了吗?你这只丑陋的青蛙!'她尖叫着。"黛安·古德(Diane Goode)为公主将青蛙扔在到墙上的场景配了合适的图片。而且,你知道吗?这是格温·施特劳斯(Gwen Strauss)重述女人自我解放的诗《青蛙公主》(1990)的最后两节。

> 3周过去了,
> 膨胀的东西(青蛙),
> 睡在我旁边,
> 我不敢动弹,
> 也不敢呼吸,
> 在黑夜里,
> 我看见了它的裤子,
> 凹陷处的污迹,
> 在我的枕头上。
> 最后我睡着了,

当我醒来时，

我的手碰到了他，

我先是震惊，

然后愤怒，

我将他扔了出去，

扔到了墙上，

这时我得到了从青蛙变来的王子。

让青蛙在床上睡 3 次甚至 3 个星期，使人联想到 1815 年格林兄弟收录的童话故事《青蛙王子》。后来这个故事的题目有些许改动，变成了《青蛙国王》。事实上，第一位将《儿童与家庭故事》翻译成英文的埃德加·泰勒（Edgar Taylor）更喜欢这种异文，并在 8 年后出版的《德国流行故事》中沿用了这个版本，从而在英语读者中，一个更具性暗示意味、名字更加合适的《青蛙王子》的故事传播开来。马丁·萨顿（Martin Sutton）追溯了这个翻译的历史和重要性，其中就包括青蛙在公主的床上睡 3 个晚上的情节："当她打开卧室的门，青蛙走进来，并且睡在她的枕头上，直到黎明破晓。第 3 个晚上它同样如此，但是当公主在第二天早晨醒来时，她非常震惊。一位英俊的王子，而不是一只青蛙，站在她的床头，用她仿佛见过的一双眼睛望着她。"萨顿没必要因为在他的研究《王子变身：英语中的格林童话》（1990）中出现的亲吻场景而忧心忡忡，但是睡在枕头上的青蛙可能会让英美读者"联想"到青蛙和公主之间的吻。① 尽管如此，萨顿在最后指出，这种异文征服了英美图书市场，这个判断是绝对正确的。爱奥那（Iona）和彼得·奥皮（Peter Opie）的《经

---

① 克劳斯顿（W. A. Clouston）在其早期的文章《青蛙王子的故事：布列塔尼异文及其类似的故事》(*The Story of "The Frog Prince"：Breton Variant and Some Analogues*)（1890）中提到了《佩妮杰克》(*Penny Jack*) 的故事，故事中的角色是颠倒的，但变身还是由一个吻带来的。一只大青蛙要杰克吻他（她？），他答应了两次。当杰克第 3 次在喷泉遇见青蛙时，青蛙中毒了，浑身肿得可怕；杰克第 3 次吻了青蛙，魔咒被打破了，青蛙变成了一位美丽的公主，她感谢杰克，并告诉杰克，是一种魔咒使她变得很丑，就像他在喷泉中看到的样子，直到年满 20 岁的"处男"吻她 3 次，魔咒才会解除（第 494 页）。这实际上是卢尔泽（M. F. M. Luzel）从布列塔尼线人那里收集的法语文本的英译本，出版于 1888 年。我看不出这个模糊的接吻场景对今天的青蛙接吻母题有什么影响！

典童话故事》广受好评，其中就包括标题为《青蛙王子》的故事。伯莉·多尔蒂（Berlie Doherty）在给年轻读者的《经典童话故事》一书中，重述了《青蛙王子》的故事，并保留了"枕头"这版异文。

> 公主第3个晚上把青蛙放在她雪白的枕头上……青蛙一直盯着她，并不断地深呼吸，同时眨着眼睛。那天晚上，公主梦见了一口深不见底、恐怖幽暗的井，还有挂在满是青苔的墙上的红玫瑰。当她醒来时，她闻到了一股强烈的玫瑰香味，她还以为自己在花园里待了一会儿。她躺在床上半睡半醒，看着太阳就像一个金色的火球一样慢慢在天空中升起。"公主你好"，一个安静的声音在叫她，她吓了一跳，坐了起来。一位年轻人站在她床边，正在用温柔的目光打量着她。

简·雷（Jane Ray）的插图为这个单纯的叙述锦上添花，但仍然没有提到吻。

那么这又告诉我们什么？显然，德国或英国的两个《格林童话》故事异文《青蛙国王》和《青蛙王子》，对亲吻母题的传播没有任何影响。对于少数包含亲吻场景在内的德国故事异文来说也是如此，因为它们在19世纪甚至是20世纪都没有广泛地传播开来。所以，如果说带有亲吻场景的童话故事取代了两个《格林童话》故事异文，自然是不成立的。

但在这里，我非常愿意添加一个很小却很重要的提醒！尽管我没有在任何类型的德国童话故事《青蛙国王》中发现亲吻的场景，但我经过多年的探索，成功地在美国找到了两本包含这个场景的儿童书目。第一个是琳达·耶特曼（Linda Yeatman）在《睡前故事》中重述的《青蛙王子》故事，希尔达奥芬（Hilda Offen）配图。耶特曼用了"枕头"的故事版本，青蛙的变身发生在它在公主卧室度过的第一个夜晚。

> "哦，青蛙，"她喊道，"我想你现在已经睡在我的床上了。我的父亲说，必须履行我的诺言。那你就睡在床尾吧。"
>
> 青蛙跳到她的枕头上，坐在那里，周围是寒冷潮湿的，它等着公主上床睡觉。

她不情愿地盖上了被子。

"请吻我。"青蛙呱呱叫着。

公主既不想食言，也不想亲吻青蛙。"如果我亲得很快，那应该没事。"她决定了。当她的嘴唇触及青蛙光滑的皮肤时，她感觉到青蛙在变化。突然，一位英俊的年轻人出现在她面前。

比尔·阿德勒（Bill Adler）在他的《给我讲一个童话故事：父母如何讲神奇故事》中对《青蛙王子》故事情节进行总结后提出了一个疑问："公主不得不让青蛙吃掉她的食物，坐在她的身边，睡在她的床上！最开始的时候，她讨厌这样做。但是她被青蛙的善良与温柔打动了。一天她亲吻了青蛙。于是青蛙变成了英俊的王子，使美丽的公主免受女巫的诅咒。"阿德勒总结的是哪个版本？是他只是回想了1981年耶特曼复述的故事版本，却没有记住任何故事细节，而后进行了大胆想象吗？

下面是我的第二个发现。温迪·温特沃斯（Wendy Wentworth）在儿童图书《经典童话故事》中对《青蛙王子》进行了重新讲述，斯科特·古斯塔夫（Scott Gustafson）为图书做了精美配图。这个故事以泰勒翻译的版本为基础。在这个故事中，看起来就算公主不把青蛙扔到墙上，也至少会把它赶出房间，但后来她展示出自己亲切的一面，并决定亲吻青蛙。她用手指和拇指拿起青蛙，把他带到楼上，放在角落里，当她躺在床上想要睡觉时，青蛙爬到她身边，说："我累了，我也想像你一样睡觉。让我上去，否则我会告诉你的父亲。"公主对青蛙的耐心几乎就要耗尽了，在愤怒中，她再一次把他拿起来，准备把他扔到门口。然后，她想起了父亲的话，她停下来，又把青蛙扔到了枕头上。

"啊，"当他依偎在柔软的床单上时，青蛙说，"难道你不喜欢过夜吗？"公主把被子盖在头上，蜷缩在床的最边上，背对着青蛙——准备睡觉。

这就是未来3天3夜的情形。公主做了她平常要做的所有事情，但她一直陪伴着青蛙。公主做出承诺后的3天里，奇怪的事发生了：公主对青蛙渐渐喜欢起来。

在第3天晚上，他们吹蜡烛准备去睡觉的时候，公主靠过来亲吻了青蛙。

一瞬间，青蛙根本不再是青蛙了。他变成了一个年轻的王子，有一双美丽温柔的眼睛。

这确实是对原始童话故事的精彩复述，没有任何暴力或厌恶的事情发生，而是由自然单纯的友谊走向了无拘无束的恋爱。

因为我们是在研究神奇的童话故事，所以我还可以列出第3个版本，这个故事由温迪·琼斯（Wendy Jones）在《公主童话》中重新讲述，休·布莱克威尔（Sue Blackwell）绘图。

第3天晚上，青蛙掉进了汤里，使公主大笑起来。她把青蛙带到卧室，给他洗澡，擦干了他。然后她小心翼翼地把他放在枕头上，吻了他，并说："晚安。"

早上，公主醒来，她希望青蛙还在那里。他确实在！当第一缕阳光透过窗户时，青蛙翻身跳向床尾，当他降落时，他变成了一位英俊的王子。英国的儿童读物版本可能不会提到一个真正的吻，但它确实展示了真爱的开始。真爱带着对未来更美好世界的憧憬，可以为魔幻童话带来转变。但是，让我再次强调：在德国儿童童话故事书中没有接吻场景的复述，而且我发现的3个英美童话故事版本也不能为美国童话故事书中包含的接吻场景进行解释。

让我们回到最初的问题，这个问题一直困扰着研究童话故事的学者朋友，并且让我为之忙碌了至少20年：美国童话故事中的接吻场景究竟来源于何处？这个脚本又是如何以谚语"你必须亲吻很多青蛙（蟾蜍）才能遇见英俊的王子"的方式传到德国的？为了实在地回答这个问题，我引用一些20世纪关于亲吻青蛙的背景资料，这些资料不一定与《青蛙国王》或《青蛙王子》有任何直接的联系。如果说安吉洛·帕特里（Angelo Patri）圣诞节期间在名为《我们的孩子》的报纸上刊登的第一篇文章提到了《青蛙王子》故事异文，那么它尚未被发现。

不，我并不害怕欺骗孩子们说圣诞老人正在路上。我已经告诉他们扫帚棍子是一只奔腾的骏马，可以带他们到太阳儿童嬉戏的云层中；我告诉过他们仙女在蟾蜍的粪便上跳舞；我已经向他们展示，中了魔法的青蛙在石头下面睡着了，等待着公主来亲吻他。这真是太有趣了，它永远不会让我失去作为孩子的信仰。相反，它将信仰带给了我。

这让我感到震惊，好像作者帕特里告诉我们，他喜欢为孩子编造一些牵强附会的故事，而不是遵从实际的民间故事叙事。

我的第二篇参考文献是弗朗西斯·威克斯（Frances G. Wickes）出版的心理学研究图书《儿童的内心世界》（1927），主要参考部分是《儿童的内心世界》章节的开篇文章。尽管《青蛙王子》的童话故事（根据泰勒的翻译）被提到，但是只有当作者讲到《美女与野兽》的故事时，吻才会出现并且扮演重要角色。

在这里，我们可以将神奇故事作品与传统童话故事进行类比，青蛙王子必须以丑陋的青蛙形态被带到处女膝下。当他还是野兽时，美女必须亲吻野兽，并认识到他野兽外表下闪耀的爱与善良。只有当我们觉得自己被接受了，无论是善与恶，我们才能真正找到释放自己的感觉。通过感受我们被自己所爱的人接受，我们就能接受自己。

第三部参考文献于 1935 年 7 月 3 日在英国讽刺杂志 Punch 上发表，题为《公主与蟾蜍》（1935）。这是《一系列不可能的故事》中的第三个独立故事。它显然基于《青蛙国王》的故事，还包括对德国邓肯海姆（Dunkelheim）的引用。虽然它涉及的是一位非常普通的公主，公主的吻不会使蟾蜍变为王子，但是故事显然是根据吻有重要作用的童话故事改编而来的。我怀疑这个奇怪的故事是以德国方言中《青蛙国王》的故事异文为基础的，而且我认为它的作者"V. G."有可能将这个故事与动物新郎故事的亲吻母题结合在了一起。以下是这个宝贵参考文献中有关的部分（约六分之一）。

从前有一位公主，因长得难看而出名。她长得像一根长矛，世界上没有一个王子能看到她……

但是，公主虽然外表丑陋，内心却很可爱；因此，当她在闺房里遇到一只蟾蜍时，德国人将这只蟾蜍称为格隆日（Gelounge），她命令人把它带走，照顾它，并给它食物、饮料和住所，就不足为奇了……

在一个梦中，她的仙女教母告诉她，蟾蜍其实是一位王子，为了让他摆脱可怕的魔咒，他必须被亲吻。所以她就出去找蟾蜍。公主脸色苍白，她能吻还是不能吻？……"今天，"公主说，"我要吻你。……我知道你是被施了魔法的王子，我决定帮你解除诅咒，使你摆脱残酷的束缚，然后你就可以去你想去的地方了。过来！"……公主向前倾身……在蟾蜍的额头上吻了一下……"起来，王子先生！"公主喊道，她在地板上跪着……却什么也没有发生……

在邓肯海姆的讲述中，公主和蟾蜍幸福地生活在了一起。他们相处得十分融洽，因为他们都认为对方是世界上最丑的生物。当现代读者和作家面对《青蛙国王》或《青蛙王子》童话故事异文时，"亲吻一只丑陋的动物来解除王子的魔咒"这个神话和民间故事母题似乎会自动浮现在人们的脑海中。

这在特鲁达·卡斯曼（Truda Kaschmann）为小学生编排的舞蹈剧中也有所体现，这部舞蹈剧于1937年改编自《格林童话》。舞蹈剧中的部分内容是这样描述的：

青蛙从井里跳了出来，戴着面具、披着斗篷，看起来很难看。在舞蹈中，青蛙跳跃着、翻滚着……当公主要求丑青蛙把球给她时，青蛙表示，他在还金球之前想要一个吻。公主的舞蹈随之兴奋起来……小丑青蛙又尝试用滑稽的舞蹈为公主欢呼。他让两个侍奉的女仆亲吻青蛙，但青蛙坚持要公主亲吻！……公主小心翼翼地在井边跳着舞。尽管公主非常害怕，她最后还是勇敢地亲吻了青蛙。青蛙把金球给了公主，并立刻变身成了英俊的王子。

考虑到这个描述中包含的许多情节在《青蛙王子》的已知异文中并

没有出现（如面具和斗篷、舞蹈、小丑），我们可以假设这是一个自由的改编，而不是对现有亲吻童话的截取。同样，我认为，下列摘自安吉拉·蒂克尔（Angela Thirkell）小说《废墟中的爱》（1948）的内容，也是对《格林童话》的有意改编。

"你猜想一下，"克拉丽莎对贝尔顿船长说，"他是青蛙王子吗？"

她朝着青蛙望去，青蛙已经陷入了一种恍惚的状态，不时地被他舌头发出的闪电击中，像伪装成一只昆虫的羊排肉或是烤鹌鹑从他身边飞过。

露西·马林（Lucy Marling）想起她的格林，就走近了一点。

当克拉丽莎在小池中发现镀金球的残骸时，贝尔顿船长的思绪又回到了从前。

"最美丽的国王的女儿，"他对克拉丽莎说，"让我从你的金盘子里吃，从你的金杯子里喝……"

"如果要让青蛙变成王子，你就必须要亲吻它。"莱斯利说。"他来了，"莱斯利说，他用巧妙的动作从侧面抓住了青蛙，把他一点一点地放到地上，"快点，克拉丽莎。"

克拉丽莎像个淑女似的尖叫着，紧紧抓住贝尔顿船长的胳膊。这只青蛙记起他祖母的警告，不能让女孩儿亲吻自己，因为这样自己就很容易变为王子，从而再也不能回到池塘的绿色泥沼中。青蛙用后腿猛地一跳，在空中画出一条抛物线，潜到了睡莲叶下。

这 4 部 20 世纪上半叶的作品来自作者的想象，而不是基于公主亲吻一只被施了魔法的青蛙的传统民间故事。我也非常怀疑它们对以下 2 部现代文学作品是否有任何影响。事实上，它们很可能不仅是一般意义上对魔法动物接吻的再次暗示，而更有可能是受到了现代谚语"你必须亲吻很多青蛙才能遇见英俊的王子"的影响。这是加里·拉森（Gary Larson）在《我的土里有根头发！虫子的故事》（1998）中描写的第一个与青蛙接吻的场景,尽管里面并没有出现滑稽的描述。①

> 哈丽特以为她看见有什么东西在她脚边高高的草丛上移动,她优雅地跪在地上,把手靠近一个蠕动的小虫。她厌恶地往后退,喊道:"离我远点,你这个黏糊糊的小东西!"
>
> 然后,她看到了她真正想要的东西,就冲上前,拿出了她的礼物。"你好,青蛙先生!"她笑着说,"我应该亲吻你一下,看看你能不能变成王子?"

对哈丽特来说,幸运的是,她没有吻这个小家伙,因为她抱的不是"青蛙先生",而是"蟾蜍先生"。和大多数蟾蜍(还有一些青蛙)一样,这只蟾蜍的皮肤里含有一种强大的有时是致命的毒素。② 另外,这个小虫的黏液实际上是无害的,如果有点黏的话。孩子,我们不建议亲吻你的同类,但如果你必须亲吻,一定要选择腹足类动物而不是两栖类动物。

下一个文本来自贝克(E. D. Baker)的少年小说《青蛙公主》(2002)的第三章,部分是根据《青蛙王子》改编的,增加了接吻的场景和一个奇妙的转折,年轻的女人变成了一只青蛙。

> "哎呀,"青蛙说,它看起来很慌张,"我不知道说什么,我只想要一个吻。"
>
> "你想要一个吻吗?好的。我给你一个吻。我宁愿亲你也不愿意亲乔治王子!"我跪在池塘边的地上。青蛙猛地一跳,落在我旁边的地上,噘起了嘴唇。
>
> "等一下。"我说,往后退了一步。
>
> 青蛙看起来很苦恼:"你还没改变主意吧?"
>
> "不,不,是这样的……嗯,在这儿。"我在长袍腰部的口袋里

---

① 加里·拉森认为,与青蛙或蟾蜍有毒的皮肤接触会导致幻觉;参见西格尔和麦克丹尼尔,pp. 560-562。

② 有关这些诗歌,参见[美]米德《祛魅》(*Disenchantments*), pp. 23-41,以及米德《传统与创新》(*Tradition and Innovation*), pp. 13-22。

摸索着，发现一个刺绣手帕。我伸手轻轻地帮青蛙把嘴擦干净。"你嘴唇上粘着苍蝇的脚，"我颤抖着说，"好吧，我们再试一次。"

　　这一次接吻很顺利。我俯下身，噘起嘴唇，闭上眼睛……我感到青蛙的嘴唇又凉又滑，这种感觉并不太难受。它下一步所做的事使我大吃一惊（它变成了一只青蛙）！

值得注意的是，迪士尼动画音乐奇幻喜剧电影《公主与青蛙》（2009）大致是根据这部小说为年轻读者改编的，由此使亲吻青蛙的行为再次深入人心。如果几十年前迪士尼根据《青蛙王子》创作了一部动画片，并加入了接吻的场景，我们今天就可以说，正是这部电影将接吻母题传播到了世界各地。唉，实际不是这样的！

但那也不是必要的，因为到了20世纪中后期，青蛙接吻的母题在美国已经无处不在。人们常常简单地认为，这一母题也出现在《格林童话》的《青蛙王子》中。这些年来，我收集了许多以青蛙接吻为基础的现代诗歌。我最早的发现是史蒂夫·史密（Stevie Smith）题为《最佳野兽》（1969）的著作，其中包括一首长诗《青蛙王子》。开头如下。

　　我是一只青蛙，
　　我生活在一个魔咒下，
　　我生活在潮湿的井底，
　　我必须在这里等待一个少女，
　　把我放到她的枕头上，
　　然后亲吻我。

诸如此类的诗歌还有许多，这些诗人都认为他们对童话的现代诠释是以《格林童话》为基础的。

对于漫画家来说也是如此。他们用巧妙的图画和指向性的文字说明，暗示根据童话中的接吻场景改编的想象画面，而且往往会增加一个相当明显的性暗示信息。插图通常是一个美丽的女人（公主），她的吻并没有使丑陋的青蛙变成英俊的男人（王子）。即使没有这些图画，下面的陈述也清楚地表明，亲吻并不总会带来奇妙的转变或期待的变化。

"你说那是吻？"

"谢谢你的吻，但我不是王子。一个偷猎者抓住了他。"

"任何一个疯狂到可以到处亲吻青蛙的女孩，都应该得到她应得的东西。"

"我开始寻找王子，但现在我只喜欢亲吻青蛙。"

"一个吻会创造奇迹。"

"我可能偶尔亲吻一只青蛙，但绝不亲吻一只火鸡。"

"你如果是青蛙，会吻得更好。"

"吻我！我不抽烟。"

"你有没有听说过公主亲吻了青蛙，青蛙变成了小猎犬的故事？"

"如果你不亲吻他，你怎么知道他是不是王子？"

也许有人会说，诗人、漫画家、广告和贺卡的文案作者可能会不时地重读《青蛙国王》或《青蛙王子》，但这种说法是荒谬的，因为接吻场景母题已经在美国普罗大众的脑海中根深蒂固了。

另外，在德国，"老的"《格林童话》的异文保存得更完整，直到20世纪70年代末，亲吻的母题才出现在诗歌、散文、格言、广告、报纸头条、动画片和贺卡中，显然是受到了英美媒体的巨大影响。德国最早的例子之一是一幅政治漫画，标题是《吻我，我就能变成一个英俊的总理》（1979），后来的说法是《现在我已经吻了一百多只青蛙，但其中没有一位王子！》（1995）。因此，难怪没过多久，现代美国谚语"你必须亲吻很多青蛙才能遇见英俊的王子"就被翻译成了德语。但这句相对较新的谚语是来自《青蛙国王》的异文还是格林兄弟记录下的《青蛙王子》童话？我的研究表明两者都不是。这句谚语很可能不是基于对其中一个包含亲吻母题的异文的复述，因为迄今为止发现最早的此类异文只出现在1981年琳达·耶特曼的《睡前故事宝库》中。

据我猜测，这句谚语虽然是在美女必须亲吻野兽的一般概念中发展起来的，却是在20世纪70年代女权运动的背景下出现的，当时的女性不再认为结婚是必需的。当然，我们也应该知道，这句谚语所传达的信息与动物新郎童话系列故事所传达的信息大有不同。民间故事中的公主并不是真的想找到一个合适的丈夫，却意外地与王子结缘。这句谚语认为：

男人一般都不好，或者至少要经过很多"恶心"的考验，女人才能找到合适的男人。这并不是说到现在为止，人们已经找到了童话和谚语之间的联系，包括像玛丽亚·塔塔、查尔斯·道尔和我这样的民俗学家。毕竟，大约 10 年前，我曾非常明确地说："这种非浪漫的反省导致了这个特殊的童话故事被简化为新的美国谚语，'你必须亲吻很多青蛙才能遇见王子'及其异文'在遇见英俊的王子之前，你必须亲吻很多青蛙'。"（1990）这也是不到一年前，查尔斯·道尔、弗雷德·夏皮罗（Fred Shapiro）和我在《现代谚语词典》（2012）中所讨论的，我们选择将异文"你必须亲吻很多青蛙（蟾蜍）才能找到王子"作为我们压缩版传记的引子，后面跟了很多情境化的参考材料。

这个谚语最常见的意思是指一个女人很难找到合适的男性伴侣，但它也同样适用于其他类型的找寻行为。这句谚语中"蟾蜍"的流行令人惊讶，因为原本最流行的是《青蛙王子》童话故事。也许，在人们的心目中，蟾蜍是更令人恶心的代表。

根据前文所述，我认为后一种提法更为恰当。换言之，与其说这句谚语是对童话的还原，倒不如说是对童话的不精确暗示或联想。

由于篇幅的限制，我们只能引用 1976—1980 年的 5 个有特定语境化的引语（谚语作为长篇文章的一部分引用），最早的印刷版本出现在 1976 年 2 月 10 日的《俄亥俄州论坛报》上："在遇见英俊的王子之前，你可能要吻很多蟾蜍。"在佛蒙特大学我的《国际谚语档案》中，可以找到更多来源（包括报纸头条、标语、卡通、贺卡和 T 恤衫）的流行谚语，其中还不断有新的信息添加进来。这些异文一般是"在发现英俊的王子之前，你必须亲吻相当多的蟾蜍"（1977），"在遇见英俊的王子之前，你必须亲吻很多蟾蜍"（1979）和"你必须亲吻很多青蛙之后才能遇见英俊的王子"（1982）！当然，德国的参考资料也包括在内。1983 年，在德国涂鸦、标语和谚语的集成中，英文谚语"你必须亲吻许多青蛙，才能找到你的王子"首次出现。大约 20 年后，另一个英文文本被记录在一组德国涂鸦画中，证明了英语作为国际通用语言在德国扮演着相当重要的角色："在找到王子之前，你必须亲吻很多蟾蜍！"这句美国谚语很快被翻译成德语，到目前为止发现的最早德语版本出现在 1984 年出版的小笑话文集中："在找到你的王子之前，你必须亲吻很多丑陋的青蛙。"如同很多其他新谚语一样，新的"青蛙谚语"在德国流传着许多异文。

> 一个人要亲吻很多青蛙之后才能找到王子（1986）
> 在找到王子之前，一个人必须亲吻很多青蛙（1988）
> 在你找到王子之前，你必须亲吻很多青蛙（1990）
> 任何找寻王子的人都必须亲吻很多青蛙（1991）
> 你必须亲吻很多青蛙，直到在他们中间找到王子（2000）
> 为了找到王子，一个人要亲吻1000只青蛙（2003）
> 你真的必须亲吻很多青蛙才能找到王子（2004）
> 任何想拥有王子的人，必须亲吻很多青蛙（2004）[①]

标准的德国谚语形式是缓慢发展的，它来自大量从美国借鉴而来的谚语。

总而言之，在我看来，即使19世纪下半叶的一些《青蛙国王》故事异文有亲吻的情节，但现在德国广泛流行的亲吻青蛙母题也是在过去的30年里，受美国谚语"你必须亲吻很多青蛙才能遇见英俊的王子"所影响而形成的。由于大众传媒的巨大影响，德国人和美国人（也包括英国人），都会主动给传统童话故事加上亲吻的场景，即使我还没有发现用亲吻场景代替将青蛙扔到墙上的场景的德国童话故事。正如我所展示的，美国第一次出现带有接吻场景的童话故事的时间，仅仅比谚语第一次被记录晚5年。这种变化也可以从1983年德国的政治漫画标题中看出来，标题联系了"将青蛙扔到墙上"和"亲吻"两个母题："他（西德的政治人物弗朗兹·斯特劳斯）改变了，在没人亲吻他或者将他扔到墙上的情况下，他成为了东方的政治王子。"

这里是证明我观点的典型参考文献。在关于德国统一的漫画海报目录中，1991年德国总理赫尔穆特·科尔的漫画增加了以下解释性评论，标题是《倒转的青蛙王子》："在德国《青蛙王子》的童话中，青蛙通过公主的吻变成了王子。在这幅漫画中，由于（女性）米歇尔（德国刻板形象）（东方）的原因，赫尔穆特科尔总理从一位富有的王子变成了一只

[①] 引自瑞士讽刺刊物"Nebelspalter"（no. 32［August 9, 1983］: p. 7）。

贫穷丑陋的青蛙。"显然，有很多德国人简单地认为接吻的场景来自《格林童话》故事！而实际上，当2000年乌尔里希·弗伦德（Ulrich Freund）问德国人青蛙如何变成王子时，一半人的回答是亲吻，另一半人的回答是原始的扔到墙上的方式。2012年，我专门对德国人和美国人进行了实地访问调查。调查显示，到目前为止，大多数人认为是公主的吻把青蛙变成了王子，这确实是一个了不起的发展，因为受访者包括很多专家！

但对我来说，作为一个童话学者和谚语学学者，所有这些都显示了谚语所具有的文化力量。这个谚语的出现并不是童话的简化，而充其量是对最受欢迎的童话故事进行的富有想象力的暗示。当然，在文学和大众传媒中，大多数现代回忆或童话残迹中普遍存在的接吻母题很可能是一种自我修正过程。也就是说，这或许是对早期《青蛙王子》童话原型的回归。在这个原型中，亲吻是后来为了淡化民间叙事的性意味而被抛弃的原始母题。

引用文献

Adler, Bill. *Tell Me a Fairy Tale: A Parent's Guide to Telling Magical and Mythical Stories*. New York: Plume, 1995.

Alderson, Brian, trans. *The Brothers Grimm: Popular Folk Tales*. Garden City, NY: Doubleday, 1978.

Anderson, Walter. "Ein volkskundliches Experiment". Helsinki: Suomalainen Tiedeakatemia, 1951.

Ashliman, D. L. *Folk and Fairy Tales: A Handbook*. Westport, CT: Greenwood Press, 2004.

Baker, E. D. *The Frog Princess*, New York: Bloomsbury, 2002.

Baring-Gould, S. *Family Names and Their Stories*. Philadelphia: Lippincott, 1910.

Beck, Harald, ed. "Graffiti". Stuttgart: Philipp Reclam, 2004.

Bettelheim, Bruno. *The Uses of Enchantment: The Meaning and Importance of Fairy Tales*. New York: Knopf, 1976.

Busch, Wilhelm. "Das Gesamtwerk des Zeichners und Dichters", 6 vols. Ed. Hugo Werner. Olten, Switzerland: Fackelverlag, 1959.

Clouston, W. A. *The Story of "The Frog Prince": Breton Variant and Some Analogues*. *Folklore* (London) 1 (1890): 493–506.

Doherty, Berlie, ed. *Classic Fairy Tales*. Somerville, MA: Candlewick Press, 2000.

Doyle, Charles Clay, Wolfgang Mieder, and Fred R. Shapiro, eds. *The Dictionary of Modern Proverbs*. New Haven, CT: Yale UP, 2012.

Ehrlich, Amy, ed. *The Random House Book of Fairy Tales*. New York: Random House, 1985.

Eliot, Charles W., ed. *Folk-Lore and Fable: Aesop, Grimm, Andersen*. New York: Collier, 1937.

Freund, Ulrich. "Das Froschkönig-Märchen im therapeutischen Prozeβ: Verwünschung und Verwandlung, Lösung und Erlösung". Der Froschkönig … und andere Erlösungsbedürftige. Ed. Helga Volkmann and Ulrich Freund. Baltmannsweiler, Germany: Schneider Verlag Hohengehren, 2000, pp. 18 – 32.

Glismann, Claudia, ed. "Edel sei der Mensch, Zwieback und gut: Szene-Sprüche". Munich: Wilhelm Heyne, 1984.

Grimm, Jacob. *Teutonic Mythology*, 4 vols. Trans. James Steven Stallybrass. London: George Bell, 1888.

Grudde, Hertha, ed. *Plattdeutsche Volksmärchen aus Ostpreußen*. Königsberg, Germany: Gräfe & Unzer, 1931.

Heindrichs, Ursula. "Die erlöste Erlöserin: Wie die Weltschönste zu sich findet – Anmerkungen zu KHM 1". Der Froschkönig … und andere Erlösungsbedürftige. Ed. Helga Volkmann and Ulrich Freund. Baltmannsweiler, Germany: Schneider Verlag Hohengehren, 2000, pp. 10 – 17.

Jacobs, Joseph, ed. *English Fairy Tales* (1890) *and More English Fairy Tales* (1894), 2 vols. in one. Ed. Donald Haase. Santa Barbara, CA: ABC-Clio, 2002.

Jahn, Ulrich, ed. "Volksmärchen aus Pommern und Rügen". Norden, Germany: Diedr. Soltau, 1891.

Jones, Wendy. *The Fairy-Tale Princess: Seven Classic Stories from the Enchanted Forest*. London: Thames & Hudson, 2012.

Keim, Walther. *German Michel, National Stereotype: The Cartoonists'View of German Unity – An Exhibition of the Institute for Foreign Cultural Relations*. Stuttgart: Heinrich Fink, 1992.

Kifer, Louise M., Ruth C. Merry, and Alonzo F. Myers. *Cooperative Supervision in the Public Schools*. New York: Prentice-Hall, 1938.

Larson, Gary. *There's a Hair in My Dirt! A Worm's Story*. New York: Harper Collins,

1998.

Lefftz, Joseph. Märchen der Brüder Grimm: Urfassung nach der Originalhandschrift der Abtei Oelenberg im Elsaβ. Heidelberg: Carl Winter, 1927.

Mieder, Wolfgang. "Aphoristische Schwundstufen des Märchens". Dona Folcloristica: Festgabe für Lutz Röhrich. Ed. Leander Petzoldt and Stefaan Top. Frankfurt am Main: Peter Lang, 1990, pp. 159 – 171.

—, ed. Disenchantments: An Anthology of Modern Fairy Tale Poetry. Hanover, NH: UP of New England, 1985.

—. "Fairy-Tale Allusions in Modern German Aphorisms". The Reception of Grimms'Fairy Tales: Responses, Reactions, Revisions. Ed. Donald Haase. Detroit: Wayne State UP, 1993, pp. 149 – 166.

—. The Frog King. The Oxford Companion to Fairy Tales. Ed. Jack Zipes. Oxford, UK: Oxford UP, 2000, 173, 188.

—. Frog King. The Greenwood Encyclopedia of Folktales and Fairy Tales. Ed. Donald Haase. Westport, CT: Greenwood Press, 2008, 1: 390 – 392.

—, ed. "Grimmige Märchen: Prosatexte von Ilse Aichinger bis Martin Walser". Frankfurt am Main: Rita G. Fischer, 1986.

—. "Grim Variations: From Fairy Tales to Modern Anti-Fairy Tales".

—, ed. "Mädchen, pfeif auf den Prinzen! Märchengedichte von Günter Grass bis Sarah Kirsch". Cologne: Eugen Diederichs, 1983.

—. "Märchen haben kurze Beine: Moderne Märchenreminiszenzen in Literatur", Medien und Karikaturen. Vienna: Praesens, 2009.

—. Modern Anglo-American Variants of The Frog Prince (AT 440). New York Folklore, 6 (1980): 111 – 135.

—. "Sprichwörtliche Schwundstufen des Märchens, Zum 200, Geburtstag der Brüder Grimm". Proverbium, 3 (1986): 257 – 271.

—. "Spruchschlösser (ab) bauen: Sprichwörter, Antisprichwörter und Lehnsprichwörter in Literatur und Medien". Vienna: Praesens, 2010.

—. Tradition and Innovation in Folk Literature. Hanover, NH: UP of New England, 1987.

Moser-Rath, Elfriede, ed. "Deutsche Volksmärchen". Cologne: Eugen Diederichs, 1966.

Neumann, Siegfried, ed. "Mecklenburgische Volksmärchen". Berlin: Akademie,

1971.

Opie, Iona, and Peter Opie, eds. *The Classic Fairy Tales*. Oxford, UK: Oxford UP, 1974.

Patri, Angelo. *Our Children*. Youngstown [Ohio] Vindicator (December 14, 1925), p. 4.

Rauchberger, Karl Heinz, and Ulf Harten, eds. "Club-Sprüche". Hamburg: Verlag Hanseatische Edition, 1983.

Röhrich, Lutz. "Froschkönig". Enzyklopädie des Märchens. Ed. Kurt Ranke et al. Berlin: Walter de Gruyter, 1986, pp. 410 – 424.

—. "Der Froschkönig: Das erste Märchen der Grimm-Sammlung und seine Interpretation". Das selbstverständliche Wunder: Beiträge germanistischer Märchenforschung. Ed. Wilhelm Solms and Charlotte Oberfeld. Marburg, Germany: Hitzeroth, 1986, pp. 7 – 41.

—. "Der Froschkönig: Rezeption und Wandlungen eines Märchens bis zur Gegenwart". Der Froschkönig…und andere Erlösungsbedürftige. ed. Helga Volkmann and Ulrich Freund. Baltmannsweiler, Germany: Schneider Verlag Hohengehren, 2000, pp. 33 – 49.

—. "Das Froschkönig-Märchen". Der Schweizerische Kindergarten, 65 (1975): 246 – 250.

—. "Der Froschkönig und seine Wandlungen", "Fabula", 20 (1979): 170 – 192.

—. "Mit dem Froschkönig ins Bett", "Morgen", 15 (1991): 45 – 49.

—. "Wage es, den Frosch zu küssen! Das Grimmsche Märchen Nummer Eins in seinen Wandlungen". Cologne: Eugen Diederichs, 1987.

Rölleke, Heinz, ed. "Brüder Grimm", Kinder-und Hausmärchen – Ausgabe letzter Hand mit Originalanmerkungen der Brüder Grimm, 3 vols. Stuttgart: Philipp Reclam, 1980.

Scherf, Walter. "Lexikon der Zaubermärchen". Stuttgart: Alfred Kröner, 1982.

Siegel, David M., and Susan H. McDaniel. *The Frog Prince: Tale and Toxicology*. American Journal of Orthopsychiatry, 61 (1991): 558 – 562.

Smith, Stevie. *The Best Beast*. New York: Knopf, 1969.

Strauss, Gwen. *The Frog Princess. Trail of Stones*. New York: Knopf, 1990.

Sutton, Martin. A Prince Transformed: The Grimms' "Froschkönig" in English. Seminar, 26 (1990): 119 – 137.

Tatar, Maria, ed. *The Annotated Brothers Grimm*. New York: Norton, 2004.

Taylor, Edgar. "German Popular Stories: Translated from the Kinder-und Hausmärchen". London: C. Baldwyn, 1823.

Thirkell, Angela. *Love Among the Ruins*. New York: Knopf, 1948.

Uther, Hans-Jörg. "Handbuch zu den 'Kinder-und Hausmärchen' der Brüder Grimm". Berlin: Walter de Gruyter, 2008.

—. *The Types of International Folktales: A Classification and Bibliography*, 3 vols. Helsinki: Suomalainen Tiedeakatemia, 2004.

Volkmann, Helga, and Ulrich Freund, eds. "Der Froschkönig ··· und andere Erlösungsbedürftige". Baltmannsweiler, Germany: Schneider Verlag Hohengehren, 2000.

Wentworth, Wendy, ed. *Classic Fairy Tales*. Seymour, CT: Greenwich Workshop Press, 2003.

Wickes, Frances G. *The Inner World of Childhood: A Study in Analytical Psychology*. New York: D. Appleton, 1927.

Yeatman, Linda. *A Treasury of Bedtime Stories*. New York: Simon & Schuster Books for Young Readers, 1981.

Zipes, Jack, trans. *The Complete Fairy Tales of the Brothers Grimm*. New York: Bantam Books, 1987.

各有所好：美国谚语作为一种国际性、国家和全球性的现象

【编译者按】 本文（Different Strokes for Different Folks: American Proverbs as an International, National, and Global Phenomenon）最初发表于作者2005年版的文集《谚语是最好的政策：民间智慧与美国政治》（Proverbs Are the Best Policy: Folk Wisdom and American Politics）（第一章，第1—14页）。该书由科罗拉多大学出版社和犹他州立大学出版社联合出版。后经作者修改另以《美国谚语：一种国际性、国家和全球性的现象》（American Proverbs: An International, National, and Global Phenomenon）为题发表于2010年美国《西部民俗》（Western Folklore）学刊［69（1）: 35 - 54］。本文深入探讨了谚语研究的方法，更强调了谚语研究中跨文化的国际视野，特别是在美国种族背景下谚语如何成为理解特定社会关系的重要视角。

谚语，作为一种最小的、普遍存在的民俗类型之一，自从有文字记载以来就一直被人们搜集与研究。世界各地的谚语志搜集者与谚语学家们一直在努力发表成果。事实上，谚语学研究已经达到如此高的境地，以至于新学者面对如此大量有价值的著作文献会感到无从下手。然而，如同其他学术领域的研究一样，谚语志与谚语学的研究还有许多工作要做。作为一种文化符号和策略性的修辞手段，谚语有着多种用途与功能，这些都需要通过对不同历史阶段的关注来进一步研究。除此之外，研究认知、理解、交流等方面的社会语言学和心理语言学方法对此有极大的借鉴意义。我们还需要关注现代技术时代大众传媒、互联网等全球交际

媒介中谚语的应用及其研究。基于严谨的语汇原则继续搜集谚语无疑是迫切的，包括对地域性、国家以及国际性谚语的汇编。尽管我们对欧洲谚语了解甚多，但是现在还急需综合性和比较性的研究，包括对非洲、中东和亚洲地区的谚语搜集与研究。这样，谚语志学者最终才有可能对谚语类型作出根本性区分，将不同地区的人民及其共同智慧联系起来。下文讨论美国谚语是如何成为一种国际、国家（也是区域）和全球现象的，以及一些相关的问题。

一　美国谚语的国际基础

比较谚语志作为一个研究领域可以追溯到几个世纪以来所积累的数百种语言的无数部谚语集，突出的成果是有关欧洲谚语的搜集，其共同起源是古典时代、《圣经》以及中世纪的拉丁文。但是，许多这样的集子只是文本的积累，并没有专门的学者从学术的角度来研究常见的谚语起源和传播脉络。因此，30 年前，立陶宛谚语志与谚语学专家卡其兹·格里加斯（Kazys Grigas）在其重要的《谚语精选集》中强调："国家和国际元素之间的相关性在不同国家的谚语中很少受到关注。"（Grigas 1976：294）他在前言中所说的话至今仍是正确的。

> 决定谚语的起源、变革、传播、持续以及消亡，并决定其对其他语言渗透的语言学内部因素与外部因素之间存在着怎样的互动关系法则？导致谚语的不同发展方向的指挥棒是什么？在谚语文本中，质性语言学的异同有何相关性？反映不同文化——民族传统与精神生活方式——的要素是什么？许多文化中的典型现象的属性是什么？在调查研究谚语的国家资源与研究自己民族的谣谚时必须考虑到语言的、语言学风格的和文化历史的哪些事实？最后，那些在国际上传播的谚语与限定在自己国家内部流传的谚语之间有怎样的比例关系？（Grigas 1976：295）

这些问题也是格里加斯致力终生思考的，他回答了许多有关立陶宛谚语的国家性质问题及其与欧洲谚语的关系问题。其著作包括比较谚语集《帕塔里克谚语》(1987),权威的五大卷国家谚语集《立陶宛谚语与反谚语》(2000b),以及多篇追溯单个谚语的起源与国际传播的论文(Grigas 1995,1998)。

当然,格里加斯意识到了英语文化的重要性,所以在他的巨著中包含了许多相应的英语谚语或异文。当代的其他谚语收集者也对比较谚语产生了兴趣。比如杰西·格鲁斯基(Jerzy Gluski)的《谚语:英语、法语、德语、意大利语、西班牙语和俄语比较手册及拉丁文附录》(1971);延斯阿·斯塔贝尔·比尔格拉夫(Jens Aa. Stabell Bilgrav)的《德语、法语、瑞典语和丹麦语对照谚语2万句》(1985);马蒂·库西(Matti Kuusi)的《谚语九百句:俄语、巴尔干语、德语和斯堪的纳维亚语对照》(1985);伊曼纽尔·施特劳斯(Emanuel Strauss)的《欧洲谚语词典》(1994);路易斯·伊斯特劳(Luis Iscla)的《英语谚语与西班牙语、法语、意大利语和拉丁文对照》(1995);以及特奥多尔·弗兰塔(Teodor Flonta)的《英语和罗马语言谚语对照词典》(2001)。事实上,这些集子都是基于世界流行语英语的,包括迄今为止最优秀的谚语志巨作,帕克佐拉(G. Paczolay)的《55种语言的欧洲谚语和阿拉伯文、波斯文、梵文、中文与日文对照》(1997)。

这些被列为"英语"的谚语在英国确实很流行,在其他说英语的国家里也被广泛使用。虽然有些条目数量有限,但这些合集有较为丰富的语义,因为它们涉及了欧洲最常见的谚语,而且几乎所有的谚语都涉及了古典时代、《圣经》或中世纪拉丁语的起源问题。换句话说,它们在很大程度上并不是真正的英国本土谚语。从比较语言学的角度而言,它们有助于翻译人员和学习外语的学生使用。因为它们基本上包含了欧洲某种语言所共有的最小的要素或者至少是与语言相关的语素,如波罗的海语、日耳曼语、罗曼斯语或斯拉夫语,等等。但这些集子都缺少的是有关国家特色的异文,或对应程度不同的谚语。关于英语谚语,并没有对加拿大、美国、澳大利亚和世界上任何其他英语国家作任何区分。此外,现代英语的谚语,无论其起源何在,都没有被收录,尽管有些已经通过借译出现在其他语言中了。无论如何,全世界范围内尤其在英国和美国,所使用的英语谚语都是大杂烩,这在国际上也是一种趋势。比如:"狼可能掉牙,但本性难改""一燕不成夏""一只手洗另一只手""大鱼吃小鱼""爱情使人盲目"等谚语可以追溯到古典时代,也都是被借译到英语中的。《圣经》中的谚语,如"挖坑害别人的,自己必掉进去""人活着不是单靠面包""种瓜得瓜,种豆得豆""不劳者不得食"等,都通过精美的翻译成为英语谚语。而且,许多中世纪的拉丁文谚语也被英语化了,例如:"用久的东西总是要坏的""趁热打铁""闪光的不一定都是金子""新扫帚扫得干净"。当然,英国英语也有自己丰富而悠久的谚语传统,如"美丽是肤浅的""省一文等于挣一文""患难见真情""布丁好坏,一尝便知"。来自英国的早期移民将他们的国际性的和国家的谚语一起带到美国,其他国家的移民也将自己语言中的谚语带到美国,它们中有些被借译到英语中。有两个德国谚语被翻译成英语,随着时间的推移在美国变得非常流行,它们是"不要把婴儿和洗澡水一起倒掉"和"苹果不会掉在离树很远的地方"。当然,来自其他国家的谚语也同样存在被译成英语的情况。比较引人注意的是来自意大利语的谚语,而来自西班牙语的谚语也尤其突出,因为操西班牙语和英语的双语人口有数百万人之多。意第绪语的丰富谚语传统也对当今美国英语有相当大的影响,但是谚语学者需要对更多的单条谚语进行研究,并注释其语言与文化的演变过程。然而,大多数谚语集和谚语研究只关注母语文本,而没有注意到在美国流行被借译的问题(de Caro and McNeil 1971;Mieder 1989a:47-70)。对那些译自诸多语言已经成为美国英语中的谚语俗(proverb lore),还有很多重要的工作有待开展。

需要特别提到的是,美国印第安人的谚语对美国的谚语俗影响甚微。其原因不在于印第安人所受到的来自其他移民群体和美国各种机构的种族清除政策的可怕对待,而在于美洲印第安人语言中缺少谚语的现实窘境。人类学家只记录了少数几个部落的谚语,而记录下来的印第安土著谚语最多也就200句!这的确是令人吃惊的现象,特别是与从非洲口头传统中搜集的谚语之众多做一比较。事实上,印第安人缺少暗喻性语言,其智慧多数是以口头叙事的方式传承的,如"鹿虽无牙,但能成大事""狐狸跛着脚走,老兔子跳着走""月亮不会因为狗吠而蒙羞"等谚语(Mieder 1993:193-224;2000a:109-144)。可以说,美国所使用的谚语多数是来自其他语言,正如其自身是"大熔炉"一样,借助英语语言文本综合了多文化中的传统智慧,也包括沦为奴隶的非洲人所带来的谚语，这些谚语又形成极其丰富的美国非裔谚语传统（Daniel 1973；Mieder 1989a：111-128）。这些有国际基础的谚语包含代表美国的、创造于美国的、流行于某些地区或全国的谚语。

就美国谚语而言，它所指的是那些可以考证起源于美国的谚语。这方面的情况即使不是一片混乱，也相当复杂。事实上，一些比较谚语志学者对美国谚语在当今世界的重要性还是起到一些宣传作用的。例如斯洛维·钱皮恩（Selwyn Champion）在其仍有价值的谚语集《多种族的谚语：世界谚语选》（1938）中，收录了73条"美国谚语"，如"不要低估美国"、"你行你上啊"、"生活就是一件又一件该死的事"和"每个人都要自己剥臭鼬皮"。然而，其他16个例子至少可以溯源于英国，清楚地表明了谚语确立其美国认同身份过程的不易。在戈德·雷伊（Gerd de Ley）的《国际谚语词典》（1998）中，有56条被列在"美国"之下，其中包括，"无知是福""爱情嘲笑锁匠"之类的谚语，它们显然不是源自美国。我所编辑的《世界谚语百科全书》（1986a）和哈罗德·科德里（Harold V. Cordry）的《多文化谚语词典》（1997）都列举了大量的美国谚语。然而，我们两人显然都犯了错误，过快地将一些谚语贴上了"美国"标签。仔细一看会发现，早在这些文字在美国成为谚语之前，它们就已经在英国被使用了。

二 作为独特民族国家财富的美国谚语

幸运的是，谚语志学者至少有几部优秀的历史谚语词典为依据，去确切地追溯英语谚语在英国和美国（也包括加拿大的一部分）的起源与传播。在此，没有必要回顾悠久而丰富的英国谚语志历史，只需提及威尔逊（F. P. Wilson）第三版《牛津英语谚语词典》（1970）和约翰·辛普森（John Simpson）与珍妮弗·斯皮克（Jennifer Speake）的《简明牛津谚语词典》（1998）。至于此处讨论的美国谚语问题，目前主要有4部可靠的历史词典供谚语志学者参考。这4部词典收录了数千条谚语及其异文，涵盖了美国发展的4个世纪：《早期美国谚语与谣谚》（1977）、《美国谚语与谣谚词典1820—1880》（1958）、《现代谚语与谣谚》（1989）以及《美国谚语词典》（1992）。

但是，这些词典有一个共同的较大问题，即它们都取自源于世界各地的谚语，而源自美国文本的谚语只有一小部分。因此，这些词典的书名中的"美国"多少是有误导性的，因为这只能表示这些谚语在北美被普遍使用。之所以是"美国"的，是因为美国民众常常视其为传统智慧的精练表达而已。从这层意义上说，它们当然可以属于所谓的美国谚语，尽管其中许多不是源自美国。

早在20世纪30年代初，美国谚语学家理查德·詹特（Richard Jente）就曾讨论过这个问题的复杂性。他论证了一本所谓的美国谚语集中199条谚语里，只有10条或将近5%在美国创作，如"不要在别人沮丧的时候踢他""花钱做广告是值得的""有头脑的人都有同样的路数"（Jente 1931—1932；Mieder 1989a：29-45）。同时代的美国诗人卡尔·桑德伯格（Carl Sandburg，1878—1967）非常关注民间语汇中的谣谚表达，写下了长诗《早安，美国》（1928）和史诗《是的，人民》（1936）。两首诗中都充满了来自美国不同行业和不同民族的数百条谚语和谣谚。他将这些谚语视为美国丰富生活的交叉点，非常清楚它们是各种世界观或生活态度的精练表达（Dundes 1972；Lau 1996；Nussbaum 1998；Hakamies 2002）。正如他在《早安，美国》的第十一章中所述，他将学者与平民同等对待，"关注一个民族的谚语，一个国家的谚语"，因为那是他们的道德规范和人生态度的言语表述和文化符号（Jente 1931—1932；Mieder 1989a：29-45）。

> 一套密码产生了；语言，外来语，行话，
> 关注一个民族的谚语，
> 一个国家的谚语，
> 给他们工作。
> 改变吧，
> 总是有办法的。
> 艰辛劳作，
> 好人早逝……
>
> 公事公办。

不知者不怪。
礼者总有好报。
公平合理。
带着微笑的声音。
带着花儿说话。
让一只手洗另一只手。
顾客永远是正确的……

还有谎言，可怕的谎言和数据。
数据不撒谎，而撒谎者可以造数据。
其中总有比诗歌更多的真理。你连一半都不知道，亲爱的。
只有奔忙的蜜蜂才采蜜。
大人就是大人，不管是总统或是争强好斗者……

打扮漂亮是要付出代价的。
做你自己。
轻言细语，大棒行动。
战争是地狱。
诚实才是上策。
全靠你怎么来看。
攒钱吧——只要是诚实的。
当穷人如入地狱。
可是，金钱并非万能。
可是，你过的是日子……

总要有先驱者，有些会先被杀死。
那些后院的青草总是长得高些……
你能把打破的鸡蛋搅回去吗？
早睡早起，你就见不到名人。
走吧。去看着我们的火堆。避开灰尘。
穿上衬衫……

这是一个揭示美国社会特点的俚语和谚语的结合,几乎将美国社会各种层面的谚语和行话片段都展示出来了。追溯这幅拼贴画的每一种表达方式的起源将是一项艰巨的任务,无论是美国还是其他地方的。能够证明某个谚语是否源自美国是艰难的工作,而要去论证出自哪个州或地区则更难。事实上,考证任何一个谚语的起源是一项艰巨的任务,更不用说去论证一个美国谚语是否来自新英格兰地区,甚或是否来自佛蒙特州。这样的工作在极大程度上是一种重构。而眼下起源问题是次要的,更重要的是去验证某个谚语或与其相关的一系列谚语是否在美国或某地区正在被使用。但是,我们不能放弃这个希望,谚语志学者急需努力汇编出可信的美国谚语集,尽管上述4部综合谚语集已经包含了许多纯正的美国起源的谚语。那些集子代表了美国谚语的总汇,一定程度上展现了4个世纪以来美国人的世界观。本杰明·富兰克林在极大程度上抄录了18世纪初英国的谚语集,汇编出他的《穷查理年鉴》,同时他也是许多谚语的创造者。例如"三次搬家犹如一次失火"、"懒惰走得慢,贫穷追上来"、"勤奋偿还债务,绝望加重债务"和"生前何必睡,死后自长眠"(Gallacher 1949;Mieder 1989a:129-142)。这些谚语无疑有助于建立美国清教徒的伦理观,包括"白手起家的人"的概念,为诸多移民提供了在新国家致富的希望。实用主义导向的先验主义者拉尔夫·爱默生(Ralph Waldo Emerson)1870年为乐观的美国人的世界观添加了一个十分流行的谚语"朝着星星赶你的马车",表达了对美好生活的厚望(La Rosa 1969;Mieder 1989a:143-69)。作为早期美国谚语学家,爱默生深刻地反思了谚语在美国社会发展中的作用。在他有关"莎士比亚"的第一次演讲中(原文如下),他把谚语称为"图画",是"可比作有进口物价值的"东西。这些说法对现代的将谚语作为符号的阐释理论有一定影响(Grzybek 1987;Tothne Litovkina 1996),爱默生的确可以被视为谚语符号学的先驱。

可记住的历史话语和不同民族的谚语通常包括一个自然的事实,仿佛是道德真理的一张图画或注释。例如,"滚石不生苔""双鸟在林,不如一鸟在手""一个行走在正确道路上的跛子能打败一个在错误道路上的竞赛者""满杯的酒难端""醋是酒之子""压断骆驼脊背的是最后一盏司""长生的树先长根"等。这些话初听起来都是指日常琐事,但我们重复的则是它们的"可比作有进口物价值的"东西。(December 10,1835;Whicher/Spiller/Williams 1964,Ⅰ:290)

安默生在其著名的《自然》(1836)一书中,在有关"语言"的重要性一章里也加上了"晒草要趁太阳好"这句谚语,并解释说"世界是象征性的。言语的组成部分是借喻,因为整个自然界是人类心智的借喻"。显然,安默生将谚语视为象征性的,是笼统的自然和具体的人性的比喻符号。众所周知,20世纪初,美国总统罗斯福曾宣称,美国的国际政治应该遵循"轻言细语,大棒行动"(1901)的智慧,这句话早已成为美国人经常引用的谚语。当然,大多数美国谚语都是匿名的,或者说大家不会在乎最初的创作者是谁。如"自食其力"(表达独立的精神),"进攻是最好的防御"(积极的),"打破的鸡蛋搅不回去"(不可能),"数字不会说谎"(依赖的事实),"银行是冷酷无情的"(经济学),"对通用公司好的,就对美国好"(大企业),"人生始于四十"(青春),"进的是垃圾,出去的也是垃圾"(电脑世界)等谚语。这些例子表明,谚语在不断被创作出来,同时有些则因为不合时宜而被淘汰。较古老的英语谚语,如"女人的舌头像小羊的尾巴一样摇摆不定"或"孩子不打不成器",已经消失或是正在消失;而"就像鱼儿不需要自行车,女人也不需要男人"或"没有免费的午餐"等则逐渐流行起来。

还有其他一些地道的现代美国谚语出自黑人群体,成为美国普遍使用的谚语,如"一报还一报"。当然,还有20世纪50年代美国一句真正具有解放精神和精髓的谚语"萝卜白菜各有所爱"(Mieder 1989a,317 – 332;McKenzie 1996)。正如某些民族有他们自己的谚语一样,不同职业也创造了代表特定兴趣的谚语。如英国古老的有关健康的谚语"预防为主,治疗为辅""每日一苹果,医生远离我",在美国仍然常用,而"听到马蹄声,要想到是马,而不是斑马",则是新的美国谚语,告诫年轻的医生不要过分地把普通病症想成疑难病症(Dundes/Streiff/Dundes 1999)。正如医生有自己的格言一样,法律界也有出自拉丁文或中古时代的谚语,如"家是自己的城堡""先到先得"等。也有臭名昭著的谚语如"如果手套不合适,你必须无罪释放",这句话是由辩护律师约翰尼·科克伦

(Johnnie Cochran)在 1995 年辛普森（O. J. Simpson）谋杀案审判期间创造的。一些美国本土谚语在 20 世纪得到了广泛的流传，"邻家的草总是更绿"、"事后诸葛"、"生活并不总是美好的""跳探戈舞要两个人（一个巴掌拍不响）"和"你只有一次青春"等。大众文化、媒体都对这种新谚语的传播发挥着重要作用。尽管传统的谚语现代依然被以标准的格式使用，但也常常发生变化，形成所谓的"戏用谚语"（anti-proverb），即故意改变传统的字词所表达的智慧。如"无人是完美的"（Nobody is perfect）被改成"无尸体是完美的"（No body is perfect），"心之所在就是家"（Home is where the heart is）被改成"电脑之所在就是家"（Home is where the computer is）。事实上，这两个戏用谚语正在理直气壮地成为新的美国谚语。他们反映出美国人对外表和身体健康的关注，同时反映了电脑和互联网在美国人心中的重要性。

有一些相对较新的美国谚语，在过去的半个世纪里，在美国各地很受欢迎，很多谚语都收录在《美国谚语词典》中。美国谚语学家查尔斯·多伊尔将许多谚语汇编在一起，并对谚语起源进行了分析和注释。他汇编出谚语条目，并撰文《论"新"谚语和谚语词典的保守性》（1996），呼吁世界各地的谚语志学者都应对现代谚语给予更多的关注。现代社会，特别是像美国这样的高技术社会，仍然十分需要将自己的观察与经验凝聚成精练的谚语，以现代借喻的方式表达他们的时代智慧。例如：

> 去过那里，做过那件事。
> 责任止于此。
> 摄像机不会说谎。
> 你打不过市政厅。
> 犯罪不需要成本。
> 又一天，又一美元。
> 没有勇气，就没有荣耀。
> 人善被人欺。
> 最后雇佣，第一个解雇。
> 生命只有一次。

宁愿立即走开也不愿意被淋一身尿。

如果你不能说些好听的话，那就什么也别说。

你可以用统计学证明任何事情。

三振出局。

小事别费大力气。

不费全力不知全事。

不经其事，别说其话。

无事不难。

重要的是要有想法。

一人的费用可以两人花。

球的反弹是有线路的。

赢了不等于一切。

一些谚语集收录了数百条源于美国的谚语，清楚地表明美国这个移民国家已经有并将继续有着自己的谚语创造史。

三 作为全球性现象的美国谚语

上面列举的谚语只是广为流传的美国谚语中极小的一部分，这些谚语表明了现代社会中个人与社会的关系及问题，从个人自由到服从外力，从乐观到悲观，从幽默到庄严，等等。有些并没有特别的借喻意义，而是以直白的语言表明一种谣谚式的智慧，反映出现代大众社会的实际问题。因此，很容易从英语文化转借到其他文化。如"三振出局，你就出局了""又一天，又一块钱（做一天和尚，撞一天钟）"之类的谚语，体现了独特的美国棒球比赛规则及美元货币标准。

但是，美国谚语和早期的英语谚语对全球的不断扩大的影响力不只限于对其他英语国家的冲击。美国谚语以借译或直译的方式也影响着非英语国家或文化。其影响程度如何有待于进一步研究。仅就德国的情况来看，已有足够确定的材料来说明美国谚语的影响力。德语也许太快地吸收了数千个美国词汇，但并没有将这些词语本土化，谚语的借用并不积极。例如，美国的歧视性谚语"唯一善良的印第安人是一个死去的印第安人"。这句谚语在内战后的美国流行开来，这是对土著印第安人极大的歧视。遗憾的是，今天仍有一些人在用这条谚语，并将其中的"印第安人"有意换成其他族群的人。其异文有"唯一善良的德国人（犹太人、黑鬼、塞尔维亚人等）是一个死去的德国人（犹太人、黑鬼、塞尔维亚人等）"。这句消极的谚语继续在美国人的言辞中萦绕不去是一个国家的耻辱，但这句谚语的德语借译甚至包括其他非人道的、有种族歧视意义的非人性化的变异，似乎并没有在德国流行起来。

　　这个例子表现出美国文化的强大负面影响力。当然也有中性的例子，如源于英国的"早起的鸟有虫吃"就在美国很流行。这条谚语在德语中有非常恰当的对应谚语，尽管其中的借译意义很不一样。自16世纪以来，这两句谚语一直共存，没有被翻译成另一种语言。由于美国大众媒体和流行文化的巨大影响，这种情况在过去20年里发生了变化。书籍、报刊杂志、电影、连环漫画译者一再将这句谚语翻译成德语中的"Der fruhe Vogel fangt den Wurm"，而不是用惯常的"Morgenstunde hat Gold im Munde"。虽然有时直译美国的谚语在特定语境中是有意义的，但是多数情况下德国的"Morgenstunde"这句谚语其实更准确。而且，我的国际谚语档案中有大量的新的借译例子。如果用计算机数据库搜索就会发现大量新的文本，证明目前流行的德语文本"Der fruhe Vogel fangt den Wurm"是德语中新借译的谚语。目前，这条新谚语还没有，也不可能会取代老的德语谚语"Morgenstunde"，但它肯定已经进入德语和德国文化，而且一定会越来越受欢迎。如果这个新的"Vogel"借译能够给老的"Morgenstunde"谚语带来一点竞争的话，那么，可以肯定，那些没有德语对应谚语的新的或老的美国谚语必将会在德国得到接受。在英语中，它们有时会被引用，为一个陈述增添某种世俗的吸引力。当这些谚语开始被作为外来语翻译时，它们通常被这样的公式引入，如"一句英语谚语说"或"根据一句英语谚语"，以引起人们对这条不同寻常的智慧的注意。偶尔会使用"美国"一词，但在大多数情况下出现了"英国"这个通用术语，这可能是因为人们根本不知道谚语的来源是英国还是美国。无论如何，一旦外来语的翻译因为频繁使用而变得熟悉，新的"德语"谚语就会开始独立，失去其美国特色。在一些个案研究中，我可以通过以下美国/德国谚语的大量语境化例子来说明这一现象。

一个巴掌拍不响。

一张图片胜过千言万语。

一天一苹果，不用请医生。

好围墙造就好邻居。

这山望着那山高。

不要把所有的鸡蛋放在一个篮子里。

"不要把所有的鸡蛋放在一个篮子里。"这句谚语起源于英国，可以追溯到17世纪。然而，它从未越过英吉利海峡到达德国。直到19世纪80年代初，因为美国对德语的强大影响而被吸收进德语。因此，严格来讲，目前德语中的"Eier"这条谚语是对美式英语的借译，而不是一条地道的美国谚语。但是没有必要在这个问题上吹毛求疵。无疑，英语谚语正在进入德语语言和文化中，或是以美国的表达法借译过来，或是直接被使用。这种现象自20世纪50年代以来一直在发生，原因就是美国对德国的特别影响。自20世纪80年代以来，许多美国谚语通过借译的方式成为新的德国谚语，这种情况并没有其他所借译的词汇或成语那么广泛。谚语在结构上过于死板，隐喻过于苛刻，难以被大量接受，但在未来这个过程很可能会加强和加快。

世界上其他国家是否也有类似的借译还有待观察。美国谚语在英语国家的全球影响是相当大的，美国英语在国际交流的各个领域发挥着主导作用。但是美国谚语通过借译的方式传播，无疑是这个有趣过程的一部分。这是一种现代现象，让人回想起拉丁语言曾经作为一种通用语言所扮演的角色，它绝对值得各地的谚语志工作者和谚语学家密切关注。

引用文献

Bilgrav, Jens Aage Stabell. 1985. 20,000 *Proverbs and Their Equivalents in German, French, Swedish, Danish*. Copenhagen: Hans Heide.

Bryan, George B. and Wolfgang Mieder. 2003. The Proverbial Carl Sandburg (1878—1967). An Index of Folk Speech in His American Poetry. *Proverbium*, 20: 15–49.

Burke, Kenneth. 1941. *Literature (Proverbs) as Equipment for Living*. In: K Burke, T. L. *Philosophy of Literary Form. Studies in Symbolic Action*. Baton Rouge, Louisiana: Louisiana State University Press, pp. 253 - 262.

Carstensen, Broder, and Ulrich Busse. 1993 - 1996. "Anglizismen-Wörterbuch". Der Einfluß des Englischen auf den deutschen Wortschatz nach 1945. 3 vols. Berlin: Walter de Gruyter.

Champion, Selwyn Gurney. 1938. *Racial Proverbs. A Selection of the World's Proverbs Arranged Linguistically*. London: George Routiedge.

Cordry, Harold V. 1997. *The Multicultural Dictionary of Proverbs*. Over 20. 000 Adages from More Than 120 Languages, Nationalities and Ethnic Groups. Jefferson, NC: McFarland & Company.

Daniel, Jack L. 1973. *Towards an Ethnography of Afroamerican Proverbial Usage*. Black Lines, 2: 3 - 12.

De Caro, Francis, and William K. McNeil. 1971. *American Proverb Literature. A Bibliography*. Bloomington, Indiana: Folklore Forum, Indiana University.

Doyle, Charles Clay. 1996. *On "New" Proverbs and the Conservativeness of Proverb Collections*. Proverbium 13: 69 - 84.

Dundes, Alan. 1969. *Thinking Ahead: A Folkloristic Reflection of the Future Orientation in American Worldview*. Anthropological Quarterly, 42: 53 - 72.

—. 1972. *Folk Ideas as Units of Worldview*. In *Toward New Perspectives in Folklore*, ed. Americo Paredes and Richard Bauman. Austin, Texas: University of Texas Press, pp. 93 - 103.

Dundes, Lauren, Michael B. Streiff, and Alan Dundes. 1999. *"When You Hear Hoofbeats, Think Horses, Not Zebras": A Folk Medical Diagnostic Proverb*. Proverbium 16: 95103; also in Mieder 2003a: 99 - 107.

Ferguson, Alfred R. and Joseph Slater, eds. 1971 - 1994. *The Collected Works of Ralph Waldo Emerson*. 5 vols. Cambridge: Harvard University Press.

Flonta, Teodor. 2001. *A Dictionary of English and Romance Languages Equivalent Proverbs*. Hobart, Tasmania: DeProverbio. com.

Gallacher, Stuart A. 1949. *Franklin's Way to Wealth: A Florilegium of Proverbs and Wise Sayings*. Journal of English and Germanic Philology 48: 229 - 251.

Gluski, Jerzy. 1971. *Proverbs: A Comparative Book of English, French, German, Italian, Spanish and Russian Proverbs with a Latin Appendix*. New York: Elsevier Publishing.

Gossen, Gary. 1973. *Chamula Tzotzil (Mayan Indians from southern Mexico) Proverbs: "Neither Fish nor Fowl"*. In *Meaning in Mayan Languages: Ethnolinguistic Studies*, ed. Munro S. Edmonson. The Hague: Mouton 205 - 233; also in Mieder, 1994: 351 - 392.

Grigas, Kazys. 1976. Lietuvitf potarles. "Lyginamasis tyrinéjimas". Vilnius: Vaga.

—. 1987. Patarlitf paraleles. Lieluviy patarlès su lalvitf, baltarusitf, rustf, lenkf, vokieöitf, angltf, lotynif, prancüztf, ispantf atilikmenimis. Vilnius: Vaga.

—. 1995. *The Motif of die Mote in Someone's Eye and the Comparative Study of a Proverb*. Arv: *Nordic Yearbook of Folklore*, 51: 155 - 159.

—. 1996. *Problems of the Type in the Comparative Study of Proverbs*. Journal of the Baltic Institute of Folklore, 1: 106 - 127.

—. 1998. "Das Sprichwort 'Man soll den Tag nicht vor dem Abend loben' in der Geschichte der europäischen Kulturen". *Proverbium* 15: 105 - 136.

—. 2000a. "Einige Probleme der modernen Parömiographie und Parömiologie. Acta Ethnographia Hungarica", 45: 365 - 369.

Grigas, Kazys et al. 2000b. "Lietuvitf patarlès ir prieivodiiai". Vilnius: Lietuviii literatäros ir Tautosakos Institutas.

Grzybek, Peter. 1987. *Foundations of Semiotic Proverb Study. Proverbium* 4: 39 - 85; also in Mieder, 1994: 31 - 71.

Hakamies, Pekka. 2002. *Proverbs and Mentality*. In *Myth and Mentality. Studies in Folklore and Popular Thought*, ed. Anna-Leena Siikala. Helsinki: Finnish Literature Society, pp. 222 - 230.

Iscla, Luis. 1995. *English Proverbs and Their Near Equivalents in Spanish, French, Italian and Latin*. New York: Peter Lang.

Jente, Richard. *1931 - 1932. The American Proverb. American Speech*, 7: 342 - 48.

Kuusi, Matti. 1985. *Proverbia septentrionalia*. 900 Balto-Finnic Proverb Types with Russian, Baltic, German and Scandinavian Paralleh Helsinki: Suomalainen Tiedeakatemia.

La Rosa, Ralph Charles. 1969. *Emerson's Proverbial Rhetoric: 1818 - 1838*. Diss. University of Wisconsin.

Lau, Kimberly J. 1996. "*It's about Time*": *The Ten Proverbs Most Frequendy Used in Newspapers and Their Relation to American Values. Proverbium*, 13: 135 - 159; also in Mieder, 2003a: 231 - 254.

Ley, Gerd de. 1998. *International Dictionary of Proverbs*. New York: Hippocrene Books.

McKenzie, Alyce M. 1996. "*Different Strokes for Different Folks*": *America's Quintessential Postmodern Proverb. TAeofogy Today*, 53: 201 - 212; also in Mieder, 2003a:

311 - 324.

Mieder, Wolfgang. 1971. "Behold the Proverbs of a People": A Florilegium of Proverbs in Carl Sandburg's Poem Good Morning, America. Southern Folklore Quarterly, 35: 160 - 168.

—. 1973. Proverbs in Carl Sandburg's Poem The People, Yes. Southern Folklore Quarterly, 37: 15 - 36.

—. 1982, 1990, 1993, 2001. International Proverb Scholarship. An Annotated Bibliography. 4 vols. New York: Garland and Peter Lang.

—. 1985. "Sprichwort, Redensart, Zitate. Tradierte Formebprache in der Moderne". Bern: Peter Lang.

—. 1986a. "Encyclopedia of World Proverbs". Englewood Cliffs, NJ: Prentice-Hall.

—. 1986b. Talk Less and Say More: Vermont Proverbs. Shelburne, VT: The New England Press.

—. 1987. Tradition and Innovation in Folk Literature. Hanover, NH: University Press of New England.

—. 1989a. American Proverbs: A Study of Texts and Contexts. Bern: Peter Lang.

—. 1989b. Yankee Wisdom: New England Proverbs. Shelburne, VT: The New England Press.

—. 1990. Prolegomena to Prospective Paremiography. Proverbium, 7: 133 - 144.

—. 1992. "Sprichwort-Wahrwort!? Stuthen zur Geschichte, Bedeutung und Funktion deutscher Sprichwörter", Frankfurt am Main: Peter Lang.

—. 1993. Proverbs Are Never Out of Season: Popular Wisdom in the Modern Age. New York: Oxford University Press.

— (ed.). 1994. Wise Words. Essays on theProverb. New York: Garland.

—. 1995. "SprichWOrtliaies und Geflügeltes. Sprachstuthen von Martin Luther bis Karl Marx". Bochum: Norbert Brockmeyer.

—. 1997a. "Morgenstunde hat Gold im Munde". "Stuthen und Belege zum populärsten deutschsprachigen Sprichwort". Wien: Edition Praesens.

—. 1997b. TL · Politics of Proverbs. From Traditional Wisdom to Proverbial Stereotypes. Madison: University of Wisconsin Press.

—. 2000a. Strategies of Wisdom. Anglo-American and German Proverb Studies. Baltmannsweiler: Schneider Verlag Hohengehren.

—. 2000b. The History and Future of Common Proverbs in Europe. In Folklore in 2000.

"Voces amicorum Guittielmo Voigt sexagenario", ed. Ilona Nagy and Kincsô Verebélyi. Budapest: Universitas Scientiarum de Rolando Eötvös nominata, pp. 300 – 314.

——(ed). 2003a. *Cognition, Comprehension, and Communication. A Decade of North American Proverb Studies (1990 – 2000)*. Baltmannsweiler: Schneider Verlag Hohengehren.

——. 2003b. *Die großen Fische fressen die kleinen. Ein Sprichwort über die menschliche Natur in Literatur, Methen und Karikaturen.* Wien: Edition Praesens.

——. 2003c. *"Good Fences Make Good Neighbors": History and Significance of an Ambiguous Proverb.* Folklore, 114: 155 – 179.

——. 2004a. "Der frühe Vogel und die goldene Morgenstunde: Zu einer deutschen Sprichwortentlehnung aus dem Angloamerikanischen". In Festschrift für Jorma Koivulehto, ed. Irma Hyvärinen, Petri Kallio, and Jarmo Korhonen. Helsinki Société Néophilologique, pp. 193 – 206.

——. 2004b. "Ein Apfel pro Tag hält den Arzt fern: Zu einigen amerikanischen Lehnsprichwörtern im Deutschen". "Revista de Filología Alemana", 12: 135 – 149.

——. 2004c. "Man soll nicht alle Eier in einen Korb legen": Zur deutschsprachigen Endehnung eines angloamerikanischen Sprichwortes. In "Aktuelle I∗robleme der modernen Sprachforschung und der Methodik des Fremd Sprachenunterrichts", ed. Sinaida Fomina. Woronesh Universitet, pp. 23 – 31.

Mieder, Wolfgang, and Alan Dundes, eds. 1981. *The Wisdom of Many: Essays on the Proverb.* New York: Garland; rpt. Madison: University of Wisconsin Press, 1994.

Mieder, Wolfgang, Stewart A. Kingsbury, and Kelsie B. Harder, eds. 1992. *A Dictionary of American Proverbs.* New York: Oxford University Press.

Mieder, Wolfgang, and Anna Tóthné Litovkina. 1999. *Twisted Wisdom: Modern Anti-Proverbs.* Burlington: The University of Vermont.

Nussbaum, Stan. 1998. The ABC of American Culture. First Steps toward Understanding the American People through Their Common Sayings and Proverbs. Colorado Springs: Global Mapping International.

Paczolay, Gyula. 1997. *European Proverbs in 55 Languages with Equivalents in Arabic, Persian, Sanskrit, Chinese and Japanese.* Veszprém: Veszprémi Nyomda.

Profantová, Zuzana. 1998. *Proverbial Tradition as Cultural-Historical and Social Phenomenon.* In Europhras 97. Phraseology and Paremiology, ed. Peter Durco. Bratislava: Akadémia PZ, pp. 302 – 307.

Röhrich, Lutz and Wolfgang Mieder. 1977. Sprichwort. Stuttgart: Metzler.

Sandburg, Carl. 1970. *The Complete Poems of Carl Sandburg*. New York: Harcourt, Brace, Jovanovich.

Simpson, John, and Jennifer Speake. 1998. *The Concise Oxford Dictionary of Proverbs*. Oxford: Oxford University Press.

Strauss, Emanuel. 1994. *Dictionary of European Proverbs*. 3 vols. London: Routledge.

Taylor, Archer. 1931. *The Proverb*. Cambridge: Harvard University Press.

Taylor, Archer and Bardett Jere Whiting. 1958. *A Dictionary of American Proverbs and Proverbial Phrases, 1820 – 1880*. Cambridge: Harvard University Press.

Tóthné Litovkina, Anna. 1996. A Few Aspects of a Semiotic Approach to Proverbs, with Special Reference to Two Important American Publications (W. Mieder, *American Proverbs: A Study of Texts and Contexts* [1989] and W. Mieder et al., *A Dictionary of American Proverbs* [1992]). "Semiotica", 108: 307 – 380.

Whicher, Stephen E., Robert E. Spiller, and Wallace E. Williams, eds. 1964. *The Early Lectures of Ralph Waldo Emerson*. 2 vols. Cambridge: Harvard University Press.

Wilson, F. P. 1970. *The Oxford Dictionary of English Proverbs*. Third edition. Oxford: Oxford University Press.

附录　沃尔夫冈·米德谚语研究主要著作

（本附录除了几部重要的合著与编著外，主要是1972—2020年出版的专著。期间，沃尔夫冈·米德发表专著、合著和主编的著作近250部，学术论文550多篇，书评130多篇，序言15篇。）

"Das Sprichwort im Werke Jeremias Gotthelfs: Eine volkskundlich-literarische Untersuchung". (*The Proverb in the Works of Jeremias Gotthelf: A Folkloristic and Literary Investigation.*) Bern: Peter Lang, 1972, p. 167.

"Das Sprichwort in unserer Zeit". (*The Proverb in our Time*). Frauenfeld: Huber Verlag, 1975, p. 121.

"Das Sprichwort in der deutschen Prosaliteratur des neunzehnten Jahrhunderts (1800 – 1900)". (*The Proverb in German Prose Literature of the Nineteenth Century.*) München: Wilhelm Fink, 1976, p. 197.

International Bibliography of Explanatory Essays on Individual Proverbs and Proverbial Expressions. Bern: Peter Lang, 1977, p. 146.

Proverb. Co-author with Lutz Röhrich. Sprichwort. Stuttgart: Metzler, 1977, p. 137.

Proverbs in Literature: An International Bibliography. Bern: Peter Lang, 1978, p. 150.

"Deutsche Sprichwörter und Redensarten". (*German Proverbs and Proverbial Expressions.*) Stuttgart: Reclam, 1979, p. 199.

"Grimms Märchen-modern: Lyrik, Prosa und Karikatur". (*Grimm's Fairy Tales-Modern: Lyrics, Prose and Caricatures.*) Stuttgart: Reclam, 1979,

p. 154.

"Deutsche Volkslieder: Texte, Variationen, Parodien". (*German Folksongs: Texts, Variations, Parodies.*) Stuttgart: Reclam, 1980, p. 164.

The Wisdom of Many: Essays on the Proverb. Co-editor with Alan Dundes. New York: Garland Publishing, 1981, p. 326.

International Proverb Scholarship: An Annotated Bibliography. New York: Garland Publishing, 1982, p. 613.

"Antisprichwörter. (Anti-Proverbs.) Wiesbaden: Verlag für deutsche Sprache", 1982. 2nd ed. 1983. Paperback edition: Honig klebt am längsten: Das Anti-Sprichwörter Buch. München: Heyne, 1985, p. 251.

"Jeremias Gotthelf: Die schwarze Spinne". (*Jeremias Gotthelf: The Black Spider.*) Stuttgart: Reclam, 1983, p. 93. 2nd edition. Stuttgart: Reclam, 2003, p. 112.

"Deutsche Sprichwörter in Literatur, Politik, Presse und Werbung". (*German Proverbs in Literature, Politics, Journalism and Advertisements.*) Hamburg: Helmut Buske, 1983.

"Investigations of Proverbs, Proverbial Expressions, Quotations and Cliches: A Bibliography of Explanatory Essays". *Notes and Queries (1849-1983)*. Bern: Peter Lang, 1984, p. 420.

"Antisprichwörter" (*Anti-Proverbs*). Wiesbaden: Gesellschaft für deutsche Sprache, 1985. Vol. 2, p. 222.

"Sprichwort, Redensart, Zitat: Tradierte Formelsprache in der Moderne". (*Proverb, Proverbial Expression, Quotation: Traditional Formulaic Language in the Modern Age.*) Bern: Peter Lang, 1985, p. 203.

The Prentice-Hall Encyclopedia of World Proverbs. Englewood Cliffs/New Jersey: Prentice-Hall, 1986, p. 582.

"'Findet, so werdet ihr suchen!' Die Brüder Grimm und das Sprichwort". (*"Find, and You Shall Search!" The Brothers Grimm and the Proverb.*) Bern: Peter Lang, 1986, p. 181.

Talk Less and Say More: Vermont Proverbs. Shelburne/Vermont: The New England Press, 1986, p. 64.

Tradition and Innovation in Folk Literature. Hanover/New Hampshire: University Press of New England, 1987, p. 315.

As Sweet as Apple Cider: Vermont Expressions. Shelburne/Vermont: The New England Press, 1988, p. 72.

English Proverbs. Stuttgart: Philipp Reclam, 1988, p. 151.

Love: Proverbs of the Heart. Shelburne/Vermont: The New England Press, 1989, p. 80.

"Antisprichwörter" (*Anti-Proverbs*) Wiesbaden: Quelle & Meyer, 1989. Vol. 3, p. 215.

"Yankee Wisdom: New England Proverbs". Shelburne/Vermont: The New England Press, 1989, p. 72.

American Proverbs: A Study of Texts and Contexts. Bern: Peter Lang, 1989, p. 394.

Salty Wisdom: Proverbs of the Sea. Shelburne: The New England Press, 1990, p. 64.

International Proverb Scholarship: An Annotated Bibliography. Supplement I (1800–1981). New York: Garland Publishing, 1990, p. 454.

Not By Bread Alone: Proverbs of the Bible. Shelburne/Vermont: The New England Press, 1990, p. 79.

"Sprichwort-Wahrwort!? Studien zur Geschichte, Bedeutung und Funktion deutscher Sprichwörter". (*Proverb-Truism!? Studies Concerning the History, Meaning, and Function of German Proverbs.*) Frankfurt am Main: Peter Lang, 1992, p. 297.

Proverbs Are Never Out of Season: Popular Wisdom in the Modern Age. New York: Oxford University Press, 1993, p. 302. Rpt. New York: Peter Lang, 2012, p. 302.

International Proverb Scholarship: An Annotated Bibliography. Supplement II (1982–1991). New York: Garland Publishing, 1993, p. 945.

Howl Like a Wolf: Animal Proverbs. Shelburne/Vermont: The New England Press, 1993, p. 95.

A Dictionary of Wellerisms. Co-editor with Stewart A. Kingsbury. New

York: Oxford University Press, 1994, p. 206.

African Proverb Scholarship: An Annotated Bibliography. Colorado Springs, Colorado: African Proverbs Project, 1994, p. 181.

"Deutsche Redensarten, Sprichwörter und Zitate: Studien zu ihrer Herkunft, Überlieferung und Verwendung". (*German Proverbial Expressions, Proverbs, and Quotations: Studies about Their Origin, Tradition, and Use.*) Wien: Edition Praesens, 1995, p. 232.

"Sprichwörtliches und Geflügeltes: Sprachstudien von Martin Luther bis Karl Marx". (*Proverbial and Winged Matters: Language Studies from Martin Luther to Karl Marx.*) Bochum: Norbert Brockmeyer, 1995, p. 197.

Co-author with Stewart A. and Mildred E. Kingsbury: *Weather Wisdom: Proverbs, Superstitions, and Signs.* New York: Peter Lang, 1996, p. 486.

Proverbs in World Literature: A Bibliography. Co-author with George B. Bryan. New York: Peter Lang, 1996, p. 305.

"Ver-kehrte Worte: Antizitate aus Literatur und Medien". (*Twisted Words: Anti-Quotations from Literature and the Media.*) Wiesbaden: Quelle & Meyer, 1997, p. 356.

The Politics of Proverbs: From Traditional Wisdom to Proverbial Stereotypes. Madison, Wisconsin: The University of Wisconsin Press, 1997, p. 288.

"'Morgenstunde hat Gold im Munde': Studien und Belege zum populärsten deutschsprachigen Sprichwort". (*"The Morning Hour Has Gold in Its Mouth": Studies and References Concerning the Most Popular German Proverb.*) Wien: Edition Praesens, 1997, p. 150.

As Strong as a Moose: New England Expressions. Shelburne: The New England Press, 1997, p. 87.

Illuminating Wit, Inspiring Wisdom: Proverbs from Around the World. Englewood Cliffs, New Jersey: Prentice Hall, 1998, p. 281.

"A House Divided": From Biblical Proverb to Lincoln and Beyond. Burlington, Vermont: The University of Vermont, 1998, p. 163.

"Sprichwörter und Redensarten im Biedermeier: Prosatexte von Moritz Gottlieb Saphir (1795 – 1858)". (*Proverbs and Proverbial Expressions in the Bied-*

ermeier Period: Prose texte by Moritz Gottlieb Saphir.) Wien: Edition Praesens, 1998, p. 298.

"Verdrehte Weisheiten: Antisprichwörter aus Literatur und Medien". (*Twisted Wisdom: Anti-Proverbs from Literature and the Media.*) Wiesbaden: Quelle & Meyer, 1998.

"'Der Mensch denkt: Gott lenkt – keine Red davon!' Sprichwörtliche Verfremdungen im Werk Bertolt Brechts". (*"Man Proposes: God Disposes – No Way!" Proverbial Alienations in the Works of Bertolt Brecht.*) Bern: Peter Lang, 1998, p. 195.

"Phrasen verdreschen: Antiredensarten aus Literatur und Medien". (*Ridiculing Clichés: Anti-Proverbial Expressions from Literature and the Media.*) Wiesbaden: Quelle & Meyer, 1999, p. 407.

Tóthné Litovkina. *Twisted Wisdom: Modern Anti-Proverbs.* Co-author with Anna. Burlington: The University of Vermont, 1999, p. 256.

"Sprichwörter/Redensarten-Parömiologie". (*Proverbs/Proverbial Expressions – Paremiology*) Heidelberg: Julius Groos, 1999, p. 49.

"Sprichwörtliche Aphorismen: Von Georg Christoph Lichtenberg bis Elazar Benyoëtz". Wien: Edition Praesens, 1999, p. 326.

The Proverbial Abraham Lincoln: An Index to Proverbs in the Works of Abraham Lincoln. New York: Peter Lang, 2000, p. 209.

Garden of Wisdom: A Collection of Plant Proverbs. Shelburne, Vermont: The New England Press, 2000, p. 96.

"'In lingua veritas': Sprichwörtliche Rhetorik in Victor Klemperers Tagebüchern 1933 – 1945". (*"In lingua veritas": Proverbial Rhetoric in Victor Klemperer's Diaries of the Nazi Years, 1933 – 1945*). Wien: Edition Praesens, 2000, p. 162.

"Aphorismen, Sprichwörter, Zitate: Von Goethe und Schiller bis Victor Klemperer". (*Aphorisms, Proverbs, Quotations: From Goethe and Schiller to Victor Klemperer*) Bern: Peter Lang, 2000, p. 362.

Co-author with Deborah Holmes. "*Children and Proverbs Speak the Truth*": *Teaching Proverbial Wisdom to Fourth Graders.* Burlington: The University of Vermont, 2000, p. 240.

Strategies of Wisdom: Anglo-American and German Proverb Studies. Baltmannsweiler: Schneider Verlag Hohengehren, 2000, p. 372.

The Holocaust: Personal Accounts. Co-editor with David Scrase. Burlington: The Center for Holocaust Studies at the University of Vermont, 2001, p. 308.

"No Struggle, No Progress": Frederick Douglass and His Proverbial Rhetoric for Civil Rights. New York: Peter Lang, 2001, p. 532.

" 'Liebt mich, liebt mich nicht…' Studien und Belege zum Blumenorakel". (*"Loves Me, Loves Me Not…" Studies and Texts About the Daisy Oracle.*) Wien: Edition Praesens, 2001, p. 160.

International Proverb Scholarship: An Annotated Bibliography. Supplement III (*1990 – 2000*). New York: Peter Lang, 2001, p. 460.

"Call a Spade a Spade": From Classical Phrase to Racial Slur. A Case Study. New York: Peter Lang, 2002, p. 251.

"Der Rattenfänger von Hameln. Die Sage in Literatur, Medien und Karikaturen". (*The Pied Piper of Hamelin. The Legend in Literature, Mass Media, and Caricatures.*) Wien: Edition Praesens, 2002, p. 233.

Proverbs and the Social Sciences: An Annotated International Bibliography. Co-author with Janet Sobieski. Baltmannsweiler: Schneider Verlag Hohengehren, 2003, p. 234.

Wisecracks! Fractured Proverbs. Shelburne: The New England Press, 2003, p. 96.

" 'Die großen Fische fressen die kleinen' : Ein Sprichwort über die menschliche Natur in Literatur, Medien und Karikaturen". (*"Big Fish Eat Little Fish": A Proverb about Human Nature in Literature, Mass Media and Caricatures*) *Proverbs: A Handbook.* Westport, Connecticut: Greenwood Press, 2004, p. 304. Rpt. New York: Peter Lang, 2012, p. 304.

Scrase *Language, Poetry, and Memory. Reflections on National Socialism. Harry H. Kahn Memorial Lectures (2000 – 2004).* Co-editor with David. Burlington: Center for Holocaust Studies at the University of Vermont,

2004, p. 156.

"'Wein, Weib und Gesang'. Zum angeblichen Luther-Spruch in Kunst, Musik, Literatur, Medien und Karikaturen". ("*Wine, Woman, and Song*". *The Alleged Luther-Proverb in Art, Music, Literature, Media, and Caricatures*) Wien: Edition Praesens, 2004, p. 200.

A Dictionary of Anglo-American Proverbs and Proverbvial Phrases Found in Literary Sources of the Nineteenth and Twentieth Centuries. Co-author with George B. Bryan. New York: Peter Lang, 2005, p. 871.

Proverbs Are the Best Policy. Folk Wisdom and American Politics. Logan, Utah: Utah State University Press, 2005, p. 323.

"'Nichts sehen, nichts hören, nichts sagen': Die drei weisen Affen in Kunst, Literatur, Medien und Karikaturen". ("*See No Evil, Hear No Evil, Speak No Evil*": *The Three Wise Monkeys in Art, Literature, Media, and Caricatures*). Wien: Edition Praesens, 2005, p. 264.

"'Andere Zeiten, andere Lehren'. Sprichwörter zwischen Tradition und Innovation". ("*Different Times, Different Lessons*": *Proverbs Between Tradition and Innovation*) Baltmannsweiler: Schneider Verlag Hohengehren, 2006, p. 311.

"'Cogito, ergo sum' – Ich denke, also bin ich. Das Descartes-Zitat in Literatur, Medien und Karikaturen". ("*Cogito, ergo sum*" – *I think, therefore I am. The Descartes-Quotation in Literature, the Mass Media, and Caricatures*) Wien: Praesens Verlag, 2006. p. 225. *The Pied Piper. A Handbook.* Westport: Greenwood Press, 2007, p. 189.

"Hänsel und Gretel: Das Märchen in Kunst, Musik, Literatur, Medien und Karikaturen". (*Hänsel and Gretel*: *The Fairy Tale in Art, Music, Literature, Mass Media, and Caricatures*) Wien: Praesens Verlag, 2007, p. 323.

"*And They Are Still Living Happily Ever After*": *Anthropology, Cultural History, and Interpretation of Fairy Tales.* Co-editor with Sabine Wienker-Piepho and Lutz Röhrich. Burlington: The University of Vermont, 2008, p. 442.

"*The Kushmaker*" *and Other Essays on Folk Speech and Folk Humor.* Editor: Alan Dundes. Burlington: The University of Vermont, 2008, p. 220.

"*Proverbs Speak Louder Than Words*". *Folk Wisdom in Art, Culture, Folklore, History, Literature, and Mass Media.* New York: Peter Lang, 2008, p. 357.

"'Sein oder Nichtsein': Das 'Hamlet' – Zitat in Literatur, Übersetzungen, Medien und Karikaturen." (*"To Be or Not to Be": The "Hamlet" – Quoatation in Literature, Translations, Media and Caricatures*). Wien: Praesens Verlag, 2008, p. 287.

"'Nieman hât ân arebeit wîstuom': Sprichwörtliches in mittelhochdeutschen Epen". (*"Nobody Has Wisdom Without Work": Proverbial Matters in Middle High German Epics*) Burlington, Vermont: The University of Vermont, 2009, p. 194.

"*Yes We Can*": *Barack Obama's Proverbial Rhetoric.* New York: Peter Lang, 2009, p. 362.

"'Geben Sie Zitatenfreiheit!' Friedrich Schillers gestutzte Worte in Literatur, Medien und Karikaturen". (*"Do Give Freedom of Quotation!" Friedrich Schiller's Perverted Words in Literature, Media and Caricatures*) Wien: Praesens, 2009, p. 356.

"'Märchen haben kurze Beine': Moderne Märchenreminiszenzen in Literatur, Medien und Karikaturen". (*"Fairy Tales Have Short Legs, i. e., They Lie"*): *Modern Fairy Tale Reminiscences in Literature, Media, and Caricatures*) Wien: Praesens, 2009, p. 350.

International Bibliography of Paremiology and Phraseology. 2 vols. Berlin: Walter de Gruyter, 2009, p. 1147.

"'Spruchschlösser (ab) bauen'. Sprichwörter, Antisprichwörter und Lehnsprichwörter in Literatur und Medien". (*"Deconstructing Castles in the Air". Proverbs, Anti-Proverbs and Loan Proverbs in Literature and Media*) Wien: Praesens Verlag, 2010, p. 465.

"*Making a Way Out of No Way*". *Martin Luther King's Sermonic Proverbial Rhetoric.* New York: Peter Lang, 2010, p. 559.

"'Wie anders wirkt dies Zitat auf mich ein!' Johann Wolfgang von Goethes entflügelte Worte in Literatur, Medien und Karikaturen". ("*How Differently This Quotation Is Affecting Me!*" *Johann Wolfgang von Goethe's Parodied Words in Literature, Media and Caricatures*) Wien: Praesens, 2011, p. 422.

"'Zersungene Lieder'. Moderne Volksliedreminiszenzen in Literatur, Medien und Karikaturen". ("*Modified Songs*". *Modern Folk Song Reminiscences in Literature, Media and Caricatures*) Wien: Praesens, 2012, p. 409.

"'Neues von Sisyphus'. Sprichwörtliche Mythen der Antike in moderner Literatur, Medien und Karikaturen". ("*News from Sisyphus*". *Proverbial Myths from Antiquity in Modern Literature, Mass Media, and Caricatures*) Wien: Praesens Verlag, 2013, p. 393.

"'Wer andern eine Grube gräbt …' Sprichwörtliches aus der Bibel in moderner Literatur, Medien und Karikaturen". ("*Who Digs a Pit for Someone Else …*": *Proverbial Texts from the Bible in Modern Literature, Mass Media, and Caricatures*). Wien: Praesens Verlag, 2014, p. 457.

"*All Men and Women Are Created Equal*". *Elizabeth Cady Stanton's and Susan B. Anthony's Proverbial Rhetoric Promoting Women's Rigths*. New York: Peter Lang, 2014, p. 315.

"*Behold the Proverbs of a People*". *Proverbial Wisdom in Culture, Literature, and Politics*. Jackson, Mississippi: University Press of Mississippi, 2014, p. 489.

"'Goldene Morgenstunde' und 'Früher Vogel'. Zu einem Sprichwörterpaar in Literatur, Medien und Karikaturen". ("*Golden Morning Hour*" and "*Early Bird*". *A Proverb Pair in Literarture, Mass Media, and Caricatures*) Wien: Praesens Verlag, 2015, p. 315.

"'Entflügelte Worte'. Modifizierte Zitate in Literatur, Medien und Karikaturen". ("*Dewinged Words*". *Modified Quotations in Literature, Mass Media, and Caricatures*) Wien: Praesens Verlag, 2016, p. 485.

"*Stringing Proverbs Together*". *The Proverbial Language in Miguel de Cervantes's* "*Don Quixote*". Burlington: The University of Vermont, 2016, p. 316.

"'Beim Wort genommen'. Sprichwörtliche Haiku und andere Sprüche von Dietmar Beetz". ("*Taken by the Word*". *Proverbial Haiku and Other Verses by Dietmar Beetz*) Erfurt: Edition D. B., 2016, p. 299.

"Schließlich sitzen wir alle im selben Boot". Helmut Schmidts politische Sprichwortrhetorik. (*We Are Sitting in the Same Boat Afterall. Helmut Schmidt's Proverbial Rhetoric.*) Co-author with Andreas Nolte. Würzburg: Könogshausen & Neumann, 2017, p. 436.

"Entkernte Weisheiten". Modifizierte Sprichwörter in Literatur, Medien und Kairkaturen. (*Depitted Wisdom. Modified Proverbs in Literature, Mass Media, and Caricatures*), Wien: Praesens Verlag, 2017, p. 511.

"Entwirrte Wendungen". Modifizierte Redenarten in Literatur, Medien und Karikaturen. (*Demystified Phrases. Modified Proverbial Expressions in Literature, Mass Media, and Caricatures*), Wien: Praesens Verlag, 2018, p. 558.

"Ein Schwert hält das andere in der Scheide". Otto von Bismarcks sprichwörtliche Rhetorik. (*One Sword Keeps Another in Its Scabbard. Otto von Bismarck's Proverbial Rhetoric.*) Co-author with Andreas Nolte. Würzburg: Könogshausen & Neumann, 2018, p. 528.

"Der Froschkönig. Das Märchen in Literatur, Medien und Karikaturen". (*The Frog Prince. The Fairy Tale in Literature, Mass Media, and Caricatures*), Wien: Praesens Verlag, 2019, p. 347.

Right Makes Might. Proverbs and the American Worldview. Bloomington, Indiana: Indiana University Press, 2019, p. 375.

Marriage Seen through Proverbs and Anti-Proverbs. Co-author with Anna T. Litovkina. Newcastle upon Tyne: Cambridge Scholars Publications, 2019, p. 181.

Proverbial Rhetoric for Civil and Human Rights by Four African American Heroes: Frederick Douglass, Martin Luther King, Jr., John Lewis, Barack Obama. Burlington: The University of Vermont, 2020, p. 178.

The World View of Modern American Proverbs. New York: Peter Lang, 2020, p. 310.

Dictionary of Authentic American Proverbs. New York: Berghahn Books, 2021.

后 记

本书的翻译工作始于 2018 年夏，初稿完成于 2020 年年初，又在包括新冠肺炎疫情的寒暑中修改，再几经出版方面的周折，现在终于与读者见面了。作为编译组织者，我首先要感谢这个团队的每一位译者！他们有些也参与了《民俗学概念与方法：丹·本－阿默思文集》（中国社会科学出版社 2018 年版）和有关杰克·齐普斯的童话研究文集（待出版）的翻译工作。他们是（以姓氏拼音为序，2018—2019）：邓熠（北京师范大学社会学院民俗学专业硕士生）；丁晓辉（海南热带海洋学院人文学院讲师）；方云（华东师范大学社会发展学院民俗学研究所博士生）；侯姝慧（山西大学文学院副教授）；贾琛（北京师范大学社会学院民俗学专业博士生）；康泽楠（南京农业大学人文与社会发展学院民俗学硕士生）；李冰杰（中国社会科学院研究生院民间文学博士生）；李富运（北京师范大学社会学院民俗学专业博士生）；李丽丹（天津师范大学文学院副教授）；刘梦悦（北京师范大学社会学院民俗学专业硕士生）；罗安平（西南民族大学文学与新闻传播学院副教授）；邵凤丽（辽宁大学文学院副教授）；王继超（大理大学外国语学院教师，华中师范大学国家文化产业研究中心博士）；武千千（北京师范大学社会学院民俗学专业硕士生）；岩温宰香（北京师范大学社会学院民俗学专业博士生）。他们中有些人在开始本书的翻译时还是在读学生，而现在已经工作在民俗学教学和科研，以及文化保护的第一线。其中，辽宁大学邵凤丽教授、长江大学桑俊教授、天津师范大学李丽丹教授、山西大学侯姝慧教授、海南热带海洋学院丁晓辉教授以及西南民族大学罗安平教授在繁忙的教学和紧张的家庭事务中都按时完成翻译任务。他们都展示出扎实的学科功底和较高的翻译水准，无疑是民俗学界能写能译的新一代学者的代表。我向他们以及家人和好友致敬、致谢！

在编译这个书的几年里，我得到了许多同人在各个方面的关心、支持和帮助。在此，我特别要感谢的是北京师范大学的杨利慧教授，是她的关怀与帮助才使得此书得以出版。我也感谢北京师范大学萧放教授、温州大学黄涛教授、中山大学刘晓春教授、南方科技大学王晓葵教授、中国海洋大学李扬教授、华中师范大学刘守华教授，特别是中国社会科学院安德明研究员（《中国民间文学大系》谚语组组长）的鼓励关心与协助，使得部分译文得到发表，也为本书作了宣传。当然，我尤其要感谢沃尔夫冈·米德教授的热情鼓励以及无私的授权。从他的《写给中文读者的话》中读者可以看出他是一位多么谦逊、严谨而又和蔼的学者。

编译本书的目的是希望为谚语研究提供一本系统的理论研究参考书。从这一点来说，我深感欣慰，但同时也为随之而来的学术责任感而感到不安。因为，在翻译过程中，对每条谚语是直译还是意译，是以新的谚语形式还是以中文已有的谚语形式借译，这是最大的挑战，而且许多有着异文化背景的谚语又很难用精练的中文来表达。对此，大家遵循的翻译原则是首先保证文章的观点和内容正确，逻辑严谨，然后尽量让中文流畅。译文中有些地方做了技术性处理，如注释、书目以及一些例证的安排被删减或压缩了，目的是在不影响原文思想内容的前提下方便中文读者阅读。又因为本书是多位译者的合作，在译法与表述风格上难能做到统一，在此恳请读者海涵，同时不吝批评指正。

张举文
2021 年 12 月
于美国俄勒冈州崴涞河谷兰竹阁
Salem, Oregon, USA